Présentation de l'auteure

Mary McCarthy est née le 21 juin 1912 à Seattle, dans l'État de Washington. Elle suit des études de littérature au Vassar College, célèbre université féminine privée située dans l'État de New York (promotion de 1933).

Mariée quatre fois (l'un de ses époux fut le grand critique littéraire Edmund Wilson), Mary McCarthy est tour à tour romancière, journaliste, critique littéraire, militante politique ; elle collabore à *The New Republic*, *The Nation*, *Harper's Magazine* et à la *New York Review of Books*, publie plusieurs textes contre la guerre du Vietnam, et connaîtra le succès littéraire avec *Des filles brillantes* dans lequel elle dépeint la destinée de huit femmes après la Seconde Guerre mondiale.

Auteure d'une vingtaine de romans, de biographies, de récits de voyages, d'essais et de critiques, membre de l'Académie Américaine et de l'Institut national des arts et des lettres, elle reçoit plusieurs prix.

Mary McCarthy s'éteint le 25 octobre 1989 à New York.

DES FILLES BRILLANTES

DU MÊME AUTEUR

Cannibales et Missionnaires, Fayard, 1980 ; 10/18, 1986
La Vie d'artiste, 10/18, 1986
Mémoires d'une jeune catholique, 10/18, 1986
Dis-moi qui tu hantes, 10/18, 1986
Le Roman et les Idées et autres essais, Fayard, 1988
L'Oasis et autres récits, Fayard, 1988 ; Stock, 1996
Comment j'ai grandi, Fayard, 1990
En observant Venise, Salvy, 1994
Les Pierres de Florence, Salvy, 1994 ; Payot, 2003

MARY McCARTHY

DES FILLES BRILLANTES

Traduit de l'anglais (États-Unis)
par Antoine Gentien et Jean-René Fenwick

belfond

Titre original :
THE GROUP
publié par Harcourt, Brace and World, New York

Retrouvez-nous sur www.belfond.fr
ou www.facebook.com/belfond

Éditions Belfond,
92, avenue de France, 75013 Paris.
Pour le Canada,
Interforum Canada, Inc.,
1055, bd René-Lévesque-Est,
Bureau 1100,
Montréal, Québec, H2L 4S5.
ISBN 978-2-7144-9745-1
Dépôt légal : mai 2022

Belfond | un département **place des éditeurs**

place
des
éditeurs

1

C'était en juin 1933, une semaine après la distribution des prix. Kay Leiland Strong, Vassar'33, la première des jeunes filles de sa classe à courir autour de la table au dîner d'adieu à l'université, allait épouser Harald Petersen, Reed'27, à l'église épiscopalienne Saint-George. Dans Stuyvesant Square, les arbres avaient leur feuillage d'été et les invités au mariage, qui arrivaient en taxi par deux et par trois, entendaient les voix des enfants qui jouaient dans le petit parc à côté de la statue de Peter Stuyvesant.

Les condisciples de Kay lissaient leurs gants, payaient le chauffeur et regardaient autour d'elles avec autant de curiosité que si elles s'étaient trouvées dans une ville étrangère. Ces jeunes filles qui habitaient de vastes et ennuyeuses maisons georgiennes ou des appartements de Park Avenue découvraient un New York inconnu. À voir ici tant de verdure, à voir le temple des quakers avec ses briques rouges, ses cuivres polis et ses fenêtres encadrées de blanc, proche de l'église épiscopalienne à la pierre rouge-violet, elles éprouvaient le même plaisir que lorsqu'elles sortaient le dimanche avec leurs flirts. Les jeunes gens aimaient beaucoup ces promenades du dimanche. Ils franchissaient de conserve le pont de Brooklyn, erraient dans des rues endormies, parcouraient le quartier résidentiel de Murray Hill et la pittoresque impasse Washington avec tous ses ateliers d'artistes, dépassaient l'hôtel Plaza et s'arrêtaient devant le Savoy-Plaza aux fenêtres mansardées. Il y avait là sur la *place** [1] (on se serait cru en France avec cette vieille fontaine) une rangée de fiacres dont les vieux cochers cherchaient à vous convaincre de faire une balade au crépuscule dans Central Park.

Ce matin, en se laissant choir gracieusement sur les bancs encore vides de la chapelle, les jeunes filles avaient le sentiment de vivre un moment exceptionnel. Elles n'avaient jamais assisté à un mariage comme celui-ci. Les invitations avaient été faites de vive voix par la fiancée. Il n'y avait pas de parents ou de vieil ami de la famille et il n'y aurait pas de voyage de noces. Harald (il fallait écrire ce nom d'origine scandinave Har*a*ld et non Har*o*ld) était aide-régisseur dans un théâtre et il devait se rendre ce soir à son travail à l'heure habituelle. Tout cela les amusait beaucoup et expliquait l'étrangeté de la cérémonie. Harald et Kay étaient à la fois trop occupés et trop dynamiques pour se conformer aux usages. Au mois de septembre, Kay entrerait chez Macy pour y faire un stage en compagnie d'autres universitaires et, plutôt que de se tourner les pouces tout l'été, elle s'était inscrite pour suivre un cours de dactylographie (Harald lui avait dit que cela lui donnerait un grand avantage sur les autres). Helena Davison, sa camarade de chambre en troisième année,

---

1. Les mots en italique suivis d'un astérisque sont en français dans le texte.

avait dit que les deux jeunes gens allaient habiter un appartement dans un bon quartier. Ils y avaient déjà passé une semaine (Helena était allée les voir) dans les draps de la propriétaire, car ils ne possédaient encore ni linge ni argenterie.

« Comme cela ressemble à Kay ! » s'étaient écriées ses amies affectueusement. Kay avait beaucoup changé ces derniers temps. Cela remontait au cours de « psychologie du comportement des animaux » que faisait en troisième année la vieille miss Washburn (miss Washburn avait légué son crâne à la science) et au stage d'art dramatique d'Hallie Flanagan. Elle n'était plus la timide fille de l'Ouest aux cheveux noirs et bouclés et au teint coloré, passionnée de hockey et de chorales, portant d'énormes soutiens-gorge et sujette à des règles abondantes. Elle s'était transformée en une jeune femme mince et autoritaire, en treillis, sweat-shirts et souliers de tennis, les cheveux pleins de taches de peinture, les doigts jaunis par le tabac, parlant avec désinvolture d'« Hallie » et de « Lester » (l'assistant d'Hallie), de décors à peindre, de rut et de nymphomanie, appelant bruyamment ses amies par leur nom de famille, « Eastlake », « Renfrew », « MacAusland », recommandant l'expérience prénuptiale et le choix scientifique d'un mari. L'amour, disait-elle, n'est qu'une illusion.

Parmi les sept membres de la petite bande qui se trouvaient dans l'église, cette évolution de Kay était une « étape » mais cette étape n'en était pas moins inquiétante. Elles avaient souvent discuté son cas dans le petit salon de la tour Sud. Kay était toujours la dernière à rentrer parce qu'elle était occupée à peindre un morceau de décor ou à travailler au théâtre avec l'électricien

Lester. Ce qu'elles avaient toujours craint, c'était que la pauvre chérie qui parlait à tort et à travers ne fût prise au mot par un homme. Elles s'étaient interrogées au sujet d'Harald. Kay avait fait sa connaissance l'été précédent, pendant le festival de Stamford (garçons et filles couchaient dans le même dortoir). Kay avait dit à ses amies qu'Harald voulait l'épouser. Cela ne ressortait pas des lettres qu'il lui écrivait. Ce n'étaient pas du tout des lettres d'amour. Il n'y parlait que de ses succès auprès des vedettes de la scène, de ce qu'Edna Ferber avait dit devant lui à George Kaufman, de cette fameuse actrice qui lui avait demandé de venir lui lire sa pièce dans son lit… « Considérez-vous comme embrassée », disait-il en terminant ses lettres, ou en abrégé « CCE ». Une pareille correspondance écrite par un jeune homme de leur milieu, elles l'auraient jugée choquante, offensante même, mais il ne fallait pas voir les choses sous ce jour. Quand on manque d'expérience, le mieux est de se taire. Mais il y avait une chose dont elles étaient toutes sûres : c'était que Kay n'avait pas autant confiance en Harald qu'elle voulait le laisser croire. Il arrivait au jeune homme de ne pas écrire pendant des semaines et la pauvre petite restait sur sa faim. Polley Andrews, qui partageait la même boîte postale, ne le savait que trop. Jusqu'au dîner d'adieu – dix jours plus tôt –, les jeunes filles avaient eu le sentiment que le mariage de Kay était un mythe. Pourquoi n'avait-elle pas pris conseil d'une personne avisée, un membre de la Faculté ou le psychiatre du collège ? Or ce soir-là, Kay avait couru autour de la table – c'est ainsi que les jeunes filles apprennent à leurs camarades qu'elles sont fiancées – et pour montrer qu'elle disait la vérité, elle avait sorti de sa poitrine haletante un curieux anneau mexicain en argent. Leur inquiétude s'était dissipée. Elles avaient battu des mains et échangé de gentils clins d'œil. À leurs parents venus pour la distribution des diplômes, elles avaient dit que les fiançailles remontaient à plusieurs mois, qu'Harald était on ne peut plus gentil et on ne peut plus amoureux de Kay.

En ce moment, dans la chapelle, elles ajustaient leurs cravates de fourrure et se faisaient des signes comme d'intelligentes petites martres ou d'intelligentes petites zibelines. Vis-à-vis de leurs parents elles marquaient un point : l'iconoclaste, la révoltée se mariait la première.

« Qui l'eût cru ? » ne put s'empêcher de dire Pokey (Mary) Prothero. Pokey Prothero était une jeune fille de la meilleure société new-yorkaise, aux grosses joues rouges et aux cheveux filasse. Elle parlait comme un dandy de l'époque de MacKinlay, sans doute pour imiter son yachtman de père. C'était une enfant terrible. Très riche et très paresseuse, elle prenait des leçons particulières et copiait sur les autres aux examens. Elle était dépourvue de scrupules et de moralité. Elle s'esquivait au week-end et volait des livres dans la bibliothèque. Elle ne s'intéressait qu'aux animaux et aux soirées de chasse. Son ambition, à en croire l'Annuaire de l'université, était de devenir vétérinaire. Quand il y avait assemblée générale à Vassar, ses camarades la réveillaient en jetant des cailloux dans sa fenêtre et l'obligeaient à revêtir sa toge et sa toque.

Il en avait été de même pour le mariage de Kay. Elles l'avaient amenée saine et sauve à l'église, mais leur tâche n'allait pas s'arrêter là : plus tard dans la journée, elles la traîneraient chez Tiffany pour que Kay eût au moins un très beau cadeau. Pokey n'en voyait guère la nécessité. Pour elle, les cadeaux de mariage faisaient partie des corvées imposées aux gens d'un certain milieu, comme les détectives, les demoiselles d'honneur, les encombrements de voitures et la réception chez Sherry ou au Colony Club. Du moment que l'on ne fait pas partie du « monde », pourquoi s'imposer tout cela ? Pokey ne manquait jamais de déclarer qu'elle détestait les essayages, qu'elle avait détesté son premier bal et qu'elle détesterait son mariage – quand elle se marierait, ce qui était inévitable du fait des nombreux prétendants que la fortune de son père attirait. Ces opinions, elle les avait exprimées de nouveau dans le taxi qui les avait conduites à l'église, de cette voix gutturale qui révélait sa « naissance ». Le chauffeur de taxi arrêté à un feu rouge s'était retourné pour la regarder : une fille grosse et blonde, aux yeux de saphir pâle qui portait une robe de faille bleue, une cravate de zibeline et ne cessait de jouer avec un *lorgnon** serti de diamants.

« Ils sont adorables », murmura Dottie Renfrew, de Boston, tandis qu'Harald et Kay sortaient de la sacristie et venaient se placer devant l'officiant en surplis. Le jeune couple était suivi de la petite Helena Davison, de Cleveland, qui avait été longtemps la camarade de chambre de Kay et d'un insignifiant jeune homme affublé d'une moustache blonde. Pokey saisit son lorgnon, cligna des yeux comme le font les vieilles dames et dévisagea le nouveau marié, qu'elle n'avait jamais vu car elle était à une partie de chasse la seule fois où il était venu à l'université.

« Pas trop mal, décréta-t-elle, excepté les souliers. »

C'était un garçon aux cheveux noirs et plats, au corps mince et nerveux d'escrimeur. Il portait un costume bleu marine, une chemise blanche, une cravate rouge foncé et des souliers de daim marron. Le regard myope de Pokey se posa ensuite sur Kay, qui était vêtue d'une robe de soie beige avec un grand col blanc en *mousseline de soie**, et d'une capeline en taffetas noir ornée de marguerites blanches. À son poignet bronzé brillait un bracelet en or qui lui venait de sa grand-mère. Elle tenait à la main un bouquet de muguet et de marguerites. Avec ses joues vermeilles, sa noire chevelure luisante et bouclée, ses yeux aux reflets fauves, elle avait l'air d'une campagnarde telle qu'on en voit sur les vieilles cartes postales en couleurs. Ses bas n'étaient pas tirés et la face interne de ses souliers de daim noir était usé à l'endroit où elle avait frotté ses pieds l'un contre l'autre. Pokey grommela :

« Elle devrait savoir qu'on ne se met pas en noir le jour de son mariage, cela porte malheur.

— Ferme-la », dit une voix à l'extrémité du banc.

Elinor Eastlake, la beauté brune de la bande, lui jetait un regard furieux. Pokey protesta : « Enfin, Lakey… »

Elinor Eastlake – Lakey pour les intimes – venait de Chicago. Intellectuelle, irréprochable et méprisante, elle était presque aussi riche que Pokey. C'était la seule de ses amies dont celle-ci eût peur, car si Pokey avait une bonne nature, elle était snob, systématiquement snob. Pour elle, une chose était sûre : parmi ses camarades de classe, il n'y aurait que Lakey qui assisterait à son mariage, et vice versa naturellement ; les autres seraient invitées au lunch.

« Imbécile », dit la madone de Lake Forest entre ses dents qui étaient semblables à de petites perles.

Pokey roula des yeux. « Mauvais caractère », souffla-t-elle à Dottie.

Les deux jeunes filles jetèrent un regard au profil pur et altier d'Elinor. La petite narine Renaissance de Lakey se contractait douloureusement.

Pour Elinor, ce mariage était un supplice. Elle trouvait tout tellement « à côté » : la façon dont Kay était habillée, les souliers et la cravate d'Harald, l'autel sans fleurs, le peu d'invités du côté du mari (un couple et un homme seul), l'absence complète de parents… Avec son intelligence et sa sensibilité presque morbide, Lakey éprouvait une profonde pitié pour les héros du jour. Elle mettait sur le compte de l'hypocrisie les petits cris d'oiseaux : « terriblement sympathique », « n'est-ce pas excitant ? » qui avaient salué en guise de marche nuptiale l'entrée des jeunes époux dans l'église. Elinor était convaincue que le monde est hypocrite. Les autres avaient le même sens de l'observation qu'elle mais ne le montraient pas. Les amies ne pouvaient manquer de souffrir de l'atroce humiliation que l'on faisait subir à Kay et à Harald.

Faisant face à l'assistance, l'officiant toussa. « Avancez », dit-il sèchement au jeune couple. Lakey devait déclarer plus tard que son ton était plutôt celui d'un conducteur d'autobus que d'un homme d'Église. La nuque du marié rougit (il s'était fait couper les cheveux le matin même). Toutes les amies de Kay eurent la même idée : Kay était athée (elle ne se gênait pas pour le dire) et Harald n'avait sans doute pas de convictions religieuses. Comment avaient-ils réussi à se marier à l'église ? Dottie Renfrew, qui communiait régulièrement, ramena sa cravate de fourrure autour de son cou. Elle venait d'avoir un petit frisson. Ne commettait-elle pas un sacrilège en assistant à cette cérémonie ? Kay, fille d'un médecin libre penseur et d'une mère mormone, n'avait pas dû être baptisée. Ses camarades savaient qu'elle fabulait à l'occasion. Dans ce cas, le mariage était-il valable ? On vit rougir le petit bout de chair rose découpé dans l'ouverture en V de sa blouse en crêpe de Chine. Ses yeux bruns interrogèrent ses camarades. Sur son visage, sujet à l'eczéma, apparurent de petites taches. D'avance elle savait ce qui allait arriver. Le prêtre dit d'une voix autoritaire : « Si quelqu'un dans l'assistance voit un empêchement à ce mariage, qu'il le dise maintenant ; après il sera trop tard. »

Il y eut un silence. Dottie ferma les yeux et pensa au père Leverett. Elle se mit à prier : « Mon Dieu, qu'attendez-vous de moi ? »

Il ne fut pas répondu à sa prière et elle en rendit grâce au ciel. Le moment d'intervenir était passé. Déjà, l'officiant avait repris la parole.

« Je vous adjure – vous en répondrez à l'heure terrible du Jugement dernier quand le secret de tous les cœurs sera dévoilé – de me dire si l'un de vous voit un empêchement majeur à ce que cette cérémonie s'accomplisse, car, sachez-le, si deux personnes s'unissent autrement que par la volonté du Seigneur, leur mariage n'est pas valable. »

On aurait entendu voler une mouche. Les amies de Kay retenaient leur souffle. Les scrupules de Dottie avaient été remplacés par un sentiment d'inquiétude que les autres jeunes filles partageaient. Aucune d'elles n'ignorait que Kay et Harald s'étaient « fréquentés ». Elles jetèrent un coup d'œil sur l'assistance et constatèrent une fois de plus l'absence de parents ou de personnes d'âge respectable. Cette entorse à la convention qu'elles avaient trouvée « drôle » au début leur paraissait maintenant lourde de menaces. Même Elinor Eastlake, qui savait fort bien que la fornication n'était pas « l'empêchement » auquel le pasteur avait fait allusion tout à l'heure, crut pendant quelques secondes qu'un inconnu se lèverait et que, la cérémonie annulée, chacun rentrerait chez soi. À son avis, s'il y avait un obstacle à ce mariage, il était uniquement d'ordre moral : Kay était une personne cruelle, impitoyable et stupide qui épousait Harald par intérêt.

Une étrange atmosphère régnait dans la chapelle. Le comportement du prêtre n'avait échappé à personne. Jamais on n'avait entendu prononcer les mots « leur mariage n'est pas valable » avec une telle emphase. Du côté du marié, un jeune homme au physique de noceur portant un veston de tweed roux et une cravate verte en tricot serra les poings et dit quelque chose à voix basse. Il sentait le vin et paraissait extrêmement nerveux. Pendant tout le service il n'avait fait que croiser et décroiser ses longues et belles mains.

« C'est un peintre, il vient de divorcer », dit Polly Andrews à Elinor Eastlake, sa voisine de droite.

Polly était une fille très calme et très réfléchie qui savait toujours tout. Elinor se pencha en avant comme une jeune reine et fit en sorte que le regard du jeune homme croisât le sien.

« Voilà, se dit-elle, quelqu'un que cette cérémonie dégoûte autant que moi. »

Il paraissait amer, ironique, complice. Il cligna de l'œil dans sa direction en désignant l'autel.

Le prêtre, parvenu au moment le plus important de la cérémonie, accélérait le mouvement. On aurait dit qu'il venait de s'apercevoir qu'il avait autre chose à faire et qu'il lui fallait se débarrasser le plus vite possible du couple importun. Il suffisait de regarder l'officiant pour se rendre compte que ce n'était qu'un mariage à dix dollars.

Sous son grand chapeau, Kay paraissait insensible à ce manque d'égards, mais les oreilles et le cou d'Harald devenaient de plus en plus rouges et ses répons se faisaient – un peu théâtralement – de plus en plus lents, comme s'il eût voulu donner une leçon à l'officiant. Les témoins s'inquiétèrent. Par contre, les jeunes filles, révoltées par l'impolitesse du prêtre, se réjouirent de ce qu'elles considéraient comme une victoire remportée par le marié. Elles ne manqueraient pas de féliciter Harald après la cérémonie. Plus d'une envisagea même de demander à sa mère de se plaindre au recteur, le docteur Reiland. Quand on fait partie d'un certain milieu, il y a des choses que l'on ne peut pas admettre. Le fait que Kay et Harald seraient pauvres comme Job ne constituait pas une excuse, surtout pour un ecclésiastique à une époque où chacun devait se restreindre. Un des membres de la petite bande, Polly Andrews, avait été dans l'obligation d'accepter une bourse pour terminer ses études. Polly n'en demeurait pas moins une de leurs très chères amies. Ce prêtre aurait dû comprendre qu'elles n'étaient pas faites de la même étoffe que les jeunes filles de la génération précédente. Toutes, sans exception, avaient décidé de trouver du travail à la rentrée, au besoin à titre bénévole. Libby MacAusland avait été pressentie par une maison d'édition. Helena Davison, dont les parents, à Cleveland, vivaient du revenu de leurs revenus, allait entrer dans l'enseignement. Polly Andrews avait trouvé un emploi au nouveau centre médical. Dottie Renfrew serait assistante sociale bénévole à Boston. Lakey partirait étudier l'histoire de l'art à Paris. Pokey Prothero, à qui ses parents avaient donné un avion à la fin de ses études, passerait son examen de pilote et irait trois fois par semaine à l'école d'agriculture de Cornell. Enfin, et pas plus tard que la veille, Priss Hartshorn, la bûcheuse, avait annoncé qu'elle allait épouser un jeune médecin et travailler à la NRA[1]. Ce n'était pas mal, n'est-ce pas, pour des jeunes filles que l'on avait jugées « collet monté » pendant leurs années d'études ? Dans la classe, en dehors du petit groupe, on pouvait en citer beaucoup d'autres parmi les amies de Kay qui, bien que d'excellente famille, allaient entrer dans les affaires ou s'occuper d'anthropologie ou de médecine, non parce qu'elles avaient besoin de gagner leur vie, mais pour se rendre utiles au pays. La petite bande ne craignait pas de prendre courageusement parti en politique. Roosevelt faisait du bon travail, en dépit de ce que disaient papa et maman. Elles ne se laissaient pas influencer par certains slogans. Elles estimaient que les démocrates devaient montrer ce qu'ils avaient dans le ventre. S'ils faisaient des erreurs, tant mieux. On n'acquiert pas de l'expérience sans y laisser quelques plumes. Les plus conservatrices, quand on les poussait dans leurs derniers retranchements, admettaient qu'un socialiste sincère a le droit de se faire entendre. Ce qui serait terrible – là-dessus elles étaient toutes d'accord –, ce serait de devenir semblables à papa et maman, qui étaient « constipés », qui avaient peur de tout.

1. National Recovery Administration. Organisme mis en place par le gouvernement Roosevelt pour prendre les mesures nécessaires au relèvement économique du pays.

Aucune d'elles, à moins d'y être absolument forcée, ne deviendrait la femme d'un avocat d'affaires ou d'un banquier au cœur sec, comme tant de jeunes filles de la génération précédente. Elles préféraient être sur la paille et se nourrir uniquement de saumon en conserve plutôt que d'épouser quelque fondé de pouvoir, un de ces garçons de leur milieu aux yeux injectés de sang, dont les seuls intérêts dans la vie sont de jouer au squash, d'assister à des combats de coqs et de boire des verres au Racket Club avec leurs condisciples de Yale ou de Princeton. Il vaudrait mieux – elles n'avaient pas peur de le dire – épouser un juif si l'on était amoureuse de lui. Les gens de cette race sont intelligents et cultivés, bien que terriblement ambitieux et enclins à se serrer les coudes. On l'avait bien vu à Vassar. Quand on en connaissait un, on devait connaître tous ses amis. Pour en revenir à Kay, elles étaient un peu inquiètes à son sujet. C'était vraiment dommage qu'un garçon ayant les dons et la culture d'Harald ait choisi la scène plutôt que la médecine ou l'architecture : la route qui mène au succès est moins ardue. À en croire Kay, le monde du théâtre était très sanguinaire, encore qu'on y trouvât des gens sympathiques comme Katarine Cornell et Walter Hampden (il avait une nièce à Vassar, promotion 33) et John Mason Brown, le machin-chouette qui venait chaque année faire une conférence au club de maman. Harald avait travaillé à l'école d'art dramatique de Yale sous la direction du professeur Baker, mais la crise avait éclaté et il avait dû prendre un emploi dans un théâtre de New York au lieu de continuer à écrire des pièces. C'était comme de partir de zéro dans une usine. D'ailleurs, y a t il tellement de différence entre les coulisses d'un théâtre où les acteurs se maquillent devant une glace en maillot de corps et les fours chauffés à blanc ou les mines de charbon où les hommes sont également en maillot de corps ? Helena Davison apprit à ses amies que lorsque la compagnie d'Harald était venue donner des représentations à Cleveland, le jeune homme avait passé son temps à jouer au poker avec les machinistes et les électriciens. Il avait dit à papa qu'ils étaient de loin ce qu'il y avait de plus agréable dans la troupe et papa, après avoir vu la pièce, avait déclaré qu'il était bien de son avis. Mr Davison, étant de l'Ouest, était plus fantaisiste et il avait l'esprit plus démocrate que la plupart des pères, sans doute parce qu'il était un self-made-man. D'ailleurs, personne ne pouvait rester sur son quant-à-soi aujourd'hui. Le fiancé de Connie Storey, qui se destinait au journalisme, travaillait comme garçon de bureau à *Fortune* et les parents de Connie, non seulement n'y trouvaient pas à redire, mais faisaient suivre des cours de cuisine à leur fille. Beaucoup de jeunes diplômés en architecture, au lieu d'entrer dans une grande société et de construire des maisons pour les gens riches, se perfectionnaient en dessin industriel directement dans les usines. Le cas de Russel Wright était éloquent. C'était l'homme du jour. Il employait de nouvelles matières premières, par exemple ce merveilleux aluminium embouti avec lequel on fait des tas d'objets utiles, plateaux à fromages ou carafes. Le premier cadeau de mariage de Kay, qu'elle avait choisi elle-même, était un shaker Russel Wright ayant la forme d'un gratte-ciel. Fait de fibre de chêne et d'aluminium, avec un plateau et douze gobelets assortis, cet ustensile était léger comme une plume, et inoxydable évidemment. Elles reconnaissaient volontiers qu'Harald avait les manières d'un homme du monde, bien qu'il eût le tort d'en mettre un peu trop dans ses lettres, sans doute pour faire impression sur Kay qui aimait à écorcher les noms propres, à parler des maîtres d'hôtel de ses amies et qui le présentait toujours comme un diplômé de New Haven alors qu'il n'y avait fait qu'un stage de théâtre. C'était ce côté du caractère de Kay qui déplaisait au petit groupe. Pourquoi manquait-elle à ce point de tact ? Était-ce parce qu'elle était égoïste, égocentrique, même, ou parce qu'elle ignorait les règles les plus élémentaires du savoir-vivre ? Et cette habitude qu'elle avait d'entrer dans la chambre des gens et de s'y comporter comme en terrain conquis ! Quand ses amies lui reprochaient son indiscrétion, elle répondait : « Que voulez-vous, je n'ai pas de complexes. » Elle aimait beaucoup jouer au jeu de la Vérité, qui consistait à établir des listes d'amies par ordre de préférence, puis de comparer les listes. L'idée que l'une d'entre elles se trouverait forcément au bas de la liste ne lui était jamais venue à l'esprit. Un jour, alors qu'une pauvre petite avait éclaté en sanglots, elle s'était écriée : « Je suis capable d'entendre la vérité, moi ! » Or, elle ne l'entendait jamais car les autres avaient suffisamment de délicatesse pour ne jamais la mettre la dernière sur la liste, même si elles en avaient envie. Kay n'était pas tout à fait de leur monde et elles ne voulaient pas le lui faire sentir et elles désignaient comme lanterne rouge Libby MacAusland ou Polly Andrews, des filles qu'elles avaient toujours connues, avec lesquelles elles avaient été à l'école, etc.

Kay avait toujours un petit coup au cœur quand Lakey ne la mettait pas en tête de *sa* liste. Elle était folle de Lakey, dont elle se disait la meilleure amie. Ce que Kay ignorait, c'est que la petite bande s'était disputée à son sujet quelque temps avant Pâques. Il s'était agi de savoir qui l'inviterait pendant les vacances. On avait tiré à la courte paille et le sort avait désigné Lakey. Celle-ci, furieuse, avait déclaré que ce n'était pas de jeu. Tout le monde lui était tombé dessus. On lui avait dit qu'elle était mauvaise joueuse – ce qui était vrai. En fait, c'était elle qui avait eu l'idée de demander à Kay de se joindre à leur groupe. Pour s'installer dans la tour du Sud, elles devaient compléter leur groupe, le porter de six à huit. Le choix des jeunes filles s'était fixé sur Kay et sur Helena Davison.

Si l'on n'est pas content de ceux auxquels on a dû faire appel, mieux vaut faire contre mauvaise fortune bon cœur. Bon cœur était d'ailleurs l'expression juste car elles aimaient beaucoup Kay et Helena, Lakey notamment avait fait la connaissance de Kay en deuxième année, alors qu'elles étaient « *on the Daisy Chain*[1] ». Lakey l'avait adoptée parce qu'elle la trouvait « malléable et corvéable à merci ». Aujourd'hui, elle lui reprochait d'avoir des « pieds d'argile », ce qui était paradoxal, car s'il y a une matière malléable, c'est bien l'argile. Mais Lakey était très paradoxale. C'était un de ses charmes.

1. La « Daisy Chain » est une guirlande de marguerites que l'on porte en procession le jour de la distribution des diplômes à la fin de la deuxième année d'études. Cette coutume n'existe qu'à l'université de Vassar. Du fait que l'on choisit les plus jolies filles pour la « Daisy Chain », celle-ci provoque des rivalités intestines et, à l'extérieur de l'école, maintes plaisanteries sur ce qu'il est convenu d'appeler « Le concours de beauté de Vassar ».

Un jour, elle était terriblement snob, le lendemain, elle ne l'était pas du tout. Ainsi, ce matin, elle était furieuse parce que Kay, à son avis, aurait dû se marier tranquillement à la mairie du lieu d'imposer à Harald, qui n'était pas « né », un service dans l'église de J. P. Morgan. Était-ce chez Lakey un accès de snobisme ou bien le contraire ? Naturellement, elle s'était gardée de s'en ouvrir à la future mariée, mais Kay aurait dû comprendre toute seule, et c'était justement ce qu'il était impossible de lui demander si l'on voulait qu'elle demeurât la brusque, naturelle et inconsciente Kay qu'elles aimaient toutes en dépit de ses défauts. Lakey se faisait de drôles d'idées sur les gens. L'automne précédent, elle avait déclaré que c'était par ambition que Kay s'était introduite dans la petite bande, et c'était la dernière chose qu'on pouvait dire d'une personne qui attachait si peu d'importance aux règles de la société qu'elle n'avait pas invité ses parents à son mariage, bien que son père fût très bien considéré à Salt Lake City.

Kay aurait été au fond très contente que Pokey Prothero lui prêtât sa maison de New York pour le lunch. Elle lui en avait même touché un mot, mais Pokey lui avait dit que la maison était fermée pour l'été, les meubles étaient sous des housses. Seul y demeurait un ménage de gardiens qui s'occupait de son père quand celui-ci était appelé à New York. Kay avait accepté l'explication de bonne grâce. Pokey aurait tout de même pu se montrer plus généreuse, offrir par exemple à son amie une carte d'entrée pour le Colony, club dont elle était membre. D'ailleurs, aucune d'elles n'avait la conscience tout à fait tranquille. Ne faisaient-elles pas toutes parties d'un club, ne serait-ce que ce Cosmopolitain, et ne disposaient-elles pas soit d'une maison, soit d'un appartement, soit de la garçonnière d'un frère ou d'un cousin ? Mais cela aurait signifié du punch, du champagne, un gâteau de chez Sherry ou de chez Hensi, des « extras », et bientôt, sans savoir comment, on se serait trouvé faisant tous les frais du mariage, fournissant même un père ou un frère pour conduire Kay à l'autel. Leurs mères disaient qu'à une époque comme la nôtre il fallait d'abord penser à soi. On était tellement sollicité ! Au grand soulagement des amies, Kay avait finalement déclaré qu'Harald et elle offriraient le lunch au vieil hôtel Brevoort, dans la 8e Rue. Ce serait tellement plus sympathique !

Dottie Renfrew et Elinor Eastlake sortirent ensemble de l'église et apparurent sur le trottoir ensoleillé. Le service leur avait paru terriblement court. Les alliances n'avaient pas été bénies et vu l'absence de parents, le prêtre n'avait pas pu poser la question rituelle : « Qui présente cette femme ? » Dottie fronça les sourcils et s'éclaircit la voix.

« Ne penses-tu pas, dit-elle, avec son parler de vieux colonel, qu'elle aurait pu trouver quelqu'un pour la conduire à l'autel ? N'a-t-elle pas un cousin à Montclair ? »

Libby MacAusland, une agrégée de littérature de Pittsfield, vint interrompre leur tête-à-tête.

« Pas de messes basses, les petites ! » s'écria-t-elle gaiement.

Bonne camarade, mais terriblement curieuse, cette Libby. Elle avait de beaux cheveux blonds, des yeux bruns, le plus souvent dilatés, et un long cou qu'elle tendait toujours dans l'espoir d'apprendre une nouvelle. Elle avait été capitaine de sa classe, en deuxième année, et avait manqué de peu être élue présidente des étudiantes.

Dottie pinça le coude de Lakey sous l'étoffe de soie pour la mettre en garde. Tout le monde savait combien Libby était potinière. Lakey dégagea son bras. Elle détestait qu'on la touche. « Dottie me demandait si Kay n'avait pas un cousin à Montclair », dit-elle.

Un éclair de malice passa dans ses yeux verts dont l'iris avait un cercle bleu foncé, signe de sang indien. Elle scrutait l'horizon en quête d'un taxi.

Libby prit l'attitude exagérément pensive qui lui était familière, un doigt sur le front.

« Un cousin ? Oui, je crois », dit-elle.

Lakey, qui venait de faire signe à un taxi en maraude, l'interrompit :

« Kay n'a pas voulu nous en révéler l'existence. Elle espérait que nous lui trouverions quelqu'un de plus brillant.

— Vraiment, Lakey ? s'écria Dottie.

— Tu crois, gloussa Libby. Tu es merveilleuse, Lakey. Toi seule pouvais penser à une chose pareille. Si Kay voulait quelqu'un pour la mener à l'autel, elle n'avait qu'à le demander. Mon père ou mon frère n'auraient pas demandé mieux. Nous aurions été ravis… »

Sans finir sa phrase, elle s'engouffra dans le taxi et s'assit sur le strapontin. Au bout d'un instant, elle se tourna vers ses amies, le cou tendu et l'œil brillant. Chacun de ses gestes révélait une grande nervosité. Elle se comparait volontiers à un pur-sang arabe tel qu'on en voit sur les gravures anglaises.

« Tu crois ? » répéta-t-elle, en mordillant sa lèvre supérieure.

Lakey n'en dit pas plus. Elle ne s'étendait jamais sur un sujet. Était-ce pour cela qu'on l'avait surnommée « la Mona Lisa du petit salon » ? Dottie Renfrew était désolée ; sa main gantée jouait avec les perles qui lui avaient été données pour son vingt et unième anniversaire. Elle éprouvait quelque remords et toussait de cette petite toux sèche qui inquiétait ses parents à tel point qu'ils l'envoyaient en Floride deux fois par an, à Pâques et à Noël.

« Lakey, dit-elle d'une voix sérieuse, sans tenir compte de Libby, ne crois-tu pas que l'une d'entre nous aurait pu faire quelque chose ? »

Libby se tournait et se retournait sur son strapontin, excitée comme une puce. Les deux jeunes filles regardaient fixement le beau visage impénétrable d'Elinor qui, les yeux à demi clos, enfonçait une épingle dans le chignon qui retenait ses cheveux noirs sur sa nuque.

« Non, dit-elle d'un ton méprisant, cela aurait été un aveu de faiblesse. »

Libby écarquilla les yeux.

« Comme tu es dure, dit-elle, pleine d'admiration.

— Pourtant Kay t'adore, déclara Dottie. D'ailleurs elle a été ta préférée et je crois qu'elle l'est encore dans le fin fond de ton cœur. »

Lakey sourit à cette idée.

« Peut-être », dit-elle en allumant une cigarette.

Dottie lui plaisait parce qu'elle était fidèle à un type et qu'elle lui faisait penser à ces peintres d'autrefois qui n'osaient pas s'écarter de l'enseignement qu'ils avaient reçu. Les filles que Lakey aimait à collectionner ne comprenaient pas toujours la raison de ses choix. Elles les discutaient entre elles comme des jouets discutent des préférences de leurs petits propriétaires. Elles arrivaient toujours à la même conclusion : elle était affreusement inhumaine, ce qui ne faisait qu'augmenter le respect qu'elle inspirait. Lakey était aussi très versatile ; ses amies y voyaient un signe de profondeur.

Tandis que le taxi tournait dans la 9e Rue, en direction de la 5e Avenue, Lakey prit une brusque décision.

« Déposez-moi ici », dit-elle.

Le chauffeur stoppa et se retourna. La jeune femme qu'il vit sortir de son taxi avait quelque chose d'impérieux en dépit de sa gracilité. Elle était l'élégance même avec sa robe de taffetas noir ornée d'une écharpe de soie blanche, son petit chapeau noir en forme de melon et ses souliers noirs aux très hauts talons.

« Ne m'attendez pas », cria-t-elle avec impatience au chauffeur qui s'attardait.

Les deux jeunes filles demeurées dans le taxi se jetèrent un regard étonné. Libby MacAusland passa sa tête surmontée d'un chapeau fleuri par la portière.

« Tu ne viens pas avec nous ? » cria-t-elle.

Lakey ne daigna pas répondre. Les deux filles virent son petit dos volontaire tandis qu'elle traversait la place de l'Université, en plein soleil.

« Suivez-la ! dit Libby au chauffeur.

— Dans ce cas, il me faudra faire le tour du pâté de maisons, mademoiselle. »

Le taxi tourna dans la 5e Avenue et dépassa l'hôtel Brevoort où les autres invités arrivaient. Il fit quelques mètres dans la 8e Rue et revint place de l'Université. Lakey avait disparu.

« Je n'en reviens pas, dit Libby. Crois-tu que c'est quelque chose que j'ai dit ?

— Refaites le tour du pâté de maisons, chauffeur », ordonna Dottie.

Devant le Brevoort, Kay et Harald descendaient d'une autre voiture…

« A-t-elle décidé tout d'un coup de ne pas venir au lunch ? dit Libby. Elle paraissait très montée contre Kay. »

Le taxi s'arrêta devant l'hôtel. « Qu'allons-nous faire ? » demanda-t-elle.

Elle tira un billet de son sac et paya la somme inscrite au compteur. « Lakey se croit tout permis, déclara-t-elle tranquillement. Nous dirons qu'elle a eu un malaise à l'église. »

Une vive déception se peignit sur son visage un peu aigre. Elle eût souhaité un scandale.

Dans une salle à manger privée de l'hôtel, Kay et Harald, debout sur un vieux tapis à fleurs, recevaient les félicitations de leurs amis. On servait du punch et les invités poussaient de petits cris :

« Qu'est-ce que c'est ? C'est divin ! Quelle bonne idée ! »

Kay donnait la recette à tout le monde : un tiers de calvados, un tiers de sirop d'érable et un tiers de jus de citron ; ajouter de l'eau gazeuse. Harald s'était procuré l'alcool auprès d'un acteur de ses amis qui possédait une ferme près de Flemington et distillait le calvados lui-même. Le punch était inspiré d'un cocktail appelé « le Lapin à l'eau-de-vie ».

« Merveilleux pour rompre la glace », dit tout bas Kay à Helena Davison.

Les jeunes filles en goûtèrent et déclarèrent que c'était le sirop d'érable qui faisait toute la différence. Un grand jeune homme brun qui travaillait à la radio raconta des histoires drôles sur l'eau-de-vie que l'on extrait des pommes. Il mit en garde le beau garçon à la cravate verte tricotée contre cette boisson qui, à l'entendre, était terriblement forte. On parla des propriétés de l'eau-de-vie ; elle rend querelleur. Les jeunes filles écoutaient, fascinées. Elles n'avaient jamais bu de calvados. Elles adoraient les « Alexander » au cognac et les « White Ladies » et elles auraient voulu en savoir davantage sur un cocktail appelé le « Clover Club » qui était un tiers gin, un tiers jus de citron et un tiers grenadine. On ajoutait un blanc d'œuf. Harald parla d'une pharmacie dans la 59e Rue où l'on pouvait obtenir du whisky sans ordonnance médicale. Polly Andrews emprunta un crayon à un des serveurs et nota l'adresse. Elle allait vivre seule cet été dans l'appartement de sa tante Julia, elle était à l'affût de toute recette nouvelle. Harald leur parla d'une liqueur, l'anisette, qu'un musicien italien du théâtre lui avait appris à fabriquer avec de l'alcool pur, de l'eau et du concentré d'anis. Cette liqueur avait un aspect laiteux comme le Pernod. Il expliqua ce qui différenciait le Pernod, l'absinthe et l'anisette.

« Pourquoi, demandèrent les jeunes filles, la chartreuse est-elle verte ou jaune, la crème de menthe verte ou blanche ? » Harald leur dit qu'il était facile de donner à ces produits la couleur désirée par la clientèle. Il parla ensuite d'un restaurant arménien où l'on servait au dessert de la confiture de roses et, à ce propos, il fit un petit cours sur les mérites respectifs des cuisines turque, arménienne et syrienne.

« *Où* as-tu trouvé cet homme ? » s'écria le chœur des amies de Kay.

Il y eut un silence. Le garçon à la cravate tricotée but un verre de punch, s'approcha de Dottie Renfrew et lui dit à l'oreille : « Où est la beauté brune ? » Dottie, un peu nerveuse, jeta un regard furtif à Libby MacAusland. Heureusement elle était occupée ailleurs. Elle parlait sotto voce à deux membres du petit groupe.

« Elle a eu un malaise à l'église, dit-elle. Je viens de prévenir Kay et Harald. Nous lui avons conseillé de rentrer à son hôtel.

— Quelle horreur ! » s'écria le jeune homme.

Il y avait de l'ironie dans sa voix. Dottie rougit et courageusement chercha un autre sujet de conversation.

« Faites-vous aussi du théâtre ? »

Le jeune homme leva les yeux sur elle et s'adossa au mur.

« Non, dit-il, mais il est naturel que vous me posiez la question. »

Il ajouta, après un silence : « Je suis dans les œuvres de charité. » Dottie le regarda, intriguée. Elle se souvint que Polly lui avait dit qu'il était peintre. Sans doute la taquinait-il ? Si quelqu'un avait l'air d'un artiste, c'était lui. Il était beau comme une statue antique, mais son visage était ravagé, les muscles de ses joues s'étaient relâchés et deux rides profondes encadraient son nez au dessin parfait. Dottie ne dit rien.

Le jeune homme reprit : « Je fais des affiches pour la Ligue internationale des femmes pacifistes.

— Vous appelez ça être dans les œuvres de charité ? dit Dottie en riant.

— C'est une façon de parler. » Il la regardait avec beaucoup d'attention. « Cercle Vincent, club des Jeunes-Ouvroir pour filles mères. Je m'appelle Dick Brown ; je suis né à Marblehead. Je descends, par les femmes, de Nathaniel Hawthorne. Mon père tient une droguerie. Je n'ai pas été à l'université. Je ne suis pas de votre milieu, mademoiselle. »

Dottie ne répondit pas. Elle ne le quittait pas des yeux. Il était vraiment très séduisant. « Je suis un ex-apatride, poursuivit-il. Depuis la chute du dollar j'habite une chambre meublée dans Perry Street, dans la même maison que les jeunes mariés. Je fais des affiches pour les dames et d'autres petits travaux. Chez moi, les toilettes, comme vous dites dans votre monde, sont au bout du couloir. Je fais la cuisine dans mon placard sur un réchaud électrique. Ne vous étonnez pas si je sens le croque-madame. »

Dottie lui jeta un regard de reproche. Comme il était désinvolte et cynique ! Mais, à en juger par son costume, usé mais de bonne coupe, c'était un gentleman.

« Harald quitte cette vie médiocre, dit Mr Brown, il habitera un quartier élégant, au-dessus d'une épicerie fine et d'une teinturerie. Nous nous sommes croisés comme deux ascenseurs. Savez-vous que pas plus tard qu'hier j'ai divorcé d'avec une magnifique créature, Betty, de Morris Town, New Jersey ? Nous avons passé la nuit dans ma chambre pour célébrer l'événement. Est-ce que l'une de vous s'appelle Betty ? »

Dottie réfléchit. « Il y a Libby, dit-clle.

— Pas de Libby, de Beth ou de Betsy pour moi. Je n'aime pas les noms que vous autres jeunes filles portez aujourd'hui… Mais la beauté brune ? Comment s'appelle-t-elle ? »

À ce moment, la porte s'ouvrit et Elinor Eastlake fit son entrée. Elle remit à un serveur les deux paquets enveloppés de papier brun qu'elle tenait dans sa main gantée. Jamais elle n'avait paru plus sûre d'elle-même.

« Elle s'appelle Elinor, dit Dottie dans un murmure. Nous l'appelons Lakey parce que son nom de famille est Eastlake et qu'elle vient de Lake Forest, près de Chicago.

— Je vous remercie de ces renseignements », dit Mr Brown. Il ne quitta pas Dottie pour autant. Il semblait prendre plaisir à lui parler à mi-voix et à lui communiquer ses impressions sur les invités. Harald s'était emparé de la main de Lakey et la secouait dans tous les sens. Il se recula pour admirer son costume tailleur, un modèle de Patou. Ses gestes vifs ne cadraient pas avec son long visage sérieux. Sa tête, une véritable machine à penser, semblait posée sur son corps comme un masque. Ce garçon était très content de lui – les jeunes filles le savaient par ses lettres. En ce moment, il parlait de sa carrière d'une façon à la fois ardente et détachée ; il aurait aussi bien pu être en train de discuter du désarmement ou du déficit budgétaire. Pourtant, il avait du succès auprès des femmes – cela aussi les jeunes filles le savaient par ses lettres. Le petit groupe reconnaissait qu'il avait ce genre de sex-appeal que possèdent certains professeurs ou hommes d'Église au physique assez ingrat. Il était à n'en pas douter très dynamique. Dottie se demandait comment Kay était parvenue à le faire se déclarer. À plusieurs reprises, elle avait soupçonné son amie d'être enceinte, bien que celle-ci ait assuré d'un ton péremptoire qu'elle n'ignorait rien des précautions à prendre. Il y avait un bock à injection dans le placard d'Harald et elle savait s'en servir !

« Connaissez-vous Kay depuis longtemps ? demanda Dottie, pensant malgré elle aux toilettes au bout du couloir.

— Suffisamment longtemps », répondit Mr Brown. C'était d'une franchise si cruelle que Dottie eut un petit pincement au cœur, comme si ce fût d'elle qu'il se fût agi et comme s'ils se fussent trouvés à son propre lunch de mariage.

« Je n'aime pas les femmes qui ont de grosses jambes », reprit-il avec un gentil sourire. Les jambes longues et minces de Dottie, ses petits pieds arqués étaient ce qu'elle avait de mieux. Avec le sentiment de manquer de loyauté à l'égard de son amie, Dottie regarda en même temps que lui les jambes de Kay, qui étaient un peu grosses et musclées.

« Ses ancêtres devaient être des paysans, dit-il en agitant un doigt. Le centre de gravité est trop bas – signe d'entêtement. »

Lui aussi observait Kay, dont la silhouette était soulignée par la robe légère. Elle ne portait jamais de gaine.

« Un peu de stéatopygie.

— Quoi ?

— Développement excessif de la croupe. Je vais aller vous chercher un verre. »

Dottie était à la fois ravie et horrifiée. Jamais elle n'avait eu une conversation aussi libre avec un homme. Dick Brown poursuivit : « Vous et vos amies avez des corps mieux adaptés à votre milicu social. »

Il regarda autour de lui : « Des poitrines bien en chair faites pour porter des perles, des tricots en laine *bouclée** et des blouses de crêpe de Chine. La taille fine. De longues jambes. Comme tous les hommes de ma génération, je préfère une silhouette un peu garçonnière. Ah, ces belles filles au corps en lame de couteau que l'on voit sur les plongeoirs ! Souvenirs d'étés à Marblehead... Betty est une excellente nageuse. Les femmes minces sont plus sensuelles. Cela a été prouvé médicalement : l'extrémité des nerfs est plus près de la surface. »

Ses yeux gris papillotèrent comme s'il allait s'endormir.

« Pourtant, j'aime cette gosse-là, dit-il en montrant du doigt Pokey Prothero. Elle ne doit pas manquer de calories !... Une peau de nacre, dodue à souhait ! Elle mange à sa faim – miam miam – ah l'argent, toujours l'argent ! Mes problèmes sexuels sont régis par des considérations financières. Je déteste les femmes pauvres, bien que je sois un bohème. Expliquez ça. »

Au grand soulagement de Dottie, les serveurs apparurent avec des œufs bénédictine. Kay entraîna ses invités vers la table du repas. Elle mit Helena Davison à la droite d'Harald et à sa droite à elle, le garçon d'honneur, un jeune homme très silencieux qui travaillait au *Wall Street Journal*. Les autres s'assirent au petit bonheur. Dottie échoua au bout de la table, entre Libby, sa *bête noire**, et une inconnue. Celle-ci, dont le mari était fonctionnaire à la radio, lui dit qu'elle était modéliste chez Russek. Naturellement, elle aurait dû être à la gauche d'Harald. Table difficile à composer avec tant de femmes, mais une maîtresse de maison plus habile se serait arrangée pour que les plus ternes ne soient pas à côté les unes des autres. L'épouse de l'homme de la radio, une diplômée d'Idaho'28, personne extrêmement agitée, tout en plumes et en jais comme une vamp de cinéma, n'en paraissait pas moins très contente de ses voisines.

« J'adore les réunions de femmes, était-elle en train de dire. Harald est un ami d'enfance, je l'avais perdu de vue. Anders Petersen, son père, était le directeur du lycée de Boise où Harald et moi avons fait nos études. »

Elle se tourna vers Dottie et lui dit brusquement :

« N'est-ce pas que Kay est un amour ?

— Terriblement gentille », rétorqua Dottie. Cette femme est marrante, se dit-elle, et aussitôt elle se reprocha d'avoir employé cette expression. Son professeur de littérature avait raison quand il disait que l'on doit éviter de parler argot, parce que cela se démode si vite.

« Pourquoi n'a-t-elle pas exhibé ses parents ? dit sa voisine.

— "Exhibé" ? » dit Dottie, désorientée.

À l'entendre, on aurait cru qu'il s'agissait d'une exposition de chiens ou de chats siamois.

« Pourquoi ne sont-ils pas venus au mariage ? » dit la dame, précisant sa pensée.

Dottie toussa de sa petite toux nerveuse.

« Je crois, dit-elle, qu'ils ont envoyé un chèque. Plutôt que de faire le voyage, vous comprenez...

— C'est ce qu'a pensé Dave, dit la dame. Dave est mon mari. Il m'a dit qu'ils avaient sûrement envoyé un chèque.

— Tellement plus utile, n'est-ce pas ? dit Dottie.

— Certes. Moi, je suis une vieille sentimentale. Je me suis mariée avec un voile... J'ai proposé à Harald que tout ait lieu chez moi. On aurait déniché un pasteur quelque part et Dave aurait pris des photographies pour envoyer à la famille. Harald m'a répondu que Kay avait pris toutes ses dispositions. »

Elle leva les yeux sur Dottie, qui ne savait à quel saint se vouer. Elle décida de prendre le ton de la plaisanterie :

« Ce que Kay décide a force de loi. Elle ne se laisse influencer par personne. Quel auteur a dit : "Les caprices de ma femme sont en fer" ? Mon père le cite toujours quand il se voit obligé de céder à ma mère.

— Ce n'est pas bête, dit la dame, qui ajouta d'une voix plus sérieuse : Harald est un chic type. Il est plus équilibré qu'il n'en a l'air, mais il est vulnérable. »

Elle regarda Dottie d'un air belliqueux et avala un verre de punch.

De l'autre côté de la table, un peu plus bas, à la gauche de Kay, le descendant à la chevelure rousse de Hawthorne était en train de parler à Priss Hartshorn. Il fit un clin d'œil à Dottie. Celle-ci, ne sachant quelle contenance prendre, le lui rendit. Elle n'aurait pas cru qu'elle était une femme à laquelle les hommes font de l'œil. Elle était la plus âgée de la petite bande, vingt-trois ans (sa mauvaise santé l'avait retardée dans ses études), et se considérait un peu comme une vieille fille. Ses amies blaguaient son respect pour les convenances, ses gestes posés, ses cache-nez, ses pilules et le manteau de vison qu'elle ne quittait jamais. Ses flirts l'avaient toujours traitée avec respect. Elle était le genre de fille avec laquelle les garçons aiment sortir, et elle était toujours suivie de jeunes gens pâles étudiant l'archéologie, le contrepoint ou l'architecture à Harvard. Elle lisait des passages de leurs lettres à ses amies – les jeunes gens avaient été au concert ou participé à des fouilles dans le Sud-Ouest. Quand on jouait au jeu de la Vérité, elle reconnaissait qu'elle avait été demandée deux fois en mariage. Elle avait de beaux yeux (tout le monde le disait), des dents éclatantes, des sourcils très marqués et de jolis cheveux, peut-être un peu trop fins. Son nez était assez long et pointu à son extrémité, comme celui de beaucoup de femmes de Nouvelle-Angleterre. Elle ressemblait au portrait d'une arrière-grand-mère par Copley qui était accroché dans le hall de la maison familiale. Elle aimait à s'amuser sans faire de bruit et elle se demandait parfois si elle n'était pas plutôt sensuelle. Férue de danse et de musique, elle ne cessait d'harmoniser et de fredonner des chansons populaires. Aucun homme pourtant ne s'était montré entreprenant avec elle ; chose curieuse, cela ne l'aurait pas choquée. Ses camarades trouvaient étrange que D. H. Lawrence soit un de ses auteurs favoris. Il aimait tant les animaux et la nature.

La nature ! Elle en discutait souvent avec sa mère et toutes les deux étaient bien du même avis : si l'on est fiancée à un gentil garçon, le mieux est de coucher une fois avec lui pour savoir à quoi s'en tenir. Maman, qui avait des idées très modernes, citait d'une voix triste des cas où le mari et la femme n'étaient jamais parvenus à trouver le joint. Opposée au divorce, Dottie estimait que ce côté-là du mariage devait être envisagé très sérieusement. Le dépucelage, dont les jeunes filles plaisantaient si souvent entre elles, l'effrayait. Kay assurait qu'elle était passée par des moments affreux. Harald avait dû s'y reprendre à cinq fois avant de la pénétrer, malgré ses nombreuses parties de basket-ball et ses longues randonnées à cheval dans l'Ouest. Maman disait que l'hymen pouvait être ôté chirurgicalement – cela arrivait souvent dans les familles royales à l'étranger –, mais un amant bien doux ferait aussi bien l'affaire. Au fond, il serait préférable d'épouser un homme d'un certain âge, ayant de l'expérience.

Le garçon d'honneur était en train de porter un toast. Dottie leva les yeux et vit le regard de Dick Brown de nouveau posé sur elle. Il but à sa santé, cérémonieusement. Elle fit de même.

« Comme c'est amusant ! » s'écria Libby MacAusland. Elle tendit le cou et rit. Elle avait comme d'habitude l'air épuisée. Dans la pièce des voix s'élevèrent.

« Tellement mieux comme ça !

— Rien d'officiel, pas de défilé, pas de parents.

— C'est exactement ce que je veux pour moi, dit Libby, un mariage de jeunes. »

Elle poussa un cri de joie quand apparut un Alaska brûlant dont la meringue fumait légèrement.

« Un Alaska ! » Elle se laissa retomber sur sa chaise. « Mes amies, dit-elle en désignant le grand gâteau roussi par endroits qu'on venait de poser devant Kay, n'est-ce pas ce dont nous rêvions quand nous étions petites ? Rappelez-vous ces matinées enfantines – que notre cher pays soit béni ! – auxquelles nous nous rendions en robe d'organdi et en souliers vernis et où un petit garçon timide en costume d'Eton nous invitait à danser… Je n'avais pas vu d'Alaska depuis l'âge de douze ans. C'est le mont Whitney, c'est le Fuji-Yama ! »

Les jeunes filles se regardèrent en souriant. Libby faisait comme toujours de la littérature. À dire vrai, elles n'étaient pas loin de partager son enthousiasme.

Il y eut un moment de silence quand la meringue chaude s'écroula sous le couteau de Kay. Adossés aux murs, les serveurs observaient la scène avec indifférence.

L'entremets n'était pas bon du tout. La meringue avait été imparfaitement cuite ; elle était blanche à certains endroits et noire à d'autres. Sous la mince couche de glace, le gâteau de Savoie était mou et humide. Par gentillesse pour Kay, tout le monde en redemanda. Quelle bonne idée elle avait eue de choisir un Alaska, un dessert si original et convenant si bien à un mariage !

Ces jeunes filles s'intéressaient passionnément à la cuisine. Elles en avaient assez des éternels rôtis et des éternelles côtelettes de leur mère. Elles voulaient du nouveau ; elles se procuraient des recettes étrangères. Elles rêvaient : une bonne omelette soufflée avec une garniture « amusante », juste un plat chaud dans un Pyrex, pas de potage, et une salade verte bien fraîche.

« Ils ne font ça que dans les hôtels, dit la femme de l'homme de la radio, s'adressant à travers la table à Priss Hartshorn, qui allait se marier en septembre. Ils s'arrangent pour que leur glace soit très dure et hop ! dans le four. Ils ne prennent aucun risque, mais de vous à moi, ce n'est pas comme ça que ma mère procède. »

Priss approuva avec une certaine inquiétude. C'était une jeune fille sérieuse, aux cheveux blond cendré, l'air un peu d'un écureuil, qui croyait devoir recueillir toutes les informations imaginables sur les produits de consommation. Elle était diplômée en économie politique et s'apprêtait à travailler dans les services de la NRA. Elle commençait à être un peu grise. Ce punch était traître. Pourtant, il n'y avait rien de frelaté dans sa composition, ce que l'on ne peut pas dire de tous les breuvages que l'on absorbe aujourd'hui. À travers un léger brouillard, elle vit l'homme de la radio se lever.

« Je bois à la santé de la promotion'33 », dit-il.

Les autres invités firent de même.

« Cul-sec ! » cria la femme de l'homme de la radio.

Le silencieux garçon d'honneur ricana d'une façon déplaisante. Priss comprit qu'elle et ses amies avaient provoqué, sans le vouloir, un petit conflit social. D'une façon générale, les jeunes filles de Vassar n'étaient pas populaires. On leur reprochait d'être snobs. Priss s'éloignerait de la petite bande quand elle aurait épousé Sloan, afin que celui-ci pût continuer à fréquenter ses collègues de l'hôpital. Elle regardait tristement Pokey Prothero qui, affalée sur la table, secouait la cendre de sa cigarette dans son assiette où la glace fondait lentement (les gens très riches croient pouvoir se permettre de se mal tenir à table). Il y avait une grande tache sur sa merveilleuse robe Lanvin. Mentalement, Priss y appliqua de l'Eau écarlate. Elle se demanda comment Pokey s'en tirerait dans la vie sans une femme de chambre attachée à sa personne. Depuis l'époque lointaine de Chapin, elle s'était toujours occupée de Pokey, lui tendant un cendrier quand elles étaient réunies au petit salon, s'occupant de son linge sale pour l'envoyer au blanchissage, remettant de l'ordre dans la salle de bains qu'elle venait de quitter pour que les autres ne s'aperçoivent pas de la saleté de la baignoire. Pauvre Pokey ! Une fois mariée, elle aurait la vie la plus conventionnelle du monde, des tas de domestiques et de gouvernantes, et elle ignorerait le plaisir qu'il y a à partir de zéro, selon l'expression de maman, avec seulement une femme de ménage pour le gros ouvrage.

Être trop riche constitue un terrible handicap. On est en marge de la vie. La crise, par ailleurs si lourde de conséquences, avait eu d'heureux effets sur les privilégiés de ce monde. Les vraies valeurs, ils les connaissaient maintenant. Selon Priss, il n'y avait pas de famille très fortunée qui ne se trouvât mieux d'avoir dû réduire ses dépenses. Les sacrifices consentis en commun avaient rapproché père, mère et enfants. Ainsi chez les Andrews... Mr Andrews avait dû entrer à la clinique psychiatrique de Riggs quand la crise avait éclaté. Ses placements financiers avaient fondu comme neige au soleil. Au lieu de sombrer dans la neurasthénie, il avait pris sur lui, évitant ainsi d'être transporté à l'asile (c'eût été horrible, n'est-ce pas ?). Il était rentré tranquillement chez lui et s'était improvisé cuisinier. Il ne quittait ses fourneaux que pour aller au marché. Il confectionnait des plats délicieux, car il s'était beaucoup intéressé à la *haute cuisine* du temps où ils avaient leur château en France. Sa femme s'occupait du ménage. Quand ils étaient à la maison, les enfants faisaient eux-mêmes leurs lits et cherchaient à se rendre utiles. Les Andrews vivaient très heureux dans la petite ferme qu'ils avaient pu conserver près de Stockbridge. Lakey avait passé un week-end chez eux et jamais elle ne s'était tant amusée. « Quel dommage, disait-elle, que papa n'ait pas perdu sa fortune comme Mr Andrews ! » Il faut dire que les Andrews étaient des intellectuels. Ils avaient des ressources intérieures. Cela faisait toute la différence.

Priss avait l'esprit large. Un sang généreux coulait dans ses veines. Sa mère occupait un siège au conseil de l'université de Vassar. Son grand-père avait marqué de sa personnalité progressiste son passage à l'hôtel de ville de New York. L'année précédente, quand elle avait été demoiselle d'honneur à un grand mariage à Saint-James, avec tapis, dais et tout le tremblement, elle avait eu de la peine à supporter la vue des chômeurs qui avaient envahi la place de l'église. Priss n'avait pas la prétention de changer le monde à elle toute seule (son frère qui était à Yale disait qu'elle en serait capable !). Le milieu auquel elle appartenait tenait à ses privilèges ; c'était dans l'ordre des choses. Elle n'était ni une socialiste ni une rebelle, bien que Sloan, qui était aussi taquin que son frère, prétendît le contraire. Être socialiste est un luxe qu'on ne peut pas se permettre dans un monde qui change tous les jours et dans lequel il y a tant de choses utiles à faire. On ne doit pas rester tranquillement assis sur son derrière à attendre l'An Mille, de même qu'on ne doit pas regarder en arrière. Quand à l'université on jouait au jeu qui consiste à désigner l'époque à laquelle on aurait désiré vivre, Priss était la seule à choisir le moment présent. Kay optait pour l'an 2000 (après J.-C., naturellement) et Lakey pour le Quattrocento – ce qui aurait suffi à montrer combien ces jeunes filles étaient différentes les unes des autres. Priss estimait qu'il était passionnant, quand on avait vingt et un ans, de vivre dans l'Amérique d'aujourd'hui et elle plaignait beaucoup ce Dick Brown, assis à sa droite, qui était si nerveux et si mécontent de tout. Elle lui avait suffisamment parlé (sans doute l'avait-elle beaucoup ennuyé ?) pour savoir qu'il était un de ces réfugiés qui viennent replonger des racines dans leur pays.

Le bruit des voix était tombé ; bientôt il s'éteindrait tout à fait. Les jeunes filles, que le punch avait un peu étourdies, s'interrogèrent du regard. Qu'allait-il se passer maintenant ? Dans un mariage ordinaire, Kay et Harald se seraient éclipsés et auraient reparu quelques minutes plus tard en costume de voyage. Mais Kay leur avait dit qu'il n'y aurait pas de lune de miel. Il était clair qu'ils n'avaient nulle part où aller ; ils retourneraient dans la chambre qu'ils avaient quittée ce matin où, connaissant Kay comme elles la connaissaient, le lit n'avait sûrement pas été fait. Le sentiment de gêne qu'elles avaient éprouvé dans l'église s'empara d'elles de nouveau. Elles regardèrent leurs montres. Il n'était qu'une heure et demie. De combien de temps Harald disposait-il avant de retourner à son travail ? Évidemment, beaucoup de jeunes gens se marient et rentrent tranquillement chez eux, mais elles avaient la conviction intime que ce n'était pas la chose à faire.

« Si je leur demandais de venir prendre le café chez tante Julia ? dit tout bas Polly Andrews à Dottie.

— Cela fait beaucoup de monde, dit Dottie, également à voix basse. Je ne sais pas ce que dira Ross. » Ross était la gouvernante de tante Julia, et c'était un personnage.

« On se fiche de Ross », dit Polly.

Les deux jeunes filles parcoururent des yeux la table pour compter le nombre des convives. Quand elles revinrent à leur point de départ, elles se regardèrent avec effroi. Treize ! Huit de la petite bande, plus cinq étrangers. C'était du Kay tout pur ! Ou était-ce un hasard ? Peut-être quelqu'un s'était-il décommandé à la dernière minute ?

La femme de l'homme de la radio ayant échangé un regard d'intelligence avec son mari dit à Dottie sotto voce : « Pourquoi les copines ne viendraient-elles pas prendre le jus à la maison ? »

Dottie ne sut que répondre. L'idée était excellente, mais ce n'était pas à elle de décider. Kay préférerait peut-être aller chez tante Julia. La situation s'embrouillait, bientôt elle deviendrait inextricable.

Ce fut alors que s'éleva la voix croassante et plaintive de Pokey Prothero. « Je suppose, dit-elle, que vous comptez filer tous les deux. »

Elle avait écrasé sa cigarette avec son pied et, à travers son lorgnon, regardait les nouveaux mariés d'un air sévère. Les jeunes filles poussèrent un soupir de soulagement. Pokey était intervenue avec son autorité habituelle.

« Filer, Pokey ? Et où ? dit Kay en souriant.

— Oui, filer où ? » dit le marié.

Pokey réfléchit.

« À Coney Island », dit-elle.

Ces mots étaient proférés du ton sans réplique qu'emploient les très vieilles gens ou les enfants gâtés. Après un silence, Kay s'écria : « C'est une idée merveilleuse ! Par le métro. » Harald récita comme une leçon : « Brighton Express, via Flatbush Avenue. Changer à Fulton Street. »

Les jeunes filles crièrent en chœur : « Pokey, tu es un génie ! »

Harald paya l'addition et s'engagea dans une discussion sur les mérites respectifs du Cyclone et de la Thunderbolt. Les jeunes filles serrèrent leurs cols de fourrure autour de leur cou, consultèrent de petits agendas anglais en cuir bleu marine, sortirent leurs poudriers. La pièce s'emplit de mouvement et de rires. Les voix reprirent : « Comment

Pokey y a-t-elle pensé ? Peut-on mieux finir cette belle journée ? » Elles enfilèrent leurs gants.

En descendant l'escalier, l'homme de la radio alla chercher son appareil de photographie qu'il avait laissé au vestiaire. Il prit quelques instantanés sur le trottoir, dans le beau soleil de juin ; après quoi l'on se dirigea vers la station de métro d'Astor Place, sous l'œil étonné des passants. Devant le tourniquet, à l'entrée du quai, Libby MacAusland, se dressant sur ses longues jambes contre un avant de basket-ball, s'écria : « Kay doit nous donner son bouquet. »

Un petit attroupement s'était formé. Harald sortit de sa poche deux pièces de cinq *cents* et les jeunes époux pénétrèrent sur le quai. Kay, qui de l'avis général n'avait jamais été aussi jolie, lança son bouquet par-dessus le tourniquet. Libby fit un bond et l'attrapa, bien qu'il fût destiné à Priss qui se trouvait derrière elle... À ce moment, Lakey leur causa à toutes une surprise. Les paquets enveloppés de papier brun qu'elle avait apportés à l'hôtel contenaient... du riz !

« C'est pour ça que tu as disparu ce matin ! » s'écria Dottie, stupéfaite.

Les invités de la noce plongèrent leurs mains dans les sacs et lancèrent des poignées de riz dans la direction des mariés. Quand le train entra en gare, le quai était couvert de petits grains blancs. Kay, au moment où les portières allaient se fermer, cria : « C'est banal, ça ne te ressemble pas, Eastlake ! » Avant de se séparer, les jeunes filles échangèrent encore quelques mots. Non, cela ne ressemblait pas à Lakey mais, banale ou non, cette attention avait ajouté la petite note grâce à laquelle la journée demeurerait inoubliable.

2

Tout d'abord, Dottie avait trouvé assez drôle de monter en catimini, deux jours seulement après le mariage de Kay, l'escalier qui menait à une chambre située juste en face de celle d'Harald où la même chose était arrivée à son amie. Puis une sorte d'émotion superstitieuse s'était emparée d'elle, semblable à celle que les membres du petit groupe éprouvaient quand ces jeunes filles étaient toutes « indisposées » en même temps. Ah, cette étrange sensation d'être des femmes soumises comme les marées aux périodes lunaires ! Tandis que la clé tournait dans la serrure, un travail mystérieux se faisait dans le cerveau de Dottie. Dans un instant elle serait pour la première fois seule dans une garçonnière avec un homme. Cette nuit était celle du solstice d'été, au cours de laquelle les jeunes filles offraient leur trésor dans l'intérêt de la moisson. En commentant *Le Songe d'une nuit d'été*, leur professeur de littérature, une femme passionnée d'anthropologie, leur avait parlé des rites de fertilisation. Encore tout récemment, paraît-il, les paysans d'Europe allumaient des feux de joie en l'honneur des jeunes vierges élues Reines du blé et s'accouplaient avec elles dans les champs. L'université, se disait Dottie tandis que

Dick faisait de la lumière, leur avait appris presque trop de choses. Les idées qui lui traversaient l'esprit à ce moment, elle n'aurait pu les confier à sa mère et elle pouvait encore moins les confier à cet homme qui l'aurait jugée folle si elle s'était mise à lui parler de la Reine du blé au moment où elle allait perdre sa virginité. Ses amies auraient bien ri si elles avaient su que Dottie désirait avant tout avoir une longue et confiante conversation avec Dick, ce Dick si séduisant et si malheureux et qui avait tant à donner.

Mais ses amies n'auraient pas cru – non, vivraient-elles cent ans qu'elles ne le croiraient pas – que Dottie Renfrew viendrait dans cette chambre mansardée qui sentait le graillon avec un homme qu'elle connaissait à peine, qui ne faisait pas mystère de ses intentions, qui avait beaucoup bu et qui, de toute évidence, n'était pas amoureux d'elle. Vue sous cet angle, la décision qu'elle avait prise lui paraissait à elle-même incroyable. Oui, elle aurait voulu parler à Dick, sans doute afin de gagner du temps, comme on discute de choses et d'autres avec le dentiste pour retarder le moment où il s'emparera de la roulette. Quelle drôle de comparaison ! Il était préférable que la petite bande ignorât ce qui lui passait par la tête en ce moment…

Et pourtant, quand cela arriva, ce fut loin d'être ce que ses amies ou même sa mère auraient imaginé. Pas du tout déplaisant et sordide, en dépit de l'ébriété de Dick. Ce garçon était vraiment très attentionné. Il l'avait débarrassée de son chapeau et de ses fourrures avec autant de naturel que s'ils s'étaient trouvés à l'entrée d'un restaurant. Il les avait rangés dans la penderie, puis il lui avait ôté sa robe avec cet air drôlement concentré qu'avait papa quand il agrafait la robe de maman avant de partir en soirée.

Il avait regardé l'étiquette de la robe et il l'avait regardée, elle, comme s'il avait voulu établir une comparaison entre l'une et l'autre. Il lui avait retiré ses vêtements et les avait soigneusement pliés sur un fauteuil, son regard toujours fixé sur les étiquettes. Il dégrafa successivement bas, gaine, soutien-gorge et jarretières. Elle eut une courte défaillance quand elle se vit en combinaison dans l'attitude d'une malade en présence du médecin, mais lorsqu'il fit passer celle-ci par-dessus sa tête (en prenant grand soin de ne pas la décoiffer), elle n'éprouva pas d'émotion particulière, bien qu'elle n'eût plus sur elle que ses perles. Était-ce parce qu'elle avait l'impression d'être chez le docteur ou parce qu'il avait cet air extraordinairement détaché et impersonnel ? (On dit que les peintres sont ainsi devant leurs modèles.) En la déshabillant, il ne l'avait touchée qu'une fois, et encore par hasard (il l'avait effleurée). Maintenant il avait pris ses seins entre ses doigts et lui disait de se détendre avec la même voix que le docteur Perry quand il s'apprêtait à la soigner pour sa sciatique. Il lui mit entre les mains un album de dessins et alla faire sa toilette. Dottie, assise dans le fauteuil, essayait de ne pas entendre ce qui se passait dans la petite pièce. L'album sur les genoux, elle regardait autour d'elle. Elle connaissait à peine Dick, et les chambres vous en apprennent beaucoup sur les gens. Celle-ci avait une lucarne et une grande fenêtre exposée au nord. Elle était étonnamment bien rangée, pour une chambre de garçon. Dottie vit une planche à dessin couverte d'esquisses auxquelles elle aurait bien aimé jeter un coup d'œil, une grande table nue, des rideaux en grosse toile, un divan-lit avec une couverture de bure. Sur la commode, dans un cadre, la photographie d'une magnifique femme blonde, les cheveux coupés à la garçonne. C'était certainement « Betty », sa femme. Aux murs il y avait, tenue par des punaises, une seconde photographie représentant la même personne et des dessins de nus qui étaient peut-être encore elle. Dottie eut un petit pincement au cœur. Pour garder sa liberté, et aussi pour complaire à Dick, elle s'était efforcée, en dépit du sang qui battait dans ses veines, d'écarter de son esprit toute pensée amoureuse. Elle s'était dit : « Je n'ai pour lui qu'une attirance physique », et maintenant qu'il était trop tard pour reculer, voilà qu'elle perdait son *sang-froid*[*], et qu'elle éprouvait un sentiment de jalousie. Pire encore, l'idée lui était venue que Dick était peut-être un homme aux mœurs « bizarres ». Elle ouvrit l'album de dessins et vit d'autres nus signés d'un artiste moderne dont elle n'avait jamais entendu parler. À quoi donc s'était-elle attendue ? Le retour de Dick eut quelque chose de rassurant.

Il portait un short blanc et tenait à la main une serviette sur laquelle était brodé le nom d'un hôtel. Il étendit la serviette sur le lit après avoir écarté la couverture.

« Allongez-vous dessus et détendez-vous », lui dit-il d'une voix amicale.

Il avait les mains sur les hanches et la regardait en souriant. Elle cherchait à respirer normalement et se répétait, pour se donner confiance, qu'elle avait un beau corps.

« Rien n'arrivera, à moins que vous ne le vouliez, bébé. » À ces mots, proférés d'un ton volontairement léger, elle comprit combien elle devait avoir l'air inquiet et méfiant. « Je sais, Dick », dit-elle. C'était la première fois qu'elle l'appelait par son prénom.

« Voulez-vous une cigarette ? »

Elle fit signe que non. Sa tête retomba sur l'oreiller. « Comme il vous plaira. »

Tandis qu'il se retournait pour éteindre l'électricité, elle éprouva une jouissance – on devine où – semblable à celle qu'elle avait ressentie dans le petit restaurant italien quand il avait fixé sur elle ses yeux sombres voilés de longs cils et lui avait dit : « Voulez-vous venir chez moi ? » La main posée sur la lampe de chevet, il la dévisageait de la même manière. Elle ne comprit pas tout de suite pourquoi son entrecuisse prenait feu. Elle le regarda d'un air interrogateur, comme si elle eût voulu qu'il lui confirmât quelque chose. Pour toute réponse, il tourna le commutateur et se dirigea vers le lit dans le noir. Elle comprit qu'il déboutonnait son short.

Le geste l'effraya. Elle n'avait jamais vu cette partie du corps d'un homme, excepté sur les statues et une fois, à l'âge de six ans, quand elle avait surpris papa dans son bain. Elle s'imaginait que c'était quelque chose de laid, de sombre et d'enflammé, entouré d'un pelage hirsute. Elle lui fut reconnaissante de lui avoir épargné un spectacle qu'elle n'aurait sans doute pas supporté. Elle retint son souffle tandis que le corps inconnu montait sur le sien.

« Écartez les jambes », dit-il.

Sa main chercha son intimité et, l'ayant trouvée, se mit à exercer de petites pressions. Elle geignait doucement. N'allait-il pas bientôt cesser ? Dick, Dieu merci, retira sa main. Il hésitait encore. Soudain, ce qu'elle appréhendait se produisit : il pénétrait en elle. Tout son corps se raidit.

« Détendez-vous, lui dit-il. Nous y sommes. »

La « chose » – elle ne savait quel nom lui donner – était étonnamment douce et chaude, mais elle faisait un mal terrible.

« Détendez-vous, sapristi ! Vous rendez ça plus difficile. »

Dottie poussa un cri. Elle avait été complètement pénétrée. Il lui mit une main sur la bouche et de l'autre disposa ses jambes autour de sa taille de façon à pouvoir mieux se mouvoir en elle. Au début, chaque assaut qu'il lui portait lui faisait si mal qu'elle raidissait ses muscles et cherchait à se dérober, mais cela n'avait d'autre effet que de le rendre plus agressif. Alors qu'elle ne demandait qu'une chose, c'était que cela prît fin, ô surprise des surprises, elle commença à y trouver un certain agrément. Son corps ne se révoltait plus tandis qu'il la pénétrait à fond, puis se retirait lentement, cela sans relâche, comme une question indéfiniment répétée. Elle était frémissante, toute. Chacun de ces coups d'archet lui faisait désirer le suivant. Elle était la proie de contractions qu'elle ne pouvait contrôler. Quand elles prirent fin, comme prend fin une crise de hoquet, elle se sentit très embarrassée : elle avait oublié Dick en tant qu'individu. Sans doute devina-t-il sa pensée, car il se retira d'elle brusquement et se mit à pilonner son ventre avec son membre. Ce fut à son tour de frémir et de gémir et Dottie sentit quelque chose d'humide et de visqueux couler le long de sa taille. De longues minutes passèrent. Un grand calme régnait dans la chambre. À travers la lucarne, Dottie voyait briller la lune. Couchée sous Dick – il était très lourd –, elle se demandait si quelque chose n'avait pas cloché par sa faute. La poitrine du jeune homme lui écrasait les seins.

Elle pouvait à peine respirer. Ils étaient en nage ; lui surtout, dont la sueur glacée trempait le visage de Dottie et formait entre ses seins un petit ruisseau. Il y avait sur ses lèvres un goût salé, un goût de larmes. Elle éprouva un sentiment de bonheur et s'en repentit aussitôt. Ce bonheur-là, elle ne le méritait sûrement pas : Dick n'avait pas trouvé en elle une partenaire à la hauteur ; sinon il aurait dit quelque chose. Peut-être la femme n'est-elle pas censée bouger ? « Vous rendez ça plus difficile », lui avait-il dit, alors qu'il lui faisait le plus mal, de la voix qu'ont les hommes quand ils disent : « Est-ce qu'on ne peut pas dîner à l'heure ? » ou quelque chose d'aussi banal que cela. Avait-elle tout gâché en criant ? Ou bien avait-elle fait un *faux pas** à la fin ? La littérature spécialisée n'est vraiment pas assez explicite. Le Krafft-Ebing que Kay et Helena avaient acheté chez un bouquiniste et qu'elles lisaient à haute voix comme si c'était un livre destiné à faire rire, décrit surtout des choses dégoûtantes, par exemple des hommes faisant l'amour avec des poules, et encore l'auteur ne dit-il pas comment ils font. La pensée de la blonde sur le bureau la désespérait. Dick ne faisait-il pas en ce moment un rapprochement qui n'était pas à son avantage ? Son haleine imprégnée d'alcool lui parvenait par bouffées et, dans le lit même, il y avait une odeur douceâtre très particulière. Émanait-elle d'elle par hasard ?

Elle eut une autre pensée horrible : ne se serait-il pas endormi ? Elle remua un peu. Leurs peaux humides firent un petit bruit de succion tandis qu'elle cherchait à écarter la masse qui pesait sur elle. Oui, il dormait. « Sans doute est-il fatigué ? » se dit-elle, indulgente (il avait de grands cernes sous les yeux), mais au fond d'elle-même elle pensait que ce n'était pas la chose qu'il aurait dû faire. Quand il s'éveillerait demain matin et qu'il ne la trouverait pas à ses côtés, il serait sans doute très content. Elle n'était rien pour lui ; son sommeil le montrait bien. Peut-être même ne se souviendrait-il pas qu'il avait fait l'amour avec elle. Elle se demanda s'il n'était pas fin saoul. Elle n'avait qu'une façon de préserver sa dignité : s'habiller dans le noir et disparaître. Allait-elle trouver la salle de bains dans le couloir obscur ? Dick ronflait.

Elle avait constaté que le liquide gluant avait séché et formé de petites croûtes sur son estomac. Elle ne pouvait retourner au Vassar Club sans s'être lavée. Une nouvelle pensée lui vint, la pire de toutes. N'aurait-il pas éjaculé alors qu'il était encore en elle ? Peut-être avait-il employé un préservatif en caoutchouc ? Et si celui-ci s'était déchiré alors qu'elle se débattait ? On lui avait dit qu'il suffisait d'une goutte pour vous rendre enceinte. Cela expliquerait pourquoi il s'était retiré si vite.

Brusquement, elle chercha à le repousser. Dick leva la tête. Un rayon de lune éclairait la jeune fille. Il la regarda et parut ne pas la reconnaître. « C'est donc vrai, se dit Dottie tristement. Il s'est endormi et il m'a oubliée. » Elle chercha à se glisser hors du lit.

Dick se mit sur son séant et se frotta les yeux.

« Ah, c'est vous, Boston, dit-il en lui passant le bras autour de la taille. Je m'étais assoupi. Excusez-moi. »

Il se leva et alluma la lampe de chevet. Dottie s'enfouit sous le drap. Elle avait toujours peur de le voir nu.

« Je dois rentrer, Dick, dit-elle, en louchant vers ses vêtements pliés sur le fauteuil.

— Vraiment ? dit-il d'un ton moqueur.

— Vous n'avez pas besoin de vous habiller et de me reconduire. »

Ses yeux demeuraient fixés sur la carpette où étaient incrustés les beaux pieds nus de Dick. Elle le vit se baisser et enfiler son short. Alors elle osa lever les yeux. Leurs regards se rencontrèrent. « Qu'y a-t-il, Boston ? dit-il gentiment. Les jeunes filles ne rentrent pas chez elles la première nuit. Est-ce que cela vous a fait très mal ? »

Dottie fit non de la tête.

« Est-ce que vous saignez ? demanda-t-il. Allons, laissez-moi voir. »

Il la souleva et la déplaça légèrement. Il y avait une petite tache de sang sur la serviette.

« Du plus bleu, dit-il, mais en quantité infinitésimale. Betty a saigné comme un bœuf. »

Dottie ne dit rien.

« Tirons la chose au clair, dit-il en désignant du pouce la photographie encadrée. Est-ce à cause d'elle que vous êtes mal à l'aise ? »

Dottie fit signe que non. Ses préoccupations étaient d'un ordre différent.

« Dick, dit-elle (elle avait fermé les yeux tant elle avait honte), croyez-vous que je devrais me servir d'un bock ?

— D'un bock ? Pour quoi faire ?

— Eh bien, au cas... vous savez... pour être tranquille ? »

Dick la regarda fixement et éclata de rire. Il se laissa tomber sur une chaise et rejeta sa tête en arrière.

« Ma chère enfant, dit-il, nous avons employé le plus vieux et le plus sûr moyen d'être tranquilles. *Coitus interruptus*, comme disaient les Romains. Pas drôle du tout, d'ailleurs.

— Je pensais... commença Dottie.

— Ne pensez pas. À quoi avez-vous pensé ? Je vous promets qu'aucun spermatozoïde ne s'achemine en ce moment à la rencontre d'un de vos irréprochables ovules pour le féconder. Comme l'homme de l'Écriture, j'ai répandu ma semence sur le sol, ou plutôt sur votre joli petit ventre. »

Il écarta le drap avant qu'elle ait eu le temps de l'en empêcher.

« Vous pensez à quelque chose ? » dit-il.

Dottie secoua la tête et rougit. Certains mots l'effarouchaient et elle avait failli s'évanouir en prononçant celui de bock.

« Maintenant, vous devez vous laver », déclara-t-il.

Il enfila ses pantoufles, revêtit une robe de chambre et se rendit dans le cabinet de toilette. Quand il reparut – le temps avait semblé très long à Dottie – il tenait à la main une serviette. Il nettoya et essuya le ventre de la jeune fille. Cela fait, il s'assit sur le lit à côté d'elle. Il semblait tout ragaillardi. Sa bouche sentait la pâte dentifrice. Il alluma deux cigarettes, lui en donna une et posa un cendrier entre eux.

« Vous avez joui, Boston », dit-il, l'air d'un professeur satisfait de son élève.

Dottie le regarda, gênée. Était-ce une allusion à cette chose qu'elle avait faite et à laquelle elle préférait ne pas penser ?

« Que dites-vous ? » dit-elle. Sa voix n'était qu'un souffle.

« Je veux dire que vous avez eu un orgasme. »

Elle était à peu près sûre d'avoir compris, mais la façon de s'exprimer de Dick la désorientait.

« Le paroxysme, précisa-t-il. Vous apprennent-ils ce mot à Vassar ?

— Oh ! dit Dottie, presque déçue. Était-ce donc… ? »

Il ne la laissa pas achever sa phrase. « Oui, c'était ça, pour autant que j'en puisse juger.

— Est-ce normal ? » demanda-t-elle, commençant à reprendre confiance.

Il haussa les épaules. « Pas pour les jeunes filles de votre milieu. Pas la première fois, généralement. Contrairement à ce que l'on pourrait penser, vous êtes sans doute très sensuelle. »

Dottie rougit encore davantage. À en croire Kay, le paroxysme était une chose très rare, une chose qu'un mari obtient de sa femme lorsque, la connaissant bien, il sait exciter ses sens par de patientes caresses manuelles. Un tel vocabulaire fit frémir Dottie rétrospectivement. Il y avait un affreux passage en latin dans le Krafft-Ebing au sujet de l'impératrice Marie-Thérèse. Le médecin de la cour avait donné certains conseils à l'empereur et c'était si déplaisant que Dottie avait cherché à ne plus y penser. Pourtant, même maman laissait entendre que le plaisir se fait souvent longtemps attendre et qu'il ne faut pas sous-estimer le rôle du sentiment. Maman, quand elle parlait du plaisir, n'était pas claire ; sur le sujet Kay ne l'était pas non plus. Polly Andrews lui avait demandé un jour : « Est-ce analogue à ce que l'on éprouve quand on se laisse peloter par un garçon ? » (Polly était alors fiancée), et Kay avait répondu : « Oui, à peu près. » Dottie pensait maintenant que Kay s'était trompée ou que, pour une raison ou pour une autre, elle avait cherché à cacher la vérité à Polly. Dottie, elle, avait été souvent troublée en dansant avec quelqu'un de terriblement séduisant, mais c'était une sensation très différente de ce qu'elle avait éprouvé avec Dick. Kay savait-elle vraiment de quoi elle parlait, ou bien elle et maman faisaient-elles allusion à autre chose ?

Dottie se demanda si elle n'avait pas fait avec Dick quelque chose d'anormal. Pourtant il paraissait tout heureux, assis là, à côté d'elle. Il faisait des ronds avec la fumée de sa cigarette. Ayant vécu à l'étranger, il en savait sûrement davantage que Kay et maman.

« Pourquoi faites-vous cette tête, Boston ? dit-il tout à coup. Être sensuelle pour une femme est une excellente chose. Vous ne devez pas avoir honte. »

Il lui retira sa cigarette de la bouche et posa ses deux mains sur les épaules de la jeune fille.

« Ce que vous éprouvez est normal, poursuivit-il. *"Post coitum omne animal triste est"*, a dit le poète romain. »

Il saisit délicatement la pointe de son sein.

« Votre corps vous a surprise ce soir, vous devez apprendre à le connaître. »

Elle approuva de la tête.

« Très doux, dit-il en serrant le mamelon entre le pouce et l'index. *Tumescence*, voilà ce que vous ressentez ; c'est le mot scientifique. »

Dottie retrouva sa respiration. L'étudiante en elle avait compris. Elle n'était plus inquiète. Le mamelon caressé se contracta.

« Tissus érectiles », dit-il.

Il passa à l'autre sein.

« Regardez-les », dit-il.

Les deux mamelons étaient fermes et durs, leur aréole rose avait la chair de poule. Sur sa poitrine, quelques rares poils sombres.

Dottie se demanda ce qui allait se passer maintenant. Un grand calme l'avait envahie. Elle retrouvait les termes employés dans les livres sur le mariage. De nouveau, elle sentit un frémissement à un endroit précis de sa personne. Ses lèvres s'ouvrirent. Dick sourit. « Vous ressentez quelque chose ? »

Elle fit signe que oui.

« Vous voulez que je continue ? » De la main il reprit son manège. Dottie s'était raidie, elle serrait les cuisses. Elle avait honte du trouble que provoquaient en elle les longs doigts fureteurs. Il avait introduit son pouce entre ses cuisses fermées. Il tenait dans son autre main l'une des siennes et la guidait par l'ouverture de sa robe de chambre vers son sexe. Celui-ci était doux et flasque, plutôt sympathique, recroquevillé sur lui-même comme un gros ver. Assis aux côtés de la jeune fille, il la regardait fixement, tout en la caressant et en maintenant solidement sa main sur son membre.

Il dit tout bas : « Il y a là un petit bourrelet. Faites-le rouler sous vos doigts. » Un peu surprise, elle obéit. L'organe se durcit, ce qui lui fit éprouver un sentiment de puissance. Elle luttait encore contre l'excitation provoquée par le pouce indiscret, mais, ayant fermé les yeux pour ne pas voir le regard fixé sur elle, elle ouvrit automatiquement ses cuisses. Il écarta la main de la jeune fille qui retomba sur le lit, haletante. Le pouce poursuivit son jeu et elle s'abandonna au trouble étrange qu'elle éprouvait au plus intime d'elle-même. Alors, elle eut un nouveau spasme. Son corps se cabra et s'immobilisa. Quand la main de Dick voulut de nouveau la toucher, elle l'éloigna doucement.

« Non », dit elle en se détournant.

Ce second paroxysme qui ne ressemblait pas au premier avait mis ses nerfs à vif. Elle éprouvait une drôle de sensation, celle que l'on connaît quand on a été longuement chatouillé ou que l'on a envie d'aller au petit endroit.

« Cela ne vous a pas plu ? » demanda-t-il en prenant sa tête et en la tournant vers lui.

Elle voulait oublier qu'il l'avait regardée en faisant *cela*. Elle ouvrit les yeux et décida de dire la vérité.

« Pas autant que tout à l'heure, Dick. »

Il éclata de rire : « Une gentille petite fille, bien normale. Certaines femmes préfèrent *cela*. » Dottie frissonna. Elle ne pouvait nier que *cela* avait été agréable, mais elle avait le sentiment qu'ils venaient d'accomplir quelque chose de pervers. Dick semblait lire dans sa pensée.

« Avez-vous fait *cela* avec une autre fille ? » dit-il en la regardant bien en face.

Dottie rougit : « Dieu, non !

— Vous êtes une grande jouisseuse, savez-vous ? Comment expliquez-vous ça ? »

Dottie ne répondit rien.

« Avez-vous fait *cela* toute seule ? »

Elle secoua la tête avec force. Cette question était blessante.

« Et en rêve ?

— Un peu, pas complètement.

— Fantaisies érotiques d'une jeune vierge de Chestnut Street. »

Il se leva et alla ouvrir un tiroir de la commode. Il prit deux pyjamas et en lança un à Dottie.

« Mettez-le et allez vous laver. Il n'y aura plus de leçons aujourd'hui. »

Enfermée dans la salle de bains de l'étage, Dottie se mit à réfléchir. « Qui l'eût cru ? » se dit-elle en prenant la voix gutturale de Pokey Prothero. Son visage haut en couleur, aux yeux très enfoncés, aux épais sourcils et au nez mince et très long était plus bostonien que jamais. Avec son menton pointu – le menton des femmes de Nouvelle-Angleterre – qui faisait saillie sur le col blanc du pyjama, elle ressemblait à un vieux juge ou à un merle perché sur une haie. Son père lui disait en riant qu'elle aurait fait un très bon homme de loi. Et pourtant, ces fossettes dans ses joues, son goût pour la danse et la musique... Avait-elle une double personnalité comme le Dr Jekyll et Mr Hyde ? Tout en réfléchissant, Dottie se rinçait la bouche et se gargarisait avec l'eau dentifrice de Dick. Elle ôta son rouge à lèvres avec du papier de soie et jeta un regard inquiet au savon de Dick. Elle devait faire si attention à sa peau ! Mais tout dans la salle de bains était d'une propreté scrupuleuse. Des pancartes étaient fixées au mur. « Prière de laisser cet endroit aussi propre que vous désirez le trouver. Merci. » « Prière d'utiliser la descente de bain. » La gérante devait avoir l'esprit très large puisque ses locataires avaient le droit de recevoir des femmes. Kay avait passé ici des week-ends entiers avec Harald.

Quel genre de femmes Dick recevait-il ? Betty l'inquiétait moins que les autres, car il lui en avait parlé ouvertement. Que se serait-il passé s'il était rentré avec Lakey l'autre soir et non avec elle ? La jeune fille s'appuya sur la cuvette du lavabo et se gratta le cou. « Lakey, se dit-elle, ne lui aurait pas laissé faire ça. Avec Lakey, il n'aurait pas osé. » Ces pensées étaient déplaisantes ; mieux valait les écarter. Comment avait-il deviné qu'elle serait si docile ? Une chose la troublait beaucoup. Il ne l'avait pas embrassée, pas une seule fois. Peut-être avait-il une excuse : il n'avait pas voulu qu'elle s'aperçût qu'il sentait l'alcool. Ou bien était-ce elle qui avait une mauvaise haleine ? Il ne fallait pas penser à cela non plus. Mais une chose était certaine : Dick avait été blessé, profondément blessé par une femme. Cela expliquait la manière dont il s'était comporté avec elle. S'il n'avait pas voulu l'embrasser, c'était son affaire. Elle se mit à chantonner tout en se recoiffant avec son peigne de poche. « C'est un homme qui a besoin d'une femme comme m… oa. » Elle esquissa un pas de danse, en trébuchant à cause de ce pyjama trop grand. Rentrée dans la chambre, elle s'allongea auprès de Dick. Il dormait profondément dans le lit étroit. Les pensées de Dottie s'envolèrent, légères comme les oiseaux, vers sa mère, promotion 1908. Bien qu'il eût été vraiment temps de songer à dormir après une journée aussi fatigante, il lui était impossible de ne pas aller la retrouver. Il n'existait pas deux femmes comme elle : jolie, indulgente et si pleine de sympathie pour la jeunesse. Se remémorant les étapes de son initiation, elle voulait que cette mère chérie en connût le décor : une chambre nue au fin fond de Greenwich Village, les rayons de la lune éclairant le dessus-de-lit en bure, le fauteuil sous sa housse de toile, et surtout qu'elle connût Dick, un garçon si original avec son visage tourmenté et sa façon incroyable de s'exprimer. Ce qui s'était passé depuis trois jours passionnerait maman : la cérémonie à l'église, le lunch, la visite qu'ils avaient faite (Lakey, elle et Dick au musée Whitney) avant d'aller dîner dans un charmant petit restaurant italien où il y avait un billard dans l'entrée et où l'on buvait du gros rouge dans des tasses de porcelaine. Couchée à côté de Dick, elle continuait à tout raconter à sa mère. Elle lui disait que le lendemain, ils étaient allés tous les trois au musée d'Art moderne et à une exposition de sculpture d'avant-garde. Dick n'était pas sous son charme mais sous celui de Lakey (qui ne l'eût été ?). Elle en avait eu la certitude ce matin quand ils étaient allés lui dire au revoir à bord du paquebot en partance pour l'Europe. Il les avait rejointes sur le quai sous prétexte de donner à Lakey l'adresse de peintres qu'elle aurait intérêt à connaître à Paris. Le bateau parti, il lui avait fixé un rendez-vous pour le soir dans le même petit restaurant (elle avait eu de la peine à le trouver). Dottie avait eu terriblement peur qu'il ne s'ennuyât en tête à tête avec elle. En fait, il était resté silencieux jusqu'au moment où il lui avait dit sur un ton qu'elle n'oublierait jamais : « Voulez-vous venir chez moi ? »

Mrs Renfrew s'étonnerait sans doute qu'il n'ait pas été question d'amour, ni d'un côté ni de l'autre. Dottie continuait à s'entendre dire à sa jolie mère qu'elle et Dick avaient couché ensemble sur une base tout à fait différente. Dick, disait-elle calmement, était toujours amoureux de sa femme, le pauvre garçon, et, qui plus est, terriblement attiré par Lakey. Elle insistait : « Oui, maman, je le jurerais. Terriblement attiré par Lakey. Je l'ai compris cette nuit. » Elle voyait la scène se déroulant dans le boudoir de sa mère à Chestnut Street ; en fait, Mrs Renfrew se trouvait déjà dans leur maison de campagne de Gloucester où Dottie était attendue le lendemain ou le surlendemain. Elle imaginait la toute petite Mrs Renfrew avec un costume tailleur bleu ciel aux manches courtes laissant voir ses bras hâlés (elle jouait chaque jour au golf). Elle-même serait en costume et souliers de sport. Ayant terminé son récit, elle regarderait ses pieds et égaliserait les plis de sa jupe. Après un petit silence, sa mère prendrait la parole : « Oui, Dottie, je vois. Je crois que je comprends. » L'atmosphère serait grave et réfléchie. « Es-tu sûre, ma chérie, que l'hymen a été perforé ? — Oh, oui, maman ! » Mrs Renfrew, qui était la fille d'un médecin missionnaire et qui avait été presque infirme dans sa jeunesse, attachait une grande importance au côté physiologique de la vie.

Dottie se tourna brusquement vers Dick. « Vous adorerez maman, s'entendit-elle lui dire. Elle est extraordinairement vivante, et beaucoup plus séduisante que moi : toute petite, avec un corps charmant, des yeux bleus et des cheveux blonds qui commencent seulement à grisonner. Elle a été très malade et s'est guérie uniquement par la volonté. Elle venait de rencontrer papa et elle estimait qu'une femme malade n'a pas le droit de se marier. Elle croit à l'amour – comme nous toutes. » Dottie rougit et décida de supprimer cette dernière phrase. Elle ne devait pas tout gâcher en laissant entendre à Dick qu'elle était amoureuse de lui. Une remarque de ce genre lui déplairait souverainement. Mieux valait se montrer à lui sous un autre jour. « Je suis aussi très religieuse – elle sourit timidement. Pratiquante dans la mesure où j'aime les cérémonies de l'église, mais surtout panthéiste. Pour moi, Dieu est partout. Je ne suis pas de la même génération que maman. Nous pensons toutes que le sentiment et le sexe sont deux choses séparées. Ce n'est pas obligatoire, mais cela arrive très souvent. On ne doit pas forcer le sexe à faire le travail du cœur et le cœur à faire le travail du sexe. C'est bien votre avis ? » Elle eut un petit rire nerveux et poursuivit : « Une des professeurs que nous estimions le plus a dit un jour à Lakey qu'on ne doit pas penser à l'amour, ne pas en éprouver le besoin, que c'est la meilleure façon de vivre *en lui*. Cela a énormément impressionné Lakey. »

La voix de Dottie était devenue un souffle tandis qu'elle exposait sa philosophie de la vie à l'homme profondément endormi à ses côtés. Son imagination avait osé associer le nom de Lakey à sa théorie sur l'amour, afin de montrer à Dick qu'elle n'était pas jalouse de la « beauté brune ». C'était toujours ainsi qu'il l'appelait car il n'aimait pas son surnom de Lakey. Dottie avait remarqué une chose : chaque fois que Lakey se retournait pour le regarder, il arrangeait sa cravate, comme un homme qui se voit par hasard dans une glace du métro… Avec Lakey, il ne se montrait jamais moqueur et inquiet, même quand il n'approuvait pas ses idées sur l'art. Pourtant, quand Dottie lui avait dit sur le quai d'embarquement – elle voulait gagner ses bonnes grâces – « N'est-ce pas qu'elle est merveilleuse ? » il avait haussé les épaules et s'était contenté de répondre : « Elle a du caractère. »

Maintenant, Lakey était en pleine mer et elle, étendue auprès du corps chaud de Dick. Une idée lui vint à l'esprit. Peut-être l'attirance qu'elle exerçait sur le jeune homme n'était-elle pas de la même nature ? Lakey était extrêmement belle, intelligente et cultivée, mais elle était froide. Là-dessus, tout le monde était d'accord. Peut-être admirait-il platoniquement Lakey et voyait-il en elle autre chose ? L'hypothèse était difficile à vérifier, en dépit de ce qu'il lui avait dit sur son corps. Kay assurait que les hommes sophistiqués attachent plus d'importance au plaisir qu'ils font éprouver à leurs partenaires qu'à celui qu'ils éprouvent eux-mêmes, mais Dick (Dottie toussa en essayant de faire le moins de bruit possible) n'avait pas semblé emporté par la passion, alors même qu'il l'excitait si terriblement. Kay n'aurait pas manqué d'ajouter : « Tu n'as pas le charme irrésistible de Lakey. Dick s'est *servi* de toi comme d'un produit de remplacement parce qu'elle est trop belle et trop riche pour qu'on puisse l'amener dans une chambre meublée sordide. Et Dick n'aurait jamais voulu d'une fille capable, comme Lakey, de l'entraîner dans une aventure sentimentale. » Dottie croyait entendre Kay émettre son décret avec sa forte voix de l'Ouest. « Crois-moi, Renfrew, tu n'as été pour lui qu'une soupape d'échappement, une simple passade. » Ces mots proférés avec assurance ne correspondaient-ils pas à la vérité ? Dottie eut le sentiment qu'elle passait sous un rouleau compresseur. Kay aurait sans doute également dit : « Tu as voulu te débarrasser de ta virginité. Dick n'a été pour toi qu'un instrument ! »

Ce qui était terrible avec Kay, c'est qu'elle avait toujours raison, ou du moins qu'elle avait toujours l'air d'avoir raison, sans doute parce qu'elle s'exprimait d'un ton péremptoire et désintéressé, sans tenir le moindre compte des sentiments intimes des personnes auxquelles elle s'adressait. Du moment où Dottie entendit – ou crut entendre – la voix de Kay, sa confiance l'abandonna. Elle se vit telle que son amie se la figurait : une vieille fille de Boston dont le cordon ombilical demeurait attaché à sa mère.

Il en était ainsi pour les amies de Kay, pour celles du moins qui manquaient de caractère. Kay s'emparait de leurs affaires plus ou moins d'amour et les leur renvoyait étiquetées comme du linge revenu de chez la blanchisseuse. Ainsi, lorsqu'il avait été question du mariage de Polly Andrews, elle s'était crue obligée d'intervenir. Le garçon qu'elle devait épouser avait eu des déséquilibrés dans sa famille et Kay avait fait un exposé si sombre sur l'hérédité que Polly avait rompu ses fiançailles. La pauvre petite avait eu une crise de nerfs ; on avait dû la transporter à l'infirmerie. Naturellement, Kay avait raison. Mr Andrews était sujet à la « mélancolie » et unir deux familles atteintes du même mal aurait été pure folie. Kay avait conseillé à Polly de coucher avec le jeune homme puisqu'elle était amoureuse de lui et d'épouser quelqu'un d'autre quand elle voudrait avoir des enfants. Polly n'avait pas eu le courage de suivre son conseil, bien qu'elle en eût terriblement envie. Les autres jeunes filles, à l'exception de Lakey, avaient partagé le point de vue de Kay en ce qui concernait ce mariage, mais aucune n'avait osé parler franchement à Polly. Il en était généralement ainsi. Kay disait ouvertement ce que les autres pensaient tout bas ou ce dont elles discutaient entre elles quand l'intéressée n'était pas là.

Dottie soupira. Son aventure allait inévitablement parvenir aux oreilles de Kay, puisque son mari était un ami intime de Dick. Non qu'elle craignît une indiscrétion de Dick. C'était un gentleman. Non, ce serait elle qui finirait par tout avouer à Kay. Personne ne savait mieux que Kay vous tirer les vers du nez. Mais dans le petit groupe, on préférait encore avoir son opinion plutôt que de ne pas l'avoir. Il ne faut jamais avoir peur d'entendre la vérité. Et puis, à qui d'autre se serait-elle confiée ? À sa mère, si compréhensive, oui, mais, à bien y réfléchir, elle était d'une autre génération. Elle s'inquiéterait, elle serait malheureuse. Elle voudrait voir Dick ; son père voudrait le voir aussi. On parlerait de mariage, et il ne pouvait pas en être question. Dottie soupira de nouveau. Elle savait qu'il lui faudrait parler à quelqu'un – pas des détails les plus intimes, bien sûr, mais du fait stupéfiant qu'elle avait perdu sa virginité –, et ce quelqu'un ne pouvait être que Kay. Naturellement, celle-ci discuterait son cas avec Dick. C'était ce qu'elle craignait le plus. Elle serait disséquée devant le jeune homme. Il saurait tout : les relations d'affaires de son père, les clubs dont sa mère faisait partie, la position que les Renfrew occupaient à Boston. (Kay la surestimait beaucoup : ils n'étaient pas des « seigneurs », loin de là !) Un éclair de gaieté passa dans les yeux de Dottie. Son amie ignorait tout des usages d'un certain milieu, bien qu'elle ne cessât d'affirmer le contraire. D'ailleurs, quelle importance tout cela avait-il aujourd'hui ? Qui aurait le courage de dire à Kay que ces questions de clubs et de préséances n'intéressaient plus que les vieilles dames et certains parvenus ? Pauvre chère Kay. Elle avait subi cinq assauts avant d'être pénétrée. Elle avait beaucoup saigné. Elle avait beaucoup souffert. Lakey disait qu'elle avait une peau de buffle. Faire l'amour, c'est suivre le mouvement de l'homme comme lorsqu'on danse. Kay était une détestable danseuse et elle voulait toujours conduire. « Maman a parfaitement raison de dire (les yeux de Dottie commençaient à se fermer…) que les jeunes filles ne doivent pas danser ensemble ; cela n'est d'ailleurs toléré que dans les pensionnats de second ordre. »

3

« Procurez-vous un pessaire. » Ces mots que Dick avait prononcés à voix basse, alors que le lendemain matin il la poussait vers la porte, firent à Dottie l'effet d'une douche froide. Elle crut avoir entendu : « Procurez-vous un pivert », et sur l'écran brouillé de sa conscience se projeta la petite bête dont elle avait étudié les mœurs en classe de zoologie, puis d'affreux souvenirs de Krafft-Ebing et de la camarade qui avait élevé une chèvre à Vassar. Dick faisait-il allusion à ces vieilles filles qui se voient réduites à ces saletés ? Des larmes perlèrent à ses yeux. Certainement, Dick la détestait pour ce qui s'était passé cette nuit. Kay disait que certains hommes étaient comme cela après avoir assouvi leurs désirs. « Le feu éteint, le remords apparaît. » Ils avaient pris un affreux petit déjeuner que Dick avait préparé sans vouloir que Dottie l'aidât : café, œufs brouillés, petits pains rassis ; pas de fruits ou de jus de fruits. Pendant tout le repas, il était demeuré silencieux. Lui ayant tendu la première page du journal, il avait parcouru les nouvelles sportives et les annonces en buvant lentement son café. Quand elle lui avait donné la page consacrée à la politique, il avait repoussé le journal avec impatience. Elle s'était dit qu'il s'était levé du pied gauche, comme cela arrivait à son père. Maintenant, elle ne se faisait plus d'illusions : elle l'avait perdu. Dans sa vieille robe de chambre, avec ses cheveux en désordre, son sourire cruel et son regard sarcastique, il lui faisait penser à quelqu'un. À qui ? À Hamlet, naturellement. À Hamlet disant à Ophélie : « Retirez-vous dans un couvent. Je ne vous aime point. » Mais elle ne pouvait pas répondre comme Ophélie : « Vous m'avez leurrée » (c'était le moment le plus pathétique de la pièce ; là-dessus, toutes les camarades étaient d'accord), car Dick ne l'avait pas leurrée. C'était elle qui s'était monté la tête. Elle le regarda fixement en avalant sa salive. Une larme glissa sur sa joue.

« Allez chez une doctoresse, lui lança-t-il, agacé. Elle vous donnera un produit anticonceptionnel. Demandez à votre amie Kay. »

Elle commençait à comprendre. Chez quelqu'un comme Dick – son instinct de femme ne pouvait la tromper –, c'était là le langage de l'amour. Elle avait douté de lui. Pourvu qu'il ne s'en fût pas aperçu ! « Oui, Dick », murmura-t-elle, la main sur la poignée de la porte, les yeux luisant doucement, comme si elle eût voulu lui faire comprendre qu'à cette minute même elle engageait sa foi.

Devant le visage extasié de la jeune fille, Dick fronça les sourcils. « Je ne vous aime pas, Boston ; vous le savez, dit-il d'un ton presque menaçant.

— Je le sais, répliqua-t-elle.

— Et vous devez me promettre de ne pas tomber amoureuse de moi.

— Bien, Dick.

— Ma femme me dit que je suis un salaud, mais elle m'aime encore dans un plumard. Vous devez m'accepter comme je suis. Si vous voulez ça, vous pouvez l'avoir.

— Je le veux, Dick », murmura-t-elle.

Le jeune homme haussa les épaules. « Je ne vous crois pas, Boston, mais nous pouvons toujours essayer. » Il ajouta en souriant : « La plupart des femmes ne me prennent pas au sérieux quand je pose mes conditions. Ensuite, elles souffrent. Elles sont convaincues que je vais être amoureux d'elles. Je ne suis jamais amoureux, Boston.

— Pas même de Betty ? » demanda Dottie.

Il jeta un regard à la photographie. « Vous croyez que je l'aime ? »

Dottie fit signe que oui. Il avait l'air très sérieux.

« Je vais vous dire une chose, dit-il. J'ai aimé Betty plus que je n'ai aimé aucune femme, et j'ai toujours dans mon pantalon quelque chose de chaud à son intention. Peut-être est-ce cela que vous appelez l'amour ? »

Dottie baissa les yeux, et Dick secoua la tête. « Mais je n'ai pas voulu changer ma vie pour elle et elle a foutu le camp. Je ne la blâme pas, j'aurais fait de même si j'avais été à sa place. Betty est femme jusqu'au bout des ongles. Elle aime l'argent, le changement, les plaisirs, les biens de ce monde. » Il posa son doigt sur son menton, comme s'il cherchait la solution d'un rébus. « Je déteste les biens de ce monde. C'est drôle, car possession est synonyme de stabilité, n'est-ce pas ? »

Dottie approuva de la tête.

« ... et j'aime la stabilité. Voilà le hic ! » Il paraissait très nerveux, ne cessant de croiser et de décroiser ses mains. Dottie le trouva tout à coup très enfantin. Il lui faisait penser à ces jeunes gens chargés de surveiller la plage à Cape Ann qui venaient quelquefois parler de leur avenir à sa mère. Lui aussi avait été élevé à Marblehead au milieu des estivants et il devait avoir les mêmes réactions que ces garçons qu'on voyait, vêtus de rouge, dans leurs bateaux de sauvetage, dont maman disait qu'ils étaient marqués pour la vie parce qu'ils passaient des saisons entières avec des gens qui n'étaient pas de leur monde.

Dick dit : « Je suis très viril. J'aime les bars et la vie au grand air, la pêche, la chasse. J'aime les conversations d'hommes qui tournent toujours autour des mêmes sujets et qui ne mènent nulle part. C'est pour ça que je bois. Paris me convenait très bien – des journalistes, des peintres, des photographes… Je ne suis chez moi nulle part. Quelques dollars ou quelques francs dans ma poche ; il ne m'en faut pas plus. Je ne serai jamais qu'un peintre de troisième ordre, mais je sais dessiner. Je déteste le changement, Boston, et je ne changerai pas. C'est pourquoi je suis un fiasco avec les femmes. Elles s'imaginent qu'une affaire de cœur doit aller toujours en s'améliorant. Elles croient que plus je coucherai avec elles, plus je les aimerai. Elles se trompent. Pour moi, c'est toujours la même chose. Du moment que ça m'a plu la première fois, ça continuera à me plaire. Je vous ai aimée cette nuit et je vous aimerai tant que vous voudrez bien venir ici. Mais ne vous mettez pas dans la tête que je vous aimerai davantage. » Il prononça ces derniers mots d'un ton presque menaçant. Son regard était très grave. Dottie jouait nerveusement avec le gland effilé de la ceinture de sa robe de chambre.

« Bien, Dick », dit-elle. Sa voix n'était qu'un murmure.

« Vous pouvez apporter vos affaires ici. Je vous les garderai. Téléphonez-moi quand vous aurez vu la doctoresse. »

Il sentait encore l'alcool. Elle recula d'un pas et se détourna. Elle aurait souhaité le connaître davantage et elle comprenait – elle venait de comprendre – qu'elle ne partagerait jamais cette philosophie de l'existence. Comment, par exemple, organiserait-elle son été ? Dick n'avait pas l'air de réaliser qu'il lui fallait partir pour Gloucester comme tous les ans. S'ils avaient été fiancés, il aurait pu venir la voir, mais ils ne l'étaient pas et ils ne le seraient jamais. Il le lui avait laissé clairement entendre. Dottie se demanda si elle n'avait pas perdu sa virginité avec un type louche. « Je suis dans une impasse », se dit-elle. Elle ne tarda pas à retrouver son sang-froid. On lui avait appris dès son plus jeune âge que seules les personnes de basse extraction reconnaissent s'être trompées dans le choix de leurs amis.

Comme s'il avait lu dans ses pensées, Dick reprit la parole, plus gentiment cette fois : « Je ne pourrai pas vous sortir, mais venez ici quand vous serez en ville. Je n'ai que mon lit à vous offrir. Je ne vais jamais au théâtre et dans les boîtes de nuit et il est très rare que je prenne un repas au restaurant. »

Dottie allait dire quelque chose, mais Dick la devança : « Je n'aime pas les femmes qui paient l'addition. Ce que je gagne avec mes affiches et mes petits travaux suffit à mes besoins, qui sont modestes. »

Dottie esquissa un geste d'excuse. Elle avait oublié qu'il était pauvre. Cela expliquait son comportement. Il y avait de la fierté dans ses moindres paroles.

« Ne vous inquiétez pas pour moi, poursuivit-il, j'ai une tante à Marblehead qui m'envoie un chèque de temps en temps. Je serai son héritier si je ne meurs pas avant elle. D'ailleurs, je déteste l'argent. Le besoin d'acquérir ne me dérange pas, Boston. Excusez-moi de vous appeler ainsi, mais pour moi vous êtes une ville.

Dottie estima que le moment était venu de protester. « Dick, dit-elle d'une voix douce, il y a de vrais biens et de faux biens. Si tout le monde pensait comme vous, la race humaine n'aurait jamais évolué. Nous vivrions dans des cavernes. La roue n'aurait pas été inventée. Les gens ont besoin d'un stimulant. Ce n'est pas forcément l'argent.

— Vous êtes peut-être la cinquantième femme qui me dit ça. Dès qu'une fille rencontre Dick Brown, elle se met à lui parler de la roue et de la brouette. Une prostituée en France a été jusqu'à faire allusion à la crapaudine.

— Au revoir, Dick, dit Dottie. Je dois vous laisser travailler. » Elle paraissait pressée, tout à coup.

« N'allez-vous pas prendre mon numéro de téléphone ? » dit le jeune homme.

Dottie lui tendit son petit carnet d'adresses en cuir bleu et il écrivit dessus le nom et le numéro de la gérante avec un crayon à dessin. Il avait une grande écriture, très originale.

« Au revoir, Boston », dit-il. Il prit le menton de la jeune fille entre son pouce et son index et le caressa d'un air absent. « Rappelez-vous : pas de blagues. Pas de sentimentalité. Haut les cœurs ! »

Dick avait posé ses conditions. Dottie n'en était pas malheureuse pour autant. Elle fredonnait gaiement, trois jours plus tard, assise à côté de Kay Petersen dans le salon d'attente de la doctoresse. Les mots comptent moins que les actes. Quoi que Dick ait pu dire, il y avait un fait certain. Il l'avait envoyée ici pour qu'on lui procurât un diaphragme anticonceptionnel. Le teint clair et reposé, ondulée et les ongles faits, très maîtresse d'elle-même, elle avait l'air d'une de ces matrones irréprochables qu'elle voyait dans le salon de sa mère. Elle *savait* maintenant. Sans rien demander à personne (Kay n'en croirait pas ses oreilles !), elle s'était rendue au Centre de contrôle des naissances. On lui avait donné le nom et l'adresse d'une doctoresse et remis une documentation concernant toute la gamme des produits anticonceptionnels : pessaires, anneaux, ovules vaginaux, gelées, etc., avec les avantages et les inconvénients de chacun. Le dernier-né de ces produits était approuvé par tout le corps médical américain. Il avait été découvert par Margaret Sanger, en Hollande, et on venait de l'importer en grande quantité aux États-Unis. À la fois commode et efficace, il pouvait être utilisé par une femme d'intelligence moyenne, à condition qu'elle suive à la lettre les prescriptions d'un spécialiste. Il s'agissait d'un anneau en caoutchouc que le médecin posait sur le col utérin après l'avoir adapté à la taille de sa cliente, de même qu'un opticien choisit les verres qui conviennent le mieux à votre vue. Dottie se disait que la doctoresse l'introduirait dans le fond de son vagin et lui apprendrait à le fixer elle-même en s'accroupissant après l'avoir enduit de gelée anticonceptionnelle ; sa main gauche plierait le diaphragme entre le pouce et l'index, tandis que sa main droite écarterait les grandes lèvres, *labia majora*. Une fois le pessaire placé dans le col utérin, il lui faudrait s'assurer qu'il était complètement recouvert par la membrane en caoutchouc. La doctoresse, après avoir fait répéter l'opération plusieurs fois, lui dirait quand et comment se livrer à son lavement vaginal, la quantité d'eau à employer, la hauteur à laquelle le bock devait être fixé et la meilleure façon d'écarter les *labia majora* afin que la canule pénètre bien à fond. Au moment de partir, l'infirmière lui remettrait une petite boîte contenant un pessaire à sa mesure et un tube de gelée vaginale, en lui recommandant de bien laver et de sécher le pessaire après s'en être servie et de le talquer avant de le remettre dans sa boîte.

Kay et Harald avaient manqué s'évanouir quand ils avaient appris ce que Dottie avait manigancé derrière leur dos. Elle était venue les voir dans leur appartement, tenant dans une main un bouquet de pivoines blanches et dans l'autre son cadeau de mariage : une coupe en argent du XVIIIe siècle, telle qu'aurait pu en offrir une vieille tante. Kay avait été terriblement déçue. Pour le prix de cette coupe, ils auraient pu avoir quelque chose de très utile et de très moderne de la boutique danoise de Jensen.

Quand Harald partit préparer le dîner – des palourdes hachées sur toasts – Kay dit à Dottie : « Qu'est-ce que tu as fait ces jours-ci ? »

Dottie répondit : « J'ai pris Dick Brown comme amant. »

Cette phrase prononcée avec un aplomb extraordinaire, Kay la répéterait sans en changer un iota à son mari. C'était arrivé la nuit précédente apparemment, et déjà Dottie était allée aux renseignements ; elle avait toute une documentation dans son sac. Kay n'en revenait pas. Dottie, la sage Dottie, ne voyait-elle pas que sous son masque viril, Dick Brown était « inquiétant », alcoolique, misogyne… En ce moment, il souffrait d'un complexe d'infériorité, parce que sa femme venait de le quitter. Il s'était servi de Dottie pour se venger d'une société qui l'avait humilié. Kay était très impatiente de discuter de la chose avec son mari. Elle n'en demanda pas moins à Dottie de partager leur repas car, Harald une fois parti pour le théâtre, la jeune fille ne manquerait pas de lui en dire davantage. Quand Harald revint avec le plateau des rafraîchissements, il fut très étonné que sa femme eût retenu sa camarade à dîner. Kay l'entraîna dans la cuisine et lui glissa à l'oreille : « Je *devais* la garder. Une chose terrible est arrivée et nous en sommes responsables. Dick Brown l'a séduite. »

Dottie, assise sur le bord d'un fauteuil dans son costume tailleur bleu marine de chez le bon faiseur, avalait à petites gorgées son cocktail Clover Club et passait délicatement un napperon sur sa longue lèvre supérieure à laquelle un peu de blanc d'œuf adhérait. Jamais elle n'avait paru à Kay aussi conventionnelle. On ne pouvait l'imaginer couchée dans un lit avec un homme. Et pourtant… Harald dirait, après le départ de la jeune fille, qu'il l'avait trouvée très « comestible », avec ses grands yeux bruns dont les paupières battaient chaque fois qu'elle le regardait. Sans doute ne s'était-il pas rendu compte qu'elle devait une partie de son charme aux vêtements qu'elle portait. Dottie, grâce aux conseils d'une mère très intelligente, s'habillait à la perfection. Elle était la seule du contingent de Boston à Vassar à ne jamais avoir l'air d'une gouvernante endimanchée. Mais à en croire Harald, il y avait dans sa lourde poitrine que révélait sa blouse de crêpe de Chine des promesses de sensualité. Ce n'était pas l'effet du hasard si Dick lui avait dit de se procurer un pessaire.

« Il t'a conseillé de t'adresser à moi ? » Kay était au fond très flattée.

Harald les avait quittées et elles lavaient la vaisselle. Kay avait toujours pensé que Dick ne l'aimait pas. Il était vrai qu'elle s'y connaissait en pessaires, bien qu'elle n'en possédât pas. Avec Harald, elle se servait toujours de suppositoires. Force lui était de reconnaître qu'après une seule nuit d'amour Dottie en savait plus qu'elle… Elle admirait le courage qu'avait eu son amie de se rendre au Centre de contrôle. Jeune fille, elle aurait été incapable de faire une telle démarche. Dottie voulait savoir si Kay estimait que c'était une bonne chose que Dick lui eût demandé cela.

« En principe, oui. Cela veut dire qu'il compte coucher régulièrement avec toi. Le tout est de savoir si tu estimes que c'est une *bonne chose* ? »

Kay ne laissait pas d'être un peu vexée. Dottie se serait-elle montrée au lit plus experte qu'elle ? Elle était bien obligée d'admettre que si Dick avait considéré l'affaire comme une simple passade, il se serait servi d'une capote anglaise comme Harald l'avait fait au début ou bien aurait pratiqué le *coitus interruptus*.

« Il doit t'aimer, Renfrew, dit-elle en secouant la lavette, ou bien t'aimer suffisamment. » Harald avait été du même avis.

En route pour chez la doctoresse, les deux jeunes femmes étaient assises sur l'impériale d'un autobus de la 5e Avenue. Kay répétait à Dottie ce que son mari lui avait dit au sujet de ce que l'on fait quand on veut éviter d'avoir des enfants. Il existe en cela comme en tout un code tacitement admis, dont les règles sont en partie inspirées par des considérations financières. Aucun homme d'honneur – à en croire Harald, Dick en était un – n'admettrait qu'une jeune fille fît la dépense d'une visite chez le médecin, sans compter le prix du pessaire, des tubes de gelée et du bock, s'il n'avait pas l'intention de coucher avec elle suffisamment longtemps pour qu'elle pût rentrer dans ses frais. Dottie pouvait en être tout à fait sûre. Un homme, pour une seule nuit d'amour, se contenterait de se servir d'un préservatif, même si cela devait diminuer son plaisir ; ainsi, il ne se sentirait pas lié à sa partenaire. S'en remettre à la femme pour échapper aux dangers de la procréation était une invention de la bourgeoisie. Les hommes du peuple, ou bien se moquent des conséquences, ou bien ne se fient qu'à eux-mêmes. Harald disait que l'homme était par nature si méfiant que même des garçons de la haute bourgeoisie hésitaient à demander aux jeunes filles de se servir d'un pessaire, parce que trop de mariages forcés étaient dus à la mauvaise foi de celles-ci. Il y avait aussi un problème matériel, domestique. La jeune fille qui vit dans sa famille doit trouver un endroit où cacher bock et pessaire. Les mères sont si fouineuses ! « Ces objets constituent un dépôt sacré », avait dit Harald de sa voix tranquille (quel garçon pratique ! À l'écouter, on avait peine à garder son sérieux). Si celui qui les détient est un homme d'honneur, il ne peut pas recevoir d'autres femmes dans sa garçonnière, de peur que ses maîtresses de passage ne fassent une fâcheuse découverte ou que l'une d'elles n'ait l'audace de se servir du bock destiné à une autre.

Avec une femme mariée, il en va de même si la liaison est sérieuse. La femme mariée a un second bock qu'elle laisse dans l'appartement de son amant. Pessaire et bock l'assurent de la fidélité de l'être aimé. L'homme auquel des accessoires de cette importance ont été confiés se trouve un peu dans la situation d'un caissier de banque. Si cet homme couche avec une autre femme, il ne peut le faire que dans une chambre d'hôtel ou dans un taxi, des endroits où « les restes sacrés » ne reposent pas. Une femme mariée engage sa foi en confiant son second pessaire à son amant, car seule une femme dépourvue de toute délicatesse se servirait du même pour son mari et pour son amant. Tant que l'amant a le diaphragme en sa possession, il est sûr qu'il n'est pas trompé – comme ces chevaliers du Moyen Âge qui gardaient la clé de la ceinture de chasteté de leurs dames. Naturellement, il y a des exceptions à la règle. Une femme de fort tempérament avait distribué des pessaires dans toute la ville (après tout, les marins ont bien une femme dans chaque port !) et son mari, un homme très occupé, se croyait assuré de la fidélité de son épouse parce qu'il faisait chaque soir dans le cabinet de toilette l'inspection de la petite boîte où l'accessoire conjugal était rangé !

« Harald semble très au courant de la question, dit Dottie, les yeux pétillant de malice.

— Je trahis ses paroles, dit Kay avec beaucoup de sérieux. Avec lui, c'est parfaitement clair. Il dit qu'il y a du fétichisme dans tout cela. Le fétichisme de la propriété. Je lui ai conseillé de faire un article sur le pessaire dans *Esquire*. Ce magazine publie d'excellentes choses. Ne trouves-tu pas que c'est une bonne idée ? »

Dottie ne sut que répondre. Le point de vue d'Harald était si froid, si impersonnel, si cérébral… La documentation anticonceptionnelle qui lui avait été remise montrait les choses sous un jour différent.

Kay était lancée. « Voici, dit-elle, ce que m'a aussi rapporté Harald : se débarrasser de ces accessoires prophylactiques pose un problème lorsqu'une liaison prend fin. Que doit faire l'homme du pessaire et du bock quand lui et sa partenaire ont assez l'un de l'autre ? Ils ne peuvent pas être renvoyés par la poste, comme des lettres d'amour ou une bague de fiançailles, bien que certains garçons particulièrement mal élevés n'y voient pas d'inconvénient. D'autre part, ils ne peuvent être mis dans la boîte à ordures, où le concierge ne manquerait pas de les trouver. Les brûler dans la cheminée dégagerait une odeur affreuse et les garder en réserve pour une autre femme est impensable, du moins pour un esprit bourgeois. La solution serait de les emporter, enveloppés dans du papier journal, et de les déposer dans un des vide-ordures de la ville ou de les jeter dans le fleuve, mais Harald m'a dit qu'un de ses amis avait été pris la “main dans le sac” et arrêté par des agents. Sans doute ses gestes trop furtifs avaient-ils attiré leur attention. Se débarrasser d'un pessaire et d'une poire à lavement est aussi difficile que se débarrasser d'un cadavre. Autre solution, celle qu'adoptent les assassins dans les romans policiers : mettre le *corpus delicti* à la consigne de la Gare centrale et déchirer le bulletin dc bagage. »

Dottie frémit. Kay éclata de rire. Si Dick et elle en arrivaient là, le problème ne serait pas facile à résoudre. Chaque fois qu'elle pensait aux complications qu'entraîne une histoire d'amour, elle avait envie de tout planter là et de rentrer à la maison. Kay avait sans doute de bonnes intentions mais elle s'exprimait d'une façon tellement cynique…

« Ce dont je suis sûre, poursuivit son amie, c'est qu'un garçon sérieux n'envoie pas une jeune fille se commander un pessaire s'il n'a pas certaines vues sur elle. Le problème ne se pose que pour les femmes mariées et les jeunes filles qui vivent chez leurs parents ou avec des amies. Les femmes émancipées ayant un appartement à elles et sans attache sentimentale accrochent leur bock dans la salle de bains, où n'importe qui peut le voir en allant faire un petit besoin. Un ami d'Harald, un vieux régisseur, ne manque jamais d'aller faire un tour dans la salle de bains quand il est invité à un cocktail chez une femme. S'il voit un bock accroché, il sait qu'il peut passer à l'attaque avec neuf chances sur dix de réussir ! »

Les deux jeunes femmes descendirent de l'autobus au bas de la 5e Avenue. Les joues de Dottie étaient couvertes de petites taches rouges, signe chez elle d'une grande nervosité. Kay était pleine de sympathie pour son amie. Comment lui faire comprendre que ce qu'elle faisait maintenant était très important, bien plus important que de perdre sa virginité ? Pour une femme mariée la chose était beaucoup plus facile. Harald lui avait tout de suite dit qu'elle avait raison d'accompagner Dottie chez la doctoresse et qu'elle devrait, elle aussi, se faire adapter un pessaire. Kay et Harald détestaient les enfants et n'avaient pas l'intention d'en avoir. Les enfants vous frustrent des joies du mariage. Elle s'en était aperçue dans sa propre famille. Sa tribu de frères et de sœurs avait obligé papa à travailler comme un forçat. S'il n'avait pas eu une aussi nombreuse progéniture, il serait devenu un grand spécialiste au lieu de se contenter de faire de la médecine générale. Il n'avait pu se consacrer à ses travaux sur l'orthopédie et sur le sérum de la méningite. Son pauvre père avait dû se saigner à blanc pour l'envoyer à Vassar. Elle était l'aînée et la plus intelligente de ses enfants et il avait voulu qu'elle eût la vie qu'il aurait voulu avoir lui-même, une vie où chacun est récompensé selon ses mérites. Des laboratoires de l'Est continuaient à pressentir le docteur Strong, mais il disait qu'il était trop vieux pour poursuivre ses recherches ; les artères de son cerveau se durcissaient. À l'occasion du mariage de sa fille, il s'était fendu d'un chèque dont l'importance avait profondément ému les jeunes gens. Papa et maman auraient dépensé beaucoup moins d'argent en voyage et en hôtel s'ils étaient venus à la cérémonie. « Preuve de confiance », avait dit Harald, et ni lui ni elle n'entendaient trahir cette confiance en mettant au monde des enfants alors qu'Harald avait à se faire un nom au théâtre. Le théâtre – curieuse coïncidence – était une des passions de papa. À Salt Lake City, Mr et Mrs Strong ne manquaient jamais une tournée et quand ils se trouvaient à New York pour un congrès médical, ils allaient au spectacle tous les soirs. Les revues où s'exhibaient des femmes en tenue légère ne les intéressaient pas. L'auteur dramatique que préférait son père, après Shakespeare naturellement, était Bernard Shaw. Harald avait dit à Kay qu'ils ne devaient pas oublier de lui envoyer les programmes des pièces qu'ils verraient ensemble, afin qu'il ne perdît pas le contact.

Le docteur Strong, comme tous les médecins modernes, était un chaud partisan du malthusianisme. Les criminels et les inadaptés devraient être stérilisés. Il ne manquerait pas d'approuver les précautions prises par Kay ; autre chose était de savoir ce qu'il penserait de l'action entreprise par Dottie. Kay était horrifiée à l'idée que son amie avait pris rendez-vous avec la doctoresse en donnant son vrai nom. « Dorothy Renfrew, pas même Mrs », comme si elle se trouvait en Russie ou en Suède. Des gens qui n'auraient pas été choqués d'apprendre qu'elle avait couché avec Dick (ces choses-là arrivent à tout le monde) auraient trouvé très déplacée sa présente demande. Ce que l'on fait en privé ne regarde que soi, mais elle agissait au grand jour ! Kay jeta un regard inquiet autour d'elle. Dans la 5e Avenue, on peut toujours être vu de quelqu'un passant en autobus ou en taxi. Se mettant à la place de Dottie, elle sentait sa colère grandir contre Dick. Jamais Harald ne l'aurait soumise à une épreuve de ce genre. Au début, c'était lui qui était allé acheter des suppositoires et une curieuse poire en caoutchouc afin qu'elle n'eût pas à affronter le pharmacien.

Kay prit le bras de Dottie pour l'aider à traverser quand le feu passa au rouge. Comme elle avait eu tort d'inviter Dick à son mariage ! Elle le connaissait bien pourtant. L'agitation de la jeune femme était extrême. Il pouvait y avoir une descente de police chez la doctoresse, ses dossiers pouvaient être saisis, les noms de ses clientes livrés à la presse… Cela *tuerait* la famille de Dottie et elle, Kay, serait rendue responsable de tout. Elle avait fait un grand sacrifice en proposant à son amie de l'accompagner dans un endroit aussi dangereux. Elle avait voulu lui apporter son appui moral. Cet appui, Dottie ne semblait guère en avoir besoin. Elle lui avait dit, un instant plus tôt : « La régulation des naissances est une chose parfaitement légale ; une décision du tribunal autorise les médecins à prescrire des remèdes anticonceptionnels. »

Elles sonnèrent à la porte de la doctoresse et Kay ne put s'empêcher de rire en voyant la tête que faisait Dottie. Mrs Pankhurst en personne !

Le salon d'attente avait un aspect sévère, presque militaire. On aurait dit le quartier général d'une secte de missionnaires. Il y avait une banquette capitonnée avec deux housses de rechange sur le dossier. Contre les murs caca d'oie étaient alignées quelques chaises droites. Sur un porte-revues, des numéros d'*Hygeia*, de *Parents* et du *Consumer's Research Bulletin*, un *Nation* récent et un vieux *Harpers*. Au mur, des photographies représentant des taudis où grouillaient des enfants rachitiques et une grande lithographie montrant la salle d'un hôpital vétuste où des mères et des bébés laissés sans soins mouraient… « de la fièvre puerpérale », murmura Dottie. Pas de cendriers dans cette pièce que le ronflement d'un ventilateur rendait plus froide encore. Kay et Dottie, qui avaient sorti d'un geste automatique leurs porte-cigarettes, les remirent dans leurs sacs après avoir jeté un coup d'œil autour d'elles. Deux « clientes » attendaient en lisant *Hygeia* et le *Consumer's Research Bulletin*. L'une, très maigre avec le teint jaune, paraissait avoir une trentaine d'années. Elle avait posé sur ses genoux ses gants en coton blanc et elle ne portait pas d'alliance (Dottie le fit discrètement remarquer à Kay). L'autre, nettement plus âgée, avait sur le nez des lunettes sans monture. Ses souliers étaient très usés. La vue de ces deux femmes de condition évidemment modeste, celle aussi des photographies et de la lithographie sur les murs eurent un effet dégrisant sur les deux amies. Kay se rappela ce que les malades riches de son père disaient de lui : « Il fait tant de bien ! » Elle eut honte de la façon dédaigneuse dont elle avait parlé dans l'autobus de la limitation volontaire des naissances. Il est vrai qu'elle n'avait fait que citer Harald. Pensant aux malades que son père soignait gratuitement, Kay constata avec une certaine gêne qu'elle et Dottie étaient les clientes « vedettes » de la doctoresse.

Malgré ce que lui répétait sans cesse Harald, elle ne pouvait se faire à l'idée qu'elle et ses amies ne jouaient plus un rôle de premier plan dans une société en pleine évolution. Les deux femmes assises dans ce salon d'attente en étaient la preuve. La veille au soir, après le théâtre, alors que les trois jeunes gens buvaient de la bière dans un speakeasy, Harald avait exposé son point de vue à Dottie. Le transfert de la puissance financière de Threadneedle Street à Wall Street était un événement mondial aussi important que la défaite de l'Invincible Armada, un tournant dans l'histoire du capitalisme. Quand Roosevelt, il y avait quelques jours seulement, avait abandonné l'étalon-or, il avait fait preuve non seulement d'indépendance vis-à-vis de l'Europe, mais inauguré une ère de liberté de la monnaie. La NRA et son aigle étaient le symbole de l'arrivée d'une nouvelle classe au pouvoir. La haute bourgeoisie à laquelle se rattachaient les deux jeunes femmes avait vécu, politiquement et économiquement. Sans doute ses meilleurs éléments fusionneraient-ils avec la classe montante : des ouvriers, des fermiers, des techniciens. Harald, qui était un technicien de la scène, ferait partie de ce nouveau monde. Du temps de Belasco, un metteur en scène de théâtre était tout-puissant ; aujourd'hui, il dépendait de ses commanditaires, qui formaient souvent un trust, et encore davantage de son chef électricien qui par la façon dont il réglait les éclairages pouvait faire réussir ou tomber une pièce. Derrière le directeur en titre – disons Jed Harris – il y avait un électricien de génie, de même qu'au cinéma c'était un opérateur de génie qui dirigeait tout sur le plateau. La radio n'échappait pas à cette loi. Les hommes qui comptaient réellement étaient les ingénieurs du son. Aussi bien, un médecin était tributaire des préposés aux analyses et des radiologues. « Ce sont ces gars-là qui confirment ou infirment un diagnostic. »

La veille au soir, Kay avait été impressionnée par la théorie d'Harald : le bien-être et la production en série grâce à la mécanisation, et fière qu'il l'exposât si brillamment. Dottie le voyait sous un nouveau jour, celui d'un sociologue. Ses lettres ne l'auraient pas laissé deviner. « Mes petites, vous avez quelque chose à apprendre à la classe montante, tout comme la vieille Europe a encore quelque chose à apprendre à l'Amérique. » C'était réconfortant de l'entendre parler ainsi. Dottie l'écoutait, bouche bée. Quant à Kay, elle voulait rester dans le bain, mais l'idée d'une société égalitaire ne lui souriait qu'à moitié. Elle aimait, disait-elle, se sentir supérieure. Harald, lorsqu'il était de bonne humeur comme la veille dans ce petit bar – il avait passé son bras autour de la taille de sa femme –, laissait entendre que c'était encore possible, mais sous une autre forme.

« Il n'y a rien à craindre de l'avenir si on l'aborde avec une intelligence ouverte. Grâce aux machines, on vivra dans l'abondance, heureux et libres, on ne travaillera que quelques heures par jour. Dans ce nouveau système économique, les artistes et les techniciens tiendront le haut du pavé. Ils seront estimés à leur juste valeur, alors qu'aujourd'hui on n'attache d'importance qu'à l'argent. Jouissant de plus de loisirs, les hommes auront davantage le temps de se cultiver.

— Que deviendra le capitalisme ? » demanda Dottie. Son père était dans une grosse affaire d'import-export.

Kay consulta son mari du regard.

« Le capitalisme individuel s'incorporera dans le capitalisme gouvernemental. Après un bref combat, celui qui se livre en ce moment. Le directeur d'une affaire qui n'est qu'un technicien de premier plan remplacera le bailleur de fonds dans l'industrie. La propriété privée a fait son temps. »

Kay intervint : « Voyez Robert Moses, il est en train de changer complètement l'aspect de New York avec ses boulevards et ses terrains de jeux. »

Elle conseilla à Dottie de se rendre à Jones Beach où les loisirs étaient organisés sur une grande échelle. « Tout ce qui compte à Oyster Bay y va nager. On ne nage plus dans les clubs, c'est démodé. »

Harald déclara que l'initiative privée avait encore un rôle à jouer. Radio City, où il avait travaillé pendant un certain temps comme aide-régisseur, était issu de l'esprit d'entreprise des Rockefeller. Kay parla du musée d'Art moderne, que les Rockefeller subventionnaient également. New York vivait comme au temps de la Renaissance. De nouveaux Médicis rivalisaient d'ardeur avec la municipalité pour faire de la ville une Florence moderne. Même chez Macy, des juifs très intelligents, les Strauss, avaient engagé des techniciens et des techniciennes de la bourgeoisie – Kay était du nombre. Le grand magasin ne serait plus uniquement une affaire commerciale. Il allait devenir un centre de délassement pour le corps et pour l'esprit, un peu comme le Crystal Palace d'antan. Kay parla des immeubles que l'on remettait à neuf dans les 50e et 80e Rues, le long de l'East River. Ils étaient bien jolis, avec leur peinture noire et blanche et leurs stores vénitiens blancs ! On les devait à un autre capitaliste : Vincent Astor. Certes, les loyers étaient élevés, mais on en avait pour son argent : vue sur le fleuve, quelquefois un jardin, des stores vénitiens, tellement préférables aux vieilles jalousies, des cuisines ultramodernes. Dire que c'étaient des endroits pleins de vermine avant qu'Astor prenne l'affaire en main ! Les autres gros propriétaires suivaient son exemple et transformaient de sordides bâtisses en maisons de quatre ou cinq étages avec cours plantées d'arbres, pelouses et appartements de deux pièces pour jeunes ménages, certains possédant des cheminées... Plus de place perdue, plus d'antichambres et de salles à manger, ces reliques d'une autre époque. Harald, à en croire Kay, était un fanatique de l'ordre. Il disait, citant Le Corbusier, qu'un appartement n'était qu'une machine à habiter. Quand ils en auraient un à eux, tout serait encastré dans le mur, bibliothèque, bureaux, commodes. Les lits seraient des matelas avec des ressorts reposant sur quatre pieds et la table pour les repas se replierait comme un lit Murphy, simple latte de bois en forme de planche à repasser.

Rarement Kay s'était sentie aussi heureuse. Harald l'écoutait parler, légèrement railleur, la reprenant quand elle disait une bêtise. Dottie gâcha un peu les choses en demandant, avec cette façon à elle de rouler les « r », ce qu'il était advenu des gens qui vivaient dans les taudis. Où étaient-ils ? Que faisaient-ils ? Kay ne s'était jamais posé la question. Harald, ne sachant que répondre, fronça les sourcils. « *Cui bono ?* » dit-il. Il fit signe au garçon d'apporter encore de la bière. Cela déplut à Kay, qui savait qu'il avait une répétition le lendemain à dix heures.

Harald dit à Dottie : « Votre question est à la fois simple et complexe. Ce que font les pauvres ? » Il regarda dans le vide d'un air grognon. « Vont-ils à la belle plage aseptisée de Mr Moses ? Non, mes petites, ils n'y vont pas. Ils n'ont pas assez d'argent pour payer le prix de l'entrée et pas d'auto pour les y mener. Cet endroit-là est réservé aux profiteurs d'Oyster Bay. »

Harald était de nouveau la proie d'une de ses dépressions que Kay mettait sur le compte de son sang scandinave. Elle réussit à changer la conversation. On parla de recettes de cuisine – un des sujets préférés de son mari –, et avec tant d'animation que les jeunes gens ne rentrèrent se coucher qu'à une heure et demie du matin.

Assises dans le salon d'attente de la doctoresse, Kay pensait qu'Harald aurait aussi pu dire à Dottie qu'elles étaient des « profiteuses » qui tiraient avantage de la croisade anticonceptionnelle. Le vrai but de celle-ci était de restreindre les familles des pauvres. Mentalement, elle se mit en état de défense. Les méthodes employées pour limiter la natalité ne devraient-elles pas être employées surtout par les gens ayant de l'instruction ? C'était comme les logements remis à neuf… Si les pauvres, ces êtres grossiers, avaient le droit de s'y installer, ils deviendraient vite des taudis.

Dottie se rappelait la soirée de la veille dans le speakeasy. Elle était fascinée par la façon dont Kay et Harald avaient prévu l'avenir dans ses moindres détails. En septembre, quand Kay ferait ses débuts chez Macy, Harald préparerait le petit déjeuner, ferait le ménage et le marché. Tout serait prêt quand la jeune femme rentrerait de son travail. Au cours du week-end, ils décideraient de ce qu'ils mangeraient pendant la semaine. Déjà, Harald donnait des leçons de cuisine à Kay. Ses spécialités étaient les spaghettis à l'italienne que n'importe quel débutant est capable de réussir, ces palourdes hachées qu'ils avaient mangées l'autre soir, les croquettes de viande cuites au sel sur une plaque chaude (sans graisse), le pain de viande facilement et rapidement exécuté dont sa mère lui avait donné la formule : un tiers de bœuf, un tiers de porc et un tiers de veau (on verse sur le tout le contenu d'une boîte de soupe à la tomate et l'on fait cuire au four). Puis il y avait le chili con carne ; il nécessite une boîte de gros haricots, ceux en forme de rognons, de la soupe à la tomate et des oignons, une demi-livre de bœuf haché, le tout mélangé et servi sur du riz. Plat très suffisant pour six personnes. Kay, pour ne pas être en reste, avait écrit à sa mère pour avoir quelques recettes familiales, les meilleur marché : rognons de veau cuits au vin de Xérès avec des champignons et une merveilleuse salade en gelée, appelée Déesse verte, faite de gélatine au citron, de crevettes, de mayonnaise et d'un avocat. Cette salade pouvait être préparée la veille. On la servait sur des feuilles de laitue. Kay avait trouvé un nouveau livre de cuisine (toute une partie était consacrée aux recettes étrangères) tellement plus audacieux que celui de Fannie Farmer et de sa vieille école de cuisine de Boston. Le dimanche, les jeunes gens offriraient à leurs invités, soit un petit déjeuner tardif, soit un repas où serait servi du bœuf miroton ou en hachis. Harald disait que les Américains manquent d'imagination en cuisine. Ils ont une peur terrible de l'ail. Lui en mettait partout, grâce à quoi il passait pour un excellent chef.

Kay disait : « Pour qu'un plat soit réussi, il faut qu'il soit bien assaisonné. Pourquoi le bœuf miroton d'Harald est-il si bon ? Parce qu'il le recouvre de moutarde, de sauce anglaise, de fromage râpé, de poivre gris et d'un œuf. Cela n'a aucun rapport avec les doucereux mirotons que l'on nous servait à l'université. »

Son rire heureux résonnait dans le petit bar. Elle conseilla à Dottie de s'inspirer des recettes de la *Tribune*. « J'aime beaucoup la *Tribune*, dit-elle, Harald ne veut plus que je lise le *Times*.

— La typographie de la *Tribune* est bien supérieure à celle du *Times*, fit observer Harald.

— Tu as de la chance, Kay, d'avoir un mari qui s'intéresse à la cuisine et qui ne craint pas les nouveautés. Les hommes, en général, n'aiment que ce qu'ils connaissent.

Papa, par exemple, ne veut pas entendre parler de plats "montés", exception faite de son cassoulet de Boston. »

Les yeux de Dottie brillaient. Oui, cette fille avait une chance énorme. Kay mit la main sur l'épaule de son amie et lui dit à l'oreille : « Tu devrais dire à ta cuisinière d'apprendre à accommoder les haricots en conserve : du ketchup, de la moutarde et de la Worcester sauce, on saupoudre de sucre gris, on recouvre les haricots de lard et on met le tout dans le four dans un plat Pyrex.

— Cela doit être terriblement bon, dit Dottie, mais papa en mourrait. »

Harald approuva de la tête. Il déclara que les Américains avaient un vieux préjugé contre les produits en conserve, ce qui était absurde vu les progrès accomplis dans le domaine industriel. « Jamais, ajouta-t-il, une cuisinière chez soi ne réussira des soupes aussi bonnes que celles que l'on trouve chez l'épicier.

— As-tu goûté le maïs en boîte ? demanda Kay. Délicieux. Une découverte d'Harald. Ta mère a-t-elle entendu parler de la nouvelle laitue frisée qui se conserve à merveille ? Quand elle l'aura essayée, elle ne voudra plus entendre parler des vieilles laitues de Boston. Ça s'appelle des laitues Simpson. »

Dottie soupira. Kay se rendait-elle compte qu'elle venait de prononcer l'arrêt de mort des laitues de Boston, des haricots de Boston et de la vieille école de cuisine de Boston ? Dottie n'en comptait pas moins donner à sa mère quelques-unes des recettes de Kay. Elle ne cessait de penser à cette jolie mère depuis la fatale matinée (n'y avait-il que deux jours de cela ?). Quand elle était rentrée au Vassar Club on lui avait dit qu'il y avait eu deux messages pour elle de Gloucester, le premier pendant la nuit et le second à neuf heures du matin. Le fait d'avoir menti pour la première fois à sa mère – elle lui avait dit qu'elle avait passé la nuit avec Polly dans l'appartement de la tante de Polly – lui était infiniment désagréable. Elle aurait voulu pouvoir parler à l'être qui lui était le plus proche de sa visite au Centre de contrôle des naissances et à cette doctoresse chez qui elle se trouvait en ce moment. Elle lui avait caché quelque chose – quelque chose qui n'aurait pas manqué de la passionner –, et cela l'incitait à chercher des sujets qui amuseraient Mrs Renfrew lorsqu'elle la retrouverait à Gloucester ; par exemple les menus de ses amis Kay et Harald et la façon dont ils envisageaient la vie en commun. Peut-être même pourrait-elle lui dire que Kay s'était rendue au Centre et ensuite à la consultation médicale ?

« Miss Renfrew », dit l'infirmière d'une voix douce.

Dottie sursauta et se leva de sa chaise. Ses jambes tremblaient au point de pouvoir à peine la porter. Elle jeta un regard de désespoir à Kay, comme si elle avait été appelée chez la directrice du collège, et elle entra dans le cabinet de la doctoresse. Derrière un petit bureau était assise une femme très belle, en blouse blanche. Elle avait un teint olivâtre et un grand chignon noir. Elle ne paraissait pas avoir dépassé la quarantaine. Elle jeta un coup d'œil à Dottie (la jeune fille eut le sentiment que ce regard était chargé d'électricité) et de sa main aux longs doigts effilés lui fit signe de s'asseoir. L'interrogatoire commença, comme dans une consultation médicale ordinaire. Dottie répondit aux questions qui lui étaient posées sur les maladies dont elle avait souffert dans son enfance et sa jeunesse : rougeole, coqueluche, eczéma, asthme. La doctoresse prenait des notes. Un charme tranquille émanait de sa personne. « Nous sommes du même sexe », se dit Dottie. La féminité de la doctoresse avait quelque chose de rassurant. À sa main brillait une grosse alliance en or.

« Est-ce la première fois que vous avez des rapports sexuels, Dorothy ? »

La question découlait si naturellement de celles qui venaient de lui être posées que Dottie répondit sans l'ombre d'une gêne.

« Bien, s'écria la doctoresse. Cela facilite les choses. »

Dottie était fascinée par la personnalité et le tact de cette femme. On aurait dit qu'elle se servait d'un délicat forceps pour vous arracher sans douleur des réponses. Les questions qu'elle lui posait sur son dépucelage étaient si peu indiscrètes que Dick aurait pu n'être qu'un instrument chirurgical. Dottie avait-elle été complètement pénétrée ? Avait-elle beaucoup saigné ? Beaucoup souffert ? Quelles mesures préventives avaient été prises ? L'acte avait-il été répété ?

« *Coitus interruptus*, murmura la doctoresse qui écrivit quelque chose sur un bloc à part. Nous aimons savoir, dit-elle avec un sourire affectueux, les précautions prises par nos clientes avant de venir nous voir. Quand le rapport sexuel a-t-il eu lieu ?

— Il y a trois nuits, dit Dottie qui se sentit rougir de la tête aux pieds.

— La date de vos dernières règles ? »

Dottie la lui fournit et la doctoresse jeta un regard sur le petit calendrier qui se trouvait sur son bureau.

« Très bien. Allez dans la salle de bains. Videz votre vessie. Retirez votre culotte et votre gaine. Vous pouvez garder votre combinaison – mais dénouez votre soutien-gorge, s'il vous plaît. »

Sans éprouver trop d'embarras, Dottie se laissa examiner, puis adapter le pessaire. Le moment inconfortable fut celui où elle dut apprendre à l'introduire elle-même. Elle avait toujours été adroite de ses mains. Elle ne s'en sentit pas moins très intimidée. Le regard de la doctoresse et de l'infirmière était fixé sur elle, aussi scrutateur et impersonnel que le gant de caoutchouc d'un chirurgien. Tandis qu'elle cherchait à le plier, l'objet glissant, enduit de gelée, lui échappa des mains, bondit à travers la pièce et échoua devant le stérilisateur. Dottie crut qu'elle allait mourir de honte, mais la doctoresse et l'infirmière eurent l'air de trouver cela tout naturel.

« Essayez encore, Dorothy », dit la doctoresse avec calme.

Elle alla prendre dans un tiroir un diaphragme de la même taille. Puis, en manière de diversion et tout en continuant à observer la jeune fille du coin de l'œil, elle lui fit l'historique du pessaire : comment, dans l'Égypte et la Grèce anciennes, les femmes se servaient d'un tampon anticonceptionnel, comment Margaret Sanger avait découvert son diaphragme en Hollande, la lutte qu'il avait fallu engager ici avec les pouvoirs publics... Dottie venait de lire tout cela, mais elle n'entendait pas faire état de ses connaissances devant cette femme si grave et si digne qui évoluait parmi ses instruments comme une prêtresse dans un temple. Tout le monde savait par les journaux que la doctoresse avait été arrêtée quelques années plus tôt lors d'une descente de police effectuée dans une clinique privée et qu'elle avait été libérée après être passée en jugement. Entendre cette femme parler de ce qu'elle considérait comme l'œuvre de sa vie était très émouvant. Dottie avait l'impression qu'elle touchait le manteau d'un prophète.

Désireuse de manifester sa sympathie, elle dit : « La clientèle privée ne doit pas présenter un grand intérêt pour vous, madame. Ajuster des pessaires à des jeunes filles comme moi vous ennuie sans doute beaucoup.

— Il y a encore tant de travail à faire », soupira la doctoresse.

Elle avait retiré le diaphragme – tout était parfaitement en ordre – et fait descendre Dottie du lit de sangles sur lequel elle l'avait étendue.

« Beaucoup de femmes à l'hôpital, une fois que nous leur avons adapté un pessaire, ne s'en servent pas, ou du moins ne s'en servent pas régulièrement. »

L'infirmière dit en ricanant : « Et ce sont celles, n'est-ce pas, docteur, qui auraient le plus besoin de cesser d'avoir des enfants. Avec nos clientes privées, miss Renfrew, nous savons que nos indications seront suivies. »

Elle sourit d'un air affecté.

« Je n'ai plus besoin de vous, miss Brimmer », dit la doctoresse qui était en train de se laver les mains au lavabo.

L'infirmière sortit. Dottie s'apprêta à la suivre. Elle se sentait ridicule avec ses bas qui lui tombaient sur les chevilles et son soutien-gorge dénoué.

« Restez encore un instant, Dorothy. »

La doctoresse la fixait de son regard lumineux. « Vous avez sans doute des questions à me poser ? »

Dottie hésita. Maintenant que la glace était rompue, elle aurait voulu parler de Dick à cette femme sympathique. Mais elle paraissait lasse ; sur son beau visage il y avait maintenant de toutes petites rides. De plus, d'autres clientes attendaient et Kay était toujours dans le salon. Dottie se dit aussi que si elle racontait son histoire à la doctoresse, celle-ci lui conseillerait peut-être de retourner au Vassar Club, de faire ses valises, de prendre le train de six heures pour Gloucester et de ne jamais revoir Dick. Alors elle n'aurait plus qu'à jeter le pessaire. Elle se serait donné beaucoup de mal pour rien.

« Des conseils médicaux appropriés, dit la doctoresse, en regardant Dottie d'un air affectueux, permettent souvent à nos clientes de trouver le maximum de plaisir dans l'acte de chair. Les jeunes femmes qui viennent me voir, Dorothy, ont le droit de se montrer exigeantes sur ce point. »

Dottie se gratta le menton et sur sa poitrine de petites taches rouges apparurent. À la question qu'elle désirait poser, une doctoresse, et qui plus est, une doctoresse mariée, répondrait sans doute. Elle s'était gardée de parler à Kay de ce qui l'avait le plus troublée dans son aventure avec Dick. Il ne l'avait pas embrassée une seule fois, même au moment le plus exaltant ! Les livres spécialisés ne faisaient pas mention du cas. Était-ce parce qu'il était trop banal ? Il y avait peut-être une autre raison : lèvres gercées, mauvaise haleine, ou bien Dick avait fait un vœu, de même que certains hommes jurent de ne pas se raser ou de ne pas se laver jusqu'à ce qu'ils aient obtenu ce qu'ils désirent. Dottie ne pouvait chasser cette pensée importune. Chaque fois qu'elle lui revenait à l'esprit, elle rougissait – comme en ce moment. En son for intérieur, elle craignait que Dick ne soit ce que son père appelait « un homme pas comme les autres ». L'occasion se présentait d'en avoir le cœur net, mais dans ce cabinet de consultation, entourée de tous ces objets sanitaires, elle ne pouvait pas trouver ses mots. Comment dire en langage scientifique : « Si un homme ne vous embrasse pas sur la bouche » ? Sa fossette se creusa. Kay elle-même aurait été incapable de proférer : « Est-il normal qu'en faisant l'amour… ? »

« Eh bien ? » dit la doctoresse. Dottie toussa de sa toux d'arrière-gorge.

« Excusez-moi, c'est très simple, mais…

— Je vais essayer de vous aider, Dorothy. Tout ce qui donne de l'agrément à l'acte sexuel est permis et avouable. Il n'y a pas de pratiques manuelles ou buccales interdites en amour, si les partenaires y trouvent du plaisir. »

Dottie avait la chair de poule. Elle savait à peu près de quoi il était question et elle se demanda avec une sorte d'horreur si la doctoresse, dans les exercices de la vie conjugale, suivait la méthode qu'elle préconisait.

« Je vous remercie beaucoup, docteur », dit-elle. Et elle se mit à parler d'autre chose.

Dans l'antichambre, rhabillée et poudrée, elle prit dans sa main gantée la petite boîte que lui tendait l'infirmière, sortit quelques billets neufs de son sac pour payer le prix de la consultation et partit sans prévenir Kay. De l'autre côté de la rue, il y avait un pharmacien. Des bouillottes étaient exposées dans la vitrine. Elle entra et acheta un bock. Puis, de la cabine téléphonique de la pharmacie, elle téléphona à Dick. Elle attendit un long moment. Finalement une voix répondit. Dick était sorti. Elle avait tout envisagé sauf cela. Il lui avait pourtant demandé de l'appeler tout de suite après sa visite à la doctoresse. Elle traversa la rue et entra dans Washington Square. Elle s'assit sur un banc et posa ses paquets à côté d'elle. Au bout de presque une heure – elle avait regardé des enfants jouer et écouté la conversation de trois étudiants juifs – elle retourna dans la pharmacie et composa de nouveau le numéro de Dick. Il n'était pas rentré. Elle revint dans le parc. Sa place sur le banc avait été prise. Elle marcha jusqu'à ce qu'elle en eût trouvé une autre. Mais il y avait du monde sur ce banc-là. Elle dut mettre ses paquets sur ses genoux. La boîte qui contenait la poire était encombrante. Elle glissait chaque fois qu'elle croisait les jambes et elle devait se pencher pour la ramasser. Ses dessous lui collaient à la peau à cause des lubrifiants dont s'était servie la doctoresse. Cette sensation d'être souillée lui donnait l'impression qu'elle commençait à avoir ses règles. Les enfants s'apprêtaient à quitter le parc. Les cloches de l'église voisine appelèrent à l'office du soir. Elle aurait aimé entrer prier dans cette église, mais c'était impossible avec les paquets sacrilèges qu'elle tenait à la main. Avec ces paquets, elle ne pouvait pas non plus revenir au Vassar Club ; elle partageait une chambre avec Helena Davison, qui ne manquerait pas de lui demander ce qu'elle avait acheté. Il était tard, bien plus de six heures, mais il faisait encore clair dans le parc. Quand elle appela de nouveau Dick au téléphone, ce fut d'une cabine du Brevoort Hotel (elle s'était rendue auparavant aux toilettes). Elle laissa un message : « Miss Renfrew est à Washington Square, sur un banc. » Elle ne voulait pas attendre dans le hall de l'hôtel où elle aurait pu rencontrer quelqu'un de connaissance. De retour dans le square, elle regretta d'avoir donné son nom, car maintenant elle n'oserait plus déranger la gérante. Ses pensées étaient amères. Dick n'avait pas téléphoné au Vassar Club – ne serait-ce que pour lui dire bonjour. Cela faisait deux jours et demi qu'ils ne s'étaient pas vus. Elle envisagea d'appeler le Vassar Club, mais elle eut peur de tomber sur Helena. D'ailleurs elle ne devait pas quitter le square, où Dick pouvait apparaître d'une minute à l'autre. Le parc devenait très sombre. Les bancs se remplissaient d'amoureux. Il était neuf heures passées quand elle se décida à quitter la place. Les hommes devenaient entreprenants et un gardien lui avait jeté un drôle de regard. Elle se souvint de la remarque que lui avait faite Kay dans l'autobus sur le *corpus delicti* d'une histoire d'amour. Comme c'était juste !

Dick n'était pas chez lui. Et après ? Il pouvait y avoir à cela mille raisons. Il avait peut-être été appelé en province. Pourtant, c'était un signe et elle le savait bien. Dans l'obscurité, elle éclata en sanglots. Elle décida de compter jusqu'à cent avant de s'en aller. Elle était arrivée à cent pour la cinquième fois quand elle comprit qu'elle perdait son temps. Même si Dick avait reçu le message, il ne viendrait pas ce soir. Il ne lui restait qu'une chose à faire. En cherchant à ne pas attirer l'attention, elle glissa ses achats sous le banc et se dirigea vers la 5e Avenue. Un taxi en maraude la recueillit et la mena – elle pleurait doucement – au Vassar Club. Le lendemain matin, alors que la ville dormait encore, elle prit le train pour Boston.

4

Septembre vint… et Harald perdit son emploi. Il avait dit d'une voix douce à son metteur en scène « d'aller se faire foutre » et la vieille tante l'avait mis à la porte sur-le-champ. Kay soupçonna la chose dès qu'elle entendit le pas de son mari dans l'escalier : il rentrait plus tôt que d'habitude. En général, il ne quittait pas son travail avant six heures et demie, sept heures. Elle-même venait d'arriver ; elle avait à peine eu le temps d'attacher son tablier. Ses soupçons se confirmèrent aussitôt qu'il parut dans l'embrasure de la porte. Ses yeux noirs brillaient au fond de leurs orbites. Il tenait à la main une demi-bouteille de gin achetée en passant dans un speakeasy. Il lui fit part de la nouvelle. Quelle histoire ! Elle aurait certainement intéressé un journal comme le *New Yorker*. Kay regretta de ne pas savoir écrire.

« C'est assez cocasse », dit-il en commençant son récit. « Cocasse » était le moins que l'on puisse dire. Ne devaient-ils pas quitter leur meublé pour emménager le 1er octobre dans un immeuble récemment remis à neuf qui plaisait beaucoup à Kay ? Songez donc : un immeuble qui avait un concierge et qui comportait un jardin planté d'arbres !

« Tu vas me prendre pour un minus », ajouta Harald.

Les yeux de Kay s'emplirent de larmes. Quelle injustice de sa part ! Certes, ils avaient signé le bail, payé d'avance le premier mois : 102,50 dollars, y compris le gaz et l'électricité. Harald n'avait jamais envisagé de débourser une somme pareille, mais Kay lui avait dit qu'il était tout à fait normal de consacrer le quart de ses revenus à se loger. Ses appointements chez Macy étaient de vingt-cinq dollars par semaine et Harald gagnerait plus du triple le jour où sa pièce débuterait. Ils étaient donc en mesure (du moins jusqu'à cet après-midi) de payer les cent dollars. « Est-ce un ukase ? » avait demandé Harald, et Kay s'était empressée de communiquer cette observation à ses amies pour leur montrer combien son mari était spirituel. Elle adorait ce que la mère d'Helena Davison appelait son « *risus sardonicus* ».

« Cocasse », continuait-elle à penser. Elle eut une bouffée de colère quand elle le vit s'asseoir dans le studio et allumer tranquillement une cigarette. Ce licenciement ne tombait-il pas à pic pour lui ? N'allait-il pas s'en servir comme d'un prétexte pour renoncer aux frais de la nouvelle installation ? « Ne te monte pas la tête, Strong. Mets les freins. » (Après trois mois de mariage, elle continuait à s'appeler de son nom de jeune fille.) Ce soir, Harald avait plus que jamais besoin de sympathie, bien qu'il ne le laissât pas voir, par respect humain sans doute.

Le pauvre garçon avait été sans travail pendant tout l'été. La pièce dont il s'occupait avait été retirée de l'affiche aux premières chaleurs, précisément le samedi qui avait suivi leur mariage, et la saison était trop avancée pour qu'il pût trouver un emploi dans un théâtre de ville d'eaux. À sa place, Kay aurait tout de même essayé. Il n'avait pas son obstination. Elle s'en apercevait maintenant. Le mariage ne l'avait pas stimulé, comme elle l'avait souhaité ; il aurait plutôt eu l'effet contraire. Et un jour, tout à fait par hasard, on était venu lui proposer ce travail, le meilleur qu'il eût jamais eu. Il s'agissait d'aménager le livret d'une revue satirique sur la Crise, dont la première aurait lieu en octobre. Officiellement, il n'était qu'aide-régisseur, mais l'imprésario lui avait laissé entendre qu'il aurait son mot à dire sur les sketches du fait que le grand maître de la mise en scène, une vieille putain des compagnies Shubert, se spécialisait dans les scènes où il y avait des girls. L'imprésario avait depuis longtemps des vues sur Harald. Il voulait lui donner sa chance.

« C'est presque trop beau pour être vrai ! » s'était écriée Kay. Elle voyait déjà le nom d'Harald sur l'affiche avec le titre de metteur en scène adjoint. Hélas, dès la deuxième semaine de répétitions, il y avait eu un accrochage. L'imprésario n'arrivait pas à délimiter d'une façon précise les responsabilités de chacun. Selon Harald, cela tenait à l'organisation du travail. L'imprésario hésitait encore entre une revue avec de bonnes chansons sur des thèmes d'actualité ou l'habituel ramassis de stupidités, que l'on ferait passer grâce à la participation de deux vedettes. Harald lui servait de cobaye. Quand le jeune homme avait fait répéter une scène et qu'elle était au point, le metteur en scène faisait son apparition et la transformait complètement en ajoutant des girls à un défilé de chômeurs ou un gag sur la grève du lait avec des fermières en chapeaux de paille. Les auteurs étaient cent pour cent pour Harald mais l'imprésario, quand on lui demandait son avis, se contentait de dire : « Essayez comme ça » ou : « Attendez ! » Pendant les répétitions, le metteur en scène, qui en voulait à Harald de suivre trop fidèlement les directives des auteurs, n'avait cessé de le réprimander parce qu'il était toujours en retard (il faut reconnaître qu'Harald prenait trop de temps pour dîner) ou parce qu'il avait donné une fausse indication musicale. Un beau jour – c'est-à-dire cet après-midi –, Harald lui avait dit devant toute la troupe qu'il était incapable de tirer parti d'un livret aussi intelligent (Kay aurait donné n'importe quoi pour être là !). Le metteur en scène, qui n'était pas en mesure de discuter avec un garçon de la trempe d'Harald, s'était mis à crier et finalement l'avait flanqué à la porte. Si bien qu'avant même que le spectacle ait débuté, le jeune homme était à la rue. Résolu à ne pas se laisser faire, il était monté au bureau du chef pour protester. Kay aurait pu lui dire que c'était une bêtise : quand on n'est plus dans les petits papiers de quelqu'un mieux vaut ne pas insister. Le grand patron, gêné à l'idée de le recevoir, lui avait fait dire par sa secrétaire qu'il ne pouvait pas passer par-dessus la tête du metteur en scène. Le comptable lui avait payé deux semaines d'appointements et, sortant de son tiroir une bouteille, lui avait offert un verre.

L'haleine d'Harald dégageait l'odeur du whisky de contrebande du comptable. Tout à l'heure, quand Kay l'avait vu apparaître, tenant sa bouteille de gin serrée contre sa poitrine, elle avait eu la pensée horrible qu'il avait été renvoyé parce qu'il avait bu pendant les heures de travail. Maintenant qu'elle connaissait les faits, elle se rendait compte qu'elle avait porté un jugement téméraire. Non seulement le comptable, mais toute la troupe avait manifesté sa sympathie à Harald. La plupart des artistes l'avaient pris par le bras pour lui dire combien ils regrettaient son départ. Les auteurs (l'un d'eux écrivait régulièrement dans *Vanity Fair*) avaient sauté de leurs fauteuils et lui avaient proposé d'aller défendre sa cause auprès du patron. Une des girls avait pleuré…

Pendant l'exposé d'Harald, Kay était restée sagement assise, la taille ceinte du petit tablier aux jolies incrustations blanches que sa mère lui avait envoyé.

Harald faisait les cent pas, rejouant pour elle la scène qui s'était déroulée au théâtre. De temps en temps, elle l'arrêtait pour lui poser une question la plus anodine possible. Avant d'écrire à ses parents, elle voulait être sûre qu'il lui disait toute la vérité. On lui avait appris à Vassar qu'il fallait en toutes circonstances garder l'esprit ouvert, ne jamais se contenter d'un seul son de cloche…

Elle croyait au plaidoyer pro domo d'Harald, mais peut-être quelqu'un d'étranger à l'affaire, son père, par exemple, verrait-il les choses sous un angle différent ? Le docteur Strong n'estimerait-il pas que son mari aurait dû rester à sa place, se contenter de mettre en valeur sketches et chansons sans donner à ses chefs l'occasion de le prendre en défaut ? Et ces retards… comment savoir au juste qui en était responsable ? Le metteur en scène fixait lui-même les horaires. « Prenez une heure pour votre repas. » On ne pouvait demander à Harald de rentrer chez lui, de prendre l'autobus (ils n'avancent pas dans les encombrements !), d'avaler un morceau et de revenir au théâtre – tout cela en soixante minutes… Au dire d'Harald, les acteurs se contentaient d'un plat qu'ils mangeaient au speakeasy du coin, mais il était un homme marié. On le savait. Il avait amené Kay à une répétition. La vedette féminine avait d'ailleurs fait à cette occasion un petit esclandre. Voyant quelqu'un dans la salle, elle s'était arrêtée au milieu d'une chanson et, désignant Kay, avait demandé ce que cette personne fichait là. Ayant appris que c'était la femme d'Harald, elle lui avait dit : « Excuse-moi mon chou ! » et elle leur avait demandé de venir chez elle prendre un verre. Le metteur en scène avait tiré la morale de l'incident. Harald ne devait plus amener au théâtre des personnes étrangères au spectacle. Les vedettes n'aiment pas qu'on les voie répéter. Il aurait dû le savoir. Le jeune homme avait baissé la tête sans répondre et Kay avait eu l'impression qu'elle était un boulet que traînait Harald.

Dans l'appartement de la grande étoile (elle habitait sur Central Park), elle ne s'était pas sentie à son avantage. Elle n'avait pas été chez le coiffeur, elle n'avait pas rasé les poils de ses jambes. Tout cela lui paraissait injuste. N'avait-elle pas monté à Vassar une pièce de théâtre qui avait été un succès ? Sa compétence était reconnue, son charme aussi : elle avait fait partie de la Daisy Chain.

Le syndicat des artistes devrait tout de même intervenir et imposer des heures de répétitions plus commodes. (Priss Hartshorn était bien d'accord là-dessus.) Le système en usage dans ce théâtre était médiéval. Il ne serait toléré dans aucune usine.

Autre sujet d'inquiétude pour Kay : elle n'avait pas eu de rapports avec son mari depuis un certain temps. Comment auraient-ils pu en avoir ? La troupe ne se séparait qu'à une ou deux heures du matin et à ce moment-là, *elle* dormait. Quand elle partait pour son travail le lendemain matin, *il* sommeillait encore.

Une nuit, retenu par une conférence dans le bureau de l'imprésario, il n'était rentré qu'à quatre heures. Cela ne l'avait pas empêché le lendemain (un dimanche, de surcroît) d'être au théâtre à dix heures. Pour une fois qu'ils auraient pu prendre leur petit déjeuner ensemble ! En outre, les répétitions terminées, le spectacle devait être rodé en province. Elle resterait quinze jours seule, pendant qu'Harald vivrait avec des danseuses et des girls. Harald disait que l'une d'elles, qui avait une maison dans le Connecticut, n'était pas bête du tout ; il l'avait surprise un jour dans les coulisses en train de lire Katherine Mansfield.

Kay était ravie quand Harald « rappliquait » au lieu de dîner avec les autres dans le petit bar. Un jour où la répétition s'était terminée plus tôt que d'habitude, il avait ramené un des auteurs pour souper. Kay avait préparé un pain de saumon avec une sauce à la crème. (« Cuire une heure », indiquait la recette, mais Kay ajoutait presque toujours quinze minutes de cuisson au temps recommandé par le livre de cuisine.) On avait bu des cocktails en attendant que le repas soit prêt. Harald ne se rendait pas compte de tout ce qu'elle avait à faire. En revenant de chez Mr Macy, elle devait s'arrêter chez Grindstede pour acheter de l'épicerie. Harald n'avait plus le temps de faire le marché le matin. Cette question des provisions était devenue pour eux un sujet de querelles. Il aimait les Monoprix parce que c'était bon marché. Elle préférait Grindstede, parce qu'ils livraient à domicile et qu'ils avaient des légumes qu'on ne trouvait pas ailleurs. « Tu ne vas que dans les magasins de riches », disait Harald.

En outre, il tenait à ses petits plats familiers (par exemple les spaghettis aux champignons secs avec de la sauce tomate), tandis qu'elle, forte de la science acquise dans les rubriques spécialisées, essayait toujours quelque chose de nouveau. Il lui disait qu'elle n'avait aucune imagination, qu'elle suivait les recettes trop à la lettre. L'art culinaire était un art vivant ; elle le rendait académique, mort.

Depuis trois mois, de petits différends surgissaient continuellement ; les premiers temps elle n'avait été que l'écho de son époux. L'autre soir, le dîner n'étant pas prêt, il lui avait dit : « Sois raisonnable, ouvre une boîte de conserve. » Elle s'était récriée ; elle ne ferait jamais une chose pareille. C'était peut-être très bien pour lui, mais il ne fallait pas compter sur elle pour vivre de cette manière. On ne mange pas comme les animaux, uniquement pour ne pas mourir de faim. Après son départ, prise de remords, elle avait décidé de se montrer plus prévoyante ; mais lorsqu'elle préparait son plat la veille, l'ayant laissé dans le four pour qu'il soit servi à l'heure dite, comme le préconisaient les livres de cuisine, il déclarait qu'il n'entendait pas être bousculé. « Moins de zèle conjugal », disait-il en se préparant un second cocktail.

Kay n'avait pas la conscience très tranquille à propos des cocktails. Harald n'en buvait pas avant de la connaître. « C'est un privilège de ta classe », disait-il, et elle ne savait pas s'il parlait de la classe 33 ou de sa classe sociale. À Salt Lake City, ses parents n'auraient jamais osé servir de l'alcool à leurs réceptions, bien que son père eût pu facilement se procurer du whisky sans ordonnance. Dans l'Est tout le monde « buvait », même les gens âgés. Elle s'en était rendu compte quand elle avait été en séjour chez l'une ou chez l'autre, chez Pokey, chez Priss et chez Polly. Dans la famille d'Helena Davison, à Cleveland, on préférait le sherry.

Pour faire plaisir à sa femme, Harald agitait chaque soir le shaker en aluminium. L'un et l'autre n'y trouvaient pas le même plaisir. Ce que Kay aimait, c'était la petite cérémonie ; ce qu'aimait Harald, c'était l'alcool. Un ou deux cocktails ne font de mal à personne, mais il aurait été dans l'intérêt d'Harald de ne pas en boire avant les répétitions, n'est-ce pas ? Kay n'en aurait pas moins jugé très humiliant de préparer le dîner et de se mettre aussitôt à table, comme le faisaient ses parents.

Harald était allé dans la cuisine, où il s'était servi un grand verre de gin pur. Il savait que Kay détestait le gin et qu'elle n'aimait pas qu'il en boive. Revenu dans le studio, il avait allumé sa pipe. Déjà il se versait un second verre.

« Qu'est-ce que je te prépare ? dit-il, un Silver Feez ? »

Kay fronça les sourcils. Que signifiaient ces manières courtoises ?

« Je crois que je ne prendrai rien, dit-elle.

— Qu'est-ce qui se passe ? » dit-il, en la fixant de ses yeux sombres.

Elle était devenue songeuse. Tout à coup, elle avait décidé de changer de ligne de conduite, mais était-ce le moment de le révéler à Harald, dont les réactions étaient imprévisibles quand il avait bu ?

« Je n'en ai pas envie, dit-elle. On va dîner. »

Elle se leva de sa chaise. Harald avait mis ses mains sur ses hanches, ses lèvres étaient pincées. « Quelle idiote, mon Dieu, quelle idiote !

— Qu'est-ce que j'ai dit ? s'écria Kay.

— Je crois que je ne prendrai rien », dit-il en l'imitant. Il avait singé une petite voix qu'elle ne reconnut pas du tout comme la sienne. Elle ne parlait pas avec ce ton affecté, elle l'aurait juré. Harald ne se doutait pas qu'elle mourait d'envie d'un Silver Feez et que si elle avait repoussé son offre, c'était parce qu'elle n'avait pas la conscience très tranquille. Que se serait-il passé si elle était allée à son travail après avoir bu deux cocktails avant le petit déjeuner ? N'était-ce pas la même chose ? On devrait toujours se mettre à la place des autres. Qu'aurait-elle fait si c'était *elle* qui avait perdu son emploi ? Elle le savait bien. Elle se serait tranquillement assise dans un fauteuil et se serait demandé pour quelle raison elle avait été renvoyée. Peut-être, après tout, Harald se livrait-il à cette même recherche sans en rien laisser paraître ?

« Je crois que je ne prendrai rien, répéta-t-il. Ma chère, ne prends pas ce ton ! Il ne te va pas. Tu es une comédienne, et une mauvaise comédienne.

— Vraiment », s'écria Kay. Vexée, elle quitta le studio et entra dans la cuisine. Elle se demanda ce qu'allait faire Harald. S'en irait-il en claquant la porte, comme il l'avait fait l'autre soir lorsqu'elle avait rapporté du magasin un appareil à décortiquer les haricots qui ne fonctionnait pas ? Non, elle l'entendait aller et venir.

Elle ouvrit une boîte de flageolets et en versa le contenu dans de l'eau bouillante. Sur le dessus de la casserole, elle déposa des tranches de lard : dans le bus du retour, elle avait décidé de faire un Welsh Rabbit à la bière. Elle y renonça, de peur de le rater et de recevoir une nouvelle leçon. Elle choisit un cœur de laitue et se mit à assaisonner la salade. Pensant au Welsh Rabbit qu'ils ne mangeraient pas ce soir uniquement parce que Harald n'avait plus de situation, elle poussa un profond soupir. Elle savait que rien ne serait tout à fait pareil désormais. L'idée qu'ils ne déménageraient peut-être pas la hantait. Les pièces qu'ils occupaient actuellement appartenaient à la veuve d'un graveur sur bois qui s'était retirée dans le New Hampshire. Elles étaient pleines d'objets anciens – coffres espagnols, tapis d'Orient et des tas de coupes en cuivre qu'il fallait toujours astiquer. Kay n'attendait que le moment de quitter ce musée et de s'installer dans ses propres meubles. Harald ne pouvait ignorer ce que Kay avait en tête ; pourtant, depuis l'instant où il était apparu dans l'embrasure de la porte, il n'avait pas dit un mot du nouvel appartement.

Dans son sac – elle l'avait posé sur la commode – il y avait des échantillons de tissus d'ameublement qu'elle voulait montrer à son mari. Chez Macy, à l'heure du déjeuner, elle avait choisi un divan moderne et des chaises capitonnées. Elle avait aussi marchandé des rideaux, non qu'elle eût l'intention d'en acheter, mais pour qu'Harald comprît que les stores vénitiens fournis gracieusement par la société immobilière constituaient une sérieuse économie. Avec des stores vénitiens, on n'a pas besoin de rideaux… Même avec la remise qu'on lui faisait chez Macy, ils en auraient eu pour cent ou cent vingt dollars. La somme qu'ils auraient consacrée aux rideaux devait être déduite du loyer de la première année. Et doublés, ils auraient coûté encore plus cher.

Elle jeta un coup d'œil au four pour voir où en étaient ses flageolets. Ils n'étaient pas encore dorés. De retour dans le studio, elle mit le couvert. Harald était en train de lire le *New Yorker*. Il leva les yeux et dit : « Si on demandait aux Blake de venir faire un bridge après dîner ? »

Son ton désinvolte ne l'abusa pas. Elle connaissait Harald. Il s'excusait à sa façon d'avoir voulu gâcher leur soirée. « Je serais ravie », dit-elle. Elle l'était en effet. Il y avait longtemps qu'ils n'avaient pas joué au bridge.

« Est-ce toi qui les appelles, ou moi ? »

Ce disant, il la serrait très fort dans ses bras. Elle se dégagea et courut à la cuisine.

« Dis-leur qu'il y a trois bouteilles de bière dans la glacière », lui cria-t-elle à travers la porte.

Presque tout de suite, sa joie tomba. Harald était plus rusé qu'elle ne le pensait. C'était intentionnellement qu'il avait proposé les Blake plutôt qu'un autre ménage. Norine Blake, une camarade d'école à elle, était très « à gauche ». Elle ne manquait pas un meeting. Son mari, Putnam, était inscrit au parti socialiste. C'étaient des grippe-sous, bien que Putnam, un garçon d'excellente famille, eût des revenus personnels. Kay savait d'avance ce qui allait se passer. Les Blake, en apprenant le renvoi d'Harald, aborderaient tout de suite le sujet de l'appartement. Pourquoi les Petersen ne feraient-ils pas comme eux ? Kay était fatiguée de leur entendre dire qu'ils avaient trouvé un charmant sous-sol avec un vrai jardin pour seulement quarante dollars par mois. Kay ne voulait pas entendre parler d'un sous-sol. C'était très malsain. Elle jeta un nouveau coup d'œil à ses flageolets et fit claquer la porte du four. Put insisterait. Harald *devait* renoncer à son projet ; un haut loyer est une forme d'exploitation et, de surcroît, un placement improductif. Et Norine parlerait des moyens de transport. Elle ne pouvait pas s'en empêcher. La dernière fois qu'ils avaient joué ensemble au bridge, elle s'était informée de la façon dont Kay se rendait à son travail. « Tu prends l'autobus ? » avait-elle dit en jetant un regard entendu à son mari. On aurait cru que monter dans un autobus était une fantaisie de milliardaire. « Et la section de la 6e Avenue ? Cela te fait deux voyages. » Elle avait de nouveau regardé son mari. À son avis tous les jeunes mariés devraient habiter près d'une station de métro. La façon de se rendre d'un point de la ville à un autre était devenue chez elle une idée fixe. Harald la trouvait un peu ridicule, mais il reconnaissait qu'il y avait du vrai dans ce qu'elle disait.

Un soir, après le bridge, Kay leur avait offert du café et des toasts au fromage. Norine s'était écriée : « De la vraie crème ? » Apparemment, seuls les gens immensément riches pouvaient s'offrir un tel luxe. Depuis des mois, Kay ne cessait de répéter à Harald qu'acheter de la crème était la chose la plus naturelle du monde. Cette exclamation de Norine l'avait fait rougir comme si elle avait été prise la main dans le sac. Harald, toutefois, ne s'était pas fâché. Au contraire, une fois les Blake partis, il lui avait dit à l'oreille : « De la vraie crème ? » en lui prenant les seins à pleines mains. Il aimait à dire que Kay était transparente. Parfois, c'était dans sa bouche un compliment, parfois, comme ce soir, une critique. La connaissait-il vraiment ? Kay pensa à une lettre qu'elle avait découverte en rangeant ses papiers en prévision du prochain déménagement. C'était une lettre d'Harald à son père qui avait dû être écrite le samedi précédant leur mariage. Ayant vu son nom cité, au milieu de la première page, elle n'avait pu résister à la tentation de la lire.

« Kay n'a pas peur de la vie, Anders. » (C'était ainsi qu'il appelait son père.) « Toi et maman vous avez peur. Nous avons tous peur, plus ou moins. C'est la raison pour laquelle je me décide à l'épouser, bien que des amis cyniques me conseillent d'attendre une jeune fille riche qui pourrait financer une de mes pièces. Ne crois pas que je n'y aie pas pensé. Entre nous – que maman n'en sache rien –, j'en ai *connu* quelques-unes, au sens biblique du terme. J'ai fait l'amour avec elles dans leurs voitures, j'ai vidé les armoires à liqueur de leurs pères et je les ai laissées payer dans les bars où elles avaient une ardoise. Je parle donc en connaissance de cause. Elles ont peur de la vie et elles sont amoureuses de la mort. Comme toutes les personnes d'une certaine classe. Cela les incite à jouir éperdument du moment présent. Elles sont semblables aux Ménades qui mirent Orphée en morceaux – tu te souviens du mythe grec ? Elles ont peur de l'avenir, tout comme les membres de la famille Petersen. Maman et toi ne cessez de penser à ce qui arriverait si tu perdais ta situation, à ce qui arrivera quand tu auras atteint l'âge de la retraite. Depuis le krach, ces jeunes filles dorées sur tranches ont peur que leur père ne perde son argent ou qu'une révolution ne le lui prenne. Kay n'est pas comme cela. Elle fait partie d'un milieu dans lequel tu n'as pas tout à fait réussi à pénétrer, celui des hautes professions libérales. Son père est un chirurgien spécialisé dans l'orthopédie, très connu à Salt

Lake City. Cherche son nom dans le *Who's who* (si tu ne l'as déjà fait !). Les gens de cette classe sociale estiment qu'ils n'ont rien à craindre de l'avenir, et ils n'ont sans doute pas tort à en juger par ce qui se passe en Union soviétique où les grands médecins et les savants jouissent de faveurs spéciales, de même que les producteurs de films et les hommes de lettres. Cette belle confiance, Kay, sans le savoir, en porte le signe, le "signe réel et apparent d'une grâce intérieure", comme dit le Livre de prières épiscopal. Kay manque un peu de grâce mondaine. C'est une femme de plein air. Elle joue au hockey, elle monte à cheval, elle nage. À propos du Livre de prières épiscopal, lis-le, pour son style. Kay veut que nous nous mariions à l'église de J. P. Morgan. J'ai accepté parce que je trouve cela pittoresque et parce que c'est une consolation de se dire que le sénateur Cutting (Bronson Cutting, du Nouveau-Mexique, un gentleman combatif et progressiste pour lequel j'ai un petit culte – te l'ai-je dit ?) va y faire ses dévotions quand il est en ville.

« Je ne sais pas ce que l'on pense à Boise, mais ici, dans l'Est, les choses ont beaucoup changé depuis l'arrivée au pouvoir de Roosevelt. Sans doute le vieux partisan de Townley que tu es se méfie-t-il de lui. Moi pas. On dit qu'il y a trop d'universitaires dans le gouvernement, mais ce sera peut-être grâce à eux que la révolution s'effectuera sans effusion de sang et que l'intelligence remplacera l'argent des capitalistes dans la mise en valeur des immenses ressources du pays. Les marxistes, ici, à New York, se trompent quand ils croient qu'une grande bataille se livrera entre le Capital et le Travail. Le Capital et le Travail, sous leur forme actuelle, disparaîtront d'eux-mêmes. Roosevelt est un “patricien”. C’est significatif. Kay m’a dit fièrement que c’était un des administrateurs honoraires de Vassar. Je m’écarte de mon sujet, mais tu vois où je veux en venir. Avec Kay, je prends une option sur l’avenir. Cela peut paraître un peu mystique, mais il y a quelque chose de mystique dans le sentiment que j’éprouve pour elle. Il me semble que je réponds à un appel. Ne me demande pas si je suis amoureux car, pour moi, l’amour est une réaction chimique, rien d’autre. Sans doute l’as-tu deviné ? Kay est une jeune femme très vivante et encore indisciplinée. Maman et toi ne l’aimerez peut-être pas au début, mais j’ai besoin de son merveilleux dynamisme que je saurai canaliser.

« Maman serait-elle assez bonne pour demander à Kay de l’appeler Judith ? Comme toutes les jeunes filles modernes elle aurait horreur de dire “maman” à sa belle-mère, et “Mrs Petersen” est bien pompeux. Ce que Kay aime dans nos rapports, à toi et à moi, c’est leur simplicité. Pour elle, tu es Anders… J’écris une pièce dont tu es le héros – Kay, qui a suivi des cours de théâtre à Vassar (son professeur était une drôle de petite femme pleine d’allant), dit que j’ignore encore les ficelles du métier. Je crois qu’elle a raison, ah, Anders… »

Harald n’avait pas terminé sa lettre. Kay se demanda ce qu’il disait dans celle qu’il avait envoyée. La vieille valise contenait d’autres lettres inachevées – plusieurs lui étaient adressées à Vassar –, le début d’une nouvelle ou d’un roman (le papier en était jauni) et les deux premiers actes de la pièce qu’il écrivait alors. Le brouillon était fort bien écrit – on ne pouvait dénier à Harald le don du style – mais après l’avoir lu, Kay s’était sentie très triste.

Tout ce qu'Harald disait à son père, elle le savait plus ou moins, mais savoir plus ou moins n'est pas savoir tout court. Harald ne lui avait pas caché qu'il avait couché avec d'autres femmes et qu'il avait envisagé de les épouser ou de se laisser épouser par elles. Elle n'ignorait pas les idées qu'il se faisait, primo, sur la classe sociale à laquelle elle appartenait (à elle, il lui disait que tout cela était bien fini), secundo, sur la politique de Roosevelt et tertio, sur elle-même en tant que femme, mais sa déception n'en était pas moins grande. Était-ce parce qu'elle venait de s'apercevoir qu'Harald était un homme sans surprise ou bien parce qu'elle trouvait ses rapports avec son père excessifs ? Si elle avait commencé à lire la lettre, sachant qu'elle n'aurait pas dû le faire, c'était parce qu'elle avait désiré en savoir davantage sur elle-même et aussi sur Harald. L'intelligence de son mari avait des limites.

« Maintenant, se disait-elle dans la cuisine, tandis qu'elle remuait la salade et qu'elle entendait Harald parler au téléphone (les Blake venaient…), je sais de quoi est fait l'attrait que j'exerce sur mon mari. »

Au théâtre de verdure où elle avait fait sa connaissance, il l'avait traitée comme une simple apprentie, lui donnant des ordres, critiquant la façon dont elle manœuvrait le rideau, l'envoyant chez le quincaillier… « Vous avez de la peinture sur les cheveux », lui avait-il dit un soir lors d'une petite réception donnée par la troupe. Aussitôt après, il l'avait invitée à danser. Il s'était disputé avec la grande vedette, une femme mariée qui lui accordait ses faveurs – son mari était avocat à New York. Une autre fois, alors qu'ils étaient tous en train de boire de la bière dans une auberge au bord de la route, il s'était dirigé vers la table où elle était assise avec d'autres apprenties et il lui avait dit tout à trac : « Les bretelles de votre combinaison se voient. » Kay en avait à peine cru ses oreilles quand il avait promis de lui écrire à Vassar. Pourtant, il l'avait fait – un mot court et banal. Elle lui avait répondu et il était venu pour un week-end. Il avait assisté au spectacle qu'elle avait mis en scène.

Maintenant, ils étaient mariés. Jusqu'au dernier moment, elle avait douté de lui, se demandant si elle n'était pas un pion dans le jeu qu'il jouait avec une autre femme.

Même au lit, il gardait son *sang-froid*[*]. Il récitait la table de multiplication – une vieille recette arabe que lui avait enseignée un Anglais – pour retarder le moment où il jouirait.

Kay retira ses flageolets. Elle se disait : « Je n'ai pas peur de la vie, j'ai un merveilleux dynamisme, m'épouser est prendre une option sur l'avenir. » Elle ne regrettait pas qu'Harald ne l'ait pas décrite à son père d'une façon plus romantique. Elle avait un atout dans la main et elle comptait le jouer. Tant pis pour les Blake. Un loyer est une option sur l'avenir. Rien ni personne ne lui ferait renoncer à l'appartement. Au fait, pourquoi y tenait-elle tellement ? Étaient-ce les stores vénitiens, était-ce le concierge, était-ce le charmant petit boudoir ou était-ce encore autre chose ? Plutôt mourir que de retourner dans cette chambre sordide du Village, en face de celle de Dick Brown. Kay serra les dents. Elle entendait déjà sa mère dire : « Il y a d'autres appartements, chérie. » Elle ne voulait pas un autre appartement ; elle voulait celui-là. De même, lorsqu'elle avait voulu Harald et qu'elle ne recevait pas de lettres, la peur de le perdre ne lui avait pas fait dire comme à tant de jeunes filles : « Il y a d'autres hommes. » Elle n'avait pas cédé. Cette fois encore, elle ne céderait pas, non seulement dans son intérêt, mais dans celui de son mari. Quel choc psychologique il ressentirait s'il se voyait obligé de renoncer – au premier insuccès – à sa conception de l'avenir ! Il fallait aussi tenir compte du mois d'avance qu'ils avaient versé à valoir sur le loyer. Cette somme serait perdue.

Enfin, le dîner fut prêt. Ils se mirent à table. Les Blake étaient attendus à huit heures et demie. Kay ne cessait de regarder la commode sur laquelle elle avait posé le sac qui contenait des échantillons de tissus. Pourquoi ne pas en parler tout de suite à Harald ? Après le départ des Blake il serait trop tard et Harald voudrait probablement faire l'amour. Ce soir elle ne pourrait pas dire non. Il faudrait procéder à sa « petite toilette », puis « s'y mettre ». (Ah, cette table de multiplication !) Elle ne fermerait pas les yeux avant une heure du matin. Demain matin, il lui serait impossible de lui montrer les échantillons. Il sommeillerait au moment de son départ et il serait furieux d'être dérangé. Pourtant, il fallait prendre une décision rapide. Chez Macy, pour ce genre de fournitures le délai était de deux semaines. En ce qui concernait les lits, les tables et les ustensiles de cuisine, on avait le temps de voir venir. Tout se trouvait à la réserve, Kay voulait des matelas en crin, plus chers, mais plus sains. *L'Organe des consommateurs* les recommandait.

Le repas avançait. Elle passa le beurre à Harald, et elle sentit que sa belle confiance l'abandonnait. L'autre soir, ils s'étaient disputés au sujet des mérites respectifs du beurre et de la margarine et cela avait fini dans les larmes. Harald avait soutenu que la margarine était tout aussi bonne et tout aussi nourrissante que le beurre. La couleur seule différait, parce que les magnats du beurre avaient interdit aux fabricants de margarine de donner un ton plus soutenu à leur produit. Il était certainement dans le vrai, mais Kay ne pouvait supporter la vue de cette substance blonde et huileuse. Était-ce un préjugé de « classe » ?

Harald étala un peu de beurre sur son pain en regardant Kay d'un air ironique. Elle fit semblant de ne s'apercevoir de rien. Elle n'avait pas peur de la vie, mais elle avait certainement peur d'Harald.

Elle décida de lui faire un peu la conversation avant d'aborder le sujet des échantillons. Elle ne voulait pas qu'il retombe dans une de ses dépressions scandinaves. « Sais-tu qu'on a cherché à "m'avoir" aujourd'hui ? » dit-elle gaiement.

Elle lui apprit que c'était l'habitude, chez Macy, de charger un membre féminin du personnel d'évaluer les qualités professionnelles des jeunes vendeuses en se présentant à elles comme une cliente. Les patrons croyaient le secret bien gardé alors que c'était celui de Polichinelle.

« Je suis, cette semaine, au rayon de la haute confection, te l'ai-je dit ? »

Harald savait que Kay irait d'un service à l'autre pour ne rien ignorer de la marche de l'entreprise.

« Eh bien, cet après-midi, j'ai reçu la visite d'une femme qui a essayé toutes les robes qui étaient exposées à l'étage. L'heure de la fermeture approchait et elle hésitait encore entre un costume tailleur garni de caracul et un autre très sévère en tweed bleu avec un col de velours plus foncé. Elle m'a demandé de faire venir l'essayeuse pour avoir son avis. L'essayeuse, en me faisant un clin d'œil, lui conseilla de prendre les deux... On vous passe au crible, sais-tu ? Êtes-vous polie, aimable, patiente ? Avez-vous de la personnalité ? Avant tout, savez-vous vendre ? On est réprimandée si une cliente s'en va sans avoir pris de décision. Figure-toi, Harald, que grâce à l'essayeuse, cette femme a acheté les deux costumes, pas vraiment "acheté" bien sûr, car au lieu de partir pour les ateliers afin d'être retouchés, ils sont retournés à la réserve. J'ai compris alors qu'il s'agissait d'une fausse cliente. À propos, sais-tu que lorsqu'une vraie cliente achète quelque chose et qu'elle le rend on vous donne un mauvais point ? »

Harald mastiquait sans dire un mot. Au bout de quelques minutes, il posa sa fourchette sur la nappe. Déconcertée par cette attitude glaciale, Kay se tut.

« Va, parle, ma chère, tout ça est très intéressant. Tu vas bientôt monter en grade. Ne pourrais-tu pas me trouver un emploi chez Macy, au rayon des tapis ou des réfrigérateurs ? Ce sont des hommes, n'est-ce pas ?

— Oui, répondit Kay machinalement, mais on ne débute pas à ces rayons-là. Il faut d'abord faire son apprentissage de vendeur. » Elle laissa tomber sa fourchette et prit sa tête bouclée entre ses mains. « Oh, Harald, pourquoi me détestes-tu ?

— Parce que tu poses des questions comme celle-là. »

Kay devint rouge comme un coq. Elle ne voulait pas pleurer, à cause des Blake qui allaient arriver d'une minute à l'autre. Harald eut sans doute la même idée, car lorsqu'il reprit la parole, ce fut sur un ton différent : « Chère Kay, je ne te blâme pas de te comparer à moi. Tu en as parfaitement le droit. Tu fais bouillir la marmite !

— Mais je ne me comparais pas à toi ! »

Kay releva la tête, outragée. « Je faisais seulement la conversation. »

Harald sourit tristement. « Je ne te blâme pas », dit-il de nouveau.

« Harald, je t'en supplie, crois-moi ! Elle lui prit la main. L'idée de nous comparer ne m'est jamais venue à l'esprit. Tu es un génie et je ne suis qu'une personne ordinaire. C'est pour cela que je peux faire mon chemin dans la vie et que toi tu ne le peux pas. Je ne t'ai pas assez aidé, je le sais. Je n'aurais pas dû te laisser rentrer à la maison pendant les répétitions. Je n'aurais pas dû te faire boire des cocktails. J'aurais dû comprendre que ce n'était pas le moment. »

Elle sentit que la main d'Harald devenait molle dans la sienne. Elle avait de nouveau gaffé. Dieu merci, elle ne lui avait pas parlé de ses retards.

Il retira sa main, brusquement. « Kay, dit-il, combien de fois t'ai-je fait remarquer que tu étais une fieffée égoïste ? Tu crois que le monde tourne autour de ton nombril. C'est moi qui ai été flanqué à la porte, ce n'est pas toi. Cette histoire ne te regarde pas.

« Être en retard, ajouta-t-il avec un sourire cruel, n'a rien à voir là-dedans, bien que tu me le laisses entendre avec la plus grande maladresse depuis deux semaines. Tu as un chronomètre à la place du cœur. Personne ne prend cette "heure pour dîner" au sérieux. Tu l'as vu toi-même quand tu es venue au théâtre. On n'a rien fait pendant une demi-heure. Les gars jouaient au pinacle.

— C'est vrai, Harald. Excuse-moi. »

Il était toujours en colère. « Je te serais reconnaissant, dit-il, de ne pas te mêler de mes affaires avec ton esprit petit-bourgeois. Je ne suis pas un homme fait sur mesure. Tu as l'air de t'accuser, et c'est moi que tu accuses. »

Kay fit un geste de dénégation. « Tu te trompes, Harald. »

Il la regarda d'un air sceptique. « Tu protestes trop », dit-il sur un ton plus léger.

Elle constata qu'il avait encore changé d'humeur.

« D'ailleurs, tout cela est sans intérêt. Tu bats la campagne, ma fille. Le singe me hait, un point c'est tout.

— Parce que tu lui es supérieur, murmura Kay.

— Oui, concéda Harald.

— Oui ? » dit Kay, étonnée de son ton ironique. Allait-il se mettre à couper les cheveux en quatre, maintenant qu'ils étaient tombés d'accord sur la raison de son renvoi ? « Que veux-tu dire avec ton "oui" ? » Il hocha la tête et sourit.

« Explique-toi, Harald, je t'en supplie.

— Va nous faire du café comme une bonne petite fille. » Il alluma sa pipe.

« Est-ce que tu connais l'histoire d'Hippolyte ? dit-il après un assez long silence.

— Bien sûr, dit Kay. Nous avons joué la pièce au collège, en grec, avec Prexy dans le rôle de Thésée. Je t'ai écrit pour te dire que je faisais le décor – de grandes statues d'Artémis et d'Aphrodite. Comme nous nous sommes amusées ! Prexy a eu un trou de mémoire et pour ne pas demeurer coi, il a dit, en grec : "Être ou ne pas être." Personne ne s'en est aperçu, sauf notre professeur de grec, la vieille miss Mac Curdy ; elle est sourde comme un pot, mais les mots lui étaient parvenus à travers son cornet acoustique. »

Harald tambourinait sur la table, sans rien dire.

« Eh bien ! dit Kay.

— Eh bien ! si l'on change le sexe de Phèdre...

— Je ne comprends pas. Qu'arriverait-il si l'on changeait le sexe de Phèdre ?

— Ça serait mon histoire, ou plus exactement les dessous de mon histoire. Maintenant, va nous faire du café. »

Kay regarda son mari, perplexe. Elle ne voyait pas le rapport.

« Histoire de tantes, dit Harald. Bien que je ne sois plus vierge, c'est moi le chaste Hippolyte de la farce. Le mâle qui défend sa vertu est toujours ridicule. »

Le menton de Kay se mit à trembler.

« Tu veux dire qu'un homme a cherché à abuser de toi ? Qui ? Le metteur en scène ?

— C'est plutôt l'inverse. Il m'a laissé entendre qu'il avait un derrière très excitant.

— Quand ? Cet après-midi ? » Kay était indignée, et partagée entre l'horreur et la curiosité. Cet été, Harald lui avait dit qu'il attirait les homosexuels (il y en avait deux dans la troupe). Elle avait été un peu envieuse.

« Non, non, cela remonte à plusieurs semaines, du moins sa première proposition.

— Pourquoi ne me l'as-tu pas dit ? » L'idée qu'il lui avait caché quelque chose d'aussi important la blessait profondément.

« Je n'avais aucune raison de te tenir au courant.

— Comment cela est-il arrivé ? Qu'est-ce qu'il t'a dit ? Où étiez-vous ?

— Dans les coulisses du Shubert. J'avais un peu bu ce soir-là et j'étais d'excellente humeur. Peut-être l'ai-je encouragé sans le vouloir ? Il m'a proposé de venir le retrouver dans son appartement.

— Mon Dieu ! s'écria Kay. Tu n'y es pas allé, Harald ?

— Dieu, non ! Je n'en avais pas la moindre envie. Le vieux doit avoir au moins quarante ans. »

Kay se sentit soulagée, mais presque aussitôt un nouveau soupçon l'effleura.

« Harald, ne me dis pas que tu l'aurais *fait* avec quelqu'un de plus jeune. Un boy de la revue ? » Elle pensa aux nuits où il rentrait si tard...

« Je ne répondrai pas à des questions qui n'ont pas de sens, dit Harald avec une certaine impatience. Le cas ne s'est pas présenté. »

Kay brûlait d'en savoir davantage. « Est-ce qu'il a essayé de nouveau ? »

Harald dut le reconnaître. Un soir, très tard, il lui avait mis la main au pantalon.

« Et alors ? »

Harald haussa les épaules. « L'érection, dit-il, est presque automatique chez un mâle normal. »

Kay pâlit. « Oh ! Harald, je suis sûre que tu l'as encouragé. » Elle était folle de jalousie, au bord de la crise de nerfs. L'érection, se disait-elle, n'aurait pas été aussi automatique si elle n'avait pas toujours été endormie quand Harald entrait dans leur chambre sur la pointe des pieds. Comment savait-elle qu'il était sur la pointe des pieds ? Parce qu'elle ne dormait pas vraiment. S'en était-il jamais douté ? Cette nuit, décida-t-elle, ils feraient l'amour après le départ des Blake, même si elle était morte de fatigue...

Kay bâilla et se dégagea de l'étreinte d'Harald. Il l'avait prise dans ses bras et lui avait dit : « J'aime tes taches de rousseur et tes cheveux noirs de Gitane.

— Je vais faire le café », dit-elle. Elle se dirigea vers la cuisine. En passant près de lui, elle reçut une petite tape sur le derrière, et aussitôt elle pensa au directeur... Pourquoi, depuis quelque temps, n'avait-elle plus la même confiance en son mari ? Pourquoi avait-elle toujours le sentiment qu'il lui cachait quelque chose ? Elle s'était souvent interrogée sur la raison qui avait poussé le directeur à persécuter Harald. Maintenant qu'elle connaissait cette raison, elle ne pouvait s'empêcher de se demander si l'affaire entre eux n'avait pas été plus sérieuse qu'il ne le disait. Jusqu'où avait-il laissé aller le « singe » ? Elle se souvint qu'il lui avait raconté – elle était encore à l'université – qu'il s'était rendu un soir chez une vieille actrice, qu'il l'avait déshabillée, et qu'il l'avait abandonnée, « inviolée », sur ses draps de percale bleue.

Kay avait foi en Harald. Elle était absolument sûre qu'il deviendrait tôt ou tard célèbre dans le domaine choisi par lui. Mais on peut croire en quelqu'un et ne pas le croire. L'admirant comme elle l'admirait, elle n'en déplorait que davantage ses lacunes. Pourquoi était-il encore aide-régisseur alors que des garçons de son âge, beaucoup moins brillants, avaient dépassé ce stade depuis longtemps ? Il y avait en lui quelque déficience, dont les producteurs et les directeurs étaient conscients et qu'elle-même ne discernait pas. Elle aurait voulu qu'il acceptât d'être soumis à un examen psychologique semblable à ceux qu'elle faisait passer à ses camarades de Vassar.

Un jour, pendant la semaine des examens, il avait cherché à se suicider (elle était seule à le savoir) en se jetant du haut d'une falaise, avec une voiture qu'on lui avait prêtée. La voiture avait fait une embardée et s'était abîmée dans le ravin. Dieu merci, il n'avait eu aucun mal. S'agrippant à la paroi abrupte, il était parvenu à regagner la route. Le lendemain, le couple chez lequel il passait le week-end avait envoyé une dépanneuse sur le lieu de l'accident. On avait extrait la voiture du ravin. L'acide de la batterie s'était répandu sur le drap des sièges et l'avait troué par endroits. Ç'avait été le seul dégât, mais cette tentative de suicide avait beaucoup impressionné Kay. Elle gardait comme une relique la lettre que le jeune homme lui avait écrite le soir même. Jamais elle n'aurait eu l'aplomb de faire une chose pareille, surtout dans une voiture ne lui appartenant pas. Harald lui disait qu'il avait perdu la tête, que l'avenir lui était apparu sous de sombres couleurs, qu'il ne voulait pas être un mari domestiqué, pas même le sien… Mais il terminait en disant que le fait d'avoir échappé à la mort devait être considéré comme un signe, le signe que la Providence *voulait* leur union.

Aujourd'hui qu'elle connaissait mieux Harald, elle se demandait s'il ne s'était pas agi tout simplement d'un accident. Il buvait beaucoup à cette époque-là. Kay se trouvait placée devant un dilemme. Était-il préférable d'avoir comme mari un lâche prêt à se tuer à la première contrariété ou un faux jeton inventant l'histoire la plus romanesque pour s'excuser d'avoir conduit en état d'ébriété ?

Harald était un cabotin. Le mot était de Lakey et il était juste. Et c'était parce qu'il était un cabotin intelligent et cultivé qu'il ferait un excellent directeur de théâtre. La jeune femme avait beaucoup réfléchi au cas d'Harald pendant les longues soirées qu'elle avait passées à l'attendre. Elle était arrivée à la conclusion qu'il ne parvenait pas à prendre son essor parce qu'il souffrait d'un complexe : il continuait à livrer les batailles de son père – n'importe quel psychiatre aurait vu cela. Aussi n'était-il pas étonnant qu'elle se dressât contre le lien qui unissait Harald à « Anders » et à « Judith » ! Elle détestait jusqu'aux prénoms du vieux couple. Elle aurait préféré se suicider elle-même plutôt que de confectionner le pain de viande de Judith. Les recettes étaient jointes aux lettres d'Anders et la simple vue de la grosse écriture au crayon de sa belle-mère lui faisait froid dans le dos. Elle ne pouvait plus voir le chili con carne d'Harald, bien que ce plat continuât à être un grand succès auprès de leurs amis, qui pensaient sans doute qu'il en devait la recette à quelque actrice en renom.

Ayant retiré son café du feu, Kay fit la grimace. Ce que personne ne soupçonnait, pas même Harald, c'était qu'elle éprouvait une véritable haine pour les gens pauvres, une haine dont la violence l'effrayait parfois, par exemple quand elle servait une cliente qui trouvait les prix de Macy excessifs. Bien sûr, elle aurait dû avoir pitié du vieil Anders, un émigré norvégien qui, parti du bas de l'échelle, avait travaillé des nuits entières pour devenir professeur d'algèbre, puis directeur de l'école secondaire de Boise, et qui s'était finalement fait renvoyer à la suite d'un différend avec le sous-directeur. Cette histoire, son fils en avait fait une pièce. Dans celle-ci, Anders était président du conseil d'administration de l'université, un personnage très important dans la hiérarchie sociale. C'était peu convaincant et la pièce souffrait de ce porte-à-faux. Puisque Harald voulait écrire quelque chose sur son père, pourquoi le faire plus grand que nature, pourquoi ne pas dire simplement la vérité ?

Dans la vie réelle, Anders (à en croire Harald) avait été victime d'une conspiration (ô mânes d'Ibsen !) parce qu'il avait découvert des irrégularités dans la comptabilité de l'école. Mais s'il avait été aussi innocent que le prétendait son fils, pourquoi l'aurait-on tenu à l'écart pendant des années ? Le pauvre homme avait été obligé de gagner sa vie et celle de sa famille comme charpentier non syndiqué ; le petit Harald avait vendu des journaux dans la rue. Harald disait que de hautes personnalités avaient été mêlées à l'affaire et que l'on avait sacrifié son père pour éviter un scandale. Un beau jour, un comité d'un autre bord politique s'était formé à Boise et le père d'Harald, qui était le disciple d'un chef radical du nom de Townley, avait réintégré l'école comme surnuméraire. Harald s'étant fait un nom au lycée comme avant-centre de football et acteur de talent, les dames de la ville s'étaient cotisées et il était entré comme boursier à Reed College, dans l'Oregon, puis à l'école d'art dramatique de Yale. Aujourd'hui il pouvait encore devenir le directeur du petit théâtre que ces bonnes personnes subventionnaient (vous auriez dû voir la carafe en argent qu'elles lui avaient envoyée comme cadeau de mariage !), mais Harald ne voulait revenir à Boise qu'une fois son père réhabilité, c'est-à-dire une fois sa pièce représentée. Les gens du pays en liraient le compte rendu dans les journaux et reconnaîtraient le vieil Anders dans le rôle du héros. La pièce s'appelait : *Peau de mouton*.

Harald y avait amalgamé les éléments de deux vies, celle de son père et celle d'Alexander Meiklejohn, du Wisconsin, sans vouloir reconnaître qu'Anders Petersen et Alexander Meiklejohn étaient des chevaux de race différente.

Kay craignait plus que tout qu'Harald ne devînt le champion de la non-réussite. La première idée qu'elle avait eue lorsqu'elle avait appris son renvoi, c'était qu'il s'apprêtait à marcher sur les traces de son père. Cette idée-là, d'autres gens l'auraient sans doute. Il était urgent de remettre les choses au point. À aucun prix Harald ne devait être considéré comme un de ces hommes qui créent des ennuis à tout le monde, qui sont ravis de perdre leur emploi et qui recherchent l'échec pour l'échec. Il ne devait pas craindre de dire la vérité au sujet des assauts qu'il avait subis de la part du directeur. Personne ne douterait de sa parole, car les goûts de son « singe » étaient bien connus.

Le timbre de la porte d'entrée résonna tandis qu'ils finissaient leur café. Dès qu'elle avait entendu le pas lourd des Blake dans l'escalier, Kay avait décidé de la tactique à suivre. Chaque fois que le sujet de l'appartement serait abordé, elle demeurerait muette. Et demain matin, aussitôt arrivée chez Macy, elle passerait sa commande. Elle aurait très bien pu la passer aujourd'hui, avant d'apprendre la mauvaise nouvelle. Elle n'en avait rien dit à Harald parce qu'elle l'avait trouvé trop déprimé.

Au besoin, elle inventerait une histoire : elle avait fait l'impossible (cela, ce serait demain matin !) pour annuler sa commande et on lui avait répondu que c'était trop tard ; les étoffes étaient coupées. Cela aurait très bien pu se passer ainsi. N'était-ce pas par hasard qu'elle avait rapporté les échantillons à la maison pour les montrer à Harald au lieu de commander tout de suite le tissu qu'elle préférait : un lin rouge feu ? La retraite, alors, aurait été coupée.

Kay ouvrit la porte.

« *Hi !* dit-elle, salut. » Elle parlait d'une voix étouffée, comme si Harald, qui se tenait derrière elle, sa pipe à la main, eût été un malade, un spectre ou quelque chose de ce genre. Comment est-on supposée se comporter quand votre mari vient de grossir les rangs des chômeurs, et cela au beau milieu de la crise ? Tout à coup elle eut peur, peur comme lorsqu'elle avait entendu Harald farfouiller dans la serrure avec sa clé et qu'elle avait su ce qu'il allait lui dire. Mais elle n'était pas femme à se laisser abattre. Elle eut une nouvelle idée. Désormais, Harald pourrait travailler tout à loisir à sa pièce et la finir une bonne fois. Dans le nouvel appartement, il ferait lui-même les travaux de menuiserie et de peinture, conformément aux plans qu'ils avaient établis. Tout serait pour le mieux. Dans son dos, elle entendit la voix d'Harald : « *Morituri te salutant*. J'ai été foutu à la porte.

— Oh, Harald ! s'écria Kay. Attends qu'ils aient retiré leurs affaires. Tu vas leur raconter ce qui s'est passé. Dis-leur bien tout. »

5

Harald et Kay avaient choisi l'anniversaire de la naissance de Washington pour célébrer, par une réception, un heureux événement : Harald avait trouvé un commanditaire et vendu une option sur sa pièce. C'était fête. Kay avait sa journée libre. Les membres du petit groupe s'étaient concertés pour venir dans leurs plus jolies toilettes d'hiver. Harald, le pauvre garçon, était sans travail depuis longtemps, en fait depuis ce jour du mois de septembre où, à en croire Polly Andrews, un metteur en scène s'était mal comporté avec lui. Depuis plusieurs mois le loyer n'avait pas été payé ; l'agence de location leur faisait crédit. Quand ils reçurent le chèque représentant le montant de l'option (500 dollars), on s'apprêtait à leur couper le téléphone. De quoi avaient-ils vécu jusque-là ?

« De mon traitement, mais aussi de Foi, d'Espérance et de Charité », disait Kay en riant. De la « foi » d'Harald en lui-même qui donnait de « l'espérance » à ses créanciers, ce qui les incitait à pratiquer la « charité ».

Elle avait songé inviter à cette soirée la fine fleur de leurs créanciers : le percepteur, le représentant de l'agence de location, l'homme de la compagnie du gaz et leur dentiste, le docteur Mosenthal. L'idée était d'Harald. Ç'aurait été très drôle, n'est-ce pas ?

Kay avait fait les honneurs de son appartement à ceux qui ne le connaissaient pas. Deux pièces, plus une salle à manger-cuisine, une entrée et, à la joie et à la fierté de la jeune femme, un charmant petit boudoir avec étagères et penderie encastrées dans le mur. Murs blancs et boiseries blanches. Plusieurs fenêtres à double battant donnant sur une cour ensoleillée plantée de jeunes arbres. Cuisinière, évier et réfrigérateur du dernier modèle. Placards pour la vaisselle, le linge et les balais. Tous les meubles ultramodernes. Dans la petite salle à manger, séparée de la cuisine par une cloison amovible, des chaises suédoises et une table pliante en bois clair. Dans le studio, un divan rouge sang avec des fauteuils assortis, une causeuse recouverte d'un tissu à raies grises et blanches, des lampadaires en acier et une table qu'Harald avait montée en plaçant sur une armature également en acier une glace coupée, sur ses indications, par le vitrier. Autre réalisation d'Harald : la peinture jaune canari des rayonnages de la bibliothèque. Pas de tapis encore et, à la place des rideaux, des stores vénitiens fournis par l'immeuble. À la place de fleurs, des plantes vertes dans des pots blancs. Dans la chambre à coucher, remplaçant le sommier du lit conjugal, deux matelas métalliques superposés ; Harald avait fixé des cales à celui du dessous pour le surélever légèrement.

En guise de robe, Kay portait un déshabillé de chez Bendel en velours rouge, sans manches (le cadeau de Noël d'Harald). Une vieille négresse passait des amuse-gueules sur un curieux plateau dernier cri. La maîtresse de maison avait décidé qu'à la place de cocktails on boirait du punch.

Elle avait emprunté à Priss Hartshorn-Crockett le service à liqueur à vingt-quatre gobelets que celle-ci avait reçu en cadeau de mariage. Priss s'était mariée en septembre, à Oyster Bay. À ses noces, seules quatre jeunes filles du groupe avaient pu assister. Par contre, ce soir, *mirabile dictu*, elles étaient toutes présentes, à l'exception de Lakey, actuellement en Espagne.

Pokey Prothero était arrivée par avion du centre d'agriculture de Cornell. Elle avait fait son entrée la tête couverte d'un casque d'aviateur et les yeux protégés par de grosses lunettes. Helena Davison et Dottie Renfrew se trouvaient depuis peu à New York. La première revenait d'Europe et la seconde de l'Arizona, où sa famille l'avait envoyée se refaire une santé et où elle s'était fiancée. Elle avait un teint merveilleusement bronzé et ses yeux brillaient, tel le diamant gros comme un bouchon de carafe qu'elle portait au doigt. Son prétendant possédait la moitié de la province, fortune constituée par des mines d'argent. Les projets d'avenir de Dottie, modestes en vérité, puisqu'elle avait compté demeurer chez ses parents et travailler comme assistante bénévole à Boston, s'étaient trouvés complètement modifiés.

« Les concerts et le théâtre de New York te manqueront, dans ton bled », lui avait dit Helena d'un ton un peu sec. Dottie avait répondu que l'Arizona présentait de grands avantages. Des gens très intéressants, venus pour se guérir de la tuberculose, étaient tombés amoureux du pays. Elle citait des musiciens, des peintres et des architectes. Les randonnées à cheval et la beauté incroyable des fleurs du désert, sans parler des Indiens et des fouilles archéologiques menées par les meilleurs spécialistes d'Harvard, donnaient à ce pays un grand attrait.

La réception tirait à sa fin. Il n'y avait plus qu'un manteau de vison sur le lit de la chambre à coucher. Au moment où la fête battait son plein, il y en avait eu cinq, Harald les avait comptés : celui de la directrice de Kay, celui de la femme du commanditaire d'Harald, celui de Dottie et une pelisse doublée de la même fourrure appartenant au fiancé de Connie Storey, un garçon aux joues rebondies qui travaillait à *Fortune*. Il ne restait plus que celui de Dottie à côté de l'ocelot d'Helena et d'une curieuse pelure – du loup gris, sans doute – propriété de Norine Schmittlapp-Blake, un autre membre du contingent de Vassar.

Le commanditaire était parti au bout d'une demi-heure accompagné de sa femme (c'était elle qui avait l'argent) et de la vedette qui avait remplacé Judith Anderson dans *Comme tu me veux*. Ce cocktail avait été, pour la promotion 33 de Vassar, l'occasion de tenir entre elles une réunion privée. Elles avaient tant de choses à se dire : Libby MacAusland avait vendu un poème à *Harpers* ; Priss était enceinte ; Helena avait vu Lakey à Munich et avait rencontré miss Sandison au British Museum ; Norine Schmittlapp, qui était ici avec son mari (celui avec la chemise noire), avait assisté au procès de Scottsboro ; Prexy (Que Dieu le garde !) avait été invité à déjeuner sur le pouce en tête à tête avec Roosevelt à la Maison-Blanche.

Helena, qui était la commère de la promotion, prenait mentalement des notes. Elle se voyait déjà écrivant dans l'*Alumnae Magazine* un compte rendu de leur réunion : « Chez Kay Strong-Petersen, j'ai rencontré Dottie Renfrew.

Elle est fiancée à Brook Latham. Elle vivra en Arizona. "La Grande Évasion", pourrait-on dire à son sujet, n'est-ce pas Dottie ? Son futur mari est veuf. Nous avions toutes prévu cela. Harald Petersen a vendu à Paul Bergler ses droits sur sa pièce *Peau de mouton*. Walter Huston est en train de lire le manuscrit. Le mari de Norine Schmittlapp, Putnam Blake (Williams'30) a fondé une caisse de secours pour soutenir l'action des ouvriers socialistes. Son associé est Bill Nickum (Yale'29). Que ceux ou celles qui désirent les aider prennent note. Polly Andrews nous a dit que Sis Farnsworth et Lely Baker ont monté une affaire : "La Promenade de Toutou." Cela leur permet de prendre l'air. Elles sont, paraît-il, submergées de demandes émanant de gens qui n'ont plus de maîtres d'hôtel pour aller faire pisser leurs chiens dans le parc. »

Helena fronça ses petits sourcils roux. Était-elle bien dans le ton de l'*Alumnae Magazine* ?

Elle et Dottie attendaient patiemment leur manteau. Harald et Kay étaient enfermés dans la chambre à coucher. Sans doute se disputaient-ils. La réception avait tourné au fiasco. Quand la vieille servante nègre avait fait son apparition souriante avec le gâteau qu'il est d'usage de servir le jour de l'anniversaire de Washington, Harald avait rougi et l'avait renvoyée dans la cuisine d'un coup de pied ; les invités, déjà sur le seuil, ne devaient pas se douter qu'il avait espéré les garder plus longtemps. Mais Kay, maladroite comme toujours, avait laissé échapper : « Et Harald qui allait vous lire sa pièce ! » Elle révélait par cette phrase le but principal de la réception.

Maintenant, la servante nègre était partie avec son gros sac. Ne restaient plus qu'Helena, Dottie, un acteur de la radio qui ne cessait de se verser à boire, les deux Blake et un officier de marine qu'Harald avait rencontré dans un bar ; celui-ci avait un beau-frère qui s'était rendu célèbre en construisant des maisons avec des plans inclinés à la place d'escaliers. L'acteur de la radio, qui avait des cheveux frisés « à la Pompadour », parlait de *Peau de mouton* avec Dottie.

« La pièce va au-devant d'un échec, disait-il. Je l'ai dit à Harald quand il me l'a lue. Le sujet ne manque pas d'intérêt, mais est-ce une pièce ? » Il fit un grand geste et renversa le contenu de son verre sur son costume. « Si le public s'intéresse à un personnage, il veut que celui-ci ait une chance de vaincre. Le spectateur n'aura pas cette satisfaction avec Harald qui est l'intransigeance même. »

De l'autre côté de la pièce, un garçon mince et pâle, l'air très sérieux, Putnam Blake, dont les cheveux étaient coupés comme ceux d'un collégien, exposait avec ferveur à l'officier de marine sa théorie sur le « complexe de l'argent ».

« Mr Blake, dit malicieusement Dottie, a trouvé le moyen de décider les gens riches à venir en aide aux classes laborieuses. Il m'en parlait tout à l'heure. C'est on ne peut plus intéressant. »

Ayant jeté un coup d'œil à leurs montres, à Norine, à l'acteur et à la porte fermée de la chambre à coucher, les deux jeunes filles se rapprochèrent pour mieux entendre. Putnam les ignora. Il ne paraissait s'intéresser qu'à sa pipe et à l'officier de marine. S'inspirant de *Great American Fortunes*, du *Register of Directors* de Poor et de la loi de Mendel, il pouvait, disait-il, prévoir le moment où une famille riche était « mûre ». En général, cela arrivait à la troisième génération. « Le tout est de travailler scientifiquement et d'éliminer les risques… Je n'entre pas dans les détails. Sachez seulement que le complexe de l'argent a tendance à sauter une génération. Si ce complexe paraît dans la deuxième génération – comme c'est le cas dans la famille Lamont –, on le trouve non chez le fils aîné, mais chez un fils plus jeune. Il peut être transféré aux femmes alors qu'il demeure en veilleuse chez les hommes. Cela implique que, ce complexe n'étant plus lié à la possession des biens (de fils aîné en fils aîné), il devient une particularité familiale, comme les yeux bleus, susceptible de disparaître sans que la gauche en ait tiré un profit quelconque. »

L'ombre d'un sourire passa sur les lèvres de Putnam. On voyait qu'il brûlait de se confier à l'officier de marine. Helena pensa à ces inventeurs toqués qui ne cessent de parler du brevet qu'ils ont pris.

Blake disait maintenant :

« Dans les familles riches, complexe de l'argent et déficience mentale vont de pair. L'héritier d'une grosse fortune – celui que nous visons – a la mentalité d'un enfant de douze ans. Les communistes l'ont bien compris. » Il eut un drôle de rire. Helena fronça ses sourcils roux. Elle pensa au jeune homme riche de l'Écriture et vit en imagination une file de chameaux, la bosse bourrée de complexes, faisant la queue pour pénétrer dans le chas d'une aiguille. On parlait de drôles de choses ce soir ! Elle entendit Harald qui disait à la directrice de Kay (Wellesley'28) : « Lisez le *Manifeste communiste* – pour son style. » Elle fit la grimace.

« Ainsi, *elle*, dit tout à coup Putnam, à l'officier de marine en désignant Helena avec le tuyau de sa pipe, ses parents vivent du revenu de leurs revenus. Le père est le vice-président de l'Oneida Steel. Fils de ses œuvres. Première génération. Brillante, la gosse – seule enfant. Ne s'intéresse pas aux causes de gauche. Sa bienfaisance se limite à la Croix-Rouge et aux timbres antituberculeux... Mais si elle a quatre enfants, on peut s'attendre à ce que l'un au moins ait le complexe de l'argent. »

Impressionnée malgré elle, Helena alluma une cigarette. Elle se dit que ce M. Blake qu'elle voyait pour la première fois ne manquait pas de clairvoyance. Elle le compara à un diseur de bonne aventure. L'idée qu'il avait trouvé une alliée en Kay ne lui en était pas moins extrêmement désagréable. Elle maudit le jour où elle avait dit tout naturellement à son amie que ses parents vivaient du revenu de leurs revenus, c'est-à-dire d'une des façons les plus raisonnables. Tout de suite Kay s'en était prévalue. Au début de la réception, elle l'avait entendue déclarer au commanditaire : « Les parents d'Helena n'ont jamais senti la crise.

— Le nom de son père ? » avait demandé le commanditaire à Kay, comme ces gens-là le font toujours.

« Davison.

— Jamais entendu parler.

— Cela ne m'étonne pas. Mais on le connaît à Wall Street et il est fou de théâtre. Demandez à Harald, qui a beaucoup vu les Davison l'année dernière quand sa troupe se produisait à Cleveland. La mère est présidente d'un des clubs de la ville. C'est une femme remarquable. Elle organise des cours et des conférences pour les jeunes ouvrières. Le moins que l'on puisse dire d'elle, c'est que ce n'est pas une amatrice. »

Helena faisait des ronds avec la fumée de sa cigarette ; cela l'avait toujours aidée à surmonter sa timidité. Depuis sa plus tendre enfance, elle s'était vue discutée, principalement par sa mère. Helena était une jeune fille aux cheveux roux, au charmant petit nez retroussé. Elle paraissait robuste alors qu'elle était en réalité toute menue. Elle ressemblait beaucoup à son père, un Écossais roux et court sur pattes, lui aussi. Il avait fait une grosse fortune dans l'acier, grâce à sa compétence en métallurgie. Il était né dans une petite ville du Michigan, Iron Mountain.

À Vassar, Helena avait été considérée comme le boute-en-train de la bande, à cause de son espièglerie, de sa voix traînante et de cette façon de se promener toute nue qui avait beaucoup surpris les autres au début. Son corps était à peine formé et quand on la voyait d'un peu loin se diriger vers la salle de douches, une serviette autour du cou, on l'aurait prise pour un petit garçon avec des taches de rousseur allant se baigner quelque part dans la forêt. Ses jambes étaient légèrement arquées et la petite touffe de poils entre ses cuisses était d'un roux ardent. Elle et Kay, lorsqu'elles étaient en première année, grimpaient aux arbres de Sunset Hill et se livraient dans le laboratoire de chimie à d'étranges expériences au risque de tout faire sauter. Helena était intelligente – la petite bande s'en était tout de suite aperçue – et dans certains domaines très avancée pour son âge. Elle avait énormément lu et s'y connaissait en littérature et en musique modernes. Elle avait une belle bibliothèque – surtout des livres de poésie en édition originale – et beaucoup de disques prépolyphoniques. La petite bande considérait Helena comme une « valeur ». « C'est notre mascotte », disaient ses amies en la regardant, tandis que, vêtue d'un tricot et d'une jupe écossaise, elle tournait dans la cour à bicyclette ou courait après les papillons dans le « jardin de Shakespeare ».

Helena était consciente d'être une mascotte et d'avoir l'air d'un petit garçon qui va piquer une tête ou qui court après des papillons dans la forêt. Elle *savait* que des yeux – d'ailleurs souriants – et des langues – d'ailleurs bienveillantes – ne cessaient de l'observer ou de parler d'elle. Ses parents l'avaient inscrite à Vassar dès sa naissance. Elle avait été animatrice dans un village de vacances et était titulaire de la médaille de sauvetage. Sa mère lui avait fait donner des leçons d'à peu près tout. Elle jouait du piano, du violon, de la flûte et de la trompette. Elle chantait dans les chorales. Très bonne en tennis, en golf, en ski et en patinage artistique, elle montait aussi à cheval, bien qu'elle n'ait jamais participé à un concours hippique ou chassé à courre. Elle avait un petit laboratoire de chimie, une presse d'imprimerie, des outils de relieur, un tour de potier, une bibliothèque entière de livres sur les fleurs sauvages et les oiseaux et une vitrine pleine de collections de papillons épinglés, de coquillages, d'agates et de cristaux de roche. Ces souvenirs d'une enfance studieuse se trouvaient dans son petit salon à Cleveland, qui avait été autrefois la nursery, mais sa chambre de poupée et ses jouets avaient été donnés à d'autres enfants. Elle pouvait faire une dissertation sur un sujet sérieux, siffler comme différents oiseaux, jouer à tous les jeux : dominos, échecs, dames, mah-jong, whist, bridge et rami… Elle connaissait par cœur la plupart des hymnes de l'Église épiscopalienne et de l'Église presbytérienne. Elle avait pris des leçons de danse, classique et moderne. Elle avait suivi des conférences-promenades pour perfectionner ses connaissances en géologie, visité l'asile psychiatrique du département, ainsi que l'imprimerie du *Dutchess County Sentinel* à Poughkeepsie. Elle avait nagé dans la chute d'eau de Washington's Crossing et assisté au festival de théâtre grec au collège Bennett à Millbrook. Elle et Kay avaient été à peu près les seules de leur classe à s'intéresser à la ferme de l'université. On leur avait appris à traire les vaches. Helena avait à la maison de très belles porcelaines et une collection de tabatières que sa mère avait choisies pour elle. Elle connaissait le grec et le latin et traduisait sans difficulté les plus durs passages de Krafft-Ebing. Elle n'ignorait rien du Moyen Âge français et des lais des trouvères, mais elle parlait français avec un assez mauvais accent, sa mère n'aimant pas les gouvernantes françaises, dont certaines – elle l'avait entendu dire – droguent les enfants et mettent leur tête dans le fourneau à gaz pour qu'ils s'endorment plus vite. Dans son village de vacances, Helena avait appris à naviguer et à chanter de vieux airs de marins, certains assez osés, qu'elle transposait sur son harmonica. Elle suivait des cours d'art depuis l'âge de six ans et manifestait un véritable talent pour le dessin. Quand Kay, en dernière année, avait inventé le jeu : « Quelle est celle que vous préférez ? » Helena, au lieu de répondre – elle s'en était déclarée incapable –, avait exécuté un grand dessin en couleurs, le « Jugement de Pâris », où ses amies figuraient des déesses. Elle-même s'était représentée dans un coin, toute petite, avec un justaucorps et un bonnet d'âne, tenant à la main une pomme piquée par les vers. Les jeunes filles s'étaient extasiées devant cette œuvre et s'étaient demandé s'il fallait l'exposer au grand salon le jour de la sauterie annuelle à laquelle leurs flirts étaient invités. Les deux plus timides – Dottie Renfrew et Polly Andrews – avaient déclaré qu'il valait mieux s'abstenir. Elles craignaient d'être mal jugées, car la ressemblance était presque parfaite et l'on ne manquerait pas de dire qu'elles avaient posé.

Ayant été la camarade de chambre de Kay (avant que les membres du petit groupe ne s'installent dans la Tour) et l'ayant reçue chez elle à Cleveland, Helena avait accepté le verdict de sa mère, à savoir que Kay était sa meilleure amie. En réalité, elles n'étaient plus aussi intimes depuis que le sexe était entré dans la vie de Kay. Helena savait ce qu'était le sexe, elle le savait depuis sa plus tendre enfance, mais elle trouvait que c'était une chose plutôt risible. « Votre plomberie », disait-elle à ses camarades. Elle parlait d'un ton sec et distant de la « folle passion » et s'amusait de voir Kay tellement attirée physiquement par Harald. Elle avait surnommé celui-ci : « Harald le Tripoteur » – allusion aux pratiques prénuptiales de la Vieille Angleterre. Pour elle, les hommes étaient une espèce curieuse – comme les licornes. À l'égard d'Harald, elle se montrait particulièrement circonspecte, se contentant de critiquer la façon dont il écrivait son nom. En revanche, ses parents aimaient beaucoup Harald et approuvaient le choix de Kay. Quand il était venu, l'hiver précédent à Cleveland avec sa troupe, Mr Davison lui avait offert sa carte de club. « Je m'en sers peu. Je suis un homme très tranquille ! »

Kay était la chouchoute de la mère d'Helena. Chaque fois qu'elle faisait un séjour à Cleveland, Mrs Davison, qui était très bavarde, avait avec elle de longues conversations au petit déjeuner. Celui-ci était servi dans une pièce charmante aux boiseries blanches. Les gobelets anglais et les pots à bière à têtes de renards, dont Mrs Davison faisait collection, étaient les seuls témoins d'un entretien dont Helena, qui dormait à ce moment-là, devinait le sujet dans son sommeil. « On lui a donné toutes ses chances », devait dire Mrs Davison, en jetant un regard entendu à Kay qui buvait respectueusement son jus d'orange (on le lui avait servi avec de la glace pilée), « toutes ses chances ». Kay aurait pu croire qu'Helena avait beaucoup déçu sa mère. Ç'aurait été là une grave erreur que d'autres amies d'Helena avaient été prêtes à commettre.

Habituée à parler en public, Mrs Davison faisait des pauses entre ses phrases et répétait certains mots afin de les faire entrer dans l'esprit de son auditoire, même si celui-ci n'était composé que d'une seule personne. En son for intérieur, elle était convaincue qu'Helena était une jeune personne accomplie. Elle avait exposé la question confidentiellement à Kay et lui avait demandé pourquoi elle n'avait pas poursuivi ses études d'art au collège. Son professeur estimait qu'elle avait des dons exceptionnels et c'était aussi l'avis de Mr Smart, du « Musée », « Davy Davison et moi n'aurions vu aucun inconvénient à ce qu'elle devînt peintre, après avoir fini ses études, naturellement. Nous avions envisagé de l'inscrire à l'École des Beaux-Arts de New York et de lui louer un atelier à Greenwich Village. Mais son horizon s'est élargi à Vassar, hein ? » (Le mot « hein » revenait souvent à la fin des phrases de Mrs Davison.)

Kay devait admettre que la mère d'Helena avait raison. Mrs Davison se demandait aussi pourquoi Helena n'avait pas été admise à Phi Bêta Kappa[1]. « Je lui ai répondu (c'était ce que Kay rapporterait plus tard à son amie) que seules les très fortes en thème réussissent à être des Phi Bêta en troisième année. »

« Exactement ce que j'ai dit à mon mari ! s'était écriée Mrs Davison. Des filles qui n'ont pas été nourries mais gavées. Les malheureuses !

« Je n'ai pas de formation universitaire, poursuivit Mrs Davison, je le regrette amèrement. J'en voudrai à Davy Davison jusqu'au jour où l'on mettra des sous sur mes paupières. » La conversation de Mrs Davison était un mélange de doctes allusions – il s'agissait ici d'une coutume funéraire des Romains – et d'obscures réminiscences personnelles. Kay croyait comprendre que Mr Davison l'avait épousée *trop tôt*, ce qui était difficile à imaginer, car Mrs Davison semblait n'avoir jamais été jeune. C'était une grosse dame dont les cheveux gris, très abondants, bouffaient des deux côtés de ses oreilles à la mode d'autrefois. Des yeux noirs, extrêmement brillants, paraissaient étrangers à ce grand visage flasque et terreux. Elle était canadienne. Elle était née dans la province du Saskatchewan, et en avait gardé l'accent.

1. Philosophia, Biou Kybernetes. La plus ancienne fraternité d'étudiants aux États-Unis.

En fait, elle avait enseigné dans une petite école de campagne et elle n'était pas de la première jeunesse – près de trente ans – quand elle avait rencontré Davy Davison chez un ingénieur de leurs amis. Si elle ne pouvait pas écrire « B.A. » après son nom, c'était bien de sa faute. En « l'*annus mirabilis* » (1901), lors de l'ouverture de l'université de Saskatoon – elle aimait à raconter cette histoire –, elle avait rendu visite à quelques grands maîtres et elle avait constaté qu'elle en savait plus qu'eux. « Comme l'Enfant Jésus dans le Temple, toutes proportions gardées. » Elle n'en voulait pas moins à Mr Davison qui, à l'en croire, ne lui avait pas permis de terminer ses études. « Pour nos noces d'or, nous achèterons à maman un diplôme universitaire », disait quelquefois le père d'Helena.

Mr et Mrs Davison détestaient faire étalage de leur fortune. Mrs Davison ne portait comme bijoux que sa bague de fiançailles, son alliance et, en de rares occasions, une broche victorienne en grenats – la pierre de son jour de naissance – qu'elle fixait au corsage de sa robe à pois. Helena avait une parure en pierres de lune, une broche « œil-de-chat », une épingle en améthyste et un collier de perles fines ; la dernière de ces perles lui avait été donnée pour son dix-huitième anniversaire. À cette occasion, ses parents, désireux de la présenter à quelques vieux amis de la famille, avaient donné un thé dans leur maison, le « Cottage », qui avait un jardin anglais et dont les murs étaient garnis de giroflées jaunes.

Kay avait dit à ses camarades que le Cottage était absolument adorable, une maison comme on en voit dans les contes de fées. Pourtant, on se trouvait en plein centre de la ville, à deux pas d'un arrêt d'autobus. C'était petit, silencieux et confortable, très encombré aussi avec des fauteuils et des poufs recouverts de chintz, des fauteuils à bascule, des vitrines et des étagères remplies de petits objets précieux et fragiles, assiettes, pots à lait, sucriers, etc. en Wedgwood, en Staffordshire, ou en Lowestoft, dont on se servait chaque jour, de même qu'on autorise aux enfants leurs jouets quand ils sont instructifs. Le couvert paraissait toujours mis, petit déjeuner, repas de midi, thé ou dîner, avec des réchauds, des grille-pain, une « Lady Susan[1] » (Kay entendait ce nom pour la première fois) et des rince-doigts dans lesquels flottaient des pétales de fleurs. Dieu merci, il n'y avait pas de ces valets de pied qui vous observent sans cesse et qui donnent des complexes quand on s'est servi de la mauvaise fourchette... Quand Helena, qui était toujours la dernière à descendre, avait fini son petit déjeuner, la servante noire apportait un grand bol en porcelaine et un broc rempli d'eau chaude et Mrs Davison se mettait à laver les tasses et les soucoupes (une vieille habitude de pionniers, disait-elle), qu'elle essuyait ensuite avec un napperon brodé. À dîner, après le plat de résistance, la domestique apparaissait avec un saladier en porcelaine rouge et vert et un plateau ancien sur lequel étaient posées des burettes d'huile et de vinaigre et différents pots de moutarde. Mr Davison s'éloignait un peu de la table et se mettait en devoir d'assaisonner lui-même la salade, dans laquelle n'entraient que les herbes les plus fraîches. Les parents d'Helena recevaient peu. À en croire Kay, leur cercle intime était

1. Lady Susan : plateau rotatif que l'on place sur la table de la salle à manger.

composé de vieux célibataires et de veuves. Mr Davison (dont le vrai nom était Edward) et sa femme n'étaient ni l'un ni l'autre très désireux d'accueillir les « admirateurs » de leur fille, bien qu'ils eussent donné à Helena, qui était fille unique, « toutes les chances » de rencontrer des garçons et des filles de son âge à la petite école, à ses cours de danse et à la classe de confirmation du dimanche. Mr et Mrs Davison n'étaient guère pratiquants, mais ils estimaient qu'Helena devait très bien connaître la Bible et les différentes croyances religieuses afin de choisir celle qui lui conviendrait le mieux.

Après l'école, Helena avait été mise en pension dans un collège sérieux et sans prétention en Nouvelle-Angleterre. Pendant les vacances, ses parents louaient des villas à Watchill, à Rhode Island, à Yarmouth en Nouvelle-Écosse et à Biddeford, dans le Maine. Helena y recevait ses amies à demeure. À dix-huit ans, elle avait obtenu son permis de conduire et Mr Davison lui avait acheté une petite Ford – une « trottinette », disait sa mère. Pour l'été 1930, après sa première année à Vassar, un séjour dans la région des Lacs avait été envisagé (Mrs Davison était une grande admiratrice de *Dorothy* Wordsworth), mais devant l'aggravation de la situation économique, Mr Davison avait jugé préférable de rester à la maison afin de suivre de près les événements. Avant de renoncer à son projet, Mrs Davison s'était assurée qu'aucune des jeunes filles de Vassar ne ferait la tournée des Lacs…

Au début de ce mois de juin-ci, Mr Davison avait tout à coup déclaré qu'Helena avait besoin d'un changement d'air. À la distribution des prix, il l'avait trouvée pâle et il l'avait dit à sa mère. Un voyage en Europe lui permettrait de voler de ses propres ailes pendant quelques mois, en attendant de se mettre à travailler dans une école maternelle, ce qui, entre parenthèses, était complètement idiot. Avec l'instruction qu'elle avait reçue, Helena s'était mis en tête d'enseigner le piano et la méthode Dalcroze à une bande de petits juifs.

« Vous trouvez cela intelligent ? » avait-il dit à Kay, qu'il avait invitée à déjeuner au restaurant.

Mrs Davison s'était interposée : « Voyons, papa ! » Kay et Helena s'étaient regardées du coin de l'œil.

« Bien, maman », avait dit Mr Davison, battant provisoirement en retraite. Kay se demandait s'il n'était pas mécontent qu'Helena n'eût pas obtenu la mention « Très bien », échouant là où des tas de jeunes filles juives avaient réussi. C'était aussi sans doute le sentiment de Mrs Davison, car elle s'était éclairci la voix et elle avait dit : « la mention "Bien" qu'a obtenue Helena montre qu'elle a fait preuve d'assiduité sans être ce qu'on appelait de mon temps une sale "bûcheuse". Je dis toujours à Davy Davison que ces mentions "Très bien" évoquent pour moi des nuits blanches, hein ?

— Je t'en prie, maman », s'était écriée Helena. La jeune fille paraissait mal à l'aise.

Mr Davison n'entendait pas être détourné de son propos. « Pourquoi, demanda-t-il à Kay, Helena prendrait-elle la place d'une jeune fille qui a vraiment besoin de travailler ? » De la main, il avait repoussé son poulet grillé. Ses petites joues rondes étaient devenues écarlates.

Kay s'apprêtait à répondre, mais Mrs Davison la devança : « Voyons, papa, dit-elle d'une voix tranquille, tu ne vas pas nous dire qu'une jeune fille dans la position d'Helena n'a pas les mêmes droits que les autres ?

— C'est pourtant exactement ce que je pense, rétorqua Mr Davison. Nous sommes riches ; nous devons tenir notre rang. Les hommes dans ma position, ajouta-t-il en se tournant vers Kay, jouissent de privilèges – c'est ce que je lis dans *Nation* et le *New Republic.* »

Mrs Davison approuva de la tête. « Bon, alors écoutez-moi. L'homme qui a des privilèges renonce à certains droits, ou du moins devrait y renoncer.

— Je ne suis pas sûre de bien comprendre, dit Kay.

— Vous me comprenez très bien, dit Mr Davison, et Helena et maman me comprennent très bien aussi.

— Prenons un autre exemple, dit Mrs Davison qui était devenue songeuse. Si Helena peignait un tableau, n'aurait-elle pas le droit de le vendre sous prétexte qu'il y a des artistes dans le besoin ?

— La peinture n'est pas un travail, dit Mr Davison. Helena a choisi un travail que des centaines de jeunes filles de Cleveland pourraient faire aussi bien qu'elle. »

La discussion cessa brusquement. Le garçon arrivait avec l'addition que Mr Davison paya. Helena avait à peine ouvert la bouche pendant tout le déjeuner.

Plus tard, Kay devait déclarer que les idées de Mr Davison étaient on ne peut plus fausses. Avec ce voyage il exerçait une sorte de chantage. Kay n'en revenait pas qu'Helena soit partie pour l'Europe comme un chien battu et qu'elle y soit restée jusqu'après Noël. Elle ne s'était pas gênée pour le dire à son amie.

Maintenant qu'elle était de retour, Helena ne faisait aucun effort pour trouver un emploi. Elle prenait des leçons de gravure et s'était inscrite à un cours de danse acrobatique, et où s'il vous plaît ? À l'YWCA. Il n'était pas question pour elle de tuer le temps jusqu'au mariage, comme c'est le cas de bien des jeunes filles. Helena ne se marierait jamais. Elle l'avait décidé une fois pour toutes et tout le monde savait qu'elle était asexuée, une petite mule. Kay et elle étaient exactement l'opposé l'une de l'autre. Kay le disait encore tout à l'heure à Mr Bergler.

« Vraiment ? s'était écrié Mr Bergler. En quoi ?

— À l'université, je voulais être metteur en scène », répondit Kay.

Elle cria : « Viens ici, Helena, nous parlons de toi ! »

À contrecœur, Helena se rapprocha de Kay et de Mr Bergler. Elle portait un chapeau cloche très enfoncé, une robe de velours noir avec un col de vieille dentelle boutonné jusqu'en bas.

« Je suis en train de dire que je voulais être metteur en scène.

— Bien », dit le commanditaire. C'était un israélite aux cheveux gris clairsemés qui ne cherchait pas à se mettre en valeur.

« C'est, dit-il, ce que vous avez en commun avec Hal. »

Kay approuva de la tête. « J'ai monté une pièce à l'université, dit la jeune fille. Aucun rapport avec ce qu'enseigne Hallie au cours d'art dramatique – Hallie Flanagan, avez-vous entendu parler d'elle ? Les pièces de l'école ne sont qu'un divertissement, mais, à dire vrai, cela implique autre chose – l'amour du théâtre. Au cours d'art dramatique, Hallie ne me laissait jamais prendre une initiative. Je m'occupais de l'éclairage avec Lester Lang, son assistant. Vous ne le connaissez probablement pas. J'aidais aussi à la mise en scène. J'ai renoncé à tout cela, hélas. Je travaille chez Macy. J'avais de l'enthousiasme et je n'avais pas de talent. Helena a du talent, Harald me l'a dit quand il a vu la pièce que j'avais montée au collège. C'était le *Conte d'hiver*. Helena jouait le rôle d'Autolycus. »

Le commanditaire regarda Helena. Kay poursuivit : « Je ne sais plus ce que je voulais dire, j'ai perdu le fil. Ah oui ! J'avais de l'enthousiasme et je n'avais pas de talent ; oh, Helena a du talent, mais elle n'a pas d'enthousiasme.

— Vous voulez faire une carrière au théâtre ? » dit le commanditaire en s'adressant à Helena.

— Oh non ! » Kay avait répondu à sa place. « Helena est une mime, ce n'est pas une actrice. Harald partage cette opinion. Mais elle a tant d'autres dons ; elle n'a que l'embarras du choix... Elle chante, elle écrit, elle peint, elle danse, elle joue de je ne sais combien d'instruments. La jeune fille modèle. Je parlais à Mr Bergler de tes parents, Helena. Elle a des parents remarquables. À combien de magazines ta mère est-elle abonnée ? Sa mère est Canadienne », ajouta-t-elle, tandis qu'Helena demeurait plantée devant eux, son verre de punch à la main. Kay l'avait appelée pour faire son numéro et elle allait s'exécuter, comme lorsque sa mère lui faisait réciter des vers ou jouer une courte scène devant des vieilles dames. Le regard anxieux qu'elle avait dans ces occasions était maintenant fixé sur Mr Bergler.

« Eh bien, dit-elle, en minaudant et en traînant sur les mots, il y a *National Geographic*, *Christian Century*,

Churchman, *Theatre Arts Monthly*, *Stage*, *Nation*, *New Republic*, *Scribner's Harpers*, *Bookman*, *Forum*, le *Times Litterary Supplement*, de Londres, *Economist*, *Spectator*, *Life and Letters*, *Ninetenth Century and After*, *Punch*, L'*Illustration*, *Connaissance des Arts*, *Antiques*, *Country Life*, *Isis*, *Lancet*, *American Scholar*, *Vanity Fair*, *American Mercury*, *New Yorker* et *Fortune*, (ces quatre-là sont pour papa, mais maman y jette un coup d'œil).

— Tu en oublies », dit Kay. Mr Bergler sourit. On lui attribuait des opinions communistes. « L'*Atlantic Monthly* », suggéra-t-il. Helena secoua la tête.

« Non, maman est en froid avec l'*Atlantic Monthly*. Quelque chose dans la série des « Jalna » lui a déplu et elle s'est désabonnée. Maman aime beaucoup se désabonner. Elle dit que c'est un devoir pénible, mais nécessaire. Sa brouille avec la *Saturday Review of Litterature* l'a rendue très malheureuse à cause des mots croisés. Elle avait pensé prendre un nouvel abonnement au nom de sa femme de chambre, mais elle a eu peur qu'on ne s'aperçoive que l'adresse était la même.

— Votre mère me paraît une personne très difficile, dit Mr Bergler : Que reproche-t-elle à la *Saturday Review of Litterature* ? Y parle-t-on trop de sexe ?

— Oh, vous ne connaissez pas maman, dit Helena. Elle se moque bien du sexe. »

Un lecteur d'une maison d'édition qui habitait à l'étage au-dessous était venu se joindre au petit groupe. Il poussa du coude Libby MacAusland. « Cela me plaît », dit-il.

Helena poursuivait, imperturbable : « Maman évolue dans des sphères plus hautes. Ses susceptibilités sont surtout d'ordre grammatical. Elle déteste qu'on emploie des mots et des locutions impropres.

— Donne-nous des exemples, dit Kay.

— Écrire "vexant" au lieu de "contrariant", "s'embarquer" au lieu de "partir", "gauche"...

— ... "Gauche !" s'exclama le lecteur de la maison d'édition.

— Maman dit qu'on ne doit employer le mot "gauche" que lorsqu'il s'agit d'une personne qui se sert de la main gauche. Si on dit que quelqu'un est "gauche" elle en conclura, dit-elle, qu'il est gaucher, ou du moins que c'est parce qu'il est gaucher qu'il est "gauche".

— Je n'ai jamais entendu une chose pareille ! » s'écria Pokey, jouant l'indignation.

Le petit cercle formé autour d'Helena s'était agrandi. « "Rentrer" dans une pièce au lieu d'y "entrer", dit Libby, qui ne voulait pas être laissée à l'écart.

— Hum, dit Helena. C'est trop commun, trop peuple pour que maman y prête attention. "Méticuleux" n'est pas synonyme de "précis". C'est une puriste, ma mère. Elle attache beaucoup d'importance aux racines latines, mais elle réprouve l'emploi de l'ablatif absolu en anglais.

— Mon Dieu... dit l'ami d'Harald, Mr Sisson, celui qui avait pris des photographies au mariage... *Je ne peux pas m'empêcher de penser...*

— Je *pense* suffirait amplement, du moins dans l'opinion de maman », dit Helena, ravie de son succès.

L'habitude qu'avait sa mère d'appuyer sur certains mots avait subi une étrange altération en se transmettant à Helena. Mrs Davison parlait d'un ton péremptoire, et sa fille avait l'habitude de mettre ses phrases et les noms propres « entre guillemets », si bien qu'elle avait toujours l'air de faire une citation ironique. Alors que ce que disait Mrs Davison avait un caractère irréfutable, les remarques les plus anodines d'Helena avaient quelque chose d'ambigu. « J'ai vu miss Sandison au British Museum », avait-elle dit tout à l'heure à Kay et à Dottie, et la façon dont elle avait cligné des yeux et traîné mystérieusement sur les mots aurait pu laisser penser que miss Sandison se trouvait dans un endroit très équivoque. Ces brusques changements de ton étaient devenus mécaniques chez elle, comme lorsqu'on manœuvre la coulisse d'un trombone. Pourtant, elle avait le plus grand respect pour son professeur de littérature et pour la grande institution anglaise. Elle faisait partie d'un club littéraire depuis sa plus tendre enfance et elle était aussi à l'aise avec les divers fichiers de la bibliothèque qu'avec son *Variorum* Furness. Elle possédait un petit secrétaire bourré de notes manuscrites qui faisaient l'admiration de miss Sandison. À côté du secrétaire se trouvait la machine à écrire portative qu'elle avait reçue en cadeau pour le Noël précédent. Mrs Davison n'avait pas voulu qu'elle se servît d'une machine à écrire avant d'avoir l'écriture formée. À Cleveland, elle lui avait fait donner des cours de calligraphie un jour sur deux, entre sa leçon de piano et sa leçon d'équitation ; et la petite fille devait tailler elle-même ses plumes d'oie. En l'occurrence, rien n'était plus naturel que d'être tombée au British Museum sur son ancien professeur, qui était une spécialiste de l'époque élisabéthaine. Helena ne s'en était pas moins lancée dans un long discours pour justifier cette rencontre. Miss Sandison profitait de ses vacances pour écrire un ouvrage sur un élisabéthain peu connu, « Arthur Georges », et Helena, qui était à la recherche d'un livre épuisé de Dorothy Richardson, s'était arrêtée un instant pour admirer les frises de lord Elgin. En faisant ces graves révélations, la jeune fille fronçait les sourcils et baissait la voix, comme si on venait de l'introduire dans la chambre d'une amie malade.

« Une gentille gosse, avait dit le commanditaire, en prenant congé de ses hôtes. Elle me fait penser à la jeune Hepburn avant qu'on en ait fait une idole. Là aussi, il y avait une mère clubwoman. »

Helena n'avait rien trouvé à redire à la dernière partie de l'« hommage » qui lui était rendu.

« Maman va beaucoup à son club », avait-elle dit à Kay, qui avait vu dans les propos du commanditaire une critique à l'endroit de Mrs Davison. « Ça n'a rien de péjoratif, mais je n'aime pas Katharine Hepburn. Je voudrais bien qu'on cesse de me comparer à elle. »

Mrs Davison avait été la première à trouver une ressemblance entre sa fille et la vedette de cinéma. « Elle était à Bryn Mawr, Helena, promotion 29. Ton père et moi l'avons vue à la scène à ses débuts. Elle portait les cheveux courts, comme toi. »

Helena, qui commençait à s'ennuyer, jeta un coup d'œil à la porte de la chambre à coucher. Elle aurait voulu aller dîner avec Dottie au Longchamp's de la 49e Rue, en face du Vassar Club. Elle savait qu'une fois de retour à Cleveland il lui faudrait faire un rapport à sa mère. Comment avait-elle trouvé Kay et Harald ? Comment était leur nouvel appartement ? Harald était-il content de son nouveau travail ? « J'ai toujours eu un faible pour Kay », ne manquerait pas de dire maman. Une des particularités de Mrs Davison, qu'elle partageait avec les personnes de sang royal, était de ne jamais vouloir entendre que des nouvelles agréables. Elle serait naturellement ravie d'apprendre que la pièce d'Harald allait être jouée. Pourtant, ni Kay ni Harald ne paraissaient particulièrement heureux. Sans doute – c'était le point de vue de Dottie – le succès s'était-il fait trop longtemps attendre. On avait raconté à Dottie une histoire bien triste. Harald avait servi d'assistant à un montreur de marionnettes qui donnait une représentation chez des gens très riches et très vulgaires. On l'avait vu derrière le petit théâtre portatif mais il n'avait pas eu le droit de se mêler aux invités. Kay n'en avait parlé à personne. Aujourd'hui, elle paraissait lasse et déprimée et Harald, qui se rendait compte que la réception avait « foiré », buvait trop. Le commanditaire et sa femme avaient éprouvé une certaine gêne à voir tant de « Vassar » réunies dans un si petit espace. Helena se demanda si le prestige d'Harald ne s'en trouverait pas diminué. Kay avait voulu que tous les feux de la rampe convergent sur le petit groupe, mais trop de lumière ne lui convenait pas ; en outre, à en croire Harald, Kay ne savait pas manier les projecteurs. De toutes les jeunes filles présentes, seule Kay – Helena et Harald étaient tombés d'accord à ce sujet au-dessus du bol de punch – avait une beauté naturelle, et encore avait-elle perdu de son éclat, ce qui aurait désolé Mrs Davison qui parlait toujours de son teint de lys et de roses.

La porte de la chambre à coucher s'ouvrit. Les amoureux avaient fait la paix. Kay souriait, mais elle avait encore des larmes dans les yeux. Le fume-cigarette dans la bouche d'Harald était de guingois. Kay annonça fièrement qu'Harald avait préparé ce matin un grand plat de « Chile con carne… » On le viderait ensemble. Après quoi, si ses invités n'y voyaient pas d'inconvénient, il lirait à haute voix un acte de sa pièce. Pour Helena et Dottie la retraite était coupée : Kay comptait absolument sur elles. Harald se dirigea vers la cuisine après s'être versé un nouveau verre de punch. Il ne voulait pas que Kay l'aidât – elle était fatiguée et c'était son jour de congé.

« N'est-ce pas touchant ? » murmura Dottie. Helena ne trouvait pas cela touchant du tout. Harald devait connaître Kay aussi bien qu'elle et s'il y avait une chose que la jeune femme détestait, c'était d'être tenue à l'écart. Elle avait la rage de se rendre utile. De la cuisine venait un bruit d'assiettes et de tiroirs qui s'ouvraient et se fermaient. Kay ne put y tenir plus longtemps. « Puis-je faire du café ? cria-t-elle.

— Non, occupe-toi de tes invités. » Kay eut un pauvre sourire.

« Je vais l'aider, proposa Dottie.

— Non, dit Norine, ce sera moi. Je connais la cuisine. » D'un pas assuré, elle sortit de la pièce. Le battant de la porte trembla, tandis qu'elle le repoussait avec violence.

« Son café ne sera pas assez fort, dit tristement Kay à Helena… et elle voudra se servir des serviettes en papier.

— Ne pense pas à ça », lui dit Helena.

L'acteur de la radio se tourna vers Kay. Il était fin saoul. La cigarette qu'il tenait à la main tremblait. « Donnez-moi du feu, s'il vous plaît. »

Kay jeta un regard autour d'elle. Toutes les boîtes d'allumettes étaient vides. Putnam, sans rien dire, tendit sa pipe allumée. L'acteur introduisit sa cigarette dans le culot de la pipe et quelques tisons tombèrent sur le parquet fraîchement ciré.

« Mon Dieu ! s'écria Kay, il y a des allumettes dans la cuisine.

— J'y vais », dit Helena.

Dans la cuisine, derrière la porte, Norine et Harald s'embrassaient sur la bouche. Le long cou de la jeune femme, assez semblable à celui d'un lynx ou d'un chat sauvage, se rejetait en arrière, tandis qu'Harald la pressait contre sa poitrine. Helena pensa, on ne sait trop pourquoi, à un film allemand de l'époque du muet. Les yeux dorés de Norine étaient fermés et son turban hindou (elle l'avait fait elle-même) s'était dénoué. Par terre, il y avait un torchon de cuisine. À l'entrée d'Helena leurs lèvres humides se séparèrent.

Kay cria : « Les as-tu trouvées ? Harald, donne-lui les allumettes de la cuisine, veux-tu ? » Helena vit la boîte d'allumettes sur le fourneau. En hâte, elle se plaça entre Norine et Harald : « Laissez-moi passer », dit-elle.

Elle ramassa le torchon et le lança à Harald. S'étant emparée des allumettes, elle rentra dans le studio. Sa petite main tremblait comme si elle avait été responsable de quelque chose. Elle tendit la grande allumette soufrée à l'acteur après l'avoir frottée contre sa semelle. L'allumette s'éteignit. Helena en alluma une autre. La pièce s'emplit de l'odeur du soufre.

Quelques minutes plus tard, Norine apparut avec un plateau couvert d'assiettes et de serviettes en papier, suivie d'Harald portant le plat de chili. L'acteur de la radio se remit à critiquer *Peau de mouton*.

« Vous faites erreur, dit Harald, la chute d'un homme juste est toujours brutale. » Il regarda Helena à la dérobée et repoussa son assiette d'un geste nerveux. « Excusez-moi, je dois aller aux toilettes. »

« "La chute d'un homme juste", répéta l'acteur. Comme Harald s'exprime bien ! Le directeur du collège part du sommet, il glisse sur une peau de banane – les hommes politiques sont perfides – et il tombe de toute sa hauteur. C'est un concept hardi, mais ce n'est pas un concept d'*acteur*.

— Shakespeare était pourtant un acteur, dit l'officier de marine.

— Cela n'a aucun rapport !

— Le roi Lear est bien parti du sommet, n'est-ce pas ? » renchérit l'officier de marine.

Helena s'interposa : « Le roi Lear n'était pas ce qu'on appelle un homme juste », dit-elle. On entendit le bruit de la chasse d'eau.

« Il y a des moments de répit dans *Le Roi Lear*, dit l'acteur. Cordelia. Kent. L'Imbécile. Harald ne vous laisse pas souffler. Il se croirait déshonoré.

— Le gâteau de Clara ! s'écria Kay tandis qu'on prenait le café. Harald, nous devons manger le gâteau de Clara. Je le lui ai promis. J'ai peur que nous ne l'ayons blessée quand nous l'avons empêchée de le servir avec le punch.

— Quand *je* l'en ai empêchée », rectifia Harald.

Kay se tourna vers les autres. « Attendez de le voir. Elle l'a fait pour notre réception et l'a apporté dans du papier à dentelle. Clara a une grande personnalité. Elle tient à Harlem une entreprise de pompes funèbres. On y a rendu les derniers devoirs à Tiger Flowers. Couché sur son lit de parade, il était magnifique à voir, m'a-t-elle dit. J'aime à l'entendre parler de ses concurrents, les croque-morts, des "oiseaux de nuit", des "déménageurs"...

— Va chercher le gâteau, Kay, dit Harald. Tu es merveilleuse quand tu imites la façon de parler des nègres.

— C'est *toi* qui les imites, Harald.

— Va chercher le gâteau », dit-il de nouveau. On attendit le retour de Kay. Dans la cuisine, elle devait laver quelque chose. Norine et son mari se tenaient cois. Dottie repassa le café. Quand ce fut à son tour d'être servi, Putnam Blake poussa Helena du coude : « Regardez, de la vraie crème », dit-il, les yeux brillants.

Helena eut le sentiment que c'était ce qui l'impressionnait le plus.

Kay revint avec des assiettes propres et un gâteau sur un plateau de verre rose. Le glaçage était décoré d'une branche de cerisier en marasquin et d'une petite hache en chocolat.

« Que Dieu la bénisse ! s'écria Dottie.

— Que Dieu bénisse cette vieille, dit Harald, en observant le gâteau du coin de l'œil. Ça vient droit d'une boulangerie de Harlem. »

Kay porta la main à sa joue. « Oh, non ! Clara ne m'aurait pas menti. »

Harald eut un drôle de sourire. « Un gâteau affreux. Qu'on leur donne du pain. Il faut refaire le mot de Marie-Antoinette, n'est-ce pas, cher ami ? » Il s'adressait à l'officier de marine.

« Regardez le glaçage, dit l'acteur. Du Lavoris tout pur. »

Les yeux de Kay se remplirent de larmes. D'un air de défi, elle se mit à couper des tranches.

« Kay est la naïveté même, dit Harald. Elle s'imagine que cette sale négresse a cuit le gâteau pour miss Kay et monsieur son Homme.

— C'est touchant », dit Dottie. Elle en prit un morceau et se mit à manger. Les autres suivirent son exemple, à l'exception d'Harald, qui fit non de la tête quand le plateau passa devant lui.

« Qu'on foute ça dans l'incinérateur », dit-il en brandissant sa cuiller. On rit, puis il y eut un silence.

Harald ne s'était pas trompé. « On a l'impression de manger du coton hydrophile recouvert de givre », dit l'acteur tout bas à Helena. Elle repoussa son assiette. À la place de Kay, elle n'aurait pas encouragé la domestique à gaspiller son argent. Elle n'en trouvait pas moins les remarques d'Harald déplacées. C'était pour elle qu'il avait revêtu sa tenue de bouffon, pour lui montrer qu'il était l'Homme de douleurs. Avait-il peur, le pauvre diable, qu'elle ne le trahisse ? Elle aurait voulu pouvoir le rassurer. À la vérité, Helena n'appréciait guère le spectacle dont elle avait été le témoin ; mais c'était la bouteille qui était responsable. Ce qu'elle éprouvait, c'était une certaine pitié pour Harald, qui devait se sentir terriblement mal à l'aise.

Il disait des choses méchantes à Kay pour ne pas passer pour un faux jeton à ses yeux à elle, Helena.

À l'autre bout de la pièce, Kay parlait avec un faux entrain des affreux cadeaux de mariage qu'elle avait reçus. Helena se sentit terriblement gênée pour elle. Kay était sur le devant de la scène, et elle ne le savait pas. Trois spectateurs ironiques – Helena comprise – la regardaient et l'écoutaient. Tout ce qu'elle disait tombait à faux, comme le gâteau de Clara. « Regardez celui-ci, par exemple. » Elle exhiba un service à liqueur composé d'une vilaine carafe rouge et de six petits verres assortis que lui avait donnés (elle pouvait à peine le croire) une de ses amies d'enfance. « Que puis-je en faire ? L'envoyer à l'Armée du Salut ?

— Faites-en cadeau à Clara », dit l'acteur. On rit.

« Dans l'incinérateur ! » s'écria Harald.

Ils examinaient la carafe qu'ils avaient tournée vers la lumière et discutaient d'artisanat et de fabrication en série quand ils entendirent claquer la porte d'entrée. Le plateau rose avec les restes du gâteau avait disparu. Harald avait disparu aussi.

« Où peut-il être ? dit l'officier de marine.

— Je le croyais dans la cuisine », dit Norine. À ce moment, on entendit sonner à la porte. Harald s'était enfermé dehors.

« Où êtes-vous allé ? lui demanda-t-on.

— J'ai fait à ce gâteau des funérailles de Viking. Un *beau geste*[*], n'est-ce pas ? » Il fit un profond salut à l'assistance.

« Oh, Harald, dit Kay, le plateau appartenait à Clara. »

L'acteur émit un gloussement. Harald venait de s'emparer des petits verres rouges à liqueur.

« Vous, prenez cette carafe », dit-il à l'acteur. Celui-ci obéit et suivit Harald dans l'entrée en fredonnant la « Marche funèbre » de *Saül.*

« Sont-ils de mèche ? » murmura Dottie. Helena fit signe que oui. Cette fois, Harald avait laissé la porte ouverte et l'on entendit un fracas de verre. C'était le service à liqueur qui disparaissait dans l'incinérateur.

« Et maintenant quoi ? dit Harald en rentrant dans le studio.

— Ne croyez-vous pas que je devrais l'arrêter ? dit Kay à ses invités. Pour que tous nos objets et nos meubles ne prennent pas le même chemin…

— Oui, arrêtez-le, conseilla Putnam.

— Ne soyez pas rabat-joie, dit l'acteur. Jouons le jeu jusqu'au bout. Que chacun choisisse un objet pour l'incinérateur. »

Kay bondit. « Harald, dit-elle d'une voix câline, pourquoi ne nous lirais-tu pas plutôt ta pièce ? Tu l'avais promis.

— Ah oui, dit Harald. Il se fait tard et tu dois aller à ton travail demain. Mais tu m'as donné une idée. » Il sortit d'une armoire un dossier qui contenait un manuscrit. « Dans l'incinérateur ! » hurla-t-il. Son long corps sinueux évoluait parmi le mobilier.

Norine s'écria : « Ne le laissez pas faire ! » Putnam et l'officier de marine voulurent l'empêcher de sortir. L'acteur se précipita sur le manuscrit. On entendit un bruit de papier déchiré, tandis qu'Harald cherchait à le lui arracher des mains. Il y eut une mêlée comme dans une partie de rugby. Harald n'en parvint pas moins à ouvrir la porte. Elle claqua derrière lui. Il ne revint pas. Kay était aux cent coups.

« Peut-être s'est-il mis lui aussi dans l'incinérateur ? suggéra Dottie.

— J'y ai pensé, dit l'acteur, mais l'ouverture est trop petite pour laisser passer le corps d'un homme. » Pendant plusieurs minutes, personne n'ouvrit la bouche.

« Où crois-tu qu'il est ? demanda Norine à Kay. Il n'a pas son manteau.

— En bas, probablement, répondit Kay d'un ton naturel. Il boit un verre chez Russell. » Russell était le nom du lecteur de la maison d'édition. « Je crois, poursuivit-elle, que vous feriez mieux de vous en aller. Il ne rentrera pas avant un bon moment. Les premiers temps, cela me faisait peur de le voir disparaître ainsi. Je me demandais s'il n'était pas allé se jeter dans le fleuve. Et puis, j'ai su qu'il était chez Russell ou bien qu'il avait fait un saut chez Norine et Put.

— Il ne peut pas être chez nous, puisque nous sommes ici », dit Putnam. C'était l'évidence même. Les invités mirent leur manteau.

« Et son manuscrit ? dit Dottie à Kay, lui rafraîchissant discrètement la mémoire.

— Ne t'inquiète pas, dit Kay, Bergler en a une copie, Walter Huston en a une et il y en a trois chez l'agent d'Harald. » Helena se rappela que Kay n'avait jamais su garder un secret.

Dans le taxi, Helena et Dottie passèrent en revue les événements de la soirée.

« As-tu vraiment eu peur ou l'avais-tu deviné ? demanda Dottie.

— J'ai eu peur. Tout le monde était dupe.

— Excepté Kay. » Dottie ajouta, après un instant de silence : « Harald devait savoir que Kay savait.

— Savait quoi ?

— Qu'il existait des copies de son manuscrit. » Helena approuva. « Harald comptait sur son silence et elle l'a trahi. » Dottie était fascinée.

« Kay n'est pas la complice d'un gangster, dit Helena, sèchement.

— L'aurais-tu démasqué si tu avais été à sa place ? demanda Dottie qui suivait son idée.

— Oui », dit Helena.

En pensée, elle retouchait son article pour l'*Alumnae Magazine :* « Rapport sur le Washington Day. Hier, j'ai vu le jeune mari de Kay Strong Petersen dans les bras de Norine Schmittlapp-Blake. Il paraissait très content. Kay va recevoir de l'avancement chez Macy. Plus tard dans la soirée, on a réduit en cendres un manuscrit. Belle cérémonie funéraire. Kay a offert du punch qu'elle avait composé selon une vieille recette coloniale. Kay et Harald ont un très joli appartement tout près du fleuve, ce qui permettra à Harald de s'y jeter quand son mariage aura fait faillite. À ce propos, Dottie Renfrew, une diplômée en anthropologie, prétend que le mensonge fait partie intégrante du mariage, comme tant d'autres petites choses. Elle dit que si elle épouse un homme qui est par atavisme un menteur, elle se conformera aux coutumes de la tribu. Qu'en penses-tu, '33 ? Écrivons-nous et tirons de tout cela des conclusions intelligentes. »

6

Le lendemain de la réception de Kay, Helena avait décidé de prendre le petit déjeuner avec son père, qui était arrivé de Cleveland par le train de nuit ; ils « feraient » ensuite les antiquaires, afin de trouver un cadeau pour maman, qui fêtait ses trente ans de mariage. Elle devait le retrouver au Savoy-Plaza où il avait une chambre et un salon à l'année (on lui faisait des prix). Helena descendait au Vassar Club, à l'hôtel New Weston, où sa mère venait parfois la rejoindre. Mrs Davison tenait à la vie estudiantine par toutes les fibres de son être. Une chose la désolait : ne pas remplir les conditions qui lui auraient permis de faire partie du club universitaire féminin de Cleveland où beaucoup de ses amies jouaient un rôle actif et où elle ne figurait qu'à titre d'invitée. « Je n'ai pas de diplômes », répondait-elle à la présidente, chaque fois que celle-ci lui demandait de prendre la parole à une conférence.

« Je n'ai pas de diplômes », ne manquerait-elle pas de dire à la secrétaire du Vassar Club quand celle-ci ferait son apparition dans le hall à l'heure du thé. Mrs Davison posa à côté d'elle le dernier numéro du *Vassar Alumnae Magazine* qu'elle venait de parcourir.

« Nous avons souscrit un abonnement de cinq ans pour Helena au Vassar Club, dit-elle de sa voix péremptoire. Elle aura un endroit où aller, un *pied-à-terre**, tout comme son père. Une chambre pour elle seule, hein ? » Les décisions prises par Mrs Davison, particulièrement celles qui concernaient Helena, revêtaient toujours la forme de diktats. C'était parce que sa mère se considérait au Club Vassar comme chez elle que la jeune fille ne s'y sentait pas à l'aise. Elle n'en continuait pas moins à y descendre quand elle venait à New York parce que, comme le disait Mrs Davison, l'endroit était central, commode, économique et que l'on pouvait y recevoir des amies.

Ce matin, le téléphone sonna alors qu'elle était encore sous la douche. Ce n'était pas son père ; c'était Norine qui l'appelait du taxiphone d'un drugstore. Il fallait qu'elle vît Helena le plus vite possible, dès que Putnam serait sorti. En ce moment, il se rasait dans la salle de bains. Norine, à n'en pas douter, voulait s'assurer que son secret serait gardé, mais comme elle ne l'avait pas dit au téléphone, Helena avait été dans l'impossibilité de la rassurer. Elle s'était contentée de promettre à Norine de venir tout de suite. Elle décommanda son rendez-vous avec son père. Celui-ci en fut vivement contrarié. « Qu'as-tu de si pressé à faire qui ne puisse être remis à l'après-midi ? » demanda-t-il. Helena ne lui donna aucune explication. Elle ne mentait jamais à ses parents. Elle avait proposé à Norine de la voir à l'heure du thé, mais sa camarade lui avait répondu sèchement : « Tant pis. N'en parlons plus. Je pensais bien que tu ne voudrais pas me voir. » Cela avait décidé Helena.

L'entretien ne présageait rien de bon. Norine, complètement dépourvue d'humour, était incapable d'apprécier la tournure d'esprit caustique et nuancée d'Helena. C'était une personne pratique qui ne s'adressait aux gens que lorsqu'elle avait besoin d'eux ; Helena s'en était aperçue une fois de plus tout à l'heure au téléphone. En temps normal, elle aurait été contente de visiter l'appartement de Norine (« Il vaut le déplacement », avait dit Kay) mais aujourd'hui elle aurait préféré la voir dans un endroit moins intime, dans le hall du Vassar Club, par exemple. Elle n'était nullement curieuse de savoir ce que l'autre inventerait pour se justifier. N'était-il pas injuste d'être appelée toutes affaires cessantes parce que l'on avait été le témoin involontaire de quelque chose qui ne vous concernait pas ? (Elle se rappela que son père avait été convoqué devant les tribunaux parce qu'il avait assisté par hasard à un accident de la circulation ; il avait dit en rentrant que ces maudits hommes de loi l'avaient « vidé » !)

Norine, c'était déjà quelque chose, n'habitait pas dans un coin perdu de Greenwich Village comme on aurait pu s'y attendre, mais dans une jolie rue proche du New Weston Hotel, à deux pas de l'arrêt d'autobus de Lexington Avenue. Son appartement se trouvait dans un bloc d'immeubles au moins aussi sympathique que celui de Kay. De loin, Helena vit Norine assise sur le rebord de pierre de sa maison. Elle portait un vieux pantalon de ski, un sweat-shirt et une veste d'homme en cuir. Elle scrutait nerveusement la rue, la main en visière sur ses yeux. « Anne, ma sœur Anne, se dit Helena qui savait par cœur la plupart des contes de Grimm et de Perrault, ne vois-tu rien venir ? »

Reconnaissant Helena à son chapeau tyrolien et à son manteau d'ocelot, Norine lui fit un signe de la main. « Je t'attendais, ma chère. Putnam vient de partir. Nous pouvons entrer. »

Les jeunes femmes passèrent sous une voûte. « Cette petite maison... (Norine s'interrompit pour dire bonjour à quelqu'un d'invisible qui travaillait dans une pièce qui était sans doute un bureau)... appartient à un jeune ménage de décorateurs d'avant-garde qui a été très touché par la crise. Ils vivent au premier et au deuxième et nous ont cédé le rez-de-chaussée donnant sur le jardin qui, autrefois, leur servait de salon d'exposition. L'étage du haut a été loué à la secrétaire d'un avocat de Wall Street qui à ses heures libres se fait un peu d'argent de poche en témoignant dans des affaires de divorce – "la Femme adultère-surprise" ». Norine eut un petit rire nerveux. Elle avait la voix rauque des gens qui fument beaucoup et elle émettait un flot saccadé d'informations comme un moteur à explosion. On avait toujours l'impression qu'elle parlait derrière un nuage de fumée. Son cas avait inquiété les médecins pendant sa dernière année à l'université. « Nervosisme », avaient-ils diagnostiqué. Quand elle n'était pas à la tête d'un défilé ou qu'elle ne travaillait pas au journal ou à la revue littéraire du Collège, on était sûr de la trouver chez Cary, buvant des Coca-Cola ou du café et gueulant des chansons d'étudiants avec ses copines qui avaient la même voix éraillée qu'elle : « Nellie est une vraie de vraie, une fêtarde, une ivrogne, elle veut aller au ciel, mais elle prend le chemin opposé ! »

Helena, qui malheureusement pour elle avait de l'oreille, croyait encore entendre ce chœur et le cliquetis de verres qui l'accompagnait. Elle se rappela que Kay se joignait parfois à ces « dures », unissant sa voix juste aux leurs, mettant de la cendre de cigarette dans son café « pour se donner du ton » et jouant au jeu absurde qui consistait à commander ce que l'on pouvait imaginer de plus mauvais, par exemple, des œufs en gelée avec une sauce au chocolat. À l'université, Norine s'était intéressée principalement au journalisme. Son cours favori avait été celui de miss Lockwood sur la presse contemporaine ; son livre favori, l'autobiographie de Lincoln Steffens ; son art favori, la photographie ; son peintre favori, Georgia O'Keeffe. Jusqu'à sa dernière année, elle avait fait partie d'une bande de jeunes filles beaucoup trop grosses qui ne juraient que par le « Diable de Vassar », une mixture épaisse et noire à laquelle Helena n'avait jamais touché et qui ne cessaient de faire des virées au Moulin du cidre, où l'on servait des doughnuts avec chaque tournée. Helena et ses amies préféraient aller à bicyclette au Cygne d'argent, parce que le nom leur faisait penser à des madrigaux ou dîner à L'Auberge, où elles commandaient toujours la même chose : des artichauts et des champignons en papillotes. Aujourd'hui, Norine, comme Kay, était devenue plus maigre et plus nerveuse. Ses yeux couleur noisette aux reflets dorés avaient en général les pupilles contractées. Son visage aux traits réguliers était toujours un peu congestionné. On aurait dit que ses pensées montaient à sa tête comme de petits caillots de sang. Elle laissait rarement deviner ses émotions, lesquelles étaient court-circuitées par le courant ininterrompu de ses idées. Tout ce qu'elle disait prenait la forme d'une nouvelle de dernière heure, même lorsqu'il s'agissait des choses les plus intimes. Elle parlait d'un ton à la fois absent et préoccupé, comme si elle cherchait à se rappeler une leçon apprise par cœur.

« Tu es pour elle, je le sais », dit Norine en ouvrant la porte de l'appartement. L'aboiement d'un chien dans le jardin lui fit perdre le fil de ses idées. « Il y a une bête en chaleur là-haut et nous avons dû attacher Nietzsche pour éviter une mésalliance. » Son rire – elle riait toujours jaune – était bref et sec ; on aurait dit aussi un aboiement. Ce rire n'était qu'un signe de ponctuation, un astérisque signalant qu'elle était tombée en arrêt devant un de ses propres mots. « Oui, dit-elle de ce ton assuré que prennent parfois les vétérinaires, on s'accouple là-haut. » Elle eut de nouveau un petit rire – cette fois, c'était une parenthèse – et se lança dans une histoire embrouillée sur la façon dont les maîtres de la caniche faisaient l'amour (Norine s'exprimait d'une façon encore plus crue depuis son mariage). Helena ne comprit pas si c'était la chienne ou la femme du propriétaire qui était « la bête en chaleur là-haut » et laquelle des deux allait subir une opération à ses trompes de Fallope.

« L'une et l'autre, dit Norine d'un ton sec. Les trompes de Margaret sont obstruées. Elle ne peut pas avoir d'enfant. On va les lui déboucher par insufflation d'air. Et les trompes de Liza seront ligaturées. On ne les châtre plus. Elle pourra continuer à prendre son plaisir. Veux-tu du café ? »

Helena jeta un coup d'œil autour d'elle. Les murs de l'appartement étaient peints en noir. Était-ce pour qu'on n'en vît pas la saleté ? Non, le noir devait avoir une autre raison. La chemise de Putnam était noire aussi. C'était assez déconcertant, car pour Helena le noir était la couleur de la réaction, des partis cléricaux et des fascistes.

La cuisine, qui empiétait sur le studio, était encombrée de verres, de pots ébréchés et de boîtes de conserve de toutes sortes. L'évier était plein d'assiettes sales. Les portes-fenêtres munies de rideaux en tarlatane orange ouvraient sur le jardin. Le long des murs, des deux côtés d'une cheminée en briques blanches, il y avait des caisses d'emballage sur lesquelles étaient posés à la va-comme-je-te-pousse des magazines, des ouvrages pamphlétaires et de petites plaquettes de vers. Très peu de livres dans cette bibliothèque de fortune, seulement *Le Capital* de Marx, un Pareto, un Spengler et un Lincoln Steffens, les *Dix Jours qui ébranlèrent le monde* et *Le Château d'Axel.* À l'autre bout de la pièce, un divan-lit – il n'avait pas dû être fait depuis longtemps – avec une couverture en velours de coton noir et un amoncellement de coussins en toile cirée orange effilochés, décousus et élimés. Par terre, sur un linoléum noir et blanc, une peau d'ours polaire très sale. Sous l'évier, une écuelle pour la pâtée du chien. (Il ne l'avait pas finie.) Aux murs des reproductions de tableaux de fleurs ouvertes comme des vulves de Georgia O'Keeffe, des fragments de fresques de Diego Rivera et d'Orozco et des photographies encadrées de Stiegliz représentant des scènes des bas-fonds de New York. L'ameublement du studio était complété par deux lampadaires d'acier (ils avaient comme abat-jour des feuilles de papier machine), une table de bridge et quatre petites chaises pliantes. Sur la table de jeu il y avait un grille-pain, un pot de beurre de cacahuètes, un miroir à main et un fer à friser électrique. Il était évident que Norine avait commencé à s'onduler et qu'elle s'était arrêtée à mi-chemin car d'un côté de sa tête ses cheveux blonds étaient frisés à la Pompadour et de l'autre ils pendaient lamentablement. Tout dans cette pièce donnait l'impression de l'inachevé, d'un travail entrepris et interrompu. Quelqu'un – sans doute le mari de Norine – avait cherché à mettre un peu d'ordre dans la maison. Helena remarqua près du frigidaire, sur un panneau, un calendrier publicitaire où les jours étaient rayés au crayon rouge. À côté du calendrier, un graphique rempli de chiffres. « Notre budget de la semaine », expliqua Norine.

Au-dessus du fourneau, épinglées aux murs, les notes de l'épicier et d'autres fournisseurs et, posée à même le tuyau d'écoulement des eaux, une bouteille à lait à demi remplie de pièces de cinq *cents*. « C'est pour les timbres, dit Norine. Put veut que je consigne chaque timbre que j'achète. Il m'a donné pour mon anniversaire un calepin semblable au sien où je dois inscrire mes petites dépenses, billets de métro, jetons de téléphone, etc. En rentrant, je les reporte sur le graphique que tu vois sur le panneau. Nous faisons nos comptes avant de nous coucher, comme ça nous savons où nous en sommes. Si nous avons trop dépensé un jour, nous faisons des économies le lendemain. Il suffit de jeter un coup d'œil au graphique. Put est un visuel. Ce soir, il verra tout de suite qu'il manque les cinq *cents* du taxiphone. “Rappelle-toi ce que tu as fait dans la journée”, me dira-t-il, et il ne sera tranquille que lorsqu'il aura localisé les cinq *cents*. C'est un obsédé de l'exactitude. » Elle poussa un petit soupir.

Helena avait peine à cacher son indignation. À l'âge de dix ans, ses parents lui avaient ouvert un compte en banque et lui avaient appris à garder les talons de ses chèques.

Elle ouvrit son sac. « Laisse-moi te rembourser ces cinq *cents*, dit-elle. Pourquoi ton mari ne te donne-t-il pas un fixe ? »

Norine fit la sourde oreille. « Je te remercie beaucoup. Je prendrai dix *cents* si tu n'y vois pas d'inconvénient. J'avais oublié : j'ai d'abord appelé Harald pour savoir où tu étais descendue. » Le petit bruit que firent les pièces en tombant sur la table souligna le silence qui s'était établi. Le chien aboya.

« Tu ne m'aimais pas à l'université, dit Norine en versant le café. Aucune de vous ne m'aimait. » Elle s'assit sur une chaise, tira sur sa cigarette.

Helena, voyant où elle voulait en venir, se garda de la contredire. À la vérité, elle n'avait jamais été hostile à Norine ; maintenant qu'elle était au courant de la comptabilité que tenait le ménage, elle éprouvait une certaine sympathie pour cette grande et forte fille qui lui faisait penser à une lionne, enfermée dans ce minuscule appartement en compagnie de l'autre animal – en ce moment enchaîné dans le jardin – et de l'ours polaire aplati sur le linoléum. À Vassar, elle et Norine avaient collaboré d'une façon assez amicale à la revue littéraire de l'université.

Norine poursuivit : « Vous étiez les esthètes, nous les politiques. Nous nous regardions des deux côtés de la barricade. »

L'étudiante qu'Helena était restée s'insurgea. C'était trop absurde. Elle observait sa camarade sans bienveillance. « Considères-tu Pokey comme une esthète ? Et Dottie ?

Et Priss ? » Elle n'ajouta pas « et Kay ? ». Il était préférable de tenir celle-ci à l'écart de la conversation.

« Elles ne comptaient pas, répliqua Norine. Les seules qui comptaient étaient toi, Lakey, Libby et Kay. » Norine avait toujours attaché beaucoup d'importance à ce qui « comptait » et à ce qui « ne comptait pas ».

« Vous étiez pour Sandison. Nous pour Lockwood, dit-elle d'une voix sourde. Vous ne juriez que par Morgan, nous ne jurions que par Marx.

— Oh, là, là, s'écria Helena, agacée. Qui est Morgan ? » Elle n'avait qu'une passion : la vérité. « Rappelle-toi que lorsqu'il y a eu un référendum à l'université, notre groupe s'est déclaré favorable à Roosevelt. Excepté Pokey. Elle avait oublié de mettre son bulletin dans l'urne.

— Une voix de moins pour Hoover, dit Norine.

— *Erreur !* dit Helena. Elle était pour Norman Thomas, parce qu'il élève des chiens. »

Norine approuva de la tête. « Je sais, des épagneuls. Elle trouvait ça chic. » Helena dut reconnaître le bien-fondé de cette observation.

Il y eut un silence, puis Norine concéda : « Kay était pour Fanagan, Priss pour Newcomber, Lakey pour Rindge, peut-être vais-je un peu vite, Libby pour M. A. P. Smith, du moins je le crois. »

Helena jeta un coup d'œil à sa montre. Ce genre de conversation, si fréquent à l'université, l'ennuyait à mourir.

« Bref, vous ne serviez à rien, que de fois Lockwood me l'a dit, mais comme je vous enviais ! »

Cet aveu embarrassa Helena. « Je me demande pourquoi, dit-elle.

— Beauté. Assurance. Usages du monde. Succès avec les hommes. Bals. Matches de football. Vous étiez dans une tour d'ivoire, au-dessus de la mêlée. » Helena ouvrit la bouche pour parler, mais elle se ravisa. L'idée que se faisait Norine de la petite bande était si loin de la vérité que ç'aurait été perdre son temps que de chercher à remettre les choses au point. Ainsi, elle, Helena, n'était pas particulièrement jolie, elle n'était jamais allée à un match de football (Mrs Davison détestait le « sport-spectacle ») ou à un bal, excepté à celui de Vassar où elle avait dû se contenter du frère de Priss Hartshorn comme cavalier. Non, Norine ne la pousserait pas à faire son autocritique.

« Tu penses à Lakey, dit-elle. Comme aurait dit miss Lockwood, Lakey représentait le groupe. Elle en était, si tu veux le stéréotype, belle, riche, sûre d'elle-même, un peu "bas-bleu" ; nous, nous n'étions pas vraiment comme elle. Nous n'étions que des "satellites réfléchissant l'éclat de l'astre", selon l'expression de la vieille miss Fiske.

— Lakey n'a pas de chaleur, décréta Norine. Elle est inhumaine comme la lune. Te souviens-tu des pommes ? »

Helena rougit. Elle se rappelait très bien la dispute qu'elles avaient eue dans le salon de Cushing au sujet d'une nature morte de Cézanne du musée d'Art moderne.

« Oui, dit-elle en faisant une petite grimace. On était en première année, n'est-ce pas ?

— En seconde, dit Norine. Toi et Kay étiez venues dîner avec je ne sais plus qui, et Lakey était là. Vous jouiez au bridge et Lakey faisait comme d'habitude une patience en fumant avec un fume-cigarette à bout d'ivoire. Ç'a été ce jour-là qu'elle m'a adressé la parole pour la première fois...

— À moi aussi, dit Helena, et je ne t'avais encore jamais vue, Norine.

— J'étais un monstre. Je pesais quatre-vingts kilos nue. Rien que de la graisse... Vous preniez plaisir à enfoncer vos harpons dans ma chair. »

Helena dit : « L'esprit des pommes ou leur "forme signifiante" ? »

Elle n'avait pas oublié le sujet de la discussion et elle revoyait, comme si c'était hier, le petit drame qui s'était déroulé dans le salon de Cushing. Norine, vautrée sur un sofa, émettait, sans qu'on y prêtât grande attention, des vérités premières sur Cézanne ; tout à coup, Lakey (pour laquelle elle et Kay avaient un petit béguin) avait levé les yeux de sa patience et dit d'une voix claire et froide que dans cette nature morte, Cézanne n'avait cherché qu'à disposer des formes. Norine avait objecté que c'était « l'esprit » des pommes qui comptait. Kay avait jeté ses cartes de bridge sur la table et, s'appuyant sur l'autorité de miss Kitchel (elle leur avait fait lire, en première année, Clive Bell et Croce et *Qu'est-ce que l'art ?* de Tolstoï), avait – sans doute pour être agréable à Lakey – chargé à fond en lançant « forme signifiante » ! Norine ne s'était pas avouée vaincue. « Et l'esprit des pommes, qu'en faites-vous ? »

Là-dessus, Helena avait également jeté ses cartes et cité T. S. Eliot : « L'esprit tue et la lettre fait vivre. » Norine s'était mise à pleurer et Lakey, qui avait une pierre à la place du cœur, lui avait dit qu'elle n'était qu'une grosse paysanne sentimentale. Norine avait quitté la pièce en reniflant et Lakey était retournée à sa patience. Il n'avait plus été question de bridge ce soir-là.

Sur le chemin du retour, Helena avait dit à Kay que trois contre un, c'était beaucoup pour la pauvre miss Schmittlapp. Sa camarade lui avait répondu que Schmittlapp se ralliait presque toujours à la majorité. Elle avait ajouté, pensant évidemment à Lakey : « Crois-tu qu'elle se rappellera que nous sommes venues à son secours ? »

Helena avait répondu : « J'en doute. J'ai été assise à côté de miss Eastlake pendant tout un trimestre au cours d'histoire de l'art et elle m'a complètement snobée. » Pourtant, Lakey n'avait pas oublié Kay. Toutes les deux avaient fait partie de la Daisy Chain au printemps et elles avaient parlé de Clive Bell et de Roger Fry. On en arrivait à se demander si le différend entre Lakey et Norine n'avait pas plus ou moins provoqué la formation du groupe de la tour Sud. Helena, qui se moquait autant des préjugés de classe que de l'« amour-passion », n'avait pas été aussi sensible que Kay au charme de la petite bande de la tour Sud, mais elle n'avait pas songé à s'en désolidariser, encore qu'avertie de la méfiance qu'éprouvaient à son égard ses enseignantes et ses parents qui, comme Norine, estimaient qu'une jeune fille avec quelque chose dans le ventre n'avait rien à gagner à faire partie d'une « élite ». Mrs Davison, la première fois qu'elle avait rencontré le groupe, avait dit qu'elle espérait qu'Helena ne serait pas bientôt rangée au magasin des accessoires.

« J'ai toujours réagi contre le formalisme vide de Lakey, poursuivit Norine. Ce soir-là, je suis montée dans ma chambre et j'ai dégobillé par la fenêtre. C'était mon Armageddon, mais je ne le savais pas encore. Ce n'est qu'en troisième année que j'ai découvert le socialisme.

À l'époque, j'avais des convictions que je ne pouvais exprimer, à l'opposé de vous autres qui ne croyiez à rien mais qui saviez toujours vous montrer éloquentes. Pour cela aussi, je vous enviais. Je vais te montrer quelque chose. »

Elle se leva de sa chaise et, entraînant Helena, pénétra dans la chambre à coucher. Au-dessus du lit, qui était fait, il y avait une reproduction de ces *Pommes* de Cézanne. Helena, dans l'embrasure de la porte, s'écria : « Les pommes de discorde ! » Elle cherchait à donner à l'entretien un tour plus gai. Elle avait buté sur un os de chien dissimulé dans la fourrure de l'ours polaire et sa cheville lui faisait mal. Que cherchaient à prouver ces pommes ?

« Put les avait dans sa chambre à l'université. Il en a fait la base de son credo. Pour lui, elles symbolisent le rationalisme intégral.

— Tu m'en diras tant », dit Helena.

Cette pièce était de toute évidence le domaine de Putnam. Elle contenait des classeurs en acier, un fanion du collège Williams, un masque africain et une machine à écrire sur une table à jeu. Helena se dit que dans cet appartement il y avait excès de « formes figuratives ». Norine et Put étaient environnés d'articles de foi. Le moindre objet avait un message à délivrer, depuis la plus petite boîte de lait concentré jusqu'à l'oreiller unique, monastique, posé sur le lit à deux places. Quelle différence avec l'appartement de Kay où le mobilier ne demandait qu'à être discuté par les autres ! Ici, dans ce repaire du dogme, tout avait une signification, encore qu'Helena n'eût pas trouvé ce que signifiait l'ours polaire.

Les deux jeunes femmes retournèrent s'asseoir dans le studio. Norine alluma une nouvelle cigarette. Elle regarda Helena d'un air songeur. Après un silence, elle dit : « Put est impuissant.

— Mon Dieu, comme je le regrette !

— Ce n'est pas ta faute. » La voix de Norine était encore plus rauque que d'habitude. Helena ne répondit rien. L'odeur de la pipe de Putnam la poursuivait. Le cendrier n'avait pas été vidé. Bien qu'elle n'eût aucune expérience sexuelle, elle se faisait une idée très claire du membre viril et ne pouvait s'empêcher de s'imaginer celui de Put : pâle et inerte dans le cercueil de son pantalon, une vraie *nature morte**. Elle déplorait que Norine, pour s'excuser de ce qui s'était passé la veille au soir, ait cru bon de la mettre dans la confidence. Elle ne s'intéressait nullement aux parties sexuelles du pauvre garçon.

« Nous nous sommes mariés en juin, poursuivit Norine. Deux semaines après la remise des diplômes. J'étais vierge. Je n'avais jamais eu de rendez-vous avec un homme avant de connaître Put. Nous sommes allés dans un hôtel proche des houillères de Pennsylvanie. Je n'ai pas tout de suite compris. D'autant plus que ma mère, qui déteste le sexe comme toutes les femmes de sa génération, m'avait dit qu'un gentleman ne vous pénètre pas le premier soir. Je pensais que maman, pour une fois, avait raison. Nous nous sommes pelotés, nous nous sommes excités et soudain, tout s'est arrêté. Il s'est tourné du côté du mur et s'est endormi.

— Que faisiez-vous dans les houillères ? demanda Helena, pour changer de conversation.

— Put s'intéressait au cas d'un chef d'équipe qui avait été battu et mis en prison. Dans la journée, j'interrogeais les femmes des mineurs. Du travail en profondeur. Put disait que c'était très utile. Ainsi, il pourrait faire figurer le voyage de noces sur sa note de frais. Le soir, nous étions fourbus... Quand nous sommes revenus à New York, ç'a été la même chose. Nous nous pelotions à travers nos pyjamas et puis, il s'endormait.

— Pourquoi s'est-il marié ? demanda Helena.

— Parce qu'il ne savait pas. »

« Finalement, dit-elle aigrement, j'ai vu les choses en face. Je me suis rendue à la bibliothèque municipale. Leur service de renseignements est tenu par une Viennoise très "*gemütlich*". Elle m'a indiqué une liste de livres sur l'impuissance. Beaucoup en allemand. Toute une bibliothèque. Il y a deux types d'impuissants : les organiques et les fonctionnels. Put est un fonctionnel. Sa mère est veuve. Il a un complexe d'Œdipe. Certains hommes sont incapables de bander, d'autres ne bandent que dans certaines conditions. Put n'a d'érection totale qu'avec des professionnelles et des femmes dévergondées. » Elle eut un de ses petits rires.

« Tu n'as pas découvert tout ça à la bibliothèque ? » demanda Helena. Sa mère disait qu'on pouvait acquérir une culture universitaire dans les bibliothèques publiques, mais il y a une limite à tout.

« Non, dit Norine, seulement une vue d'ensemble : Après m'être beaucoup documentée, j'ai décidé de parler à Put. Il m'a appris qu'il avait fait ses premières expériences sexuelles avec des putains et des employées d'usine à Pittsfield. Elles relevaient leurs jupes dans un couloir ou sous un porche et il éjaculait au premier contact, avant d'avoir complètement introduit sa verge. Il n'avait jamais fait l'amour avec une femme honnête et il n'avait jamais vu une femme nue. Je suis une femme honnête. Aussi n'arrive-t-il à rien avec moi. Il a l'impression qu'il fornique avec sa mère. C'est la théorie de Freud. Les béhavioristes diraient qu'il s'agit d'un réflexe conditionné. Naturellement, il ne savait rien de tout cela *avant*. Ç'a été un coup affreux pour lui. Je l'excite mais je ne peux le satisfaire. Sa verge s'amollit dès qu'il s'approche de moi. Depuis quelque temps, je campe dans le studio – elle lui montra du doigt le divan – car il a horreur du contact de l'entrecuisse d'une femme honnête dans son sommeil. Il avait des insomnies, malgré nos pyjamas. Maintenant, je peux dormir à poil. C'est une consolation. » Elle s'étira.

« As-tu vu un médecin ? » Le visage de Norine s'assombrit encore.

« Deux. Put ne voulant absolument pas consulter, c'est moi qui m'y suis décidée. Le premier médecin m'a demandé si je voulais avoir des enfants. C'était un neurologiste de l'ancienne école dont maman avait entendu parler. Quand je lui ai dit que non, il m'a presque flanqué son pied au derrière. Il m'a déclaré que je pouvais m'estimer heureuse que mon mari ne veuille pas faire l'amour. À l'entendre, une femme peut fort bien se passer de vie sexuelle.

— Grands dieux ! s'écria Helena.

— Comme je te le dis. Le second avait des idées un peu plus modernes. Il m'avait été recommandé par Bill Nickum, l'associé de Put. Celui-là était plus ou moins de l'école béhavioriste. Quand je lui ai raconté le passé sexuel de Put, il m'a conseillé d'acheter des dessous en mousseline de soie noire, de longs bas de soie noire et du parfum bon marché. Ainsi, il me confondrait avec une putain. Je devais me laisser posséder tout habillée, à la fin de l'après-midi, quand il rentrerait de son travail.

— Miséricorde ! Qu'est-il arrivé ?

— Ça a presque réussi. Je suis allée chez Bloomingdale et j'ai acheté les dessous et les bas. » Elle releva son sweat-shirt et Helena vit une combinaison en mousseline de soie noire avec des incrustations en dentelle.

« J'ai pensé alors à une peau d'ours que maman avait dans son grenier ; elle lui venait de ma grand-mère Schmittlapp, une vieille aristocrate très riche. “La Vénus à la fourrure” – Sacher-Masoch. Je me suis arrangée pour que Put me trouve sur la fourrure à son retour du bureau. » Helena sourit et siffla entre ses dents.

« Put éjacule trop vite, dit tristement Norine. Nous nous sommes ensuite disputés au sujet de ce que j'avais dépensé chez Bloomingdale. Put devient un ascète dès qu'il s'agit d'argent. C'est pour cela qu'il n'a pas voulu se faire psychanalyser, bien que Nickum le lui ait vivement conseillé. »

Helena eut un geste d'étonnement. Comment les « ennuis » de Put étaient-ils venus à la connaissance de Bill Nickum ? Mais ce fut une autre question qu'elle posa. « Est-ce que vous êtes vraiment fauchés ?

— Non, dit Norine, Put a des revenus réguliers et mon père me fait une pension qui suffit aux besoins du ménage, mais Put et Bill mettent une galette folle dans la Cause commune.

— La Cause commune, répéta Helena, intriguée.

— C'est le nom de leur mutuelle. Bien entendu, une partie du personnel est bénévole, mais les frais de bureau, prospectus, enveloppes, timbres, etc. sont énormes. Et il nous faut recevoir des gens de gauche, des célébrités, des mécènes, des journalistes. Cette pièce est à la fois un salon et un café. » Helena jeta les yeux autour d'elle et ne dit rien.

« Bill prétend que cela arrangerait beaucoup de choses si Put consentait à aller au bordel ou s'il prenait une "taxi girl". Elles sont souvent malades, mais il n'aurait qu'à se servir d'un truc prophylactique. En as-tu déjà vu ? C'est aussi simple que de se brosser les dents. Put m'a offert le divorce, mais je n'en veux pas. C'est ce que nos parents auraient fait, nos parents qui avaient peur de tout. Papa et maman ont divorcé. Si Put était un ivrogne ou s'il me battait, ce serait différent. Le sexe n'est pas tout dans le mariage. Prends le couple moyen. Ils font l'amour le samedi soir. Cinq minutes par semaine, si l'on exclut les préliminaires. Cinq minutes sur dix mille quatre-vingts ! J'ai calculé le pourcentage : moins de 0,05 pour cent. Si Put passait cinq minutes avec une putain – le temps qu'il met à se raser –, devrais-je en prendre ombrage ? Surtout si je sais que cela ne l'atteint pas affectivement ? »

Les traits d'Helena s'étaient décomposés tandis que Norine lui jetait ces chiffres à la tête. Elle avait besoin d'aller aux toilettes – c'était hélas une certitude – et elle aurait donné tout au monde pour échapper à cette nécessité. Elle qui avait parcouru toute l'Europe en se moquant des microbes, qui avait bu l'eau des différents pays, qui n'avait pas hésité pour satisfaire un besoin naturel à entrer dans les latrines d'une maison de paysans espagnols ou à utiliser la rigole servant d'urinoir à une *osteria* italienne, la seule idée de pénétrer dans la salle de bains de Norine l'épouvantait. Au malaise provoqué par Norine et ses statistiques, par les aboiements du chien dans le jardin et par le glouglou de l'eau s'égouttant dans l'évier, à ce malaise qui lui donnait l'impression d'être en dehors du monde réel et de glisser doucement vers l'Éternité, s'ajoutait l'urgence de soulager sa vessie. Elle dut finalement se rendre à la salle de bains, mais elle fut longtemps avant de pouvoir uriner. Elle avait pourtant placé du papier sur le siège du W.-C. que Put avait laissé relevé, souvenir de sa morbide présence.

Quand elle revint dans le studio, Norine paraissait décidée à lâcher le morceau. « Je crois, dit-elle, qu'Harald est devenu pour moi le symbole de la virilité. » Elle parlait d'une voix sans timbre et tirait sur sa cigarette d'un air détaché, mais à travers l'écran de fumée ses petits yeux couleur topaze, à demi clos, scrutaient le visage d'Helena.

La jeune fille alluma elle aussi une cigarette et se disposa à écouter le plaidoyer de sa camarade, dont le débit rapide et haché avait aujourd'hui quelque chose de particulièrement irritant. Elle se surprit à prendre mentalement des notes et à les classer, comme si elle se fût trouvée à une conférence ou à un meeting.

« Quelles sont les raisons qui ont décidé cette infortunée Norine à considérer Harald comme le "symbole de la virilité" ?

(A) – Le groupe. Norine avait toujours éprouvé un complexe à son égard, surtout dans le domaine sexuel.

(B) – Le fait que Kay ait servi d'intermédiaire entre les deux camps. (En dernière année, Norine avait été assise à côté d'elle, au cours de psychologie du comportement des bêtes et elles s'étaient très bien entendues.)

(C) – La jalousie à l'égard de cette même Kay qui avait joué sur les deux tableaux : elle s'était fait déflorer et elle avait passé des week-ends chez Harald sans devenir une *déclassée**. La situation de Norine était exactement l'opposé.

(D) – Le voisinage. Elle avait rencontré Kay dans la rue le jour où elle et Put étaient revenus de leur voyage de noces. Les jeunes femmes s'étaient aperçues qu'ils habitaient à deux pas les uns des autres et il avait été décidé qu'on ferait des bridges le soir.

(E) – Harald jouait mieux au bridge que Put. *Ergo* : Harald était devenu le symbole du *Phallus eractibile*, aussi inaccessible pour Norine que le groupe de la Tour.

« Voilà pourquoi, Helena, tu nous as trouvés tous les deux en train de nous embrasser dans la cuisine, et voilà pourquoi cela avait en soi peu d'importance. »

Helena fronça les sourcils. Il lui semblait que si l'on acceptait le processus de raisonnement de Norine, c'était au contraire très important. Du moment qu'elle considérait Harald non pas comme le mari de sa camarade mais comme un symbole phallique, leurs baisers avaient une signification précise.

« Si tu n'y attaches pas d'importance, pourquoi en parles-tu ? demanda Helena.

— Pour que tu comprennes, répliqua Norine. Nous savons que tu es intelligente et nous ne voulons pas que tu te croies forcée d'avertir Kay. » Ce « nous » fit sursauter Helena. Comment Norine et Harald avaient-ils pensé qu'elle parlerait à Kay ? Pour elle, ce baiser ne tirait nullement à conséquence, à condition, bien entendu, que les choses en restent là. Harald, après tout, avait bu et Norine le savait.

« Je ne voudrais pas briser leur ménage, dit Norine, songeuse.

— Alors, ne le brise pas, dit Helena d'une voix qui ressemblait à celle de son père. Oublie Harald. Il y a d'autres poissons dans la mer. Ne te crois pas obligée de finir une chose parce que tu l'as commencée. » Elle sourit à son hôtesse d'un air candide. Elle croyait avoir bien compris sa psychologie.

Norine paraissait hésitante. Distraitement, elle se saisit du fer à friser. « Ce n'est pas aussi simple que ça en a l'air, dit-elle. Harald et moi sommes amants depuis assez longtemps. » Helena se mordit les lèvres. Juste ce qu'elle craignait d'entendre ! Au mot « amants », elle eut un mouvement de recul. Mais déjà Norine enchaînait. « Put n'est jamais à la maison dans la journée, Kay non plus. Cela humilie Harald de penser que sa femme travaille pour l'entretenir. Il a besoin d'affirmer sa virilité. Tu as vu ce qui est arrivé l'autre soir quand il a brûlé sa pièce. Son geste avait un sens expiatoire. Il offrait en holocauste le produit de sa matière grise et de ses testicules. »

Cette phrase permit à Helena de retrouver son self-control. Il y avait en elle un côté farceur.

« Oh, Norine, dit-elle, allons au fond de l'affaire.

— "Le fond de l'affaire", n'était-ce pas le titre d'un de tes articles dans le magazine de Vassar ? » Helena le reconnut. Norine alluma le réchaud.

« Ne cherche pas midi à quatorze heures, Helena. Est-ce que ça te gêne que je m'ondule ? » Pendant que le fer chauffait, elle poursuivit : « Harald, qui s'ennuyait tout seul, avait pris l'habitude de venir me demander une tasse de thé ou un peu de bière dans l'après-midi. Quelquefois, il apportait un livre et me faisait la lecture. Son poète favori était Robinson Jeffers.

— *L'Etalon rouan ?* » dit Helena. Norine fit oui de la tête. « Comment le sais-tu ?

— Je l'aurais juré. » Elle se souvint du week-end fatal où Harald avait lu *L'Étalon rouan* à Kay.

« Un jour, poursuivit Norine, je lui ai parlé de Put...

— Assez sur ce sujet », dit sèchement Helena.

Norine rougit. « Sais-tu que ma première aventure – avant Harald – avait commencé de la même manière. Un homme que j'avais rencontré à la bibliothèque municipale. Professeur dans une école progressiste, avec une femme et six enfants. » Elle eut un de ses petits rires. « Il s'intéressait à mes lectures. Nous allions nous asseoir dans Bryant Park. Je lui parlais de Put. Il m'emmena dans un hôtel et me dépucela. Mais il avait une peur terrible que sa femme ne s'aperçoive de quelque chose.

— Et Harald ? demanda Helena.

— Sous ses airs fanfarons, je crois qu'il a peur aussi. Les hommes mariés sont drôles. Ils tirent un trait entre la femme et la concubine. »

Elle commença à s'onduler les cheveux. Bientôt une odeur de roussi se mêla à celles des mégots dans le cendrier et des torchons sales dans l'évier. Helena eut le sentiment que Norine avait une certaine vitalité animale, un côté « terroir » que soulignait – était-ce volontaire ? – cet appartement sale et étouffant. Coucher avec elle devait donner l'impression de se rouler à l'automne dans des feuilles mortes, en surface desséchées comme la voix de son amie et en profondeur chaudes et humides parce que près de se décomposer. Elle se souvint que Norine avait écrit un article assez ordurier sur « notre Mère la Terre » et sur les cultes chthoniens, lequel avait été refusé par le *Journal of Undergraduate Studies*, sous prétexte qu'il émanait d'un « esprit fumeux », expression que les milieux universitaires emploient volontiers.

Helena rit intérieurement. Elle se dit qu'elle pourrait écrire elle-même un très bon article, à la manière de miss Caroline Spurgeon, sur cet appartement « chthonien » qui n'était pas précisément une cave, comme le prétendait Kay, mais plutôt une soute à charbon, chauffée à blanc à la fois par le calorifère et par les désirs inassouvis de sa camarade. Elle se rappela les drôles de choses dont Norine lui avait parlé ce matin : la « bête en chaleur là-haut », les trompes de Fallope, le cerbère dans le jardin.

« Ô Reine de l'Enfer, se dit-elle, où se morfond ta Mère Nourricière ? » En bas de Park Avenue, devait-elle apprendre plus tard. La mère de Norine vivait d'une pension alimentaire que lui faisait Mr Schmittlapp, qui s'était remarié. La jeune femme dînait avec elle chez Schrafft un mercredi sur deux.

« Je ne suis pas la première, déclara Norine, tandis que le fer à friser grésillait. Harald me dit des choses qu'il ne dit pas à Kay. Il a eu une longue *affaire** l'automne dernier avec une girl qui voulait l'épouser. Elle a maintenant un mari riche et une maison dans le Connecticut. Harald et Kay y vont quelquefois passer le week-end, mais il ne veut plus faire l'amour avec elle, bien qu'elle ne cesse de le lui demander. Il a horreur des complications. Avant de coucher ensemble, nous avons décidé que cela n'influerait pas sur nos vies conjugales.

— N'est-ce pas plus facile à dire qu'à faire ? demanda Helena.

— Pas en ce qui nous concerne. Harald est un garçon très organisé. De mon côté, je tiens beaucoup à Put. Quelquefois je suis un peu jalouse de Kay, car je sais qu'Harald fait de temps en temps l'amour avec elle, bien qu'il n'aime pas à en parler. Mais je me dis que toute expérience est unique en son genre et que ce qu'il fait avec Kay n'a pas de rapport avec ce qu'il fait avec moi. Et réciproquement. Je ne prends rien à Kay. La plupart des hommes mariés sont plus brillants avec leur femme quand ils ont une maîtresse. C'est chose admise, dans d'autres milieux que le nôtre.

— Et pourtant, dit Helena, tu préfères qu'ils ne découvrent pas le pot aux roses. Vous l'avez échappé belle hier soir. Que se serait-il passé si c'était Kay qui était entrée dans la cuisine au lieu de moi ? »

Norine dit : « Seigneur ! Nous avions déjà eu une chaude alerte l'autre soir… »

Helena lui jeta un regard interrogateur.

« Veux-tu que je te raconte ? dit Norine.

— Vas-y, dit Helena.

— C'est arrivé ici, un après-midi. Il y a environ dix jours. Nous étions en train de forniquer, là – elle montra le divan –, quand il y a eu un coup terrible frappé à la porte. Une voix a crié : Ouvrez ! »

Helena frissonna. Tout en écoutant sa camarade, elle imaginait la scène : Harald et Norine tout nus, interrompus dans leurs transports et épouvantés.

« Qu'est-ce que c'était ?

— Harald n'a pas attendu de le savoir. Il a saisi son pantalon, qui se trouvait sur la chaise où tu es assise en ce moment, et s'est précipité dans la chambre à coucher. Je me suis mise sur mon séant. À coups redoublés on frappait à la porte, qui allait céder d'un instant à l'autre. J'étais persuadée que c'était la police – la Brigade rouge –, à la recherche des dossiers de Putnam. Ces gens-là avaient dû nous entendre parler tout bas. J'ai entendu la voix d'Harald de l'autre côté de la cloison : "Réponds-leur !" Enveloppée dans une couverture noire, les pieds nus, je suis allée entrouvrir la porte. Deux hommes vêtus modestement et une femme avec un manteau de fourrure et des bijoux ont fait irruption dans la pièce. "C'est elle ! a crié la femme, en me désignant. Où est mon mari ?" Avant que j'aie pu les en empêcher, les hommes ont pénétré dans la chambre à coucher où Harald reboutonnait sa braguette. "Le voilà, Madame", ont-ils hurlé. À demi nu. En maillot de corps. Le pantalon mal rajusté. La femme est entrée dans la pièce à son tour. "Ce n'est pas mon mari ! s'est-elle écriée, je n'ai jamais vu cet homme. Qui est-ce ?" Furieuse, elle s'est tournée vers moi. »

Helena interrompit sa camarade. « La secrétaire là-haut ?

— Comment l'as-tu deviné ? »

Helena avait tout compris. Les deux hommes, des détectives privés, s'étaient trompés d'étage. Pendant ce temps, le mari de la dame aux bijoux était en haut avec Grace, la secrétaire, attendant d'être surpris par sa femme et les détectives. C'était un coup monté.

« Naturellement, poursuivit Norine, ils n'étaient pas censés forniquer ; leurs vêtements seraient seulement en désordre. Ils devaient ouvrir la porte tout de suite et laisser tranquillement entrer les détectives. Autrement, cela aurait fait du vilain. John ne cesse de dire à Margaret : "Cette maison est un bordel."

— John est le propriétaire ? » demanda Helena.

Norine fit signe que oui et poursuivit : « En l'occurrence, il ne peut pas sévir, parce que Margaret l'a surpris avec la précédente locataire, qu'elle a aussitôt flanquée à la porte. Par ailleurs, John commence à en avoir assez de Grace, qui compromet le standing de cet immeuble avec ses perpétuels flagrants délits de divorce.

« Quels idiots, ces détectives ! On leur avait dit de fouiller l'étage supérieur et ils sont venus au rez-de-chaussée. Comme nous n'avons pas ouvert la porte et qu'ils nous avaient entendus parler, ils se sont dit qu'il y avait là quelque chose de louche. Le mari avait-il renoncé à son projet ? Au lieu de téléphoner à l'avoué pour recevoir de nouvelles instructions, ils ont pénétré ici. Quand la plaignante m'a vue enroulée dans la couverture elle n'a rien compris. On lui avait dit qu'il s'agissait d'une blonde (ce sont toujours des blondes), donc son mari devait se cacher quelque part, et moi je ne pouvais être que Grace. » Nouveau petit rire de Norine. « Harald a été "magnifique". Très tranquillement, il a tiré l'affaire au clair avec les détectives. Après quoi, il les a tancés vertement. Il leur a dit qu'ils étaient des hommes de main, des brutes formées à l'école de la police de New York. Ils avaient dû perdre leur emploi parce qu'ils s'étaient laissé corrompre ou simplement parce qu'ils étaient trop bêtes. Au moins devaient-ils savoir que l'on n'entre pas chez les gens sans un mandat de perquisition. Ils méritaient d'être poursuivis et jetés en prison, eux et leur élégante cliente.

— Vous n'étiez guère en état de mettre votre menace à exécution, dit Helena. Les détectives ont dû s'en rendre compte. » Norine hocha sa tête blonde, qui était maintenant frisée à la Pompadour. « Ils étaient blêmes de peur, dit-elle.

« Heureusement, poursuivit la jeune femme, la maison était vide cet après-midi-là, à l'exception de Grace et de son homme à l'étage au-dessus ; sinon tout l'immeuble aurait été en révolution.

— Où était Nietzsche ? demanda Helena. J'aurais pensé qu'il aurait fait chorus.

— Nietzsche était à la campagne chez des amis à nous. C'était l'anniversaire de Lincoln. C'est pourquoi Grace avait son après-midi libre.

— Et Kay ?

— Kay travaillait. Les grands magasins n'observent pas le Lincoln Day. Pour la bonne raison que les autres esclaves salariés profitent de ce jour-là pour faire leurs achats. Quand crois-tu qu'une dactylo qui travaille quarante-huit heures par semaine peut s'acheter une robe ? À moins qu'elle ne se passe de déjeuner… Sans doute n'y as-tu jamais pensé. » Elle alluma une cigarette et n'éteignit pas tout de suite l'allumette, afin, semblait-il, qu'un peu de lumière se fît dans le cerveau obtus de sa camarade.

Helena se leva. Maintenant elle était décidée à vider son sac. Le ton qu'avait pris Norine pour dire « Kay travaillait » lui avait souverainement déplu.

« Je ne suis pas une socialiste, déclara-t-elle avec beaucoup de calme, mais si j'en étais une je professerais avant tout la bonté. Norman Thomas est bon, du moins je le crois.

— Norman a été prêtre, ma chère, c'est un gros handicap. L'ouvrier moderne n'aime pas les prêtres, Thomas a beaucoup aidé mon mari, mais Put juge que le moment est venu de se séparer de lui. Au Congrès à Washington, un nouveau groupe s'est formé – les Fermiers progressistes – avec lequel Put travaillera d'une façon plus efficace. Ces gens-là savent qui mène la danse. Deux d'entre eux viennent prendre un verre cet après-midi. Après, nous irons probablement au Village dans une boîte de nuit. Put et Bill – te l'ai-je dit ? – veulent créer un syndicat de presse et renoncer à leur mutuelle. Les communistes y ont vraiment pris trop d'importance. Ce parti progressiste a derrière lui un tas de petits journaux d'intérêt local (surtout dans les régions rurales) qui sont en faveur de la liberté du travail et du partage équitable des bénéfices. J'ai également invité Harald et Kay, parce que Harald est un disciple de Veblen. »

Helena l'interrompit. « Je t'ai dit, Norine, que si j'étais socialiste, je m'efforcerais d'être bonne. » Bien qu'elle cherchât à la contrôler, sa voix tremblait. Norine, surprise, éteignit sa cigarette. « Tu dis que ton mari ne peut pas faire l'amour avec toi parce que tu es une femme honnête. Pourquoi n'éclaires-tu pas sa lanterne ? Dis-lui ce que tu fais avec Harald. Parle-lui de ce maître d'école qui a une femme et six enfants. Cela le fera peut-être bander. Et montre-lui l'appartement, et montre-lui aussi ton cou que tu n'as pas lavé. Si un homme couchait avec toi, tu laisserais sur lui des ronds de crasse comme il y en a dans ta baignoire. »

Norine l'écoutait, impassible. Helena avala sa salive. Elle ne s'était pas montrée aussi brutale depuis l'époque lointaine où elle se disputait avec sa mère. Elle reconnaissait à peine les termes qu'elle employait et cette voix rageuse, était-ce la sienne ? Dans sa gorge serrée, les mots se bousculaient comme une foule hostile que l'on cherche à contenir.

« Prends de l'ammoniaque, s'entendit-elle dire, et lave ta brosse et ton peigne ! » Elle s'arrêta, haletante. Elle avait peur de pleurer de colère comme cela lui arrivait quand elle était petite. D'un pas vif, elle se dirigea vers la porte-fenêtre et regarda dans le jardin. Elle cherchait une phrase d'excuse, car n'avait-elle pas été trop loin ?

Derrière elle, la voix de Norine s'éleva : « Tu as raison, Helena. Fichtrement raison. » Elle avait pris un miroir à main et examinait son cou. « Merci de m'avoir dit la vérité. Personne ne me la dit jamais. »

Ces mots, proférés d'un ton bourru, firent sursauter la jeune fille. Elle pivota sur ses talons. Un sentiment de reconnaissance était la dernière chose à laquelle elle se serait attendue de la part de Norine. Helena n'était pas une redresseuse de torts. Elle s'était toujours insurgée contre l'esprit activement bienfaisant de sa mère. Elle détestait se mêler des affaires des autres, tout comme elle détestait qu'on se mêlât des siennes. Elle ne comprenait pas pourquoi elle s'était laissé emporter. Était-ce pour venir au secours de Kay ? Pour défendre la conception qu'elle se faisait de la vérité ? Ou simplement pour démontrer à Norine qu'elle ne pouvait pas tromper tout le monde tout le temps ? Son amie ne s'était pas fâchée. Helena était presque déçue.

« Va, continue, dis-moi ce que je dois faire pour changer de vie. » Helena soupira et s'assit devant la table, en face de Norine. Elle se rappela son rendez-vous avec son père. Il aurait été plus agréable d'être en train de choisir de l'argenterie ancienne que de mettre de l'ordre dans la vie d'une autre, mais elle se dit que les membres du Congrès, et peut-être même Putnam, lui sauraient gré de lui avoir conseillé de nettoyer l'appartement.

« Eh bien, dit-elle timidement, je commencerais par un peu d'huile de coude. »

Norine regarda autour d'elle d'un air absent.

« Astiquer le plancher, veux-tu dire ? Bon. Et puis ? » Malgré elle, Helena sauta sur l'occasion. « Ensuite, j'achèterais du papier hygiénique. Il n'y en a pas dans la salle de bains. Et du Clorox pour le seau à ordures et pour la cuvette du W.-C. Je ferais bouillir ces torchons ou je les jetterais. »

Norine l'écoutait.

« Je détacherais le chien et je l'emmènerais faire un tour. Et pendant que j'y serais, je changerais son nom.

— Tu n'aimes pas "Nietzsche" ?

— Non, dit Helena, sèchement. Je l'appellerais "Jack" ou quelque chose comme ça. »

Norine eut un petit rire.

« Helena, tu es étonnante. Continue. Dois-je lui donner un bain pour le baptiser ? »

Helena réfléchit : « Non, pas par ce temps. Il pourrait attraper froid. Prends plutôt un bain toi-même et lave tes cheveux sous la douche.

— Mais, je viens de les onduler.

— Alors, lave-les demain. Ensuite, j'achèterais quelques vêtements et j'enverrais la note à Putnam. S'il se fâche, déchire le graphique. Et achète de la vraie nourriture, pas des conserves, ne serait-ce que de la viande hachée, des légumes frais et des oranges. »

Norine acquiesça. « Dis-moi maintenant quelque chose de fondamental. »

Helena regarda les murs d'un air songeur. « Je peindrais cette pièce d'une autre couleur.

— Est-ce là une chose fondamentale ?

— Certainement. Tu ne veux pas que les gens te prennent pour une fasciste, n'est-ce pas ? » Un éclair de malice passa dans ses yeux verts.

« Je crois que tu es dans le vrai, dit Norine. Je n'y avais jamais pensé. Les communistes n'ont aucun scrupule, un jour on est comme cul et chemise, le lendemain, ils vous traitent de fascistes. Ils reprochent même à Norman d'être un socialiste à tendance fasciste. Continue.

— Je me débarrasserais de cette peau d'ours. Elle a fait son temps et c'est un nid à poussière.

— Je n'y vois pas d'inconvénient. D'ailleurs, Put y est allergique. Et puis ?

— Je sortirais quelques vrais livres de la bibliothèque.

— Qu'appelles-tu des “vrais livres” ? demanda Norine en jetant un coup d'œil à ses rayonnages.

— De la littérature, répliqua Helena. Jane Austen, George Eliot, Flaubert, lady Murasaki, Dickens, Shakespeare, Sophocle, Aristophane, Swift.

— Ce ne sont pas des auteurs séminaux, dit Norine en fronçant les sourcils.

— Tant mieux.

— Est-ce tout ? »

Helena hocha la tête. Son regard rencontra celui de Norine. « Je cesserais de voir Harald, dit-elle.

— Oh ! » murmura Norine.

Helena ne se laissa pas démonter : « Emploie ton temps autrement. Suis des cours à Columbia, ou bien écris ce que tu as vu dans les houillères. Prends un emploi bénévole si tu veux. Mais, Norine, ne revois pas Harald. Même avec d'autres gens. Tranche dans le vif. »

Il y avait de la ferveur dans sa voix. Elle ajouta d'un ton plus léger : « À ta place, je divorcerais ou je ferais annuler mon mariage. Et si tu entends rester avec Putnam, renonce à l'amour physique. Ne cherche pas à gagner sur les deux tableaux. Choisis : le sexe ou Putnam. Beaucoup de femmes n'ont pas de vie sexuelle et s'en accommodent très bien. Vois nos professeurs à l'université. Elles n'étaient ni desséchées, ni aigries. » Elle ajouta : « Et beaucoup de femmes peuvent vivre sans Putnam.

— Tu as raison, dit Norine tristement. Bien sûr que tu as raison. Je dois prendre un parti. »

Helena eut le sentiment que depuis quelques minutes Norine l'écoutait distraitement et n'approuvait ce qu'elle disait que par politesse. « Elle ne me suit plus », pensa-t-elle. Et malgré elle, elle se sentit vexée et déçue. Qu'est-ce que cela pouvait lui faire que sa camarade ne tînt pas compte de ses conseils ? Évidemment, il y avait Kay, mais elle réalisait que ce n'était pas seulement le cas de Kay qui la préoccupait. Elle avait envisagé un meilleur avenir pour Norine et maintenant, enflammée par un zèle de missionnaire, elle ne voulait pas renoncer à son dessein.

« Quel que soit le choix que tu fais, dit-elle, d'une voix ferme, ne le révèle qu'à un avoué. Je t'en prie, suis mon conseil. Je ne peux t'en donner de meilleur. Ne consulte pas un médecin. Si quelqu'un doit parler à un médecin, c'est Putnam, ce n'est pas toi. Et tant que tu seras sa femme, ne fais aucune allusion au sexe. Sous quelque forme que ce soit – animale, végétale ou minérale. Pas de trompes de Fallope.

— D'accord », dit Norine en poussant un soupir. De tous les conseils que lui avait donnés Helena, celui-ci serait évidemment le plus difficile à suivre.

Un lourd silence s'établit. Le chien recommença à aboyer. Le métro aérien passa en grondant. Helena se dit qu'en vue de ce combat homérique, Zeus sortait sa balance d'or. Norine toussa et s'étira. « Tu es une jeune fille très précoce, dit-elle en bâillant. Mais sur le plan affectif tu es toujours en chaussettes courtes. *Si jeunesse savait**… » Elle bâilla de nouveau. « Parlons sérieusement. Je te suis très reconnaissante de l'aide que tu cherches à m'apporter. Tu m'as dit la vérité, *ta* vérité. Et tu m'as donné quelques rudement bonnes idées. Par exemple, d'avoir à choisir entre le sexe et Put, de m'engager dans une voie ou dans une autre au lieu de courir deux lièvres à la fois. Pourquoi souris-tu ?

— Parce que tu t'exprimes si drôlement », dit Helena.

Norine eut un de ses petits rires, puis son visage se renfrogna. « Cette seule réflexion, dit-elle, montre combien ton horizon est borné ! Tu es à cheval sur la forme, alors que je ne m'intéresse qu'au fond. Permets-moi de te dire que la plupart de tes conseils sont superficiels.

— Par exemple ? dit Helena, piquée.

— Nettoyer l'appartement, comme si c'était une chose essentielle, acheter du papier hygiénique, acheter du Clorox, acheter une nouvelle robe. Tu ne parles que d'acheter. C'est un complexe de la bourgeoisie. Des choses, rien que des choses… Je te demande du pain, et tu m'offres une pierre. Je reconnais que nous devrions avoir du papier hygiénique dans la salle de bains. Put m'a engueulée ce matin à ce sujet. Pourtant, les pauvres n'ont pas de papier hygiénique.

— J'aurais cru, insinua Helena, qu'un des buts que vous poursuiviez était justement qu'ils en aient. »

Norine hocha la tête. « Tu ne me comprends pas, dit-elle. Tu es obsédée par les apparences. Tu ne vas pas à l'essentiel, à l'intangible.

— L'esprit des pommes, remarqua Helena.

— Oui, dit Norine.

— Ton problème numéro 1 me paraît plutôt tangible », dit Helena en traînant sur les mots. Elle venait de réaliser que Norine ne suivrait aucun de ses conseils, si ce n'est peut-être d'appeler son chien « Jack » pour amuser la galerie.

« Non, dit Norine, devenue pensive. Il y a un malaise spirituel latent. L'impuissance de Put témoigne d'une solitude prométhéenne. »

Helena prit son manteau d'ocelot qu'elle avait déposé sur le divan en arrivant. Depuis sa dernière remarque, Norine méditait, la tête posée sur son poing. Elle semblait avoir complètement oublié qu'Helena était là. « Est-ce que tu dois déjà t'en aller ? demanda-t-elle d'un air absent. Si tu restais encore un peu, je te donnerais quelque chose à manger. »

Helena refusa. Son père l'attendait. Elle enfila son manteau. « Bon, je te remercie, je te remercie beaucoup, dit Norine. Fais un saut en fin d'après-midi si tu es libre. Kay et Harald seront là. » Elle tendit sa grande main aux ongles rouges et sales. Sa mémoire lui avait joué un tour. Elle rougit en voyant le regard d'Helena posé sur elle. « Tu ne peux pas comprendre, dit-elle. Je dois voir Harald en public. Put et lui ont des intérêts communs, et sans doute s'entendent-ils mieux tous les deux que je ne m'entends séparément avec chacun d'eux. Et Harald a besoin d'un stimulant intellectuel. Je t'ai dit que nous tenions une sorte de *salon**. On en a parlé ce mois-ci dans *Mademoiselle :* "Put et Norine Blake, lui Williams'31, elle Vassar'33, reçoivent la jeune 'intelligentsia' américaine." L'article était accompagné d'une photographie. » Son rire fusa. Elle passa sa main dans ses cheveux. « C'est la clé de voûte de mon union avec Put. Nous représentons quelque chose aux yeux des autres. Nous n'avons pas le droit de disposer de nous-mêmes. Et c'est parce que tu n'es pas en mesure de le comprendre que tu as tendance à attacher une importance excessive au sexe. »

Norine avait pris un ton protecteur, mais elle regardait d'un œil amical sa visiteuse, qui paraissait toute menue à côté d'elle.

« Tu garderas cela pour toi, dit-elle, subitement inquiète.

— Bien sûr, dit Helena en enfonçant son curieux petit chapeau. Mais c'est *toi* qui en parleras. »

Norine l'accompagna jusqu'à la porte. « Tu es un amour », dit-elle.

Une semaine plus tard, à Cleveland, Mrs Davison leva les yeux du *Times*, édition de New York. Elle était assise dans un coin du boudoir, son « nid », pour employer son expression, où elle se retirait avec le courrier après le passage du facteur. Le *Times* arrivait un jour en retard, mais cela importait peu à Mrs Davison, qui ne lisait que les articles de fond. La pièce avait des meubles anglais recouverts d'un chintz bleu, blanc et violet assorti aux rideaux. Dans une rotonde à petits panneaux, il y avait une fenêtre Tudor sur laquelle Helena, quand elle était enfant, s'imaginait sir Walter Raleigh en train d'écrire avec un diamant. Mrs Davison faisait sa correspondance sur un très beau secrétaire Queen Anne, avec beaucoup de casiers et un tiroir secret. Elle mettait dans des boîtes à mouches – elle en avait une collection – ses timbres aux couleurs différentes qui ressemblaient à des pierres précieuses. Les périodiques s'entassaient sur une table massive du XVIIe. Sur la boiserie, au-dessus du secrétaire, étaient accrochées ses « lares et pénates » – photographies jaunies de la maison familiale, une simple « gentilhommière » du Somerset que son grand-père, le pasteur, avait quittée à regret quand il était parti pour le Canada. La cheminée avait des carreaux vernissés bleus et blancs, incrustés de motifs héraldiques.

Mrs Davison était assise dans sa bergère et parcourait le journal, son coupe-papier à manche de porcelaine posé sur son vaste giron. Elle portait comme d'habitude une robe imprimée à petits pois.

« Helena », appela-t-elle de sa voix sonore qui faisait penser à la corne de brume d'un paquebot de la Cunard. Helena parut dans l'embrasure de la porte.

« Harald a été arrêté, ma chérie !

— Mon Dieu !

— Il s'est battu avec des détectives privés, si je comprends bien. » Mrs Davison tapotait sur le journal avec son coupe-papier. Elle poursuivit : « Lui et un nommé Putnam Blake. Sais-tu de qui il s'agit ?

— Montre-moi, maman ! »

Helena avait blêmi. Elle bondit à travers la pièce et chercha à s'emparer du journal qui contenait cette affreuse information. Harald et Norine avaient dû être de nouveau surpris dans une étreinte illicite. L'idée d'avoir à subir un interrogatoire de sa mère lui donnait la chair de poule. Mrs Davison, toujours taquine, para le coup.

« Tu vas faire un joli embrouillamini, ma fille. » Mrs Davison replia le journal.

Helena, bien qu'au comble de l'énervement, n'avait pas perdu la tête. Elle constata que sa mère ne paraissait pas particulièrement choquée. En dépit de l'inquiétude qu'elle ne pouvait manquer d'éprouver, son attitude demeurait digne et « confortable ».

« Je vais te lire l'article, Helena. C'est page 5. Il y a une photographie. Mais ces photographes de presse sont des '"salopards". » Helena posa sa petite tête rousse à côté de la grosse tête grise de sa mère, sa joue effleurant le filet qui retenait les cheveux bouffants de Mrs Davison.

« Je ne trouve pas », dit-elle. Elle jetait un regard nerveux sur les têtes de chapitres, où il n'était question que de conflits sociaux.

« Ici ! dit sa mère. Des clients se mettent en grève par sympathie pour les serveurs d'un hôtel. Deux arrestations. »

Helena se mordit les lèvres. Elle refoula son étonnement et se laissa tomber sur un tabouret aux pieds de sa mère qui s'éclaircissait la gorge : « Tu n'ignores sans doute pas,

Helena, que des garçons de restaurant ont cessé le travail dans quelques-uns des meilleurs hôtels de New York. Cela nous a intéressés, ton père et moi, à cause du Savoy-Plaza. Le sommelier de papa lui a déclaré la semaine dernière…

— Je t'en prie, maman. Voyons ce qu'on dit d'Harald ! »

Mrs Davison se mit à lire, s'arrêtant entre les phrases et soulignant certains mots, selon son habitude :

« “Les garçons de restaurant qui avaient cessé le travail à l'hôtel Carlton-Cavendish ont reçu la nuit dernière une aide à laquelle ils étaient loin de s'attendre : une grève de solidarité de la part de certains clients. Cette manifestation dont Putnam Blake, journaliste, 24 ans, avait pris la tête, éclata dans la Chambre Rose, éclairée aux bougies. L'orchestre était en train de jouer. Les clients-grévistes étaient en tenue de soirée et comprenaient, outre Mr Blake, qui fut emmené au commissariat de police de la 51ᵉ Rue, Dorothy Parker, Alexander Woollcott, Robert Benchley et autres célébrités du monde des lettres. Le signal du débrayage avait été un discours prononcé par Mr Blake dans lequel il demandait aux personnes qui l'écoutaient, tranquillement assises, de manifester leur sympathie à l'égard des employés syndiqués, dont un piquet de grève stationnait devant l'hôtel. Le service fut interrompu pendant trois quarts d'heure. Mr Blake fut accusé d'avoir fomenté du désordre, sur plainte de Frank Hart, directeur adjoint du Carlton-Cavendish. Sous la même inculpation fut également arrêté Harald Petersen, auteur dramatique, 27 ans. Convoqués devant le juge d'instruction, les deux hommes furent libérés moyennant une caution de 25 dollars chacun. Mr Blake déclara que Mr Petersen et lui allaient porter plainte contre Mr Hart et les deux détectives attachés à la Société Carlton-Cavendish qui les avaient brutalisés et avaient cherché à les retenir prisonniers dans le sous-sol de l'hôtel. Mr Blake prétendit qu'ils s'étaient servis de matraques. Selon Mr Blake, ses amis et lui avaient parfaitement le droit de quitter la Chambre Rose après s'être aperçus qu'ils étaient servis par un personnel non syndiqué. Mr Hart et les deux détectives s'étaient opposés à ce qu'ils quittent la pièce tranquillement. Mr Hart déclara que les agitateurs avaient commandé des boissons et qu'ils étaient partis sans régler l'addition. Mr Blake et Mr Petersen nièrent le fait. Ses amis et lui – trente personnes environ – étaient assis à des tables séparées dans la luxueuse Chambre Rose et avant de commencer à manifester, ils avaient laissé une "somme raisonnable" en paiement de leurs consommations. Ils s'étaient toutefois refusés à donner des pourboires. Mr Blake ajouta que d'autres invités avaient peut-être quitté la pièce sans payer, à la suite du désordre provoqué par l'assaut dont lui et Mr Petersen avaient été l'objet de la part des détectives et d'une "équipe volante" de serveurs non syndiqués. Mr Blake et Mr Petersen comparurent devant le juge d'instruction accompagnés de leurs femmes, très élégantes en robes du soir et d'amis en chapeaux claques et en habits. Le procès aura lieu le 23 mars. Les grévistes comprenaient un certain nombre de jeunes filles de Vassar. Une manifestation semblable s'était déroulée quelques semaines plus tôt à l'heure du déjeuner à l'hôtel Algonquin ; elle avait à sa tête Heywood Brown, journaliste. En l'occurrence, il n'avait été procédé à aucune arrestation." »

— Ma parole ! dit Helena. Crois-tu que Kay soit sur la photo ? Montre. » La photographie ne laissait aucun doute : il y avait eu une bagarre dans une salle à manger d'hôtel, des chaises étaient renversées. Malheureusement, elle était « salopée », selon l'expression de Mrs Davison. Les deux femmes ne purent trouver Kay, mais elles repérèrent Harald, pâle et effacé dans son smoking, cherchant à se protéger des coups que lui portaient des serveurs. Tandis que sa mère cherchait Dorothy Parker (elle a été élevée au couvent, ma chérie, le savais-tu ?), Helena identifia Norine, plein champ, portant ce qui paraissait être une robe du soir en satin blanc et un diadème, comme si elle se fût trouvée dans une loge à l'Opéra. Elle avait de longs gants blancs, sans doute en chevreau glacé, qu'elle avait roulés au-dessus de ses poignets. En médaillon, on voyait Putnam arrivant devant le juge d'instruction, mais il était difficile de dire s'il y avait une tache sur la photographie ou s'il avait un œil au beurre noir. Il devait être en habit, mais on ne voyait pas sa cravate blanche.

Mrs Davison posa le journal à côté d'elle. « La grande photographie nous prouve, dit-elle d'un ton sévère, que toute l'affaire a été "montée".

— Bien sûr qu'elle a été montée, répliqua Helena avec impatience. Pour donner de la publicité aux revendications des serveurs.

— Montée de toutes pièces, insista sa mère. Ils ont dû payer le journal pour qu'ils envoient un photographe. Pourtant, ce Putnam Blake dit dans sa déclaration que ses amis et lui décidèrent de partir quand ils "s'aperçurent" qu'ils allaient être servis par un personnel non syndiqué. Remarque la contradiction.

— Ce n'est que "pro forma", maman. Les avocats ont dû lui conseiller de dire cela. Autrement, il aurait été accusé de préméditation ou de quelque chose de ce genre. Cela ne peut tromper personne.

— Je vais téléphoner à ton père à son bureau, dit Mrs Davison. Cette histoire lui a peut-être échappé. Ça s'est passé exactement comme le sommelier du Savoy-Plaza l'a dit. Des éléments étrangers se sont glissés parmi les serveurs et les ont "manœuvrés". Ne crois-tu pas que tu devrais demander l'inter et avoir Kay au bout du fil ? »

Helena hocha la tête. Elle ne voulait pas parler à Kay en présence de sa mère.

« Pas maintenant, maman, elle est à son travail.

— Quoi qu'il en soit, dit Mrs Davison, on ne parle pas d'elle dans le journal et Petersen est un nom très courant. À propos, je suis étonnée que le *Times* l'ait écrit correctement. Espérons que cela ne tombera pas sous les yeux de Macy. Je ne voudrais pour rien au monde qu'elle perde sa place. »

Elle se leva et se dirigea vers le téléphone, qui était posé sur une table à l'autre bout de la pièce.

« Va faire un tour, dit-elle, pendant que je parle à papa. »

Les communications téléphoniques de Mrs Davison à son mari, même quand il s'agissait de choses anodines, étaient des plus confidentielles.

Quelques minutes plus tard, Helena fut rappelée par sa mère. « Papa est au courant. Il a envoyé chercher le *Times* d'aujourd'hui ainsi que le *Tribune* d'hier et la presse "à sensation". Papa se demande si son bureau de New York ne pourrait pas tirer Harald de ce mauvais pas. Lui trouver un bon avocat. Qui est ce Putnam Blake ? Harald ne m'en a jamais parlé et ton père non plus. » Mrs Davison semblait considérer cela comme une injure personnelle.

Helena aurait pu lui rappeler qu'elle n'avait pas vu Harald depuis des mois. « Putnam Blake a fait ses études à Williams, dit-elle. Lui et un autre garçon dirigent une mutuelle, “La Cause commune”, dont le but est de trouver de l'argent pour les ouvriers de gauche. Il a épousé Norine Schmittlapp, qui était dans notre classe. C'est celle qui a un diadème et des gants longs. Au collège, elle prenait toujours la tête des manifestations.

— Naturellement ! Je le savais. *Cherchez la femme**. Je viens de le dire à Davy Davison. “Crois-moi, mon cher, il y a une femme derrière tout cela.” »

Helena pensa que sa mère avait beaucoup de bon sens. « Que veux-tu dire exactement, maman ? » Elle était décidée à se montrer prudente.

Mrs Davison se passa la main dans les cheveux : « Je disais à ton père que ces gens-là me faisaient penser à nos vieilles suffragettes. Elles s'attachaient aux réverbères et cette jeune femme, Inez Quelque-Chose (elle était de Vassar elle aussi) qui avait parcouru sur un cheval blanc toute la 5e Avenue en réclamant le droit de vote pour les femmes ! Habillée à faire peur. On en parlait beaucoup dans les journaux quand tu étais petite. Elles adoraient se faire arrêter. Ton père n'a jamais voulu me laisser participer à ces fumisteries. Il y avait pourtant dans le parti des femmes de qualité : Mrs McConnaughey et Mrs Perkin, d'ici, de Cleveland. » Ces deux amies de Mrs Davison – l'une avait fait ses études à Smith, l'autre à Wellesley – apparaissaient souvent dans sa conversation. Pour Helena enfant, elles avaient été des sortes d'anges gardiens – laïcs, naturellement. Mrs Davison soupira. Elle cherchait à écarter ces souvenirs. Y ayant réussi, elle reprit d'une voix plus assurée :

« Les manifestations des suffragettes étaient "orchestrées" elles aussi. La presse était prévenue d'avance. Dès que j'ai vu cet article – elle avait ramassé le journal et lui donnait de petites tapes d'un air entendu – je me suis dit : "Un homme n'aurait jamais pensé à cela."

— Pourquoi ? demanda Helena.

— Parce qu'un homme parvenu à l'âge adulte ne se mettra jamais en smoking si une femme ne l'y oblige pas. Non, Helena, un homme, quelles que soient ses opinions politiques, ne passera pas son smoking pour aller prendre part à une grève de solidarité ou à quelque chose de ce genre s'il n'est pas harcelé par une femme. Elle veut avoir sa photographie dans les journaux. Ne me dis pas qu'Harald a agi pour les beaux yeux de Putnam Blake. Non, elle les fait tourner autour de son petit doigt. Ce diadème, elle voulait absolument le porter. Et ces gants. Pourquoi pas un éventail en plumes d'autruche ? »

Helena éclata de rire et caressa le bras dodu de sa mère. Mrs Davison, qui commençait à se monter et qui en même temps n'était pas fâchée de se sentir en forme, poursuivit : « Elle s'est prise pour une dame patronnesse dans un bal de charité. Je présume qu'elle a acheté tous ces accessoires pour l'occasion, à moins qu'elle ne les ait trouvés dans la malle de sa grand-mère. »

Helena rit de nouveau. Elle ne pouvait s'empêcher d'admirer la logique de sa mère.

« Un désir effréné de publicité, dit Mrs Davison. Quelle était sa spécialité à Vassar ?

— Les lettres. Elle travaillait surtout avec miss Lockwood. Presse contemporaine. »

« Quel bon prophète je suis », se dit Mrs Davison.

7

À New York, deux soirs plus tôt (l'article que Mrs Davison avait lu avait été reproduit dans la dernière édition de la veille), Hatton, le maître d'hôtel anglais des Prothero, se trouvait dans sa chambre au dernier étage de la demeure de ses patrons. Il avait revêtu une robe de chambre ouatinée en brocart rouge cardinal aux revers *moirés*[*] et s'était installé dans un fauteuil à oreilles. Ses pieds, chaussés de pantoufles de cuir rouge, reposaient sur un tabouret. Il avait tourné le bouton de la radio et il lisait le *Herald Tribune*. La robe de chambre, les pantoufles, le fauteuil, l'appareil de radio, tout – vêtements et accessoires, à l'exception de la pipe qu'il était en train de fumer – lui avait été cédé par Mr Prothero. Celui-ci, qui était l'image même du sportif d'autrefois, avait à peu près le même âge et la même carrure que lui. À dire vrai, le domestique était un peu plus grand, un peu plus distingué et un peu moins rouge de figure que le maître. Un des valets de pied avait surpris un jour une des jeunes demoiselles de Vassar en train de dire à une de ses condisciples que le maître d'hôtel ressemblait à Henry James, un romancier américain qui fréquentait les milieux les plus élégants de Londres. Hatton avait voulu vérifier le fait et, à son premier jour de sortie, il s'était rendu à la librairie où Mrs Prothero avait un abonnement de lecture et où, chaque semaine, son chauffeur allait renouveler son stock de romans policiers. Il y était allé lui-même, car une mission aussi délicate ne pouvait être confiée à un chauffeur. Hatton avait dit au plus jeune des valets de pied que la bibliothèque du patron était ce qu'on pouvait appeler une bibliothèque de gentleman ; elle contenait surtout des livres sur le sport, des souvenirs de champions célèbres, des annuaires reliés en maroquin et en chevreau donnant tous les renseignements possibles sur les haras et les régates… et quelques romans pornographiques dans de discrets cartonnages.

Le journal que lisait Hatton, Mr Prothero le lui avait repassé en parfait état, tout comme la robe de chambre et les pantoufles, qui ne donnaient aucun signe de fatigue. Hatton, en fait, était une sorte de réplique améliorée de son maître américain. Ce n'était pas pour lui déplaire. Les costumes de Mr Prothero faisaient meilleur effet sur lui, parce qu'il était plus grand. Il lisait avec soin et plaisir le *Herald Tribune*, alors que Mr Prothero, au petit déjeuner, n'avait jeté qu'un coup d'œil injecté de sang à la page financière. Quand Hatton aidait son maître à s'habiller, donnant un dernier coup de brosse à ses épaules ou plaçant un mouchoir dans la poche de son veston, il ne pouvait s'empêcher de le considérer comme un mannequin de fil de fer et d'étoffe sur lequel les costumes et autres vêtements étaient essayés et cousus à gros points afin de s'adapter parfaitement à *celui* auquel ils étaient finalement destinés. On aurait presque pu dire que Mr Prothero était chargé de briser ses souliers. Hatton n'héritait pas seulement de la garde-robe, des appareils de radio et des journaux de son patron, il était aussi chargé de le « doubler » dans certaines fonctions domestiques et urgentes, telles que les « alertes au feu ». Mrs Prothero, une grosse dame fragile, aussi douce et rembourrée qu'un coussin en plumes, avait une peur affreuse des incendies. Hatton, formé par elle à repérer la moindre odeur de fumée, faisait parfois descendre au milieu de la nuit toute la famille – y compris les valets de pied et les femmes de chambre – pour les amener en lieu sûr pendant que Mr Prothero dormait profondément. Le fait de rencontrer Hatton tard dans la nuit, parcourant les couloirs de la vaste maison tel un gros oiseau à caroncule (Mrs Prothero avait également la hantise des « rôdeurs ») avait souvent mis dans l'embarras les jeunes invitées à demeure de miss Mary lorsqu'elles rentraient d'un bal, un peu étourdies par le champagne. Hatton se rendait compte qu'à le voir sans sa livrée, elles le prenaient pour Mr Prothero, qu'elles avaient surpris plus tôt dans la soirée vêtu d'une robe de chambre identique, en train de déboucher une bouteille de whisky dans la bibliothèque. Lui, Hatton, ne buvait jamais une goutte d'alcool.

Hatton était le vrai maître de la maison. Il était dans la famille depuis des années (ces demoiselles étaient toutes petites) et bien qu'il ait eu à un moment donné le projet de se retirer en Angleterre avec ses économies et d'épouser une jeune femme, il avait fait « la chose à faire » : il avait tout perdu dans le krach quatre ans et demi plus tôt. Hatton avait été « liquidé » à Wall Street, et là aussi il avait éclipsé Mr Prothero qui, après un moment difficile en 29, avait traversé la période de crise sans encombre. Il était devenu, au contraire, de plus en plus riche, sans qu'il y ait d'ailleurs été pour rien. Il avait acheté une licence à un jeune homme que quelqu'un lui avait présenté au Piping Rock Club après une partie de polo. Ce type qui avait l'air d'un chevalier d'industrie s'était tué peu de temps après en plongeant dans une piscine où il n'y avait pas d'eau. La licence qui couvrait la fabrication de nouveaux produits synthétiques s'était avérée une mine d'or. « Pour faire de l'argent, disait Mr Prothero, il faut avoir la chose dans le sang. » Il allait en ville les jours ouvrables uniquement, à l'en croire, pour servir d'ornement à la firme qui exploitait le brevet. L'excellent homme disait : « Ils m'ont nommé président-directeur général bien que je n'aie aucune idée de ce qu'ils fabriquent ou de ce qu'ils sous-traitent. » Il ajoutait : « Dans les circonstances actuelles, il n'en faut pas moins mettre la main à la pâte. »

Les Prothero, du côté des hommes comme du côté des femmes (Mrs Prothero était une Schuyler), avaient peu de dons intellectuels. Ils s'en félicitaient ; c'était un signe de race. Aucun Prothero, aussi loin que l'on remontât dans la généalogie de la famille, n'avait été à l'université avant Pokey (on l'appelait Mary à la maison). Sa jeune sœur, Phyllis, avait été renvoyée de Chapin, à la grande joie de Mrs Prothero, et elle avait renoncé à ses études à seize ans, comme la loi de l'État l'autorisait. Elle avait fait son entrée dans le monde. Elle ne tarderait pas à se marier. Sa mère pensait que dix-neuf ans était le bon âge. Elle était pourtant désolée à l'idée de la perdre. Mrs Prothero était une femme solitaire, qui aimait accompagner Phyllis chez le coiffeur et au Colony Club, où elle restait assise dans le hall pendant que la jeune fille se baignait dans la piscine avec ses camarades. Mrs Prothero – là-dessus son personnel était bien d'accord – n'était pas une femme évoluée. Contrairement aux dames de son milieu, elle détestait aller dans les magasins. Les essayages la fatiguaient ; on devait rester longtemps debout et elle avait eu des phlébites après la naissance de ses filles. Les matinées théâtrales la faisaient pleurer (il y a tant de pièces tristes aujourd'hui) et elle n'avait jamais réussi à apprendre à jouer convenablement au bridge. Elle ne s'intéressait pas à son intérieur. Les meubles, les tapis et les tableaux n'avaient pas changé de place depuis l'entrée en fonction d'Hatton. Les domestiques, à l'exception du plus jeune valet de pied et d'Annette, la femme de chambre de ces demoiselles, n'avaient pas changé non plus. Le teint de Mrs Prothero était aussi passé que les tentures et la moquette de l'escalier. Les tableaux accrochés aux murs du salon représentaient dans des tons bruns et blanc sale des vaches et des moutons couchés dans l'herbe. Hatton aimait beaucoup ces tableaux, parce qu'il les croyait de l'École hollandaise et de grande valeur et parce qu'ils étaient assortis à la couleur marron du mobilier, mais le personnel féminin estimait que la maison aurait eu bien besoin d'être rajeunie. L'ennui était que Mrs Prothero et ses filles se désintéressaient complètement de la question. Tout récemment Forbes, l'ancienne gouvernante des enfants, qui s'occupait du linge et du gros raccommodage, avait appris à Mrs Prothero à faire de la tapisserie, ce qui, disait-elle, lui tiendrait un peu compagnie maintenant que miss Mary était à Cornell pour faire ses études de vétérinaire et que miss Phyllis, qui avait été une si grande ressource, ne rêvait plus que de déjeuners en ville, de thés dansants et de présentations de couture.

Les Prothero ne recevaient qu'à dîner. Mrs Prothero aurait été incapable de soutenir une conversation au repas de midi. Mr Prothero déjeunait toujours au Brook ou au Racket et les jeunes filles étaient priées d'inviter leurs amies au club afin de ne pas donner du travail supplémentaire à Hatton. C'était du moins ce que ne cessait de dire Mrs Prothero, bien que Madame eût dû savoir qu'il ne renâclait pas à l'ouvrage. Lorsqu'il y avait du monde à dîner, c'était Hatton qui faisait le plan de table et qui écrivait les menus et les noms des invités sur des cartons. Le problème de faire asseoir huit ou seize personnes n'avait jamais été résolu par Mrs Prothero, qui regardait Hatton d'un air affolé quand elle trouvait une autre dame en face d'elle au bout de la longue table à la place où elle était habituée à voir son mari. La vie de Mrs Prothero était trop peu active pour justifier l'emploi d'une secrétaire privée, mis à part les deux saisons au cours desquelles ses filles avaient été présentées dans le monde. Hatton répondait pour elle aux invitations et lui rappelait qui venait dîner ou chez qui elle devait passer la soirée. Il décidait de ce qu'elle devait donner aux œuvres de charité et quand il y avait un grand dîner à la maison, il lui arrivait de suggérer un sujet de conversation.

Inutile de dire qu'il rendait mille services aux jeunes filles. « Hatton, vous êtes un génie ! » s'écriaient-elles lorsqu'il leur avait organisé un petit bal et dressé une liste d'invités.

« Connaissance infaillible des usages », disait à voix basse à ses amis Mr Prothero, en désignant du coin de l'œil le maître d'hôtel. Dans ces cas-là, le muscle de sa joue se contractait d'une façon étrange, ce qui faisait dire à beaucoup de gens qu'il avait eu une attaque.

Sur le chapitre de l'élégance, les jeunes filles se fiaient plus au jugement d'Hatton qu'à celui d'Annette ou de Forbes. Elles montaient dans sa chambre dans leurs robes de bal, tournaient autour de lui et lui demandaient si elles devaient mettre des perles ou les diamants de Madame ou simplement une écharpe. C'était Hatton qui, encouragé par Forbes, avait obligé miss Phyllis à poser un bandeau sur son œil qui louchait et à ne jamais retirer l'appareil destiné à lui redresser les dents. Forbes répétait volontiers que sans Hatton la pauvre Phyllis aurait ressemblé aujourd'hui à Ben Turpin.

La famille Prothero ne pouvait pas se passer d'Hatton. « Nous l'adorons », disait miss Mary – elle mettait sa main devant sa bouche – aux amis qui venaient pour la première fois passer quelques jours à la maison. Le maître d'hôtel demeurait impassible tandis qu'il introduisait les visiteurs ; faire semblant de ne pas entendre n'est pas à la portée de tous les serviteurs. Miss Mary et miss Phyllis, outre qu'elles étaient myopes comme des taupes, avaient des voix gutturales et très fortes, les voix qu'ont les personnes sourdes, et même quand elles croyaient parler tout bas, on se retournait dans la rue pour les regarder et les écouter. Elles avaient hérité ce trait – signe de sang bleu – de leur grand-mère paternelle.

Hatton était très content chaque fois que ces demoiselles attiraient sur lui l'attention de leurs invités, encore qu'à son avis il eût suffi de le regarder pour l'estimer à sa juste valeur. D'une façon générale, les Américains, pour montrer qu'ils ont l'habitude d'être servis, ne font allusion à leurs domestiques que pour laisser entendre qu'ils sont « invisibles ». Cela avait choqué la dignité professionnelle d'Hatton et l'avait incité à quitter sa précédente place. Avec les Prothero, qui étaient davantage de la vieille école, il n'en allait pas de même. Ses qualités exceptionnelles étaient si bien mises en valeur qu'on ne le quittait pas des yeux tandis qu'il procédait, majestueux et sévère, aux devoirs de sa charge. Tenir compte d'Hatton était un brevet d'intimité avec les Prothero. Les invités de la famille, surtout les plus jeunes, en tiraient une sorte de gloire. « Hatton est une merveille », se confiaient les uns aux autres de grands jeunes gens en cravates blanches et queues-de-pie qui sirotaient leur cognac, une fois les dames retirées au salon.

« Une merveille, monsieur », disaient-ils à Mr Prothero assis au bout de la table. Hatton n'avait pas besoin d'être un sorcier (miss Mary laissait entendre qu'il en était un) pour savoir que dès qu'il avait refermé silencieusement la porte on se mettait à parler de lui. Les jeunes demoiselles de Vassar n'étaient pas toujours très au courant des usages, si bien que les valets de pied qui leur avaient servi de la bénédictine ou de la crème de menthe retournaient souvent à l'office avec une bonne histoire à raconter, mais avec les jeunes gens demeurés dans la salle à manger, on était sûr que la conversation roulait toujours sur le même sujet… « Il est de la famille », avait coutume de répondre Mr Prothero. « Hatton fait partie des meubles. L'oiseau rare. »

Le maître d'hôtel n'aimait pas tant que cela qu'on le dépeigne comme « étant de la famille ». Il avait toujours gardé ses distances, même quand ces demoiselles étaient toutes petites. Toutefois, il n'était pas fâché qu'on le considère comme un personnage et qu'on le regarde de bas en haut, à la manière de ces touristes contemplant, dans les squares de Londres, les statues en pied montées sur un très haut socle. Pour se conformer à cet idéal, il était arrivé à se composer une attitude qui rappelait la statuaire. Pas un muscle de son visage ne bougeait – même intérieurement – lorsque miss Mary ou miss Phyllis le désignaient à l'attention de leurs hôtes. Lorsqu'on lui demandait son opinion sur la famille qu'il servait depuis si longtemps (« Hatton nous est dévoué corps et âme », disait Mrs Prothero dans ses rares moments d'expansion), il répondait d'un ton digne que c'était « une bonne place ». Quand miss Phyllis, tout enfant, ne cessait de le tanner en lui demandant si elle était sa préférée, elle, pauvre petit canard parmi les autres qui n'étaient d'ailleurs pas des cygnes, il se contentait de répondre : « C'est une bonne place, Mademoiselle. » Même attitude à l'égard de Mr Prothero, qu'il devait mettre au lit les jours où il avait trop bu. « Vous nous aimez bien, Hatton ? Après toutes ces années. »

Forbes, une forte fille de Glasgow qui était dans la maison depuis la naissance de miss Mary, lui disait quelquefois qu'il y avait de meilleures places. Un maître d'hôtel de sa classe n'aurait pas dû être à la fois un valet de chambre, un secrétaire privé, un détective et un pompier (c'était là une des plaisanteries favorites de Forbes). « Les conseilleurs ne sont pas les payeurs », répondait sèchement l'amateur de proverbes qu'était Hatton, bien qu'en réalité il pensât exactement le contraire : un maître d'hôtel aussi distingué que lui pouvait se permettre d'exercer n'importe quelle fonction sans nuire à sa légende. Il ne pouvait en sortir que grandi. Hatton, grâce aux mots croisés, connaissait les principaux mythes, et il pensait parfois à l'histoire d'Apollon servant de domestique au roi Admète, bien que Mr Prothero ne fût pas un homme de la classe d'Admète. L'idée de se comparer à Apollon lui venait tout à coup lorsqu'il servait à table, allant d'une place à l'autre en murmurant : « Sherry, Madame ? » ou : « Champagne, Mademoiselle ? » Il avait une auréole autour de la tête que miss Mary ne pouvait manquer de voir en dépit de sa myopie. Ne fixait-elle pas les yeux sur lui en reniflant comme le faisait toujours sa mère quand son attention avait été attirée par quelque chose d'exceptionnel ? La pauvre fille n'avait aucun odorat. Elle procédait par intuition. Elle prétendait avoir un sixième sens, en remplacement de celui qui lui manquait. Elle avait décidé qu'Hatton avait un sixième sens lui aussi. « Vos oreilles tintent, Hatton ? » lui demandait-elle quand il apparaissait dans le petit salon où ses amies et elle jouaient au jeu de transmission de pensées qu'elles avaient appris à Vassar. Il lui répondait qu'un bon serviteur devait lire dans les pensées de son maître et aller au-devant de ses désirs. Pour lui, ajoutait-il d'un ton de reproche, ce n'était pas un jeu, cela faisait partie de son travail de tous les jours.

« Comment êtes-vous devenu maître d'hôtel ? » lui demanda-t-elle un soir en s'asseyant sur son lit tandis que Phyllis prenait place sur le tabouret. Hatton refusa de répondre. « C'est mon affaire, Mademoiselle.

— Je crois, dit miss Mary, que c'est parce que vous êtes un médium. Sélection des espèces. »

Cela dépassait l'entendement d'Hatton, mais il n'en laissa rien paraître. Miss Mary se tourna vers miss Phyllis.

« C'est bien ce que je pensais, Phyl. Tu m'as comprise ? Darwin. L'élimination des faibles. » Sa voix autoritaire résonnait dans la partie de la maison réservée à la domesticité.

« Si Hatton n'était pas un médium, il serait un fiasco comme maître d'hôtel. *Ergo*, c'est un médium. CQFD. » Elle se gratta la tête et jeta un regard vainqueur à Hatton.

« Très juste, Mademoiselle. »

Hatton se demanda si c'était ce Darwin qui avait découvert le chaînon manquant. On entendit la grosse voix de Forbes dans l'escalier : « Les enfants, descendez, venez prendre votre bain ! »

En fait, Hatton était devenu maître d'hôtel parce qu'il avait suivi l'exemple de son père. Mais il en était arrivé à penser que ce n'était pas une raison suffisante. Comme le disait miss Mary, il s'agissait d'une vocation, il avait répondu à un appel. Cette conviction s'était fait jour en lui en Amérique, où les maîtres d'hôtel anglais authentiques ne se trouvent pas sous le sabot d'un cheval.

« Vous avez été créé pour le rôle, Hatton », lui avait dit un monsieur venu passer quelques jours dans la propriété des Prothero à Long Island. Hatton avait été content de voir que ce monsieur voyait en lui un maître d'hôtel de théâtre ou de cinéma. Au début de son séjour en Amérique, un peu perdu dans ce pays étranger, il avait cherché à se conformer à l'idéal qu'on se fait d'un maître d'hôtel anglais dans les films ou dans ces drôles de magazines policiers que lisent les cuisinières. Un homme sage doit savoir profiter de tout. Mais il y a des choses qui ne s'apprennent pas. Quand les jeunes demoiselles lui disaient qu'il était un génie, il n'était pas loin de penser que la vérité sort de la bouche des enfants. Il reconnaissait depuis longtemps qu'il était le cerveau de la famille, avec les servitudes que cela impliquait. Le modèle du maître d'hôtel anglais qu'il avait toujours devant les yeux, même dans ses moments de détente ou quand il était de sortie, exigeait qu'il fût omniscient et omniprésent, comme on vous l'apprend au catéchisme : « Où est Dieu ? – Dieu est partout. »

Hatton appartenait à l'Église anglicane et il n'entendait pas blasphémer, mais il ne pouvait s'empêcher de constater certaines équivalences, comme cette invisibilité exigée de lui dans sa place précédente.

Hatton poussa un soupir. Une des tâches incombant au maître d'hôtel anglais traditionnel dont il était le représentant type était de se tenir au courant de certaines choses qui, à première vue, ne semblaient nullement relever de son emploi.

C'est pourquoi il tournait en ce moment les pages du *Herald Tribune* en se substituant à la famille. Ayant jeté un regard rapide aux faits divers qui passionnaient la cuisinière, il lisait d'un œil très attentif – pendant qu'il avait l'esprit frais – la page sportive. Hatton ne s'intéressait pas aux sports, si ce n'est aux courses et, lorsqu'il était en Angleterre, au cricket, mais ses fonctions l'obligeaient à ne rien ignorer du pedigree des chiens, des chats, des chevaux et des bateaux et à connaître les noms des joueurs de golf et de polo, chiffres et scores à l'appui, qui apparaissaient périodiquement dans le journal, car c'étaient ces noms et ces scores dont on avait le plus besoin dans la maison Prothero. Il y avait aussi la rubrique mondaine pour Madame et ces demoiselles. Quand un jeune gentleman se mariait, Hatton effaçait son nom de la liste de miss Mary et lorsqu'une jeune fille annonçait ses fiançailles, il rappelait à miss Mary ou à miss Phyllis qu'il fallait acheter un cadeau – chose à laquelle elles pensaient rarement.

Hatton prit un crayon vert et fit une petite marque sur le journal. Cela voulait dire : à l'attention de miss Phyllis. Une marque au crayon rouge signifierait : à l'attention de miss Mary. Il soupira de nouveau, de soulagement cette fois. Il avait lu la rubrique nécrologique – une de ses favorites – et il n'aurait pas à dire à Yvonne, la femme de chambre particulière de Mrs Prothero, de préparer une robe noire pour sa maîtresse, ni à annoncer à Mr Prothero qu'il devait s'apprêter à tenir un cordon du poêle. Il passa à la page financière. Elle ne l'intéressait plus beaucoup personnellement depuis le krach de 1929, mais il n'en devait pas moins se tenir au courant du marché afin d'être en mesure de suivre la conversation des vieux amis de Mr Prothero, desquels il pourrait éventuellement obtenir un tuyau en servant à table. Qu'en ferait-il ? C'était une autre question. Jusqu'à ce jour, il ne s'était pas senti le courage de donner le plus petit ordre à son agent de change.

Il ralluma sa pipe et jeta un coup d'œil à la liste des spectacles afin de s'assurer que le film qu'il comptait voir le jour où il serait de sortie était toujours à l'affiche. Il lut la critique de Percy Hammond sur la pièce dont la première avait eu lieu le soir précédent. Hatton n'avait jamais été dans un vrai théâtre, seulement au music-hall, mais il s'intéressait aux choses de la scène, en partie parce qu'il avait cru comprendre que c'était l'habitude de commencer une pièce par un dialogue entre un maître d'hôtel et une femme de chambre munis d'un plumeau. Il aurait donné cher pour voir ça. Une amie de miss Mary, miss Katherine, avait promis de lui procurer un billet de faveur, mais c'était tombé à l'eau. Elle avait épousé un acteur, ou du moins quelqu'un ayant un rapport avec le théâtre. Miss Mary était allée à son mariage. Hatton n'avait jamais aimé miss Katherine. Il s'était disputé à son sujet avec Forbes, qui assurait que c'était « une belle bougresse ». Forbes n'aurait pas parlé ainsi si elle avait vu ce qu'il avait vu une nuit où il descendait précipitamment l'escalier en nouant la ceinture de sa robe de chambre et sans avoir eu le temps de mettre son râtelier. Mrs Prothero l'avait appelé parce qu'elle avait entendu « un bruit ». Pour une fois, Madame avait raison. Ils étaient là tous les deux dans le hall d'entrée, la « belle bougresse » et son « fiancé », et ils étaient à leur affaire. Déjà à dîner, le jeune homme ne lui avait pas plu du tout. Il s'appelait Harald Petersen, comme tant de ces maudits Vikings. Hatton avait fait très attention d'écrire son nom correctement sur le bristol. Il se rappelait qu'au moment du mariage miss Mary lui avait demandé s'il ne serait pas possible de prêter la maison pour le lunch puisque toute la famille, à l'exception de Mr Prothero, serait à la campagne. Se rappelant ce qu'il avait vu (« Juste un baiser », avait dit Forbes – est-ce qu'on relève ses jupes jusqu'à la taille pour un baiser et est-ce qu'on se laisse grimper dessus par un « fiancé » que n'importe qui peut voir de la rue), se rappelant aussi l'histoire du billet de faveur, Hatton avait répondu que les meubles seraient sous des housses et que Mr Prothero serait très contrarié de trouver des étrangers chez lui s'il passait cette nuit-là en ville.

« Vous êtes un trésor, Hatton », s'était écriée miss Mary. Hatton n'avait pas été étonné d'apprendre par les journaux que la pièce dont s'occupait Mr Petersen avait été un four, bien que miss Katherine eût assuré qu'elle se jouerait pendant des années. Depuis lors, il n'avait plus été question du jeune homme à la rubrique des théâtres, mais Hatton avait vu dans les annonces immobilières qu'un Mr et une Mrs Harald Peterson (*sic*) avaient loué un appartement près de Sutton Place. C'était bien eux, avait dit miss Mary, qui avait été leur rendre visite quelques jours plus tôt. On ne les avait pas vus depuis longtemps. Maintenant, quand Mademoiselle recevait, c'était surtout des gens de son milieu. Elle téléphonait de Cornell à Hatton pour lui demander de mettre douze couverts, de faire la table et de s'assurer que miss Phyllis ne rentrerait pas dîner. Au cas où miss Katherine et Mr Petersen seraient de nouveau invités, Hatton ne manquerait pas – il en avait pris note mentalement – de lui dire « Madame » en ouvrant la porte. « Bonsoir, Madame » (et non pas « Mademoiselle »), cela accompagné d'un sourire discret. Ces petites nuances étaient très importantes. « Il m'a appelée "Madame", il est parfait », dirait tout bas miss Katherine à son mari. « Hatton m'a appelée "Madame", Pokey. Que dis-tu de ça ? »

Hatton passa à la première page, qu'il gardait toujours pour la fin. S'intéresser aux événements mondiaux est une excellente gymnastique intellectuelle. Depuis plus d'une semaine, il était question d'un conflit social. Les garçons de restaurant des principaux hôtels s'étaient mis en grève. Hatton avait décidé une fois pour toutes de ne pas se mêler de politique. La politique intérieure d'un pays étranger ne le regardait pas.

« Hatton, pour qui voteriez-vous ? » lui avait demandé miss Katherine lors des dernières élections.

« Je ne suis pas citoyen américain, Mademoiselle », avait-il répondu. Il n'en éprouvait pas moins de la sympathie pour les grévistes, qui étaient des collègues, encore qu'il y eût un fossé, un très large fossé, entre les gens de maison et les employés d'un établissement public. Ayant fait un court apprentissage dans un hôtel de Londres, il s'était intéressé à cette grève et il savait par le *Daily Mirror* de la cuisinière qu'il y avait eu une nouvelle manifestation la veille au soir au Carlton-Cavendish.

Tout à coup, ô surprise, une nouvelle d'importance… Hatton donna une petite tape sur le journal. L'article de la page 1 se terminait en page 5. L'ayant lu avec beaucoup d'attention, il prit un crayon bleu sur sa table et l'encadra d'un gros trait. Ses mains tremblaient. Il plia soigneusement le journal, comptant le présenter le lendemain matin à Mrs Prothero sur un plateau d'argent à son petit déjeuner. Il dirait : « Excusez-moi, Madame, je pense que ceci peut intéresser miss Mary », et il se voyait déjà se retirant dans l'office à portée de voix.

Cela se passa comme il l'avait prévu. « Hatton ! » La voix de Mrs Prothero était angoissée. Il revint à pas feutrés dans la salle à manger.

« Qu'est-ce que c'est ? Pourquoi m'avez-vous apporté ça ? »

Le gros corps de Mrs Prothero tremblait comme une masse de gélatine.

« Excusez-moi, Madame, je me permets de croire qu'un des messieurs en question est le mari de miss Katherine. »

Il se pencha en avant et de son index rose – il soignait beaucoup ses ongles – désigna à sa patronne le nom d'Harald Petersen (on avait écrit Harold Petersen). « Miss Katherine, interrogea Mrs Prothero, qui est-ce ? La connaissons-nous, Hatton ? »

Elle ne regarda pas la photographie de la page 5, sur laquelle il cherchait à attirer son attention.

« C'est la jeune demoiselle que nous avons eue ici pour les vacances de Noël et que nous avons revue une ou deux fois. » Il marqua un temps pour permettre à la mémoire rétive de Mrs Prothero de fonctionner. Mrs Prothero agita sa tête, qui n'était qu'un amas châtain clair de boucles en désordre. (Malgré les efforts d'Yvonne et de son coiffeur, elle avait toujours l'air de porter une perruque de costumier.)

« Qui sont ses parents ?

— Nous ne l'avons jamais su, Madame, dit Hatton d'un ton solennel. On l'appelait Strong. Elle venait de l'Ouest.

— Pas Eastlake ? demanda Mrs Prothero, avec une vivacité inattendue.

— Oh, non, Madame, nous connaissons miss Elinor. Cette autre jeune fille était brune aussi et jolie, d'une beauté très naturelle. Forbes, si vous vous en souvenez, l'admirait beaucoup. “Une rose d'Écosse”, disait-elle. »

Il avait pris l'accent de Forbes. Mrs Prothero poussa un petit cri.

« Oh, Dieu, oui, je m'en souviens. Très jolie, mais manquant de manières. Ou bien était-ce ce garçon qui l'accompagnait ? Comment l'appelait-elle ?

— "Mon fiancé", dit Hatton avec un sourire en coin.

— Parfaitement ! s'écria Mrs Prothero. Ne nous en moquons pas trop, Hatton. Monsieur récitait toujours un poème, quand elle était là… "*Maud Muller, une après-midi d'été…*" et il était ensuite question de foin. Aidez-moi, Hatton. »

Mais Hatton, pour une fois, était pris au dépourvu.

« J'y suis ! s'exclama Mrs Prothero…

Elle écoute, surprise, ravie,
Un éclair dans ses beaux yeux bruns…

« Tennyson, si je ne me trompe.

— Cela n'aurait rien d'étonnant, Madame, dit Hatton, plus digne que jamais.

— Nous n'avons jamais su qui elle était, reprit Mrs Prothero, en soupirant. Quand Monsieur me posait des questions sur cette Maud Muller, je ne savais que lui répondre. Je crois qu'elle m'a dit un jour qu'elle descendait de pionniers de l'Ouest. » Elle mit ses lunettes et regarda de nouveau l'article marqué au crayon bleu.

« Vous me dites qu'elle est en prison. Qu'a-t-elle fait ? Volé dans un grand magasin ?

— Je crois que c'est son mari qui est incarcéré. Compromis dans une histoire politique. »

Mrs Prothero agita sa grosse main pâle. « Ne m'en dites pas davantage, Hatton, et que Monsieur n'en sache rien, s'il vous plaît. Nous avons eu cet homme à dîner, je m'en souviens parfaitement. » Ses yeux pâles s'agitaient derrière ses lunettes à monture d'or. « Le mieux serait que vous emportiez ce journal et que vous le brûliez sans attirer l'attention de la cuisinière. Des gens de notre rang ne peuvent pas se permettre, Hatton… »

Elle regarda le maître d'hôtel d'un air interrogateur, espérant qu'il finirait sa phrase. « Bien entendu, Madame », dit-il en remettant le journal sur le plateau.

« "*Ceux qui vivent dans des maisons de verre…*" Qu'est-ce qui vient après, Hatton ? Ah non, c'est autre chose… "*… ne doivent pas être soupçonnés.*" Shakespeare, n'est-ce pas, *Jules César.* »

Elle sourit : « Nous sommes bien intellectuels, ce matin, Hatton, poursuivit-elle, nous devons cela à Vassar. Bien que vous ayez toujours été un penseur. » Hatton s'inclina et recula de quelques pas. « N'oubliez pas de le brûler, dit-elle pour conclure. De vos propres mains. »

Quand le maître d'hôtel eut quitté la pièce, Mrs Prothero se laissa aller. Elle s'appuya sur un coude replet d'un bleu de lait. Des larmes perlèrent à ses yeux. Hatton l'observait par le passe-plat qui faisait communiquer la salle à manger et l'office. Il savait bien à quoi elle pensait, allez ! Elle se félicitait d'avoir montré tant de courage en présence du maître d'hôtel. Elle ne lui avait pas laissé voir combien elle était émue par ce vilain article. Pas vilain, dégoûtant. Elle en voulait à la terre entière d'avoir engagé miss Mary à aller dans cette université dont on parlait sans cesse dans les journaux – les autres collèges n'étaient pas mieux, mais ils étaient plus discrets. Tout le monde, depuis Chapin, s'était ligué contre elle. La directrice – comment donc s'appelait-elle ? – qui avait aidé miss Mary à remplir sa demande d'admission, Forbes, qui avait payé le premier trimestre sur ses économies, cette jeune Hartshorn qui avait fait sortir Mary clandestinement de la maison – trois jours de suite ! – pour passer ses examens d'entrée, et Hatton, Hatton en personne, qui, une fois miss Mary reçue, leur avait dit, à elle et à son mari, qu'un ou deux ans d'université ne pouvaient pas faire de mal à la jeune demoiselle. Un peu, toutes proportions gardées, comme cette histoire survenue à Bar Harbour qu'on lui avait racontée l'autre jour au Colony Club. Elle en avait parlé à Hatton pour lui montrer qu'elle n'avait rien oublié. Un enlèvement, tout simplement. Par une des portes-fenêtres de la grande maison. Là, comme d'habitude (elle avait lancé « comme d'habitude » à la tête d'Hatton), le personnel avait pris parti contre la famille. Le maître d'hôtel s'était glissé nuitamment hors de la maison avec un sécateur. Il avait fait une brèche dans la haie. Le couple avait été aussitôt marié par un prêtre qui attendait dans son presbytère. Et après ? Ce prêtre n'était qu'un complice de plus. En ce qui concernait ses propres domestiques, elle avait toujours soupçonné l'un d'eux – Forbes, ou plus vraisemblablement Hatton – d'avoir imité sa signature sur la demande d'admission à Vassar. Miss Mary jurait ses grands dieux que c'était elle la coupable, mais Mrs Prothero n'en demeurait pas moins convaincue qu'Hatton lui avait tenu la main.

Hatton quitta son observatoire. Les sanglots de Mrs Prothero redoublant, il sonna Yvonne. Dans ces cas-là, Madame perdait la tête. Elle avait bien tort de croire qu'il avait contrefait sa signature. On l'avait tenu en dehors de tout. Mais il n'était pas loin de partager l'opinion de Mrs Prothero sur les méfaits d'une éducation universitaire. Sa patronne n'en manquait pas moins de logique : pourquoi donner un avion à miss Mary si l'on voulait la voir rester à la maison au lieu d'aller terminer ses études de vétérinaire ? Il est vrai que miss Mary arrivait toujours à ses fins – excepté avec lui.

Il serra les lèvres et alla jeter un nouveau coup d'œil à Mrs Prothero. Il regrettait, maintenant, d'avoir montré cet article à la pauvre femme. Il avait agi par excès de zèle, par désir d'outrepasser son rôle. « Attention, Hatton, se dit-il, l'Orgueil précède la Chute. » Dans la salle à manger, Mrs Prothero pensait sans doute que, par la faute d'une éducation trop poussée, il y avait dans sa maison un gibier de potence.

« Un gibier de potence ! » dit-elle tout haut. Son menton fuyant tremblait et sa voix était si forte qu'Yvonne, qui descendait l'escalier, l'entendit. Mrs Prothero ramena sa robe de chambre sur sa grosse poitrine et monta dans sa chambre, appuyée sur le bras d'Yvonne. Elle décommanda la voiture qui devait l'amener chez le coiffeur à onze heures. Cependant Hatton, qui avait déjà dit au chauffeur que l'on n'aurait pas besoin de lui, découpait l'article et se préparait à le coller dans son album personnel.

À Boston, le lendemain, Mrs Renfrew retrouva Dottie à l'hôtel Ritz, où elles déjeuneraient de bonne heure, avant aller dans l'après-midi chez Bird's commander les cartes d'invitation pour le mariage et ensuite à un essayage chez Crawford Hollidge. La robe de mariée de Dottie et le costume tailleur qu'elle mettrait pour partir en voyage de noces avaient été commandés à New York. Mais pour le reste de son trousseau, on pouvait trouver aussi bien à Boston, et à moitié prix. Après Crawford Hollidge, si elles en avaient le temps, elles s'arrêteraient chez Stearn pour regarder le linge de maison et comparer les prix avec Filene. Les Renfrew n'étaient pas riches ; ils étaient simplement « à leur aise », et Mrs Renfrew faisait des économies chaque fois qu'elle le pouvait. Elle aurait jugé de mauvais goût de faire de l'épate à une époque où chacun réduisait son train de vie. Elles avaient fait venir la couturière pour voir si la robe de mariée de Mrs Renfrew, qui lui venait de sa mère, ne pourrait pas resservir pour Dottie. Celle-ci mourait d'envie de la porter, mais il n'y avait pas assez de tissu dans les coutures. Mrs Renfrew s'aperçut que la jeune fille (voilà bien le progrès !) avait presque dix centimètres de tour de taille et de tour de buste de plus qu'elle. Elle n'était pourtant pas une « grosse mémère » ; c'était une question de charpente.

Ce matin, Mrs Renfrew ne cessait de prendre mentalement des mesures : longueur et largeur des draps, taille des gants et des robes, etc. Elle pensait aussi aux cadeaux à offrir aux demoiselles d'honneur : poudriers en argent de chez Shreve Crump ? petits briquets ? Elles ne seraient que trois : Polly Andrews naturellement, Helena Davison et une cousine de Dottie, Vassar '31. La cousine, qui habitait Dedham, ouvrirait le défilé, suivie de ses deux assistantes.

Le prétendant étant veuf, mère et fille estimaient que le mariage devait être célébré dans l'intimité. Dottie aurait bien voulu avoir Lakey, mais celle-ci avait écrit de ce merveilleux endroit qu'est Avila qu'elle ne reviendrait pas cette année. Elle annonçait l'envoi d'une petite madone primitive (convenant parfaitement au Sud-Ouest) que son amie n'aurait aucune peine à faire passer à la douane, vu que ce n'était pas un objet neuf. Mrs Renfrew espérait que Sam, le père de Dottie, dont la firme était agréée en douane depuis l'époque des bateaux à voile, s'occuperait de la chose. Elles avaient tout à faire !

Avant de retrouver Dottie, qui avait été se soumettre à un contrôle médical chez le docteur Perry, Mrs Renfrew s'était arrêtée au Chilton Club pour se faire faire les mains. Elle avait jeté un coup d'œil sur les journaux, au cas où elle trouverait dans les petites annonces quelque chose qu'elle pourrait commander par correspondance. Son attention fut attirée à une page intérieure par la photographie de quelques jeunes gens en tenue de soirée, à côté d'une publicité « Peck & Peck ». Elle voulut connaître l'histoire à laquelle la photographie se rapportait et elle ouvrit le journal à la première page. Ayant vu qu'il y était question d'Harald, elle se promit d'en parler à sa fille pendant le déjeuner. Peut-être Dottie voudrait-elle appeler Kay au téléphone pour en savoir davantage ? Mrs Renfrew était une personne très gaie, très vivante, qui voyait toujours le côté amusant des choses. Quelle belle aventure que celle de ces jeunes radicaux se mettant sur leur trente-et-un pour aller prêter main-forte au personnel d'un hôtel ! Le mari de Kay s'en tirerait avec une semonce du juge, comme la jeunesse de Harvard quand elle avait des démêlés avec la police de Cambridge. À propos, elle ne devait pas oublier de demander à Sam d'aller à la mairie payer l'amende qui lui avait été infligée pour stationnement illicite.

C'était parce qu'elle avait tant de choses en tête – choix des caractères pour les cartes d'invitation, taille des draps (est-ce que Brook et Dottie coucheraient dans un grand lit ? c'était difficile à savoir avec un veuf), mesures des robes des demoiselles d'honneur (Helena arriverait-elle à temps de Cleveland pour le dernier essayage ?) – que Mrs Renfrew avait omis de parler à déjeuner de l'esclandre d'Harald. Maintenant, la mère et la fille descendaient Newbury Street côte à côte, comme deux sœurs, Mrs Renfrew dans son castor et Dottie dans son vison.

« Dottie ! s'exclama Mrs Renfrew, j'allais oublier ! Tu ne devineras jamais ce que j'ai lu ce matin dans le journal. Quelqu'un que tu connais s'est attiré une histoire avec la police ! » Elle regarda gaiement sa fille. Ses jolis yeux bleus brillaient. « Tâche de deviner.

— Pokey ? » suggéra Dottie.

Mrs Renfrew fit non de la tête. « Tu ne brûles pas ! »

« Harald Petersen ! répéta Dottie une fois que sa mère lui eut dit le nom. Ce n'est pas de jeu, maman. Harald Petersen n'est pas quelqu'un que je connais vraiment. Qu'est-ce qu'il a fait ? »

Mrs Renfrew se mit à raconter l'histoire, mais depuis un moment Dottie ne l'écoutait plus. Elle s'était arrêtée net entre Arlington et Berkeley.

« Qui était l'autre homme ? demanda-t-elle.

— Je ne sais pas, mon enfant, mais il y avait sa photographie dans le journal. Il avait un œil au beurre noir.

— Tâche de te rappeler son nom, maman. »

Mrs Renfrew hocha tristement la tête. « Pourquoi ? Le connaîtrais-tu, par hasard ? » Dottie fit signe que oui.

« C'est un nom assez commun, dit Mrs Renfrew qui cherchait à se souvenir. Je crois que la première lettre est un B.

— Pas Brown ? cria Dottie.

— Peut-être bien, dit sa mère. Brown, Brown, oui, je crois que c'est ça.

— Oh, maman, dit Dottie, pourquoi n'as-tu pas découpé l'article ?

— Ma chérie, cela ne se fait pas. C'est contraire aux règles du club ; pourtant des tas de gens ne se gênent pas…

— De quoi avait-il l'air ? demanda Dottie, qui brûlait d'impatience.

— D'un artiste, répondit Mrs Renfrew. D'un viveur, mais je dis peut-être cela à cause de l'œil au beurre noir. D'un gentleman aussi, sûrement. Mais que disait donc l'article à son sujet ? Je commence à perdre la mémoire, ma petite. Harald Petersen, auteur dramatique…, et l'autre était quelque chose du même genre… Pas un clochard, en tout cas, ajouta-t-elle sur un ton léger.

— Peintre ? suggéra Dottie.

— Je ne crois pas », dit sa mère.

Elles se tenaient au milieu du trottoir et des passants les bousculaient. Il faisait froid. Mrs Renfrew releva la manche de son manteau et jeta un coup d'œil à sa montre.

« Continue tes courses, maman, dit Dottie. Je te rejoindrai. Je retourne au Ritz pour acheter le journal. »

Mrs Renfrew la regarda d'un air grave, mais elle n'était pas particulièrement inquiète. Elle se doutait bien que sa fille avait eu de petits ennuis sentimentaux l'été précédent à New York. C'était pour cela qu'elle lui avait fait faire ce voyage dans l'Ouest.

« Veux-tu que je t'accompagne ? » dit-elle.

Dottie hésita. Mrs Renfrew lui prit le bras : « Allons, viens, j'attendrai dans le salon des dames pendant que tu iras demander le journal au concierge. »

Quelques minutes plus tard, Dottie apparut avec le *Herald Tribune* ; tous les *Times* avaient été vendus.

« Putnam Blake, dit-elle. Tu avais raison pour le B. J'ai rencontré ce Putnam à la réception de Kay. Toujours à la recherche de fonds pour sa cause. Il nous a tapés l'autre jour. Marié à Norine Schmittlapp, qui était dans notre classe. Elle est sur la grande photographie. Les deux ménages sont devenus très intimes cet hiver. »

Au ton languissant de sa fille, Mrs Renfrew comprit que ce n'était pas « celui-là ».

Dottie s'assit, posa le journal à côté d'elle et prit sa tête entre ses mains. Mrs Renfrew sortit son poudrier afin de se donner une contenance. Tout en faisant un raccord à son charmant visage, elle se demandait quelle tactique elle devait employer. Il y avait une chose certaine : Dottie continuait à « s'en faire » (c'était l'expression courante parmi les jeunes). Son sentiment maternel s'émut. Pauvre petite ! Mrs Renfrew savait ce que c'est que d'attendre fébrilement qu'un nom fût prononcé longtemps après que celui qui portait ce nom s'était envolé. À la seule idée de voir un nom et une photographie dans un journal, Dottie avait presque perdu la tête. Fallait-il la laisser souffrir en silence ou l'aider à s'extérioriser ? La seconde solution était la plus dangereuse. Le feu qui brûlait la jeune fille s'aviverait si elle se mettait à parler. Elle devait trouver en elle la force de l'étouffer. À supporter l'épreuve sans se plaindre, elle sortirait grandie à ses propres yeux. Mrs Renfrew n'en éprouvait pas moins un sentiment de gêne. Elle était là, faisant semblant de mettre de l'ordre dans sa coiffure, alors qu'il lui aurait suffi de quelques mots…

Mrs Renfrew se fiait entièrement au jugement de sa fille. Si celle-ci considérait l'objet de son amour comme indigne d'elle, elle ne pouvait se tromper. Des jeunes filles appartenant au même milieu que Dottie avaient renoncé à des garçons estimables parce qu'ils étaient sans situation ou parce qu'ils avaient des mères et des sœurs à leur charge. Dottie n'aurait jamais fait cela. Elle avait des sentiments religieux ; elle aurait attendu patiemment. Une chose était sûre : le cœur de Dottie avait battu l'été précédent, et elle s'était comportée magnifiquement. « *Il* doit être marié », se dit Mrs Renfrew. Elle connaissait des cas (la femme légitime folle et enfermée dans un asile) qui justifiaient une liaison ; d'avance elle aurait excusé sa fille (Sam Renfrew se serait sans doute montré moins tolérant), mais s'il s'était agi d'un drame de ce genre, Dottie lui en aurait certainement parlé. Non, la jeune fille avait agi sagement et courageusement en rayant cet homme de sa vie. Mrs Renfrew craignait seulement qu'elle ne se marie trop vite, avant que « la balle ait rebondi », avant que cette flambée amoureuse se soit éteinte d'elle-même. Elle était revenue de l'Arizona en parfaite santé physique et morale, mais depuis quelques jours, elle avait les traits tirés, elle était nerveuse. Était-ce dû à l'absence de Brook, retenu dans l'Arizona, ou à la fatigue des essayages ? Deux séances étaient encore prévues chez la couturière. Mrs Renfrew s'inquiétait à l'idée qu'il leur faudrait revenir à New York, où Dottie était exposée à retrouver à chaque pas le souvenir de cet homme.

Ces pensées s'agitaient, légères comme des oiseaux, dans la petite tête bien chapeautée de Mrs Renfrew. Assise dans le salon des dames à l'hôtel Ritz, elle pensait à sa fille avec une profonde sympathie. Dottie ne devrait-elle pas se confier au docteur Perry ou au docteur Leverett, le cher vieux recteur ? Ils l'aideraient à voir clair en elle-même. Mrs Renfrew ferma d'un coup sec son sac à main.

« Comment était le docteur Perry aujourd'hui ? » demanda-t-elle en souriant.

Dottie leva les yeux.

« Il me conseille d'essayer des rayons à haute fréquence pour ma sciatique, dit-elle, mais il dit que je souffrirai beaucoup moins quand je serai au soleil – au grand air… »

Elle esquissa un sourire. Mrs Renfrew hésita un instant. L'heure et l'endroit étaient mal choisis, mais c'était une femme impulsive, elle se fiait à son instinct. Elle jeta un regard autour d'elle. La pièce était vide. « Dottie, dit-elle, est-ce que le docteur Perry t'a parlé du contrôle des naissances ? »

Dottie devint rouge comme une pivoine. Elle fit signe que oui. « Il m'a dit que tu lui avais demandé de m'en parler. Pourquoi as-tu fait cela, maman ? »

Mrs Renfrew se dit que le docteur Perry, qui n'était pas toujours commode, avait dû offenser sa pudeur de vierge. Les jeunes filles n'envisagent jamais sans une grande inquiétude leur nuit de noces… Mrs Renfrew rapprocha sa chaise. « Dottie, dit-elle, même si Brook et toi envisagez d'avoir des enfants, rien ne presse. On a découvert un préservatif très efficace, paraît-il. Une sorte de capuchon qui ferme l'utérus. Est-ce que le docteur Perry t'en a parlé ?

— Je l'en ai empêché », dit Dottie.

Mrs Renfrew se mordit la lèvre. « Chérie, insista-t-elle, tu ne dois pas avoir peur. Le docteur Perry n'est pas un médecin de femmes. Il a peut-être été un peu brusque. Il t'indiquera un spécialiste qui répondra avec tact aux questions que tu lui poseras – sur le côté physique de l'amour, tu sais. Préférerais-tu voir une doctoresse ? Je ne crois pas que le nouveau préservatif soit autorisé ici, dans le Massachusetts, mais Perry pourrait te prendre un rendez-vous à New York. De toute façon nous devons y revenir pour les essayages. »

Dottie eut un petit frisson qui n'échappa pas à l'œil vigilant de sa mère.

« J'irai avec toi, dit celle-ci sur un ton enjoué, ou tu pourrais demander à une de tes amies mariées, Kay ou Priss. » Mrs Renfrew ne comprit pas pourquoi sa fille se mit à pleurer.

« Je l'aime », dit-elle, en essayant de retrouver sa respiration. Les larmes formaient des rigoles des deux côtés de son long nez distingué. « Je l'aime, maman. »

C'était enfin sorti. « Je sais », dit Mrs Renfrew. Elle était à la recherche d'un mouchoir propre.

« Il ne s'agit pas de Brook, dit Dottie.

— Je sais, chérie.

— Que vais-je faire, que vais-je faire ?

— Nous verrons », dit Mrs Renfrew d'une voix tranquille. Elle ne pensait qu'à une chose : essuyer les larmes de Dottie, lui faire mettre de la poudre et la ramener à la maison sans qu'elles soient vues par des personnes de connaissance.

« Nous n'irons pas à cet essayage », dit-elle.

Le voiturier – un vieil ami de la famille – alla chercher l'auto. Mrs Renfrew posa son petit pied sur l'accélérateur, et quelques minutes plus tard elles étaient à leur porte. Elles montèrent l'escalier si discrètement que Margaret, la vieille femme de chambre, ne s'aperçut pas de leur retour. Maintenant, elles étaient dans la chambre à coucher de Dottie, étendues sur une chaise longue, dans les bras l'une de l'autre.

« Je croyais que c'était fini. Je croyais que j'aimais Brook. »

Mrs Renfrew approuva de la tête, bien que sa fille ne lui eût donné aucun détail et qu'elle ignorât même le nom du jeune homme.

« Est-ce que tu veux l'épouser ? demanda-t-elle.

— Il n'en est pas question, maman. » Sa voix était froide et presque sévère. Mrs Renfrew respira à fond. Elle s'entendit dire :

« Est-ce que tu veux vivre avec lui ? »

Dottie enfouit sa tête dans la petite épaule de sa mère. « Non, je ne crois pas.

— Alors qu'est-ce que tu veux, chérie ? »

Dottie réfléchit : « Je veux le revoir. Je veux seulement le revoir. »

Mrs Renfrew la serra plus fort dans ses bras.

« Je croyais qu'il serait à la réception de Kay. J'étais sûre qu'il y serait. En entrant dans le studio j'aurais souhaité qu'il fût là pour qu'il apprît mes fiançailles et qu'il vît ma bague et combien j'étais heureuse. Je savais que j'étais en beauté. Puis, comme il ne venait pas, je commençai à vouloir le voir uniquement pour le voir, et non pas pour lui montrer qu'il ne comptait plus pour moi. Je pense que ma première réaction a été de défense, ne crois-tu pas ?

— Probablement, chérie.

— Oh, ce fut horrible, poursuivit Dottie. Chaque fois qu'on sonnait à la porte, je pensais que c'était peut-être Dick – elle prononça son nom timidement, en jetant un regard en coin à sa mère – et quand ce n'était pas lui, je croyais que j'allais m'évanouir tant je souffrais. Les nouveaux amis de Kay sont terriblement gentils, mais je les détestais parce qu'ils n'étaient pas Dick.

— Avait-il été invité ? demanda Mrs Renfrew, qui ne manquait pas de bon sens.

— Je ne le savais pas et je ne pouvais pas le demander. Chose étrange, personne ne mentionna son nom. Personne. Pourtant, il y avait au mur le portrait d'Harald dessiné par lui. Le fantôme de Banquo, ou quelque chose de ce genre. J'étais sûre qu'on l'avait invité et qu'il ne venait pas à cause de moi. J'avais l'impression que les gens le savaient et qu'ils me regardaient d'un drôle d'air. Je m'en souviens bien.

— Je me le rappelle bien », corrigea Mrs Renfrew distraitement. Ses yeux clairs avaient perdu leur éclat.

« Est-ce que Kay était au courant ? » Mrs Renfrew avait posé cette question d'une voix aussi naturelle que possible. Elle ne voulait pas que sa fille vît dans ses paroles le moindre reproche.

Dottie ne répondit rien. Mrs Renfrew poursuivit du même ton léger : « Si elle était au courant et si elle savait que tu étais fiancée, elle ne l'a pas invité. Dans ton intérêt. »

Dottie ne mordit pas à l'hameçon. « Kay n'a pas de cœur », dit-elle.

Cela n'apprenait rien à Mrs Renfrew. « Mon enfant, ne sois pas injuste parce que tu es malheureuse. Kay a fait preuve de beaucoup de jugement. »

Elle regarda sa fille dans les yeux. Jusqu'où cette affaire était-elle allée ? Dottie ne semblait pas réaliser qu'elle ne l'avait tenue au courant de rien.

« Tu crois donc que je ne devrais pas le voir, dit la jeune fille, d'une voix haletante.

— Comment le saurais-je, Dottie ? J'ignore tout de ce garçon. Mais je crois que tu crois que tu ne devrais pas le voir. Est-ce que je me trompe ? »

Dottie regarda sa bague de fiançailles d'un air songeur. « Je crois que je *dois* le voir, dit-elle. Je sens que je suis vouée à le voir, même si je ne fais rien pour cela. Je suis sûre que je le verrai au moins une fois avant mon mariage. Mais je crois que je ne dois pas *essayer* de le voir. Est-ce que tu me comprends ?

— Je comprends que tu es pleine de contradictions. Tu voudrais que le ciel te donne quelque chose que tu jugerais coupable de lui demander. »

Dottie jeta à sa mère un regard où se lisait aussi de la gratitude.

« Tu as raison, maman. Quelle personne merveilleuse tu es ! Tu m'as percée à jour.

— Nous sommes toutes à peu près semblables, dit Mrs Renfrew d'une voix douce. Rappelle-toi Judy O'Grady et la femme du colonel. » Elle pressa la main de sa fille contre la sienne.

« Pourtant, dit Dottie, même si c'est mal, je ne peux pas m'empêcher d'espérer. D'attendre plutôt. Je ne doute pas que je le verrai quelque part. Au coin d'une rue. Dans un autobus ou dans un train. Le lendemain de la réception, je suis allée au musée d'Art moderne. Sous prétexte de voir une exposition. Il n'y était pas. Et le temps presse, maman. Il ne reste qu'un mois. Moins d'un mois. En Arizona, je ne pensais guère à lui. Je l'avais presque oublié. Tout a resurgi à la réception de Kay. Depuis ce jour-là, j'éprouve un drôle de sentiment, le sentiment qu'il pense à moi aussi. Mieux que cela, qu'il me suit partout où je vais, par exemple, aujourd'hui chez le docteur Perry. Il a les yeux les plus perçants qui soient. Quand il fronce les sourcils… »

Elle n'acheva pas sa phrase. Il y eut un silence.

« Crois-tu à la transmission de pensée, maman ? Te souviens-tu de *Peter Ibbetson* ? Je suis sûre que Dick lit dans mon cœur. Et qu'il attend. »

Mrs Renfrew soupira. « Tu te laisses emporter par ton imagination, ma chère.

— Oh, maman, si tu pouvais seulement le voir ! Tu l'aimerais aussi. Il est terriblement bien physiquement et il a tant souffert… » Une fossette apparut dans sa joue. « Comment as-tu pu croire que j'étais tombée amoureuse d'un garçon comme Putnam Blake ? Voyons ! Il est blanc comme un lépreux et ses cheveux sont sales. Dick n'est pas du genre mal lavé. Il est d'une très bonne famille – il descend de Hawthorne. »

Mrs Renfrew mit ses mains sur les épaules de sa fille. « Maintenant, je veux que tu t'étendes. Je vais t'apporter une compresse froide pour tes yeux. Repose-toi jusqu'au dîner, ou au moins jusqu'au retour de ton père. »

C'était bien ce qu'elle avait craint : parler de cet homme avait tout ranimé. D'abord des larmes, ensuite des sourires.

Dans la salle de bains, tordant des serviettes de toilette dans de l'eau froide, Mrs Renfrew se demandait s'il ne serait pas préférable que Dottie revît ce garçon ; dans son propre milieu, parmi ses propres amis. Malgré ce que lui avait dit sa fille, il devait être tout d'une pièce. Si Dottie n'avait pas été fiancée, elle aurait pu organiser une petite réception, chez Polly Andrews par exemple, ou dîner tranquillement avec lui un soir en compagnie de sa mère avant d'aller à un théâtre ou à un concert ; un homme plus âgé aurait pu faire le quatrième. Six, ç'aurait été encore mieux, moins voyant. Dottie n'aurait eu qu'à lui téléphoner pour lui dire qu'elle avait un billet en trop et qu'on l'attendait pour dîner. Mais une jeune fiancée n'est pas libre d'inviter qui elle veut, malgré tous les chaperons du monde. Et que dirait Brook à sa mère s'il y avait quelque suite fâcheuse ?

Pendant que Mrs Renfrew réfléchissait, la compresse était devenue tiède. Elle la remit sous le robinet d'eau froide. Dans l'intérêt de sa fille, elle devait savoir exactement ce qui s'était passé. Si le garçon avait été jusqu'au bout, s'il avait éveillé ses sens, comment Dottie en sortirait-elle ? On dit que celui qui a initié une femme, s'il s'est montré adroit, marque sa vie pour toujours ; on dit même que l'enfant conçu avec le mari légitime ressemble au premier amant ! C'étaient des contes de bonne femme, bien sûr, mais rien que d'y penser, Mrs Renfrew était tout émue. Elle avait quarante-sept ans. Elle venait de fêter ses noces d'argent d'étudiante (lors de la petite réunion qui s'était tenue au moment où Dottie quittait Vassar, ses anciennes condisciples avaient déclaré à l'unanimité que c'était elle qui paraissait le plus jeune), et pourtant elle savait qu'il y avait encore en elle une petite fleur bleue. Cela excitait son imagination de penser qu'un homme qui avait dépucelé une jeune fille la faisait sienne pour toujours. Elle ignorait ce que Dottie avait décidé dans le fond de son cœur. Dottie était indépendante ; elle avait son propre compte en banque. Rien ne l'empêchait de voir ce garçon si elle en avait envie. Elle alla baisser le store puis, s'approchant du lit, posa la compresse sur le front de sa fille. Elle prit son pouls ; il battait normalement.

« Dottie, dit-elle, le problème ne peut être résolu que par toi seule. Si tu aimes Dick – elle eut de la peine à sortir le nom –, tu devrais peut-être chercher à le revoir. C'est ta fierté qui te retient, n'est-ce pas ? T'a-t-il blessée d'une manière quelconque ? Vous êtes-vous disputés ?

— Il ne m'aime pas, maman, dit Dottie d'une voix sourde. Je l'excite physiquement, c'est tout. Il me l'a dit lui-même. »

Mrs Renfrew eut un petit pincement au cœur. Sa fille venait de lui confirmer une chose dont elle se doutait vaguement.

Elle prit la main de Dottie et la serra. « Vous avez donc été amants », dit-elle.

Il n'y avait eu qu'une nuit apparemment, la nuit où elle avait cherché en vain à joindre Dottie au Vassar Club.

« Tu le connaissais à peine, dit Mrs Renfrew.

— Dick n'y va pas par quatre chemins, répliqua Dottie en clignant des paupières.

— Et après ? Que s'est-il passé ? Tu n'as plus entendu parler de lui, n'est-ce pas ? » Mrs Renfrew éprouvait une grande pitié pour sa fille.

« Je ne peux pas expliquer ce qui est arrivé, dit Dottie. Je me suis sauvée, c'est tout ce que je sais. »

Mrs Renfrew fit claquer sa langue contre son palais.

« Est-ce que cela a été très pénible, ma chérie ? Est-ce que tu as beaucoup saigné ?

— Non, dit Dottie, ça n'a pas été pénible dans ce sens-là. Très excitant et très passionné au contraire. Mais après… Oh ! maman. Je ne peux pas te dire, je ne pourrai jamais dire à personne ce qui est arrivé après. »

Mrs Renfrew se perdait en conjectures.

« Il m'a dit… – Dottie s'était tout à coup décidée à parler franchement – … il m'a dit d'aller voir un médecin et de me faire adapter un de ces diaphragmes dont nous parlions tout à l'heure. »

Mrs Renfrew ouvrit tout grands les yeux. « Peut-être est-ce la nouvelle méthode, se contenta-t-elle de dire.

— C'est ce qu'assure Kay », rétorqua Dottie. Elle décrivit sa visite à la doctoresse.

« Mais qu'étais-tu supposée en faire ? demanda Mrs Renfrew.

— Voilà le hic », dit Dottie en rougissant. Elle dit à sa mère qu'elle était restée assise pendant presque six heures sur un banc de Washington Square, le sac contenant les objets anticonceptionnels sur les genoux.

« J'ai compris alors qu'il ne tenait pas à moi ; autrement, il ne m'aurait pas fait passer par des moments pareils.

— Les hommes sont drôles, dit Mrs Renfrew. Ton père… » Elle ne poursuivit pas. « Je me dis quelquefois qu'ils ne veulent pas en savoir trop sur cet aspect de la vie des femmes. Cela leur ôte leurs illusions.

— Tu parles d'un autre temps, maman. Non. La vérité, c'est qu'il ne pensait pas à moi. Je dois voir les choses en face – comme Kay. J'ai laissé tout le bazar sous un banc, à Washington Square. Imagine la surprise du balayeur ! »

Mrs Renfrew ne put s'empêcher de sourire aussi. Elle comprenait maintenant pourquoi Dottie avait pleuré à l'hôtel Ritz.

« Tu as cru, dit-elle gaiement, que le docteur Perry et moi allions t'envoyer chez la même doctoresse ? Ç'aurait été comme de voir deux fois le même film. Ma pauvre Dottie ! » La mère et la fille ne purent s'empêcher de rire.

Mrs Renfrew essuya ses yeux. « Parlons sérieusement, dit-elle. Je trouve étrange que "Dick" ait été absent de chez lui pendant tout ce temps. Où pouvait-il être ? Je suis de l'avis de Kay. Il ne t'avait pas envoyée chez un médecin uniquement pour se moquer de toi.

— Il m'avait oubliée. Il était dans un bar, probablement. Car il y a autre chose, maman. Il *boit* !

— Seigneur ! » s'écria Mrs Renfrew.

C'était un vaurien, oui, un vaurien. Mais ce sont de ces hommes-là que les femmes honnêtes s'éprennent. Mrs Renfrew se souvint d'un moment heureux de la guerre. Dottie était encore en robes courtes avec un grand ruban dans les cheveux. Sam, en permission pour quelques jours, avait surnommé un de ses camarades « Le Pirate sous-marin ». Comme ce garçon dansait bien ! comme il était séduisant ! Aucun homme ne l'aimait. Il buvait comme un trou. On l'avait mis dans une clinique de désintoxication, après qu'il eut torpillé trois excellents ménages. Elle fit un signe d'assentiment. « Tu as raison, Dottie, s'il avait été sérieux, il aurait compris le choc qu'il avait provoqué en toi et il aurait cherché à te revoir par l'intermédiaire de Kay. Ou bien n'est-il pas si mauvais que cela ? Il est possible qu'il ait décidé de te laisser tranquille, sachant que ta vie serait gâchée si tu tombais amoureuse de lui. Était-il saoul quand il t'a séduite ?

— Il ne m'a pas séduite, maman. C'est *vieux jeu*[*]. Et *je l'aime*. Crois-tu qu'il le savait ? Il est très fier, maman. Il ne se considère pas de notre milieu. Si j'allais le trouver et si je lui disais… ?

— Je ne sais pas, Dottie. »

Mrs Renfrew soupira. Sa fille devait-elle aller ou ne pas aller à la recherche de ce Dick ? La seule chose dont elle était sûre, c'était qu'elle voulait que Dottie vît clair en elle-même. Pour cela, il n'y avait qu'une chose à faire.

« Chérie, dit-elle, je crois que nous devrions retarder ton mariage de quelques semaines. Cela te donnera le temps de mieux connaître tes sentiments. Maintenant, repose-toi. Je vais aller te chercher une compresse fraîche. »

Elle se leva et ramena la couverture sur les pieds de Dottie. Elle se sentait plus tranquille depuis qu'elle avait trouvé ce qu'elle pensait être la meilleure solution : l'ajournement du mariage.

« C'est une chance, Dottie, que nous n'ayons pas commandé les cartes d'invitation aujourd'hui. Imagine ce qui serait arrivé si je ne m'étais pas arrêtée au Club pour me faire faire les mains. Je n'aurais pas vu le journal, tu ne m'aurais jamais dit ce que tu m'as dit, et nous aurions commandé les cartes. Le grain de sable…

— Mais les robes ? dit Dottie.

— Les robes attendront un mois. Nous mettrons tout sur le dos du docteur Perry. » Déjà son esprit agile et porté à l'optimisme avait parcouru une nouvelle étape : elle envisageait les problèmes qui se poseraient au cas où le mariage serait définitivement rompu. Elle et Sam devraient rembourser aux demoiselles d'honneur l'argent qu'elles avaient dépensé pour leurs toilettes, mais cela n'irait pas loin ; à cause de Polly Andrews on avait choisi un modèle bon marché. Quelques pièces d'argenterie avaient déjà été chiffrées, heureusement à l'ancienne mode (avec les seules initiales de la fiancée), si bien qu'elles pourraient servir une autre fois. Aucun cadeau de mariage n'avait encore été reçu, à l'exception de la madone de Lakey, mais on attendrait son retour pour la lui rendre. La robe de mariée pouvait être mise de côté ou cédée à une jeune cousine. À l'âge de Mrs Renfrew on est en mesure de faire face à toutes les éventualités, alors que les jeunes gens, disait-elle, ont tant de peine à modifier leurs projets.

Quand elle revint avec une compresse fraîche, elle crut que Dottie s'était endormie. Elle avait les yeux fermés et sa respiration était régulière. Mrs Renfrew entrouvrit la fenêtre puis posa doucement les serviettes humides sur le front de sa fille. Elle remarqua avec émotion la petite pointe que formaient ses cheveux sur son front[1]. Elle sortit à pas feutrés de la chambre, remerciant le ciel de lui avoir permis de trouver le remède adéquat. Dès qu'il n'avait plus été question de se marier tout de suite, la petite s'était détendue. Mais au moment où elle allait refermer sans bruit la porte, Dottie parla :

« Je ne veux pas qu'on remette le mariage. Brook ne comprendrait jamais pourquoi.

— Quelle bêtise ! Nous lui dirons que le docteur Perry…

— Non, maman. Je viens de prendre une décision. »

Mrs Renfrew rentra dans la chambre et poussa la porte. Elle ne voulait pas que la vieille Margaret, qui rôdait dans les parages, puisse les entendre.

« Chérie, dit-elle, je croyais que cette décision, tu l'avais déjà prise. Ne m'avais-tu pas dit que tu aimais Brook et que tu étais sûre de le rendre heureux ?

— J'en suis toujours sûre », dit Dottie.

Mrs Renfrew se dirigea vers sa fille de son pas léger. Elle avait boité étant jeune, mais il n'y paraissait plus, grâce à la gymnastique et au golf.

« Dottie, dit-elle d'un ton ferme, il est cruel et pervers d'épouser un homme que l'on n'aime qu'à moitié, surtout si c'est un homme d'un certain âge. Dans la vie, il ne faut pas tricher. Tu as promis à Brook quelque chose que tu ne peux pas lui donner, du moins tant que tu penseras à l'autre garçon. C'est comme si tu avais une carte cachée dans ta manche. »

---

1. C'était considéré autrefois par les gens superstitieux comme le présage d'un veuvage prématuré.

Elle secouait sa tête dorée dans laquelle il y avait des reflets d'argent et elle était secouée d'un petit tremblement qui rappelait cette infirmité qu'à l'époque on appelait encore paralysie.

Elles commencèrent à se disputer, tout en contrôlant leurs voix, car c'étaient des personnes bien élevées. Mrs Renfrew n'aurait jamais cru qu'un différend s'élèverait entre elles. Cela la désespérait. Elle venait de dire à Dottie qu'elle devait revoir Dick, ne serait-ce que pour s'assurer de ce qu'elle éprouvait exactement à son égard. « Je le verrai, si tu me l'ordonnes, maman, mais après je me tuerai, je me jetterai sous un train…

— Ne fais pas de mélodrame, Dottie.

— C'est toi qui en fais. Laisse-moi épouser Brook tranquillement. »

Mrs Renfrew réalisait combien la situation était paradoxale. Les rôles étaient inversés. La fille prônait un mariage de convenance et la mère se faisait le champion de « l'amour libre ». C'était là, apparemment, le « fossé entre les générations » dont il avait été question à la réunion de la classe 1908 au mois de juin précédent. L'une des dames avait dit que les jeunes filles d'aujourd'hui étaient, d'une façon générale, beaucoup moins idéalistes, beaucoup moins désintéressées que leurs mères… Mrs Renfrew n'en avait rien cru. Sa fille et ses amies n'allaient-elles pas se mettre à travailler, la plupart comme bénévoles, à la rentrée ? Elles n'avaient pas peur de la vie. Elles se moquaient du qu'en-dira-t-on. Et voilà que Dottie apportait un argument à la thèse opposée. Était-ce un signe des temps ? La crise était-elle responsable de cette fuite devant les responsabilités ? Mrs Renfrew se demanda si Dottie, avec sa mauvaise santé et sa lourde hérédité bostonienne, n'était pas épouvantée à l'idée de devenir une vieille fille. C'était cela – et pas le reste... – qui était « pire que la mort », selon l'expression surannée. Pourtant – elle l'avait bien des fois répété à Dottie – le mariage est une chose sérieuse, un sacrement. Ce qui était certain, c'est que Dottie n'aimait pas Brook. Mrs Renfrew se dit qu'elle commettrait un grave péché si elle lui permettait d'agir à la légère. Avait-elle au moins du respect pour son fiancé ? Cela seulement aurait dû l'inciter à réfléchir.

« Tu es incapable de faire un sacrifice », dit Mrs Renfrew.

Elle parlait d'un ton triste et sa tête s'était remise à trembler.

« ... Pas même celui d'attendre un mois pour éviter de blesser un homme qui n'est plus de la première jeunesse. Tu es trop vaniteuse pour revoir “Dick” et pour vivre avec lui. Si tu l'aimais tu voudrais le remettre dans le droit chemin. De mon temps, nous étions prêtes à faire des sacrifices pour l'homme que nous aimions ou pour quelque idéal... le vote des femmes par exemple. Les disciples de Lucy Stone se faisaient chasser des hôtels parce qu'elles et leurs maris légitimes s'y inscrivaient sous la mention “monsieur et mademoiselle”. Et tes professeurs, à l'université, vois à quoi elles ont renoncé !... Et les femmes médecins ? et les assistantes sociales ?

— C'était bon à ton époque, dit Dottie. Les sacrifices ne sont pas nécessaires aujourd'hui. Personne n'a plus à choisir entre se marier et devenir professeur. Cela n'a peut-être d'ailleurs jamais été le cas. C'étaient les moins jolies de tes condisciples qui s'apprêtaient à entrer dans l'enseignement, reconnais-le. Et puis tout le monde sait qu'on ne remet jamais un homme dans le droit chemin. C'est lui qui vous rabaisse à son niveau. J'ai beaucoup pensé à ces choses quand j'étais dans l'Ouest. L'idée de sacrifice est démodée. Une simple superstition, maman, comme lorsqu'on brûle les veuves aux Indes. Ce que la société recherche aujourd'hui, c'est le plein épanouissement de l'individu.

— Je suis d'accord, oh ! tout à fait d'accord, dit Mrs Renfrew. Pourtant, ce que je te demande est une si petite chose. Pense à ton vieux père. »

Elle avait glissé cette plaisanterie familiale pour alléger l'atmosphère.

« Inutile d'insister, maman. Je ne reviendrai pas sur ma décision. Ce n'est pas parce que j'ai couché avec Dick que toute ma vie en sera changée. Il se trouve qu'il est exactement dans les mêmes dispositions que moi. Chaque chose à sa place. Il m'a initiée, et je lui serai toujours reconnaissante d'avoir rendu cela si merveilleux. Si je le revoyais, ce ne serait peut-être plus si merveilleux. Je serais prise dans l'engrenage. Plutôt en garder le souvenir… D'ailleurs, il ne veut pas de mon amour. C'est à cela que je pensais pendant que tu étais dans la salle de bains. Je ne peux pas me jeter à sa tête.

— Cela réussit quelquefois, dit Mrs Renfrew en souriant. Les hommes – surtout les hommes malheureux et solitaires – sont à la recherche d'un cœur fidèle. La foi soulève des montagnes. Tu as dû apprendre cela à l'instruction religieuse. “Où vous irez, Seigneur…” »

Dottie hocha sa tête brune.

« Ce n'est pas toi, maman, qui es restée assise pendant des heures dans un jardin public avec un bock à injection et je ne sais quoi encore sur les genoux. D'ailleurs, tu n'as pas vraiment envie que je vive avec lui. Tu veux seulement que je paie les pots cassés, que l'on ajourne mon mariage et que l'on mette tout le monde dans l'embarras pour laisser s'écouler un « temps convenable », le temps que je porte le deuil de Dick. N'ai-je pas raison ? »

Un sourire taquin jouait dans ses yeux bruns tandis qu'elle interrogeait sa mère.

Mrs Renfrew réfléchit. Il était vrai qu'elle ne voulait pas de cette liaison, mais elle aurait souhaité que Dottie la voulût. Comment exprimer cela ? Dottie avait peut-être raison : c'était pour se conformer aux usages qu'elle désirait retarder le mariage. La vieille Bostonienne qu'elle était jugeait que sa fille devait faire un « geste » à l'égard du passé. Cela suffisait-il à expliquer la déception qu'elle éprouvait à l'égard de Dottie ? N'avait-elle pas été tentée par la fortune de Brook, et par la vie en Arizona qu'elle lui avait décrite avec tant d'enthousiasme – le désert, les mines d'argent, les randonnées dans la montagne ?

« Tu te montais la tête, Dottie, et je me fiais à ce que tu me disais. Tu n'aimes pas Dick, mais tu aimes à le dire parce que autrement tu perdrais la face. Tu te sentirais avilie.

— Je t'en prie, maman », dit Dottie avec hauteur.

« Repose-toi, ma chère, dit Mrs Renfrew, et je vais en faire autant. »

Elle s'étendit sur sa chaise longue. Il y avait des larmes dans ses yeux bleus. La fenêtre de sa chambre, ornée de jolis rideaux en broderie de Saint-Gall, donnait sur Chestnut Street. Elle n'avait pas épousé Sam Renfrew par intérêt, pour « assurer ses vieux jours », comme on dit aujourd'hui, et pourtant elle se disait que Dottie s'apprêtait à suivre un fâcheux exemple. Elle et Sam, en dépit de leurs efforts, ne lui avaient-ils pas donné une fausse idée de la vie ? Elle avait fait un mariage d'amour, il n'y avait eu personne avant lui, et pourtant elle avait le sentiment qu'il y avait longtemps, très longtemps, elle avait eu un amoureux auquel elle avait préféré cette maison, le trust de State Street, le golf et le Chilton Club. Dottie et ce pauvre garçon dans l'Arizona « payaient les pots cassés ». Les péchés des parents retombent sur les enfants. Mais tout cela n'était-il pas du cinéma ? Dottie se mettrait peut-être à aimer Brook, maintenant que ses sens étaient éveillés. Son aventure avec Dick avait eu du moins cet avantage. À Brook de savoir en profiter. En outre, le climat de l'Arizona était « juste ce qu'il fallait » pour Dottie. Le médecin l'avait dit. Quelques larmes tombèrent de ses yeux. Elle les essuya avec un mouchoir de fin linon d'Irlande et de dentelle que lui avait donné la vieille Margaret pour Noël. L'idée d'un amant perdu ou de quelqu'un à qui elle avait renoncé frappait au seuil de sa mémoire, de même qu'un pic frappe de son bec l'écorce d'un arbre. « À qui est-ce que je pense… se demanda-t-elle, un peu confuse… Au Pirate sous-marin ? »

8

Libby MacAusland avait un appartement du tonnerre : ses parents de Pittsfield l'aidaient à payer le loyer. L'emploi que lui avait promis un éditeur ne s'était pas tout à fait concrétisé. Quand elle s'était présentée, un des associés lui avait fait faire le tour des locaux. (En passant dans la salle de rédaction, Libby remarqua un bureau qui lui conviendrait parfaitement.) Il lui remit quelques exemplaires de leurs dernières publications et la laissa entre les mains d'un de ses collaborateurs. Celui-ci était un homme jeune et vigoureux avec une moustache brune et des sourcils en broussaille. Il fumait la pipe et s'appelait M. Le Roy. Lorsqu'ils se trouvèrent seuls dans son sanctuaire, il se révéla peu empressé. Il lui proposa de repasser une semaine ou deux plus tard. Finalement, ils se mirent d'accord : elle emporterait quelques manuscrits et recevrait cinq dollars pour rédiger un rapport de lecture sur chacun d'eux. « Pour un emploi à plein temps dans nos bureaux, avait-il précisé, nous ne pourrons vous donner que vingt-cinq dollars par semaine, sur lesquels vous devrez déduire vos transports et le prix de votre déjeuner ; si vous travaillez chez vous, vous pourrez vous faire quinze dollars et avoir du temps libre. »

Quand M. Le Roy lui avait demandé si elle avait vraiment besoin de travailler, elle lui avait laissé entendre que oui : il lui donnerait plus de manuscrits. D'ailleurs pensa-t-elle, qu'est-ce que ça peut lui fiche que je sois riche ou pauvre ? Elle avait toutes les qualités requises pour faire son beurre dans l'édition. Elle lisait couramment l'italien et le français, était capable de préparer un manuscrit et de corriger des épreuves, elle écrivait des nouvelles et des vers, naturellement, elle savait taper à la machine. Ayant été rédactrice en chef de la revue de l'université, elle connaissait toutes les ficelles du métier. En outre, M. Le Roy apprécierait sûrement le fait de recevoir des rapports dactylographiés en double interligne sur un papier azur que seul un imprimeur de Pittsfield pouvait procurer. La présentation de ses dissertations avait fait grosse impression à Vassar. Elle ajoutait toujours une page de titre avec son monogramme, le même qui lui servait d'ex-libris. Elles étaient remises aux professeurs dans des chemises bleues du plus agréable effet. Sa façon de former les caractères (le dessin de ses *e* était inspiré de l'epsilon grec) donnait à son écriture beaucoup de personnalité. Miss Kitchel, le professeur de lettres, disait qu'elle avait une « écriture artistique d'inspiration florentine ». Libby excellait dans les descriptions.

Sa tante maternelle possédait une villa à Fiesole et, enfant, elle avait passé un an là-bas, dans une petite école du bon vieux temps. « Je vais tous les ans en Italie », disait-elle (elle n'y était à vrai dire retournée que deux saisons). Elle parlait la langue du pays avec un accent formidable. Elle mourait d'envie de poursuivre ses études à l'université de Bologne, séduite à l'époque par la lecture d'un roman passionnant, *La Femme de loi*, dont l'action se déroulait pendant la Renaissance. Il relatait les aventures d'une dame de qualité, docteur en droit de surcroît (d'où le titre du livre), qui avait été enlevée et violentée par un membre de la famille Malatesta. Mais elle réalisait que le fait d'avoir été longtemps absente de l'université lui coûterait peut-être la « couronne » qu'elle convoitait : la présidence des étudiantes. En deuxième année, grâce à ses succès sur les terrains de sport (elle était avant-centre dans l'équipe de basket-ball), au prestige dont elle jouissait auprès de certaines élèves – à dire vrai le menu fretin –, elle avait été élue capitaine de sa classe et présidente du Circolo Italiano. Mais lorsqu'elle s'était mise sur les rangs en vue de décrocher la timbale, elle s'était vue repoussée. Elle avait commis la grande faute de rallier le groupe de Lakey, qu'elle trouvait plus chic, et le groupe concurrent avait réussi à faire plébisciter ses candidates non seulement à la présidence des étudiantes mais aux autres postes de choix. Libby y perdit tout.

Était-ce une fatalité ? Elle prenait toujours un excellent départ. Au bout d'un certain temps, et sans savoir au juste pourquoi ni comment, les événements tournaient à son désavantage. Il en avait été ainsi de ses rapports avec le groupe. Elle y avait été admise d'emblée, mais ses amies s'étaient lassées d'elle. L'étalage de son érudition était-il si déplaisant ? Elle avait une grande admiration pour Somerset Maugham, Katherine Mansfield, Edna Millay, Elinor Wylie et Virginia Woolf, mais elle ne trouvait malheureusement plus personne pour échanger ses impressions sur ces auteurs. Lakey disait qu'elle avait un goût mièvre. Elle se trouvait dans une situation paradoxale : populaire à l'extérieur du groupe et impopulaire à l'intérieur. Citons un exemple. Libby avait réussi à faire admettre Helena au comité de rédaction du journal de Vassar, admission méritée d'ailleurs par des dons certains, mais elle avait préféré faire de la « littérature expérimentale » avec les rares filles qui partageaient son point de vue – Norine Schmittlapp en particulier, qui, dans une « lettre ouverte au rédacteur » avait osé écrire que la revue de l'université n'était que le pâle reflet du conformisme littéraire d'une petite clique de fausses intellectuelles.

En tant que rédactrice, elle avait eu le tort de faire passer pour original un texte copié mot pour mot dans *Harper's*. L'affaire fut étouffée par la doyenne, dans l'intérêt de l'avenir de la jeune fille, mais quelqu'un (probablement Kay) que Libby avait mis dans la confidence la trahit. Naturellement, le clan en fit des gorges chaudes. Pourquoi copier un journal aussi médiocre et insipide que *Harper's* ? Libby ne comprit rien à cette indignation. Sa grande ambition était d'avoir un conte ou une nouvelle publiés dans *Harper's*. Eh bien ! mes petites, c'est ce qui était arrivé cet hiver.

Il y avait presque deux ans que Libby était installée à New York, habitant d'abord à Tudor City avec deux amies de Pittsfield et ensuite dans cet appartement « du tonnerre » au Village. Elle était libre de voler de ses propres ailes.

Les premiers temps, Mr Le Roy lui avait remis un si grand nombre de manuscrits qu'elle dut acheter chez Mark

Cross un porte-documents époustouflant en maroquin noir. La plupart des ouvrages soumis à son examen étaient des romans. Mr Le Roy avait malheureusement conservé les biographies pour les soumettre à des spécialistes. Il ne lui avait pas non plus confié de romans français ou italiens ; elle n'était qu'une débutante.

Libby faisait de longs résumés des ouvrages qui lui avaient été confiés. Elle y passait des nuits entières, se gardait d'émettre des opinions, pour ne pas trop engager sa responsabilité. Son ambition était de dépasser ce stade et d'en arriver au rewriting, dans lequel ses dons créateurs se manifesteraient d'une façon plus évidente.

« Vous devriez rédiger des notes de lecture pour les journaux », lui avait, quelque temps plus tard, suggéré Mr Le Roy.

Trouvant l'idée excellente, Libby s'était fait présenter à miss Amy Loveman et à Mrs Van Doren (Irita, la femme de Carl). Elle avait obtenu de faire quelques travaux pour la *Saturday Review of Literature* et le *Herald Tribune Books*, entassant ainsi Pélion sur Ossa. Elle n'avait pas encore enlevé la forteresse du *New York Times*, mais cette première réussite avait provoqué l'enthousiasme de ses proches.

« Tu es arrivée », avaient reconnu ses amies de Tudor City qui se contentaient, les pauvres, de suivre les cours de secrétariat de Katherine Gibbs.

Son frère avait fait un saut à New York pour la voir à l'œuvre. Son rapport à la famille fut si élogieux que Mr MacAusland fit photographier le premier chèque reçu par sa fille. Enfermée dans un joli cadre et accrochée à la place d'honneur dans la chambre de Libby, cette reproduction fut décorée d'une branche de laurier cueillie dans le jardin familial, symbole des couronnements futurs.

Mais Mr Le Roy était toujours aussi réservé à son égard. Ce ne pouvait être la façon de s'habiller de la jeune fille. Elle était vêtue comme il convenait à sa condition. Rien de tapageur. Une jupe droite et un corsage plissé avec petit col empesé fermé par un camée hérité de l'arrière-grand-mère Ireton. Elle se donnait volontairement l'allure victorienne d'une employée comme on en trouve dans les romans d'Howells. Elle aurait aimé porter des manches de lustrine, mais elle n'avait, hélas, toujours pas de bureau personnel dans la salle de rédaction.

Sa toilette n'étant pas en cause, Mr Le Roy avait peut-être des reproches à formuler sur son travail. Il ne lui avait fait qu'une seule remarque : « Ce n'est pas la peine de vous étendre sur un roman qui vous a déplu au premier abord. » Libby avait répliqué qu'elle faisait son métier de « travailleur » et qu'elle n'épargnait jamais sa peine. Elle était très scrupuleuse, estimant que chaque écrivain devait garder sa chance jusqu'au bout et que les livres n'étaient pas écrits pour être appréciés de miss MacAusland mais de l'Américain moyen. La rédactrice du *Herald Tribune Books* partageait cette façon de voir. Et lui avait dit avec son curieux accent méridional : « Ma petite, chaque livre a ses qualités. Il faut les mettre en évidence. »

Peut-être son comportement à l'égard de Mr Le Roy était-il responsable de sa défaveur ? Elle l'avait souvent trouvé en train de lire certains journaux : *New Masses, Anvil,* la *Partisan Review.* Elle avait essayé de se les procurer chez le libraire de Washington Square. La couleur politique de ces journaux l'avait incitée à glisser le mot « travailleur » dans ses propos. Ne faisait-elle pas partie des « damnés de la terre » ? Il y avait beaucoup de progressistes dans les milieux rédactionnels. Quoi qu'il en soit, Mr Le Roy, avec ses airs flegmatiques et ses manches retroussées, ne ressemblait en rien à lord Chesterfield. À le voir se balancer sur sa chaise et caresser sa moustache, Libby se demandait s'il avait l'habitude des femmes vraiment femmes. Il s'arrêtait de parler et fronçait les sourcils devant certaines de ses attitudes. Elle avait une façon très personnelle de pencher la tête sur le côté et d'entrouvrir les lèvres comme quelqu'un qui écoute de la musique. Trouvait-il cela trop intime ?

Un certain jour, il lui dit :

« Vous n'avez pas besoin de lire les manuscrits d'un bout à l'autre. Parcourez-les. »

Mr Le Roy tenait nonchalamment entre deux doigts le dernier rapport de Libby et tirait de courtes bouffées de sa pipe. « Certains éditeurs se contentent de ne lire que les têtes de chapitre. »

Libby portait un béret basque sur sa chevelure dorée. Elle secoua énergiquement la tête.

« Détruisons cette légende, dit-elle. Je vous jure sur les Saintes Écritures que je lis tout de A jusqu'à Z. J'y mets le temps qu'il faut. »

Il se leva de son siège et se mit à arpenter la pièce, la pipe à la bouche.

« Si vous voulez gagner votre vie, miss, il faut vous organiser. Épargnez votre sueur.

— Ma sueur ! Odo-ro-no s'en charge !

Mr Le Roy ne parut guère goûter ce trait.

« Monsieur, continua-t-elle, j'aime mon métier. Je ne peux m'arracher à un roman sans en connaître le dénouement. Les mots exercent sur moi une fascination. Savez-vous que j'écris, moi aussi ?

— Bravo ! Composez-nous un roman. Vous écrivez très bien », répondit-il, saisissant la balle au bond.

Libby alluma une cigarette. Il ne fallait pas se laisser endormir par de vaines flatteries.

« Je ne suis pas encore mûre, dit-elle. La lecture des manuscrits m'apprend beaucoup de choses, la façon de bâtir une intrigue, par exemple. Ce n'est pas mon fort. Quand je taperai “Chapitre 1” sur ma vieille Remington, j'aurai profité des erreurs des autres. »

Il était revenu à son bureau et vidait sa pipe dans le cendrier.

« Vous me dites que vous passez des nuits à votre travail. Dans une maison d'édition, la fonction du premier lecteur n'est que de faire gagner du temps au second.

— Le travail me plaît. C'est mon droit, il me semble. Le travail, c'est la joie. » Cette expression en usage à l'université tomba à plat.

Libby écrasa sa cigarette. Le moment si redouté de prendre congé était venu. Elle s'était donné pour règle générale de rester quinze minutes, ni plus, ni moins : une visite d'affaires classique, en somme. Il ne lui était pas toujours possible de respecter cet horaire. Pour signifier qu'un entretien est terminé, certains se lèvent. Mr Le Roy restait assis ou continuait de faire les cent pas, l'air absorbé. Souvent, elle avait enfilé manteau et gants et Mr Le Roy paraissait l'avoir oubliée. Les manuscrits ? Ils étaient rangés dans un tiroir, « la boîte à malice » disait

Libby. De ce meuble pouvait sortir tout le bien ou tout le mal. Certains jours elle devait réclamer sa provision de livres. Parfois, elle hésitait. L'attente était pénible. Sa vie lui semblait ne tenir qu'à un fil. Une seconde paraissait une éternité. D'habitude il piochait dans son tiroir et lui lançait sa pâture avec ces mots : « Tenez, jetez un coup d'œil à ça. » Il disait parfois : « Je n'ai pas grand-chose pour vous aujourd'hui, mademoiselle. » Et si la boîte à malice devait ne plus s'ouvrir ? Elle se retrouverait dans le froid de la rue, son manteau en drap bleu marine à col de velours sur le dos, les mains vides. Non, cette éventualité était impossible ; son amour-propre ne le supporterait pas.

Pour se remettre de ses entrevues avec Mr Le Roy, Libby avait coutume de prendre un café liégeois chez Schrafft's. Elle n'y manqua pas ce jour néfaste où elle sortit de son bureau munie d'un seul pauvre manuscrit pour toute la semaine. Horreur et désolation ! « La fonction du premier lecteur est de gagner du temps pour le second. »

Elle s'éventa avec le menu du salon de thé. « Regardons les choses en face, se dit-elle. Voilà des semaines qu'il me fait languir. Il me donne de moins en moins de travail. Il noue son intrigue, le traître. Il va bientôt me porter le coup de grâce. Ne serait-il pas plus franc de dire : "Vous ne faites pas l'affaire, mademoiselle. Désolé" ? » Elle aurait compris. Les éditeurs ne sont pas des philanthropes. « Merci pour votre franchise, monsieur, aurait-elle répondu. Venez prendre le thé chez moi un après-midi. Vous serez toujours le bienvenu. » Elle dégusta sa consommation. Ne ramenait-elle pas tout à elle ? Tout cela n'était-il que le fruit de son imagination ? Elle voyait ses rendez-vous avec Mr Le Roy sous un angle trop personnel. Elle était obnubilée par la « boîte à malice ». Mr Le Roy avait, à juste titre, un point de vue professionnel. Il avait à faire preuve de fermeté. Il ne pouvait faire surgir des manuscrits du néant, il avait d'autres lecteurs et lectrices appointés. Certains avaient plus d'ancienneté qu'elle dans la maison et ils avaient besoin de ce travail pour vivre. Il n'y avait qu'à voir son air sourcilleux pour réaliser combien Mr Le Roy était équitable. Il lui avait parlé aujourd'hui comme un parrain parlerait à sa filleule. Il voulait lui apprendre le métier. Elle mettait trop de cœur dans une profession où régnait la loi de la jungle. Il ne soupçonnait sûrement pas les alternances de joie et de crainte dont son cœur de jeune fille était agité. Elle figurait sur le livre de paie, c'était tout. Il avait dit : « Je n'ai pas grand-chose pour vous aujourd'hui » en appuyant sur le « aujourd'hui ». Oui, Libby avait raison de se mettre à sa place. Il aurait été facile à Mr Le Roy, s'il le pensait, de lui dire que son travail laissait à désirer. Cela faisait partie de ses fonctions. Il refusait des manuscrits tous les jours : « Allons, Élisabeth MacAusland, dit-elle, sois raisonnable, ma fille. »

Ne serait-il pas passionnant d'écrire une nouvelle sur leurs relations en prenant alternativement le point de vue de l'un et de l'autre ? Le contraste serait saisissant. Elle les montrerait enfermés dans leurs tours d'ivoire. Comment appellerait-elle cette nouvelle ? « Le tiroir fatal », ou mieux, « Le tiroir secret ». Ce serait plus intime. Cela évoquerait le tiroir secret d'un meuble ancien. Sa mère avait un bureau de ce genre à Pittsfield.

Libby appela la serveuse en frappant sur son verre. Elle lui emprunta un crayon pour prendre des notes sur le dos du menu : il ne fallait pas laisser filer l'inspiration. Imaginons, par exemple, que l'héroïne (peu importe son nom) ait été obsédée toute son enfance par un tiroir secret du bureau de sa mère qu'elle ne savait pas ouvrir. Le décor serait planté dans une maison victorienne en granit. Dans le jardin entouré de grandes haies se dresserait un araucaria. Une verrière ou une pergola abriterait les goûters de l'enfant solitaire. Dans le hall sombre, en haut de l'escalier, derrière la rampe, le secrétaire Queen Anne garderait son mystère… et le récit passerait dans la « boîte à malice » de Mr Le Roy. On pouvait imaginer son tiroir bourré de manuscrits. Il les conservait pour les donner à lire à une personne ravissante que Libby aurait entrevue. Une rivale ! La réalité apparaissait dans la description des faits vus par Mr Le Roy. La ravissante personne était un écrivain. Elle apportait des manuscrits pour que Libby, justement, ait quelque chose à lire. Libby fourmillait d'idées. Elles étaient soigneusement notées dans son agenda. Selon Mrs M.A.P. Smith, tous les écrivains devraient en faire autant. Depuis trois ans Libby tenait un journal de ses impressions et de ses rêves. Elle s'était constitué un répertoire de mots rares, de titres de romans ou de poèmes. « *Le Tiroir*, voilà le titre qu'il me faut ! » s'exclama-t-elle. Règle essentielle pour devenir un bon écrivain : supprimer les adjectifs.

Libby fit signe à la serveuse : « Puis-je emporter le menu ? » Elle lui désignait la carte couverte de son écriture. La serveuse accepta avec empressement. Les romanciers sont très populaires. Elle l'avait maintes fois remarqué. Le samedi après-midi elle allait *toute seule** au Café Lafayette. Les vieux serveurs français lui donnaient toujours le même guéridon. Elle écrivait sur le marbre, ne levant la tête que pour regarder les habitués, des originaux pour la plupart, qui jouaient aux dames ou lisaient des journaux enfilés sur des baguettes de bois comme en France.

Le travail n'était pas tout dans la vie de Libby. Elle avait des distractions agréables qui ne dépassaient pas les limites de son budget. Elle allait à la montagne dans les Berkshires, utilisant des billets de week-end à tarif réduit. Les trains étaient bondés de skieurs. Cela lui avait permis d'étendre le cercle de ses relations. Ses nouveaux amis étaient presque tombés sur le derrière quand ils avaient appris qu'elle avait publié quelque chose. L'hiver précédent elle s'était liée avec un jeune homme très bien de sa personne qui était professeur dans une institution privée. L'été venu, il lui avait fait découvrir Pelham Bay Park, un coin charmant où ils pouvaient se rendre par le métro express de Lexington Avenue pour la modique somme de cinq *cents*. La journée se déroulait suivant un programme bien établi. Les préparatifs d'abord : sandwiches au concombre, œufs durs et superbes fraises, sans oublier un lourd recueil de poèmes dont, après leur repas, ils se liraient des passages. Arrivés sur place, ils choisissaient un endroit ombragé surplombant la mer. Ils s'étendaient sur des couvertures de voyage. Libby avait une affection particulière pour les cavaliers poètes anglais du milieu du XVIIe siècle. Son camarade manifestait le même enthousiasme pour les élisabéthains, et plus particulièrement pour Sidney et Drayton (… « Puisqu'il faut se dire adieu, embrassons-nous. – Séparons-nous, je ne puis rien tenter pour vous… »). Il avait trouvé en Libby une ressemblance avec Pénélope Rich (Pénélope Devereux était la sœur du comte d'Essex), la Stella d'« Astrophel et Stella ». Stella était blonde et avait un regard de feu, comme Libby. Les cheveux blonds et les yeux marron étaient le nec plus ultra de la beauté élisabéthaine.

Libby attendait avec impatience qu'un vol d'hirondelles lui annonçât le retour de la saison des pique-niques. Ce jeune homme faisait en littérature des trouvailles étourdissantes. Elle revoyait comme si c'était la veille l'arrivée – un an plus tôt – de son ami dans l'appartement de Tudor City où elle habitait alors. C'était un samedi matin. Il était venu la chercher chaussé de lourds brodequins de marche. Il portait sous son bras un cartable d'écolier. Elle était dans la cuisine en train de préparer les tartines qu'ils devaient emporter pour leur journée à la campagne. À sa vue il s'était mis à déclamer :

Werther aimait Charlotte
D'un amour sans limites
Le jour où il la vit
Elle coupait du pain bis.

Les deux autres pensionnaires de l'appartement, dont l'instruction était restée au niveau des collèges Smith et Holyoke, furent soufflées par cette citation – une parodie par Thackeray des *Souffrances du jeune Werther* de Goethe. Aussitôt rentrée, Libby s'était précipitée à la bibliothèque pour se procurer le livre.

« M'aimerait-il ? » se demandait-elle parfois. Elle prenait pour se poser cette importante question l'attitude du *Penseur* de Rodin. « S'il m'aime, de quoi l'avenir sera-t-il fait ? Il n'a pas un *cent*, il vit chichement de son traitement de professeur. » Il ne l'avait enlacée que deux fois, à vrai dire sans arrière-pensée sentimentale. Il avait passé son bras autour de sa taille pour guider ses pas sur la patinoire de Central Park. Depuis ces heureux instants qui dataient des fêtes de Noël, ils ne s'étaient pas revus. Il avait souffert tout l'hiver d'un rhume chronique et c'était à peine s'il avait pu faire sa classe. Il se soignait à coups d'infusions et se mettait au lit aussitôt sa journée finie.

Elle avait d'autres flirts. Elle sortait avec un élève de l'école de musique de Yale qui l'emmenait entendre du jazz à Harlem. (Il était d'une très bonne famille qui avait changé de nom légalement.) Elle dansait avec un jeune israélite aux longs cils recourbés et à la voix zézéyante qu'elle avait rencontré dans le train de neige et elle allait au théâtre avec un acteur présenté par Kay. Ils se procuraient des places à tarif réduit chez Gray, une boutique au cœur de la grande ville, dans les galeries en sous-sol de l'immeuble du *New York Times*. Ils restaient parfois tous deux en contemplation devant les lettres lumineuses qui, sur le pourtour du bâtiment, déroulaient leur « ruban » de nouvelles. Le mot était de Libby.

De jeunes avocats, anciens soupirants de sa sœur, lui faisaient signe de temps à autre. Avec eux, elle allait au Carnegie Hall écouter de la musique. Le Carnegie Play House était pour elle une occasion de jouer au ping-pong. Sa taille et son allonge, une façon particulièrement efficace de servir que lui avait apprise son frère, son adresse naturelle faisaient d'elle une adversaire redoutable. Elle allait à l'église en compagnie d'un disciple du docteur Buchman pour y entendre Sam Shœmaker, le recteur de Calvary ; à l'université, elle s'était beaucoup intéressée au mouvement d'Oxford.

Le cinéma de la 5e Avenue était à deux pas de chez elle. On y projetait des films étrangers. Dans le hall, on vous servait du café noir – des *pressos*. Elle s'y rendait en compagnie de ses grandes amies, Polly Andrews, Kay – Harald avait trouvé du travail – ou Priss, quand Sloan était retenu à l'hôpital (triste nouvelle : Priss, après six mois de grossesse, avait fait une fausse couche). Elle avait renoué aux sports d'hiver avec quelques filles du groupe de la tour Nord. Sur sa liste figuraient aussi deux autres filles, des relations professionnelles cette fois, l'une, une ancienne de Smith, était secrétaire de rédaction à la *Saturday Review of Literature*, l'autre (Wellesley) occupait une situation analogue au *Herald Tribune Books*. Elles avaient pris Libby en affection. Toutes trois habitaient Greenwich Village. Sa copine du *Tribune* habitait Christopher Street. Elle donnait rendez-vous à Libby chez Longchamps, dans la 12e Rue. Elles y prenaient quelques cocktails – Libby insistait toujours pour payer les consommations –, parfois elles terminaient la soirée chez Alice MacCollister, 8e Rue, ou au Jumble Shop, un endroit bourré d'artistes et d'écrivains dont le personnel était philippin. En janvier, elle avait eu l'idée de réunir ses deux amies et quelques camarades autour d'un vin chaud et de demander aux patronnes de ces demoiselles de se joindre à elles ; elles n'avaient malheureusement pas pu venir. Kay lui avait fait remarquer qu'elle avait commis une faute contre le protocole. On n'invite pas les secrétaires en même temps que les patronnes. Et pourquoi n'avait-elle pas convié Mr Le Roy ? Aurait-elle manqué d'audace ?

« Il se figure que j'habite un grenier. Laissons-lui ses illusions. Après tout je ne sais même pas s'il est célibataire !

— Piètre excuse, MacAusland », avait répondu Kay.

Libby était trop bien élevée, trop dame, pour profiter de ses relations d'affaires. Les premiers temps, avec ces deux filles du *Tribune* et de la *Saturday Review*, elle s'était contentée de glisser sa tête dans l'embrasure de la porte et d'attendre qu'on lui dise d'entrer. Maintenant, bien sûr, elle venait faire un brin de causette et jeter un coup d'œil sur la liste des ouvrages à paraître. Ainsi, le jour venu, elle saurait demander à son éditeur un titre précis au lieu d'avoir à consulter le *Publishers Weekly*, comme ses camarades. Découvrir le livre à analyser est tout un art. Libby croyait qu'elle serait capable d'en faire le sujet d'un article. D'abord, il fallait savoir que, tout comme les dames de la Société, les rédacteurs et rédactrices avaient leurs jours de réception : mardi pour le *Tribune*, mercredi pour la *Saturday Review*. Mardi était également le jour du *Times*, mais Libby n'était pas parvenue à entrer dans la place ; après qu'elle eut été oubliée des heures durant sur une chaise, les garçons de bureau l'avaient éconduite. Ces gens-là étaient des seigneurs. Entourés de leur cour, ils donnaient audience à leurs « clients », comme on aurait dit dans la Rome ancienne. Ils avaient droit de vie ou de mort. Ils pouvaient accepter ou rejeter les suppliques. Ah ! ces pauvres « critiques » : des femmes sans âge, les joues peintes jusqu'aux oreilles, avec des lunettes, des fichus et des cabas, des jeunes gens boutonneux aux costumes qui paraissaient en carton. Et leurs souliers, mon Dieu ! leurs souliers : des semelles de l'épaisseur d'une feuille de papier à cigarette, des lacets cassés et raboutés par des nœuds. Libby ne pouvait plus voir ces « pompes », et surtout ces chevilles rouges que dissimulaient mal des chaussettes en imitation fil d'Écosse. Elle comparait cette faune à celle qu'elle rencontrait chez son oculiste (elle devait porter des lunettes pour lire) lorsqu'elle attendait son tour, de pauvres hères atteints de cataracte qui s'installaient dans le salon du praticien comme pour y passer le restant de leurs jours. Les critiques, ses confrères, se détestaient les uns les autres. Quand elle avait la chance d'être reçue la première, ces voyous avec leur acné juvénile et leurs dents gâtées la regardaient d'un air de mépris et se mettaient à siffler grossièrement. Certains étaient franchement malhonnêtes. Ils revendaient dans la rue les livres qu'on venait de leur remettre. Libby était écœurée de ce manque de probité à l'égard de l'éditeur et de l'auteur. Ces pillards faisaient florès à la *New Republic* et à *Nation*, où l'on ne gardait pas trace des ouvrages remis aux critiques. Pour avoir accès à ces journaux, il suffisait, paraît-il, d'avoir donné des gages au communisme. Pas étonnant, donc, d'y trouver des énergumènes de tous acabits : marins en bordée, clochards barbus, types louches sortis des speakeasys du Village. Bref, une humanité qui n'avait pas utilisé un morceau de savon depuis des mois. Voilà où conduisait la « littérature prolétarienne ». Cette prose était si prisée qu'à Vassar, miss Peebles l'avait inscrite au programme de ses cours à la suite du « roman-fleuve ». Même Kay avait chaudement recommandé à Libby de travailler pour *Nation* et la *New Republic*, journaux lus par des gens évolués, des médecins, son père par exemple. Libby lui avait répondu : « *Mon ange**, je ne voyage qu'en première classe. J'ai trop peur d'attraper des puces. »

Faire ce métier n'était qu'un moyen d'« arriver », de se faire connaître par des éditeurs qui lisaient tout. Contre vents et marées elle ferait son chemin, précisément contre ce Mr Le Roy qui caressait sa moustache en parcourant négligemment ses comptes rendus, ce Mr Le Roy auquel elle avait consacré ses lundis (lundi était son « jour », elle en avait décidé ainsi car les hommes étaient la routine même.

Elle ne pouvait oublier leur dernière entrevue. Elle avait eu trop peur. Il fallait réagir, posséder une autre corde à son arc.

« Vous écrivez diablement bien… » avait-il dit. Cela lui avait mis la puce à l'oreille ! Pourquoi ne ferait-elle pas des traductions ? En fait, l'idée était de Kay, ou plutôt d'Harald. Il avait affirmé que Libby devait se spécialiser. Tous les ans les universités déversent en juin leurs contingents de diplômés sur le marché du travail. Ils ont tous écrit des poèmes et tous été rédacteurs de leur journal de collège. « Il faut éviter cette concurrence, disait Harald ; le monde moderne appartient aux techniciens. » Libby parlait deux langues étrangères, l'italien couramment, car elle avait vécu dans le pays. Pourquoi ne s'amuserait-elle pas à traduire le premier chapitre d'un livre ? De fil en aiguille, à raison d'une heure par jour, elle traduirait le livre entier et le tour serait joué. Ce serait un excellent exercice de style. Mais surtout, et c'était ce qui importait, elle s'initierait à une technique particulière. Elle deviendrait une experte, que les éditeurs et les critiques consulteraient.

Elle fréquenterait des professeurs, des savants ; elle ferait bientôt autorité.

À dire vrai, elle ne se voyait pas dans le rôle de traductrice. Les contacts humains que nécessite un travail de rédaction la passionnaient davantage. L'idée d'Harald (« Il faut, disait-il, avoir un outil en main ») exigeait une continuité dans l'effort qui ne lui souriait guère. Mais ses relations avec Mr Le Roy étaient au point mort. La lecture de romans étrangers, facteur digne de considération en soi, était bien payée : sept dollars par manuscrit. Pourquoi ne pas se lancer dans l'aventure ? Après avoir pesé le pour et le contre, elle prit sa décision. À sa visite suivante elle ne laissa même pas à Mr Le Roy le temps de fouiller dans sa « boîte à malice ». Elle avait déjà lancé : « Donnez-moi un livre français ou italien. Je veux faire un rapport, et si *nous* le publions je traduirai le premier chapitre. »

Ce « nous » placé intentionnellement – n'étaient-ils pas embarqués sur le même bateau ? – eut le don de crisper Mr Le Roy. Libby s'en rendit compte, mais un peu tard. Enfin passons. Par la plus étrange des coïncidences, le lecteur habituel de la maison, professeur à l'université de Columbia, venait de retourner un livre italien avec un rapport qui se terminait par : « … il vaudrait mieux recueillir l'avis d'une tierce personne. » Libby surgissait à l'instant propice. « Êtes-vous d'accord, Mr Le Roy ?

— Oui. Emportez-le. » Il se ravisa : « Mais, dites-moi, parlez-vous bien l'italien ?

— *Fluentissimo*, répondit-elle.

— Je dois vous prévenir que si votre connaissance de l'italien est insuffisante cela vous causera un tort considérable. Quand on traduit, le facteur rapidité est très important. »

Libby s'en alla soucieuse. Elle avait décelé dans l'attitude de Mr Le Roy quelque chose qui voulait dire : « Va, ma fille, nous verrons bien, mais c'est ta dernière chance ! »

De retour chez elle, elle ne fut pas longue à mesurer la profondeur du gouffre dans lequel elle était tombée. Le roman était en patois sicilien. Elle parlait le plus pur toscan. Elle crut défaillir. Elle n'était même pas en mesure d'affirmer que c'était du patois sicilien : le village, les personnages – à première vue des paysans ou de petits propriétaires – étaient de nulle part. Elle eut l'idée de faire un saut à Vassar pour consulter Mr Roselli. Renseignements pris, celui-ci était en congé. Quelle malchance ! Et ses adjoints ? Ils étaient à l'université, mais Libby se souvint qu'elle n'était pas en bons termes avec eux. Ils ne manqueraient pas de claironner *urbi et orbi* qu'à la première difficulté elle avait appelé au secours. Sa conscience lui disait qu'il vaudrait mieux rendre son livre à Mr Le Roy et lui avouer qu'elle n'en comprenait pas un mot. Mais sans doute n'attendait-il que ce prétexte pour la remercier ?

Libby était debout dans son studio, un poing sur le front, le livre tenu à bout de bras. « Ma pauvre fille, tu es flambée », dit-elle à haute voix. Le grand avantage de vivre seul est de pouvoir prendre des poses et déclamer en s'adressant à un auditoire imaginaire. Elle se dirigea vers le divan et rouvrit le livre. Cinq cent vingt et une pages ! Il lui tomba des mains, les feuilles continuant à tourner tristement comme sous l'effet d'une force acquise. Elle se releva et alla se regarder dans la glace. Elle hochait la tête. On aurait dit qu'elle contemplait son visage pour la dernière fois. Un peu de courage lui revint quand elle se dit qu'elle avait une semaine devant elle. Elle alla garnir de laitue fraîche la cage des perruches et mettre son chapeau.

Quelques instants plus tard elle était chez MacCollister, où elle avait décidé de dîner. Elle avait emporté son livre et son dictionnaire de poche pour commencer la lecture pendant le repas.

« Nous t'avons vue en plein travail », lui dit une amie qui, assise en compagnie d'un garçon, soupait près de la porte. Libby, son repas terminé, s'apprêtait à partir.

« Tu es montée en grade à ce que je vois, chic alors !

— Pas pour longtemps, hélas ! On m'a donné à déchiffrer cinq cent vingt pages de patois sicilien… moi qui ne connais que Dante ! »

Elle travailla toute la semaine, tout le week-end. Elle n'eut même pas le temps de faire les mots croisés du *Times* et ne termina son compte rendu que tard dans la nuit du dimanche ; il n'avait que quelques lignes. Malgré des recherches laborieuses dans les atlas et les dictionnaires de la bibliothèque municipale, certains aspects de l'œuvre ne lui étaient pas apparus clairement. Elle rédigea le rapport suivant : « Nous sommes en présence d'une étude sur la politique agraire de l'Italie contemporaine. En arrière-plan se profile un passé féodal. Don Alfonso, personnage central, est le tenant du vieux système. Il s'oppose à la municipalité, favorable au progrès et aux méthodes modernes. Les paysans (leurs traits sont dessinés avec soin, ils parlent un patois imagé et savoureux très évocateur de leur vie bucolique) sont divisés en deux camps : l'un pour le seigneur du lieu, l'autre pour le maire, Don Onofrio. Il s'ensuit une bagarre politique sanglante au cours de laquelle Eufemia, fille de Don Onofrio, reçoit accidentellement un coup de poignard mortel. Les paysans décident de la vénérer comme une sainte et d'adorer sa dépouille. Le curé de la paroisse, les carabiniers interviennent. L'ordre est rétabli. Un "miracle" se produit sur la tombe de Donna Eufemia au moment des funérailles de Don Alfonso, dernier de sa race, symbole intentionnellement placé ici par l'auteur. Le mélange de paganisme, de superstition chrétienne, de spiritualité primitive qui obscurcit l'esprit de ces paysans est traité en toile de fond ou mieux, comme une mosaïque. On a l'impression de se mouvoir dans la pénombre d'une vieille église, sous des cintres poussiéreux soutenus par les piliers mutilés provenant de temples grecs et sur un sol inégal jonché de pierres tombales croulantes, sépultures oubliées des envahisseurs normands. La signification politique que l'auteur a voulu donner à ce livre n'est pas claire. Quel parti prend-il ? Celui de Don Alfonso ou du maire ? Il ne le dit pas, alors que le lecteur a le droit de le savoir. Le "miracle" indiquerait que l'auteur penche du côté du maire, *ergo*, du côté du modernisme et du *Duce*. Les carabiniers jouent le rôle de libérateurs. Si l'on soulève le couvercle où bout ce "minestrone" on reçoit une bouffée âcre et brûlante. Telle est l'impression que cause la langue rude et haute en couleur de ce roman. Le lecteur est forcé d'admettre que l'auteur a voulu écrire une apologie de l'État corporatif. Le livre n'a aucune chance de réussir en Amérique. »

Sa tante de Fiesole disait que Mussolini faisait beaucoup de bien à son pays. Les rassemblements de Chemises noires sur la Piazza Della Signoria, l'avaient, petite fille, enthousiasmée. Mais il fallait, à une époque où la guerre d'Éthiopie, Haïlé Sélassié et la S.D.N. occupaient l'actualité, voir ce livre avec les yeux de Mr Le Roy. Elle n'était donc pas peu fière ce lundi de son « effort » dans ce sens et de la façon dont elle *insinuait* que l'action se passait en Sicile, sans oser, bien entendu, l'écrire noir sur blanc ; elle pouvait se tromper.

Elle s'assit et joignit les mains tandis que Mr Le Roy parcourait le rapport des yeux : « Qu'est-ce qui m'a foutu un opéra pareil ? » demanda-t-il. Libby ne broncha pas. Il reprit sa lecture et ponctua celle-ci d'un long regard inquisiteur. Il reposa la chemise bleue, joua distraitement avec le cordonnet de soie et leva un sourcil interrogateur comme s'il était affligé *d'un tic douloureux*[*]. Il alluma sa pipe et se mit à rire doucement.

— Oh là là ! Est-ce que vous ne vous seriez pas trompée d'ouvrage par hasard ? demanda-t-il en lui tendant le compte rendu qu'il avait reçu du premier lecteur. “Un livre devenu classique en Italie qui mérite d'être mieux connu, disait le rapport du professeur à l'université de Columbia. D'un libéralisme poussé, ce roman est teinté d'ironie, de pitié et d'un certain détachement, le tout dans un style qui rappelle Tchekhov. Il fit forte impression en son temps dans les milieux littéraires italiens. L'auteur mourut en 1912.” »

Libby eut le souffle coupé.

« Empressons-nous d'en rire », tenta-t-elle de dire.

Puis se reprenant :

« Je vais vous expliquer.

— Inutile. Je sais ce qui vous a trompée. Les mœurs et coutumes de l'Italie n'ont pas dû changer depuis cinquante ans.

— Vous avez parfaitement raison, dit-elle en reprenant espoir. Le temps a suspendu son vol. L'auteur a sans doute voulu mettre l'accent sur le retard économique de cette région de l'Italie, le *Mezzogiorno*, comme on l'appelle. *Vous* savez que cela fait partie de sa thèse… Amusant, n'est-ce pas… Bien entendu, je vais refaire mon rapport "à la lumière de l'expérience acquise", comme on dit. Voulez-vous me rendre mon papier, s'il vous plaît ? »

L'air méditatif de son interlocuteur, son silence surtout, la rendait nerveuse. Elle le regardait, les yeux brillants.

Il soupira.

« Voyez-vous, mademoiselle, je vais être franc avec vous. Vous n'êtes pas à votre place ici. Agent littéraire ? Y avez-vous songé ? Travaillez dans un magazine féminin ou bien avec un magazine féminin. Vous avez du talent. Vous réussirez dans ce métier. Pas dans l'édition.

— Mais… »

La foudre était tombée. Elle était soulagée, détachée des contingences comme s'il s'agissait de quelqu'un d'autre. Sans hâte, Mr Le Roy tirait de courtes bouffées de sa pipe.

« Comment dire ? reprit-il. Voyons. Vous n'avez pas le goût, le chic, le flair, voilà le mot, pour dénicher l'oiseau rare, le roman à succès. Vous êtes trop prête à admirer. Vous manquez de ruse et d'astuce. Vous réussirez comme agent littéraire, j'en suis sûr. Vous ne cessez de me dire que vous aimez les écrivains, que vous voudriez partager leur vie. Eh bien, c'est ce que font les agents littéraires ;

ils les encouragent, leur tiennent la main, leur suggèrent des coupes, les emmènent au restaurant.

— Les éditeurs font cela aussi », dit sèchement Libby. C'était son rêve : déjeuner – aux frais de la princesse, bien entendu – avec des hommes célèbres et traiter de questions importantes entre la poire et le fromage.

« Si peu, dit Mr Le Roy. Ainsi moi, vous croyez peut-être que je passe mon temps au Ritz. Je me contente souvent d'un sandwich. Je suis au régime. Exception : à midi, j'ai déjeuné avec un agent littéraire, une femme très à la page, entre nous, et qui gagne trois fois plus que moi. »

Libby n'en croyait pas ses oreilles.

« Et puis l'édition, c'est une affaire d'hommes. Citez-moi une femme, une seule, Blanche Knopf mise à part, qui ait réussi. Les autres traînent dans des occupations subalternes. Leur physique ? Mieux vaudrait n'en point parler : de vieilles filles dyspeptiques qui se promènent le crayon sur l'oreille. Voulez-vous devenir comme miss Chambers qui travaille avec nous depuis vingt ans ? Mais oui, cette revêche personne à lunettes, Vassar aussi, à moins que ce ne soit Bryn Mawr – qui a toujours la goutte au nez, et qui porte un chandail boutonné jusqu'au cou. Une perle d'ailleurs… et mal payée. Notre "fille de salle", passez-moi l'expression. Non. Je dis bien, une affaire d'hommes, notre métier. Épousez un éditeur, à la rigueur, pour l'aider à recevoir. C'est une idée, mais le mieux pour vous est de choisir la carrière d'agent littéraire ou de travailler dans les magazines à grand tirage.

— Quel triste tableau ! » Elle réfléchit quelques instants. « Dites-moi, Mr Le Roy, me donneriez-vous une interview pour le *Vassar Alumnae Magazine* ? »

Mr Le Roy l'arrêta d'un geste de la main.

« Ce serait contraire au règlement de cette maison.

— Je ne vous nommerai pas si vous y voyez un inconvénient. Laissez-moi seulement prendre quelques notes. Attendez ! Pourquoi ne pas fixer un rendez-vous tout de suite ? Nous pourrions nous rencontrer en dehors d'ici, en buvant un cocktail par exemple ? »

L'attitude de Mr Le Roy ne pouvait lui laisser beaucoup d'illusions. Il feuilletait son agenda.

« Nous avons une conférence commerciale ces jours-ci, mademoiselle. La semaine prochaine… Voyons. Ah ! oui je me rends en province. Je suis désolé. Après tout, écrivez ce que bon vous semble, mais s'il vous plaît, ne me mettez pas en cause. »

Il l'avait congédiée. Comme cela, sans raison valable, sans lui avoir donné l'occasion de remédier à ses insuffisances. Il n'avait évoqué que des généralités, parlé d'aucune faute professionnelle précise.

Allait-elle se lever, accepter et partir ? Que dire ? Que faire ? Il fallait décider vite, sinon tout était compromis à jamais. Mais décider quoi ?

Elle alluma une cigarette.

« Laissez-moi tenter autre chose, demanda-t-elle. Des résumés pour les jaquettes de livres, par exemple ?

— Ce serait à votre portée, mais c'est un travail fastidieux et sans gloire. N'importe qui peut le faire. Moi, ma secrétaire, le garçon de bureau… Non, décidément nous n'avons rien que vous puissiez faire mieux qu'une autre. Vous êtes une parmi les milliers de licenciés ès lettres que fabriquent tous les ans nos universités. Ils restent longtemps à la charge de leurs parents, plusieurs mois, et puis, les filles se marient… les garçons trouvent un autre métier.

— D'après vous je fais partie de cette foule anonyme ? demanda Libby.

— Vous avez de la constance, répondit-il en jetant un regard furtif à sa montre. Une constance redoutable, s'il est vrai que votre famille ne vous aide pas. Je trouve étrange cette emprise qu'a sur vous la littérature… Laissez-moi vous souhaiter toute la chance que vous méritez. »

Il se leva et lui serra chaleureusement la main. La cigarette de Libby s'échappa de ses doigts et tomba sur le tapis.

« Oh ! Ma cigarette ! Attention ! Où est-elle ?

— Ne vous inquiétez pas, dit-il, nous la ramasserons. »

« Miss Bisbee ! cria-t-il. Sa secrétaire apparut aussitôt. Une cigarette brûle quelque part. Éteignez-la, s'il vous plaît. À propos, voulez-vous veiller à ce que miss MacAusland reçoive son chèque. »

La secrétaire se mit à quatre pattes. Mr Le Roy prit le manteau de Libby et voulut l'aider à le mettre. Pauvre Libby. Ces émotions lui donnaient le vertige. Elle recula d'un pas et… tomba évanouie dans les bras de Mr Le Roy. Était-ce la chaleur ? À en croire miss Bisbee, Libby serait devenue toute pâle et son front se serait couvert de sueur. Exactement comme le jour où elle était tombée évanouie dans les bras de sa tante. C'était à Florence en plein été. Elle contemplait aux Offices *La Naissance de Vénus*.

Gus Le Roy (diminutif d'Augustus) se demanda à quoi attribuer ce malaise. Libby avoua être à jeun. Il insista pour lui faire cadeau de dix dollars, auxquels il ajouta un dollar pour qu'elle prenne un taxi.

Le lendemain il l'appela au téléphone et lui donna l'adresse de l'agent littéraire qui cherchait une assistante.

Libby est lancée. Elle gagne vingt-cinq dollars par semaine, reçoit des manuscrits, entretient une correspondance avec des auteurs connus, déjeune avec des éditeurs. Elle est devenue très amie avec Gus Le Roy. À ce propos un détail appris récemment : il est marié.

9

Gus Le Roy fit la connaissance de Polly Andrews à une réception donnée par Libby en mai de l'année suivante. On était en 1936 et la moitié de la petite bande était mariée. De l'ancienne équipe Libby avait invité Polly, Kay et Priss, mais cette dernière n'avait pu venir ; les autres, elle les avait un peu perdues de vue. Elle voulait servir un *bol de moi* obtenu en faisant macérer des fraises de l'année et de l'aspérule dans du *Liebfraumilch*. On pouvait se procurer de l'aspérule séchée et importée d'Allemagne dans la 2e Avenue dans une drôle de boutique allemande décorée de pots d'apothicaire, de vieilles balances, de mortiers et de pilons. « Tu ne peux pas te tromper, avait dit Libby à Polly au téléphone, et tu habites à deux pas. » Libby pensait que son amie pourrait très bien aller acheter l'aspérule n'importe quel jour en rentrant de son travail et la lui apporter la veille de la réception, quelques heures suffisant à la préparation du *bol*. Polly était laborantine au Cornell Medical Center, elle faisait surtout des tests de métabolisme basal. La pauvre devait être à l'hôpital très tôt, à l'heure où les malades se réveillent. Par contre, et à l'inverse de Libby, elle disposait de ses fins d'après-midi.

Elle habitait dans la 10e Rue, à proximité de Saint-Marks-in-the-Bowery où le recteur, le docteur Guthrie, officiait le dimanche matin. La liturgie était très belle mais Polly n'en profitait pas : elle faisait la grasse matinée.

En apportant l'aspérule, elle laissa entendre qu'elle avait dû marcher un quart d'heure. C'était bien d'elle ! Que pouvait lui faire une petite promenade hygiénique en sortant du métro aérien ? La jeune fille fit une telle description de la vieille boutique que Libby regretta de n'y être pas allée elle-même en taxi. Toutes ces herbes rares, ces simples, ces plantes médicinales dans de grands bocaux ornés de noms latins en lettres gothiques tarabiscotées ! Pour remercier son amie, Libby l'invita à dîner dans un nouveau restaurant du Village. Elles rentrèrent ensuite à l'appartement pour faire le *bol* et tout mettre en place pour la réception. Polly avait la passion des fleurs (elle fit des merveilles ce soir-là avec la « montagne de cornouillers » de Libby) et c'était une très bonne cuisinière. Libby l'avait décidée à confectionner le fameux pâté de foies de volaille dont Mr Andrews avait rapporté la recette de France. Elle avait dépensé un argent fou au marché avec ces foies ! Maintenant elle regardait sa camarade qui les faisait sauter et les passait au tamis.

« J'ai bien peur que ce ne soit pas assez cuit, ma petite Polly. Rappelle-toi, Kay dit toujours qu'il faut faire cuire quinze minutes de plus que ne le dit la recette. » Libby fut effarée par la quantité de beurre frais, de cognac et de sherry utilisée par Polly. Pas étonnant qu'avec de telles habitudes de gaspillage les Andrews se soient ruinés ! Polly n'en était pas moins rudement gentille de se donner tant de mal. Elle faisait les choses à fond. Tous les Andrews étaient comme ça. Mr Andrews, à en croire sa fille, insistait pour préparer son propre bouillon avant de le réduire en gelée. Dieu merci, Polly consentit à se servir de consommé Campbell ; sinon, la nuit n'aurait pas suffi. Quand Polly s'en alla, Libby était morte... Elle n'avait pas voulu que son amie fît la vaisselle. Ça non ! Une femme de couleur devait venir le lendemain.

Heureusement, Polly avait l'autobus de la 8e Rue pour rentrer chez elle. Autrement, elle aurait eu une longue marche à faire à travers un quartier sinistre. L'appartement de Polly n'était pas aussi attrayant que celui de Libby, avec sa belle cheminée et ses grandes fenêtres descendant jusqu'au sol. À la vérité, ce n'était pas un appartement qu'elle habitait, mais une chambre meublée avec salle de bains. Il y avait un petit lit sur lequel Polly avait jeté une jolie couverture bigarrée venant de chez les Andrews, quelques chaises bancales de l'époque victorienne, une table amusante avec dessus de marbre et pieds griffes, un réchaud à deux plaques et, derrière un paravent de tissu blanc, quelques étagères recouvertes de toile cirée bleue et une glacière percée. Ce n'était guère brillant, mais cela avait au moins le mérite d'être propre. Polly avait déniché ce logement dans une grande maison qui appartenait à des gens respectables (la femme était une ancienne de Vassar, promotion 1918).

Polly s'était liée avec les autres pensionnaires, deux réfugiés : un Russe blanc et un juif allemand, lequel était socialiste. Elle racontait de savoureuses histoires sur les violentes disputes auxquelles se livraient ces deux hommes. Polly était une chic fille. Les gens lui confiaient leurs ennuis et lui empruntaient de l'argent ; pourtant ses parents étaient dans l'impossibilité de lui envoyer un sou. Sa tante Julia, qui habitait Park Avenue à la hauteur de la 72e Rue, lui avait fait cadeau d'un service en porcelaine et d'un réchaud en argent. Elle ne comprenait pas qu'on puisse être pauvre. Elle avait une maladie de cœur et ne pouvait pas rendre visite à sa nièce à cause de l'escalier. De son temps, Saint-Mark's Place avait été un endroit chic, mais les choses avaient beaucoup changé et elle ne le savait pas.

Ce pied-à-terre aurait été beaucoup plus agréable s'il n'avait pas toujours été envahi. Mr Schneider, le réfugié juif allemand, venait à chaque instant frapper à sa porte. Il lui apportait de menus présents, du biscuit aux amandes en forme de fruits, du gingembre au chocolat. Le jour de la Saint-Patrick, il lui avait offert un petit pot décoré d'un trèfle. Polly avait trouvé très drôle de recevoir de son ami du massepain à la saucisse. En retour, Polly lui donnait des leçons d'anglais. Il avait du mal à parler cette langue et espérait se perfectionner, ce qui lui permettrait de trouver une meilleure situation. Ils se voyaient pratiquement tous les jours. À vrai dire, ce pauvre homme n'était guère séduisant : un nabot à la tignasse grise ébouriffée. Il aurait pu être son père (cela sauvait les apparences), sans toutefois atteindre l'âge de Mr Andrews, qui aurait pu être son grand-père. Venaient aussi chez Polly Mr Scherbatyeff, le Russe blanc, avec lequel elle jouait aux échecs, et Ross, la gouvernante de tante Julia. Cette brave femme – entre nous une vraie caricature – lui apportait des côtelettes de mouton qu'elle achetait chez un boucher de Park Avenue ; elle passait de longues heures chez Polly à tricoter.

Le livreur de glace faisait sa tournée quotidienne et il s'attardait parfois à bavarder. Cet Italien – une espèce de troglodyte – fut l'occasion d'un amusant quiproquo.

Il fit un jour irruption en marmonnant sans cesse « Taxi, taxi ». Polly s'apprêtait à appeler un taxi par téléphone quand les dénégations du brave homme l'arrêtèrent. Il s'agissait en réalité des taxes dont le malheureux était accablé. Il sortit de sa poche une déclaration d'impôts. Un garçon livreur astreint à déclarer des revenus, quelle bonne histoire à raconter ! Polly dut faire tout le travail et se lancer dans le calcul des déductions pour frais professionnels, charges, etc. Pourtant, quand une de ses amies lui demandait un petit service, il lui arrivait de rougir et de dire : « Libby, tu peux bien faire cela toi-même. »

Polly avait le type anglo-saxon genre « doux rayon de soleil ». Très blonde, sa chevelure de lin rappelait la paille fraîche ou la soie écrue. Elle avait de grands yeux bleus et une peau de lait légèrement bleutée. Son menton rond était creusé d'une fossette. Ses bras étaient blancs et bien en chair et il y avait sur son visage un air de candeur. On lui trouvait une ressemblance avec l'actrice de cinéma Ann Harding – qui était beaucoup plus grande ! Elle arrangeait ses cheveux en bandeaux pour que cela fasse plus net. Cette coiffure convenait à sa profession, mais comme elle la vieillissait ! Les malades en traitement à l'hôpital lui donnaient au moins vingt-six ans. Cela avait été rapporté par Priss, qui était restée quelques jours dans le service d'obstétrique à la suite d'une de ses fausses couches. On ne pouvait nier que Polly, dans sa blouse blanche, faisait très sérieux.

Elle avait fait partie de la Daisy Chain (quatre membres du groupe – un record ! – avaient connu ce privilège, Libby elle-même, Lakey, Kay et Polly), mais Libby n'avait jamais été d'accord sur la beauté de Polly. Elle n'avait qu'un joli sourire. Si Kay lui avait confié le rôle de la Vierge dans une scène de la Nativité, ç'avait été pour lui changer les idées, car la pauvre petite, pendant sa dernière année d'université, avait dû rompre ses fiançailles.

Sous un aspect placide, Polly était trop sensible mais aussi une camarade agréable ayant sur chaque chose un point de vue très original. Elle tenait ce trait de caractère des Andrews.

À l'université, elle avait opté pour la chimie. Elle serait devenue docteur en médecine si la ruine de ses parents n'avait mis un terme à ses ambitions. Le centre d'orientation professionnelle de l'université avait pu lui procurer un emploi au New York Hospital, au Cornell Medical Center. « Occasion inespérée de se faire épouser par quelque ravissant docteur », avaient pensé ses camarades, mais aucun prétendant, à leur connaissance, ne s'était jusqu'à présent manifesté. Polly était très réservée. Les deux pensionnaires de sa maison, sa tante et quelques amis mis à part, elle semblait ne connaître personne. Elle faisait preuve d'un manque complet de discernement dans le choix de ses relations. C'était sa *faiblesse**. Kay disait : « Elle fréquente ce genre de "bûcheuses" qui trouvent original de décorer leurs rebords de fenêtres avec des oignons de narcisse posés sur des cailloux. » Ces bûcheuses étaient l'insignifiance même. Quand on reviendrait à l'université pour fêter le dixième anniversaire de la classe, on ne les reconnaîtrait pas. À Vassar, Kay avait inventé une « miss Hasenpfeffer » qui réunissait en sa personne toutes les tares possibles : maladie de peau, troubles glandulaires, myopie, embonpoint excessif, etc. Kay prédisait l'avenir de cette malheureuse. Elle se marierait pour perpétuer la race, enverrait ses filles à Vassar, deviendrait dame patronnesse ou professeur de quelque matière scientifique. Il y avait aussi « miss Peltier » et « miss La Gasa », qui enseigneraient plus tard le français et l'espagnol. Kay imaginait des notes biographiques dans l'*Alumnae* : « Docteur Elfrida Katzenbach : vient d'entrer au Rockefeller Institute. Félicitations, Katzy. » Il n'y avait pas de doute, c'était les matières scientifiques qui attiraient les plus disgraciées. La physique était « mal fréquentée ». L'étude des langues étrangères (Libby avait failli tomber dans le piège) n'était pas mieux partagée. Polly avait eu la légèreté de se faire des amies parmi ces « miss Peltier » et « miss La Gasa ». Elle les avait invitées à Stockbridge pour parler français avec Mr Andrews. Les sciences naturelles étaient mieux considérées. Pokey n'avait-elle pas fait zoologie ? À propos, croyez-le si vous le voulez, elle venait d'épouser à Princeton un cousin poète. Elle n'avait pas renoncé pour autant à devenir vétérinaire et elle prenait l'avion tous les jours pour suivre des cours à Ithaca. Elle rentrait le soir à Princeton, où son père avait offert une maison au jeune ménage.

En politique, Polly était démocrate (les Andrews étaient apparentés aux Delano et votaient régulièrement pour Roosevelt). « Démocratie de façade, disait Lakey, Polly est une féodale. »

Libby voyait Polly aussi souvent que possible. Elle l'invitait à toutes ses réceptions. Compagne agréable en petit comité, elle avait malheureusement tendance dans le monde à se replier sur elle-même. Sa voix était douce et sans timbre, comme celle de Mr Andrews qui parlait dans sa barbe. Lorsqu'on ne connaissait pas ses antécédents (les Andrews avaient tous un grain mais c'était des gens bien : les tantes de Polly s'étaient fait peindre par Sargent), on ne faisait guère attention à elle. Après son départ, on se demandait qui était cette ravissante blonde tellement effacée. Car elle partait souvent la première. Pour la retenir il n'y avait qu'un moyen : la présenter à quelqu'un d'insignifiant. Elle effectuait alors un véritable sauvetage et arrivait à tirer des ressources inespérées d'un pauvre diable qui jusqu'alors s'était mortellement ennuyé. Avec les gens brillants elle avait moins de succès. D'ailleurs ils ne l'intéressaient pas. « Je te prierais d'accepter que je prenne congé, Libby », disait-elle alors. C'était la manière de s'exprimer des Andrews.

Dans les jeux de société, Polly était comme un poisson dans l'eau. Qu'il s'agisse de planter, les yeux bandés, une queue postiche à un âne dessiné sur le mur, de faire des découpages, de distribuer des jetons ou de jouer au poker, elle était toujours la plus ardente. Elle connaissait toutes les règles de tous les jeux et pouvait arbitrer n'importe quel différend. Inlassablement elle maintenait la discipline et l'entrain.

Tous les Andrews étaient comme elle. Leur moral avait tenu, lors de leur ruine, grâce aux petits jeux et aux charades. Dans la vieille baraque familiale aux grandes cheminées et aux innombrables greniers, l'invité du jour était toujours la victime du « pic et pic et colégram ». On lui apprenait rapidement la règle du jeu, et gare à lui si dans les cinq premières minutes il ne se révélait pas aussi doué que les autres. Les charades donnaient l'occasion de se déguiser avec des moyens de fortune. Les représentations avaient lieu dans la grange, pièce chauffée par des poêles à essence. Certains soirs on jouait à l'assassin, mais cela mettait Mr Andrews mal à l'aise. À la clinique psychiatrique, il avait parfois inquiété ses gardiens par sa violence. Encore aujourd'hui dans ses moments d'angoisse, découper la viande avec le grand couteau le faisait trembler. Il préférait les parties de *cache-cache**. Cela lui rappelait son château en France.

Les Andrews avaient créé le jeu du « Potiron » pour remplacer « Fantômes », qui impressionnait trop Mr Andrews. Ils aimaient que le jeu s'adaptât à leur tempérament. Ils avaient l'esprit très inventif. Ils débaptisaient les jeux classiques, leur ajoutaient des conventions nouvelles. Leur jeu favori était celui du « Rusé Diplomate Autrichien » (à la question : « Êtes-vous un rusé diplomate autrichien ? », il fallait répondre « Non, je ne suis pas Metternich »).

Pour se reposer des charades et des devinettes, ils passaient aux exercices de mémoire : « J'ai fait la malle de grand-mère » ou à la recherche des noms géographiques commençant par une lettre de l'alphabet. Les voyages avaient appris à Mr Andrews un grand nombre de noms de villes. Pour Y et K il disposait d'Ypres (il prononçait exprès « huîtres »), de Yezd, de Kyoto et de Knossos.

Les échecs ou les dames occupaient les jours de pluie. Un ami bien intentionné avait offert un Monopoly, mais ce passe-temps rappelait trop à ce pauvre Mr Andrews ses placements et ses revers de fortune, et l'on y avait renoncé. Quand de grandes décisions familiales devaient être prises, quand on devait décider, par exemple, de l'envoi au collège du petit Billy ou composer le menu de Noël, on réunissait le conseil de famille pour commenter, à l'aide du vieil exemplaire de l'*Énéide* de Mr Andrews, les *Sortes Virgilianae*. Les membres de la famille étaient admis à voter le jour où ils comprenaient suffisamment le latin pour le lire dans le texte.

Il ne restait à la ferme que quelques vaches, quelques poules, et un seul cheval. On avait donc renoncé à la chasse à courre et aux rallyes-paper. La famille Andrews aimait beaucoup les courses au trésor. Le trésor était représenté par des pelotes d'épingles, des calendriers ou par un oignon de fleur d'amaryllis. Polly montait en amazone. Elle avait conservé sa tenue de cheval, ses bottes et sa bombe. Pokey l'avait invitée à monter un cheval de son écurie personnelle et elles avaient chassé ensemble autour de Princeton. Polly avait dû abandonner le port de la veste. Sa poitrine s'était développée depuis l'âge de dix-huit ans. Sa large jupe et sa cravate noires qui contrastaient avec son teint de lys et ses cheveux de lin faisaient beaucoup d'effet. Le noir lui allait bien, c'était *sa* couleur.

En semaine elle s'habillait très simplement d'un vieux tricot et d'une jupe écossaise. Elle portait des souliers à talons bas. Sa garde-robe contenait entre autres une robe de crêpe noire assez seyante avec un col échancré garni d'une frange. Elle avait deux chapeaux, un pour l'hiver, un très grand pour l'été. Cette capeline était en paille noire tressée avec un galon du même ton. Le crêpe de sa robe était un peu passé (cela arrive hélas assez fréquemment à ce tissu) mais cela ne se voyait pas trop et elle l'avait mise pour se rendre chez Libby. Cette robe avait le mérite de mettre en valeur la blancheur de son cou, le galbe de sa poitrine et la rondeur de son menton. Fort judicieusement, ce soir-là elle avait renoncé aux bandeaux et noué ses cheveux en chignon sur la nuque. « On dirait un Renoir », avait déclaré Harald Petersen. Libby aurait plutôt penché pour un Mary

Cassatt. Elle aurait souhaité que la robe de Polly fût égayée par une rose blanche. On aurait moins remarqué l'absence totale de bijoux. L'hôtesse inaugurait une robe fermée en taffetas marron (le marron était *sa* couleur). Des boucles d'oreilles en topaze ajoutaient leurs reflets à l'éclat de sa chevelure et de ses yeux dorés.

Elle avait soigneusement sélectionné ses invités ; ils étaient d'origines et de professions diverses : Vassar, l'édition, la Bourse, le théâtre..., une femme de lettres, un journaliste du *Herald Tribune*, une directrice du Metropolitan Museum et bien entendu « Petite Sœur » et son mari de retour d'un voyage en Europe. *E così via*. Personne du bureau ; le jour n'était pas choisi. « Petite Sœur » avait plissé ses yeux améthyste pour dire que ce joli monde n'était qu'un « pot-pourri ». Elle dénigrait toujours les entreprises de Libby. Le beau-frère avait ricané. Il n'avait jamais vu pareil cirque. Lui aussi ne manquait jamais de lancer des pointes et de taquiner sa belle-sœur sur son salon littéraire.

Mais ce soir, Libby avait autre chose en tête. Elle voulait que Petite Sœur et son mari fassent bonne impression sur Nils Aslund, *authentique baron norvégien* dont elle était tombée amoureuse. Elle l'avait rencontré dans le train de neige. Il était moniteur de ski à Altman. Le beau-frère avait failli s'étrangler avec son pâté quand il avait vu Nils, vêtu de son plus beau complet gris, se plier en deux pour baiser la main de Petite Sœur. « Hommage réservé aux femmes mariées », avait précisé le baron. Il avait une silhouette élancée et de très bonnes manières. Il dansait, paraît-il, comme un dieu. Petite Sœur dut admettre, après avoir échangé avec lui quelques propos, qu'il ne manquait pas de distinction. Son anglais, bien que teinté d'une pointe d'accent, était d'une syntaxe parfaite. Il suivait des cours de littérature et il avait eu connaissance du poème que Libby avait écrit pour *Harpers*. Ils avaient les mêmes goûts. La jeune fille espérait que cette soirée serait l'occasion pour Nils de se déclarer. Elle l'avait organisée pour lui faire connaître son intérieur et les membres de sa famille. Elle n'avait jamais voulu le recevoir en tête à tête. On ne sait jamais avec ces Européens.

Les deux jeunes gens étaient convenus de dîner ensuite au restaurant et Libby s'attendait à ce qu'il choisisse ce moment pour poser la question fatidique.

« A-t-il une belle situation ? demanda le beau-frère, se doutant bien qu'il y avait anguille sous roche.

— Il est responsable des pistes d'Altman, répondit Libby. Il est en Amérique pour étudier les questions économiques.

— Drôle d'endroit pour se documenter ! Il ferait mieux de fréquenter la Bourse... Où déniches-tu ces gens-là ? Professeur de ski, professeur de golf, c'est tout comme. Enfin ! il y a pire. »

Libby se mordit la lèvre. Elle avait prévu la réaction de son beau-frère. Il fallait absolument trouver le moyen de procurer à Nils un emploi plus brillant. Une ancienne de Vassar avait ouvert avec son mari une auberge dans les Berkshires, une autre avait transformé en hôtel un ranch qu'elle possédait dans l'Ouest. Libby pourrait peut-être faire de même ou, tout simplement, attendre le décès du père de Nils, qui rentrerait dans son pays et s'occuperait de la propriété ancestrale.

Avec de telles idées en tête, Libby avait presque oublié Polly. Celle-ci était à deux pas, en grande conversation avec Gus Le Roy. Qui les avait présentés ? Pourquoi Gus Le Roy s'était-il attardé, alors qu'il avait déclaré qu'il ne resterait que quelques instants ? Les deux jeunes gens paraissaient très contents l'un de l'autre. Polly attirait les petites perruches de la maîtresse de maison avec des fragments de fraise tirés de son verre – le *Liebfraumilch* – qui allaient sûrement griser ces malheureuses bêtes. Gus Le Roy parlait d'abondance. Polly, quelques petits cheveux fous échappés de son chignon, se faisait trop remarquer. Kay fut alertée par un coup de coude de Libby. La gorge pigeonnante de leur amie attirait l'attention de tous.

Libby rassembla autour d'elle un petit groupe composé de Kay, de quelques amis et naturellement du baron. « Une idylle s'ébauche », dit-elle négligemment en désignant son ancien patron. Elle conta l'histoire de Gus Le Roy. Ses parents étaient imprimeurs à Fall River, il avait un fils de deux ans et demi, Augustus Le Roy IV. Il était séparé de sa femme, communiste militante et institutrice dans une école progressiste. La cause de leur séparation ? Elle avait fricoté avec un autre membre du Parti. Et Gus ? Sans être communiste, Gus était sympathisant. Sa maison d'édition en profitait. Elle publiait les écrits de communistes notoires. Aujourd'hui, il avait des difficultés avec le comité central. Son différend avec sa femme n'était pas étranger à la froideur que manifestaient à son endroit les membres du Parti.

« Nils est social-démocrate, ajouta Libby, tout en sourires.

— Non, non, se défendit le baron. Quand j'étais étudiant, oui, mais maintenant je suis indifférent… ce qui ne veut pas dire impuissant », continua-t-il, jetant à Libby un regard complice.

… Toute l'histoire de Gus, reprit Libby, après un coup d'œil de reproche à Nils, lui avait été racontée au bureau par une collègue, communiste elle aussi : une fille très laide, bâtie en force, qui buvait seule et nuitamment. Cette fille, cette femme plutôt – elle avait dépassé la trentaine –, avait rencontré la femme de Gus à des réunions du Parti.

« Pour les femmes laides, c'est comme d'aller à la messe », l'interrompit le baron.

Libby hésitait. L'histoire était un peu scabreuse mais elle pouvait servir à quelque chose, montrer au baron le droit chemin. Elle poursuivit donc :

« Écoutez-moi, les amis, écoutez ce qui est arrivé l'autre jour à cette malheureuse. Ce n'est pas une histoire à l'eau de rose, croyez-moi, rien à voir avec la Girl Friendly Society ou l'Altar Guild of St Paul's. Son aventure s'est terminée par quatre dents en moins et une fracture de la mâchoire. Voilà ce qui lui est arrivé avec son communisme. Par-dessus le marché, j'ai dû faire tout son travail !

— Un piquet de grève, je suis sûre ! l'interrompit Kay. Savez-vous qu'Harald a fomenté une émeute l'autre jour ?… »

Libby fit signe que non et enchaîna :

« Cette fille dont je tairai le nom adore les travailleurs… et la boisson ; il n'y a qu'à sentir son haleine le matin. Bref, un soir, il y a un mois, au moment de la vague de froid de fin mars, elle prit un taxi. Elle avait du plomb dans l'aile comme de coutume. Elle engagea la conversation avec le chauffeur, s'apitoyant sur sa situation, sur le froid, sur le fait qu'il n'avait ni manteau, ni gilet, tant et si bien qu'arrivée à destination elle se crut obligée, entre camarades, n'est-ce pas, de lui offrir de monter prendre un verre pour se réchauffer… » Kay retenait son souffle. Libby hocha la tête. Des invités se rapprochèrent pour mieux entendre. Libby savait vraiment raconter une histoire.

« Peut-être, se sachant si moche, pensait-elle ne rien avoir à craindre, poursuivit Libby. Il faut croire que le type avait d'autres idées en tête, car aussitôt son verre avalé il devint pressant. Cela n'a pas eu l'heur de plaire à notre héroïne, qui se défendit âprement. Elle s'est retrouvée dans une mare de sang, la mâchoire brisée et plusieurs dents en moins. Le chauffeur de taxi avait disparu.

— Est-ce qu'il… ? demanda quelqu'un dans l'assistance.

— Non, répondit Libby, apparemment non. Rien non plus n'avait été volé : son sac était à ses côtés. Mon directeur aurait voulu qu'elle porte plainte, le médecin de l'hôpital aussi. Vous pensez, toute une mâchoire à refaire avec des attelles en métal ; il faudra des années pour payer la prothèse dentaire. Elle n'a rien voulu savoir, prétendant qu'il était contraire aux principes du communisme de lancer la police aux trousses d'un “travailleur”. Elle a marmonné entre ses mâchoires en capilotade que tout était arrivé par sa faute.

— C'est juste, dit Nils, elle s'était mise dans son tort.

— Oh ! Je ne suis pas d'accord avec vous. Mais pas du tout, s'écria Kay. On n'a pas le droit de vous casser la figure pour un malentendu. Être gentille n'est pas faire des avances ! Où allons-nous ?

— Les femmes n'ont pas à être gentilles avec les chauffeurs de taxi, dit sentencieusement Nils.

— C'est la vieille Europe qui parle ! rétorqua Kay. Je suis toujours très aimable avec les chauffeurs de taxi. Rien ne m'est jamais arrivé.

— Pas possible ? demanda Petite Sœur avec un petit air de commisération.

— Enfin, rien de fâcheux. Juste une fois, l'un d'eux a essayé de monter derrière moi, dit Kay.

— Oh, là là, dit Libby, comment t'en es-tu sortie ?

— Je l'ai chassé de la voix et du geste », dit Kay.

Le baron rit de bon cœur. Vraiment, Kay avait de la repartie !

« Mais qu'avais-tu fait, Kay, mon chou, pour l'inciter à agir ainsi ? demanda Libby.

— Absolument rien. Nous parlions. Tout à coup il m'a déclaré qu'il me trouvait belle et qu'il aimait mon parfum. Il a arrêté la voiture et il est descendu de son siège.

— Il avait bon goût, n'est-ce pas, Élisabeth ? » Nils prononça ces derniers mots le regard fixé sur Libby. Ses yeux bleus avaient un tel éclat qu'elle crut défaillir.

La conversation prit un tour général. Kay voulait absolument placer cette histoire de grève dans laquelle Harald avait joué un rôle. « On a publié sa photographie dans la chronique des scandales », déclara-t-elle.

« Vais-je laisser Kay s'engager dans ce récit ? » se demanda Libby, incertaine de l'opinion de Petite Sœur et de son mari. Elle avait tort de s'inquiéter. La chose était intéressante en soi. Harald avait entrepris de monter une pièce pour le compte d'un groupe de gauche. Tout devait être organisé sur une base coopérative, chacun prenant sa part des bénéfices. La pièce avait le travail pour thème. On s'attendait à un accueil chaleureux de la part des syndicalistes ouvriers et de leurs sympathisants. Or, Harald s'était aperçu que les communistes tiraient les ficelles et falsifiaient les comptes.

« Harald, continua Kay, a mobilisé les acteurs et placé un piquet de grève aux portes du théâtre. »

Le journaliste du *Herald Tribune* parut intéressé.

« Je m'en souviens, dit-il en hochant la tête.

— Votre journal a étouffé l'affaire, dit Kay ; le *Times* aussi.

— Pour ne pas lui donner de publicité ? suggéra la femme de lettres.

— Continue, Kay.

— La direction du théâtre a été forcée d'accepter que les comptes soient contrôlés toutes les semaines par une commission à la tête de laquelle a été placé Harald. La convention signée, le piquet de grève a été retiré et le public admis dans la salle.

— Et le tour était joué ! conclut Harald avec un grand geste.

— Victoire ! s'écria Nils. C'est passionnant ! »

Kay ajouta que la pièce avait été un four. Les acteurs n'avaient finalement reçu que le salaire minimum de base de quarante dollars. Un coup d'épée dans l'eau.

« Mais sur le plan des principes, dit sèchement Harald, nous avions gagné. » Il n'avait pas l'air en forme. Il ne buvait pas. Peut-être avait-il promis à Kay de rester sobre ? Ses affaires n'étaient pas brillantes, le pauvre. Sa propre pièce était en panne faute de capitaux. La femme du commanditaire, qui venait de demander le divorce, avait retiré son argent. Les acteurs étaient déjà sous contrat, les répétitions sur le point de commencer.

On parlait d'un procès. Les intérêts d'Harald étaient engagés dans ce litige.

Libby n'avait guère de sympathie pour Harald. Il défrayait la chronique. On disait partout qu'il couchaillait à droite et à gauche. Kay s'en doutait-elle ? Harald avait un tel ascendant sur sa femme qu'on ne pouvait savoir. Peut-être préférait-elle fermer les yeux ?

Pourtant il avait ce soir fait la conquête de Nils. Quelques paroles en norvégien et une citation de *Peer Gynt* (prononcer *Pir Gunt*) avaient suffi.

« Un type épatant, Petersen, déclara Nils. D'ailleurs, tous vos amis sont charmants !

— Ce metteur en scène n'est pas un Adonis, loin de là, mais il a quelque chose d'attirant », dit Petite Sœur.

Polly et Gus Le Roy étaient toujours seuls dans l'embrasure de la fenêtre, leurs verres vides à la main.

« Il faut que je leur serve à boire », pensa Libby. Elle savait que Polly, qui se méfiait de son hérédité, refusait de boire de l'alcool. (On racontait qu'un de ses oncles était entré à cheval dans le Copley-Plaza de Boston un jour d'ivresse.) Elle s'autorisait juste le vin. Elle aimait goûter aux boissons nouvelles et peu connues, le Goldwasser, par exemple, ou ce breuvage original que l'on conserve dans une bouteille contenant un arbuste nain.

« Je suis sûre qu'il est en train de l'inviter à dîner, glissa Libby dans l'oreille de Kay. Veux-tu parier que cette imbécile va trouver quelque prétexte pour rentrer directement chez elle ? »

Cela se passa comme elle l'avait prévu. Au bout d'une minute Polly demanda « la permission de prendre congé », ajoutant qu'elle aimerait emporter un peu du *bol* pour son ami Mr Schneider.

« Ton Mr Schneider peut s'en procurer chez Luchow », dit Libby.

Polly rougit légèrement. « Vois-tu, c'est ma faute. Je lui ai parlé de ce *bol.* Il a vu l'aspérule que j'ai achetée. À ce sujet, ajouta-t-elle en souriant, ce fut entre lui et Mr Scherbatyeff l'occasion d'une dispute violente et chauvine. Mr Scherbatyeff n'admet pas l'aspérule, il est pour les zestes de concombre. Finalement, j'ai promis de leur en faire goûter. Avec ta permission, bien entendu. »

Les invités commençaient à partir. Il restait un tiers environ du *bol.* Libby avait beau chercher, elle ne voyait pas de raison de refuser. Kay crut bon de mettre son grain de sel.

« Si tu ne le filtres pas, il sera imbuvable demain ; les fraises vont tourner.

— Donne-moi un récipient. Je le remplirai. Aurais-tu une cruche par hasard ? » demanda Polly.

Libby se mordit les lèvres. Elle n'éprouvait aucune sympathie pour ces expatriés. Elle trouvait un peu fort qu'un juif allemand se fasse le champion des produits nazis. Il y avait des gens qui estimaient que même les Américains devaient les boycotter. N'irait-on pas jusqu'à la blâmer d'avoir servi du *Liebfraumilch* ?

Gus Le Roy, son chapeau à la main, s'apprêtait à partir.

Allait-elle lui dire, dissimulant son irritation : « Quelle chance pour Polly d'être invitée à dîner par un homme comme vous ! Refuser ce privilège serait de la sottise, que dis-je, de la perversité » ? Au lieu de tenir ce propos, elle se tourna vers Polly et lui dit : « N'emporte pas ce breuvage avec toi dans l'autobus, tu vas le renverser. D'ailleurs, aucun homme – pas même un Rouge – n'aime à sortir avec une jeune fille qui porte un paquet mal ficelé. »

Gus Le Roy s'avança : « Ne craignez rien, mademoiselle, nous prendrons un taxi. »

Il fallait absolument chapitrer Polly. Le « viens dans la cuisine » qu'elle proféra à l'adresse de son amie visait à ménager un aparté. « Écoute Polly, dit-elle une fois la porte fermée, je vais te donner de mon *bol.* Merci pour l'aspérule, mais de grâce, n'emmène pas Gus chez toi. »

Le « ne le présente pas à tes énergumènes » qui suivit résumait sa pensée. Elle tolérait les pittoresques locataires de la pension de Polly. Ils étaient pour la petite bande l'occasion de potins amusants. Ce n'était pas une raison suffisante pour que Gus fasse leur connaissance. Les hommes aiment la compétition. Les malheureux réfugiés n'étaient pas des concurrents dignes de Mr Le Roy. Était-ce bien ce que pensait Libby ? Ne craignait-elle pas plutôt les réactions de Gus devant l'odeur de misère de cette maison ? Elle imaginait son étonnement devant le tapis élimé de l'escalier, le veston d'intérieur miteux de Mr Scherbatyeff et le plateau à liqueur de Polly, un service de verres dont la dorure n'était qu'un souvenir. L'instinct féminin de Libby lui soufflait que tout cela ruinerait définitivement une jeune fille dans l'esprit d'un mâle normal. Mais peut-être Gus aimerait-il cette odeur de misère ? Pourtant, chez Polly, il ne s'agissait pas de misère mais de déchéance commune. Ces malheureux voyaient un trésor dans des objets sans valeur comme les pommes d'ambre que Polly offrait à Noël. Dans son carnet de recettes en cuir satiné, elle avait copié : « … se procurer des oranges, des clous de girofle, des racines d'iris et du ruban. Suspendre les pommes d'ambre dans les penderies et les placards, où elles répandront leur délicat parfum. » Libby avait envisagé de s'en servir, elle aussi, comme cadeaux de Noël. En toute honnêteté, elle devait reconnaître qu'un tel cadeau était vraiment original et bon marché. Mais elle pouvait se le permettre. De même qu'elle pouvait se permettre d'habiter une chambre meublée. « Pour me pénétrer de l'atmosphère de mon roman. Tout est dans la manière. »

« Je n'ai pas l'intention de faire monter Gus Le Roy chez moi, et ne parlons plus du *bol* s'il te plaît, répondit Polly.

— Tu es pénible, ma chère. »

Elle se tourna vers la femme de ménage : « Ida, donnez donc ce shaker en verre à miss Andrews. Nettoyez-le et remplissez-le de *bol.* Attendez, peut-être miss Andrews veut-elle aussi un peu de pâté... Tu es sûre que non ? »

Elle ajouta : « Qu'avez-vous convenu ? Il te conduit chez toi, et après ?... »

À force de poser des questions insidieuses, Libby finit par apprendre que Polly déposerait le *bol* chez elle. Ils iraient ensuite dîner dans ce fameux restaurant yiddish, le Café Royal, situé à deux pas. Tous les acteurs en renom du Yiddish Theater et tous les journalistes juifs le fréquentaient.

« Qui a eu cette idée ? lui demanda Libby.

— Moi, je crois. Ce n'est peut-être pas le "coin tranquille".

— Stupidité ! C'est tout à fait ce qu'il vous faut. »

Libby connaissait l'endroit, y ayant soupé avec Polly. Ce soir-là, elle n'avait cessé de se retourner et de tendre le cou pour reconnaître les célébrités présentes. Polly lui avait dit de cesser ce manège ; les gens n'aiment pas qu'on les regarde comme des bêtes curieuses.

Libby comprenait le choix de son amie. Dans le brouhaha de ce restaurant, Gus n'aurait aucun complexe ; car ce n'était pas un brillant causeur.

« … Absolument parfait, dit Libby. Que commanderez-vous ? De ce bortsch écarlate accompagné de pommes à l'anglaise ?…

— Je n'y ai pas réfléchi, répondit Polly en tendant la main vers le shaker que la domestique avait rempli.

— Attends, lui dit Libby. Ida va te l'emballer. Refais-toi une beauté pendant ce temps. Tu trouveras tout ce qu'il faut sur ma coiffeuse. » Ce disant, elle repiquait quelques épingles du chignon de Polly. « Tiens, tiens, son menton s'empâte », se dit-elle.

« Prends mon vaporisateur et mets-toi un peu de parfum. »

Polly revint presque aussitôt. Elle plaça sur ses épaules nues le vieux renard argenté offert par sa tante Julia. Libby profita des adieux pour obtenir la promesse que le shaker lui serait rendu le lendemain. « Bonne occasion de savoir ce qui se sera passé entre les deux lascars », pensa-t-elle. Gus Le Roy, impatient, tortillait sa moustache.

Kay et Harald partirent peu après. Ils voulaient avaler un hamburger avant de se rendre au théâtre. Il était essentiel d'arriver avant le lever de rideau. La pièce ne pouvait être jouée sans qu'il fût là, Kay allait souvent le rejoindre dans une loge d'acteur. Libby disait d'elle : « Elle est comme ces chevaux de cirque qui se mettent à tourner en rond quand ils entendent la musique. Il en était déjà ainsi à l'université. »

Il y eut un peu de flottement, comme il arrive souvent à la fin d'une réception. Quelques-uns s'attardaient, ignorant sans doute que Libby devait finir la soirée en tête à tête avec Nils.

« Ne partez pas déjà », dit-elle à la directrice du Metropolitan Museum qui, docile, se rassit aussitôt. Libby ne voulait pas forcer le cours des événements. Elle avait horreur de voir les invités partir tous ensemble comme si aucun d'eux ne voulait rester le dernier.

Il faisait encore clair. C'était la fin d'une belle journée de mai. Dans le coin de la pièce, le ton vert d'eau des branches de cornouiller avait pâli, les bouteilles de vin du Rhin envoyaient des reflets d'émeraude dorée sur la nappe damassée de la desserte. Une odeur de fraises et de muguet traînait dans la pièce. Nils en avait apporté une botte.

Ida, son cabas à la main, avait envie de s'en aller. Libby lui régla son dû et, inspirée par cette ambiance printanière, lui proposa les restes du pâté. « Vous êtes bien généreuse aujourd'hui, dit Nils. Avec la femme de ménage, avec votre amie, la *Liebfraumilch*. Il avait donc remarqué lui aussi l'étalage des boîtes à lait de Polly. Libby rit nerveusement. Cette voix de gorge pour dire : « Vous êtes généreuse » l'inquiétait. La directrice du Metropolitan Museum dit alors :

« À propos de *Liebfraumilch*, vous souvenez-vous de cet étonnant Tintoret, *La Voie lactée*, qui se trouve à la National Gallery ? Quel étrange sujet ! »

Cette remarque jeta un froid.

« Serons-nous bientôt seuls ? » demanda Nils à l'oreille de Libby.

Ses vœux allaient être exaucés. Les invités, les voyant chuchoter, s'esquivèrent. Impression étrange. Le calme avait succédé à la tempête.

Il se tourna vers elle :

« Je vais chercher mon manteau », dit-elle, nerveuse. Mais Nils s'était emparé de sa main.

« Attendez, Élisabeth ! Dites-moi pourquoi vous acceptez d'être appelée de cet affreux diminutif : Libby.

— Vous ne l'aimez pas ?

— J'aime le nom d'Élisabeth et j'aime celle qui le porte... beaucoup... beaucoup trop. »

Il l'attira à lui, lui renversa la tête et l'embrassa. Libby s'abandonna à cette étreinte. Elle avait tant rêvé de cet instant qu'elle savait exactement comment les choses se passeraient : elle serait debout, palpitante, la tête rejetée en arrière, les yeux mi-clos, la bouche ouverte.

Les lèvres de Nils étaient chaudes et douces ; elle ne l'aurait pas cru. Elle le voyait toujours en tenue de ski, beau et froid comme la neige, les mèches de ses cheveux agitées par le vent de la montagne, la peau du visage tendue, les pommettes colorées. Libby s'était attendue au contact d'une bouche sèche et ferme. Au contraire, ses lèvres caressaient les siennes avec douceur. Il saisit son menton, la regarda dans les yeux et l'embrassa avec une telle violence qu'elle en perdit le souffle. Libby vacilla et recula d'un pas, cherchant à reprendre ses esprits.

« Élisabeth ! » Il l'embrassait tendrement dans un murmure d'où son nom s'échappait.

Une minute plus tard – un siècle peut-être –, les belles dents de Nils pressaient ses lèvres fermées. Elle se recula de nouveau. Et rit pour se donner une contenance.

« Du calme », dit-il.

La nuit tombait. Libby alluma la grande lampe de cuivre. Elle conservait son équilibre, une main posée sur la table. De l'autre, elle rejetait nerveusement ses cheveux en arrière. Nils s'approcha et posa son bras autour de ses épaules. Elle s'appuya contre lui. Ce geste mit son front au contact de la joue du jeune homme. Il avait quelques centimètres de plus qu'elle, la différence de taille idéale, se dit-elle.

Libby se sentait en confiance, le temps passait comme dans un rêve. Il lui prit la tête, la fit tourner. Il introduisit sa langue dans sa bouche avec une telle promptitude qu'elle n'eut pas le temps de s'y opposer. Il pointait une langue impérieuse à la recherche de la sienne.

« Donne-moi ta langue, Élisabeth, embrasse-moi avec ta langue. » Lentement et comme à regret Libby fit en sorte que le bout de sa langue vînt toucher celle de Nils. Un frisson enflammé la parcourut tout entière. Leurs langues se confondaient dans la bouche de Libby, mais il aspirait à ce que le jeu se poursuivît dans sa bouche à lui. La jeune fille résistait. Un déclic se fit dans sa conscience : ils étaient allés trop loin. De bon gré, cette fois, il la laissa se dégager. Elle eut un sourire figé.

« Il faut partir », dit-elle.

Sur le taffetas de la robe la grande main soignée de Nils caressait le bras de la jeune fille.

« Belle Élisabeth ! J'aime la souplesse de tes muscles ! Tu es force et ardeur, n'est-ce pas ? Une fille de feu ! »

Libby fut si flattée qu'elle se laissa encore embrasser.

Il alla fermer les rideaux et conduisit Libby vers le canapé.

« Viens, Élisabeth, dit-il d'une voix désarmante. Viens. Lisons quelques poèmes et buvons du vin. »

Libby ne pouvait s'y opposer. Elle le vit déboucher une bouteille de *Liebfraumilch* et emplir deux grands verres. Il prit un livre de poésie sur l'étagère et vint s'asseoir à côté d'elle sur le divan.

« Skål ! dit-il. À la santé de la Lorelei ! »

Libby riait sans entrain. Elle se sentait mal à l'aise.

« Shakespeare mourut d'une indigestion de harengs saurs et de vin du Rhin », dit-elle sans trop savoir pourquoi.

Nils parcourait le livre, s'arrêtant aux passages que Libby avait soulignés ; la marge était émaillée de points d'exclamation et de notes manuscrites.

« Ah ! Voilà », dit-il.

Il se mit à lire la « Déclaration d'amour du berger » :

Partez avec moi et devenez mon amour
Vous connaîtrez avec moi toutes les délices.

Libby n'aimait pas particulièrement ces vers. Ils étaient trop connus. Elle les avait lus pour la première fois à l'âge de seize ans et les savait par cœur. Le poème terminé, il se pencha vers elle et la dévora de baisers.

« Oh ! Mais je parie que vous ne connaissez pas la réponse de sir Walter Raleigh, dit-elle en se dégageant. La réponse de la bergère :

Si l'univers et l'amour étaient innocents,
Si tous les bergers dans leurs cœurs étaient sincères,
À ces délices mon âme saurait se préparer.
Nous vivrions ensemble, je serais ton amour...

Nils la regardait. Elle perdait le fil.

… Ces bracelets de corail et ces perles d'ambre…

— Je ne me souviens plus de la suite », dit-elle. La bergère refusait les avances du berger mais Libby ne savait plus exactement dans quels termes.

« Donnez-moi le livre, je vais chercher, demanda-t-elle.

— Me donneras-tu un baiser en échange ? »

Il fallut bien s'exécuter. Quand le livre fut dans ses mains elle était brisée. Il lui caressait les cheveux. Elle parcourait du doigt la table des matières, ne trouvait pas ; les pages étaient collées. Il continuait son manège. Elle devait faire effort pour fixer son attention. Sa main caressait sa nuque. Tout à coup une agrafe de sa robe lâcha.

Ce tout petit bruit ramena Libby à la réalité. Elle se raidit instinctivement, les yeux fixes, la gorge serrée. Elle comprenait son dessein : il la voulait. Le livre tomba sur ses genoux. « C'est donc ainsi qu'ils procèdent dans leur pays, ces barons et ces comtes, se dit-elle. Ils ont des manières bien singulières, bien inattendues. » Ce pauvre Nils, comme il tombait dans son estime ! Comme ses façons étaient démodées ! Une seconde agrafe sauta. Libby ne savait s'il fallait se fâcher ou prendre la chose du bon côté. Qu'allait-il advenir du dîner en tête à tête ? Comment lui faire savoir qu'« elle n'était pas celle qu'il croyait » ? Elle reprenait peu à peu son sang-froid, son émoi s'apaisait. Nils sentit que le climat avait changé. Il lui prit la tête et la regarda. Sa bouche gourmande trouva les dents de Libby résolument serrées. Elle avait recouvré son calme. Il ne pouvait pas ne pas s'en rendre compte.

« Statue de marbre ! lui dit-il d'un ton de reproche.

— Allons, laissez-moi. »

Elle voulut se lever mais une main de fer l'avait renversée sur le canapé.

« Embrasse-moi, dit-il durement. Non, pas comme cela, c'est ta langue qu'il me faut. »

Libby jugea plus sage de se laisser faire. Il était terriblement fort. Ne dit-on pas que les athlètes ont des besoins sexuels incontrôlables et que les Scandinaves sont de redoutables don Juan ? De qui tenait-elle cela ? De Kay sans doute.

Ce baiser lui fit très mal. Nils mordait ses lèvres. « De grâce », cria-t-elle, les pupilles dilatées. Elle était fascinée par les yeux bleus de Nils. Il avait les babines retroussées d'une bête sauvage qui va charger. Ce n'était plus le même homme. Elle avait trouvé agréable d'être convoitée par ce fauve. Elle aurait été fascinée si elle n'avait pas eu si peur. Il l'écrasait de son poids, ses mains s'affairaient. Plus elle se débattait, plus il devenait exigeant. À force de s'agiter, les dernières agrafes de sa robe lâchèrent. Une boutonnière de son soutien-gorge sauta. Un horrible bruit de tissu déchiré se fit entendre : la robe neuve de chez Bendell ! D'une main il arrachait sa chemise, la découvrant jusqu'à l'épaule, de l'autre, il tordait son poignet pour l'immobiliser. Il enfouit sa tête dans son cou et se mit à remonter sa jupe.

Libby gémissait. Elle pensa à appeler au secours mais ne connaissant pas ses voisins de palier, elle se retint. Elle ne voulait pas être surprise par des inconnus dans cette tenue débraillée. Elle se dit avec regret que si pareille aventure était arrivée à Polly, elle aurait été sauvée par ses deux chevaliers servants. Elle songea à s'évanouir. Mais qu'arriverait-il pendant sa perte de connaissance ? Elle se souvint que le médecin de Vassar leur avait dit qu'une femme ne pouvait être prise sans son consentement. Il avait préconisé comme moyen de défense de donner des coups de genou dans les testicules de l'agresseur. Elle suivit ce conseil, s'efforçant d'atteindre le bon endroit. Nils eut un rire narquois et fouetta son visage du revers de la main.

« Sale gosse », dit-il.

Sa métamorphose était vraiment ce qu'il y avait de plus pénible à admettre.

« Vierge ? » demanda-t-il en marquant un temps d'arrêt.

Libby acquiesça de la tête. À quoi bon lui dire que son sort était entre ses mains ?

« Quelle barbe ! s'écria-t-il. Tu n'es pas marrante, je te jure, Élisabeth – je veux dire Libby. »

Elle le regardait de ses grands yeux marron effarés. Elle gisait sur le canapé, haletante, la robe déchirée. Il se dégagea d'un coup de reins et rabattit sa robe sur sa petite culotte de soie. « Ce ne serait même pas drôle de te violer », dit-il.

Il se leva et se dirigea tranquillement vers la salle de bains. Il se servit des W.-C. sans faire couler l'eau du lavabo, ni même fermer la porte. Il quitta l'appartement en sifflotant. Elle entendit le bruit de ses pas dans l'escalier. Ce fut tout. Elle resta seule, le livre de poésie ouvert à ses côtés.

Libby se dirigea en chancelant vers la glace. Elle crut voir un personnage du *Radeau de la Méduse*. Et elle mourait de faim. Il aurait quand même pu la faire dîner « avant » ! Elle regretta d'avoir laissé Ida emporter le reste du pâté. « Vous êtes généreuse, belle Élisabeth », dit-elle à l'image que lui renvoyait la glace. Elle était complètement perdue. L'épithète de « pas marrante », Nils la lui avait jetée à la tête sûrement par déception de la savoir vierge et par dépit d'être arrêté dans son entreprise par des scrupules d'aristocrate. Descendant des Vikings, il lui fallait assouvir un besoin ancestral de viol et de violence. Ç'aurait été dramatique et définitif. Elle aurait perdu son honneur mais elle aurait su à quoi cela ressemblait avec un homme. Libby avait son petit secret : les attouchements solitaires auxquels elle se livrait parfois le soir sur sa descente de bain après avoir pris son tub. Elle en sortait abattue et déprimée. Qu'aurait-on pensé si on l'avait surprise au moment où elle se procurait ce qu'elle appelait le « grand frisson » ? Elle se regarda dans la glace. Avait-elle la pâleur et les yeux cernés de ceux qui s'adonnent à ces pratiques ? Nils s'en était-il aperçu ? Était-ce cela qui lui avait fait croire qu'elle était « affranchie » ?

« Au diable de telles idées », se dit-elle en haussant les épaules. Il fallait oublier, oublier surtout l'assaut bestial, immonde, auquel elle avait failli succomber. Nils se tairait. Mais, au fait, s'il parlait ?

10

Priss Hartshorn-Crockett allaitait son nouveau-né. C'était la dernière grande nouvelle. « Qui aurait dit que mon petit-fils serait nourri au sein ? » s'exclama la mère de Priss. Son gendre venait de lui tendre un Martini. C'était l'heure de l'apéritif et une joyeuse animation régnait dans la chambre de la jeune femme au New York Hospital. Le docteur Sloan Crockett, son mari, était un jeune pédiatre plein d'avenir. Il passait ses après-midi de week-end à servir des cocktails aux amis en visite. Ayant fait un stage à l'hôpital, il s'y trouvait comme chez lui. Les infirmières l'adoraient et lui apportaient de la glace de la cuisine, ce qui était tout à fait contraire au règlement.

« Qui aurait dit que tu aurais un p… petit-fils ? » dit Priss avec son léger bégaiement.

Elle portait une liseuse bleu pâle. Sa fine chevelure cendrée se répandait en vagues sur ses épaules grâce aux soins matinaux de l'infirmière. Sur ses lèvres, qu'elle avait sèches, elle avait passé du rouge – le rouge un peu foncé que venait de créer Tussy. Son accoucheur l'avait obligée à se maquiller pendant le « travail », estimant – c'était également l'avis de Sloan – qu'une jeune femme ne doit jamais se laisser aller. Priss, personnage un peu falot s'il fallait en croire ses amies, se reconnaissait à peine, ainsi ornée et parée. Elle se faisait penser aux gosses d'Halloween que leurs parents revêtent d'oripeaux pour aller mendier. Sloan l'avait surnommée « Little Ella Cinders », tant sa ressemblance avec la Cendrillon des illustrés était frappante. Elle aurait été beaucoup plus à son aise dans les combinaisons réglementaires fermées dans le dos que dans cette chemise de nuit en satin brodé qui venait de son trousseau. Les infirmières de l'étage avaient un mal fou à la lui faire enfiler le matin, mais force leur était d'obéir aux prescriptions du docteur.

Priss était l'objet d'une attention particulière de la part du personnel. Elle avait été admise trois fois dans le service d'obstétrique et de gynécologie à la suite de fausses couches. Cette fois, pour arriver à terme, elle avait quitté son emploi à la League of Women Shoppers et elle était restée allongée pendant les cinq premiers mois de sa grossesse. Elle avait une rétroversion de l'utérus. Les précautions prises n'avaient pas empêché des complications du côté des reins. On avait dû l'hospitaliser d'urgence et lui faire du goutte-à-goutte jusqu'à la disparition de l'inflammation.

Enfin, il était né le divin enfant comme disait Mrs Hartshorn… le lendemain de Noël, le jour de la Saint-Stephen[1] ! L'enfant pesait sept livres et demie. Le travail avait duré vingt-deux heures. Dans la chambre de Priss, on se serait cru aux Floralies. Du houx, du gui, des azalées et des cyclamens entouraient un arbre de Noël. L'enfant

1. En français, saint Étienne.

s'appelait Stephen : signe de reconnaissance à l'égard du martyr.

Il était maintenant dans la salle réservée aux nourrissons et on pouvait l'apercevoir par le grand panneau vitré qui, au fond du couloir, isolait ce local du reste de l'étage. Il vagissait avec énergie. Sa prochaine tétée ne serait qu'à six heures. Priss sirotait le lait de poule qui devait favoriser sa montée de lait. Boire lui était vivement recommandé. Elle avait malheureusement perdu pendant sa grossesse le goût du lait ; elle avait dû en ingurgiter un demi-litre par jour pour se conformer aux ordres de son médecin, qui craignait qu'elle ne perdît ses dents lors de la formation du squelette de l'enfant. Les infirmières, pour stimuler son appétit, ajoutaient à son lait un œuf, du sucre et de la vanille. Elle buvait aussi des jus de fruits, du ginger-ale et du Coca-Cola, toutes sortes de liquides, mais pas d'alcool. Si elle avait eu le malheur d'avaler quelques gouttes de Martini, Stephen aurait bu du gin à son dîner !

Sloan agitait son shaker et bavardait avec le frère de Priss, Allen, un étudiant d'Harvard, qui était actuellement en vacances. Ils formaient une paire d'amis, aussi farouches républicains l'un que l'autre, c'est-à-dire aussi opposés que possible aux idées de Priss et de Mrs Hartshorn. Dans cette famille, le libéralisme était l'apanage des femmes. Mrs Hartshorn et son défunt mari n'avaient jamais pu s'entendre sur Wilson et la Société des Nations. Sloan et Priss se disputaient sans cesse sur des sujets comme la socialisation de la médecine ou la politique de Roosevelt. Le jour où la Cour suprême mit fin au Blue Eagle[1] fut

1. Blue Eagle : symbole et emblème de la NRA.

néfaste pour le ménage. Priss perdit sa place. La League of Women Shoppers n'avait été pour elle qu'un pis-aller, et ce fut sans regret qu'elle abandonna cette situation quasi bénévole, quand elle sut qu'elle était enceinte. Sloan avait pris la chose du bon côté, bien qu'il eût quelque difficulté à équilibrer son budget. Il venait à peine de s'établir en association avec un pédiatre plus âgé que lui. Le salaire de Priss avait servi aux cigarettes, aux concerts, au théâtre, aux bonnes œuvres et il avait payé l'abonnement à la bibliothèque municipale. Priss lisait énormément.

Sa mère ne pouvait pas faire beaucoup, ayant encore ses deux derniers enfants à l'université (Linda était à Bennington). « Je ne suis qu'une pauvre veuve », disait en riant Mrs Hartshorn. Pour épargner à sa fille certaines tâches domestiques, elle avait envoyé tous les matins à Priss sa femme de chambre, la fidèle Irène. De temps à autre, Lily, sa cuisinière, préparait un plat que Priss n'avait qu'à faire réchauffer. Il était prévu qu'à la sortie de l'hôpital Irène, qui avait eu elle-même deux enfants, s'installerait chez Priss et coucherait sur un lit de camp dans la chambre d'enfant (anciennement la salle à manger). Elle ne resterait que deux semaines mais l'on éviterait la dépense d'une nurse.

C'était la contribution de Mrs Hartshorn aux besoins du jeune ménage. Le cadeau qu'elle avait fait au nouveau-né était un landau de fabrication anglaise, une folie ! Dès les premiers jours de printemps elle irait récupérer le berceau de Linda, qui se trouvait dans le grenier de la maison d'Oyster Bay. Elle en profiterait pour envoyer à sa fille différentes choses, notamment une de ces chaises hautes pour bébés qui n'étaient plus à la mode. En attendant ces différents accessoires, Stephen coucherait dans un panier de blanchisseuse, avec pour matelas celui de la voiture d'enfant. C'était une idée fort intelligente que Priss avait découverte dans une brochure sur les soins à donner aux enfants publiée par le ministère du Travail...

« Sans jeu de mots », avait dit Mrs Hartshorn, qui était venue dire un petit bonjour à Priss. Allen s'était esclaffé : « Pourquoi pas le ministère de l'Intérieur ? »

Priss n'apprécia pas la plaisanterie :

« Cette brochure est très bien faite et très utile ; Sloan est aussi de cet avis, libre à toi de nous croire. »

Allen s'apprêtait à lancer d'autres pointes mais Mrs Hartshorn intervint :

« Mes enfants ! cessons toutes ces discussions politiques. Ce n'est pas bon pour le lait de Priss. »

De Paris, Lakey avait envoyé une robe de baptême d'un modèle exquis, digne du Dauphin. C'était la première fois qu'elle donnait signe de vie depuis son départ. On sut ainsi qu'elle préparait son doctorat à la Sorbonne. Pokey Prothero-Beauchamp, qui avait eu des jumeaux l'année précédente, avait fait cadeau d'un pèse-bébé. Dottie Renfrew-Latham, de son lointain Arizona avait fait livrer par Bloomingdale's un stérilisateur complet avec biberon et porte-biberon ; ce cadeau, bien plus utile que la timbale classique, fut mis de côté pour le jour où Priss n'aurait plus de lait.

Mrs Hartshorn, après avoir lancé un coup d'œil à sa fille, dit tout bas à Polly qui venait d'entrer :

« Voyez-vous, Priss est la première de vous toutes à donner le sein. Et elle a la poitrine si plate qu'elle n'a jamais eu besoin de porter de soutien-gorge. Sloan dit que la grosseur de la mamelle ne fait rien à la chose. J'espère qu'il a raison. C'est le miracle du pain et des poissons. Tous les autres nouveau-nés sont nourris au biberon. Les infirmières préfèrent cela. Je serais plutôt de leur avis. Les docteurs sont obnubilés par la théorie. Les infirmières sont plus pratiques. »

Elle avala d'un trait son Martini, comme si c'eût été un médicament ; c'était le genre parmi les dames chics de sa génération. Elle s'essuya les lèvres et refusa le petit supplément qui restait dans le shaker.

« Dans quel sens marche le progrès, Polly ? » demanda-t-elle en élevant le ton.

Elle passa sa main dans ses cheveux blancs coupés court.

« Le biberon a été le dada de ma génération. Linda a été nourrie au biberon. Quelle différence ! Avec le biberon, pas de coliques, pas besoin de bercer le bébé toute la nuit pour l'empêcher de pleurer. Nous qui étions des femmes d'avant-garde, nous ne jurions que par le biberon. Ma belle-mère était horrifiée. C'est mon tour de l'être. »

Son gendre dressa l'oreille. Il eut un sourire condescendant. C'était un grand gaillard portant col dur et lunettes. Il avait travaillé ferme à la faculté de médecine et faisait son chemin. Son père, un chirurgien de l'armée, était mort de la grippe espagnole pendant la guerre. Sa mère était en Virginie, intendante dans une école de filles. Priss avait fait la connaissance de Sloan au bal de débutantes de sa cousine. À ce bal un autre cousin, étudiant en médecine, avait amené quelques danseurs supplémentaires choisis parmi ses camarades, dont Sloan.

« La médecine est un perpétuel recommencement, poursuivit Mrs Hartshorn. Nous avons des prises de bec, Sloan et moi, à ce sujet. Comme en histoire (je ne sais plus qui a dit cela), les mêmes phénomènes se répètent périodiquement. Au début les femmes allaitaient. Les docteurs ont préconisé le biberon. Maintenant ils nous disent que la vieille méthode était la bonne. Cela me fait penser à la théorie de la relativité d'Einstein. »

Sloan fit semblant d'ignorer cette digression.

« L'allaitement maternel, dit-il d'une voix calme, immunise l'enfant pour au moins un an contre la varicelle, la rougeole, la coqueluche et souvent les coryzas. Bien entendu, dans certains cas, le lait de la mère ne convient pas à l'enfant. Cette allergie provoque éruptions ou vomissements. Il faut alors reconsidérer le problème.

— Et sur le plan psychique ? demanda Polly. L'enfant nourri au sein n'est-il pas en contact plus intime avec sa mère que l'enfant nourri au biberon ? »

Sloan fronça les sourcils. « La psychologie est loin d'être une science exacte. Restons-en aux faits, aux phénomènes que l'on peut mesurer. Il est indéniable que la mère transmet par l'allaitement les immunisations dont elle bénéficie. La balance nous dit que Stephen prend du poids, trente grammes par jour. Cousine Louisa (c'est ainsi qu'il appelait sa belle-mère), vous ne pouvez pas douter de l'exactitude du pèse-bébé. »

Le vagissement d'un nouveau-né se fit entendre, dans le silence qui suivit ces paroles.

« C'est Stephen, dit Mrs Hartshorn, je reconnais sa voix. Il crie plus fort que les autres.

— C'est un signe de santé, répliqua Sloan ; s'il ne réclamait pas sa tétée, il serait urgent d'aviser. Eh, Priss ! »

Priss sourit timidement. « Sloan dit que crier est excellent pour lui.

— Cela développe ses poumons, qui doivent fonctionner comme un soufflet de forge. Comme ça », dit Sloan en aspirant et en expirant bruyamment.

Mrs Hartshorn jeta un coup d'œil à sa montre :

« L'infirmière pourrait quand même l'amener, il est six heures moins le quart.

— *L'horaire*, maman ! cria Priss. Les bébés de ton époque avaient la colique. Ce n'était pas dû à l'allaitement au sein, mais à l'irrégularité de leurs repas. On leur donnait leur biberon quand ils se mettaient à pleurer. Il est essentiel d'avoir un horaire et de s'y tenir. »

On frappa à la porte entrouverte. D'autres visites arrivaient : Connie Storey, son mari et le jeune docteur Edris. Ce dernier avait été le compagnon de chambre de Sloan à la faculté. Le ton des conversations monta. La fumée des cigarettes épaississait l'air de la pièce. Mrs Hartshorn ouvrit une fenêtre et tenta d'établir un *courant d'air*[*]. À quoi sert-il de garder le bébé à l'abri d'un panneau vitré s'il doit être ensuite plongé dans une atmosphère viciée ?

« Sans parler de nos microbes », dit-elle.

Elle expirait l'air de ses poumons avec une satisfaction telle qu'on pouvait croire que ses microbes étaient particulièrement vigoureux et de noble souche.

« Il faut que le bébé soit immunisé avant de quitter l'hôpital, déclara Sloan. Si on ne l'expose pas à quelques microbes, il tombera malade aussitôt installé à la maison.

Je trouve à cet égard que l'isolement en atmosphère stérile est excessif. N'est-ce pas ton avis, Bill ?… Du moins un peu excessif.

— Cela dépend, dit le docteur Edris. On ne met jamais assez en garde les mamans. »

Sloan sourit. « Je vois ce que c'est : faire bouillir le hochet chaque fois que le bébé le laisse choir.

— Tu ne crois pas que c'est nécessaire ? demanda vivement Priss. C'est pourtant ce que recommande la brochure.

— Grosse bête, dit son frère, ce bulletin a été écrit à l'usage de femmes qui vivent dans des taudis, par une ancienne élève de Vassar, sans doute…

— Les hochets sont proscrits, répliqua Priss. Tout le monde sait qu'ils sont cassables et anti-hygiéniques.

— Des jouets dangereux », acquiesça Sloan.

Il y eut un silence.

« Sloan a parfois le goût du paradoxe, dit Priss en souriant. Tu ne sais pas comme il *épate** les infirmières. »

Mrs Hartshorn approuva de la tête : « C'est une bonne chose pour un docteur d'être un peu paradoxal. Cela inspire confiance, observa-t-elle. On préfère les médecins qui ne croient pas à la médecine. »

Au milieu d'un éclat de rire général l'infirmière fit son apparition.

« Excusez-nous, messieurs-dames, c'est l'heure de la tétée. »

Quand les visiteurs se furent retirés, elle ferma la fenêtre puis alla chercher le bébé. Il avait un visage rouge et joufflu. Il portait une longue chemise. Elle le déposa sur le lit à côté de Priss. Il était six heures juste.

« Lequel prenons-nous ce soir ? » demanda-t-elle. Priss, qui avait laissé glisser une épaulette de sa chemise, désigna son sein droit. L'infirmière passa un coton imbibé d'alcool sur le mamelon gonflé puis installa le bébé de façon qu'il puisse téter. Comme d'habitude, il fit la grimace au contact de ses lèvres avec l'alcool et il repoussa le sein. L'infirmière remit d'une main ferme le bout du sein dans la bouche de l'enfant.

Elle fit le tour de la pièce pour ramasser les verres sales et vider les cendriers.

« Vous avez eu du monde aujourd'hui », constata-t-elle.

Il y avait un reproche dans sa voix. Priss fit semblant de ne pas s'en apercevoir. Elle serra les dents. La bouche du bébé lui faisait toujours mal au début, un peu comme une morsure. Elle avait les seins très fragiles. Elle n'aimait pas quand Sloan les touchait en faisant l'amour. Elle avait espéré qu'allaiter la guérirait de cette hypersensibilité. Certains prétendent que donner le sein procure à la mère un plaisir sensuel et elle s'était dit que si elle s'y habituait avec un bébé, elle n'y verrait plus d'inconvénient avec un adulte. Elle n'en avait pas parlé à Sloan. Parmi les raisons qui l'avaient incitée à donner le sein figurait au premier chef le désir de s'accoutumer à la chose et de pouvoir ensuite procurer à son mari un plaisir bien légitime. Jusqu'à présent, allaiter, comme d'ailleurs tout ce qui avait un rapport avec la sexualité, était une épreuve pour laquelle il lui fallait s'armer de courage. Elle devait faire appel à toute sa volonté, se persuader qu'elle était amoureuse et qu'elle devait se sacrifier. L'infirmière ne la quittait pas des yeux. Elle voulait s'assurer que le bébé aspirait correctement.

« Détendez-vous, Mrs Crocket, lui dit-elle gentiment. Vous êtes contractée. Bébé s'en rend très bien compte. »

Priss soupira et tenta de se laisser aller. Mais plus on cherche à se détendre, plus on se contracte ; c'est bien connu.

« Raideur bénie, détente maudite, murmura-t-elle avec un faible sourire.

— Vous êtes fatiguée, ce soir », dit l'infirmière.

La sympathie que lui exprimait cette femme lui fit du bien. Sloan ne comprenait pas qu'elle en avait un peu assez d'avoir tant de gens dans sa chambre qui ne parlaient que de son lait.

Bébé (elle aurait voulu que l'infirmière l'appelât Stephen) s'était mis à téter de façon régulière et à ronronner. Priss se sentit plus à l'aise, bien qu'elle n'aimât toujours pas cette sensation. Elle aimait par contre la chaleur de son enfant, le duvet pâle de son crâne et cette odeur de crème fraîche qui évoquait la campagne et les laiteries. L'infirmière mit la sonnette dans la main de Priss et s'éloigna sans faire de bruit. La jeune femme s'assoupit…

Elle reprit ses esprits tout à coup : Stephen dormait ! Sa petite bouche ne tirait plus et il ronflait doucement. Elle le secoua légèrement, comme on lui avait dit de le faire. Le bout du sein s'échappa. La petite tête ronde et douce de l'enfant tourna et sa joue se colla contre la poitrine de sa mère. Priss prit peur. Elle tenta de tourner la tête de Stephen et de replacer le mamelon dans sa bouche. Il résista. Ses petites mains roses s'efforçaient de la repousser. Elle changea de position et regarda sa montre. Il avait tété sept minutes au lieu d'un quart d'heure. La prochaine tétée ne serait qu'à dix heures. On lui avait bien recommandé de ne pas le laisser s'assoupir. Elle appuya sur la sonnette. Elle savait qu'une lampe-témoin s'allumait aussitôt dans le couloir. Personne ne vint. L'étage paraissait mort. Aucun vagissement ne provenait du dortoir des nourrissons. Les infirmières devaient être en train de donner le biberon aux nouveau-nés : ils dînaient tous… tous sauf le pauvre Stephen. Elle avait toujours peur de rester seule avec son fils. Elle s'efforçait de retenir l'infirmière par quelque propos sans importance. Mais depuis la veille il y avait eu deux naissances dans le service, donc deux bébés et deux mères de plus à soigner. Priss était devenue une « vieille » mère capable de se débrouiller toute seule. C'était la première fois qu'elle se trouvait ainsi délaissée. D'habitude une infirmière glissait la tête de temps en temps par la porte pour s'assurer que tout allait bien. Priss s'était refusée à révéler aux infirmières qu'elle avait peur de cet enfant qui était pourtant sa chair et son sang. Toujours personne. Trois minutes s'écoulèrent. Elle pensa à Sloan, qui était probablement dans la salle d'attente en train de blaguer avec Mrs Hartshorn et Bill Edris. Le règlement de l'hôpital interdisait au mari d'assister à l'allaitement. Sloan obéissait strictement à cette consigne. Peut-être un interne remarquerait-il en passant dans le couloir qu'une lampe était allumée. Elle leva le bras pour regarder sa montre. Deux minutes s'étaient encore écoulées. Elle avait l'impression que Stephen et elle étaient abandonnés tous deux dans une île déserte pour l'éternité ou enchaînés comme des prisonniers dans l'attente d'un affreux châtiment. Elle avait oublié que ce fardeau qui la tenait immobilisée était leur enfant, à Sloan et à elle. Elle imaginait dans sa panique que ce petit paquet appartenait à l'hôpital, qu'on l'avait mis là, qu'on l'avait oublié et qu'on ne le reprendrait jamais.

Stephen se réveilla. Il poussa un profond soupir, tourna la tête, la plongea dans la poitrine de sa mère et sombra de nouveau dans le sommeil. Priss pouvait sentir contre sa peau le petit nez. Pourvu qu'il n'étouffât pas comme cela arrive aux bébés que l'on laisse sans surveillance ! Peut-être était-il déjà étouffé ? Son cœur se mit à battre à grands coups. Elle se pencha sur Stephen, essaya de lui tourner la tête avec douceur pour ne pas appuyer sur la fontanelle. Il résista. Il n'était donc pas mort ! Une rapide décision ne s'imposait pas moins. Elle pensa téléphoner à la standardiste pour lui demander d'envoyer quelqu'un. Deux choses la retinrent : d'abord sa timidité et la crainte de se montrer importune, ensuite le fait que, le téléphone étant à la gauche de son lit, il lui faudrait déranger Stephen. Elle avait une peur terrible qu'il ne se mît à pleurer.

« Priss Hartshorn-Crocket, se dit-elle d'un ton ferme, vas-tu laisser étouffer ton fils par timidité et parce que tu ne peux supporter de l'entendre pleurer ? Que penserait ta mère ? »

Prenant son courage à deux mains, elle se redressa, mais ce mouvement brusque fit glisser le bébé. Il roula comme un petit paquet. Réveillé en sursaut, il se mit à pousser des cris furieux. Au même moment, la porte s'ouvrit.

« Que se passe-t-il ? »

C'était l'infirmière stagiaire. Priss l'aimait beaucoup car elle avait à peu près le même âge qu'elle. Elle s'empara de Stephen et le pelotonna doucement contre son uniforme.

« Vous êtes-vous battus tous lcs deux ? »

Priss esquissa un sourire. L'humour n'était pas son fort, mais maintenant que le bébé était en sécurité dans le creux des bras nus de l'infirmière elle recommençait à voir la vie en rose.

« Comment le trouvez-vous ?... J'ai perdu la tête.

— Stephen est très fâché. N'est-ce pas, Stephen ? » dit la jeune fille en s'adressant au bébé.

Puis, se retournant vers la mère : « A-t-il envie de retourner dans son lit ? »

Elle ramassa son châle, l'en entoura et lui tapota le dos pour lui faire faire ses « rototos ».

« Non ! non ! cria Priss. Rendez-le-moi, s'il vous plaît. Il n'a pas fini sa tétée. Il s'est endormi au beau milieu.

— Comme vous avez dû avoir peur ! Soyez tranquille, je ne vous quitterai pas jusqu'à ce qu'il ait terminé. »

Le bébé éructa. Elle le débarrassa de son châle et le glissa de nouveau sous les draps tout contre la poitrine de Priss.

« Il fallait lui faire faire ses rototos, dit-elle. Il a avalé beaucoup d'air. »

Elle introduisit le sein dans la bouche du bébé. Il le repoussa et se remit à pleurer. Il était furieux. Les deux femmes se regardèrent tristement.

« Cela arrive-t-il souvent ? demanda Priss.

— Je ne sais pas. Nous nourrissons les autres au biberon. Cela arrive quand le trou de la tétine n'est pas assez gros. Ils deviennent furieux et repoussent la bouteille.

— C'est donc que mon lait n'arrive pas assez vite. C'est moi la responsable... Je pré-préférerais lui voir repousser un biberon », bégaya Priss.

Elle avait le visage d'une petite fille prise en faute.

« Il est fatigué, dit la stagiaire. L'avez-vous entendu crier cet après-midi ? »

Priss fit signe que oui.

« C'est un cercle vicieux, dit-elle tristement. Il se fatigue à crier parce qu'il a faim, et ensuite il est trop fatigué pour téter. »

La porte s'ouvrit. L'infirmière habituelle parut :

« Vous avez laissé la lampe-témoin allumée, dit-elle d'un ton de reproche à la stagiaire. Prenez bien soin de l'éteindre en entrant… Que se passe-t-il ici ?

— Il ne veut plus téter », dit Priss.

Les trois femmes se regardèrent et soupirèrent en chœur.

« Voyons s'il vous reste du lait », déclara l'infirmière en titre.

Elle fit légèrement pivoter la tête du bébé et pressa le sein de Priss ; une goutte de liquide clair parut.

« Allons-y ! Il faut qu'il apprenne à travailler pour vivre. Plus il travaillera fort, plus vous produirez de lait… Il faut que la mamelle soit bien drainée. »

Elle pressa de nouveau le sein et appliqua la bouche du bébé sur le mamelon humide. Sous la surveillance des deux infirmières il téta une minute… deux minutes, puis s'arrêta.

« Faut-il amorcer la pompe de nouveau ? » demanda Priss avec un faible sourire. L'infirmière se pencha.

« Votre sein a donné tout son lait. Ce n'est pas la peine de fatiguer le petit pour rien. Je vais le reprendre et le peser. »

Presque aussitôt la stagiaire réapparut. Elle était tout essoufflée.

« Il a pris près de soixante grammes, rapporta-t-elle, dois-je dire à votre famille qu'elle peut revenir ? »

Le dîner de Priss arriva sur un plateau pendant qu'elle attendait les siens. Elle débordait de joie et se sentait un peu d'appétit.

« Nous sommes au courant de ton record, annonça Mrs Hartshorn.

— Soixante grammes. Est-ce beaucoup ? demanda Allen d'un air de doute.

— Une bonne moyenne, déclara Sloan. Le lait de Priss est très concentré. Cela explique le gain de poids régulier de Stephen et excuse les comédies qu'il fait quand il a faim. »

Ils s'en allèrent pour laisser Priss dîner en paix. Sloan emporta le shaker. On n'en aurait plus besoin ici ; Priss, pour le prochain week-end, serait chez elle.

Elle saisit le dernier numéro du *Consumer Reports*, espérant y trouver un article sur l'alimentation conditionnée des bébés. Elle se reprochait de ne plus se cultiver l'esprit depuis qu'elle était à l'hôpital. Elle ne s'intéressait qu'à la lecture des bulletins de poids de Stephen que les infirmières pesaient avant et après chaque tétée. Un oubli de leur part de donner ce résultat la faisait mourir d'angoisse. Elle imaginait le pire et n'avait pas le courage de sonner pour s'informer. La pesée matinale était le fait marquant de la journée. On mettait le bébé sur la balance avant son bain et on comparait son poids avec celui de la veille. Rien n'intéressait Priss hormis les progrès de Stephen et les absorptions de liquide auxquelles elle-même se livrait. Celles-ci étaient telles qu'il lui fallait demander l'urinal à tout instant. Les infirmières étaient aux petits soins pour cela comme pour le reste. Pourtant elles désapprouvaient – la jeune stagiaire mise à part – l'allaitement au sein, qui était une lubie de l'accoucheur (le docteur Turner) et de Sloan. Mais nolens volens, il fallait se rendre à l'évidence : l'enfant profitait.

S'il n'y avait pas eu ces bulletins, la foi de Priss aurait été ébranlée. L'enfant pleurait tout le temps. Sloan et le docteur Turner ne pouvaient l'entendre, mais Priss et les infirmières vivaient dans le vacarme. La veille, il avait commencé à vingt heures juste. Tout l'étage reconnaissait sa voix ; on en avait pour deux bonnes heures. Parfois, mais c'était rare, les pleurs se transformaient en gémissements et l'enfant se rendormait. Le règlement interdisait aux infirmières de le bercer. Il leur était seulement permis de changer ses couches et de lui donner un peu d'eau. Elles n'avaient pas le droit de le « manipuler » ; seule l'eau était autorisée ; sinon la tétée était compromise. Parfois, le seul fait de le changer le calmait. L'eau avait le même effet ; pas toujours, cela dépendait du moment où on la lui donnait. S'il l'avait trop tôt, il s'endormait un instant puis se remettait à hurler de plus belle. Quand son réveil se produisait entre deux tétées les infirmières le laissaient pleurer pendant une heure puis lui donnaient son eau. Fatigué de crier et sa faim trompée, il se rendormait jusqu'à la tétée suivante. C'était le cas le plus favorable. Le bébé arrivait au sein bien reposé et il tirait avec force. Mais si par malheur il s'éveillait peu après sa tétée, c'était épouvantable ; au bout d'une heure de cris, on lui donnait son eau, il s'endormait, se réveillait de nouveau et pleurait sans désemparer... Jusqu'à présent son record avait été de deux heures et quart.

Priss gravissait par la pensée toutes les étapes de ce calvaire. Elle reconnaissait le moment où on lui donnait son eau, savait si on lui changeait ses couches ou si, simplement, on le retournait dans son berceau. Elle pouvait dire s'il était endormi d'épuisement à la façon dont ses pleurs s'étaient calmés. Elle imaginait les hésitations de l'infirmière : fallait-il le prendre dans les bras, le changer ou le laisser pleurnicher dans l'espoir qu'il ne se réveillerait pas tout à fait ? Priss, sans savoir de laquelle il s'agissait, s'était aperçue qu'une des infirmières n'appliquait pas le règlement et le prenait dans ses bras pour le bercer. Cela se manifestait par un répit soudain, un long silence et, au retour de l'enfant dans son berceau, une explosion de fureur. Priss aurait d'ailleurs été bien en peine de dire si cette infirmière avait tort ou raison.

Le pire, c'était la nuit. Il commençait parfois à trois ou quatre heures du matin. Priss repassait alors dans sa tête les autres moyens, ceux que l'on emploie pour qu'un enfant se taise et se repose, élixir parégorique, sucette, etc. Elle avait lu beaucoup de traités de puériculture pendant sa grossesse. Elle savait que donner de l'élixir parégorique à un enfant ne fait du bien qu'à ceux qui sont importunés par ses cris. Pur égoïsme. Les docteurs disaient que pleurer ne faisait aucun mal aux enfants ; cela ne faisait de mal qu'aux grandes personnes qui les entendaient. Priss était bien de cet avis. Les infirmières notaient soigneusement la durée des pleurs de Stephen, mais ces indications n'étaient tenues en considération ni par le docteur Turner ni par Sloan, qui ne regardaient que la courbe de poids.

Sloan avait à maintes reprises mis Priss en garde contre les ragots des infirmières. Leur bonne volonté n'était pas en cause. Ce qu'il critiquait, c'était leur attachement à des méthodes surannées. Elles prétendaient en savoir plus long que les médecins. Les « vocalises » de son fils le mettaient moins en colère que les commentaires perpétuels de sa femme à leur sujet. « Si cela te dérange, lui avait-il dit un jour, tu n'as qu'à demander du coton pour tes oreilles. » Priss tenait des infirmières qu'il était mauvais pour son lait de se tourmenter, mais il était contraire à sa politique de faire la sourde oreille à un bébé affamé. C'était aussi grave à ses yeux que de ne pas prêter attention aux manifestations des ouvriers réclamant « du pain et du travail ». Si l'enfant hurlait, elle voulait en être informée. Avec sa nature inquiète, même les oreilles bouchées, elle s'imaginerait entendre crier Stephen. Sloan lui disait qu'elle était idiote, mais que du moment qu'elle ne voulait pas être raisonnable, elle n'avait pas à se plaindre.

Son mari s'impatientait devant la souffrance. Il cachait cette faiblesse sous une cuirasse d'indifférence ; autrement il n'aurait pu exercer un métier qui le mettait en contact avec tant de misères. Priss était arrivée à cette conclusion à la suite des discussions qu'elle avait eues avec lui sur le boycottage des produits espagnols et japonais. Il l'avait surnommée le « Petit Capitaine Boycott » et il se moquait d'elle avec ses amis. Si la théorie de Priss était exacte, pourquoi les infirmières ne revêtaient-elles pas aussi une armure pour se protéger des cris de Stephen ? Or, elles ne faisaient que se plaindre tout bas (Priss avait surpris une de leurs conversations) de Sloan et du docteur Turner qu'elles auraient voulu voir, ne serait-ce qu'une nuit, à la place de la jeune femme. Le mari, à les en croire, avait « un grain ».

Cette nuit-là, Priss était couchée dans son lit, plus émue que jamais par les hurlements de Stephen. Elle ne comprenait pas pourquoi Sloan s'était fait le champion de l'allaitement au sein. Il avait donné ses raisons, des raisons uniquement médicales. N'était-ce pas plutôt par goût de la contradiction, pour tenir tête à Mrs Hartshorn, aux infirmières et à Priss elle-même ? Ou bien... ? Une idée lui traversa l'esprit. Sloan, qui débutait dans la carrière, ne se servait-il pas de sa femme pour se faire de la publicité ? Il ne faisait pas mystère de son opposition aux idées du bon vieux docteur Drysdale, qui avait été le promoteur de l'allaitement au biberon et qui y avait converti toute la société new-yorkaise.

Le docteur Drysdale se vantait d'être ultra-scientifique, mais Sloan rétorquait que tous ces autoclaves et ces stérilisateurs étaient inopérants et inutiles (sans parler de leur prix élevé), alors qu'il suffisait de capter les ressources de la nature humaine. L'enfant irait directement du sein à la timbale. Toute mère était capable d'allaiter. Il estimait aussi que ne pas engraisser pendant la grossesse était une question de volonté. Mrs Hartshorn avait été surprise de voir combien le poids de Priss était resté stable pendant son inaction forcée. Priss avait été très fière de garder sa silhouette de jeune fille, très fière aussi d'allaiter Stephen. Maintenant elle était troublée. N'aurait-elle été qu'un cobaye ? La nouvelle de ses couches exceptionnelles s'était largement répandue. Tout un chacun dans cet hôpital savait que la pauvre petite Mrs Crocket, à la poitrine si plate que c'en était une misère, nourrissait son fils.

Au-dehors, au Cosmopolitan Club et dans l'entourage de sa mère, on ne parlait que de cela.

« Je crois vraiment que tu es en train d'inaugurer quelque chose, avait déclaré Kay Strong-Petersen. Toutes les anciennes élèves de Vassar veulent maintenant donner le sein. »

Priss n'entendait pas se montrer amère, mais elle ne pouvait s'empêcher de se sentir ce soir un peu humiliée à l'idée qu'elle était la complice d'une fraude, ce genre de fraude contre l'intérêt public que le Service des poids et mesures, par exemple, réprime avec tant d'énergie.

À neuf heures, la fille de salle lui apporta son jus de fruits. Stephen pleurait avec la persévérance et la régularité d'une scie circulaire. Priss essayait en vain de concentrer son attention sur des mots croisés. Les cris de Stephen étaient encore plus violents depuis que la porte était ouverte. Une seconde voix, plus faible, s'était jointe à la sienne. Priss avait toujours craint que son fils ne dérangeât les autres enfants. Les infirmières l'avaient rassurée sur ce point. Les nouveau-nés s'habituent très vite à un bruit familier. Priss ne put s'empêcher de balbutier une vague phrase d'excuse à la fille de salle. Elle avait fait un effort pour retenir leurs prénoms. Celle qui se trouvait en ce moment dans sa chambre était une Irlandaise du peuple.

« Oh ! ma chère Catherine, l'entendez-vous ? Il va réveiller tout l'hôpital !

— L'entendre ? répliqua Catherine, il réveillerait un mort. Quand allez-vous le mettre au biberon, bon Dieu !

— Je ne sais pas », répondit Priss.

Elle ferma les yeux. Elle était très lasse.

« Ne prenez pas ça mal, dit Catherine en tapotant l'oreiller. Il se fait les poumons. »

Priss en avait assez de ces poumons.

« Je sais que ce ne sont pas mes oignons, reprit Catherine en remontant le couvre-pieds, mais je me demande pourquoi vous vous êtes fourré dans la tête de lui donner le sein ? »

Priss rougit. « Imm-mu-munisation », bégaya-t-elle.

La fille de salle la regarda.

« Vous savez bien, reprit Priss, c'est comme une vaccination. Il ne peut attraper les maladies que j'ai eues : oreillons, varicelle, rougeole.

— Qu'est-ce qu'on ne fait pas, maintenant ! » dit Catherine en branlant du chef.

Elle versa de l'eau dans le verre de Priss. « Ils sont tout le temps en train d'inventer des trucs. »

Priss approuva de la tête.

« Voulez-vous que je mette la radio ? Un peu de musique ? Ça vous empêchera de l'entendre !

— Non, merci Catherine.

— Voulez-vous que je donne un coup de manivelle à votre lit pour vous remonter les genoux ?

— Non, merci », répéta Priss.

La fille de salle hésita. « Allons ! bonsoir, Mrs Crocket. Courage, et prenez la vie du bon côté ; c'est pas ça qui vous fera mal aux seins, au contraire ! »

Priss ne put s'empêcher de savourer cette remarque. Elle voulait s'en souvenir pour la répéter, si possible sans bégayer, à sa mère. Quel bonheur, mon Dieu, si, grâce à Stephen, son buste se développait ! Elle avait fait rire le docteur Turner quand elle lui avait demandé avec une certaine anxiété si elle ne devrait pas porter un soutien-gorge spécial pour nourrice.

Elle était de meilleure humeur. Le silence régnait. Stephen avait probablement reçu sa ration d'eau claire tandis qu'elle conversait avec Catherine. Le calme fut rompu par l'infirmière-chef, miss Swenson, qui avait fini sa journée. Elle entra et ferma la porte.

« Je dois vous dire, Mrs Crocket, que je compte avoir un entretien avec le docteur Turner demain matin. Je vais préconiser un biberon supplémentaire pour Stephen. »

Le ton badin de miss Swenson ne pouvait tromper personne. Un « biberon supplémentaire » ! Pourquoi pas une dose de strychnine ? Au seul mot de « biberon » (supplémentaire ou non), Priss avait frémi. Elle prit appui sur ses oreillers comme si elle s'apprêtait à livrer une bataille.

Miss Swenson continua, apparemment inconsciente de l'effet de ses paroles.

« Vous serez soulagée, Mrs Crocket. Nous avons compati à vos tourments. Vous avez été une mère admirable. »

Priss savait que miss Swenson, pour laquelle elle avait toujours eu de la sympathie, était une personne très sérieuse.

« Mais pourquoi ? finit-elle par demander. Le poids… ? »

Miss Swenson, qui paraissait une trentaine d'années, avait des cheveux blonds noués en chignon. Elle s'approcha du lit et prit la main de Priss. « Je sais ce que vous ressentez, ma chère, vous êtes au désespoir. Elles pleurent toutes quand je parle d'un biberon supplémentaire. Même si le bébé ne prend pas de poids, elles s'acharnent. Je vous félicite de votre calme.

— Cela arrive donc souvent ? demanda Priss.

— Pas très. Il n'y a ici qu'un ou deux médecins à vouloir que les femmes donnent le sein. Certaines mères ne sont pas d'accord, car il y a beaucoup de préjugés défavorables à l'allaitement, surtout – et vous en serez surprise – parmi celles qui sont les moins fortunées. Elles y attachent une notion de classe sociale.

— Est-ce possible ? s'exclama Priss.

— Il en est ainsi pour nos accouchées juives : même si elles ont beaucoup de lait elles ne veulent pas donner le sein, cela fait “émigrant”.

— Ce que vous dites est passionnant, dit Priss.

— Oh ! nous en voyons des choses ! Cette notion de classe sociale est extraordinaire. Ainsi, dans le service de chirurgie, les femmes et les hommes qui ont subi une opération au ventre font presque toujours de la rétention d'urine. Prenez les Noirs que l'on admet dans la salle commune, eh bien, ils ne souffrent pas de cet inconvénient après qu'ils ont été opérés. C'est parce qu'ils manquent de pudeur. Chez les gens aisés, tout ce qui se passe au-dessous de la ceinture est influencé par leur éducation. Après le choc opératoire, ces contraintes s'exercent de façon désordonnée : ils ne peuvent plus uriner.

— C'est extraordinaire », dit Priss dans un murmure.

Elle aurait adoré parler un peu de sociologie… mais elle ne voulait pas que la conversation déviât.

« Les femmes riches ont-elles plus ou moins de lait que les autres ? » demanda-t-elle, évitant volontairement de dire « les femmes du monde ».

Miss Swenson ne répondit pas à la question, sans doute pour ne pas avouer à Priss que, du fait de la catégorie sociale à laquelle elle appartenait, son cas était plus ou moins désespéré. Elle regarda sa montre.

« Il faut que je vous explique ce que signifie “un biberon supplémentaire” », reprit-elle.

À la surprise de Priss ces mots ne résonnaient plus à ses oreilles comme un glas funèbre.

« Stephen prend du poids normalement… tenta-t-elle encore de dire.

— Le petit a un appétit exceptionnel, dit miss Swenson. Votre lait est très nutritif, mais vous n'en avez pas assez. Voici ce que je propose : après la tétée de dix-huit heures et à partir de demain, nous lui donnerons en faible quantité un biberon de composition spéciale. C'est à cette heure-là que vous avez le moins de lait, je l'ai remarqué. À vingt-deux heures, votre lait est d'une abondance suffisante pour apaiser sa faim. L'estomac plein, il dormira comme un ange jusqu'à deux heures… et vous aussi, ma pauvre enfant. Peut-être même que grâce à notre dosage il pourra dormir jusqu'à six heures le lendemain. Il faudra l'habituer à cela avant votre départ, pour que vous puissiez avoir chez vous des nuits de sommeil complètes. C'est ce que nous nous efforçons d'obtenir de tous nos pensionnaires. Si le bébé prend l'habitude d'être nourri à deux heures du matin, il est difficile de changer l'horaire ensuite. Les bébés sont des pendules qu'il nous faut régler avant de les remettre à leur mère. »

Priss approuva de la tête. Cette organisation était merveilleuse, vraiment. Rien de tout cela n'existait quelques années plus tôt.

« S'il reste grognon avec le biberon supplémentaire, poursuivit miss Swenson, on avisera. Dans certains cas nous sommes amenés à donner un biberon supplémentaire après chaque tétée. Pour Stephen ce ne sera probablement pas nécessaire. Il se peut fort bien que votre lait devienne plus abondant quand l'enfant reposera tranquillement. »

L'infirmière partie, Priss se sentit une autre femme. Ce qui la frappait, c'était le pragmatisme qui régnait dans la maison. On y était ouvert au progrès, on y essayait de nouvelles méthodes, de nouveaux « mélanges » jusqu'à ce que l'on ait trouvé le bon. Un peu comme le New Deal. Miss Swenson devait sûrement voter démocrate. Priss était heureuse que Sloan ait fait un stage dans cet hôpital qui lui faisait penser à une usine ultramoderne dont les produits – des bébés en l'occurrence ! – n'étaient livrés qu'après avoir été soumis à de nombreux contrôles et « garantis » pour plusieurs mois. « Quand on pense, se dit-elle, que les mères peuvent suivre des cours ici sur la façon de laver leurs bébés, de leur faire faire leurs rototos et de les langer. Toutes n'ont pas les moyens de se payer une nurse ou la chance d'avoir une Irène. Aux jeunes accouchées qui le désirent, on donne même accès au laboratoire, afin de ne rien leur laisser ignorer des nouvelles formules de dosage. » Ces bébés qui dormaient et qui mangeaient régulièrement, qui fonctionnaient comme des pendules, selon l'expression de miss Swenson, allaient donner une nouvelle race d'hommes qui peut-être (il ne fallait pas être trop optimiste !) ne feraient pas la guerre et ne voleraient pas leur prochain. La vie leur était vraiment rendue facile, à ces bébés et à leurs mères. Les enfants étaient habitués à faire leurs besoins avec régularité. Il n'y avait qu'à les mettre sur le pot à heure fixe et le tour était joué. De même pour les couches. Il y avait une organisation, le Diaper Service, qui venait chercher les couches sales tous les jours et en rapportait de nouvelles, blanches comme neige et stérilisées.

Cette nuit-là, Stephen battit tous ses records. Il hurla sans arrêt de trois heures du matin à six heures, soit pendant trois heures d'horloge.

Le docteur Turner, à son entrée dans la chambre de Priss le lendemain, lui reprocha ses yeux cernés. Il lui fit mettre du rouge. Au sujet du biberon, il se montra très compréhensif, comme si la proposition de miss Swenson était arrivée au bon moment. Il déclara que la courbe de poids n'était pas la seule chose à considérer. Priss se garda de lui faire remarquer qu'il contredisait les déclarations qu'il avait faites deux jours auparavant planté à cet endroit même. Il prit congé de la jeune femme le plus tranquillement du monde, après lui avoir emprunté une rose pour sa boutonnière.

Un seul point noir : Sloan. Ne s'emporterait-il pas à la seule mention d'un « biberon supplémentaire » ? Le docteur Turner avait promis de le mettre au courant car si elle avait dû le faire elle-même il lui aurait fallu bégayer quelque euphémisme comme : « Stephen aura droit, ce soir, à un dosage composé à son intention. » « C'est amusant, se dit-elle, comme on adopte vite le jargon des hôpitaux. » À cet égard il y avait une chose à laquelle elle était résolue : ne pas parler « bébé » avec Stephen, pas d'expressions comme « la petite » ou « la grosse commission »... mais elle n'avait pas encore fait le choix des termes à employer.

Sloan fit irruption à l'heure du déjeuner. Il était furieux. Un tic nerveux agitait l'une de ses paupières. Il en voulait au docteur Turner, aux infirmières, à tout le monde sauf à Priss, qui n'était que la victime innocente d'une machination. On l'avait contrainte, disait-il, à accepter le biberon.

« Mais, Sloan, essaya-t-elle de dire, il me semble que c'est une bonne idée. »

Sloan secoua la tête : « Priss, tu es une profane, et Turner n'est qu'un accoucheur. Dès que tu seras sortie de cet hôpital, tu ne l'intéresseras plus. Il t'examinera une fois encore dans quelque temps pour s'assurer que tout va bien. Et puis, ni vu ni connu. Voilà, bon Dieu, en quoi réside la différence entre un accoucheur et un pédiatre. »

Il s'assit sur une chaise et passa sa main dans ses cheveux blonds. Priss s'aperçut qu'il était vraiment hors de lui. « Que se passe-t-il, Sloan ? demanda-t-elle.

— C'est simple comme bonjour, dit-il en essuyant ses lunettes. Quand un bébé a goûté à ce dosage et si la composition lui plaît, il se détourne du sein maternel. C'est l'enfant qui commande ; il le sait, le bougre. Il cesse de téter avec ardeur et la mère perd son lait. Alors on lui donne un deuxième biberon supplémentaire, puis un troisième. Au bout d'une semaine, il aura un biberon après chaque séance, et bientôt il ne voudra plus téter du tout. C'est trop fatigant. Trop fatigant aussi pour les infirmières, qui doivent sans cesse combiner de nouveaux dosages alors que des biberons sont tout prêts dans les stérilisateurs. Crois-moi, ma chère, si on donne ce soir un biberon à Stephen, dans huit jours tu n'auras plus une goutte de lait et nous aurons un bébé au biberon à cent pour cent. »

Priss secoua la tête, indécise. Elle ne savait plus que penser. Sloan l'avait convaincue qu'à la suite de ce biberon son lait tarirait. Pourquoi ? Parce qu'il agirait sur Stephen comme une drogue ou un alcool. Une fois qu'il y aurait goûté, il ne voudrait plus rien d'autre. Elle entrevoyait le sens du combat que menait Sloan. Le docteur Turner et miss Swenson l'avaient trompée. Elle se sentait triste et abattue. En perdant son lait, elle perdait sa raison de vivre. Mais était-ce vraiment d'une telle importance ?

« Est-ce que nous n'exagérons pas ? demanda-t-elle tout à coup. N'en avons-nous pas assez l'un et l'autre de cet allaitement au sein ?

— Tu as raison, dit-il d'une voix blanche. Cela n'a pas d'importance. Nous avons voulu donner à Stephen un bon départ, c'est tout. Si tu avais pu continuer un mois ou deux…

— Je suis désolée, dit Priss.

— Tu n'y es pour rien. C'est la faute de ce sacré hôpital. Je les connais bien. Ils n'ont pas accepté l'expérience. Tu en serais sortie avec gloire. Un jour de plus et cela y était, deux jours peut-être.

— Qu'entends-tu par là ? demanda Priss.

— Stephen se serait calmé et aurait cessé de hurler comme un damné. Ton lait s'est reconstitué. Regarde ta fiche. Je l'ai dit au docteur Turner. Personne ici n'a le courage de pousser une expérience à fond. Un bébé pleure et on lui tend un biberon. La médecine ne progressera jamais si l'on ne fait pas de sacrifices. Il en est de même avec ton ami Roosevelt et tous ces socialistes à la manque de la Maison-Blanche. Notre économie se serait remise en route toute seule si on n'avait pas tenu compte des cris des défaitistes. La remontée de l'économie ? Ah là là, elle est réussie ! Avec leurs dosages à eux, ils nous laissent dans le marasme. »

Il se mit à rire. « Tiens, elle est bien bonne, celle-là !

— Très drôle, dit Priss d'un air pincé ; mais je ne vois pas le rapport ?

— Tu es courageuse, ma vieille, dit-il affectueusement. Son "mot" l'avait remis de bonne humeur. Tu ne recules pas d'un centimètre.

— Qu'as-tu dit au docteur Turner ? » demanda Priss.

Il haussa les épaules. « Ce que je viens de te dire. Il est d'avis qu'il est inutile de poursuivre l'expérience dans les conditions actuelles. Les infirmières sont contre. C'est un véritable complot.

— Qu'entends-tu par "expérience" ?

— De montrer que n'importe quelle femme peut allaiter. Tu le sais bien, je te l'ai répété cent fois.

— Sloan, dit-elle d'une voix conciliante, Stephen crie dix heures par jour – à peu près. »

Sloan leva un doigt.

« D'abord, c'est un chiffre exagéré. Ensuite, qu'est-ce que cela peut bien faire ? Troisièmement, les infirmières le prennent et le cajolent quand il pleure. Cela n'a pour effet que de le faire crier encore plus. Il aura bientôt deux semaines et il sait déjà que dans la vie il faut crier pour que l'on fasse attention à vous. »

Il croisa les bras et regarda Priss en fronçant les sourcils. « Il faudra surveiller cela, reprit-il, quand nous serons chez nous, et ne pas laisser Irène le prendre, si ce n'est pour changer ses couches.

— Je suis d'accord avec toi sur ce point, dit Priss. J'en ai déjà parlé avec Irène. Elle sait que les méthodes ont changé. Mais que décides-tu au sujet du biberon ?

— Laissons-le avoir ce biberon supplémentaire. Lorsque nous serons à la maison nous aviserons, d'ailleurs j'ai une idée en tête. »

Priss eut un petit frisson. Quel garçon inquiétant ! Depuis qu'elle était à l'hôpital elle voyait Sloan sous un autre jour. Elle se demanda si elle l'aimait moins. Peut-être était-elle comme toutes les jeunes mamans : maintenant qu'elle avait un bébé, son cœur était partagé. Elle voyait le moment où il lui faudrait protéger son fils de Sloan avec d'autant plus de soin qu'en sa qualité de médecin il exercerait une plus grande autorité. Elle en était arrivée à confronter les idées de son mari avec les déclarations des infirmières, les conseils de la brochure officielle et les articles de *Parents' Magazine*. Elle avait été surprise de découvrir que Sloan et la brochure du ministère du Travail étaient d'accord sur certains points. Ne recommandaient-ils pas également de faire dormir les nouveau-nés dans une chambre très froide ? Or cet hôpital était surchauffé.

Il y avait en Sloan un penchant qu'elle n'aimait pas, le penchant qui le faisait voter républicain. Jusqu'à présent cela n'avait guère eu d'importance ; presque tous les hommes de son milieu votaient républicain, mais elle ne voulait pas que le parti républicain décide du sort de son bébé. Sur le plan médical, Sloan était d'avant-garde, mais il était obnubilé par ses théories ; il les poussait à l'extrême sans tenir compte du facteur humain. Elle se demandait s'il réussirait comme pédiatre.

« Quelle idée as-tu en tête ? demanda-t-elle en dissimulant son inquiétude.

— Une idée, comme ça. »

Il se leva et se mit à arpenter la pièce. « Je me demande comment Stephen se comporterait s'il tétait toutes les trois heures. »

Priss écarquilla les yeux.

« Le cycle de quatre heures n'est pas sacro-saint, dit-il en s'approchant du lit. Ne fais pas cette tête-là. De jeunes pédiatres sont en train de faire des expériences sur le cycle de trois heures. Il s'agit de savoir ce qui convient à tel ou tel bébé ; ils sont tous différents, tu sais. »

Priss réfléchissait aux conséquences d'un projet qui paraissait nouveau à Sloan lui-même. Il avait dû lire cela dans le dernier numéro d'un journal médical.

« Il est exclu, continua-t-il, de faire cet essai ici. L'horaire n'est pas établi en conséquence. Ce serait une levée de boucliers dans le clan des infirmières. Mais puisque nous avons un bébé particulièrement affamé et gueulard, on pourrait faire l'essai à la maison. »

Il venait de toucher en Priss une corde sensible. Ainsi donc il s'était inquiété lui aussi… Il avait cherché une solution. Peut-être avait-il travaillé jusqu'à des heures avancées ? Mais, en médecin qui se respecte, il n'avait pas voulu reconnaître ouvertement qu'il avait fait fausse route.

« C'est plus facile dans le cas de l'allaitement au sein que dans l'autre, reprit-il. Tu donnerais le sein toutes les trois heures pendant une semaine ou deux et tu reviendrais ensuite au cycle de quatre heures. L'essentiel est de garder des cycles de même valeur, quelle que soit leur durée.

— Aurai-je assez de lait ? »

Elle voyait déjà Stephen inassouvi après chaque tétée, c'est-à-dire huit fois par jour... Ce n'était pas une pensée réjouissante.

« Tes montées de lait seraient sollicitées par des séances plus fréquentes, dit-il. De toute façon, cela m'intéresse d'essayer. »

Priss n'y voyait aucun inconvénient, à condition que ses montées de lait puissent se maintenir. Elle posa une dernière question :

« Tu ne penses pas que ta théorie est un retour en arrière ? Si on la poussait plus loin j'en arriverais à donner le sein toutes les heures, puis finalement à chaque exigence du bébé. C'était ainsi que les choses se passaient dans le bon vieux temps. »

Sloan se mit à rire :

« Dans le très vieux temps, tu veux dire. Il ne faut tout de même pas exagérer. »

Après le départ de Sloan, il arriva une chose très inattendue. Priss venait de donner à Stephen sa tétée de l'après-midi quand Julie Bentkamp, une autre camarade d'université, la demanda au téléphone. Elle travaillait à la revue *Mademoiselle* et avait appris par Libby MacAusland cette histoire d'allaitement au sein. Elle trouvait cela passionnant et elle aurait voulu que Priss écrivît un article pour faire part de ses impressions. Priss répondit qu'il n'en était pas question. Une femme de médecin n'avait pas le droit de participer à un tel reportage. Quelques minutes plus tard, ce fut Libby qu'elle eut au bout du fil, cette bonne vieille Libby, qui était maintenant un agent littéraire très actif. Elle dit à Priss que si elle écrivait cet article, elle-même se chargeait de le repasser au *Reader's Digest*. « Tu n'as qu'à prendre un pseudonyme. D'ailleurs, je suis sûre que Sloan sera enchanté de la publicité. Veux-tu que je l'appelle au téléphone ?

— Les médecins ne font pas de publicité », dit Priss, glaciale. Elle était très ennuyée. C'était le genre de « main forcée » dont elle avait horreur. Comment sa camarade avait-elle été mise au courant ? La question était oiseuse. On connaissait Libby ! Elle craignait avant tout que la jeune fille parvienne à joindre Sloan et que celui-ci, loin de se mettre en colère, lui intime l'ordre d'écrire l'article. Elle pensa à la respectable Mrs Drysdale, la femme du docteur Drysdale… Avec quelle indignation elle aurait dans sa jeunesse refusé une telle proposition !

« Je vais inviter Sloan à prendre un verre, poursuivait Libby au téléphone. Puisqu'il est veuf actuellement. J'inviterai aussi Julie. Je suis sûre que nous arriverons à le convaincre. Tu devrais voir Julie en ce moment, elle est formidable.

— Je t'en prie, Libby, cria Priss.

— Tu indiqueras ton tour de poitrine. Il est important que le lecteur sache que tu ne fais pas tout à fait quatre-vingt-onze. N'oublie pas de dire que tu étais Phi Bêta Kappa à l'université et que tu as été fonctionnaire du gouvernement. Si Sloan est d'accord, on publiera ta photo en première page.

— Je n'écrirai rien, dit Priss. Je ne sais faire que des comptes rendus économiques. Mon style est très sec.

— Je le corrigerai, dit Libby. Je rédigerai toute la partie sentimentale et descriptive. Tu n'auras qu'à me guider.

— Je n'écrirai rien, répéta Priss, sous aucun prétexte.

— Avec le prix qu'en donnerait le *Reader's Digest*, tu pourrais t'offrir une nounou pour six mois… une nounou avec un bonnet et de grands rubans – à propos, est-ce que cela se fait toujours ? »

Priss éloigna l'écouteur de son oreille. Quand elle le reprit, son amie disait :

« Enfin, pourquoi refuses-tu ?

— C'est de mau-mauvais goût, bégaya Priss.

— Je ne vois pas en quoi, je ne vois vraiment pas. C'est la chose la plus naturelle du monde. En Italie les femmes donnent le sein en public et personne n'y trouve à redire.

— Je ne ferais jamais ça en public, dit Priss, et puisque c'est si naturel, pourquoi un article ? Je vois où tu veux en venir. Tu trouves que c'est contre nature. Voilà ! Voilà la raison. » Elle raccrocha.

« C'est contre nature », se dit-elle piteusement. Elle avait mis par hasard le doigt sur la vérité. Elle faisait une chose on ne peut plus naturelle, elle allaitait son petit, et c'était contre nature ! Toutes, sa mère, ses amies, les infirmières, parlaient d'elle comme d'une bête curieuse. À ce moment une voix de bébé s'éleva au bout du couloir, une voix qui répondait à celle de sa conscience, une voix qu'elle s'était refusée à comprendre, une voix qui réclamait ce qui est tout à fait naturel à notre époque, un biberon !

11

Polly Andrews et Gus Le Roy étaient « ensemble » depuis près d'un an. Elle habitait toujours sa chambre meublée et elle se rendait tous les matins au Medical Center. Tout près de chez elle, Gus Le Roy partageait un appartement avec un ami, maquettiste de son métier, lequel était également séparé de sa femme. À moins qu'il n'eût à sortir avec un auteur, Gus venait prendre un verre chez Polly tous les soirs après son travail. Ils dînaient ensemble. Elle faisait le repas sur le réchaud à gaz. Ils allaient ensuite au cinéma ou à des conférences sur des sujets divers : la guerre civile espagnole, la silicose, le système du métayage, etc. Quand ils ne sortaient pas, ils faisaient marcher le phonographe de Polly. En semaine, Gus trouvait plus commode de rentrer dormir dans son appartement, où il avait ses affaires de toilette, ses pipes et ses manuscrits en cours de lecture. Les ébats amoureux de son maquettiste d'ami ne le gênaient pas du moment qu'ils avaient lieu dans la pièce d'à côté ; tout ce qu'il demandait, c'était de manger tranquillement ses cornflakes au petit déjeuner en robe de chambre sans avoir à faire la conversation avec l'une de ces dames.

Le samedi, Gus travaillait toute la matinée et passait l'après-midi avec Polly. Ils se promenaient dans le quartier italien ou chinois, allaient à l'Hispanic Museum ou aux Barnard Cloisters et faisaient le marché en rentrant. Gus achetait son vin à University Place. Ils revenaient par Wanamaker's et St Mark's Place les bras chargés de provisions. Ils faisaient cuire le tout dans la cuisine de la logeuse de Polly, qui passait la plupart de ses week-ends dans la petite propriété qu'elle et son mari possédaient dans le New Jersey. Parfois, Gus emmenait Polly souper et danser dans un restaurant français ou espagnol. La soirée finie, il rentrait avec Polly et passait la nuit avec elle dans son petit lit. Le dimanche matin, ils prenaient leur petit déjeuner, généralement assez tard, puis se plongeaient dans la lecture des journaux.

Gus Le Roy consacrait le dimanche après-midi à son fils. Il l'emmenait visiter le zoo du Bronx, faire un tour sur le ferry de Staten Island, monter dans la statue de la Liberté, traverser le pont George-Washington, regarder les poissons à l'aquarium de Battery ou les serpents dans le petit zoo de Staten Island. C'était Polly qui fixait le programme des réjouissances, mais elle ne les accompagnait jamais. « Attendons d'être mariés », disait-elle. Gus souriait, jugeant cette attitude drôlement démodée, puisque, bague au doigt ou non, elle ne se refusait pas à lui, mais il ne voulait pas la contrarier. Le soir, il ramenait son fils au domicile conjugal, buvait une bière avec sa femme et se faisait des sandwiches dans la cuisine. Polly profitait de ces heures libres pour faire sa lessive et se laver les cheveux.

Ce dimanche-là, la lessive avait été faite et les dessous de Polly, bas et slips, étaient étendus dans la cuisine pour sécher. Les plantes tropicales et le lierre irlandais de la chambre avaient eux aussi été lavés à grande eau et les chemisiers de Polly avaient été placés sur une corde tendue en travers de la fenêtre. La jeune femme était occupée à brosser avec une brosse Ogilvie Sisters sa longue chevelure humide ; elle l'essuierait ensuite avec une serviette. Sur une autre serviette séchait un chandail de laine blanche. Polly affirmait que faire la lessive chasse les idées noires chez les femmes qui travaillent, et le dimanche elle avait toujours le cafard. L'odeur de lessive et de laine humide, les craquements de sa chevelure sous la brosse lui donnaient l'impression qu'elle se « décrassait » et que tout finirait par s'arranger. Ce soir elle se disait : « Gus ne retardera plus le mariage si j'arrive à repasser ces six chemises, à repriser tous ces bas et à perdre trois kilos grâce à un régime sévère. »

Cinq après-midi par semaine, Gus, avant de retrouver Polly, passait chez son psychanalyste. Celui-ci lui avait ordonné de ne rien changer à son existence pendant la durée du traitement. C'était un principe de base. Gus n'avait donc pas engagé la procédure de divorce. Ce ne serait que lorsqu'il serait « mûr » pour le divorce, selon l'expression de l'homme de l'art, qu'il irait passer six semaines à Reno. Polly ne savait pas très bien comment il pourrait couvrir les frais d'un divorce à Reno. Ses économies passaient en honoraires et il faisait à sa femme une rente provisoire qui lui mangeait la moitié de son salaire. Polly se doutait bien que la femme de Gus était opposée à l'idée d'un divorce. Il avait été décidé entre elle et lui qu'il ne lui en reparlerait qu'après la dernière séance, mais Polly la soupçonnait d'être de mèche avec le psychanalyste. Quand Gus avait rencontré Polly chez Libby, il y avait déjà trois mois qu'il suivait son traitement et le praticien avait été très surpris d'apprendre qu'il s'était engagé dans une aventure sentimentale alors qu'il lui avait promis de ne rien changer à sa vie. Comme si l'on pouvait s'empêcher de tomber amoureux !

Les parents de Polly n'avaient aucune idée de ce qui se passait. Quant à ses amies, elles jasaient. Polly n'entretenait-elle pas une liaison avec un homme marié, un médecin de l'hôpital ? La discrétion de la jeune femme n'était pas de la pudeur. Elle ne voulait ni conseils, ni pitié. Seuls étaient au courant de l'aventure ceux auxquels on ne pouvait la cacher : le maquettiste ami de Gus, la logeuse, ses deux voisins et Ross, la gouvernante de sa tante Julia, qui arrivait toujours à l'improviste pour lui donner un coup de main. Même la secrétaire de Gus, miss Bisbee, n'était pas dans la confidence. Polly et Gus n'allaient à aucun cocktail ensemble (« quand nous serons mariés », disait-elle), un peu de peur d'y rencontrer Libby, mais surtout par désir de garder l'incognito. Pour la même raison Polly avait décidé de ne pas sortir avec le fils de Gus le dimanche aussi longtemps que les parents du petit seraient mari et femme. Elle avait horreur des questions et elle craignait celles que poseraient Gus junior, la mère de Gus junior et les gens du bureau de Gus qu'ils rencontreraient à des réceptions littéraires. Les gens ont la rage de s'immiscer dans les affaires d'autrui. Dès qu'on voit deux amoureux on leur demande : « Quand allez-vous vous marier ? » Cette habitude déplorable, chacun dans l'entourage de Polly s'était empressé de s'y conformer : Ross, la logeuse, qui appartenait à un groupe nudiste du New Jersey, Mr Schneider, qui était pourtant un adversaire déclaré du mariage, et Mr Scherbatyeff. Si elle leur avait répondu franchement : « Nous nous marierons quand Gus aura fini son traitement chez le psychanalyste », on aurait demandé pourquoi il se faisait psychanalyser. Qu'est-ce qui ne tournait pas rond ?

C'était une question qui, aussi curieux que cela puisse paraître, n'avait jamais été posée au sujet de son père quand le pauvre cher homme était parti « se reposer » à Riggs. Et la maladie de Mr Andrews avait un nom, la mélancolie, ce qui aurait facilité la réponse.

Si Gus avait parlé tout seul, s'il avait pleuré, s'il avait eu ce que les médecins appellent une « conduite désordonnée », personne n'aurait demandé ce qui n'allait pas. Mais Gus était un homme normal, on ne peut plus normal, du moins en apparence. Pas de dépression, pas de bile noire, pas de velléités bizarres. Il aimait danser joue contre joue, conduire (il avait une vieille Hupmobile sur cales dans un garage de Brooklyn), jouer au tennis. Comme la plupart des gens de Nouvelle-Angleterre, il était près de ses sous, mais il n'achetait ses cadeaux que dans les meilleurs magasins. Il avait offert à Polly un très beau sac à main, des boucles d'oreilles en lapis-lazuli taillé et un chandail d'un très joli bleu de chez Brooks Brother. Il lui apportait des fleurs toutes les semaines et le samedi quand ils sortaient ensemble il lui achetait un bouquet de violettes ou de camélias. Il n'apportait par contre aucun soin à sa propre toilette. Il ne possédait que deux costumes élimés qu'il avait achetés tout faits chez Wanamaker's, une veste de tweed, un pantalon de flanelle et quelques nœuds papillons. Il avait une assurance maladie à la Blue

Cross, se faisait nettoyer les dents par son dentiste trois fois par an et s'efforçait de ne pas engraisser. Il avait confié son fils à un des meilleurs pédiatres de New York. Le psychanalyste de Gus, ancien élève de Brill, était aussi très bien coté.

Bien qu'il n'eût que trente ans, Gus était un père pour ses auteurs. Il écoutait leurs mésaventures, leur procurait un avocat, des billets de théâtre, des appartements, une secrétaire, des petites amies. Il s'était personnellement intéressé à la formation dans son entreprise d'un syndicat ouvrier rattaché au Syndicat du livre, dont il ne pouvait lui-même faire partie en raison de sa situation de directeur. Quand il ne fumait pas la pipe, il ne fumait que des cigarettes produites par des firmes syndiquées et recherchait les preuves d'une telle appartenance sur les étiquettes des objets qu'il achetait. Pourtant, il croyait à la vertu des marques réputées : chemises de chez Arrow, pneus Firestone, whisky Johnnie Walker et rasoirs Gillette. Il ne croyait pas à la qualité des produits vendus au rabais. Cela l'amusait de voir Polly faire par économie ses propres mélanges de poudre et de crème de beauté : « *Time is money* », lui disait-il.

Ce fut son engouement pour les marques connues qui le jeta dans les bras du communisme. Il sortait de l'université de Brown. On était en pleine crise économique. Bernard Shaw venait de le convertir au socialisme. Son compagnon de chambre lui avait fait remarquer que s'il voulait du socialisme, autant prendre ce qu'il y avait de mieux dans le genre, la meilleure marque, c'est-à-dire le socialisme de l'Union soviétique. Il s'y convertit donc après un voyage en Russie avec ce même compagnon de chambre, voyage au cours duquel il fut très impressionné par les barrages, les centrales électriques, les fermes collectives et l'interprète féminine détachée par l'Intourist. À côté de cela, Norman Thomas paraissait inefficace. Gus ne s'intéressait nullement aux mouvements séparatistes, aux trotskistes (le parti de Mr Schneider), aux lovestonéites ou aux mustéites. Chaque grand mouvement, disait-il, avait ses cinglés. Il n'était pas inscrit au Parti, car il ne voulait pas nuire aux affaires de son père, demeuré à Fall River où sa famille possédait, depuis quatre générations, une affaire d'imprimerie. Les Le Roy étaient bien vus des industriels de la région, dont ils étaient les fournisseurs attitrés depuis la guerre civile : faire-part de mariages et d'enterrements, cartes de visite, carnets de bal, annonces de soldes avant inventaire, panneaux « Défense de… » etc. Dans leur magasin de vente de Main Street, on trouvait tous les articles nécessaires aux écoliers, et aussi des cartes de vœux et du papier spécial pour emballer les cadeaux. Si Gus était devenu un vrai communiste, ces industriels sans âme auraient été capables de boycotter la firme Le Roy. D'ailleurs Gus trouvait les communistes américains beaucoup moins sérieux que les communistes russes. La seule initiative qu'il prit dans ce domaine fut d'épouser une israélite, membre du Parti, qu'il avait rencontrée à un bal à Webster Hall. Elle était institutrice à la Downtown Community School.

Kay Petersen aurait dit que l'attirance de Gus pour le communisme, ou plus exactement pour l'expression féminine du communisme, était un indice d'instabilité émotionnelle. Polly n'était pas de cet avis : le Parti ne jouait pas dans la vie de Gus le rôle de femme fatale.

Il ne prenait part à aucune manifestation, à aucun défilé du 1er Mai, il ne considérait pas les policiers comme des cosaques. Son adhésion était platonique. Dans le *Daily Worker*, il ne lisait que la page consacrée aux sports. Il ne se lançait dans aucune discussion avec les infidèles, Polly comprise. Il ne faisait aucun prosélytisme.

Mr Schneider était tout l'opposé. Il voulait convaincre l'Amérique entière du bien-fondé des conceptions trotskistes. En ce moment, il était bouleversé par les procès de Moscou, dont il parlait à Gus chaque fois qu'il le croisait dans l'escalier. Gus lui disait d'un ton sec que l'Histoire jugerait, et que d'ailleurs cela lui paraissait une bien petite chose à côté du drame de la guerre civile en Espagne. Il patronnait toute la littérature qu'on publiait sur l'Espagne, les comptes rendus du front, une anthologie de la poésie loyaliste, une étude sur les Brigades internationales, une traduction du *Don Quichotte*, etc. Il aurait réussi à convaincre Hemingway d'écrire un livre sur le Campesino, si celui-ci n'avait pas été sous contrat avec Scribner's. Il télégraphia à Vincent Sheean, qui ne répondit pas. Il attendait un grand roman inspiré par le bataillon Abraham Lincoln. Un jour de l'hiver précédent, il avait décidé de se porter volontaire pour ce bataillon. Sans rien dire à personne, pas même à son psychanalyste, il s'échappa de son bureau à l'heure du déjeuner et se présenta à la visite médicale. Polly le voyait déjà, non sans fierté, en officier coiffé d'un joli béret. La femme de Gus, quand elle eut vent de la chose, se montra moins compréhensive. Elle fit une scène terrible à son mari. Il eut beau lui dire qu'il avait pris une assurance-vie dont son fils bénéficierait, elle ne voulut rien entendre. À l'en croire, il était l'inconséquence même, il s'enrôlait pour ne pas terminer son traitement, il fuyait ses responsabilités pour combattre les fascistes. Et qui payerait sa pension alimentaire pendant qu'il traînerait dans les cafés de Madrid ? Quand Polly connut cette réaction, elle en fut peinée pour la femme de Gus, de même qu'elle était peinée quand Libby, par exemple, se mentait à elle-même, ce qui n'était que trop fréquent. En toute objectivité, elle se demandait si cette histoire d'argent n'était pas une excuse que la femme de Gus se donnait. Ne voulait-elle pas surtout retenir un homme qui pouvait laisser sa vie dans l'aventure ? Polly, qui considérait avec courage une telle éventualité (la cause en valait la peine), se demandait si l'amour de cette femme n'était pas de meilleure qualité que le sien.

Polly était du côté des républicains espagnols. Quand on lui demandait les raisons de son choix, elle répondait : « Je suis basque », se référant à la branche catholique de sa famille (elle était par sa mère une Ayer, et apparentée à lord Acton). En politique, elle n'avait pas les mêmes réactions que Gus. Son cœur ne battait que pour les victimes. Sa sympathie allait aux minorités, aux petits clans comme les vieux catholiques de Dollinger qui ne reconnaissent pas l'infaillibilité du pape, les doukhobors, qui s'enfuirent au Canada pour ne pas servir le tsar, les vertueux anabaptistes, les juifs hassidiques, qui dansaient et sautaient de joie dans les villages polonais. Elle s'était faite le champion des races et des espèces éteintes. Elle aimait les Basques et leur langue étrange, de même qu'elle aimait les pigeons « passagers[1] » sur lesquels elle avait fait un article alors

1. Pigeons d'Amérique du Nord dont l'espèce est éteinte (*N.d.T.*).

qu'elle était en zoologie. Elle prit parti pour les loyalistes espagnols avec une violence qu'elle n'avait pas connue depuis l'aventure épique du prince Charles Stuart.

Elle et Gus apportaient leur contribution à l'effort de guerre des républicains ; elle donnait pour les ambulances et les médicaments, et lui pour les avions. Polly disait en souriant qu'elle n'était pacifiste qu'en temps de paix. Elle ajoutait que si elle s'était trouvée dans la situation de Gus, elle aurait été volontaire, comme lui. À en croire Gus, le psychanalyste lui aurait dit qu'il serait plus utile à la cause espagnole à New York qu'à Madrid. Peut-être. Mais l'être humain n'est pas un lingot que l'on pose sur le plateau d'une balance. Cet aspect du communisme déplaisait beaucoup à Polly.

Elle était surprise que Gus ait écouté le psychanalyste, plus surprise encore que celui-ci lui ait parlé. Les psychanalystes, croyait-elle, n'intervenaient jamais dans la vie privée de leurs clients. Ils posaient des questions, écoutaient les réponses. Les interprétations de ces réponses n'étaient pas de leur ressort ; elles devaient découler des propos du malade.

« Cela, c'est la théorie, avait dit Gus, mais le docteur Bijur est un être sensible et quand son malade veut se suicider, il intervient, comme n'importe qui le ferait.

— Il ferait mieux d'intervenir comme un médecin.

— C'est justement ce qu'il ne veut pas. Les malades essaient toujours de faire entrer le psychanalyste dans leur jeu pour le faire sortir de sa réserve. C'est la règle numéro 1. Si le psychanalyste ne demeure pas impartial le traitement n'a plus sa raison d'être. Les malades sont malins comme des singes. Le docteur Bijur pouvait très bien croire que je lui tendais un piège en lui parlant de mon intention de m'engager dans le bataillon Abraham Lincoln. Peut-être en était-ce un, après tout.

— Sûrement pas. Tu étais sincère.

— Qu'est-ce que j'en sais ? »

Quel homme curieux ! Il parlait de lui-même objectivement, comme s'il s'était agi d'un étranger dont on ignorait les réactions. Était-ce là sa vraie personnalité ou bien était-ce un effet du traitement ? Polly ne poursuivit pas la discussion. Règle numéro 2. Le malade ne doit pas discuter de son cas avec ses proches. Jusqu'à présent, il ne lui avait parlé qu'une fois de ses séances chez le docteur Bijur, et encore ne s'y était-il résolu qu'après avoir couché avec elle à plusieurs reprises.

Polly était très consciencieuse. Elle n'aborderait plus le sujet, elle ne donnerait pas « du sucre à un diabétique ». Elle demeurait donc dans l'incertitude en ce qui concernait la partie essentielle de sa vie. Si cela ne l'avait pas constituée, en aurait-il parlé une heure par jour avec un inconnu ? Polly se demandait quelquefois si elle l'aurait laissé monter dans sa chambre et faire l'amour avec elle sachant qu'il suivait un traitement chez un psychanalyste. Il lui avait seulement dit qu'il était marié (ce qu'elle savait déjà par Libby). Son attitude à son égard s'expliquait. Au début il ne la connaissait pas assez pour qu'un tel aveu soit possible ; après, eh bien, après c'était trop tard et Polly n'avait plus le choix, elle était amoureuse. Les dés en étaient jetés. Ah ! mais si elle l'avait su « avant » elle n'aurait certainement pas perdu sa virginité avec un refoulé ; cela lui aurait fait trop peur.

Polly, qui n'ignorait pas combien elle était vulnérable du point de vue sexuel, avait toujours été sur la défensive avec les hommes. Ses conversations à l'université lui avaient appris que ses amies n'étaient pas remuées de fond en comble comme elle par les tripotages des garçons. À plusieurs reprises elle était allée jusqu'à l'extrême limite du flirt, mais elle avait toujours pu s'arrêter à temps ; une fois, son partenaire et elle avaient été surpris par une ronde, les autres fois le garçon, pris de scrupules, s'était arrêté de lui-même. Quand ses fiançailles avaient été rompues et qu'elle avait dû aller à l'infirmerie, c'était le sexe principalement qui l'avait tourmentée. Dès lors elle avait supprimé toutes les occasions de susciter en elle le moindre désir, au point d'éviter les films où les acteurs s'embrassaient. Elle ne voulait pas être tentée, elle voulait mener une vie froide, irréprochable, indépendante, agrémentée seulement d'une pointe de fantaisie. On lui disait qu'elle avait une bonne nature, qu'elle se liait facilement. Les oiseaux venaient lui manger dans la main. Après étude de son cas, de son imprégnation héréditaire, elle avait conclu qu'il lui fallait vivre pour l'amitié, et non pour l'amour et le mariage. Elle se voyait déjà à quelques années de là, un peu plus grosse que maintenant, en diaconesse, la tête ceinte d'une cornette, en train de ranger l'autel, de nettoyer les orgues ou de visiter les pauvres de la paroisse. Elle était plutôt incroyante, mais elle était sûre que le temps arrangerait les choses. Le danger le plus immédiat pour elle était le risque de devenir « un personnage ». L'idée d'être cataloguée ainsi – à vingt-six ans ! – lui répugnait. Déjà, certains parlaient d'elle comme d'une « occasion » dégotée chez un brocanteur, une porcelaine de Chine authentique, mais ébréchée.

C'était vrai qu'elle n'aimait pas les gens dynamiques, ceux qui réussissent dans la vie. Cela lui avait nui à Vassar. Elle n'avait pu s'entendre avec des filles pleines d'assurance comme Libby ou comme Kay qu'en éprouvant pour elles une sorte de pitié. Elle plaignait particulièrement Libby, dont la bouche écarlate, toujours prête à bredouiller quelque chose, lui faisait penser à une plaie ouverte et sanguinolente. Libby ne se trouvait pas à plaindre le moins du monde. Elle se croyait très forte et indispensable à ses amies, notamment à Polly, qui n'avait aucun besoin d'elle. Libby ne pouvait aider quelqu'un de vraiment pitoyable. Elle ne se montrait charitable qu'à l'égard d'une Polly, qui se considérait comme parfaitement heureuse. Le fait d'être parfaitement heureuse dans la vie qu'elle menait était justement ce qui constituait son « personnage ». Tous les Andrews étaient des « personnages ». Sinon ils n'auraient pas pris si bien leur ruine. Polly parlait de cette ruine avec une désinvolture presque choquante. Comment pouvait-elle être si gaie sachant qu'elle n'avait pas un sou ? Originalité aussi de sa part de porter les vieilles robes – réellement immettables – que sa tante avait commandées dans un moment d'inconscience à Paris. Si Polly se plaisait surtout en compagnie d'excentriques, Mr Scherbatyeff par exemple, c'était parce que ces excentriques ne se considéraient pas comme tels.

Il y avait un point sur lequel les amis de Polly – excentriques ou non – étaient d'accord : elle devait se marier. « Vous jolie fille, pourquoi pas marier ? disait le livreur de glace en joignant sa voix au chœur.

— J'attends l'homme idéal », répondait Polly.

C'était son vœu secret. La découvrir faisait partie de l'épreuve que le candidat aurait à subir.

« Pourquoi ne sors-tu jamais ? » lui demandaient ses camarades. « On ne peut pas vivre comme ça sans jamais voir personne. Va au restaurant ou au théâtre avec un gentil garçon qui n'en demande pas plus. Un homme en amène un autre. Tu n'as pas besoin d'être amoureuse. » Polly ne l'entendait pas ainsi. Elle était trop ardente pour ne pas comprendre l'ardeur des autres. Elle ne voulait pas aguicher un homme et le laisser ensuite froidement tomber. Elle connaissait « le coup du départ ». « Dick, disait une bonne amie à la fin d'une soirée, ramenez donc Polly chez elle. » Polly répondait toujours : « Non, merci beaucoup. Je vais prendre mon autobus dans la 1re Avenue. Il me dépose devant chez moi. »

Mr Schneider et Mr Scherbatyeff s'étaient eux aussi livrés à ce petit jeu. Mr Schneider lui avait présenté une collection de jeunes trotskistes à l'occasion d'un verre de « schnaps » dans sa chambre et Mr Scherbatyeff avait sorti de derrière les fagots un neveu qui suivait des cours dans une école hôtelière de Chicago. Enfin, Polly avait refusé les avances du frère de Libby, que l'on appelait « Grand Frère » et qui était affreux.

« Vous êtes une orgueilleuse », disait Mr Schneider quand elle se plaignait des efforts qu'il faisait pour lui trouver « un homme ».

« Peut-être, répondait Polly en souriant, mais ne croyez-vous pas que le plus bel amour vous tombe dans les bras alors qu'on s'y attend le moins ? Dans un roman policier, le coupable n'est jamais le suspect mais la dernière personne à laquelle le lecteur aurait pensé. C'est ainsi que j'envisage l'amour. Si cela m'arrive, ce sera la dernière personne que l'on aura songé à inviter pour moi.

— Si je comprends bien, dit tristement Mr Schneider, vous allez vous éprendre d'un homme marié simplement parce qu'il ne figure pas sur la liste des « suspects ».

Cela n'avait pas manqué.

« Vous deux, avait dit Libby le lendemain de leur rencontre chez elle, vous ne vous entendrez jamais. A-t-il manifesté le désir de te revoir ? » Polly avait répondu : « Non », ce qui était exact, il ne lui avait demandé que son numéro de téléphone. Libby n'en fut pas étonnée.

« On ne peut pas lui arracher deux mots, ce n'est pas du tout l'homme qu'il te faut. J'ai beaucoup pensé à ton cas. Sais-tu, ma chère, que tu plais aux vieux et à certaines filles ? J'ai failli tomber à la renverse quand vous êtes partis ensemble… Tu ne le croirais pas. Il parle à peine, mais c'est le *dernier cri** en matière d'édition. Si tu savais avec quels auteurs il est lié ! Des écrivains qui lui sont dévoués corps et âme et qui quitteraient Ferris si lui-même devait quitter la maison. Bien entendu, la plupart sont des sympathisants communistes. On dit même que Gus est membre du Parti et qu'il a une mission secrète de noyautage chez Ferris. Que veux-tu qu'on y fasse ? Les meilleurs écrivains, de nos jours, sont communistes. »

Elle soupira. Il y eut un silence.

« T'a-t-il parlé de moi ? demanda tout à coup Libby.

— Un peu, répondit Polly.

— Oh ! qu'a-t-il dit ? Ne me cache rien.

— Il a dit que tu réussissais très bien dans ton emploi. Il me semble qu'il a employé le terme “championne” à ton sujet. »

Libby fut déçue. « Il a certainement dit autre chose. Me trouve-t-il à son goût ? Probablement, sinon il n'aurait pas accepté mon invitation. Je regrette de ne pas m'être assez occupée de lui ce jour-là. L'a-t-il remarqué ? Il est vrai que j'étais toute à Nils, tu sais, le baron. »

Libby soupira.

« À propos du baron, il s'est déclaré l'autre soir…

— Oh, Libby, dit Polly, tu ne peux pas épouser ce moniteur de ski. J'espère que tu l'as envoyé promener. » Elle l'espérait d'autant plus qu'Harald lui avait appris qu'on ne portait plus le titre de baron en Norvège depuis 1814.

— Il était fou furieux. Si tu me jures de ne rien répéter, je te dirai ce qui est arrivé.

— Je te le promets.

— Il a essayé de me violer. Par dépit. Ma robe neuve de chez Bendel est en loques – elle était chic, n'est-ce pas ? – et je suis couverte de bleus. Regarde. »

Elle ouvrit son chemisier.

« C'est affreux », dit Polly, fascinée par les traces brunâtres qui couvraient les bras et la poitrine de Libby.

Celle-ci reboutonna son chemisier.

« Bien entendu, il s'est excusé. Il paraissait désolé.

— Comment as-tu fait pour lui résister ?

— Je lui ai dit que j'étais vierge. Cela l'a remis dans le droit chemin. C'est un homme d'honneur, mais quel Viking ! Tu ne courais pas ce genre de risque avec le triste Gus. Je suis sûre qu'il n'a même pas essayé de t'embrasser.

— Non, répondit Polly, il m'a appelée “miss Andrews” tout le temps. » Polly sourit et ajouta : « Pauvre garçon… pauvre garçon.

— Pourquoi “pauvre garçon” ? demanda Libby.

— Parce qu'il est seul dans la vie. Il me l'a dit ce soir-là pendant le dîner. Il est sympathique et très naturel. Sa femme et son fils lui manquent. Un vrai veuf. »

Polly disait la vérité. Elle avait commencé par plaindre Gus. Quelle drôle d'idée de l'appeler « miss Andrews » à tout bout de champ, comme s'ils avaient été séparés non par une table de restaurant mais par un bureau, un bureau qui semblait faire corps avec lui. Il avait une voix d'homme d'affaires et une façon de se renverser sur sa chaise qui complétait à merveille le tableau. Il lui avait parlé de l'évanouissement de Libby : « Je croyais que la petite mourait de faim. »

Polly éclata de rire.

« Comment avez-vous découvert la vérité ?

— Tout à fait par hasard. Par son chef de service. Il paraît que les MacAusland sont des gens très importants à Pittsfield. Est-ce exact ?

— Oui, les MacAusland possèdent une grosse usine. C'est comme cela que j'ai fait la connaissance de Libby. Mes parents habitent Stockbridge.

— Votre famille est dans la partie ? demanda Gus.

— Non, répondit Polly. Mon père est architecte, mais il n'a jamais construit grand-chose. Jusqu'au krach, il vivait de ses placements financiers.

— Et maintenant ? coupa Gus.

— Ma mère a de petites rentes et nous avons une ferme dont elle s'occupe. Dont *ils* s'occupent, corrigea-t-elle.

— Et vous, miss Andrews, que faites-vous ?

— Je suis laborantine au New York Hospital.

— Cela doit être intéressant. Intéressant et enrichissant. Dans quel service ? »

Les questions de Gus ressemblaient à celles que l'on pose à un employé que l'on envisage d'embaucher. Ce côté « affaires et bureau » avait troublé Polly. Plus tard, elle s'était demandé si elle n'était pas tombée amoureuse d'un tableau, le tableau de l'homme d'affaires à son bureau. Maintenant, elle devait se le représenter autrement : sur le divan d'un psychanalyste. Pour que ce tableau-là fût complet, elle aurait eu besoin de connaître certains détails. Fumait-il sa pipe pendant les séances ? Avait-il les bras repliés sous sa tête ? Allumait-il cigarette sur cigarette, le cendrier posé sur sa poitrine, comme il le faisait dans leur lit ? Quelle voix prenait-il ? Sa voix professionnelle, grinçante comme un fauteuil pivotant, ou une voix plus douce, plus légère, adaptée à la fraîcheur de son sourire, à la finesse de ses attaches, à ses tendres lèvres roses… Et cette façon qu'il avait de froncer le nez comme un petit lapin à la recherche d'un peu d'affection…

Gus n'avait pas paru très sûr de lui quand, pour la première fois, il lui avait parlé du psychanalyste. Il venait de sortir du petit lit, vêtu du kimono de Polly (souvenir des expéditions lointaines de la tante Julia) qui lui arrivait aux genoux. Après avoir nerveusement allumé une cigarette, il s'était affalé dans le fauteuil.

« J'ai un aveu à vous faire, lui avait-il dit : je me fais psychanalyser en ce moment. »

Polly s'était dressée sur son séant. Elle avait relevé le drap comme si une troisième personne était entrée dans la pièce.

« Pourquoi ? avait-elle demandé. Oh, pourquoi ? »

Il y avait de l'angoisse dans sa voix. Il avait répondu d'une façon ambiguë. C'était une idée de sa femme. Il l'avait quittée à la suite de « fricotages » auxquels elle s'était livrée avec un camarade du Parti. Esther, c'est ainsi qu'elle s'appelait, aurait souhaité qu'il reprît la vie conjugale. Elle avait tout essayé, larmes, menaces, promesses. Gus était demeuré inflexible. Un beau jour elle était venue le voir à son bureau. Elle était calme et elle lui avait fait une proposition très inattendue. Pourquoi ne suivraient-ils pas l'un et l'autre un traitement chez un psychanalyste ? Après quoi, on verrait si la vie en commun pouvait être reprise. Elle développa ses arguments. Cela l'enrichirait en tant qu'éducatrice. (Le directeur de son école était un chaud partisan de la psychanalyse.) Gus, lui aussi, y trouverait des avantages sur le plan professionnel ; il aiderait ses auteurs à résoudre leurs complexes. Même si le traitement devait se terminer par un divorce, il ne pourrait pas manquer d'en tirer profit. Gus avait promis de réfléchir, mais déjà Esther l'avait convaincu. L'expérience valait la peine d'être tentée. Il souffrait d'être séparé de sa femme, surtout à cause de Gus junior, et il n'y avait personne d'autre dans sa vie. La perspective d'une « introspection », comme disait Esther, n'était pas pour lui déplaire. Il rapprochait l'introspection de l'autocritique chère aux marxistes. Il allait acquérir une nouvelle méthode de pensée.

Tout cela apparaissait clairement aux yeux de Polly. Ce qu'elle ne comprenait pas, c'était pourquoi il continuait à aller chez le psychanalyste. Le divorce ne faisant plus de doute, pourquoi ne cessait-il pas les séances ? Était-ce parce qu'il avait promis à Esther de poursuivre l'expérience jusqu'au bout ? Dans ce cas, il y avait la possibilité qu'il reprenne la vie conjugale, sa « mécanique » réparée. Ou continuait-il en vertu de la vitesse acquise ? À moins que le docteur ne se soit aperçu que Gus était un malade mental : on va parfois chez le dentiste pour un simple examen et il découvre une importante carie.

Gus lui avait demandé si ce qu'il lui avait dit l'avait contrariée. « Non, non », avait-elle répondu. Elle avait voulu ainsi lui prouver son amour. En fait, depuis ce jour-là, elle était inquiète. Et cette idée qu'il la retrouvait chaque jour « après défoulement... » ! Si encore il s'était fait défouler à un autre moment – le matin, par exemple –, et non juste avant sa visite quotidienne ! De quoi parlaient-ils, le docteur et lui ? D'elle ? Quelle horreur ! D'Esther ? Encore pire ! De l'enfance de Gus ? À la rigueur ! Le plus curieux était son apparent détachement quand les séances étaient terminées. Il était détendu et frais, comme s'il sortait des mains du coiffeur. Ce n'était pas le cas quand il revenait certains vendredis d'une réunion syndicale ! Polly serait devenue folle si elle avait dû passer une heure à fouiller son inconscient – ou sa conscience.

La lecture de Freud était interdite à Gus pendant le traitement (autre règle !) mais elle ne l'était pas à Polly, qui avait profité de l'heure du déjeuner pour se plonger dans les livres traitant des maladies mentales. Malgré l'hostilité marquée des psychiatres de l'hôpital à l'égard des psychanalystes, on pouvait trouver à la bibliothèque les œuvres de Freud et de ses disciples. Polly s'était efforcée de découvrir de quelle névrose ou psychonévrose Gus pouvait être atteint. Aucune, malheureusement, ne convenait à son cas, qu'il s'agisse d'hystérie, d'anxiété hystérique, de manie, de manie anxieuse ou de simulation. À la rigueur, on pouvait le considérer comme un maniaque : il était sérieux, discipliné, ponctuel. Mais il n'avait aucun des symptômes attribués aux maniaques, comme celui d'éviter les interstices des pavés ou au contraire d'y poser systématiquement les pieds. Dans le même ordre d'idées, les anxieux sont incapables de prendre un parti. En fait, Gus n'avait pas pu se décider à partir pour l'Espagne ni à quitter définitivement sa femme, mais un véritable anxieux, à en croire les livres, hésite entre plusieurs moyens de transport pour se rendre à son travail, et Gus prenait toujours l'autobus ! À en croire les livres consacrés aux névroses, la vie sexuelle des malades est toujours plus ou moins détraquée. Or Polly, bien qu'elle manquât de points de comparaison, était sur ce plan parfaitement satisfaite. Gus était toujours prêt à faire l'amour et, apparemment, très expérimenté. Il lui faisait penser à ces pères qui apprennent à leurs enfants à fouetter une toupie, à fabriquer un cerf-volant ou à bien reboutonner leur pantalon. C'était un enchantement de faire l'amour avec lui.

Plus Polly s'instruisait en lisant et plus elle observait ce cher Gus, plus elle se disait que sa seule maladie était de gaspiller vingt-cinq dollars par semaine avec un psychanalyste. Elle ne pouvait cataloguer sa pathologie et l'assimiler à une maladie mentale connue. Dans son cas personnel il n'en était pas de même. Elle découvrait chez elle les symptômes de toutes les névroses. Elle était maniaque, obsédée, buccale, anale, hystérique et anxieuse. Si sa vie sexuelle n'était pas détraquée, elle l'avait certainement été. Ces rites dominicaux, cette lessive ne révélaient-ils pas un complexe de culpabilité ? Elle apaisait son anxiété grâce aux vertus curatives du repassage et du raccommodage. Les plantes qui ornaient sa fenêtre remplaçaient pour elle les enfants qu'elle n'avait pas. Depuis quelque temps elle buvait vraiment un peu trop. Elle amassait boutons, épingles de corsage, bouts de ficelle, galets, épingles à chapeaux, bouchons, rubans, coupures de journaux. Elle ne cessait de dresser des inventaires. Ces sortes d'inventaires, surtout quand on les établit comme le faisait Polly avec beaucoup d'humour, sont en soi un très mauvais signe. Cela prouve une dissociation de la personnalité, une tentative pour s'évader de l'insoutenable réalité. Freud aurait dit que toute la famille Andrews vivait dans un monde imaginaire.

Malgré sa nature enjouée, Polly se trouvait dans un état déplorable, qu'il existât ou non un terme médical pour le désigner. Les dimanches soir, elle était terriblement malheureuse. C'était la seconde fois que l'Amour lui jouait ce tour. Il y a des personnes qui sont allergiques à l'amour ; elle en était une. Non seulement l'amour était mauvais pour elle, mais il la rendait mauvaise ; il l'empoisonnait. Avant de fréquenter Gus, elle était beaucoup plus heureuse et beaucoup plus humaine. Cet amour faisait d'elle un être diabolique qu'elle détestait, un être diabolique qui surgissait de sa boîte tous les dimanches, parce que ce jour-là Gus passait l'après-midi avec sa femme et son fils. Elle se jugeait avec une parfaite lucidité, à l'inverse des malades cités dans les livres. Le sentiment qu'elle éprouvait était de la jalousie. Et elle avait mauvaise conscience, car elle n'approuvait pas le divorce quand il y avait des enfants (à moins que les parents ne se livrent devant eux à des scènes de violence). Elle se souvenait de ce qu'avait enduré sa mère ; malgré tout, ses parents ne s'étaient pas quittés. Esther avait trompé Gus à plusieurs reprises. Elle manquait, paraît-il, de séduction, mais Gus l'avait suffisamment aimée pour lui faire un enfant. Si Polly n'avait pas été « l'autre », elle aurait conseillé à Gus de reprendre la vie conjugale, du moins à titre d'essai.

À cette pensée Polly sentit un grand froid l'envahir. Elle s'empara d'une serviette propre, se sécha les cheveux et se mit à repriser un de ses bas. Après tout, elle n'avait pas demandé à Gus de l'épouser. Ce n'était là, hélas, qu'une piètre excuse, une de ces excuses qu'aurait trouvées le Caïn de l'histoire sainte. Comment oser prétendre qu'elle n'avait été que le jouet des événements ? Elle avait beau se dire que l'idée du retour de Gus à la vie conjugale était uniquement une idée d'Esther, elle savait que ce n'était pas vrai. Peu à peu cette idée s'était insinuée dans son esprit. En semaine, elle oubliait le problème, mais celui-ci reparaissait le dimanche, comme s'il eût voulu profiter de l'absence de Gus. Une fois la pensée en elle, impossible de la chasser ; elle agissait comme une tentation. Elle aurait voulu en parler à son amant, au risque de ne pas être prise au sérieux ou, au contraire, d'être prise trop au sérieux. Le murmure de sa conscience (au fait, était-ce bien sa conscience ?), au lieu de lui donner de bons conseils la poussait à être plus jalouse encore, tellement jalouse qu'elle se voyait égorgeant Gus junior. Bien entendu, quelque chose arrêtait toujours sa main et le crime imaginaire n'était pas perpétré. Sa haine se reportait alors sur Esther ; elle la voyait étendue sans vie à ses pieds ; Polly, Gus et son fils ne se quitteraient plus, ils seraient parfaitement heureux.

Polly posa son œuf à repriser. Elle se dirigea vers la fenêtre et tâta ses chemisiers. Ils étaient assez secs pour être repassés. Elle les roula dans une serviette, noua ses cheveux en chignon et les fixa avec deux épingles. Elle fit un pari avec elle-même : si elle se mettait à repasser son linge, Gus téléphonerait sûrement. Ce serait sa récompense. Si au contraire elle restait à broyer du noir sans se livrer à une occupation quelconque, il ne téléphonerait pas.

Elle avait constaté qu'un homme n'appelle jamais quand on le souhaite. Si vous êtes en train de repasser ou de ranger vos tiroirs, c'est à ce moment-là que le téléphone sonne ! Pour que Gus se manifeste il fallait ne pas penser à lui et se concentrer sur un travail. Les choses n'arrivent que lorsqu'on peut s'en passer. *Certains* dimanches elle arrivait à oublier Gus complètement. Elle parcourait les escaliers avec sa pile de linge et elle était heureuse, beaucoup plus heureuse que si elle avait été mariée. Elle se demandait si Gus, à la fois si proche et si lointain, ne pensait pas de même tandis qu'il déambulait dans sa cuisine, fumant sa pipe et écoutant la radio. Ne recherchaient-ils pas le mariage, lui, le vieux célibataire, elle, la vieille fille, alors qu'ils ne le désiraient pas vraiment ? Mais cela n'arrivait que *certains* dimanches. Ce soir, elle avait besoin de lui, tellement besoin de lui qu'il n'appellerait pas. Il se faisait tard. La maison était silencieuse. Elle pensa un instant demander à Mr Schneider de venir lui tenir compagnie dans la cuisine au sous-sol pendant qu'elle repasserait mais elle renonça à cette idée, préférant rester seule avec ses pensées sous la protection de ses murs. Aussi bien, elle n'avait pas envie de parler politique – procès de Moscou ou guerre d'Espagne. Mr Schneider avait un béguin pour le Parti ouvrier d'unification marxiste, le Poum, et il était favorable au clan des anarchistes. Les deux groupements, à en croire Gus, étaient en train de saboter la guerre. Mr Schneider ne voulait pas l'admettre : le sabotage de la révolution était dû aux commissaires politiques russes qui faisaient le jeu de Franco. Mr Schneider accusait les communistes de tuer les anarchistes et les poumistes. Aux yeux de Gus c'étaient des traîtres qui méritaient cent fois leur sort. Polly appréciait la logique de Gus et sa manière de juger les communistes, qui étaient les seuls à apporter une aide efficace à l'Espagne, mais elle ne pouvait refréner sa sympathie pour l'argumentation de Mr Schneider, si bien que dès que celui-ci ouvrait la bouche – il était très éloquent – Gus se trouvait mis en minorité. Elle avait l'impression, en écoutant les deux hommes, de commettre une indiscrétion comme lorsqu'on regarde par le trou de la serrure et de trahir son amant. Mr Schneider lui montrait l'envers de la médaille. C'était son excuse. Elle pensait que si Roosevelt pouvait entendre Mr Schneider il ordonnerait aussitôt la levée de l'embargo. Les Américains enverraient des armes et les Russes seraient défaits. En réalité, les subtilités de la guerre d'Espagne l'intéressaient moins que le cas de Gus. Mr Schneider lui montrait involontairement son amant sous un jour nouveau. Quel homme naïf ce Gus ! « Les staliniens et leurs dupes », disait volontiers Mr Schneider. Gus était-il si naïf que cela ? Elle disait qu'elle n'aurait pas dû s'interroger à ce sujet.

Le besoin d'en savoir davantage la dévorait. Le psychanalyste avait transformé Gus en un personnage aussi mystérieux pour lui-même que pour les autres. Sans doute était-ce un Gus différent de celui qu'elle connaissait qui se rendait à cinq heures chez le psychanalyste. Au début elle avait haï le docteur Bijur, parce qu'il constituait un obstacle à son mariage ; maintenant, elle le haïssait parce qu'elle ne savait rien sur la nature de leurs entretiens. Peut-être Gus lui avait-il révélé qu'il était de moins en moins amoureux d'elle ? Ses rêves le rapprochaient-ils d'Esther ? Polly était perplexe. Peut-être avait-il affirmé au docteur qu'il *croyait* aimer Polly mais que ses rêves prouvaient le contraire. Pour qu'il persévérât dans ces séances de psychanalyse, il fallait qu'il y eût en Gus un conflit, mais un conflit entre qui et qui ? se demandait Polly.

Ce maudit docteur lui avait fait découvrir en elle des choses atroces. Car s'il y avait un autre Gus, il y avait aussi une autre Polly. Non seulement une Polly jalouse mais une Polly espionne. Cette soif d'en savoir davantage lui était pénible, bien que l'idée d'immoler Esther ne la troublât pas outre mesure. La vraie Polly aurait été incapable de le faire, même à distance avec le rayon de la mort, mais la vraie Polly aurait donné n'importe quoi pour assister, invisible, aux séances du docteur Bijur. Pour savoir quoi ? Curiosité féminine… La boîte de Pandore, source, au dire des Grecs, de tous les maux du monde... Le cabinet de Barbe-Bleue... La boîte de Pandore contenait tous les germes du mal sous la forme de sales petites créatures ailées, le cabinet de Barbe-Bleue abritait les victimes d'amours révolues. La morale de ces histoires est que l'on ne doit pas assouvir sa curiosité. Or Polly ne voulait pas de cette morale ; elle ne cadrait pas avec sa formation scientifique. Une autre fable convenait mieux encore à son cas. Gus étendu sur le divan du psychanalyste, c'était Cupidon endormi dans l'innocence de sa beauté, et Polly était Psyché. Psyché, une chandelle de cire à la main, avait voulu contempler un visage interdit. Que découvrit-elle ? Un jeune héros magnifique que la lumière éveilla et qui, épouvanté, s'enfuit. La morale de cette fable ? L'amour est un don des dieux. Polly agissait comme ces femmes qui regardent l'étiquette pour connaître la valeur d'un cadeau qu'on vient de leur faire. La rançon de ses rêveries serait la *dispersion* de son amour. Et elle ne pouvait y renoncer. On ne peut pas contrôler les péchés que commet un esprit.

Personnellement, elle aurait voulu dire à Gus : « Choisis entre le psychanalyste et moi », mais elle ne pouvait s'y résoudre. Elle était trop timide et trop soumise à son amant. D'ailleurs elle avait toujours l'espoir que les visites au docteur Bijur tourneraient court. Ce fut Kay Petersen qui lui ôta ses illusions. Elle connaissait une femme pour qui les séances de psychanalyse avaient duré huit ans. Si cela devait être le cas pour Gus, elle serait à l'heure de ses noces trop vieille pour procréer. Il n'y avait qu'un élément favorable : les économies de Gus ne pourraient jamais lui permettre de suivre un aussi long traitement, car il est bien connu que les psychanalystes ne sont pas des philanthropes ; leurs notes d'honoraires sont plus impérieuses que les quittances du téléphone et de l'électricité.

Réconfortée, Polly descendit tranquillement les marches conduisant à la cuisine et disposa sa planche à repasser. Mr Schneider accordait son violon.

Elle en était à son troisième chemisier quand le téléphone retentit à l'entresol. C'était Gus. Il demandait à la voir une minute. Polly débrancha le fer et se précipita dans sa chambre pour se mettre de la poudre et du rouge. Elle était en train de se donner un coup de peigne quand elle entendit sonner à la porte d'entrée. Gus l'embrassa. Ils montèrent l'escalier ensemble et entrèrent dans la chambre de Polly. « On dirait une blanchisserie, dit-il pour tout commentaire. Vous vous êtes lavé les cheveux. »

Il s'approcha et posa ses lèvres sur les cheveux de Polly. « Cela sent bon, dit-il.

— Rinçage à la camomille », répondit Polly. Elle servit du sherry New York State pendant qu'il regardait autour de lui. C'était la première fois qu'il était là un dimanche soir. Elle se demanda ce qui l'avait poussé à venir. Il n'avait pas retiré son manteau. Il se dirigea nonchalamment vers la fenêtre, son verre à la main, jeta un coup d'œil sur la rue et tira les rideaux.

« Je viens d'avoir une longue conversation avec Esther au sujet de mon traitement, commença-t-il, interrompu à deux reprises par les exclamations de Polly qui, d'abord surprise, se mit à espérer que les séances allaient prendre fin. Elle m'a demandé comment cela marchait pour moi. Elle, elle a rêvé l'autre nuit qu'elle enterrait son psychanalyste. C'est significatif. Elle n'a plus rien à apprendre de lui. Elle le verra pour la dernière fois la semaine prochaine.

— Bien, dit Polly.

— Quant à moi, dit Gus en s'éclaircissant la gorge, cela ne va pas fort, je suis « bloqué ».

— Bloqué ! s'exclama Polly. Qu'est-ce que cela signifie exactement ?

— Je n'ai pas de rêves, dit-il en rougissant, c'est drôle, je ne rêve plus.

— Est-ce grave ?

— C'est très mauvais signe.

— Pourquoi ? Beaucoup de gens sont dans ce cas. À l'université, une camarade qui ne rêvait jamais m'avait offert de l'argent pour crier “Au feu !” pendant son sommeil pour la faire rêver, car elle devait écrire une dissertation sur la théorie des rêves de Freud. »

Polly sourit. Gus ne dit rien. Il paraissait soucieux. « L'ennui c'est que, n'ayant pas de rêves, je n'ai rien à raconter au docteur Bijur.

— Rien ?

— Absolument rien. »

Il avala son sherry.

« C'est toutes les fois la même chose : j'arrive, je lui dis bonjour, je m'allonge, il me questionne sur mes rêves, son carnet de notes à la main, je n'ai rien à lui répondre. Le silence se fait, il pose son carnet et au bout de cinquante minutes, il me dit que la séance est terminée. Je lui donne ses cinq dollars, je lui dis « à bientôt » et je m'en vais.

— C'est ainsi tous les jours ? s'exclama Polly.

— Presque.

— Ne pourriez-vous pas parler d'autre chose ? Du temps qu'il fait, d'une pièce de théâtre, d'un film ? Comment peut-on rester allongé sans dire un seul mot pendant un temps pareil ?

— On n'est pas dans un salon, chérie. En principe, je dois laisser affleurer ce qui est enfoui dans mon inconscient. Si je n'ai pas de rêves, le moteur n'est pas alimenté et je reste sec. Je ne peux pas faire des associations d'idées. Alors je reste tranquillement étendu. Quelquefois, quand la journée a été particulièrement fatigante, je m'endors. Cela m'est arrivé la semaine dernière : il a dû me secouer pour me dire que l'heure était passée.

— On peut faire des associations d'idées avec n'importe quoi, dit Polly. Le mot "feu", par exemple, à quoi te fait-il penser ?

— À l'eau.

— Et l'eau ?

— Au feu... »

Elle ne put s'empêcher de rire.

« Mon pauvre chéri.

— Tu vois, dit-il d'une voix sombre, cela montre bien que je suis bloqué.

— Si ton mutisme est un cas, pourquoi ne lui en as-tu pas parlé ?

— Le docteur Bijur m'a demandé à quoi j'attribuais cette impuissance. Je lui ai dit que je n'en savais rien. Nous en sommes restés là. » Il fit la grimace et ajouta : « Je n'ai jamais parlé à quelqu'un qui, assis derrière moi, ne me répond pas.

— Depuis combien de temps cela dure-t-il ?

— Un mois, peut-être plus, peut-être moins.

— Si tu savais ce que je m'étais imaginé !

— Au sujet de ces séances ?

— Oui. J'avais peur d'en être le sujet principal.

— Pourquoi, s'il te plaît ?

— À cause de nos relations sex…

— Mais ma pauvre cocotte, dit Gus tendrement, le malade ne parle que de ses rêveries sexuelles, et il se trouve que depuis mon plus jeune âge je n'en ai jamais eu. »

Il se mit à marcher de long en large.

« Sais-tu ce qui ne va pas ? dit-il après un petit silence. Mon ego ne m'intéresse pas.

— N'est-ce pas excellent ? Chacun ne lutte-t-il pas pour prendre congé de soi-même ? »

Elle eut envie d'ajouter. « Regarde les saints. »

Elle reprit : « Regarde Lénine, il ne pensait jamais à lui, il pensait aux masses.

— Ma chère amie, les masses ne me préoccupent guère, du moins sous cet angle.

— Alors qu'est-ce qui t'intéresse ?

— Les conférences commerciales, les dossiers, les rapports d'agences, un discours que je dois prononcer devant l'association des auteurs. Que sais-je ?

— Ce docteur ne devrait pas se faire payer. C'est honteux. »

Gus hocha la tête.

« À l'en croire, j'apporte quand même de l'eau à son moulin. Quand je lui ai proposé d'arrêter le traitement, de cesser de lui faire perdre son temps, il m'a dit que la plupart des malades manifestaient leur résistance par un flot de paroles. Je manifeste la mienne par le silence.

Il prétend que ce silence est éloquent. Cela prouve que le traitement fait de l'effet et que je réagis. »

Polly perdit patience. Voir Gus si bouleversé et si misérable l'irritait terriblement. Elle posa la question qu'elle n'aurait jamais posée en temps normal.

« Dis-moi, dit-elle en s'efforçant de paraître détachée, de quoi souffres-tu exactement ? Comment s'appelle ta… maladie ?

— Ma maladie ?

— Oui, poursuivit Polly : manie, obsession, anxiété, de quelle névrose s'agit-il ? »

Gus réfléchit :

« Le docteur Bijur ne s'est jamais prononcé. Ce serait contraire à la règle.

— Cela ne te préoccupe pas ?

— Peu importe le nom de la maladie. Un nom n'est qu'un nom. »

Polly se sentit un peu plus sûre d'elle.

« Si tu vas voir un docteur pour une éruption de boutons, tu voudras savoir si c'est la rougeole ou la varicelle, n'est-ce pas ?

— Cela n'a aucun rapport. »

Polly changea d'argument.

« Quels symptômes as-tu remarqués ? Si tu devais remplir ta fiche médicale, que mettrais-tu ? Le malade souffre de ?… »

Gus était sur le point de se fâcher. « Cesse de te croire à l'hôpital, Polly. Je suis allé voir ce psychanalyste parce que Esther et moi en étions convenus. Parce que ma jalousie avait brisé mon ménage. Esther voulait une union libre, je ne pouvais m'y résigner. »

Polly sentit le danger.

« Oh, dit-elle, c'est bien naturel. »

Gus fronça les sourcils.

« Il faut que tu comprennes que je suis victime d'une lutte entre mon côté Fall River et mon côté Union Square. C'est le cas de beaucoup d'hommes de ma génération.

— Et si tu n'avais rien du tout ? dit Polly.

— Si je n'avais rien je ne serais pas bloqué. »

Il se laissa tomber dans un fauteuil. Elle lui mit la main sur l'épaule :

« Qu'a dit Esther ?

— Elle a dit que je sabotais le traitement à cause de toi.

— Elle est donc au courant ?

— Oui, Jacoby lui a dit. »

Jacoby était le maquettiste qui partageait l'appartement de Gus.

« Esther pense que je me débloquerais si je cessais de te voir. »

Polly sursauta. Sa première réaction fut de rire, mais elle se domina. Gus poursuivit en rougissant :

« Esther estime que je me mets des bâtons dans les roues pour que le traitement n'avance pas. Que ma faiblesse et mon indécision ont besoin de ta présence et de ton soutien. Parce que tu travailles dans un hôpital. Je vois en toi une infirmière et je fais tout pour entretenir une maladie qui justifie les soins d'une infirmière. »

Il la regarda d'un air interrogateur :

« Qu'en penses-tu ?

— Je pense, répondit Polly la gorge serrée, qu'Esther ne devrait pas pratiquer la médecine sans diplôme. C'est au docteur Bijur de se prononcer. C'est à lui de dire si tu dois cesser de me voir.

— Cela lui est impossible, il est psychanalyste, je te le répète. Il ne peut pas influer sur mes décisions. Il ne peut qu'écouter ce que je lui dis.

— Voilà au moins quelque chose dont tu pourrais l'entretenir !

— Voyons, Polly. Pas de coups bas, je ne les mérite pas. » Il prit son air le plus charmeur pour ajouter :

« Je t'aime, sais-tu ?

— Mais ta décision est prise, répondit-elle tranquillement. Tu es venu m'en aviser. Tu fais ce qu'Esther t'a dit de faire.

— Je voulais t'en parler avant de voir le docteur Bijur. Je dois déjeuner avec un auteur demain. Je n'ai rien décidé de mon propre chef. Cela nous concerne tous les deux. »

Polly croisa les mains et baissa la tête :

« Que diable, dit Gus, je ne dis pas que je me fie entièrement à Esther, je dis que je me dois de faire l'expérience. Après tout, elle me connaît bien, elle a la tête sur les épaules. Si cela me débloquait de ne plus te voir pendant une semaine, par exemple, cela prouverait quelque chose. Si je ne me débloque pas, cela prouvera qu'elle s'est trompée. »

Il souriait, confiant.

« Elle te connaît bien, laissa tomber Polly.

— Peuh ! dit-il. Tu n'es pas comme elle, ma petite. Tu fais la chatte comme toutes les femmes.

— Je suis comme les autres.

— Non, chérie, pour moi tu es un personnage imaginaire, une fille aux longs cheveux blonds, une fée entourée de nains. »

Cette allusion aux autres locataires eut le don d'émouvoir Polly. Des larmes emplirent ses yeux. Il n'avait jamais manifesté de sympathie particulière pour « ses nains ».

« Et c'est pour cela que tu vas me quitter. Parce que je suis une héroïne de contes de fées. Parce que je suis une fiction. »

Elle essuya ses larmes et se versa un second verre de sherry.

« Je ne vais pas te laisser tomber comme cela, dit-il. J'exécute un mouvement tactique qu'il faut placer dans une stratégie d'ensemble. Comprends-moi bien, j'ai pris un engagement vis-à-vis d'Esther, et elle ne me lâchera pas. Si je ne termine pas mon traitement elle n'acceptera pas le divorce.

— Tu pourrais laisser tomber ton traitement. Je pourrais attendre. Vivre dans le péché. Tu viendrais habiter ici ou tu irais ailleurs. Gus, restons ensemble.

— Je dois agir ainsi, dit-il avec emphase. Tu n'es pas faite pour le péché. Je me le reprocherais toute ma vie.

— Est-ce “Union Square” qui parle ? demanda-t-elle.

— Non, c'est “Fall River”. Ta réaction me montre que tu me comprends et que tu sais que je t'aime. »

Polly faisait jouer entre ses doigts le verre de sherry aux reflets dorés.

« Je sais que je dois te sembler folle. Je sais aussi que tu vas retourner à Esther. Tu ne t'en rends peut-être pas compte, mais c'est ainsi. »

Très ému, il s'exclama :

« Pourquoi dis-tu cela ? »

Polly fit un geste vague. « Tu n'as jamais vraiment quitté ta femme. Pour la quitter il aurait fallu que tu deviennes un autre homme. Cela t'était impossible. Ton métier, tes auteurs, le petit Gus, le Parti, le psychanalyste, tout ça fait partie de toi, c'est le décor de ta vie. Je savais bien que nous ne pourrions jamais nous marier. Je ne m'incorpore pas à ce décor. Je suis un bibelot.

— Tu m'accuses et tu me condamnes.

— Non.

— Qu'aurais-je dû faire d'autre ?

— Rien.

— Mais encore ? Dis-moi ta pensée.

— Tout cela est trop bête… Nous n'y sommes pour rien… Tu aurais dû écouter M. Schneider à propos des procès de Moscou.

— De grâce ! s'exclama Gus.

— Oui, tout cela est trop bête. Écoute-moi, Gus, tu dois retourner à Esther, je le pense vraiment. »

Elle se demandait ce qu'elle avait voulu dire dans son désarroi. Il faisait son devoir, mais elle regrettait qu'il ne soit pas différent, meilleur ou pire. Elle venait de s'apercevoir qu'il n'était qu'un pauvre type. C'était là son drame. Il avait l'air piteux, ainsi percé à jour. Planté là, vêtu de son manteau, on l'aurait dit en visite d'affaires.

« Si tu savais comme j'ai souffert, Polly, éclata-t-il. Le dimanche, tu ne te rends pas compte – avec le gosse qui me demandait toujours de revenir à la maison : “Tu ne vas pas rester avec nous, Papa… ?” Et Jacoby avec ses bonnes fortunes ! Ce n'est pas qu'il me gênait, mais tout de même ! »

Polly mit un certain temps à réaliser qu'il la prenait au mot. Il la quittait, et le plus vite possible, avec les honneurs de la guerre. Il était satisfait et reconnaissant. Il était

« libéré ». Ce n'était pas conforme aux plans de Polly, lesquels impliquaient une possibilité de retour.

« Dire que je t'ai tellement aimée, dit-il ; plus que tout. » Il ajouta avec un soupir : « On tue son amour, j'imagine.

— Ne t'inquiète pas.

— Je ne m'inquiète pas, répondit-il maladroitement. Tu es raisonnable, trop pour moi en un sens. »

Il se mit à faire le tour de la pièce, comme pour dire adieu à celle-ci.

« Cela me rappelle l'histoire de l'Indien qui jeta une perle qui valait plus que sa tribu tout entière », murmura-t-il.

Polly ne savait plus que dire ou que faire. Elle entendait le violon de Mr Schneider. Gus l'embrassa dans le cou et s'écarta en la retenant un moment à bout de bras, les mains sur ses épaules.

« Je te ferai signe, dit-il, vers la fin de la semaine pour savoir comment tu vas. Appelle-moi si tu as besoin de moi. »

Ils avaient donc fait l'amour pour la dernière fois ce matin, sans y attacher d'importance particulière. Elle ne pouvait pas s'empêcher de le déplorer. Elle ne savait pas à ce moment-là que c'était la dernière fois.

Il était parti, mais elle ne pouvait croire que tout était consommé. « Cela ne peut finir ainsi », se répétait-elle, en se mordant les poings pour ne pas crier. Le fait qu'il n'ait pas couché avec elle prouvait qu'il allait revenir bientôt, comme quelqu'un qui a filé à l'anglaise en oubliant d'exécuter une formalité importante. Quand l'horloge de l'église sonna la demie d'une heure, elle sut qu'il ne reviendrait plus. Il n'oserait pas frapper à sa porte à une heure aussi avancée. Elle veilla quand même pour le cas où il jetterait des cailloux dans les carreaux. Elle se déshabilla, mit son kimono et s'assit à la fenêtre pour surveiller la rue. Vers le matin, elle s'assoupit. À l'heure habituelle, elle se rendit à son travail et sa douleur, comme mue par une horloge de pointage, se ranima, une fois sa journée de bureau finie.

Dans l'autobus qui la ramenait chez elle son esprit se mit automatiquement à dresser la liste des provisions à acheter, pain, lait, salade, et elle sentit à nouveau son cœur qui s'affolait. Acheter des provisions pour deux n'avait plus aucun sens. N'en acheter que pour elle seule serait accepter le fait accompli, ce à quoi elle se refusait. Cruel dilemme. Elle examinait les termes de l'alternative tandis qu'elle descendait de l'autobus. Sur le trottoir, la foule s'écoulait en la frôlant. Elle pensait que de sa décision d'acheter pour deux ou pour un dépendrait son avenir. À quoi se résoudre ? Elle regardait les panneaux publicitaires. Les queues de bœuf étaient offertes en réclame, et Gus aimait beaucoup la soupe à la queue de bœuf. Si elle la préparait ce soir, elle serait prête pour demain. Si Gus ne revenait pas, qu'en ferait-elle ? Du potage avec du sherry, elle avait du sherry. Pourquoi ne pas prendre une solution moyenne, acheter des œufs, par exemple ? Elle pourrait les garder pour le petit déjeuner. À l'idée du petit déjeuner, elle laissa échapper un cri. Elle avait oublié qu'une longue nuit l'en séparait. Elle se remit à contempler les panneaux publicitaires.

Il lui parut que cette indécision n'était pas nouvelle, lui était familière, même, qu'elle l'avait déjà connue à une époque récente. Les cas décrits dans les livres de l'hôpital lui revinrent en mémoire : les anxieux ne peuvent prendre de décision, ne peuvent décider de leur menu ou de leurs moyens de transport. C'était donc une névrose. Être névrosé, c'est vivre jour après jour dans la terreur de choisir la mauvaise solution. « Oh ! les pauvres gens », dit-elle tout haut en pensant à ces malades qui souffrent en permanence ce qu'elle n'avait connu qu'un instant. Sa propre douleur se transforma en pitié à leur égard. Un mendiant s'approcha d'elle et de nouveau elle ne sut que faire. Elle lui aurait bien donné ce qu'elle voulait dépenser dans le magasin, mais elle se souvint que Gus n'appréciait pas ce genre de charité. Encourager la mendicité, c'est perpétuer le système capitaliste ; il ne fallait pas désobéir à Gus, sinon il ne reviendrait pas. Le mendiant n'avait pas insisté, il poursuivit son chemin pendant que Polly pesait le pour et le contre ; en quelque sorte, il avait décidé pour elle. Cette constatation la détermina. Elle courut vers lui, ouvrit son porte-monnaie et déposa deux billets d'un dollar dans sa main tendue. Puis elle rentra chez elle à petits pas. Elle avait donné son argent spontanément ; et non à la suite d'un débat, ce n'était pas un marché, elle n'attendait rien de ce geste.

Sous sa porte une lettre était glissée. Elle la ramassa sans oser la regarder. Elle ne pouvait provenir que de Gus. Elle retira son manteau, le suspendit, se lava les mains, arrosa ses plantes et alluma une cigarette. Elle ouvrit en tremblant l'enveloppe. Celle-ci ne contenait qu'une feuille de papier, une simple note manuscrite. Elle ne la lut pas d'emblée, mais la posa sur la table pour la regarder de plus loin, comme si le message que cette lettre contenait allait lui parvenir sans qu'elle ait à faire l'effort de le lire.

La lettre était de son père.

Ma chère Polly,

Ta mère et moi avons décidé de divorcer. Si cela te convient, je vais venir habiter avec toi à New York, je veux dire si rien ne s'y oppose. Je saurai me rendre utile, je ferai les courses et la cuisine. Nous chercherons un petit deux-pièces pour nous deux. Ta mère s'occupera de la ferme. Je suis parfaitement sain d'esprit.

Crois à l'expression de mes sentiments distingués. Ton père dévoué et affectionné.

Henry L. K. Andrews.

12

À quelque chose malheur est bon. Si Gus n'avait pas décidé de retourner auprès d'Esther (il le ferait pour de bon la semaine suivante), Polly n'aurait pu recevoir son père. Si la lettre de Mr Andrews était arrivée deux jours plus tôt – samedi, par exemple, au lieu de lundi –, Gus étant encore dans sa vie, qu'aurait-elle fait ? Elle aurait probablement téléphoné à sa mère pour lui demander de garder Mr Andrews à la ferme, de ne pas divorcer tout de suite ; ou peut-être lui aurait-elle conseillé de le faire soigner. Gus parti, Mr Andrews pouvait venir. Elle lui télégraphia. Malgré son désarroi, elle se félicitait dans une certaine mesure : elle était libre d'accueillir son père. Ses amies, en apprenant la nouvelle, n'avaient pas douté un instant que la séparation de ses parents lui causerait un grand choc, mais la vérité était qu'elle ne voyait dans celle-ci que l'arrivée opportune de son père. Et sa mère ? Force lui était de reconnaître qu'elle l'avait presque oubliée. Ce ne serait que plus tard qu'elle se demanderait comment Mrs Andrews avait pris la chose.

Un jour Polly reconnaîtrait que tout s'était passé pour le mieux. Mr Andrews était de bonne compagnie, de bien meilleure compagnie que Gus. Le père et la fille s'entendraient très bien. La venue de ce petit vieillard à cheveux blancs, à la tête de lutin et aux yeux bleus rieurs avait été le meilleur remède ; exactement ce qu'un médecin aurait recommandé dans son cas.

À la descente du train, Mr Andrews parut en excellente forme. Il tenait un bouquet de jonquilles à la main et apportait de la ferme un plein panier d'œufs – pas question qu'il les confiât au porteur !

« Je ne me suis jamais aussi bien senti, dit-il avec assurance. Ta mère non plus. Le divorce est une splendide institution. Tout le monde devrait divorcer. »

Il affirmait que Kate, sa femme, avait rajeuni de dix ans.

« La procédure va traîner en longueur, s'inquiéta Polly, même si maman est d'accord.

— Cela ira vite, mon enfant. Kate a déjà signé les papiers. L'avoué a pris le thé avec nous. C'est te dire ! D'ailleurs, j'ai donné à ta mère le meilleur motif de divorce qui soit. »

Polly fut choquée que son père eût pu, à son âge, se vanter d'avoir entretenu des relations coupables avec une femme. Or, il ne s'agissait pas d'adultère mais d'aliénation mentale. Mr Andrews n'était pas peu fier d'avoir eu la sagesse d'être fou et d'avoir gardé les papiers l'attestant.

Les premiers jours, Polly, malgré sa dépression, eut des accès de bonne humeur. Elle se surprit à rire à plusieurs reprises. On aurait dit que c'était une autre qu'elle qui s'amusait des boutades de Mr Andrews. Elle se disait qu'elle vivait comme un automate, entièrement dévouée à autrui. Bientôt, pourtant, son travail fini, elle aurait hâte de rentrer à la maison pour apprendre ce qu'il y avait à dîner et ce que son père avait bien pu inventer en son absence. Il continuait sur la même lancée que le jour de son arrivée et entretenait qui voulait l'entendre de son divorce. Il avait découvert la panacée.

Polly avait fait mettre une des chambres du haut à sa disposition en attendant de trouver un appartement. Ils chercheraient pendant les week-ends.

Mr Andrews avait une meilleure idée. Son projet consistait à convaincre la logeuse d'aménager le dernier étage. Ce projet fut accepté. En empiétant sur le palier, on pouvait installer une cuisine, aussi étroite qu'une cuisine de bateau mais parfaitement commode... Mr Andrews, qui était architecte, avait fait les plans. Le printemps et l'été furent consacrés à ces transformations qui ne coûtaient presque rien à la logeuse puisque le père et la fille faisaient tout eux-mêmes. Mr Andrews put mettre à profit les connaissances qu'il avait acquises dans l'atelier de menuiserie de la clinique psychiatrique. Il découvrit dans un terrain vague proche de chez eux (« Il y a là des trésors », dit-il) les tuyaux, raccords, etc. dont il avait besoin pour la plomberie. Polly apprit à manier le pinceau avec assez d'habileté pour repeindre étagères et placards. Elle confectionna avec de vieux draps des rideaux qu'elle agrémenta d'un galon bleu, blanc, rouge, comme le drapeau français. Elle rafistola à grands coups de marteau et avec des semences de tapissier les chaises victoriennes de la logeuse. La lumière tamisée par les volets intérieurs et la cheminée de marbre contribuaient à créer une atmosphère divine. Il était indéniable que Mr Andrews avait donné de la plus-value à l'appartement ; à leur départ, la logeuse en tirerait un meilleur revenu. Emporté par son élan, le vieux monsieur aurait voulu transformer en petits appartements la maison entière. Polly dut s'y opposer. Ni Mr Schneider ni Mr Scherbatyeff ne pourraient payer un loyer qui serait forcément augmenté. Mr Andrews déversa son trop-plein d'activité sur un projet plus modeste. Il décida d'aménager en jardin d'hiver le balcon qui donnait sur la cour. L'orientation au midi était très favorable. La petite véranda qu'il comptait construire abriterait les plantes tropicales de sa fille. Ce serait son cadeau de Noël. Il tenait avec le vitrier d'interminables conciliabules.

Le nouveau comportement de Mr Andrews surprit tout le monde. Était-ce son divorce, comme il se plaisait à le répéter ?

« Il n'y a pas que cette raison », disait sa sœur, Julia, qui le connaissait bien. « Et ce ne sont pas non plus les bons soins de la chère Polly ! »

La réponse devait venir de Mrs Andrews, à l'occasion d'un voyage qu'elle fit à New York. « On a débaptisé sa maladie, déclara-t-elle. Cela s'appelle maintenant psychose maniaco-dépressive. Le changement de nom a transformé Henry. Autrefois, il se comportait en « mélancolique ». Tout à coup, il s'est mis à faire un tas de projets, à commencer par cette idée folle de divorce. Je n'ai pas voulu le contrarier. Cela n'a jamais été ma méthode. Souviens-toi, Polly, lorsqu'il s'était mis en tête de se faire baptiser par un curé de village français selon les rites de l'Église catholique. J'ai fait semblant de l'approuver, car quelle importance cela avait-il ? Vous aviez reçu le sacrement des mains du pasteur anglican.

Je pensais que le divorce serait une autre lubie de ce genre. Au contraire, c'est devenu une idée fixe. Comme aussi cette idée de partir pour New York. Je me suis fait une raison. Après tout, pourquoi ne pas tenter l'aventure ? À mon âge, je ne risque rien. Le plus curieux, c'est que cela m'a fait beaucoup de bien. Je revis. »

Sa mère était descendue chez tante Julia. Elle se versait du thé en prononçant ces paroles. Elle était éclatante de fraîcheur. Sa nouvelle permanente lui allait à merveille.

« Excusez-moi, madame, dit Ross, mais pourquoi ne vous êtes-vous pas tout simplement séparés ?

— Henry prétend que cela n'aurait pas été convenable. Aussi indécent, m'a-t-il déclaré, que de vivre en concubinage.

— Je n'y avais pas pensé », dit Ross.

Mrs Andrews se tourna vers Polly : « À la ferme, dit-elle, je m'en tire beaucoup mieux depuis son départ. Tes frères m'aident. Les animaux ne l'intéressaient pas. Il ne s'occupait que de son jardin potager et de ses plantes aromatiques. Je vais pouvoir élever des Black Angus. Je me procurerai des dindes que je revendrai au moment des fêtes. J'ai reçu une commande de Charles & Cie. Si ton père était resté à la ferme, il aurait voulu avoir des faisans chinois ou des paons. J'ai horreur des paons. Ils sont querelleurs et ils ont une vilaine voix.

— Papa est-il en pleine crise maniaque, comme disent les toubibs ?

— Je le crois, ma chérie, dit Mrs Andrews d'une voix paisible. Espérons que cela continuera. Dis-moi, t'a-t-il causé des ennuis ?

— Non », dit Polly.

Elle n'en avait pas moins pris rendez-vous avec l'assistant du chef de service de psychiatrie à la Payne Whitney Clinic qu'elle avait connu quand il était interne. Elle avait fait subir des tests de métabolisme basal à des malades dont la fiche portait la mention « atteint de psychose maniaco-dépressive ». La mélancolie de son père lui avait toujours fait penser à l'*Il Penseroso* de Milton et à la gravure de Dürer. Elle n'avait fait aucun rapprochement entre la mélancolie et la psychose maniaco-dépressive. Les lypémanes qu'elle avait vus étaient souvent immobilisés dans des camisoles de force. Comment Mrs Andrews pouvait-elle parler de cette maladie avec une telle désinvolture ? Le jeune médecin avait répondu à ses questions sans détour. Le comportement de son père était symptomatique. Certes, il réagissait d'une façon modérée, mais une crise plus forte était toujours à craindre. Son cas n'était pas trop grave car chez les vieillards les manifestations extrêmes ont tendance à s'espacer, puis à disparaître.

« Quel âge a-t-il ?

— Soixante ans environ.

— L'âge critique passé, nous avons beaucoup de cas de guérison.

— Ma mère prétend que le changement de nom de sa maladie a eu une heureuse influence sur lui. »

Le docteur sourit. « Avec ces gaillards-là tout est possible. Voyez-vous, la folie est un domaine mal connu. On ne sait ni ce qui la provoque, ni ce qui la guérit. Ce changement d'appellation peut jouer un rôle. En supprimant un nom, on supprime dans une certaine mesure la maladie et l'on finit par attribuer à l'hystérie l'origine de tous les dérangements mentaux. Nous avons tendance à croire que les malades ont lu les livres de médecine, même les analphabètes.

— Mon père ne présente aucun phénomène d'hystérie, mais parfois il pleure sans raison. Tout doucement.

— Voulez-vous que je le voie ? »

Polly hésita. Était-ce vraiment nécessaire ?

« Je serais contente, dit-elle, de vous offrir un verre de sherry à la maison. Venez un dimanche où vous ne serez pas de service. À la bonne franquette vous savez ! Papa est un excellent cuisinier. Vous ferez sa connaissance. Il adore voir du monde. »

Rien n'était plus exact. Depuis qu'elle et son père avaient emménagé, l'appartement ne désemplissait pas. Mr Andrews avait découvert le supermarché A & P, dont il était devenu le client. Il se vantait d'acheter par grosses quantités et de faire ainsi des économies. Il ne manquait aucune « occasion à saisir ». Il s'approvisionnait en poissons et légumes chez les Italiens de la 2e Avenue. Polly goûtait à des mets extraordinaires, totalement inconnus d'elle jusque-là.

Ils recevaient le dimanche, sortant à cette occasion des assiettes chauffantes dont tante Julia s'était débarrassée, les jugeant démodées. Le repas fini, les convives restaient souvent l'après-midi pour jouer à de petits jeux ou pour écouter des disques. Avec un emploi du temps aussi chargé, Polly devait faire la nuit sa lessive et ses shampooings. La bouillabaisse du vendredi soir – une spécialité de Mr Andrews – avait beaucoup de succès. Souvent l'un ou l'autre des invités apportait une bouteille de vin. Mr Schneider jouait du violon. Mr Andrews, qui dans son temps avait été un joueur de tennis classé, faisait chaque jour sa partie de ping-pong, dans un café de la 1re Avenue. Il s'inscrivait avec Polly dans les compétitions du samedi. Ils s'étaient fait beaucoup d'amis. Mr Scherbatyeff, de son côté, organisait des tournois d'échecs. Libby, toujours à la pointe de l'actualité, avait téléphoné à Polly : « Il paraît que tu as ouvert un *salon**. Invite-nous. Norine a dit à Kay que ton père et toi aviez un *succès fou**. »

Mais pour Mr Andrews le jour marqué d'une pierre blanche fut celui où il devint trotskiste. L'idée émanait, bien entendu, de Mr Schneider. Ce dernier, profitant du désœuvrement de son voisin – l'installation de l'appartement était terminée –, lui avait prêté à l'insu de Polly divers brochures et manifestes. Mr Andrews avait d'abord trouvé tout cela assez confus (en politique, il était plutôt partisan du « laisser-faire »), mais peu à peu il s'était intéressé aux procès de Moscou qui battaient leur plein. Il trouvait à ces procès un aspect mystérieux qui lui rappelait les énigmes, puzzles, mots croisés ou autres jeux dont il était friand. Ses déductions l'amenèrent à conclure à l'innocence de Trotski. Il était fasciné par ce personnage barbu que la légende représentait en uniforme blanc aux commandes d'un train blindé ou occupé à lire des romans français pendant les réunions du Politburo. Quand Mr Andrews adhéra au parti trotskiste, Mr Schneider lui servit de parrain. Il fut accepté sur-le-champ, beaucoup plus vite que lorsqu'il s'était agi d'embrasser la religion catholique ; le vieux curé du village avait imposé une période probatoire. Ici, rien de semblable. Sa dialectique se ressentait d'une intronisation trop rapide, mais il compensait cette lacune par son zèle. Il portait une cravate rouge, des guêtres démodées, et vendait l'*Appel socialiste* à la sortie des meetings staliniens. Les thés de tante Julia et les championnats de ping-pong étaient pour lui l'occasion de répandre la bonne parole.

Un tel comportement embarrassait un peu Polly. Les habitudes vestimentaires de son père, son allure de vieil aristocrate cadraient mal avec une activité politique aussi révolutionnaire. Ne nuirait-il pas à son parti ? Le nouveau converti ne serait-il pas la risée des staliniens, Gus en tête ? Pas plus que celui-ci n'avait réussi à l'enrôler dans les rangs des staliniens, son père ne ferait d'elle une trotskiste. Elle se demandait si tous les Schneider d'Amérique seraient aussi enthousiastes à l'égard du « patron » – ainsi appelaient-ils Trotski – si celui-ci avait la responsabilité du pouvoir. Était-il, en outre, nécessaire de prêcher la subversion dans les pays démocratiques comme la France ou les États-Unis au lieu d'agir énergiquement contre Hitler et Mussolini, personnages qui méritaient d'être renversés ? Mr Andrews avait beau dire que la dissolution des partis ouvriers avait rendu une révolte contre ces tyrans impensable, Polly n'était qu'à demi convaincue. Elle trouvait inique de voir Roosevelt ou Léon Blum en proie à de violentes attaques uniquement parce qu'ils étaient des libéraux. Quand elle avait le malheur d'exprimer ce genre d'opinions, elle était taxée d'esprit bourgeois. Ce qui rassurait Polly, c'était que son père ne pensait sans doute pas un mot de ce qu'il disait. La perspective de « Mr Andrews au pouvoir » – après tout cela pouvait arriver ! – la faisait sourire avec indulgence. Tous ces trostkistes travaillaient du chapeau. C'était le moins qu'on pouvait dire.

« Fais-tu partie d'une cellule, papa ? » lui demanda-t-elle un jour. Elle ne reçut pas de réponse satisfaisante. Secret d'État sans doute !

Elle n'en revenait pas d'entendre son père se vanter de son appartenance au parti comme il se serait vanté d'un quartier de noblesse.

Mr Andrews mettait tous ses ennemis politiques, les staliniens, les progressistes, les partisans du New Deal, les classes moyennes et les bourgeois enrichis dans le même panier. Il avait enfin trouvé la justification de préjugés qui jusqu'alors n'avaient été chez lui qu'instinctifs. Originaire du Massachusetts, il avait toujours manifesté de l'aversion pour les Irlandais. Il avait bondi de joie en apprenant que Karl Marx les avait traités de « mercenaires de l'impérialisme ». Montrant le pauvre agent du carrefour – d'origine irlandaise, comme tous ses confrères – il s'écriait : « Regarde cet agent de l'impérialisme ! »

L'existence de Gus (« ce stalinien » comme il devait l'appeler) ne pouvait échapper à son attention. Qui lui en avait parlé ? Mr Schneider ? Mr Scherbatyeff ? la logeuse ? Polly ne devait jamais le savoir. La légende s'était accréditée que le départ de Gus était une initiative de Polly, soucieuse de se libérer pour être tout à son père. Vis-à-vis de Mr Andrews, elle avait rétabli les faits : elle n'avait pas sacrifié son amour à la pitié filiale. Mr Andrews en concluait que Gus n'avait pas eu le courage de divorcer. D'où le dédain qu'il manifestait à son endroit.

« Est-ce que tu penses encore à ton stalinien ? » lui disait-il parfois.

Non, Polly ne pensait plus à Gus. La page était tournée. Le sort lui serait clément, elle n'en doutait pas. Mais pour cela, elle devait oublier les hommes et le mariage.

Quand Gus l'avait appelée au téléphone, Mr Andrews était allé à l'appareil : « C'est un monsieur qui te demande. »

Polly avait pris l'écouteur d'une main tremblante.

« Qui m'a répondu ? avait demandé Gus.

— Mon père. Il habite ici.

— Est-il au courant ?

— Non.

— Bon, alors je ne veux pas être importun. Je resterai dans l'ombre. À la semaine prochaine. »

Il avait raccroché. Polly n'avait rien fait pour l'encourager.

Quand Gus appela pour la seconde fois, ce fut pour annoncer son retour au domicile conjugal et pour demander si Mr Andrews était toujours là.

« Oui, répondit Polly.

— J'aimerais bien faire sa connaissance.

— Dans quelque temps. » Ce fut tout. Polly ne lui avait même pas demandé s'il était toujours « bloqué ».

Gus avait déménagé et habitait avec Esther dans Greenwich Village, à l'autre bout de la ville. Les chances de le rencontrer par hasard au détour d'une rue étaient minces. Elle se rappelait la peur qu'elle avait eue en saisissant l'écouteur, peur que Gus ne lui demandât de reprendre la vie commune. Qu'aurait-elle répondu à cette proposition ? Paradoxalement, son amour continuait à vivre en elle comme les cheveux et les ongles des morts continuent de pousser quand tout est consommé.

Polly avait le pressentiment qu'elle le reverrait un jour… quelque part. Cela aussi lui faisait peur.

Maintenant qu'il était inscrit au parti trotskiste, Mr Andrews aurait peut-être l'occasion de rencontrer Gus dans une réunion contradictoire sur l'Espagne. Cette idée n'était pas loin d'amuser Polly. Elle voyait Mr Andrews attendant Gus à la sortie d'un meeting pour lui offrir un numéro de l'*Appel socialiste*. Celui-ci ne manquerait pas de refuser d'un geste brusque le journal du clan adverse. Mr Schneider, lui, ne craignait pas de lire chaque jour le *Daily Worker*, de la première à la dernière page. Si les choses devaient s'envenimer, elle serait du côté des trotskistes, qui avaient l'esprit large.

Les deux hommes se rencontrèrent un samedi à la salle de ping-pong ! Polly était restée à la maison pour écouter à la radio une retransmission du Metropolitan Opera.

« J'ai rencontré ton stalinien, ton Le Roy, je lui ai pris deux sets sur trois », annonça Mr Andrews à son retour. Il avait fait le marché en cours de route et rapportait un cabas débordant de produits d'épicerie. Polly était enchantée. Rien n'aurait été plus déplaisant que d'apprendre que Gus avait battu son père au ping-pong.

« Qu'était-il venu faire dans ce café ?

— Il était accompagné d'un camarade du nom de Jacoby, un maquettiste. Il voulait se mettre au ping-pong pour maigrir ; c'est du moins ce qu'il m'a dit. Ces staliniens essayent de s'infiltrer partout, tu sais.

— À quoi as-tu vu que c'était lui ?

— C'est lui qui m'a reconnu : moi, le fameux, l'excentrique Mr Andrews, le gentilhomme décavé, l'ancien partenaire de Borotra, le saboteur, l'agent de Trotski.

“On dit qu’il vit avec une très jolie personne, sa fille Polly, quelque part dans la 10e Rue.”

— Voyons, papa, dit Polly, impatiente. Tu crois vraiment que c’est à toi qu’il en voulait ?

— Mais oui.

— Avez-vous parlé politique ?

— Non. Nous avons parlé de toi.

— Mon Dieu !

— C’est lui qui a commencé. Il m’a demandé si j’avais une fille du nom de Polly. Il m’a posé un tas de questions ennuyeuses. Il m’a demandé de tes nouvelles, ce que tu devenais, ton travail… Je lui ai parlé de mon divorce.

— Qu’a-t-il répondu ?

— Que cela avait dû être un choc terrible pour toi.

— Comment trouves-tu ce garçon ?

— Ordinaire, répondit Mr Andrews, tristement ordinaire. Pas un mauvais bougre, apparemment. Il a bien pris sa défaite au ping-pong. J’ai l’impression qu’il t’aime. Cela me déplaît. S’il t’avait laissée tomber parce qu’il en avait assez ou parce que tu ne l’attirais plus, j’aurais sympathisé avec lui. Ce n’est pas le cas. C’est un névrosé. »

Polly se mit à rire. « Tu t’en es donc aperçu ? Moi, jamais ; il m’a toujours paru normal. »

Mr Andrews se débarrassa des paquets qui l’encombraient :

« C’est bien cela, reprit-il, tous les névrosés sont des petits-bourgeois et réciproquement. La folie est pour eux beaucoup trop révolutionnaire. Ils restent à mi-chemin. Nous autres fous, nous sommes les aristocrates des maladies mentales. Tu ne l’aurais pas épousé, voyons. Il le savait bien.

— Je ne me marierai jamais, dit Polly.

— Quelle bêtise ! Je vais te trouver un mari, et ce pour des raisons strictement égoïstes. J'ai besoin d'un gendre pour s'occuper de moi quand je serai vieux. Je ne veux pas retourner vivre aux crochets de Kate.

— Tu resteras ici et je m'occuperai de toi.

— Non merci, ma chère, je ne veux pas être le compagnon de route d'une vieille fille aigrie. »

Des larmes vinrent aux yeux de Polly.

« En me sacrifiant ta jeunesse tu vas t'aigrir, continua Mr Andrews ; tu serais excusable, en tout cas. Tandis que si tu tombes sur un brave garçon tu seras comblée, vous serez tous les deux comblés. Vous me réserverez une chambre dans votre maison. Vous pourrez me déduire de vos impôts. »

Polly se mordit les lèvres. Son père, en se traitant d'égoïste, disait la vérité. Et sa mère aussi ne pensait qu'à elle. Mais les égoïstes ne sont-ils pas des gens aussi intéressants que les autres ? Plus, peut-être. Elle n'aurait pas aimé vivre avec un père doux et effacé. Mr Andrews savait ce qu'il voulait. Il était plein d'égards pour elle, mais c'était lui qui menait la barque. Quand il avait une idée en tête, il était difficile de l'en faire changer. Il était parfaitement capable de l'amener au mariage pour la simple raison qu'il lui fallait un foyer pour ses vieux jours. Sans doute n'avait-il pas tort. Faute d'une aide extérieure, elle ne pourrait jamais subvenir à ses besoins. Son salaire ne lui permettait pas d'assurer le train de vie de Mr Andrews et elle n'avait aucun avancement en vue. Sa mère envoyait des œufs et des produits de la ferme. Mr Andrews appelait cela sa pension alimentaire. Tante Julia avait fourni le linge et les couvertures. Elle donnait une robe à Polly de temps à autre ; quelques retouches avec l'aide de Ross, et elle était parfaitement mettable. Tout cela ne menait pas loin. Polly ne pouvait consacrer beaucoup de temps à la couture. Or, Mr Andrews n'admettait pas qu'elle reçoive vêtue simplement d'une jupe et d'un chemisier. « Mets quelque chose de joli », disait-il.

Le livre de cuisine… Ah ! le livre de cuisine ! Chaque semaine, Polly confiait à son père une certaine somme, qui n'était jamais suffisante. Il ne dépensait pas cet argent pour lui mais pour faire plaisir à Polly et à ses amis.

À l'automne, elle songea avec terreur à Noël. Elle n'achèterait rien ; elle fabriquerait tout elle-même. Pendant ses quelques jours de vacances à la ferme elle avait mis en pots de la gelée de pommes sauvages parfumée à la menthe, au thym et au romarin. Elle se promit de se remettre à la préparation des « pommes d'ambre ». Pour le Jour de l'An, elle donnerait à son père un cache-nez qu'elle aurait tricoté elle-même ; à sa mère, une écharpe du soir en jersey cerise agrémentée de festons en velours de couleur, d'après un modèle publié dans *Vogue*.

Pour Mr Andrews, faire quelque chose de ses mains, c'était s'occuper de son fameux jardin d'hiver. Il avait d'abord cru que les rayons du soleil suffiraient à maintenir dans la véranda une température convenable, mais après une conférence avec le plombier, il déchanta. Cela coûterait finalement assez cher. L'idée n'en était pas moins excellente et « génératrice d'économies » – une expression qu'il employait beaucoup ces derniers temps ! Polly aurait toute l'année des fleurs à bon compte pour la maison.

On pourrait faire pousser des jacinthes et des crocus qu'on offrirait à Pâques.

Polly était très hostile à ce jardin d'hiver (tout comme sa mère s'était opposée à l'élevage des paons). Elle essaya de modérer les ambitions de son père ; une simple caisse placée sur le balcon suffirait pour leurs essais de culture. Mr Andrews ne voulait pas en entendre parler, à telle enseigne que Polly se demanda si elle n'allait pas appeler la logeuse à son secours. Elle n'aurait pas voulu agir derrière le dos de son père, bien que le docteur Ridegley, quand elle avait été le consulter, lui eût dit qu'elle ne devait pas hésiter à prendre des initiatives, principalement sur le plan financier. À la suite du déjeuner auquel ce jeune médecin avait assisté, Polly s'était de nouveau entretenue avec lui du cas de Mr Andrews. Le jeune homme avait mis immédiatement le doigt sur la plaie en demandant si son père n'était pas un peu « prodigue », signe avant-coureur, à son avis, d'une crise maniaque. Il avait recommandé de solder tous les comptes ouverts chez les commerçants et de les inviter à ne plus faire crédit. Polly n'avait de compte courant que chez Macy. De toute façon, le diagnostic du docteur Ridegley lui semblait excessif. Jusqu'au krach, Mr Andrews avait vécu sur ses revenus. Il était donc difficile de lui en vouloir. Polly, étant une « enfant de la crise », savait se priver. Pas son père. Pour lui, le manque d'argent ne pouvait être que momentané. Faire des économies était à ses yeux un jeu, un prétexte à s'amuser, comme d'allumer des bougies quand le courant fait défaut ; il se conduisait comme quelqu'un qui attend que l'électricité revienne. Cette attitude était une folie, mais une folie partagée par beaucoup de personnes, certaines de ses camarades de Vassar par exemple.

Aujourd'hui, on encourage les gens à dépenser. « Achetez ceci ou cela. Vous ferez une économie. » Cette campagne publicitaire influençait tout le monde, même les gens âgés et très fortunés. Tante Julia se précipitait dès qu'on annonçait des « soldes avant inventaire ». Chaque saison elle profitait de la « Semaine du blanc » pour garnir ses armoires de linge – draps, serviettes, oreillers –, alors que celui qu'elle avait acheté l'année précédente n'avait pas encore servi. Pourtant tante Julia avait toute sa raison.

Sauf dans un cas grave comme celui du jardin d'hiver, Polly excusait Mr Andrews, mais il fallait absolument se procurer des ressources complémentaires. La semaine précédente, elle avait obtenu du Morris Plan une avance gagée sur ses appointements. Cela l'avait bouleversée. Ne se lançait-elle pas sur une pente fatale ? Elle avait trouvé immorales les conditions de ce prêt, comme si le taux d'intérêt était la rançon du silence dans une affaire de chantage. On ne lui avait pas posé de questions. « Notre maison se targue de la plus grande discrétion. » C'était précisément la raison pour laquelle elle s'était adressée au Morris Plan, sur la foi d'une affiche lue dans l'autobus.

Elle aurait pu frapper à la porte de tante Julia, mais la vieille dame en aurait profité pour « avoir une conversation sérieuse ». Polly imaginait les propos désobligeants qu'elle jugerait bon de tenir sur Mr Andrews et sur ses folles dépenses. Si celles-ci étaient un signe de dérangement mental, tout commentaire était superflu. N'aurait-il pas été préférable d'entourer Mr Andrews d'un peu d'affection ?

Elle cacha donc à son père cette histoire d'emprunt. Elle n'avait pas résolu pour autant le problème du remboursement quand il viendrait à échéance. Pour cela, il aurait fallu faire des économies ; or, si elle avait été amenée à emprunter c'était justement parce que ses dépenses étaient supérieures à ses revenus. La situation était inextricable. Les étrennes prochaines de tante Julia ? Elles ne suffiraient pas à boucher le trou. De plus, les estimations de Polly au sujet de l'appartement s'étaient révélées fausses ; elle n'avait pas tenu compte du gaz et de l'électricité. Alors ? Elle se creusait la tête pour trouver une solution. Des travaux d'aiguille ? Vendre par le moyen du « Woman's Exchange » des gelées ou des pommes d'ambre ? Mr Andrews ne pourrait-il pas confectionner des puddings ou des gâteaux ? Quand Polly faisait le bilan de toutes ces opérations elle s'apercevait qu'il faudrait vendre cent pots de gelée pour gagner vingt-cinq dollars. Encore comptait-elle pour rien les fruits, les aromates et la note de gaz. De même pour les pommes d'ambre, dont la valeur marchande constituait une inconnue et qui demandaient beaucoup de matières premières : oranges, racines d'iris, clous de girofle, sans parler de la main-d'œuvre. Pour la première fois de sa vie Polly était confrontée aux problèmes de la production en série. Elle en concluait qu'on ne peut pas gagner d'argent chez soi à ses moments perdus à moins d'être aveugle ou infirme, la charité aidant. Elle les voyait déjà, son père et elle, réduits à tresser des paniers ou à broder des nappes.

Elle se creusa la tête pendant des semaines. Elle alla jusqu'à participer au concours de l'*Evening Post*. Un moment, elle songea à conseiller à Mr Andrews d'écrire un livre de recettes de cuisine française. Libby, étant agent littéraire, lui trouverait certainement un éditeur. Elle y renonça. Mr Andrews ne révélerait pas ses secrets, surtout pas à Libby, pour laquelle il n'avait aucune sympathie. Elle passa plusieurs idées en revue : trouver un commanditaire et ouvrir un restaurant avec son père, vendre à Elizabeth Arden la formule d'une crème de beauté au concombre... Elle consulta l'*Alumnae* de Vassar : certaines de ses camarades travaillaient bénévolement, d'autres donnaient des leçons à mi-temps, promenaient des chiens, trayaient des vaches à la campagne. L'idée lui vint que Mr Andrews pouvait être appelé à siéger à la cour d'assises, occupation qui est rémunérée. Elle sourit. Mr Andrews, juré ? Il aurait aussi pu être croque-mort, faire partie de la claque d'un théâtre, ou garder des enfants (il racontait de si jolies histoires !) quand les parents sortent le soir. Dernière solution : entrer, lui comme cuisinier, elle comme femme de chambre, dans une maison bourgeoise.

Tout cela était du domaine de la fantaisie. Polly en était consciente, mais elle ne pouvait s'empêcher de laisser divaguer son esprit. Ce soir-là, son père venait d'aborder la question du mariage et un petit tableau se forma devant ses yeux. Toute la famille était assemblée dans la bibliothèque de tante Julia (le corps de celle-ci reposait dans la pièce voisine). Le notaire ouvrait le testament de la défunte : Henry Andrews était le seul héritier !

« Ne compte pas là-dessus », dit avec beaucoup de calme Mr Andrews.

Il avait le don de lire dans les pensées d'autrui. Polly avait remarqué qu'il en était de même à l'hôpital avec certains malades mentaux. C'était fort impressionnant.

« Julia ne tourne pas rond, poursuivit Mr Andrews. Elle est très capable de tout laisser à la Société protectrice des animaux. Elle fera une rente à Ross et quelques donations aux Pères Noël de l'Armée du Salut. Elle est gâteuse. »

Polly connaissait l'opinion de Mr Andrews sur sa sœur : « Une redresseuse de torts », disait-il. Tante Julia ne buvait que de l'eau. L'alcool, Mr Andrews mis à part, avait fait des ravages parmi ses oncles, ses frères et ses sœurs. Jusqu'à ces derniers temps, même pendant la Prohibition, elle avait offert du vin à ses invités, se contentant elle-même de ginger-ale. Une fois la liberté retrouvée, elle avait banni le vin de sa table (on retrouvait bien là l'esprit de contradiction des Andrews). On y servait du ginger-ale, du jus de pamplemousse, toute une variété de boissons hygiéniques « à vous soulever le cœur », disait Mr Andrews. Il assurait que la dernière fois, on lui avait proposé du lait de noix de coco ! Tante Julia avait commis un sacrilège aux yeux de son frère le jour où elle avait fait vider dans l'évier de l'office le contenu de toutes les vieilles bouteilles de son défunt mari.

« J'aurais pu les vendre, avait-elle déclaré. Un expert de Lehmann a estimé ma cave. Il était prêt à payer le prix. Ma conscience s'y est refusée. Je ne veux pas tirer profit de ce qui cause la mort de mon prochain comme les marchands de canons… tous des requins.

— Tu aurais pu m'en faire cadeau, avait suggéré Mr Andrews.

— Cela t'aurait fait du mal, Henry. En outre, tu n'as pas de cave. Ce vin est fragile. »

Ross avait pu sauver du désastre quelques bouteilles de bordeaux – celui que Mr Andrews préférait – et en avait fait bénéficier les habitants de la 10e Rue. Mr Andrews n'avait pas mis bas les armes pour autant :

« Je reconnais bien là Julia, avait-il déclaré. Elle a fait estimer sa cave avant de la saborder. Elle a sûrement fait venir plusieurs experts pour que le meilleur prix figurât à son crédit dans le Grand Livre. Son testament ? Ce sera la même chose ! Il contiendra un long préambule dans lequel elle expliquera qu'elle avait d'abord pensé léguer sa fortune à ses proches, mais qu'elle s'était ravisée pour que cet argent qui n'avait pas fait son bonheur ne fasse pas le malheur de ceux qu'elle avait aimés. »

Polly sourit. Son père avait probablement raison. S'il devait en être ainsi elle n'aurait plus à souhaiter la mort de sa tante, pensée déplaisante, il faut le reconnaître. Elle n'aimait pas le mot « espérances », pas davantage qu'elle ne considérait la mort de quelqu'un comme une « délivrance ».

« Ma fille, lui dit Mr Andrews, il n'y a que le mariage. Être grand-père est pour moi une perspective beaucoup plus agréable que le trépas d'une vieille folle. Pourtant, j'espère que sur mon conseil elle fera un petit legs au parti trotskiste.

— Papa ! lui dit Polly en riant, tante Julia est plutôt de droite !

— Je ne le sais que trop. Les journaux l'ont convaincue que nous, les trotskistes, sommes des contre-révolutionnaires acharnés à la destruction de l'Union soviétique. Ta tante Julia subit l'influence de Walter Duranty et de quelques autres. Tout ce qui paraît dans le *New York Times* est pour elle parole d'évangile. Je n'ai rien fait pour détruire ses illusions. Pour elle, maintenant, un peu grâce à moi, les trotskistes jouent le jeu de Roosevelt et représentent la seule force efficace contre Staline. Quant à Hitler, il a d'autres chats à fouetter.

— Tu es un brigand, papa, dit Polly en l'embrassant.

— Pas du tout. J'ai empêché Julia de tomber dans les griffes du fascisme. »

Le ton badin de cette conversation lui faisait oublier ses soucis. Son père était désarmant. Quand il n'était plus avec elle, son cafard la reprenait. Elle avait d'atroces cauchemars dont elle se réveillait en sueur. Une nuit, elle avait rêvé que l'appartement était devenu une gigantesque serre de la taille du Crystal Palace, une autre nuit qu'elle et lui, pour économiser leurs vêtements, se promenaient nus dans la rue et étaient emmenés au poste par un agent de police irlandais.

Un jour, à l'hôpital, elle trouva la solution à son problème financier alors qu'elle assistait à une transfusion de sang. Comment n'avait-elle pas pensé plus tôt à offrir le sien ? Elle s'exécuta une première fois, puis trois fois encore, recevant pour chaque opération la rémunération d'usage. Il n'y avait aucun danger ; les donneurs professionnels le savaient bien. Elle avait vu les internes se faire prélever du sang de temps à autre. Elle avait une excellente santé. Les talents de diététicien de Mr Andrews y étaient pour quelque chose. Son organisme était riche en fer et en vitamines. La pâleur de son teint était naturelle ; ce n'était pas de l'anémie. Elle aurait jugé préférable de faire effectuer les prélèvements par un laboratoire où elle était inconnue. Cela aurait évité les ragots, mais, prise de court à l'approche des fêtes – il lui fallait l'argent nécessaire à la décoration du sapin reçu de la ferme familiale –, elle offrit son sang une dernière fois à son propre laboratoire. Ce qui devait arriver arriva : elle fut surprise par son ami le docteur Ridgeley.

« Que faites-vous ? » demanda-t-il. Question superflue : l'attirail à ses côtés était éloquent.

« Je me fais de l'argent pour Noël… pour acheter quelques douceurs », avoua-t-elle, étendue sur la banquette où, la transfusion finie, elle prenait un peu de repos.

Son poing se détendit. Elle sourit sans grande conviction. Le docteur Ridgeley lui jeta un regard étonné et quitta la pièce. Une minute plus tard, il était de retour. Il avait consulté la fiche médicale de Polly.

« Dites-moi, c'est la quatrième fois que vous donnez votre sang ?

— Je vous l'ai dit… les fêtes de Noël et du Jour de l'An…

— Votre père… dit-il. Avez-vous fait ce que je vous ai dit ? Lui avez-vous interdit tout crédit chez les commerçants ?

— Je n'ai de dettes nulle part. Je paie comptant.

— Et lui ? Écoutez-moi, Polly. Suivez bien mon raisonnement : je connais un malade mental et je découvre que sa fille se fait de l'argent en vendant son sang. J'en conclus qu'il dilapide tout.

— Non, répondit Polly. Nous sommes simplement un peu serrés à cause des réveillons. » Elle se leva.

« Rasseyez-vous, s'il vous plaît. Votre père, ma chère enfant, est très malade. Il faut le soigner.

— L'envoyer à l'hôpital, vous voulez dire ! Non, docteur Ridgeley (elle se refusait à l'appeler Jim), il est en très bonne santé. Il a toute sa tête. Il est simplement un peu excentrique.

— Je vous avais pourtant mise en garde contre ses goûts de luxe. Ils sont révélateurs. Le malade est à la veille d'une crise violente. La prochaine étape sera une manifestation de mégalomanie. Se prend-il pour un homme providentiel ? Fait-il de la politique ? » Polly perdait pied. Était-ce l'effet de la transfusion ?

« Tout le monde fait de la politique, dit-elle. Enfin, plus ou moins.

— Pas moi. Je précise : a-t-il pris une orientation particulière ? Dispose-t-il d'une formule magique susceptible de sauver le monde ? A-t-il fait cette découverte récemment ? »

Ce docteur était un devin.

« Il est trotskiste, murmura Polly.

— Qu'est-ce que c'est que cela ?

— Ne faites pas l'ignorant, cria Polly. Vous connaissez Trotski. Léon Trotski. Un des artisans de la révolution russe. Commandant en chef de l'Armée rouge. Ennemi juré de Staline. Actuellement en exil au Mexique.

— Je crois en avoir entendu parler. Ne repassait-il pas des pantalons à Brooklyn ?

— Non, répliqua Polly. Ça c'est la légende. »

Un abîme venait de se creuser entre elle et ce jeune homme, un abîme par-dessus lequel il fallait crier pour se faire entendre. La légende de Trotski repasseur de pantalons à Brooklyn, n'y avait-elle pas cru un an plus tôt ? Quel chemin elle avait parcouru depuis ! Ce docteur en blouse blanche lui paraissait aujourd'hui un illettré, mais il avait des antennes. Il avait découvert que son père était trotskiste sans savoir ce qu'était le trotskisme.

« Les trotskistes, lui expliqua-t-elle, sont les seuls communistes sincères. Ils sont maintenant inscrits au parti socialiste. Avez-vous entendu parler de Norman Thomas ?

— Bien entendu. Il s'est présenté à la présidence des États-Unis et j'ai voté pour lui en 1932. »

Polly parut soulagée. « Sachez, docteur, que les trotskistes sont ses partisans. »

Elle savait qu'elle déguisait un peu la vérité. Mr Andrews disait que l'adhésion des trotskistes au mouvement socialiste n'était qu'une manœuvre. Ils n'étaient pas socialistes au sens où Norman Thomas l'entendait. Le docteur s'assit à ses côtés.

« Il s'agit d'un petit clan animé par un mot d'ordre précis, n'est-ce pas ?

— En un sens, oui. Ils rêvent d'une révolution permanente.

— Somme toute, ce sont des dingues ! »

Polly essaya d'être objective. Oubliant un instant son père, elle se demanda si Mr Schneider était un « dingue ».

« Ils ont raison sur bien des points, poursuivit-elle ; mais je ne les suis pas quand ils parlent de révolution permanente. Ils sont dans l'irréel, mais mes yeux ne voient peut-être pas assez loin. »

« Vous avez des yeux magnifiques », dit le docteur Ridgeley. Il se pencha vers elle. Un instant elle crut qu'il allait l'embrasser.

« Polly. Vous devriez faire hospitaliser votre père.

— Jamais ! »

Il se pencha de nouveau vers elle. Il lui prit la main.

« J'exagère peut-être. Parce que je vous aime. Excusez-moi. »

Polly dégagea sa main. Elle n'était pas aussi surprise qu'elle l'aurait cru. N'avait-elle pas tout fait pour attirer l'attention de ce jeune homme ? Cette consultation au sujet de son père ! Voyant qu'elle ne lui était pas indifférente, elle s'était montrée coquette. Ainsi font toutes les femmes. Elle s'était « jetée sur lui » comme une aveugle. Maintenant qu'elle avait entendu ce qu'elle désirait entendre, elle s'en voulait d'avoir leurré le pauvre diable en se servant de son père comme d'un appât. Mais en dépit d'elle-même, une voix chantait dans son cœur : « Il m'aime, il m'aime ! » Une autre voix reprenait : « Que sais-je de lui ? Qui est le docteur Ridgeley ? » Son père lui dirait peut-être qu'il n'était qu'un autre Gus.

« Si vous ne pouvez vous résoudre à le faire hospitaliser, reprit-il sur un ton tout à fait différent, il appartient à votre mère de le faire.

— Elle ne le peut pas, répliqua Polly d'une voix triomphante. Ils sont divorcés.

— Alors, un proche parent.

— Sa sœur, peut-être ? Ma tante Julia ? »

Il fit signe que oui.

« Elle n'est plus elle-même, reprit-elle, d'une voix toujours triomphante.

— Et vos frères ?

— Ils n'y consentiront pas plus que moi. Renoncez à cette idée, docteur Ridgeley.

— Vous jouez un jeu dangereux.

— Mon père n'est pas dangereux. Laissez-moi tranquille avec cela.

— Il est dangereux pour vous, dit-il doucement. Ne vous fait-il pas verser votre sang pour lui ?

— Dois-je comprendre que je souffre d'un complexe ? »

Il hocha la tête.

« Freud le dirait peut-être. Pas moi. Vous le couvez comme une mère poule. Probablement parce que vous n'avez pas d'enfants. »

Polly fondit en larmes. Il l'entoura de ses bras, attirant ses joues humides contre le col amidonné de sa blouse. Elle était désespérée. Tout filait entre ses doigts. D'abord Gus, et maintenant son père. Elle avait été si heureuse avec celui-ci, et elle le serait encore s'ils avaient un peu d'argent et s'il était un peu différent. Évidemment, ce n'était qu'un enfant. Elle l'avait réalisé petit à petit, comme elle avait réalisé petit à petit que Gus ne l'épouserait jamais. Son tort avait été de ne pas voir les choses en face dès le début. Ils n'auraient jamais dû s'installer dans cet appartement. Sa mère aurait pu le lui dire. C'était le commencement de la *folie des grandeurs**. Elle s'était montrée lâche à l'égard de son père, de même qu'elle s'était montrée lâche à l'égard de Gus. Si elle avait tenu bon, il l'aurait épousée.

« J'ai eu une aventure avec un homme. Elle s'est mal terminée, dit-elle au milieu de ses sanglots. Il m'a plantée là, j'ai voulu mourir. Mon père est arrivé. J'ai retrouvé la joie de vivre. Je n'en peux plus. Ce n'est pas sa faute. L'argent. Je n'en gagne pas assez pour deux. Je ne le renverrai pas auprès de ma mère. Je ne le mettrai pas à l'asile. Ce serait inhumain. Il est possible qu'il se rétablisse complètement.

Vous l'avez dit vous-même. Évidemment, je pourrais en parler à ma tante. Oui, c'est ce que je vais faire.

— En parler à votre tante ?

— Lui demander de l'argent. Elle n'est pas gâteuse. Je vous ai menti. Elle est riche, enfin, elle l'a été, on ne sait plus. Vous savez, les gens aisés n'aiment pas parler de ces choses.

— Solution toute provisoire, dit Ridgeley d'un ton doctoral. Il faut s'attendre au pire avec votre père. Que ferez-vous de lui quand vous serez mariée ?

— Je ne peux pas me marier. Je ne peux pas avoir d'enfants. Plutôt, je ne veux pas avoir d'enfants, à cause de cette hérédité... Ce serait égoïste et pervers.

— Cela n'a pas été égoïste et pervers, comme vous dites, de vous laisser naître », dit-il en souriant.

Polly ne voulut pas laisser attaquer ses parents.

« La mélancolie de papa ne s'était pas encore manifestée. »

Il continuait à sourire. Elle-même s'interrogeait. Dans quelle mesure était-elle sincère ? Elle avait « voulu mourir », mais aurait-elle souhaité n'avoir jamais vu le jour ? Alors ? Difficile de répondre à cette question.

« Vous vous faites des idées, dit-il. C'est curieux de la part d'une scientifique. Tout cela n'est pas grave. Vous n'êtes, que je sache, ni simples d'esprits, ni hérédo-syphilitiques dans votre famille !

— Scientifiquement parlant, je n'ai pas le droit d'avoir des enfants. On devrait me stériliser.

— Comme vous y allez ! Qui vous a mis cette idée en tête ?

— L'université. C'était dans l'air : Eugénisme. »

Elle ajouta avec un sourire :

« Certaines personnes devraient être rendues incapables de procréer. Elle hésita un instant et ajouta en souriant : Pas les élèves de Vassar, mais les “autres”. Je me suis toujours comptée parmi les “autres”. Il y a eu des mariages consanguins dans ma famille. Le sang des Andrews s'est appauvri.

— Le sang des Andrews », dit-il, songeur.

Il regardait la veine que l'aiguille de transfusion avait perforée et à laquelle adhérait encore un peu d'ouate.

« Mais alors, reprit-il, vous en faites bon marché, du sang des Andrews. Il faut vous dénoncer. Tenez, dit-il en riant de bon cœur, je vais vous montrer si j'ai peur du sang des Andrews. Voulez-vous m'épouser ?

— Vous ne me connaissez pas ! s'écria Polly. Nous ne sommes jamais sortis ensemble. Nous n'avons pas… » Elle se tut. Quelques secondes plus tard, il finit sa phrase : « … fait l'amour. Si ce n'est que cela, allons dans un hôtel. Téléphonez à votre père pour lui dire que vous ne rentrerez pas. J'ai ma voiture. Nous irons au restaurant et dans une boîte de nuit. Dansez-vous bien ? »

Sa voix était cordiale. La voix de ceux qui ont l'habitude de parler à des malades. Polly se demanda si c'était la méthode qu'il employait avec les infirmières et les laborantines. Dans l'affirmative, cela ne devait pas lui ménager des retraites faciles ! Il était bien de sa personne, grand, les cheveux bouclés. Trop bien peut-être. Les hommes beaux se croient tout permis.

« Êtes-vous toujours aussi expéditif ? » lui demanda-t-elle du ton badin qu'elle employait avec Mr Andrews quand il faisait un caprice.

« Non, dit-il. Pas avec le beau sexe. Croyez-moi si vous voulez, je n'ai jamais dit à une femme que je l'aimais. Je n'ai jamais écrit une lettre d'amour. Je suis amoureux pour la première fois. J'ai trente et un ans. Je n'ai pas une minute à perdre. »

Cela rassura Polly. Il avait été trop occupé par ses études et par son travail pour courir la prétentaine. Elle rit.

« Pas de temps à perdre ? Depuis combien de temps êtes-vous amoureux ? » Il regarda sa montre.

« Une demi-heure exactement, mais je vous connais depuis longtemps. Je vous ai remarquée le jour de votre entrée à l'hôpital. »

Sa confiance en lui augmenta. Il était franc comme l'or. Pas du tout comme Gus. Et tellement impétueux ! Cette impétuosité ne laissait pas de l'inquiéter. N'allait-elle pas l'engager dans une voie qu'elle n'était pas décidée à suivre ? « Attention », se dit-elle. Polly s'apprêtait à rétorquer quelque chose comme : « Nous n'avons rien en commun. » Au lieu de cette phrase trop sévère, elle préféra dire :

« Si je dois me marier, ce ne sera pas avec un psychiatre. »

Elle révélait le fond de sa pensée : un psychiatre n'aurait-il pas un côté « bureau », comme Gus ? Elle s'en était aperçue à certains signes.

« Qu'à cela ne tienne, répondit Jim Ridgeley, je vais abandonner mon poste. Je fais fausse route d'ailleurs. Je croyais la psychiatrie une science exacte. Il n'en est rien. Je quitterai cet hôpital le 1er janvier.

— Que deviendrez-vous ? demanda Polly, déjà inquiète à l'idée de ne plus le voir. Si vous faites de la médecine générale, il vous faudra repartir de zéro.

— Non. Je me spécialiserai dans la recherche. Des découvertes restent à faire dans le traitement des maladies mentales. Ici c'est impossible. Il faut un véritable laboratoire d'expériences pour étudier la chimie du cerveau. Je vais travailler en équipe avec plusieurs collègues ; l'un d'eux habite avec moi. Vous pouvez vous joindre à nous si vous voulez. Vous n'avez pas d'avenir ici.

— Je le sais… Dites-moi, Jim, qu'est-ce qui vous intéresse tant dans l'étude des maladies mentales ?

— Le gaspillage des ressources de l'être humain. Je manque de patience.

— Je vois, dit-elle.

— De plus, j'aime à faire le bien. C'est inné. Mon père est pasteur presbytérien. »

Cette nouvelle fit plaisir à Polly. Un pasteur dans la famille ? Pourquoi pas.

« Ce sera lui qui nous unira, à moins que vous ne préfériez un mariage civil. »

Chose curieuse : plus Jim était sérieux, plus elle avait envie de plaisanter.

« Et mon père ? Qu'en ferons-nous ? Après tout, pourquoi ne le prendriez-vous pas comme cobaye ? Ce serait ma dot ! »

Il fronça les sourcils.

« Votre père s'occupera de la maison.

— Parlez-vous sérieusement ?

— Le plus sérieusement du monde. Quand nous serons mariés, j'aurai l'œil sur lui. Beaucoup de malades iraient mieux s'ils vivaient dans leur famille. L'hospitalisation est une erreur. Le vieux système avait du bon. Avant la guerre on gardait chez soi la tante un peu timbrée. C'était la “Folle du Logis". Chacun avait la sienne, au propre comme au figuré. De nos jours, on se débarrasse des vieux parents détraqués. On les confie à des personnes "compétentes". Quel euphémisme ! Des infirmiers brutaux, souvent sadiques ! Il en est de même pour les vieillards. Personne n'en veut plus.

— Oh ! Vous avez raison. J'adore les vieilles gens. C'est horrible de les voir mis au rancart comme de vieilles voitures. Pourquoi, dans ces conditions, vouliez-vous hospitaliser papa ? »

Il hésita.

« Ma chère, il y a la théorie et il y a la pratique. Ce qui m'inquiète, c'est de vous savoir seule avec lui.

— Il ne ferait pas de mal à une mouche. Croyez-moi, si on l'avait considéré comme dangereux, on ne l'aurait pas laissé sortir de Riggs.

— Quelle bêtise ! Ouvrez le journal : "Un fou furieux tue dix personnes. Il avait été libéré quelques jours auparavant de l'hôpital psychiatrique de…" Non, croyez-moi, si vous aviez eu les moyens de payer la pension, votre père serait toujours à Riggs.

— Vous êtes cynique.

— Comme tous les psychiatres. C'est pour cela que j'abandonne le métier. Enfin, admettons que votre père ne constitue pas un danger pour la société. Vous en savez là-dessus plus long que les médecins. Ce qui compte n'est pas tant qu'il soit dangereux pour les autres, mais pour lui-même. A-t-il essayé de se suicider ?

— Il a parlé de suicide. Maman a eu très peur.

— Je vois. »

Il la regardait de ses grands yeux marron clair aux reflets verts.

« Je dois avouer que je vous ai parlé de le faire hospitaliser en partie pour juger de votre réaction.

— Oh ! Vous avez voulu m'éprouver, comme dans les contes de fées ! »

Elle était quand même un peu déçue.

« Peut-être. Déformation professionnelle. Nous étudions les réflexes. Je savais d'avance que votre réponse serait non, mais je voulais vous effrayer.

— Vous y êtes parvenu.

— Je ne crois pas. Personne ne vous convaincra de vous méfier de votre père. Vous n'êtes pas méfiante.

— Que si, je le suis. » Polly se rappelait combien elle l'avait été avec Gus.

Elle s'aperçut qu'elle avait décidé de l'épouser avant même d'avoir dit oui.

Ce soir-là ils n'allèrent pas à l'hôtel. Jim la déposa chez elle après avoir été dîner et danser. Ils s'embrassèrent longuement dans la voiture arrêtée devant la porte. En montant l'escalier, elle se demanda si elle aimait Jim. Tout cela était arrivé si vite. La perspective de l'épouser ne lui déplaisait pas, mais son comportement était-il loyal ? N'éprouvait-elle pas seulement à son égard un sentiment de reconnaissance ? Les vieilles gens prétendent que la reconnaissance peut se transformer en amour. Sont-ils dans le vrai ? Elle avait ressenti sous les baisers de Jim un plaisir sensuel. Ce n'était pas forcément de l'amour. Ils avaient peu de goûts communs, ils n'avaient pas les mêmes amis. Les héros favoris de Polly, le roi Arthur, Lancelot, Mr Micawber, Mr Collins, Vronski et le charmant prince André, qui étaient pour elle comme des membres de sa famille, n'éveillaient en Jim aucun écho. Quand elle lui parla du docteur Lydgate, il avoua n'avoir jamais lu *Middlemarch* ; il ne connaissait que *Silas Marner.* Les romans ne lui disaient rien. Il ne savait pas s'il préférait Hector ou Achille. Leurs seuls terrains d'entente étaient la Bible et leur formation scientifique. Était-ce suffisant ? Il était plus intelligent qu'elle, mais elle avait fait ses études à Vassar. Autre point d'interrogation : comment se comporterait-il avec les Andrews, ces grands originaux ? Ils avaient tous, Polly la première, l'esprit de clocher. Cela expliquait ces mariages entre cousins. Certains sujets de conversation, certaines plaisanteries ne devaient pas sortir de la famille. De quoi Jim parlerait-il à ses frères qui ne s'intéressaient qu'à leur ferme, à la façon d'engraisser le bétail et de le vendre au marché ? Quelle attitude aurait-il quand ils réciteraient les *Géorgiques* ? Cela l'aurait elle-même ennuyée à mourir si elle n'y avait pas été habituée depuis son jeune âge, un âge où les garçons préfèrent généralement les histoires lestes. Des cousins germains et issus de germains allaient venir pour les noces, attirés par le champagne. Ils seraient déçus, les pauvres. Le jour historique du sabordement, tante Julia avait liquidé les bouteilles qu'elle avait mises de côté pour le mariage de Polly. Quelle serait la réaction d'un psychiatre devant le spectacle offert par les siens ? Sa mère n'avait jamais oublié le choc qu'elle avait ressenti lorsque, fraîche émoulue de New York, elle était entrée dans le clan des Andrews. Encore l'autre jour, elle disait à Polly : « Entre Henry et moi, il y a toujours eu incompatibilité. J'étais trop normale pour lui. » Était-elle vraiment si normale que cela ? On pouvait en douter à la voir déambuler dans la ferme en tenue d'apparat, sa majestueuse chevelure frisée au petit fer !

Polly n'avait jamais eu à se poser ces questions quand elle avait pensé épouser Gus. Peut-être qu'elle n'avait jamais cru à ce mariage. Cette fois, elle s'efforçait d'être réaliste.

Son vieux noctambule de père était encore éveillé quand elle pénétra dans l'appartement. Elle s'était soigneusement recoiffée et remaquillée, mais sans doute s'apercevrait-il de quelque chose. Polly se demanda si elle allait lui annoncer de but en blanc qu'elle était fiancée. Mr Andrews avait, fort heureusement, un autre sujet de préoccupation. Il avait attendu sa fille pour lui faire part d'une grande nouvelle ! « Il va se remarier », pensa aussitôt Polly. Il ne s'agissait pas de cela. Il avait trouvé du travail. Il avait été embauché par un brocanteur de Lexington Avenue qui vendait pour le compte d'une œuvre de charité des objets d'occasion. Ce n'était pas très bien payé, mais il aurait ses matinées libres. Il aiderait la gérante à recevoir les visiteurs.

« C'est merveilleux, papa. Comment as-tu trouvé cela ?

— Julia a tout manigancé. Elle fait partie du Comité de l'œuvre. Elle a dit que je m'y connaissais très bien en meubles anciens. Cela a enlevé le morceau.

— C'est merveilleux, répéta Polly. Quand commences-tu ?

— Demain. Nous avons passé l'après-midi, la gérante et moi, à faire l'inventaire : mille choses hétéroclites généreusement offertes.

— Par exemple ?

— Des fourrures mitées, des vêtements d'enfant, de vieux smokings, des livrées de domestique, enfin beaucoup d'objets bradés après le triste événement. (C'était ainsi qu'il désignait la crise économique.)

Polly fronça les sourcils. Elle n'aimait pas voir son père devenir marchand d'habits.

« Tout cela provient des meilleures maisons, reprit-il. Nous avons des poupées de fabrication française très amusantes, des boîtes à musique, des armoires, des étagères et des jardinières. Quoi d'autre ? Ah oui : des porte-parapluies, des commodes avec dessus de marbre, des chaises dorées pour banquets, des cannes à pommeau d'argent, des gants de daim, des gibus, des éventails, des peignes espagnols, des mantilles, une harpe, des canapés de crin... un stock de marchandises très évocateur du passé.

— Pourquoi tante Julia a-t-elle pris cette décision ?

— Je l'avais tapée. Elle m'a déniché ce travail pour que « je ne doive rien à personne ». C'est sa propre expression. Si je lui avais demandé directement de me trouver un emploi, elle m'aurait répondu que j'étais trop vieux.

— Tu avais prévu tout cela, si je comprends bien ?

— Pas du tout. Il n'y a eu aucune préméditation. C'est un pur hasard, mais je suis très content. Pour la première fois de ma vie, je fais partie de la classe ouvrière. Bien entendu, je vais être exploité par Julia.

— Comment cela ?

— Voyons, souviens-toi. Elle m'a fait embaucher parce que je m'y connais en objets anciens. Ma tâche consiste à mettre la main sur les meubles Sheraton ou Hepplewhite que recèlent encore quelques greniers. Elle m'a prié de les mettre de côté pour elle.

— Tu ne peux te prêter à cette manœuvre, dit Polly. C'est du vol.

— Julia l'entend bien ainsi. Les jeunes adhérentes de cette organisation n'ont aucune idée de la valeur des meubles anciens. Par l'intermédiaire d'une association analogue dont elle fait également partie, Julia s'est procuré un Aubusson pour une bouchée de pain. »

Polly était indignée.

« Où se trouve cette tapisserie ? » demanda-t-elle.

Mr Andrews se mit à rire.

« Dans sa réserve. Julia attend la mort de celui qui la détenait. Elle n'a pas la conscience tranquille.

— Qui a pu se défaire d'un Aubusson de cette valeur ?

— La révolution est en marche, dans les goûts comme ailleurs ; c'est la seule qui intéresse ces dames. Les jeunes filles n'aiment que les meubles modernes. Elles veulent décorer leur maison à la mode du jour. Ce ne sont que des "Voyons maman, prends un appartement dans River House et bazarde toutes ces vieilleries. John et moi nous nous en débarrasserons dès que tu seras morte !" »

Polly réfléchissait. Si son père avait trouvé du travail plus tôt, elle n'aurait pas eu à donner son sang et Jim ne l'aurait pas demandée en mariage. L'enchaînement des événements – ou leur défaut d'enchaînement – créait les situations les plus imprévues. La présence de son père à New York en était un exemple. Ses fiançailles n'avaient tenu qu'à un fil. Elle se demandait si elle n'avait pas triché avec le destin, comme ces gens qui auraient dû embarquer sur le *Titanic* et qui y avaient renoncé à la dernière minute. Cette pensée lui faisait peur et lui prouvait qu'elle était déjà amoureuse.

L'annonce de ses fiançailles ne surprit personne. On savait qu'elle avait quelqu'un dans sa vie. On pensait qu'elle épouserait un jeune médecin de l'hôpital.

« Nous nous y attendions, lui dit Libby. L'avons-nous assez souhaité ! Nous serrions les pouces à ton intention. »

« Elle veut me retirer le bénéfice de ma découverte, se dit Polly. Comme si, à défaut de Jim, c'eût pu être le docteur X, accoucheur, ou le docteur Y, chirurgien ! » Non, cela n'aurait pu être personne d'autre. Elle avait trouvé en lui un homme *bienveillant*, qualité que ne possèdent généralement que les hommes d'un certain âge. C'était merveilleux. Mais quand elle se confiait, personne ne la comprenait, pas même sa mère.

« C'est entendu, disait celle-ci. Il est joli garçon et il a l'air intelligent. Vous êtes un couple bien assorti.

— Ce n'est pas ce que je veux dire, maman.

— Mais oui, c'est un homme de cœur. Jamais tu n'aurais épousé un dandy. »

L'annonce du mariage n'avait pas laissé les familiers indifférents. Mr Schneider avait laissé entendre qu'il avait son mot à dire. Le livreur de glace voulait être sûr que le *fidanzato* serait un bon mari. Mr Schneider allait plus loin : « Je comprends ce que vous éprouvez. Comme le dit Socrate, l'amour ne peut être que l'amour du bien, mais le bien est très rare. C'est pourquoi l'amour est très rare, en dépit de ce que pensent les gens. Cela arrive à une personne sur mille et pour cette personne, c'est une révélation. »

Les amis de Polly, Mr Schneider mis à part, furent surpris d'apprendre que Mr Andrews allait habiter avec les jeunes mariés. Les membres de la petite bande donnèrent leur opinion, qui n'était pas favorable. Pokey Beauchamp vint spécialement de Princeton en avion. Dottie, qui habitait en ce moment à New York, au Plaza, se risqua à en parler à Mrs Andrews. Helena Davison donna son avis lors d'un cocktail au Vassar Club. Priss Crockett, déjeunant avec Polly à la cantine de l'hôpital, lui déclara que Sloan désapprouvait le projet ; c'était l'avis d'un pédiatre, il méritait d'être pris au sérieux.

« Il faut penser aux enfants, sup-pose que ton p-père…

— Ait une crise ? Quel mal y aurait-il ? Quand nous étions petits cela lui arrivait de temps à autre. »

Ce n'était pas la même chose. On était moins averti alors de la nécessité d'éloigner les enfants des malades mentaux. Polly et ses frères avaient eu de la chance de ne pas être contaminés, c'est tout. Même si Mr Andrews avait été normal, c'était une erreur de le prendre avec soi. Tous les jeunes gens étaient du même avis. La vie conjugale est impossible si un parent plus âgé la partage. En ne voulant pas voir les choses en face, Polly vouait son mariage à l'échec.

« Tu ne vas pas nous dire que ton docteur est d'accord ! entonnait le chœur des jeunes femmes.

— Si », répondait Polly.

Cette affirmation sema le doute dans leurs esprits.

« S'il t'aimait vraiment, dit Kay, il voudrait t'avoir pour lui tout seul. Harald n'aurait pas supporté la présence de mon père. Pour rien au monde il ne voudrait me partager avec quelqu'un d'autre. »

Polly jugea plus sage de ne pas lui répondre que son ménage, à en croire les racontars, n'allait pas si bien que cela. On parlait beaucoup de séparation.

« Que proposes-tu ? » demanda-t-elle.

Kay suggéra :

« Pourquoi ton père n'irait-il pas habiter chez sa sœur ?

— Il ne s'entend pas avec elle.

— Elle a un appartement immense. Il ne la gênerait pas. Les domestiques s'occuperaient de lui. Chez vous, il n'y a pas de place. Qu'en ferez-vous quand vous aurez du monde ? Chez ta tante, on lui apporterait un plateau. »

Polly croyait naïvement aux « ils se marièrent et eurent... » (c'est ainsi que se terminent les romans que lisent les jeunes filles). La seule chose à craindre était l'infidélité du conjoint. Or, ses camarades de la classe 33 laissaient entendre qu'il ne fallait pas se relâcher un instant si l'on voulait qu'un ménage « marche ». Polly était disposée à faire des sacrifices (enfant d'une famille nombreuse, elle y était accoutumée), mais ce n'était pas de sacrifices qu'il s'agissait. À en croire ses amies, une femme devait avant tout affirmer sa personnalité vis-à-vis de son mari.

« J'espère, dit Libby, que tu ne vas pas emmener ton père en voyage de noces ?

— Bien sûr que non », répondit Polly avec impatience. Elle n'en reçut pas moins quelques jours plus tard une lettre inquiète de sa mère. Était-il vrai, comme on le disait au Cosmopolitain, qu'Henry se joindrait à la lune de miel ?

Le seul à rester en dehors de tout était Mr Andrews. Pour lui, il ne faisait aucun doute qu'il habiterait avec le jeune ménage. Ses soucis étaient d'ordre pratique. Il s'agissait de découvrir un appartement pour trois personnes à un prix raisonnable. Ses recherches étaient orientées vers le quartier de l'Upper East Side, où Jim avait son laboratoire. Mr Andrews jeta finalement son dévolu sur un logement situé sous les toits, un peu sombre peut-être mais où l'on ferait percer des lucarnes. Ils se marieraient à la ferme au début du printemps. Les parents de Jim viendraient de l'Ohio. Le pasteur Ridgeley célébrerait l'office. Dottie émit l'idée que ce serait une excellente occasion de réconcilier Mr et Mrs Andrews. On ferait coup double, on les remarierait.

« Tes parents seraient vos témoins et vous seriez les leurs. Très original, dit-elle en clignant de l'œil. Que penses-tu de cette idée, Polly ? »

Quand Jim apprit ce qui se tramait, il déclara tout net qu'il voulait se marier civilement, et le plus tôt possible. Cela éviterait bien des complications. Polly se déclara d'accord, mais pour ne heurter aucune susceptibilité elle ne prit pas son père comme témoin. Jim et Polly se marièrent donc à la mairie. Ils avaient décidé de partir aussitôt en wagon-lit pour Key West. De la gare, ils envoyèrent quelques télégrammes pour annoncer que la chose était faite. Les amies de la petite bande furent très déçues. Elles comprenaient qu'une brillante cérémonie l'aurait déprimée en la circonstance, mais elles auraient voulu adresser à la jeune épousée les vœux traditionnels, se manifester d'une façon quelconque. Elles ne purent même pas lui faire envoyer des fleurs : Polly n'avait pas laissé d'adresse.

Évidemment, Jim et Polly filaient le parfait amour, profitant d'une solitude qu'ils ne connaîtraient jamais plus.

Dottie réunit au Plaza quelques amies de Vassar avec leurs maris pour porter un toast au jeune couple in absentia. « Buvons au bonheur de Polly ! dirent-elles en entrechoquant leurs verres. Elle le mérite. » Les hommes présents auraient plutôt accordé leur sympathie à Jim Ridgeley, bien qu'ils ne le connussent pas. Mais à mesure que Brook, le mari de Dottie, leur versait à boire, ils se mirent d'accord pour dire que ce docteur devait être un drôle de type pour être tombé dans ce guêpier.

13

Une nouvelle malade venait d'être admise dans la division réservée aux femmes de la Payne Whitney Clinic. Polly devait lui faire un test de métabolisme basal. À son retour de voyage de noces, elle avait retrouvé son emploi à l'hôpital. Elle n'avait pris aucune précaution dans ses rapports avec Jim, et elle s'attendait à être enceinte. Il était trop tôt pour l'affirmer. En l'occurrence, elle avait jugé inutile de choisir une nouvelle occupation pour l'abandonner dans quelques mois.

Jim et elle déjeunaient à l'hôpital dans la salle à manger réservée aux cadres. Ils se tenaient amoureusement la main sous la table. Le soir, les camarades de Polly organisaient en leur honneur des dîners sur le pouce. On s'arrangeait pour qu'ils ne soient pas assis à côté l'un de l'autre puisqu'ils étaient mariés. Tout en s'efforçant de garder son assiette en équilibre sur ses genoux, Polly écoutait ces garçons et leurs « moitiés » qui habitaient des immeubles avec ascenseurs. Elle ne se sentait pas dans le coup. Naturellement, les maris faisaient merveilleusement leur chemin dans les compagnies d'assurance contre l'incendie, dans la banque ou dans le journalisme.

Ses camarades de classe, à l'exception de quelques rebelles, qui n'étaient pas forcément les rebelles de Vassar, avaient trouvé leur place dans la « Société ». Mais à les regarder et à les écouter, Polly se demandait si, de ses condisciples de la promotion 33, elle n'était pas la plus heureuse. Certaines de ces jeunes femmes déçues par le mariage enviaient celles qui, comme Helena, avaient gardé leur liberté. En juin, les anciennes de la promotion se réunirent pour fêter le cinquième anniversaire de leur sortie de l'université, et déjà il y avait des divorcées ! Les tortues admiraient ces lièvres. Elles au moins avaient fait quelque chose... Norine Blake, par exemple, qui était restée quelque temps à Reno. Mrs Schmittlapp-Blake – c'était ainsi qu'elle se faisait appeler – occupait une place d'honneur dans les chroniques de l'*Alumnae*, tout comme Connie Storey, mannequin chez Bergdorf, Lily Marvin, étalagiste chez Elizabeth Arden, Binkie Barnes, déléguée syndicale de la C.I.O., Bubbles Purdy, future prédicatrice. En ce qui concernait le groupe, la seule de ses membres qui s'était distinguée était Libby. Kay, autrefois si ardente, n'était plus un atout maître. Un bruit avait couru l'année précédente : celle qui avait été la première à se marier serait la première à divorcer... un comble ! Elle plafonnait chez Macy, et Harald continuait à écrire des pièces qu'il ne parvenait pas à faire jouer. Ils étaient tous les deux plus ou moins à la charge des parents de Kay. Aux dîners sur le pouce on discutait à perdre haleine pour savoir lequel des deux « traînait » l'autre. Les seules membres de la petite bande à les avoir vus depuis l'hiver précédent étaient Dottie, qui s'était crue obligée d'aller leur rendre visite, et Helena, qui les avait invités au Savoy-Plaza pendant un séjour de ses parents. Selon Dottie, le ménage fréquentait des joueurs de poker de haut vol. Dans cet étrange milieu, les femmes – toutes plus âgées que Kay – avaient des voix gutturales et disaient « monsieur » aux hommes, même à leurs maris. Kay et Harald étaient connus sous le nom de « Mr et Mrs Pete ». L'ouverture était au choix du donneur et à chaque « pot » la mise était de 25 *cents*. Harald était un joueur-né, mais Kay gagnait fort rarement parce que, toujours aussi maladroite, elle montrait ses cartes par inadvertance, et parce qu'elle avait la rage de chercher à réaliser des combinaisons avec le plus de jokers possible. Quant à Helena, elle avait dit à Polly que sa mère, qui adorait faire des diagnostics, lui avait assuré que Kay était à la veille d'une dépression nerveuse.

« C'est une malade très difficile, avait déclaré l'infirmière en introduisant Polly dans la chambre fermée à clé. Elle ne voudra sans doute pas se laisser approcher. » La femme couchée dans le lit était Kay. Elle avait un œil au beurre noir et ses bras étaient couverts d'ecchymoses. À la vue de Polly, impeccable dans sa blouse blanche, elle éclata en sanglots. Faisait-elle une comparaison entre leurs deux situations ? Polly n'avait jamais vu pleurer son amie. Elle éprouva pour elle une vive pitié. Évitant de la questionner pour ne pas la troubler davantage, elle s'empara d'un gant de toilette et se mit à bassiner le visage tuméfié. Quand elle s'aperçut que Kay, contrairement aux prévisions de l'infirmière, n'offrait aucune résistance, elle entreprit de la recoiffer avec le peigne d'un petit nécessaire qu'elle avait trouvé dans un tiroir. Elle ne lui présenta pas le miroir, pour que la jeune femme ne vît pas son œil. Bientôt les sanglots de Kay s'apaisèrent. Elle se mit sur son séant et demanda : « Que vas-tu faire ? » Elle regardait avec curiosité le réservoir cylindrique que Polly avait apporté.

« Je suis venue pour un test de métabolisme basal, dit celle-ci. Cela ne fait aucun mal.

— Je sais, dit Kay avec impatience, mais je n'ai pas encore pris mon petit déjeuner. » Cette observation tellement dans la manière de Kay rassura Polly. Sa camarade, en dépit de l'aspect inquiétant de son visage, était parfaitement lucide. « On t'apportera ton petit déjeuner après. Pour le test il faut être à jeun.

— Oh, dit Kay, que je suis contente de te voir ! Si tu savais les horreurs qu'on m'a faites ! Hier soir, les infirmières m'ont retiré la ceinture de ma robe. Je ne peux pas porter cette robe sans ceinture. » Les infirmières avaient également retiré la cordelière de son peignoir et elles avaient tenté – en vain – de s'emparer de son alliance. « Vois, dit Kay, je l'ai toujours. Nous nous sommes battues comme des chiffonnières. L'infirmière-chef est intervenue et a ordonné qu'on me laisse mon alliance jusqu'au lendemain. Elles m'ont fait ouvrir la bouche pour voir si j'avais un dentier. Je suis sûre que si j'en avais eu un, elles l'auraient fait sauter. J'ai eu une envie folle de les mordre. Elle se mit à rire, de ce rire bruyant des gens de l'Ouest. Je regrette de ne l'avoir pas fait. » Ayant jeté un regard de biais à son amie – un regard qui ne dit rien de bon à Polly –, elle lui raconta le combat qu'elle avait livré aux infirmières. Elle paraissait très fière de son courage et tout à fait inconsciente du lieu où elle se trouvait. N'avait-elle jamais entendu parler des camisoles de force ?

« J'imagine, poursuivit Kay sur un ton différent, qu'elles avaient peur que je n'attente à mes jours. Elles n'ont plus cessé de m'espionner à travers le guichet. Si elles m'ont retiré ma ceinture, c'était pour que je ne me pende pas avec ! Et mon alliance, que pensaient-elles que j'allais en faire ?

— L'avaler. »

La réponse de Polly avait été instantanée. Elle se dit que les infirmières auraient fait preuve de sagesse en donnant quelques explications à la jeune femme.

« C'est le règlement, dit-elle en souriant. On retire toujours ceinture et bagues. Je m'étonne qu'on t'ait laissé ton alliance. Quant aux guichets, toutes les chambres de l'étage en sont munies.

— Comme dans une prison, dit Kay. Est-ce que l'on n'appelle pas cela des judas ? »

Les larmes lui vinrent aux yeux. « Harald m'a trahie. Il m'a fait enfermer ici et il m'a abandonnée ; il m'a laissé croire que c'était un hôpital normal.

— Mais qu'est-il arrivé ? Pourquoi es-tu ici ?

— Dis-moi d'abord où je suis.

— Tu ne le sais pas ? demanda Polly.

— Il me semble que c'est un asile de fous, répondit Kay, bien que les infirmières m'aient dit “mais non, ma petite, c'est une maison pour gens nerveux”. Je me suis comportée comme une imbécile quand on m'a amenée ici la nuit dernière. J'ai tout de suite demandé où était le téléphone. J'avais une envie irrésistible de me confier à quelqu'un. On m'a répondu qu'il n'y avait pas le téléphone dans les chambres. J'ai demandé pourquoi ; on n'a pas daigné répondre. Cela aurait dû m'ouvrir les yeux, mais non, je croyais vraiment être à l'hôpital, dans l'aile la moins chère. Cela n'était pas étonnant avec Harald. Tu sais combien il est près de ses sous. J'ai demandé un poste de radio, qui m'a été également refusé. "Pourquoi ?" ai-je dit. "Parce que c'est contraire au règlement." Tout cela était vraiment singulier. J'ai dit qu'une amie à moi avait accouché dans cet hôpital l'année dernière et qu'elle avait une radio, elle. Je m'en souviens parfaitement. » Elle ricana. « Les infirmières ont dû me prendre pour une folle. C'est le moment qu'elles ont choisi pour s'emparer de ma ceinture.

— Bien sûr qu'elles te prennent pour une folle, dit Polly. Tu as été admise à la Payne Whitney Clinic, qui est une clinique psychiatrique privée rattachée au Cornell Medical Center. Cet étage est celui des malades récemment admis, on les garde ici en observation. » Kay poussa un profond soupir. Elle ferma les yeux : « Très bien, je sais à quoi m'en tenir.

— Dis-moi, s'enquit Polly, comment es-tu venue ici ? »

Elle caressait la tête inclinée de son amie.

Kay ouvrit les yeux.

« Tu ne me croiras pas.

— Je te croirai », dit Polly avec conviction.

Elle se demandait si Kay n'était pas victime d'une erreur ; cela arrive parfois dans les hôpitaux. Petersen est un nom très répandu, du moins quand on l'écrit « Peterson », et c'était justement « Peterson » qui était marqué sur la fiche que Polly avait sous les yeux. Quelle horrible méprise si Kay avait été amenée ici alors qu'elle souffrait peut-être d'une appendicite ! Mais l'œil tuméfié ne confirmait pas cette hypothèse.

« C'est Harald, dit Kay tristement. Il m'a battue, il était saoul. Voyons, quand était-ce ? Tout cela me paraît si loin… Hier matin, oui, c'est cela, hier matin.

— Il boit le matin ?

— Il était resté dehors toute la nuit. Quand il est rentré, vers sept heures, je l'ai accusé d'avoir passé tout ce temps avec une créature. C'était idiot de ma part de proférer une telle accusation alors qu'il avait bu. J'aurais dû attendre qu'il soit dégrisé. »

Polly se retint de rire. Il y avait toujours quelque chose de désarmant dans les confessions de Kay.

« Je n'étais pas dans mon état normal, je l'admets. Nous avions eu la veille quelques amis, bu pas mal de cocktails. L'atmosphère était passablement échauffée. Quand nos amis furent partis, vers sept heures et demie, je me suis mise à préparer le dîner. J'avais besoin de cornichons à la moutarde pour une sauce. J'ai envoyé Harald à l'épicerie fine du quartier et il n'est pas revenu. C'était stupide, je m'en rends compte maintenant, d'autant plus que j'aurais pu me servir d'un autre assaisonnement. Que veux-tu, la recette précise des cornichons à la moutarde… Toujours est-il qu'il n'est rentré que le lendemain matin. J'aurais dû faire semblant de dormir. Au lieu de cela je l'ai attaqué de front. Je lui ai dit qu'il sortait des bras de Liz Longwell… Tu ne la connais pas, c'est une de nos partenaires de poker. Elle était à Bryn Mawr en 1929. Son mari est en ce moment à Washington pour un procès… À ces mots, Harald m'a déclaré qu'il en avait assez de mes sales insinuations. Il m'a frappée… j'ai vu trente-six chandelles. Je lui ai rendu coup pour coup. Finalement il m'a flanquée par terre et m'a donné des coups de pied dans le ventre. Je sais que j'aurais dû rester tranquille. Le lendemain matin, il m'aurait présenté ses excuses. Je n'ai pas eu cette patience. Je me suis relevée d'un bond et je me suis précipitée dans la cuisine. Il m'a poursuivie. Je me suis emparée du couteau à pain. J'ai bien fait attention de ne pas prendre le couteau à découper qu'il avait aiguisé la veille. Je voulais simplement le rappeler à la raison. J'ai brandi mon arme, j'ai crié : "N'approche pas !" Il m'a fait lâcher de force le couteau et m'a enfermée à clef dans la penderie. Ce n'est qu'un peu plus tard que j'ai retrouvé mes esprits. Que pouvait-il bien faire ? Je l'ai entendu ronfler. Il ne se rendait pas compte de l'heure. Il fallait pourtant que j'aille à mon travail. J'ai frappé à la porte, j'ai tambouriné. Puis je me suis habillée et j'ai tambouriné de nouveau. J'ai crié, sangloté, rien n'y a fait. Aucun bruit ne venait de la pièce d'à côté. Je ne l'entendais plus ronfler. Je ne pouvais rien voir par le trou de la serrure. La clef l'obstruait. Il était peut-être mort. J'ai entendu sonner à la porte de l'entrée. C'étaient les deux garçons de l'ascenseur que le raffut avait attirés. Harald s'est levé et leur a parlé à travers la porte. Il leur a dit de s'en aller. Mais ils entendaient mes sanglots. Je ne pouvais pas m'arrêter.

— Ma pauvre Kay ! s'écria Polly.

— Attends, reprit Kay, tu vas connaître la suite. Les garçons d'ascenseur se sont éloignés et ont été remplacés par deux gardiens de la paix. Harald leur a ouvert. Il était complètement dégrisé, très maître de lui ; seule son haleine devait le trahir. Les policiers sont entrés. Ils voulaient savoir ce qui se passait. J'ai eu si peur que je me suis arrêtée de pleurer. J'ai entendu Harald leur expliquer que nous étions en train de répéter une scène de sa nouvelle pièce. »

Polly avait le souffle coupé.

« Ils l'ont cru ? demanda-t-elle.

— Pas au début. Ils ont demandé à connaître ma version des événements. Harald leur a répondu que j'étais en train de m'habiller. Il leur a offert du café, pour avoir l'occasion de les emmener dans la cuisine. Il a mis en marche le percolateur et les a installés à table. Revenu dans le studio, il a tranquillement tourné la clef dans la serrure. Il m'a crié : "Es-tu bientôt prête chérie ? Il y a des messieurs qui veulent te voir." J'ai dû prendre une décision sur-le-champ. Il était clair qu'il avait besoin de moi pour confirmer sa déclaration. Cette perspective, après les traitements que j'avais subis, n'avait rien de plaisant. Je n'en devais pas moins l'aider. Il est fiché à la police. Nos visiteurs l'ignoraient mais ils ne manqueraient pas de l'apprendre si les choses ne s'arrangeaient pas. Je me passai de l'eau sur la figure, mis beaucoup de poudre et me présentai à eux. Mon œil au beurre noir ne se voyait pas encore. J'ai confirmé ce qu'Harald avait dit. Il était auteur dramatique, j'avais fait des études théâtrales et nous étions en train de répéter la scène d'une pièce de son répertoire.

— Qu'ont-ils dit ?

— Que ce n'était pas une heure pour répéter une pièce. Je leur ai expliqué qu'il restait tard au théâtre le soir (les garçons d'ascenseur l'avaient vu rentrer) et que je lui donnais la réplique avant de me rendre à mon travail. Ils ont demandé à voir le texte de la pièce. Nous étions cuits ! Pas du tout ; Harald a eu une réaction merveilleuse. Il a déniché un de ses manuscrits et l'a présenté aux policiers. Dans cette pièce, il y a une violente scène entre un homme et une femme. Harald a tout de suite trouvé la page et proposé aux policiers de leur lire la scène. Ils ont décliné cette offre. Cela n'a pas empêché Harald d'en lire une demi-page pendant qu'ils dégustaient leur café. Ils sont partis peu après en nous recommandant de ne plus faire de bruit dans une maison habitée bourgeoisement. "Si vous voulez répéter, louez une salle", a dit l'un d'eux avec un clin d'œil à mon adresse. Sur ce, Harald leur a promis des billets pour assister à la première de sa pièce.

— Tu t'en es bien tirée !

— C'est ce que j'ai pensé tout d'abord, dit Kay, mais dès que les policiers ont eu le dos tourné, Harald, au lieu de me remercier de l'avoir sauvé, a recommencé à me dire des sottises. À l'entendre, j'étais une folle, une vraie folle, et c'était grâce à lui que je n'avais pas été embarquée. Pouvais-je nier l'avoir attaqué avec un couteau de boucher ? Je lui ai répliqué que c'était un couteau à pain, ce qu'il a qualifié de détail mineur. Quand je lui ai assuré que mon geste n'était qu'une menace, il a souri d'un air supérieur. "Il fallait voir ta tête, Kay, c'est un spectacle que je n'oublierai jamais. J'ai vu la mort de près, elle avait le visage de ma femme."

— A-t-il vraiment cité Shelley ? demanda Polly, admirative.

— Est-ce de Shelley ? En tout cas, c'est ce qu'il a dit. C'est un garçon qui a beaucoup lu. Il m'a demandé si je me souvenais de l'avoir visé avec le couteau ; si je ne m'en souvenais pas, c'était de l'amnésie, je devais voir un psychiatre. Je me suis remise à pleurer. Il n'y avait pas moyen de parler sérieusement avec lui. J'aurais mieux fait d'aller chez Macy. Il aurait eu le temps de cuver son vin. Mais j'ai pleuré, pleuré… "Tu n'es qu'une hystérique", s'est-il écrié. Il a pris son chapeau et son pardessus. "Je vais chez Norine Blake ; elle au moins me laissera dormir tranquillement." J'ai pris un ton dramatique : "Si tu vas chez Norine, je ne te le pardonnerai jamais." Je lui ai barré le passage. Il m'a regardée fixement. "Toujours ta folle jalousie. Soupçonner ta meilleure amie. Tu es tombée bien bas." Il a ajouté : "Cela devrait t'ouvrir les yeux sur ton cas." J'avoue que je n'étais pas fière de moi. L'idée de rapports sexuels entre Norine et lui ne m'était pas venue à l'esprit. Elle n'est pas du tout son type. Mais j'étais exaspérée à l'idée qu'elle raconte à tout le monde qu'elle avait donné asile à Harald parce que je lui rendais la vie impossible. À mon avis, il aurait été moins déloyal qu'il couche avec elle. Il a quitté les lieux en disant qu'il allait m'envoyer Norine. Elle trouverait bien le moyen de me calmer. Je ne pourrais l'accuser de fornication puisque la partenaire serait avec moi. Je n'avais pas tellement envie de la voir mais j'ai accepté la proposition. Norine est arrivée peu après, disant qu'Harald l'avait priée de venir parce qu'il était très inquiet de mon état. Je lui ai dit que ce n'était pas la première fois que nous nous disputions, Harald et moi. Nous étions perpétuellement en bagarre.

— T'avait-il déjà battue ? » demanda Polly. Son ton était grave.

« Non… enfin oui, il y a longtemps, mais je n'en ai jamais parlé à personne. Norine m'a recommandé d'entrer à l'hôpital pour quelques jours. Une détente entre Harald et moi était impossible tant que nous resterions dans notre deux-pièces. Elle m'a proposé de venir habiter chez elle – tu sais, elle est toujours dans l'appartement qu'elle partageait avec Putnam –, mais je n'ai pas retenu cette suggestion. C'est une détestable maîtresse de maison. Je ne voulais pas non plus fournir la preuve qu'Harald et moi étions séparés. Elle a fait du thé et nous avons longuement parlé. À l'heure du déjeuner, Harald est venu, apportant des sandwiches qu'il s'était fait préparer dans le magasin où je l'avais, la veille, envoyé chercher les cornichons à la moutarde. Je me suis remise à pleurer : "Tu vois, a dit Harald en s'adressant à Norine, dès qu'elle me voit elle fond en larmes." Je n'ai pas voulu raconter à Norine l'histoire des cornichons à la moutarde. Faire sortir son mari le soir pour acheter les ingrédients préconisés par une recette de cuisine lui aurait paru insensé. Elle prétend que la cuisine est une idée fixe chez moi. Nous avons discuté tout l'après-midi et ils ont fini par me convaincre d'aller à l'hôpital, où je me reposerais en lisant et en écoutant la radio. Ce ne serait qu'après cette petite cure qu'Harald et moi prendrions une décision. J'en suis venue à parler à Norine de ma police d'assurance de la Blue Cross. Aussitôt elle a appelé le médecin pour savoir si cela me donnait droit à une chambre individuelle. Il a répondu par l'affirmative ; il suffirait de payer un petit supplément. Si bien qu'avant que j'aie eu le temps de dire ouf elle avait combiné de me faire admettre à Harkness. Moi, je ne voulais pas aller à Harkness. Le New York Hospital est beaucoup mieux. J'avais adoré la chambre de Priss, dont les grands rideaux jaunes faisaient un si joli contraste avec la blancheur des murs ; ambiance des plus modernes. Norine dut donc appeler son docteur une seconde fois. Celui-ci lui dit qu'il ne pratiquait pas dans cet hôpital mais qu'il lui serait facile de m'y faire entrer en intervenant auprès d'un collègue. Nous attendîmes la réponse en jouant au bridge à trois. Il faisait nuit quand Harald et moi partîmes en taxi. Nous nous présentâmes à la porte principale mais on nous dit de faire le tour du bâtiment pour arriver jusqu'ici. Nous pensâmes que c'était une annexe. J'attendis dans le hall pendant qu'on faisait remplir à Harald des formulaires. Une infirmière vint chercher ma valise et demanda à Harald de se retirer. Le docteur me recevrait dans un instant ; je serais ensuite conduite à ma chambre. J'étais épuisée. J'avais grand besoin de me reposer. Tandis que j'attendais dans le couloir je me félicitai de m'être laissé persuader. Être ici pendant quelques jours me ferait beaucoup de bien. Harald viendrait me voir l'après-midi et préparerait des cocktails dans ma chambre, comme l'avait fait, souviens-toi, le mari de Priss. De charmantes infirmières seraient aux petits soins. On me ferait des massages. Je n'aurais pas à me lever de bonne heure pour aller chez Macy. Tout cela me souriait beaucoup. Je cherchais des yeux la boutique du fleuriste et le cabinet de lecture quand un docteur sortit d'un bureau et vint me parler. La chose qui l'intriguait le plus était mon œil tuméfié. Il m'en demanda la cause. Je lui répondis en riant que je m'étais cognée contre la porte. Il ne parut pas me croire et me pressa tellement de questions que je lui dis finalement : "Vous ne saurez rien !" Ce qui s'était passé entre Harald et moi ne le regardait pas. "Alors nous interrogerons votre mari", dit-il. "C'est une excellente idée", répondis-je avec arrogance. Je me demandais ce qu'Harald trouverait à répondre. Le docteur me fit conduire par une infirmière dans cette affreuse chambre. Pas de salle de bains, pas de téléphone, rien. Je me résignai et me préparai à aller me coucher. C'est le moment que choisirent les infirmières pour se mettre à l'œuvre. Elles commencèrent par me fouiller (je n'en croyais pas mes yeux), regardèrent mon calepin et me prirent mes allumettes. Si je voulais fumer je n'avais qu'à demander du feu à l'infirmière de garde. "Et si je veux fumer dans mon lit ?" demandai-je. Elles me répondirent que le règlement s'y opposait. "Eh bien, je vais allumer une cigarette tout de suite", dis-je. L'infirmière s'y opposa. "Couchez-vous", me dit-elle. Je compris alors que je n'étais pas dans un hôpital ordinaire. Je pris sur moi. Je ne devais laisser paraître aucun étonnement. L'infirmière partie, je grimpai dans mon lit et je me mis à lire le journal. Le matin je n'ai jamais le temps. Soudain la lumière s'éteignit. Je sonnai. Au bout d'un moment, l'infirmière parut : "L'ampoule est grillée, lui dis-je, pouvez-vous en mettre une autre ?" M'apercevant qu'on avait éteint d'un interrupteur situé dans le couloir, je lui demandai de rallumer. Elle s'y refusa. J'étais seule dans le noir, seule avec mes pensées. »

Polly lui prit la main et dit :

« On a appliqué le règlement, ma chérie. Le règlement de l'étage. On prend des précautions jusqu'à ce que les malades aient vu le psychiatre.

— J'avais vu le docteur !

— Ce n'était probablement que l'interne de garde.

— Je me demande pour quelle raison il s'est tant intéressé à mon œil.

— Parce que certains malades se blessent volontairement. Tes réticences l'ont intrigué.

— Pourquoi me serais-je blessée volontairement ?

— C'est ainsi. Les malades se jettent quelquefois sous une voiture ou du haut d'un escalier. Quand tu verras le psychiatre je te conseille de lui dire la vérité. De toute façon il demandera à Harald.

— Demander à Harald ! s'écria Kay, indignée. Et s'il ment ? Quoi qu'il en soit je ne verrai pas le psychiatre. Je quitterai cet endroit au plus tôt.

— Tu ne peux faire autrement que de le voir. Si tu lui dis la vérité il te libérera peut-être. Kay, tu aurais intérêt à faire venir Harald. Je vais l'appeler au téléphone quand nous aurons terminé le test. Si c'est lui qui t'a fait interner, il est le seul à pouvoir obtenir ton élargissement. Autrement la procédure sera interminable.

— Harald m'a fait interner ? cria Kay.

— Qui veux-tu que ce soit ? »

Kay était atterrée. Ainsi les formulaires qu'Harald avait remplis étaient purement et simplement une demande d'internement. « Cela suppose, dit Kay d'une voix sourde, qu'il savait parfaitement où il m'emmenait. » Polly ne répondit pas.

« Ce n'est pas ton avis ? Parle ! » Le ton de Kay montait. « Je t'ai dit qu'il avait été trompé comme je l'ai été moi-même. Nous croyions que nous étions au bon endroit.

— Peut-être, répondit Polly sans conviction. Peut-être Harald ne s'est-il pas rendu compte de ce qu'il faisait.

— Cela m'étonnerait, dit Kay. Il ne signe jamais rien les yeux fermés. Il en tire vanité. Au restaurant, il refait les additions et demande des tas d'explications au maître d'hôtel. J'ai quelquefois envie de rentrer sous terre. Il lit toujours le texte en petits caractères qui figure au verso de ses contrats. Crois-moi, il savait ce qu'il faisait. » Elle se prit le menton dans la main. Le cerne autour de son œil faisait une tache sombre dans son visage livide. Polly regarda sa montre. « Allons, dit-elle, faisons ce test. Nous poursuivrons notre conversation après. »

Elle avait besoin de réfléchir. Pendant que Kay soufflait dans le spiromètre et que Polly notait les mesures, un grand calme s'était fait dans la pièce. Polly était très inquiète pour son amie. Elle se demandait avec horreur si Harald n'avait pas tout manigancé avec Norine. Couchaient-ils ensemble et avaient-ils voulu réduire la pauvre fille à l'impuissance ? Mais ces choses-là n'arrivent que dans les romans-feuilletons… Quel avantage en retireraient-ils ? Un motif de divorce ? C'était peu vraisemblable. Si Harald avait voulu divorcer, Kay ne s'y serait pas opposée. Pire encore était la pensée qu'Harald et Norine s'étaient mis en tête que Kay était vraiment une malade mentale. S'ils avaient agi avec des motifs louables, la pauvre Kay était cuite. Polly se souvint de l'histoire du couteau. Elle frémit. Harald n'aurait aucun mal à faire partager son opinion au médecin. C'était à Kay d'établir qu'elle était saine d'esprit. En serait-elle capable ? Il y avait une autre éventualité, moins sombre. Harald n'avait pas voulu la faire interner. Une erreur de l'administration, facile à vérifier (Polly s'en chargerait), s'était produite. Harald s'en serait aperçu mais il aurait cru bon de ne pas mettre fin au quiproquo pour jouer un tour à sa femme. C'était bien dans sa manière. Polly le voyait signant les papiers sous l'effet d'une grande exaltation. Si l'hypothèse s'avérait, on ne tarderait pas à le voir rentrer en scène. Il était peut-être déjà dans le hall, un bouquet à la main, apportant la nouvelle que la chambre « dont les grands rideaux jaunes contrastaient avec la blancheur des murs » était prête à la recevoir. Polly sourit. Tout cela n'était-il pas un peu la faute de Kay ? Si elle avait accepté d'aller à Harkness elle écouterait en ce moment la musique douce dispensée par la radio. Une infirmière attentionnée lui arrangerait ses oreillers et lui ferait boire avec une paille le jus de fruits matinal.

Le test de métabolisme basal était terminé. Le résultat était excellent. Quelle joie de pouvoir l'annoncer à Kay ! Son coefficient était à la valeur théorique maximale, ce qui était extrêmement rare. Polly se dit que c'était là au moins un signe de bon augure. Kay jeta à l'appareil un regard reconnaissant. Elle avait trouvé en lui un allié. « Tu vas voir ce qu'il va prendre, mon Harald ! N'oublie pas de lui parler de mon extraordinaire coefficient. » Kay exultait.

Polly quitta la pièce et se rendit dans le hall, où elle s'attendait à trouver Harald. Il n'y était pas et il n'y avait aucun message pour son amie à la réception. « Vérifiez, dit-elle à la préposée. Mrs Petersen est mon amie. » Elle retourna dans la chambre de Kay. Celle-ci prenait son petit déjeuner. Elle n'eut pas longtemps à attendre pour avoir confirmation qu'il n'y avait aucun message pour Mrs Petersen : « Non, Mrs Ridgeley », lui dit-on par la porte entrebâillée. « De quoi s'agit-il ? demanda Kay.

— On me fait savoir que je n'ai pas de rendez-vous à dix heures », dit Polly pour expliquer le « non, Mrs Ridgeley ». Kay n'avait pas partagé son espoir. Il n'y avait aucune raison pour qu'elle partageât sa déception.

« Je vais appeler ton mari au téléphone, continua-t-elle.

— Bravo ! » Kay, rassurée par le résultat du test, étendait de la confiture sur ses toasts. « On dirait que ça va mieux ce matin, dit l'infirmière, mangez vite, que je puisse vous habiller. »

Personne ne répondit au téléphone quand Polly appela l'appartement des Petersen. Harald était peut-être déjà parti pour l'hôpital. Polly composa le numéro du laboratoire de Jim. Quand elle eut son mari au bout du fil, elle lui fit un rapide exposé de la situation ; elle lui demanda de passer voir Kay. Il promit de faire un saut à l'heure du déjeuner.

« Si elle est toujours ici, ajouta Polly.

— Elle y sera encore.

— Tu n'es pas optimiste. »

Dans sa chambre, Kay, vêtue de sa robe brune, dépourvue de ceinture, s'apprêtait à faire sa valise.

« As-tu pu joindre Harald ? » demanda-t-elle.

Polly répondit qu'il était probablement en route pour l'hôpital ; il ne tarderait pas à apparaître.

« On dirait que Mrs Petersen ne se plaît pas avec nous, dit l'infirmière en faisant un clin d'œil à Polly. Elle préférerait être chez elle probablement.

— Polly, je ne sais pas pourquoi on m'empêche de faire ma valise. Je suis ici par erreur. Je devrais être au New York Hospital. »

La pauvre Kay ne savait pas qu'un malade dit toujours qu'il est victime d'une méprise. L'infirmière sourit d'un air entendu.

« Je vais vous laisser, dit-elle. Mrs Ridgeley a du travail elle aussi. Vous lui faites perdre son temps. »

Polly vint au secours de Kay : « Je vais rester un moment, dit-elle. Son mari va venir la chercher.

— Bien », dit l'infirmière, les narines pincées. Elle n'approuvait pas ces faux espoirs donnés à une malade.

« Tu crois vraiment qu'il va venir ? demanda Kay quand elles furent seules.

— J'en suis sûre. » Polly alluma deux cigarettes et lui en tendit une. Elles regardèrent leurs montres.

« Il devrait être là dans un quart d'heure, dit Kay.

— Disons vingt minutes.

— Il ne faut pas plus de cinq minutes de l'autobus à ici. Et il a peut-être pris un taxi. »

Elles fumaient. La conversation languissait, malgré les efforts de Polly pour l'animer. Toutes deux pensaient à Harald et attendaient sa venue. Kay ramassa le journal qui traînait par terre. Elle voulait lire l'article de Lucius Beebe. « Tu sais qu'Harald a fait sa connaissance », dit-elle.

Elles entendirent des cris et le bruit étouffé d'une course dans le couloir.

« Oh ! mon Dieu ! s'exclama Kay.

— Ce n'est rien. Une malade a une crise. Les infirmières vont y mettre bon ordre.

— Que vont-elles faire ?

— L'envoyer aux étages supérieurs. Les agitées sont aux étages sept et huit. Quand une malade a retrouvé le calme, on la descend ici à l'essai et on la laisse avec les nouvelles arrivantes pour voir comment elle se comporte. Souvent il faut la faire remonter. C'est ce qui se passe en ce moment. » On entendait des bruits de lutte.

« Se sert-on de camisoles de force ?

— Quand besoin est. »

Elles entendirent le hurlement d'une femme dans une chambre voisine, puis de nouveau un bruit de pas.

On pouvait reconnaître celui, plus pesant, du docteur. Kay saisit la main de Polly. Une voix d'homme donnait des ordres. Puis, ce fut le silence.

« Y a-t-il des cellules capitonnées ? demanda Kay.

— Je crois. Je ne suis jamais montée. »

Polly était désolée pour Kay. Toute cette agitation le matin de son arrivée. Le jour était bien choisi en vérité ! Jim avait raison de critiquer les méthodes en vigueur dans cet hôpital. Il était déplorable de mélanger les malades en traitement et les nouveaux arrivants dont l'esprit fragile hésitait encore au bord de la folie. Il s'agissait bien souvent de simples nerveux, parfois d'enfants. On pouvait s'imaginer leur épouvante. La pauvre Kay était agitée de tremblements.

« Je me souviens de la visite que nous avons faite à l'asile départemental sous la conduite du professeur de psychologie de l'université. Qui eût cru alors que je… » Les larmes lui vinrent aux yeux. Elle ne put terminer sa phrase.

« Polly, qu'est-ce qui m'attend si Harald me fait passer pour folle ? »

Harald n'avait toujours pas donné signe de vie quand, une demi-heure plus tard, Polly dut prendre congé de son amie. Une infirmière était venue la chercher ; on la réclamait d'urgence dans le bâtiment principal pour une analyse de sang.

« Vas-y, cela ira. J'ai des livres à lire », dit Kay.

Polly hésitait à la laisser seule.

« Je n'ose pas te donner des allumettes. Le médecin arrive souvent à l'improviste. Ne t'inquiète pas. (En réalité elle avait plutôt envie de lui dire « prends garde ».) Jim passera te voir en fin de matinée. »

Kay parut soulagée. Un triste sourire flottait sur ses lèvres. Elle suivit Polly des yeux tandis que celle-ci remettait dans sa trousse les éléments épars de son appareil.

« Pars, ma chérie. Va ! On t'attend ! »

Polly fit rouler son chariot dans le couloir désert. Les portes ouvertes des chambres indiquaient que les malades étaient à la promenade. Elle n'avait rien pu faire d'autre. C'était le règlement. Mais ce qu'elle allait faire maintenant l'horrifiait. Sa conscience lui disait : « Tu es la geôlière de ta sœur. » Elle se rappela les vers de l'*Enfer* de Dante que Mr Andrews récitait quand on verrouillait sa porte à Riggs. "*E io sentì chiavar l'uscio di sotto/all' orribile torre.*" »... Elle prit la clé et enferma Kay dans sa chambre.

Kay entendit la clef tourner dans la serrure. Son amie l'avait enfermée. Elle ne la blâmait pas, elle ne blâmait personne, pas même le perfide Harald. Polly réussirait-elle à mettre la main sur lui ?

Kay ne se faisait guère d'illusions. Harald avait certainement passé la nuit dehors – avec une femme probablement. Ce qu'elle appréhendait depuis cinq ans venait de se produire : il l'avait abandonnée. Mais il n'avait pas agi comme les autres maris, qui prennent un avocat et entament une interminable procédure concluant au divorce avec partage du mobilier. Il avait disparu purement et simplement. Un jour il émergerait, comme un sous-marin après un long périple, dans l'autre hémisphère, à Singapour ou en Amérique du Sud, sous une fausse identité. Il avait surgi dans sa vie comme un fantôme et il s'évanouissait comme un fantôme. Ses parents et ses amis ne le reverraient jamais. Pour faire leur coup en paix les cambrioleurs ligotent leur victime et l'enferment dans un placard. Elle, on l'avait enfermée dans un asile. Comme il serait content, le misérable, le jour où elle en serait réduite à le déclarer disparu ! Elle entendait déjà éclater de l'autre côté de la terre le cri de victoire d'Harald, dressé sur ses ergots comme le coq de Pathé !

Vivrait-elle cent ans, elle ne saurait jamais s'il avait été infidèle. Cette dernière satisfaction lui serait refusée. Elle avait cherché par tous les moyens à lui donner le goût de la propriété et de la stabilité et il avait disparu comme Houdini. Il n'avait rien emporté, pas même la machine à écrire d'occasion qu'elle lui avait offerte pour Noël. Autre chose. Il savait combien elle était fière de lui, combien elle aurait voulu le voir réussir. Or, il avait refusé tout ce qui s'était présenté. On aurait dit qu'il avait pris un malin plaisir à la décevoir. N'attendait-il pas qu'elle soit sortie de sa vie pour voir son nom apparaître sur les enseignes lumineuses ?

L'année précédente, elle avait envisagé de le quitter. Norine lui avait proposé de l'accompagner à Reno en faisant de l'auto-stop. Son amie lui avait dit que le génie d'Harald s'épanouirait si elle lui rendait sa liberté. L'idée avait séduit Kay, bien qu'elle eût préféré prendre le train. Rompre les liens qui l'unissaient à Harald était peut-être un sacrifice nécessaire. Elle n'avait parlé de rien à son mari, de peur qu'il n'approuve le projet, qui du coup aurait perdu son piquant. Un soir qu'il y avait du monde chez eux, il lui avait dit à brûle-pourpoint : « Il paraît que tu veux divorcer ? » Cette idée semblait l'amuser.

Peut-être pensait-il qu'elle était trop amoureuse de lui pour envisager sérieusement de le quitter. En cela il se trompait. Elle l'avait aimé au début, mais elle avait été tellement déçue par ses dérobades qu'elle se demandait parfois si elle avait encore la moindre affection pour lui. Croyait-il que le fait d'être évasif constituait une partie de son charme ? Était-ce une recette qu'on lui avait donnée, comme la recette de la table de multiplication ? Kay aurait pu lui dire qu'il aurait eu beaucoup plus de charme à ses yeux si elle avait pu se fier à lui. On ne peut pas aimer un homme qui joue sans cesse à cache-cache.

Si Harald lui avait dit « de quoi te plains-tu ? Pourquoi as-tu le cœur brisé ? » elle n'aurait pas su quoi répondre. Pleurait-elle son mari ou le Harald idéal que son imagination avait enfanté ? Si elle perdait le vrai Harald, qui ne valait pas grand-chose, elle perdait du même coup le Harald idéal. Étendue sur son lit, elle réfléchissait. Elle avait toujours détesté les ratés, mais si Harald la quittait elle serait elle-même une ratée.

À onze heures et demie, on frappa à sa porte. C'était un jeune médecin portant lunettes. Il voulait avoir un entretien avec elle. Son entrée en matière fut peu sympathique. « Nous avons attendu Mr Petersen toute la matinée. » Son ton était si sévère que Kay crut devoir s'excuser. « Je vais vous raconter mon histoire », dit-elle. Le jeune homme écouta son exposé en prenant des notes. Quand elle eut fini de parler, Kay attendit, angoissée, le verdict. Il y eut un assez long silence.

« Pourquoi attachez-vous tant d'importance à votre ceinture ? demanda-t-il tout à coup. Les infirmières de nuit ont déclaré que vous étiez devenue intraitable du moment où elles vous l'avaient retirée. Miss Burke, l'infirmière de jour et Mrs Ridgeley ont confirmé leur dire.

— Polly ! s'exclama Kay.

— Mrs Ridgeley nous a demandé de faire une exception en votre faveur et de vous rendre votre ceinture. Elle aurait dû savoir que nous n'en avions pas le droit avant d'avoir vu votre mari. » Il avait l'air d'insinuer qu'elle était responsable de la non-venue d'Harald.

« Ce n'est pas ma faute... commença-t-elle.

— Attendez un instant, dit-il, je m'aperçois que vous avez employé les termes “sa faute”, “ma faute” et des mots analogues trente-sept fois au cours de notre conversation. Est-ce que cela ne vous paraît pas éloquent ? »

Kay était confondue.

« Je ne comprends pas, dit-elle. On m'a promis qu'après la visite d'un psychiatre on me transporterait ailleurs.

— Personne de compétent n'a pu faire une telle promesse, dit-il sèchement. Je crois que vous êtes victime de votre imagination, Mrs Petersen. »

Il enchaîna : « J'aurais aimé éviter cette discussion ; elle ne mène à rien. Vous avez reçu un grand choc et votre jugement s'en trouve affecté. Vous n'êtes pas en mesure de prendre une décision qui engage votre avenir. Vous dites que votre mari est responsable de cet œil tuméfié. Rien ne m'oblige à vous croire. En tout cas, nous sommes mieux équipés pour vous soigner ici que dans une autre partie de l'hôpital. Vous me paraissez en bon état physique. Nous allons procéder à quelques examens pour nous en assurer. Le pavillon central est réservé aux malades vraiment malades. Ce n'est ni une maison de repos, ni un sanatorium. Si vous ne pensez pas que votre cas relève de la psychiatrie, vous pouvez rentrer chez vous ou aller à l'hôtel.

— Très bien, je vais à l'hôtel », dit Kay, le prenant au mot.

Il fit un geste de la main. « Un peu moins de hâte, je vous prie. Il faut le consentement de votre mari. Vous ne pouvez quitter cet endroit avant que nous ayons vu Mr Petersen. Il vous a fait interner hier soir et ce serait une grave faute professionnelle de notre part de vous donner campo sur vos seules allégations. Après tout, nous ne savons rien de vous, si ce n'est que vous avez menacé votre mari avec un couteau. Vous l'avez vous-même reconnu. »
Kay ouvrit la bouche pour dire quelque chose. Sans lui en laisser le temps, le docteur poursuivit :

« Je ne dis pas que vous êtes dangereuse, sinon vous seriez à l'étage des agités. Croyez-moi, vous êtes ici pour votre bien.

— Si Harald ne revenait pas ? »

Le docteur sourit.

« Cela paraît peu vraisemblable. Ne vous faites pas des idées inutilement. Je vais tout de même vous répondre. Dans ce cas, la direction de l'hôpital pourrait, après une étude approfondie, vous rendre votre liberté.

— Et si mon mari veut que je reste ici ?

— Nous pensons qu'avec notre aide vous trouveriez, vous et votre mari, un terrain d'entente. »

Ces paroles glacèrent Kay jusqu'aux os.

« Si Harald contredisait ma déclaration ?

— Nous saurions bien découvrir la vérité.

— Si je parvenais à vous convaincre, que se passerait-il ?

— Dans ce cas, la direction de l'hôpital pourrait procéder à votre élargissement.

— Je veux voir la direction de l'hôpital.

— Le docteur Janson vous verra en temps utile.

— Quand ? »

Pour la première fois, le psychiatre eut un regard humain.

« Vous êtes entêtée, dit-il en riant.

— Je l'ai toujours été, répondit Kay. Dites-moi, docteur, me croyez-vous folle ? »

Il réfléchit.

« Franchement, dit-il, vous m'avez fait une impression favorable, ce qui ne veut pas dire que vous n'êtes pas tendue à l'extrême, au bord de l'hystérie. Le meilleur conseil que je peux vous donner est de vous détendre et d'aller déjeuner. Vous ferez connaissance avec les autres. Certaines de ces dames sont très agréables à fréquenter. Il y en a du meilleur monde. Plus tard dans l'après-midi vous ferez un peu d'hydrothérapie. Cela vous plaira, vous verrez. Vous pourrez suivre des cours artistiques ou faire de la vannerie. Aimez-vous le bricolage ? »

Kay travaillait volontiers de ses mains mais elle refusa de l'admettre.

« Jardin d'enfants, dit-elle avec mépris.

— Les autres malades… commença le docteur.

— Je ne fais pas partie des “autres”, lança Kay.

— Au revoir, Mrs Petersen », dit-il en se levant.

Il referma son calepin. « Quand votre mari viendra, je serai heureux d'avoir un entretien avec lui. Je vous verrai demain.

— Demain !

— Demain, Mrs Petersen. Je vous conseille vivement de rester ici vingt-quatre heures, même si l'entrevue donne un résultat positif. » Il sortit un petit maillet métallique de la poche de sa blouse. « Excusez-moi », dit-il, lui frappant le genou. Une petite secousse agita son pied. « C'est une formalité, dit-il, je pensais bien que vos réflexes étaient normaux. »

Ils se serrèrent la main.

« Ah ! J'oubliais une chose, dit le médecin. Mrs Ridgeley est inquiète pour votre sort. J'ai autorisé le docteur Ridgeley à venir vous voir. » Il sortit brusquement.

Quand Jim Ridgeley arriva, Kay était au réfectoire. Elle avait fait la connaissance des autres patientes dans le grand salon au cours de la récréation qui précédait le repas. Tout de suite une querelle avait éclaté, plusieurs pensionnaires ayant manifesté le désir de s'asseoir à côté de Kay. La surveillante y avait rapidement mis fin en lui assignant une place entre une femme distinguée à cheveux gris et une jolie jeune femme de son âge. La première était une anxieuse, la seconde avait été admise à l'hôpital ligotée dans une camisole de force.

« Je suis restée longtemps au septième étage, lui confia cette dernière, maintenant je vais mieux. Mon mari va bientôt venir me chercher. » Une grande fille aux cheveux filasse éclata d'un rire vulgaire. « Elle n'a plus de mari ! lui souffla la dame grisonnante. Il l'a abandonnée. »

À l'autre bout de la table était assise une femme atteinte de catatonie, coiffée à la garçonne. Elle était la seule à être restée impassible quand, interrogée, Kay avait répondu que sa présence était due à une méprise. Certaines avaient ri ; d'autres s'étaient agitées.

« Il ne faut pas dire cela, lui glissa sa jeune voisine, même si c'est vrai. Ils ne vous lâcheront pas ; si vous insistez, on vous enverra au septième étage. »

C'est à ce moment que Jim Ridgeley passa la tête par l'entrebâillement de la porte.

« Hello ! Kay ! » dit-il. Il fit un signe de tête aux femmes qu'il connaissait. Il paraissait préoccupé.

« Faites apporter le déjeuner de Mrs Petersen dans sa chambre, s'il vous plaît, demanda-t-il à la surveillante, j'ai à lui parler.

— Oh ! Cela n'est pas régulier ! s'écria la grande fille blonde.

— Docteur Ridgeley, mon bel amour, dit en minaudant une grosse mère, pourquoi m'as-tu abandonnée ? »

Il fit sortit Kay en hâte. « Votre présence ici est un crime », dit-il. La discussion qu'il venait d'avoir avec son médecin l'avait visiblement irrité.

« Que vous a-t-il dit ? s'enquit Kay.

— Qu'il ne pouvait assumer la responsabilité de votre sortie. Il veut connaître l'opinion d'Harald, qui naturellement est introuvable.

— Vous n'avez pas réussi à mettre la main sur lui ?

— Polly a essayé toute la matinée. Finalement elle lui a envoyé un télégramme. Sans nouvelles de lui ce soir, je mets la police à ses trousses. »

Sa colère surprit et flatta Kay. Elle avait oublié ce qu'était « un homme ». Le dernier qu'elle avait connu était son père.

« Écoutez, dit Jim, vous sortir d'ici sans le concours d'Harald ne va pas être une mince affaire. Si je faisais encore partie de la maison, je pourrais accélérer les choses. Ce n'est pas le cas ; de plus, je ne suis pas très populaire depuis mon départ. Ils s'en tiennent à la lettre du réglement. Harald pourrait les poursuivre si, une fois libérée, vous le tuiez ! » Il se mit à rire.

« C'est comme cela qu'ils raisonnent, poursuivit-il, et le vieux Janson est un faiseur d'histoires. Les autres ne veulent pas comprendre qu'un asile n'est pas ce qui convient à une pauvre fille qui a simplement les nerfs à vif. » Il regarda Kay d'un air attentif.

« Sans cet œil poché, je vous ferais passer la porte avec moi, comme si vous étiez venue rendre visite à quelqu'un. »

Kay leva les yeux. Elle avait un sens aigu de la légalité.

« Polly dit que vous êtes très impulsif », remarqua-t-elle.

Il le reconnut. « Voyons, votre père est médecin, n'est-ce pas ?

— Il est chirurgien spécialisé en orthopédie mais il fait aussi de la médecine générale.

— Si je lui téléphonais pour lui dire de prendre le premier train. On vous remettrait entre ses mains.

— Mais il y a trois jours de train de la maison à ici, objecta Kay, et puis je ne veux pas le mêler à tout cela. S'il savait… »

Elle se mit à pleurer. « S'il savait que j'ai l'œil poché, que la police est venue… il mourrait. Il croit que mon mariage est une réussite ; il adore Harald.

— De loin, j'imagine, remarqua Jim d'un ton sec.

— J'ai toujours été son enfant chérie, continua Kay en se tamponnant les yeux. J'ai toute sa confiance. Je lui ai fait croire en Harald. »

Jim était debout, les yeux fixés sur la lucarne défendue par des barreaux.

« Qu'est-ce qui vous fait croire en Harald ? demanda-t-il sans se retourner.

— C'est un génie, dit Kay, il faut s'y connaître dans les choses du théâtre pour l'apprécier à sa juste valeur. N'est-ce pas l'avis de Polly ?

— Elle ne m'en a jamais parlé », répondit Jim prudemment. Il fit demi-tour et se retrouva en face de Kay.

« Voyez-vous, ma chère, une chose me fait douter de votre santé mentale...

— Harald ? » dit-elle d'une voix pâle.

Il soupira.

« Vous l'aimez donc ?

— Nous y sommes, dit Kay. Non, je ne crois pas que je l'aime. À certains moments, il me semble même que je le déteste.

— Voilà qui est réconfortant, dit Jim. Bien entendu je le connais peu, mais si vous n'aimez pas ce type...

— ... Pourquoi rester avec lui ? » continua-t-elle. Pour ne pas avoir à répondre à cette question, elle ne s'était jusqu'à présent vraiment confiée à personne. Mais un psychiatre pourrait peut-être l'aider ?

« Je ne me l'explique pas, dit-elle, c'est peut-être du masochisme de ma part. »

Il sourit.

« Non. Hopper lui-même (c'est le nom du psychiatre qui vous a vue) a été frappé par votre "absence d'affectivité" quand vous avez subi les brutalités de votre mari.

— Il m'a donc crue ! s'exclama Kay.

— Est-ce que cela a beaucoup d'importance à vos yeux ? dit-il avec sympathie. N'aviez-vous pas la réputation d'être un peu menteuse ? »

Kay approuva de la tête.

« C'est triste à dire, mais c'était uniquement pour me faire valoir ou pour obtenir ce dont j'avais envie.

— Vous n'avez jamais porté de faux témoignages ?

— Oh ! non, et puis, je me suis amendée. Vous n'avez qu'à interroger Polly. Il faut dire qu'Harald n'est pas très sincère. C'est peut-être par esprit de contradiction que je suis devenue plus franche. »

Il réfléchit.

« J'ai l'impression que votre histoire d'amour avec Harald n'a ni queue ni tête. »

Kay le regarda dans les yeux. « Comment l'avez-vous deviné ? En fait, je suis dans une impasse. Si je divorçais tout le monde crierait à l'échec. Comprenez-moi bien, Jim, je suis devenue un personnage de légende à Salt Lake City. Je suis la petite provinciale qui s'est fait une situation à New York. En épousant Harald, j'ai épousé le théâtre. Cela semble merveilleux à maman, à papa, aux anciennes camarades d'école ! Voyez-vous, j'ai toujours rêvé de diriger un théâtre ou d'être actrice... Je n'ai hélas aucun talent... Voilà le malheur. »

Jim jeta un coup d'œil à sa montre.

« Écoutez-moi, Kay, tout le monde est à table, je vais vous faire sortir d'ici. Personne à l'étage ne vous connaît. Prenons le couloir jusqu'aux ascenseurs. Si nous rencontrons une infirmière, je vous confierai à elle. Si tout va bien, nous attendrons les ascenseurs ; nous en prendrons un. Laissez votre valise. Polly vous l'apportera plus tard. Où est votre manteau ? Je vais le mettre sur mon bras. »

Kay, qui avait l'esprit méthodique, ne savait que penser. Ils avaient commencé à parler d'Harald ; elle avait engagé une conversation et désirait la poursuivre. L'enthousiasme de Jim la surprenait. Polly avait de la chance. C'était un chevalier servant plein de feu.

« Je ne veux pas vous laisser agir ainsi, cela vous ferait destituer. Ils seront furieux quand ils s'apercevront de ma fuite.

— Pas du tout. Ils seront enchantés d'être mis devant le *fait accompli*[*]. D'ailleurs ils croiront que j'ai oublié de fermer votre porte à clef et que vous en avez profité pour filer. »

Kay fit une grimace. Être libérée officiellement était une chose, être fichée comme une folle évadée en était une autre.

« Non, dit-elle d'un ton pincé, je ne veux pas me sauver. Je veux les honneurs de la guerre. L'hôpital doit reconnaître sa méprise.

— Vous ne connaissez pas les hôpitaux », dit Jim. Évidemment il n'arriverait pas à la convaincre. Elle eut peur de l'avoir déçu. Polly, à sa place, aurait-elle accepté ? Kay en doutait fort.

Jim, décontenancé, se leva. C'était visiblement un homme d'action.

« Laissez-moi au moins vous faire changer d'étage », dit-il.

Il expliqua l'organisation de l'hôpital. Les malades-vedettes allaient d'un étage à l'autre et de haut en bas. Les malades en convalescence avaient droit au quatrième étage, qui ressemblait à un dortoir de collège. Les fenêtres n'étaient pas grillagées et les portes n'étaient pas fermées à clef. Les pensionnaires pouvaient porter leur ceinture, leur alliance et recevoir des visites. Elles avaient le droit d'allumer et d'éteindre à volonté ; la seule chose qui demeurait interdite, comme au collège, était de fumer dans leurs chambres.

Ce tableau enchanta Kay dont les yeux brillèrent.

« Croyez-vous pouvoir m'y faire accéder ?

— Cet après-midi même, s'ils ont un lit disponible.

— Vous voulez dire que je vais sauter l'étape du cinquième étage ? Cela arrive-t-il à d'autres ?

— Non, pas couramment, répondit-il, mais votre cas n'est pas courant. N'est-ce pas ? »

Kay souriait, ravie : à l'école elle avait toujours rêvé de sauter une classe.

Ce fut vite expédié. Une demi-heure plus tard, l'infirmière venait la déménager. Les autres malades faisaient la sieste. Elles ne la verraient pas partir. C'était dommage. Kay s'efforça de ne pas éprouver un sentiment de triomphe. Il fallait songer à celles qu'elle abandonnait à leur sort, celles qui mettraient des mois à avoir la double promotion qui n'avait demandé à Kay que quelques heures. Le souvenir de sa jolie petite voisine de table la rendait un peu triste.

Sa nouvelle chambre était beaucoup mieux ; toutefois les murs étaient toujours de ce caca d'oie réglementaire si déplaisant et il n'y avait pas de téléphone. Tout en rangeant ses affaires de toilette, Kay se disait qu'elle ne verrait aucun inconvénient à rester quelque temps à Payne Whitney, si seulement on voulait admettre qu'elle était saine d'esprit.

À quatre heures elle passa une visite de médecine générale, à cinq, elle eut une séance d'hydrothérapie. Le lendemain elle devait voir le gynécologue.

« Tout cela est compris dans la pension », dit la nouvelle infirmière accourue pour faire la connaissance de Kay.

Les malades n'avaient guère de temps disponible dans la journée. Le soir, après dîner, elles jouaient au bridge jusqu'à l'heure du chocolat ou de l'Ovomaltine. Il y avait une table de ping-pong et, deux fois par semaine, des séances de cinéma auxquelles les malades masculins avaient le droit d'assister. L'hôpital disposait d'un institut de beauté. De temps à autre on pouvait danser. Kay avoua à l'infirmière que l'idée de danser avec un déséquilibré lui donnait la chair de poule. L'infirmière était d'accord, « mais, dit-elle, mes femmes sont des chéries. Je serai désolée de leur dire adieu ». On allait se mettre à table, et voilà qu'Harald se fit annoncer ! Kay fut prise de tremblements.

« Vous n'êtes pas forcée de le recevoir si vous n'y tenez pas », lui dit l'infirmière. Kay accepta sa visite. Elle se promit de ne pas pleurer, de ne pas l'accuser. Ce qui ne l'empêcha pas, aussitôt en sa présence, de lui lancer :

« Qu'as-tu fait pendant tout ce temps ? »

Pour toute réponse il lui tendit une boîte qu'il avait achetée chez Goldfarb's et qui contenait deux camélias rouges, ses fleurs préférées. Il n'était pas venu parce qu'il n'avait pas eu le courage de se trouver en face d'elle après ce qu'il avait fait. Il avait arpenté les rues, assisté au lever du soleil sur l'East River. Il n'avait cessé de penser à elle. Kay réprima son envie de le croire. « C'est le moment de régler nos comptes, pensa-t-elle, ne nous laissons pas abuser par quelques fleurs. »

« Tu m'as fait interner, n'est-ce pas ? » dit-elle, glaciale.

Harald ne nia pas.

« Comment as-tu pu faire une chose pareille ? Comment as-tu pu ?

— Je sais, répondit-il, je sais. » Il ne pouvait expliquer pourquoi il avait agi ainsi. « Je n'en pouvais plus, finit-il par dire, et il se faisait tard. Si je n'avais pas signé ces papiers, où aurais-tu couché ? Ils t'avaient réservé une chambre. On m'a assuré que ce n'était qu'une formalité. Un démon intérieur m'a poussé. Ah, si j'avais su ! »

À la sortie de l'hôpital il s'était réfugié dans un bar et il était ensuite rentré chez lui où il avait dormi d'un sommeil de plomb. Mais son subconscient veillait. Bientôt, il était sorti de sa léthargie et il était descendu dans la rue. Il faisait encore nuit. Il avait traversé à deux reprises le Brooklyn Bridge. Près de North River, debout sur un quai, il avait songé à monter sur un bateau en partance et à disparaître pour toujours. S'il avait mis ce projet à exécution, il serait à cette heure simple matelot en route vers Panama ou l'Australie.

« Je m'en doutais ! » s'écria Kay.

Il s'était rendu au zoo du Bronx, avait contemplé les singes, ses ancêtres, poursuivi jusqu'à Wall Street, où l'animation autour des téléscripteurs avait retenu un moment son attention. « ... Regarde la semelle trouée de mes souliers », dit-il à Kay. Finalement il avait pris le métro en direction de la 59e Rue, était descendu à la hauteur de Goldfarb's et avait marché jusqu'ici.

« As-tu pris un peu de nourriture ? » demanda Kay.

Il secoua la tête.

« As-tu vu le psychiatre ?

— Oui, ma chérie. J'ai tout avoué. Tu quitteras cet endroit quand tu voudras. Mea culpa. »

Il y eut un moment de silence.

« Le psychiatre m'a dit que tu avais refusé qu'on te retire ton alliance. » Il lui prit la main et posa délicatement ses lèvres sur l'anneau d'or et d'argent.

« Quand on m'a dit cela, j'y ai vu une promesse de pardon. Ai-je eu tort ? »

Jamais Harald ne s'était ainsi abaissé. Le voir ramper à ses pieds d'une façon aussi abjecte la dédommageait presque de tout ce qu'elle avait enduré. « Puis-je sortir d'ici ce soir ?

— Si tu le désires, si tu n'es pas trop éprouvée. »

Kay hésita. Elle se souvint du rendez-vous prévu pour le lendemain avec le gynécologue. Elle souhaitait aussi connaître les autres pensionnaires. Au point où elle en était, autant profiter de son passage dans ces murs.

« J'ai vu ce matin une femme atteinte de catatonie, annonça-t-elle. Elle était à l'autre bout de la table. J'étais fascinée. Elle était absolument impassible, on devait la nourrir comme un bébé. À ma droite, il y avait une gentille petite qui avait l'air tout à fait normale mais qu'on avait amenée ici ligotée dans une camisole de force. Elle m'avait prise en sympathie. Imagine-toi qu'elles ont toutes bataillé pour être assises à côté de moi, comme lorsqu'une nouvelle arrive en pension. »

Harald était tout sourire.

« Qu'as-tu fait d'autre ?

— De l'hydrothérapie, un examen général. J'ai eu la visite du mari de Polly. » Elle se sentit rougir. « Il voulait que je m'évade. Ah ! à propos, il faut que je te parle de mon métabolisme... »

Harald écoutait. On frappa discrètement à la porte : « Le dîner sera prêt dans cinq minutes, Mrs Petersen.

— Qu'allons-nous faire ? » demanda Kay. Retourner chez elle lui donnait une vague impression de déception, comme de quitter une fête alors qu'elle bat son plein.

« Veux-tu passer la nuit ici ? » demanda Harald.

Elle réfléchit. Elle ne voulait pas lui faire de peine.

« Nous étions convenus d'un repos, lui dit-il pour l'encourager, et tu ne peux pas retourner à ton travail avec ce cerne autour de l'œil. De toute façon, tu as obtenu un congé d'une semaine.

— Je sais.

— Ta police d'assurance est valable pour un hôpital psychiatrique. Je me suis informé. À ta place, je resterais ici une semaine ou deux. Tu pourrais parler tous les jours avec le psychiatre ; c'est compris dans le traitement. Tes connaissances en psychologie s'en trouveraient renforcées. Cela te permettrait d'étudier les cas présentés par les autres pensionnaires et d'étudier ton propre cas aussi peut-être.

— Mais je ne suis pas malade, dit Kay. Il me semble qu'il n'y a aucun doute sur ce point. »

La dernière phrase d'Harald risquait de tout remettre en question.

« Jim Ridgeley a déclaré que ma présence ici était un crime, dit-elle avec chaleur.

— De grâce, Kay, trêve de reproches. Si tu ne veux pas me pardonner, dis-le tout de suite et je m'en vais. »

Kay se domina. Elle ne voulait pas le perdre.

« Je resterais ici, dit-elle prudemment, s'il était clairement établi que je n'ai pas l'esprit malade, comme toutes ces femmes que j'ai vues. Je ne vois aucun inconvénient à converser avec le psychiatre, si l'on affirme que je n'en ai pas besoin… Je veux dire… tout le monde en a besoin… mais… » Elle s'embrouillait.

« Tout le monde n'a pas une police d'assurance », rappela Harald. Kay voulut l'éprouver.

« Si je refuse de rester, dit-elle, me ramèneras-tu à la maison ?

— Tout de suite, répondit Harald.

— Dans ce cas, je reste, décida-t-elle. Ce que j'ai de mieux à faire maintenant, c'est de dîner. À demain, n'est-ce pas ? » Il promit de revenir.

Il ajouta :

« Le psychiatre aura de toute façon besoin de me voir.

— Besoin de te voir ? dit Kay, de nouveau alarmée.

— Ces gens-là aiment recueillir différentes opinions sur le même patient. À propos, ils souhaiteraient parler à quelques-unes de tes amies. Puis-je demander à Norine de passer un matin ? Ce sera l'occasion pour elle de te faire une petite visite. Qui d'autre ? Helena peut-être ? »

Kay le regarda, interloquée. « Si tu parles à mes amies, dit-elle, je te tuerai… » Effarée de ce qu'elle venait de dire, elle posa vivement sa main sur sa bouche. « Je me suis mal exprimée. Je t'en conjure, Harald, ne dis rien à Norine.

Qu'elle ne voie pas le médecin. Je ferai ce que tu voudras si elle ne met pas les pieds ici. »

De lourds sanglots l'agitaient.

« Ne fais pas l'enfant, dit Harald avec impatience, garde cela pour le psychiatre. »

Cette brutalité si vite après sa contrition fut ressentie par Kay comme un coup de poignard.

L'infirmière apparut de nouveau :

« Venez-vous dîner, Mrs Petersen ?

— Elle arrive tout de suite, répondit pour elle Harald. Débarbouille-toi. Au revoir. À demain. »

La porte se referma sur lui. D'un geste lent, Kay épingla les camélias à sa robe. Elle se souvint qu'elle était libre de quitter cet endroit. Elle ne restait ici que parce qu'elle le voulait bien. À l'inverse des autres pensionnaires, elle n'était pas malade. Elle ne l'avait été à aucun moment.

Comme elle approchait du réfectoire, un doute affreux naquit dans son esprit. Ils faisaient de la psychologie à son sujet. Elle ne l'avait pas voulu. Elle n'était pas libre. Les regrets d'Harald n'étaient qu'une feinte. Il avait récité la leçon que le psychiatre lui avait apprise ; un point c'est tout.

14

Priss Crockett promenait son fils tous les matins dans Central Park. Un jour de juin, alors que, précédée de sa poussette et suivie de Stephen, elle approchait de son banc favori, elle eut la surprise de le trouver occupé. C'était Norine Schmittlapp, qu'elle n'avait pas revue depuis cinq ans. Elle avait changé. Ses cheveux étaient maintenant blonds. Elle avait engraissé. Elle portait un élégant pantalon. Une voiture d'enfant était à ses côtés, capote repliée, et dans celle-ci, sur le matelas recouvert d'une alaise en caoutchouc, était couché un bébé complètement nu : un garçon. Priss s'arrêta devant « son » banc. Norine allait-elle la reconnaître ?

« Tiens ! te voilà, dit Norine. Je te présente Ichabod. »

Elle secoua légèrement la voiture d'enfant et, à travers le filtre de ses lunettes fumées, lança : « C'est à toi, ça ? »

Stephen traînait dans l'allée un jouet spécialement conçu pour le familiariser avec la mécanique.

« Dis bonjour, Stephen », lui dit sa mère. Elle ne savait comment désigner son amie qui, à n'en pas douter, s'était remariée.

« Salut ! Stephen. Je m'appelle Norine Rogers », dit celle-ci en lui serrant la main.

Norine portait une superbe bague de fiançailles : un solitaire monté sur platine. La voiture d'enfant était de fabrication anglaise ; des lettres entrelacées en monogramme étaient gravées sur les côtés.

« Tu viens souvent ici ? » demanda-t-elle à Priss.

— Je suis du quartier. » Norine aussi. Elle s'était installée dans un hôtel particulier avec jardin entre Park Avenue et Madison Avenue que son mari, Freddy Rogers, avait acheté. L'appartement de Priss était situé sur Lexington Avenue, à la hauteur de la 72e Rue.

« Tu as de la chance d'avoir un jardin, dit Priss, tu n'es pas obligée de venir ici. »

Remorquer cette poussette depuis Lexington jusqu'à Central Park était pour elle une corvée, comme aussi de rentrer à 11 heures précises pour que Stephen puisse avoir à midi ses pommes de terre au four.

« J'ai en ce moment une bétonneuse dans le jardin et il y a des pavés de verre partout », répondit Norine.

Elle expliqua que son hôtel était en cours de transformation ; on remplaçait l'escalier par une rampe inclinée, la façade était modifiée pour recevoir des briques translucides. Priss se dit que ce devait être la maison dont tout le quartier parlait. Elle se demanda lequel des Rogers Norine pouvait bien avoir épousé.

« Mon mari est juif, dit Norine. Sa famille a changé de nom ; ils ont transformé Rosenberg en Rogers. Tu n'as rien contre les juifs ? Moi, je les adore. »

Sans attendre la réponse de Priss, elle poursuivit :

« La tribu des Rosenberg s'est convertie en changeant de nom. Freddy fait partie de l'Église épiscopalienne. J'aurais préféré le voir choisir la vieille religion orthodoxe, avec ses cafetans et ses phylactères. La loi de Moïse en plein ! Les rites réformés sont un compromis du XIXe siècle, mais un juif orthodoxe ne peut pas épouser une infidèle. »

Priss ne perdait pas un mot de ce que disait sa camarade.

« En plus, ils sont contre l'exogamie… comme les papistes. Pour l'Église épiscopalienne, le divorce est tabou. Le pasteur de Freddy a refusé de nous marier. Nous avons déniché un pasteur luthérien à Yorkville. Imagine-toi que les parents de Freddy s'attendaient à trouver chez ce religieux le portrait d'Hitler. Ça t'intéresse la religion ? Moi, ça me passionne. La politique, j'en ai plein le dos. Depuis Munich. Je fais des études comparatives sur les religions. Notre société est fichue si elle ne revient pas à Dieu. Pour des gens comme nous, il faut retrouver la foi. C'est difficile. Pour les masses incultes, il n'y a pas de problème, elles ne l'ont jamais perdue. Pour l'élite, c'est une autre paire de manches. »

Elle regardait Stephen. « C'est le seul que tu aies ? »

Priss lui expliqua qu'elle avait fait plusieurs fausses couches, mais qu'elle espérait bien avoir d'autres enfants pour que Stephen ne reste pas fils unique.

« Tu n'as qu'à en adopter, dit Norine. C'est la seule chose à faire. Si l'élite ne peut plus se reproduire, il faut qu'elle accepte des pièces rapportées ; autrement elle disparaîtra. Sais-tu que les anciennes de Vassar ont une moyenne de 2,2 enfants ?

Priss le savait. Cette statistique avait été l'objet de sombres commentaires dans l'*Alumnae*. Les anciennes de Vassar ne faisaient que surnager, alors que le monde proliférait.

« Qu'est-ce qu'il fait, ton mari ? demanda Norine.

— Il est pédiatre.

— Oh ! dit Norine. Quelle école ? »

Priss commença à énumérer les écoles où Sloan avait étudié. Norine l'interrompit.

« Mais non ! son école du point de vue des théories. Est-ce qu'il est béhavioriste, gestaltiste ? Est-il un disciple de Steiner, de Klein ou d'Anna Freud ? »

Priss eut honte de son ignorance. « C'est un médecin comme les autres », dit-elle, un peu gênée.

Après un silence, elle demanda : « Et ton mari, que fait-il ? »

Norine gloussa : « Il est banquier. Il travaille avec Kuhn, Loeb. Sa famille a commencé comme ça : le prêt sur gages. Des gens de Francfort. Il y a eu une diaspora. Ils se sont égaillés un peu partout. La brebis galeuse de la famille est devenue sioniste. Vit en Palestine. On n'en parle jamais. Freddy a fait Choate et Princeton. On lui a cherché noise dans un des clubs parce que son vrai nom n'était pas Rogers mais Rosenberg. Il a dû donner sa démission.

— Mon Dieu ! » dit Priss.

Norine eut un bref éclat de gaieté. Elle semblait trouver l'incident piquant.

Les yeux de Priss s'attardèrent un instant sur Ichabod ; elle s'aperçut qu'il était circoncis. Pauvre petit ! Stephen, lui, n'aurait pas à faire son chemin dans l'existence avec le handicap d'un père juif. Mais Norine ne paraissait pas avoir de complexes. Affubler un pauvre enfant d'un nom comme Ichabod !

« Tu n'as pas peur qu'on l'appelle "Icky" à l'école ? demanda-t-elle.

— Faudra bien qu'il se défende dans la vie, répondit philosophiquement Norine, autant commencer jeune... Ichabod, l'Inglorieux, c'est ça que ça veut dire en hébreu. Sans gloire ! » Elle faisait osciller la voiture d'enfant.

« Quel âge a-t-il ?

— Trois mois », répondit Norine.

Priss n'aimait pas voir le bébé exposé au terrible soleil de cette matinée de juin. Sa petite tête n'était protégée que par de rares cheveux.

« Il est bien petit pour que tu le laisses ainsi au soleil.

— Quelle bêtise ! je lui donne son bain de soleil tous les jours depuis mon retour du Mont-Sinaï[1]. » Pourtant elle releva la capote pour lui faire un peu d'ombre.

« C'est au poil ici, observa-t-elle, pas de nurse, pas de gouvernante. Hier j'étais dans un mauvais coin. Elles m'ont fait une scène parce que mon bonhomme était nu. Elles avaient peur que sa bistouquette ne donne des idées à leurs belles demoiselles. N'est-ce pas, Ichabod ? »

Elle passa sa grosse patte sur le petit pénis qui se raidit.

Priss avala sa salive. Elle jeta un coup d'œil à Stephen qui, Dieu merci, courait dans l'herbe après son ballon. Pour rien au monde elle n'aurait voulu être responsable de l'éveil de ses sens. Elle répugnait à le décalotter en lui faisant sa toilette, malgré les conseils d'hygiène prodigués par Sloan. Elle craignait que de telles manipulations ne fassent naître un complexe d'Œdipe à son égard, et elle avait renoncé de propos délibéré à ce détail de propreté corporelle.

---

1. Grand hôpital de New York (*N.d.T.*).

« Est-ce que tu le nourris ? demanda Priss en jetant un regard d'envie à l'opulente poitrine de son amie.

— Je n'ai plus de lait, répondit Norine.

— C'est comme moi ! s'écria Priss. Aussitôt sortie de l'hôpital, mon lait s'est tari. Combien de temps as-tu pu donner le sein, toi ?

— Quatre semaines, et puis Freddy s'est mis à coucher avec la fille qu'on avait engagée pour s'occuper d'Ichabod. Ça m'a coupé le sifflet. »

Priss avala de nouveau sa salive. Elle ne se sentait plus aucune envie de raconter à son amie comment le passage de Stephen à un biberon supplémentaire avait tout gâché.

« J'aurais dû m'y attendre, poursuivit Norine en allumant une cigarette, nous n'avions plus de rapports depuis belle lurette. Tu sais ce que c'est. Vers la fin de la grossesse c'est "verboten", après l'accouchement, c'est encore "verboten". Freddy, cela lui était remonté à la gorge. Il m'accusait de lui préférer Ichabod. La femme de chambre de ma belle-mère nous avait recommandé pour s'occuper du bébé une de ses cousines d'Irlande. Dès qu'elle est arrivée, j'ai vu à qui j'avais affaire : de longs cils, aucune moralité, une vraie garce ; dans sa baraque natale elle couchait avec son oncle. C'est elle-même qui me l'a raconté. Freddy n'arrêtait pas de lui tourner autour. Il dormait dans la chambre d'enfant sur un lit de camp ; elle, je lui avais donné la chambre à côté et j'avais pris Ichabod dans mon lit. J'en avais marre de me lever à deux heures du matin pour lui donner à téter, et cela dérangeait Freddy. »

Priss était sur le point de l'interrompre pour lui dire qu'un nouveau-né ne doit sous aucun prétexte partager la couche d'un adulte. La peur de bégayer la retint.

« La nuit, Freddy se glissait dans sa chambre. Je m'en suis aperçue en faisant le lit de la fille. Son drap était plein de sperme. Ce ne pouvait être que Freddy. Et les serviettes, c'est pour les chiens ? J'ai arraché le drap et je l'ai mis sous le nez de Freddy au moment où il prenait son petit déjeuner en lisant le *Wall Street Journal*. Il m'a dit que c'était de ma faute : je n'avais pas à faire le lit de cette fille ; si je l'avais traitée comme une domestique elle n'aurait pas eu l'idée de s'envoyer le patron. Il avait raison. Je suis trop faible avec le personnel. C'est lui qui a dû la mettre à la porte. J'ai fait passer le drap dans la machine à laver. Il m'avait pourtant dit de le donner au blanchisseur. On s'est disputés et je n'ai plus eu de lait.

— Cela arrive souvent à la suite d'une émotion, dit Priss. Enfin, Ichabod avait bénéficié des immunisations, c'est le principal. »

Norine ramassa dans la voiture une sucette qu'elle mit dans la bouche de son fils. Priss n'en croyait pas ses yeux. « C'est pour l'empêcher de sucer son pouce ? demanda-t-elle. Tu sais, les pédiatres disent maintenant que cela n'a pas tellement d'importance. Chaque fois que Stephen suçait son pouce je détournais son attention et je le lui retirais. Mais cette suce-sucette c'est… – les mots venaient mal – … c'est antihygiénique. Tu devrais la jeter. Sloan serait de mon avis. Ton fils s'habituera à cette sucette tout autant qu'à son pouce. »

Norine dit : « Quand un bébé suce son pouce, c'est pour lui une jouissance buccale. C'est pour ça que je te donne une sucette en caoutchouc, mon Ichabod. »

Elle souriait tendrement à son fils, qui tirait sur la tétine en caoutchouc avec une satisfaction évidente. Priss était indignée. Pour un enfant, trouver du plaisir à sucer un sein artificiel lui paraissait une perversité pire que la masturbation. La vente de ces objets aurait dû être interdite.

Stephen s'approcha de la voiture d'enfant : « Qu'est-ce que c'est ça ? » demanda-t-il en tendant la main vers la sucette.

Priss lui détourna vivement le bras. Il paraissait très impressionné par les grognements de plaisir d'Ichabod. « Qu'est-ce que c'est ça ? »

Norine retira la sucette de la bouche de son fils, l'essuya avec une couche propre et la tendit à Stephen en disant :

« Tu veux essayer ? »

Priss ne fit qu'un bond. Elle attrapa un sucre d'orge dans la sacoche de la poussette, en arracha le papier et le donna à son fils.

« Prends cela, c'est à toi, lui dit-elle. L'autre chose, tu la rends à Mrs Rogers – c'est au bébé. »

Stephen s'empara du sucre d'orge. Priss savait par expérience qu'il acceptait volontiers d'échanger un objet contre un autre, par exemple une épingle de sûreté qu'il avait trouvée contre un livre d'images. Très souvent, il ne s'apercevait pas de la substitution. Norine n'avait rien perdu de la petite scène. « Tu l'as bien dressé, dit-elle avec un sourire entendu. Je suppose qu'il est aussi bien discipliné pour ses besoins.

— Oh non, répondit Priss, confuse. J'ai tout essayé, sans succès… tout sauf de le corriger comme le font certaines nurses et certaines mères. Pourtant, j'ai bien souvent envie de lui donner une claque. Tu sais qu'on dit qu'il faut repérer le moment de la journée où le bébé a envie et le mettre toujours sur le pot à la même heure.

S'il ne fait pas, il faut le retirer et ne rien lui dire. S'il fait, il faut sourire et applaudir. »

Norine avait mis le doigt sur la plaie. À deux ans et demi, Stephen était encore incapable de se retenir. Pour l'épouse d'un pédiatre, c'était un véritable drame. Il faisait caca dans son lit pendant la sieste, dans sa culotte quand il était en promenade. Pour éviter qu'un « accident » ne survienne pendant qu'il s'amusait avec les autres enfants du jardin public, Priss avait choisi ce banc retiré, mais ce n'était qu'un palliatif. Stephen avait gâché leur dernier week-end à Oyster Bay. Il y avait un monde fou sur la terrasse du club. Linda, la jeune sœur de Priss, s'était aperçue la première que Stephen, qui jouait dans le sable, s'était « oublié ». Linda l'avait vite relevé et transporté au vestiaire, où elle lui avait retiré son slip. Priss et Linda avaient nettoyé l'une Stephen, l'autre le slip, et tout était rentré dans l'ordre. Sloan, bien qu'il fût médecin et qu'il en eût vu d'autres, était extrêmement mortifié quand Stephen se laissait ainsi aller en public. Il ne disait jamais un mot gentil à Priss et ne l'aidait pas à réparer les dégâts. Ce samedi, il était resté tranquillement assis sous son parasol, comme si l'affaire ne le concernait pas. Cela ne l'avait pas empêché de dire plus tard que Priss et Linda avaient fait bien des histoires.

Somme toute, il n'y avait que sur ce point que Priss avait échoué. Pour le reste tout était parfait : Stephen ne faisait plus pipi au lit, il mangeait ses légumes et sa crème sans lever la tête, il était obéissant, il ne pleurait presque jamais. Le soir, il s'endormait à l'heure dite, entouré de ses petits animaux en peluche.

La jeune femme se demandait si elle n'avait pas commis quelque erreur au début. Aidée de sa mère, elle cherchait à se rappeler tout ce qui s'était passé depuis le jour où elle l'avait attaché au petit siège tout neuf. Cette opération avait suffi à changer les heures de ses besoins. L'horaire sautait de neuf heures à dix heures, puis revenait à sept heures. Priss et la jeune bonne qu'elle avait engagée ne s'y retrouvaient plus. Elles le surveillaient pour repérer le moment où il aurait envie d'« aller ». Dès que son expression le laissait prévoir, il était aussitôt mis sur le pot afin qu'il associe les deux idées. Elles restaient dans un coin à le guetter, mais leur patience n'était pas récompensée. Aussitôt sur le pot : rien... ou plutôt oui, mais quelques instants plus tard... dans son berceau !

Quand il était tout petit, Priss s'était dit que Stephen ne comprenait pas ce que l'on attendait de lui. Sloan avait autorisé sa femme à gémir et à grimacer comme le font certaines personnes lorsqu'elles sont aux cabinets ; cela provoquerait peut-être une réaction favorable. Hélas, la pantomime n'avait eu d'autre résultat que de donner à Priss l'impression qu'elle était parfaitement ridicule. Elle avait fait l'expérience de le laisser seul pour qu'il ne crût pas que c'était un jeu auquel sa mère se livrait avec lui. Enfin, elle avait cherché à prolonger les séances, mais Sloan était intervenu : « cinq minutes, pas plus ». Quand, par pur hasard, Stephen s'était exécuté, Priss prenait bien garde de ne pas laisser apparaître une satisfaction excessive, afin qu'en cas d'échec le petit ne ressente pas comme une punition le fait qu'elle ne sourie pas ou ne batte pas des mains.

Sloan estimait que Priss, avec sa nervosité, était la grande responsable. Il en avait été de même pour l'allaitement. « Quand il est sur le pot, il voit bien que tu es crispée. Détends-toi. » Sloan aurait-il été détendu s'il avait dû continuellement nettoyer le lit et les objets en peluche souillés par Stephen ? Il avait beau jeu de dire qu'il fallait minimiser de tels incidents et ne pas effaroucher le « coupable ». « Sois naturelle, comme si rien ne s'était passé », ajoutait-il.

Stephen devait bien, à la longue, s'être aperçu que sa mère n'était pas particulièrement à l'aise quand il avait fait « sa grosse commission » dans son lit ; pire encore, Priss avait l'impression qu'il y prenait un malin plaisir. Elle en était presque sûre les jours où elle avait des dames à déjeuner ; amenées auprès du lit de l'enfant, elles devaient rebrousser chemin avec horreur. Ces fuites éperdues amusaient énormément Stephen, qui les accompagnait de cris de joie.

Stephen était trop petit pour savoir que les traités de puériculture recommandent de ne pas corriger par la violence de tels errements, mais n'avait-il pas une connaissance instinctive de cette impunité et n'en profitait-il pas pour libérer un besoin de révolte ? Priss ne pouvait révéler ces pensées gênantes à personne, pas même à sa mère. Comment un garçon de deux ans et demi pourrait-il faire preuve d'un tel machiavélisme ? Et dans quel but ? Priss, les jours de cafard, avait, hélas, des réponses prêtes : Stephen se vengeait à sa façon d'avoir été mis au biberon trop tard, d'avoir été tenu à un horaire trop minuté, de n'avoir jamais été pris dans les bras, sauf pour être changé ou pour boire un peu d'eau, d'avoir peut-être été privé du plaisir de sucer dont parlait Norine, d'avoir en un mot un père pédiatre.

Tout le monde, même Mrs Hartshorn, si réticente au début, approuvait l'éducation de l'enfant. Personne n'avait jamais vu un garçon de deux ans et demi si grand, si fort, si bien élevé, si débrouillard. Les amis de Priss s'étonnaient chaque fois de voir avec quelle docilité il allait se coucher. Priss lui chantait quelque chose, lui donnait son gâteau d'arrow-root, un verre d'eau et un baiser. Elle le bordait, éteignait la lumière et c'était tout. Il ne lui demandait pas de rallumer ou de laisser la porte ouverte. « Nous l'y avons accoutumé dès le plus jeune âge, se plaisait à répéter Sloan. Jamais Priss n'est retournée dans sa chambre après avoir éteint. Nous l'avons habitué au bruit. Il dort à plat sans oreiller. »

Les amies de Priss n'auraient pas pu en dire autant. Elles avaient essayé de suivre les principes dans leurs grandes lignes, mais elles avaient négligé certains détails. Leurs enfants dérangeaient les grandes personnes quand il y avait du monde. Ils étaient capricieux. Ils avaient peur d'être dans le noir et ils ne voulaient pas faire la sieste. Sloan disait qu'il fallait une grande force de caractère pour appliquer strictement le système. Seules exceptions : en voyage ou quand l'enfant était souffrant. Stephen avait pris un bon départ parce que Priss n'a jamais cédé.

Priss ne demandait qu'à croire à tout cela. Dans son for intérieur elle se demandait si Stephen en souillant ses culottes ne voulait pas la punir de l'avoir mis au monde.

« J'espère que tu auras plus de chance que moi, dit-elle à Norine. As-tu commencé à lui faire prendre ses habitudes ? Sloan prétend que nous avons trop tardé.

En s'y prenant assez tôt il n'y a pas de raison pour qu'un enfant soit plus difficile à dresser qu'un animal. »

Norine hocha la tête. Elle n'avait aucune intention de dresser Ichabod. Son besoin de jouer avec ses excréments comme son besoin de sucer ne devaient pas être réprimés.

« Quand il voudra le pot, il le demandera. Cela arrivera quand il ira au jardin d'enfants. L'exemple des autres le fera renoncer de lui-même au plaisir que lui procurent les défécations. La maternelle sera pour lui l'époque du Grand Renoncement. » Elle n'avait pas non plus l'intention de sevrer Ichabod – c'est-à-dire de le sevrer de son biberon –, elle prétendait qu'il le ferait de lui-même quand il aurait l'âge de Stephen, sinon *tant pis**.

« Où as-tu trouvé tout cela ? » Norine devait être sous l'influence de quelque charlatan.

« C'est de l'anthropologie, ma chère. Les savants ont étudié les populations primitives et en ont tiré des conclusions très intéressantes. Les Indiens Pueblos, par exemple, qui sont *la crème de la crème** du monde indien, ne sèvrent pas leurs enfants avant l'âge de deux ou trois ans. La plupart de ces primitifs ne sont pas obnubilés par des questions de water-closets.

— Parce qu'ils n'en ont pas, dit Priss.

— Je sais. Les cabinets, dans notre civilisation moderne, sont devenus l'objet d'un culte. As-tu lu Margaret Mead ? C'est une grande bonne femme ! »

Inutile de dire qu'Ichabod n'avait aucun horaire. On le prenait dans les bras quand il pleurait et il était nourri à la demande.

« Vas-tu lui donner de l'alimentation conditionnée pour bébé ? »

Norine l'ignorait. L'aspect diététique de l'alimentation préfabriquée ne lui souriait pas outre mesure. « Les enfants sont très capables de reconnaître ce qui leur convient le mieux. »

Priss concéda que les jeunes mères se rendaient la vie peut-être un peu trop facile de nos jours. Il suffisait d'ouvrir une boîte de nourriture conditionnée, alors que les purées et les jus de viande de la cuisine familiale avaient fait leur temps. Ce sujet n'intéressait guère Norine. Elle n'était pas de ces mères qui discutaient avec passion du moment où l'on devait commencer les jus de fruits, de la supériorité du lait bouilli sur le lait Borden, des mérites comparés des suppositoires à la glycérine et des lavements, du nouvel horaire de trois heures destiné aux enfants particulièrement affamés (Priss et Sloan avaient été des pionniers de l'expérience). Elle ne s'embarrassait pas de ces considérations : Ichabod ferait ses choix lui-même. En lui offrant de la nourriture de sa propre assiette elle s'était déjà aperçue de son goût pour les spaghettis à l'italienne. Elle ne possédait ni baignoire pour bébé, ni pèse-bébé.

Norine regardait l'enfant d'un air rêveur.

« Quel âge a Stephen, Priss… trois ans ?

— Il aura deux ans et demi samedi prochain.

— Ah ! s'écria Norine, fichue époque ! Quelle barbe que ces pesées, ces prises de température, ces regards jetés sur la montre. L'Âge de la Mesure. Dieu, que cela me paraît loin ! »

Elle bâilla et s'étira : « Nous nous sommes couchés tard hier soir, nous avons eu des jésuites à dîner. On a fait du jazz. Ichabod s'est amusé comme un fou. »

Priss rassembla ses esprits. Norine voulait-elle la pousser dans ses derniers retranchements ? « L'Âge de la Mesure commence seulement, dit-elle. Pour la première fois dans l'histoire, des normes ont été établies. Tu devrais te tenir au courant. C'est universel. As-tu entendu parler des travaux de Gesell à Yale ? Nous allons enfin avoir une morphologie scientifique de l'enfant. Gesell indique les critères de développement à atteindre à l'âge d'un an, deux ans et trois ans. Quand tout cela sera publié sous une forme com… mode, les mères de famille auront enfin un gui-guide pratique. »

Norine étouffa un bâillement.

« Je connais ces travaux. Gesell est une relique fossile du béhaviourisme. Sa fille est une Vassar promo 35.

— Qu'est-ce que cela prouve ? »

Norine n'entendait pas entamer une discussion. « Tu crois toujours au progrès, dit-elle en souriant. J'avais oublié qu'on pouvait y croire. Chez toi, cette foi remplace le sentiment religieux. Le "guide pratique" est le Dieu de ton clan. Dans le nôtre, les vues sont plus transcendantes. Aucun esprit avisé n'accepte plus le concept de progrès continu.

— Il semble me rappeler que tu étais radicale, dit Priss. Tu devrais avoir de l'admiration pour ce que fait Roosevelt, la Tennessee Valley Authority, l'électrification des campagnes, la Farm Resettlement Administration, la planification des récoltes, la semaine de quarante heures, les salaires… toutes choses plus ou moins bonnes, je te le concède.

— Je suis toujours radicale, répondit Norine, mais maintenant je sais de quoi il s'agit – descendre aux racines, aux éléments essentiels… Le New Deal, par exemple, n'est basé sur rien. Il n'a même pas l'avantage d'être dynamique, comme le fascisme, par exemple.

— Est-ce que ton mari partage tes opinions ? demanda Priss.

— Et le tien ? répliqua Norine.

— Non, dut admettre Priss. Quand nous parlons politique nous nous disputons toujours. Maintenant, c'est à cause de Dantzig. Sloan ne voit aucun inconvénient à ce qu'Hitler mette la main sur l'Europe entière. Il est isolationniste.

— Ah ! Vassar, dit Norine. Moi, je ne m'occupe pas de politique. Je laisse ça à Freddy. Étant juif, et de la fine fleur de la juiverie, il est partagé : pour une politique d'intervention à l'étranger, contre une ingérence du gouvernement dans les affaires de Wall Street. Ce n'est pas un intellectuel. Avant notre mariage nous étions convenus qu'il lirait Kafka, Joyce et Toynbee ainsi qu'un certain nombre d'ouvrages d'anthropologie. Un mari et une femme doivent s'entendre sur le plan de la sémantique. »

Priss s'étonna que sa camarade n'eût pas mentionné Freud.

« Freud est démodé, dit Norine. Je lui dois beaucoup, mais je préfère Jung. Freud était un homme de son temps et de son milieu. Il ne voyait pas plus loin que le vieil empire d'Autriche. »

Priss ne put s'empêcher de pousser un soupir de soulagement. Elle avait projeté de lire Freud à la première occasion ; elle n'aurait pas à faire cet effort. Norine, pensait-elle, était très à la page. Elle parlait de Freud au passé, et Priss se demanda si la mort du grand homme ne lui avait pas échappé. Elle lisait si peu les journaux depuis quelque temps !

Norine poursuivait : « Entre Freddy et moi il y a un profond différend d'origine culturelle. Notre éducation à Vassar ne nous prépare pas à jouer un rôle effacé. Freddy exige que je sois une femme d'intérieur. C'est un principe de sa race. L'homme au comptoir, la femme à la cuisine. L'éducation d'Ichabod ne regarde que moi, sa mère n'a pas le droit de s'en mêler. C'est un avantage... Freddy est "philo-progénitif". Il veut fonder une dynastie. Tout ira bien tant que je pourrai procréer. Pour lui je suis une vache sacrée. Il est sensuel comme Salomon. Il me vénère parce que je suis une goy. En outre, comme beaucoup de riches israélites, il est snob. Il veut avoir chez lui des gens connus. Dans ce domaine, je peux l'aider. » Elle s'interrompit un instant, regarda autour d'elle et reprit à voix basse : « L'ennui, c'est... mon Dieu, je peux bien t'en parler, tu as sûrement les mêmes problèmes... »

La gorge de Priss se serra. Norine allait-elle encore évoquer cette question sexuelle qui était sa *bête noire** ?

« ... L'ennui, c'est ma cervelle. Intellectuellement j'ai été formée par Lockwood et quelques autres. Je suis consciente d'un abîme entre nous. Lui n'y voit aucun inconvénient, à condition que je sois une "*Hausfrau*", une hôtesse. Il faut que je sois élégante et que la cuisine et le service soient impeccables. Ce devrait être facile avec le personnel que nous avons… mais je ne sais rien exiger de celui-ci. C'est une survivance de mes idées politiques. Je suis incapable de choisir des domestiques. Finalement, Freddy a dû s'en charger. Je les démoralise, paraît-il. Très vite, ils adaptent leur comportement intellectuel au mien. Ils se mettent à boire, à entasser les factures, ils oublient de faire l'argenterie. Quand on lui sert du café tiède ou qu'une tasse est sale, Freddy devient fou. C'est un sybarite. Hier soir, le maître d'hôtel a dû au dernier moment changer la nappe qui était tachée. Je ne l'avais pas remarqué tant j'étais occupée à discuter de la Loi naturelle avec nos jésuites.

— Tu pourrais quand même vérifier le linge de table et l'argenterie avant de recevoir », déclara Priss.

Bien que Phi Bêta Kappa, Priss n'avait jamais eu de difficultés avec les femmes de journée que sa mère lui avait procurées. La discipline intellectuelle acquise à Vassar l'avait plutôt aidée à organiser sa vie. Tout bien pesé, force lui était de constater que Norine n'avait jamais été une étudiante particulièrement douée.

« Je sais, répondit Norine, j'ai essayé de m'y mettre quand je me suis installée ici. Une masseuse vient le matin pour me détendre. Au bout d'un instant, je me trouve en train de lui parler du monophysisme ou du credo de saint Athanase. En ce qui concerne le personnel, je n'ai pas la main heureuse : j'attire les intellectuels comme le miel attire les mouches. Le maître d'hôtel que nous avons en ce moment est anthroposophiste ; hier soir il a commencé à faire de l'eurythmie. » Elle se mit à rire.

« Tu crois vraiment que notre éducation a été ratée ? » demanda Priss avec anxiété.

C'était ce que lui disait Sloan quand ils venaient d'avoir une discussion politique.

« Complètement ratée, répondit Norine. Je suis estropiée pour la vie. »

Elle s'étira. Priss regarda l'heure. Il était temps de partir.

Norine se leva. « Ichabod et moi allons te faire un brin de conduite. » Elle épingla une couche autour des reins de son fils et le recouvrit d'une couverture brodée à son chiffre.

« Ça, c'est pour les *convenances* », dit-elle.

Elles traversèrent la 5e Avenue et suivirent la 72e Rue. Les deux jeunes femmes parlaient de choses et d'autres.

« Quand t'ai-je vue pour la dernière fois ? demanda Norine.

— Chez Kay, répondit Priss, un an après notre sortie de l'université.

— C'est exact », répondit Norine.

Il y eut un silence.

« Pauvre Kay ! dit Priss, en manœuvrant sa voiture d'enfant pour éviter un chariot à bras de l'épicerie Gristede.

— As-tu de ses nouvelles ?

— Aucune. Rien depuis son départ pour l'Ouest. Cela fait un an maintenant. » Priss se reprochait de ne pas lui avoir écrit.

« Je vois Harald de temps à autre, se risqua à dire Norine.

— Ah ! Que devient-il ?

— Toujours le même. Il est remis maintenant mais la crise de Kay l'avait beaucoup frappé, leur séparation aussi. Ce que ce pauvre garçon a pu en voir !

— Mais, dit Priss avec hésitation, était-ce si grave que cela ? Polly Ridgeley, tu sais, Polly Andrews, m'a assuré que ce n'était pas une vraie dépression nerveuse. La clinique lui aurait fait plus de mal que de bien.

— Tu ne l'y as pas vue, toi, reprit Norine. Moi, oui. Les docteurs m'avaient convoquée pour avoir l'opinion d'une amie intime. Quand j'ai vu Kay dans sa chambre, ce n'était plus la même femme. Elle m'a chassée ; j'ai compris que sa manie de la persécution s'était fixée sur moi. Les docteurs disaient qu'elle avait des tendances lesbiennes. C'est curieux les paranoïaques : ils se croient toujours persécutés par quelqu'un de leur sexe, quelqu'un pour qui ils ont un sentiment amoureux. Quand j'ai voulu lui parler, elle m'a accusée de l'avoir trahie, d'en avoir trop dit au psychiatre. Chose curieuse, elle n'avait pas l'air d'en vouloir à Harald, qui pourtant parlait avec le médecin tous les jours. Ce pauvre Harald était déchiré. Il se reprochait de l'avoir maltraitée. Il ne se rendait pas compte que le cas de Kay était devenu pathologique. Vivant à ses côtés et n'étant pas averti, il n'avait pas remarqué le changement qui s'était fait en elle.

— Est-ce vraiment cela ? demanda Priss. Je croyais qu'elle était entrée à l'hôpital par erreur et qu'elle n'y était restée que pour se reposer et voir clair en elle-même. J'avais l'impression que tout était la faute d'Harald.

— Ça, c'est ce qu'on a dit, répondit Norine. De toute façon les médecins ne se sont pas mis d'accord sur un diagnostic. Beaucoup de choses intervenaient dans son cas. Le sexe d'abord. Une propension à rivaliser avec les hommes. Une tendance lesbienne trop énergiquement contrebattue. Des insuccès sur le plan mondain et professionnel. À Vassar, elle était arrivée à ses fins, pas dans la vie. Elle avait fait un transfert sur la personne d'Harald. Il devait réussir là où elle avait échoué. C'était devenu intenable pour Harald. Elle tuait la poule aux œufs d'or, ne cessait de lui parler d'argent et le dominait impitoyablement parce qu'elle se sentait frustrée d'un phallus. Ajoute à cela le désir de le punir de ne pas s'être fait une situation. Ce sont les docteurs qui ont ouvert les yeux à Harald. Je leur avais fait part de certaines choses et j'avais demandé à Put, mon ancien mari, de leur parler aussi. Put en savait un bout sur la prodigalité de Kay et il leur a brossé un tableau magistral des extravagances de cette malheureuse qui ne semblait pas réaliser que son mari était sans travail.

— Tu ne crois pas que la crise y soit pour quelque chose ? dit Priss. S'il n'y avait pas eu le krach, ils auraient pu maintenir un train de vie en rapport avec leurs ressources. Kay n'aurait jamais dû spéculer sur le plein emploi de son mari. Elle s'est endettée, comme tout le monde. Le théâtre n'a pas bénéficié tout de suite de la relance des affaires. S'ils s'étaient mariés un peu plus tard, ils auraient connu le "Federal Theater". La politique d'aide aux artistes a été trop lente à démarrer. Roosevelt n'a pas réalisé tout de suite sa nécessité.

— Pour toi, les causes de cette tragédie sont économiques ?

— Oui, et les divorces ont proliféré. Le New Deal, sorte de deus ex machina, est apparu trop tard sur la scène. »

Norine ajouta : « Sais-tu qu'Harald a trouvé un emploi au "Federal Theater" ? Situation toute provisoire, entre nous, car le Congrès va peut-être torpiller l'initiative… au moment où Harald allait faire valoir ses dons. »

Priss fronça les sourcils. « Je suis presque sûre, dit-elle, que le Congrès fera tout échouer. Ah ! le pauvre Harald, il est né sous une mauvaise étoile ! »

C'était bien l'avis de Norine.

« Harald est un grand homme en puissance », dit-elle, tandis qu'elles approchaient du carrefour de Park Avenue et de la 72e Rue.

« Pauvre Kay », soupira Priss.

Elle se promit de lui écrire le jour même en profitant de la sieste de Stephen.

« Quand on pense, poursuivit-elle, que Macy a saisi le prétexte de sa crise nerveuse pour la mettre à la porte ! On se croirait au Moyen Âge. On aurait dû lui donner un congé de convalescence. En plus, elle a été chassée de son appartement.

— Macy lui a versé une indemnité de licenciement », observa Norine.

Priss secoua la tête tristement. Elle se mettait à la place de Kay. Il n'y avait rien d'étonnant à ce qu'elle ait tout planté là quand son père était venu de l'Utah la chercher. Ses plans les plus chers s'étaient écroulés, « comme un château de cartes », se prit-elle à murmurer.

« Viens donc prendre un café à la maison, dit tout à coup Norine.

— Il faut que je fasse déjeuner Stephen.

— Nous nous occuperons de lui. Il y a des côtelettes de mouton et de la salade de laitue. Est-ce que cela lui convient ? »

Priss était tentée d'accepter. Elle avait également prévu de lui faire des côtelettes de mouton, mais avec des épinards et des pommes de terre au four. Elle avait préparé avant de partir du tapioca avec des blancs d'œufs battus. Pourtant, l'idée de n'avoir pas ennuyé Norine la flattait et cette proposition rompait la monotonie de son existence. Depuis qu'elle ne travaillait plus, elle n'avait guère d'occasions de rencontrer des gens nouveaux.

« Nous avons trois chats à la maison, dit Norine en s'adressant à Stephen, et toute une portée de petits chatons. »

Il n'en fallut pas plus pour décider Priss. Les animaux étaient un élément éducatif important pour Stephen, mais Sloan n'en voulait pas chez lui, sous prétexte que cela pouvait provoquer des allergies.

La porte de l'hôtel de Norine était recouverte d'une peinture écarlate. Des ouvriers mettaient la dernière main à la façade translucide. Déjà la rampe inclinée grimpait vers les étages supérieurs. Un maître d'hôtel très maigre, en manches de chemise, apparut. Il s'empara de la petite voiture d'Ichabod et lui fit franchir la rampe. Priss trouva cette disposition des lieux très commode. Cela évitait soit de faire brinquebaler une voiture d'enfant de marche en marche, soit d'encombrer l'entrée faute de pouvoir la ranger ailleurs. Elle pensa qu'Ichabod pourrait faire ses premiers pas sur la rampe inclinée sans risquer une chute grave. Comment, habitant une telle maison, son amie pouvait-elle être hostile au progrès ?

« C'est du classique moderne », dit Norine, comme répondant à ses pensées.

Le salon se trouvait au premier étage. Les murs étaient peints en rouge sombre et une demi-cloison intérieure en brique de verre isolait un bar aux garnitures chromées. La lumière tamisée qui venait de la façade éclairait des tables rondes en verre et métal chromé et des divans recouverts d'un tissu crème pelucheux. De grands vases aux formes rebondies contenaient des branchages de cornouiller sur lesquels étaient fixées des fleurs en papier. Dans la bibliothèque, il y avait un énorme phonographe, une batterie de tambours et de cymbales et un piano sur lequel traînaient de grands verres ballons encore à demi pleins de cognac. On se serait cru dans une boîte de nuit. L'éclairage indirect était dispensé par des lampes dissimulées dans une corniche. Une moquette crème recouvrait le sol. L'ensemble était luxueux et « à la page ». Les meubles paraissaient immenses à Priss qui, étant très petite, avait l'impression d'être dans une maison de géants. Assise à l'extrémité d'un des profonds divans du salon, elle se faisait l'effet d'être Boucles d'or dans le plus grand lit des trois ours.

Stephen était parti avec le maître d'hôtel pour voir les petits chats.

« Le café sera servi dans un instant, dit Norine. Je pense que ça t'est égal qu'il soit réchauffé. »

Elles étaient assises chacune à un coin du canapé, un cendrier de verre grand comme un saladier et une boîte à cigarettes posés entre elles. Norine avait retiré lunettes et souliers. Ses jambes, toujours moulées dans son pantalon noir, étaient repliées sous elle.

« Nous voilà installées, dit-elle. Qu'est-ce que tu dirais si je t'avouais que j'ai été amoureuse folle d'Harald pendant quatre ans ? Je me suis toujours arrangée pour que cela ne compromette pas mon amitié pour Kay. J'ai épousé Freddy quand j'ai vu qu'il n'y avait rien à faire avec Harald. »

Elle parlait de cette voix saccadée que Priss connaissait bien, tirait sur sa cigarette et prenait appui alternativement sur chacune de ses hanches. Son calme léthargique l'avait abandonnée.

« Nous nous sommes envoyés en l'air dans le temps. Oh, si peu ! Pour lui, je n'ai été qu'une passade… Il est comme cela. Mais il a continué à venir me voir, en ami. J'étais sa confidente. Il me parlait des autres femmes. Tu savais qu'il en fréquentait beaucoup ? »

Priss fit signe que oui.

« Est-ce qu'il t'a fait du rentre-dedans, à toi ? demanda Norine.

— Non, mais il en a fait à Dottie après son mariage. Il aurait voulu obtenir d'elle un rancard.

— Les femmes, c'est un besoin chez lui, dit Norine. Je croyais qu'avec moi c'était autre chose, qu'il gardait ses distances pour ne pas gâcher notre amitié, à Kay et moi. De temps à autre il me déshabillait et contemplait mon corps. Puis il me donnait une claque sur les fesses et il s'en allait… vers d'autres amours. Après, il me racontait tout. Chaque fois qu'il couchait avec une bonne femme il fallait qu'il me le dise. Il n'était discret que sur les femmes qu'il ne baisait pas. J'étais du nombre, mais je n'étais pas la seule ; je l'ai découvert plus tard. Il aimait faire le tour de la ville pour renouer avec ses anciens béguins. Il les déshabillait, et puis il s'en allait. Il voulait s'assurer qu'elles étaient à sa disposition, comme un marchand qui fait son inventaire. Toutes ses anciennes maîtresses étaient amoureuses de lui ; je veux dire, celles que j'ai connues. C'était un grand cœur. Il aurait dû être moine. »

Le maître d'hôtel au visage émacié entra avec un plateau. Il apportait deux très grandes tasses, une cafetière, un sucrier et un pot à lait en argent. La cafetière n'était pas très bien astiquée et les morceaux de sucre étaient enveloppés dans du papier marqué « Schrafft's ».

« Je ne peux pas m'habituer à être riche, soupira Norine. Au restaurant, j'emporte encore le sucre… c'est ce que j'ai fait chez Schrafft's l'autre jour en prenant mon café au comptoir. Cela ennuie mes domestiques de le dépiauter. Freddy meurt de honte ! »

Le maître d'hôtel se retira.

« Perkins ! » Norine le rappelait : « Videz les cendriers, voulez-vous ! »

Il emporta le « saladier » et en rapporta un propre.

« Il faut que je l'aie tout le temps à l'œil, reprit Norine, Freddy déteste voir des mégots dans les cendriers. Il est drôle, tu sais, chaque fois qu'il a touché un objet, il faut qu'on l'emporte et qu'on le lave. »

Priss s'était aperçue pendant cette conversation que le dos de sa robe était mouillé et devenait de plus en plus humide. Elle se balançait d'une fesse sur l'autre pour échapper à cette désagréable sensation. En passant la main sur un coussin recouvert de tissu crème elle s'aperçut qu'il était trempé. Norine faisait au même instant la même découverte.

« Mon Dieu ! Cela recommence ! Ils ont encore lessivé les coussins pendant mon absence. Freddy leur a donné la manie du lavage à grande eau. » Elle rit. « Le père de Freddy a attrapé une crise de rhumatisme l'autre jour. Il s'était assis sur une housse qui n'avait pas eu le temps de sécher. »

Priss se dressa sur ses pieds. Sa robe était marquée d'un grand cerne humide.

« Perkins ! » Norine se dirigea vers la porte et lança : « Apportez-moi des serviettes de toilette, voulez-vous ! »

Le maître d'hôtel arriva avec deux gigantesques serviettes de bain marquées au chiffre des Rogers. Il les étendit sur le divan.

« Merci », dit Norine.

Elle se tourna vers Priss : « Dis-moi, quand leur dis-tu "merci" ? Freddy prétend que leur métier est de le servir et qu'il n'y a pas à dire "merci".

— Tu ne dis pas merci quand ils servent à table. »

Elle ajouta avec un sourire discret : « Si tu demandes quelque chose d'inusité, ces serviettes, par exemple, tu peux dire "s'il vous plaît". Tout dépend... Tu diras, par exemple, "Voulez-vous repasser le rôti à Mr Rogers", mais quand la femme de chambre t'apporte un mouchoir, il faut dire "merci".

— C'est bien ce que je pensais. Freddy se trompe. Il va falloir que je me procure l'*Emily Post*. Chez mes grands-parents nous disions toujours "s'il vous plaît" et "merci", mais ils étaient allemands, les parents de papa. À la maison, les domestiques faisaient partie de la famille. Je ne connais pas les usages de la société new-yorkaise comme toi. »

Le maître d'hôtel entra de nouveau et glissa quelques mots à l'oreille de sa patronne.

« Oh ! ça va, dit-elle en jetant un coup d'œil à Priss. Faites le nécessaire, s'il vous plaît.

— Que se passe-t-il ? » demanda Priss, comprenant qu'il était question d'elle.

Perkins ne bougea pas.

« Stephen a chié dans son froc », dit Norine négligemment.

Priss sauta sur ses pieds. Elle passa par toutes les couleurs de l'arc-en-ciel. « J'arrive, dit-elle, oh ! je suis désolée.

— Perkins peut très bien s'en occuper, dit Norine, en forçant Priss à se rasseoir. Ou bien la nurse. Faites-lui nettoyer la culotte de Stephen et qu'on mette à ce petit une couche en attendant », dit-elle en s'adressant au maître d'hôtel.

Priss se sentit lâche tout à coup. Le rappel brutal de l'infamie de Stephen, la vulgarité des termes employés par Norine (prononcer le mot « chier » devant un domestique !) lui ôtaient la force de réagir.

« Où en étais-je ? reprit Norine. Ah ! oui, Harald. Eh bien j'étais folle de lui. Il ne jurait que par Kay. Entre nous, je n'ai jamais compris pourquoi. Les psychiatres de l'hôpital qualifiaient cela d'"attache", de "dépendance réciproque". Harald appréciait en Kay son *élan vital.* Comme tu vois, il en est resté à Bergson. Crois-tu que le dynamisme de Kay soit supérieur au mien ? »

Priss ne voulut pas se prononcer. « Kay est une femme énergique, dit-elle. Elle avait foi en Harald. Et puis... je ne veux pas être méchante, mais c'était Kay qui faisait bouillir la marmite.

— Harald aurait pu épouser toutes les femmes riches qu'il aurait voulu. En ce qui me concerne, j'aurais astiqué des parquets pour lui. Je me serais engagée comme bonne à tout faire, comme taxi girl, que sais-je !... Kay ne se sacrifiait guère. Cela lui faisait plaisir de pointer chez Macy matin et soir. Moi, j'aurais tout donné... » Des larmes lui vinrent aux yeux.

« Oh ! je t'en prie, Norine ! »

Priss était profondément émue. N'avait-elle pas elle-même renoncé à son travail et à ses idéaux pour Sloan ? Ç'avait d'ailleurs été une erreur. Sloan aurait été bien plus heureux si elle avait continué à mener sa vie. Elle serait aujourd'hui un rouage utile dans le système administratif du New Deal et Sloan parlerait avec fierté de sa « bolchevique de femme ». Comme elle s'était bien débrouillée au NRA ! Tout cela était loin...

« Je le répète, dit Norine, j'aurais tout sacrifié, même le fric de Freddy. »

Elle faisait le tour de la pièce des yeux. Elle paraissait très abattue.

« Tout ?! dit Priss, pas Ichabod. »

Norine alluma une cigarette : « Mon Dieu ! J'avais oublié Ichabod. Non, tu as raison. Ichabod est l'otage que j'ai remis entre les mains de la fortune. D'ailleurs, Harald n'aurait jamais voulu de l'enfant d'un autre. »

Elle eut un rire un peu vulgaire et poursuivit : « Et il n'apprécie guère le Peuple élu. Pour lui, Ichabod n'est qu'un petit youpin. »

Priss était très choquée par le vocabulaire de Norine. Parlait-elle ainsi parce qu'elle était mariée à un israélite ? Cela lui donnait-il certains privilèges (de même qu'un Noir traite volontiers un autre Noir de « nègre ») ? Priss n'en était pas moins très gênée. Elle reposa sa tasse de café. Norine fumait, visiblement découragée. Priss regrettait d'être venue. Son amie ne l'avait invitée que pour parler d'Harald, et déjà sans doute elle regrettait cette faiblesse. Et elle n'aurait pas dû amener Stephen. Sloan serait certainement furieux. Dieu seul savait ce qu'on avait pu donner à manger à l'enfant, et il serait en retard pour sa sieste.

« Je voudrais bien jeter un coup d'œil sur Stephen, dit-elle. Il est un peu sauvage et je suis inquiète. » Sa conscience lui reprochait d'avoir laissé ces gens-là le nettoyer. L'avaient-ils traité de « sale môme » comme font tant de domestiques ? Une minute plus tôt, elle devait bien le reconnaître, elle l'avait presque souhaité.

Norine se leva. « Bien entendu, dit-elle, mais dis-moi d'abord quelque chose. » Elle toussait, parce qu'elle fumait trop. Priss appréhendait ce qui allait venir. Norine regardait fixement le plancher.

« Trouves-tu qu'Ichabod ait l'air juif ? »

Que répondre à cela ? Ichabod était trop jeune pour avoir le nez juif. Il avait des yeux bleu ardoise, comme tous les bébés de son âge. Il est vrai que quelque chose le différenciait des autres enfants. Son corps était très long : on aurait dit un long roseau penché. Il avait aussi des cernes sous les yeux et les traits tirés. Il n'y avait pas de doute, il paraissait marqué pour un destin spécial – comme on le dit du peuple juif. Sa nudité avait souligné cet air d'être non pas un enfant d'homme mais un spécimen zoologique du genre humain. Le fait de ne pas ressembler à Stephen au même âge ne constituait pas une réponse. D'ailleurs elle ne savait pas exactement ce que Norine aurait voulu l'entendre répondre. Elle finit par dire : « Il ne te ressemble pas. Il doit être du côté de son père ! »

Norine prit sur le piano une grande photographie encadrée et la montra à Priss. Elle représentait un homme brun assez imposant et assez beau avec des cheveux bouclés. Aucun rapport avec le bébé. « Il ne ressemble qu'à lui-même, j'imagine », dit Norine.

Elles descendirent la rampe. Dans la cuisine il y avait foule : Stephen, le maître d'hôtel, une cuisinière, trois chats angoras et toute une portée de petits chats. Stephen, revêtu d'une couche, avait presque fini de déjeuner. Il ne lui restait plus qu'à manger une grosse tranche de gâteau au chocolat qui était posée sur son assiette.

« Il n'a pas l'air d'en vouloir, Madame », dit la cuisinière à Norine. Ils regardaient tous Stephen avec surprise.

Priss s'excusa. « Il ne sait pas ce que c'est. Je lui donne d'habitude comme dessert des biscuits ou de l'arrow-root.

— Awow-woot », dit Stephen.

Juste à ce moment, une ravissante jeune femme blonde entra dans la cuisine. Elle avait une jupe plissée bleu pastel et des souliers à talons hauts. Son chemisier très échancré laissait apercevoir sa poitrine.

« Bonjour, Cécilia », dit Norine. Elle se tourna vers Priss : « Je te présente Cécilia, la nurse d'Ichabod. »

Celle-ci rapportait les effets de Stephen. Elle déclara :

« La culotte est encore légèrement humide, Norine, mais j'ai repassé le caleçon. Voulez-vous que je l'habille ?

— Je vais m'en occuper, merci beaucoup », répondit très vite Priss.

Quand Cécilia s'était penchée pour aider Stephen, il avait tendu la main vers sa gorge ronde. Il ne pouvait, tandis que sa mère l'habillait, en détacher son regard.

« Qu'est-ce que c'est que ça ? » demanda-t-il en désignant du doigt l'objet de sa convoitise.

Seuls Priss et le maître d'hôtel restèrent impassibles. Les autres éclatèrent de rire.

« Mon Dieu ! Qu'il est précoce ! » s'exclama la nurse en lui passant les bras autour du cou.

Stephen saisit l'occasion au vol et plongea sa main dans le corsage de la jeune femme.

« Prends garde, gloussa Norine, Cécilia est vierge et papiste ! »

Priss s'empara de la main que Stephen avait égarée et chercha des yeux ce qu'elle pourrait offrir à son fils pour détourner son attention. Il n'y avait que le gâteau. Elle en brisa deux morceaux, en mit un dans sa bouche et donna l'autre à Stephen.

« Regarde comme c'est bon ! » lui dit-elle. Stephen hésita entre le spectacle offert par l'accorte Cécilia et la pâtisserie qui lui était tendue. Quelques instants plus tard, la gourmandise l'ayant emporté, il dégustait le gâteau au chocolat recouvert de caramel glacé d'une boulangerie israélite.

15

Dès lors, Priss choisit un autre endroit dans le parc. Quand il lui arrivait de passer par la rue de Norine, elle changeait de trottoir et évitait la porte écarlate.

Une année avait passé. Une année terrible. La guerre avait éclaté, Lakey était revenue, la France avait capitulé, la Luftwaffe bombardait l'Angleterre et Kay était morte. Elle n'avait pas encore trente ans.

On était en juillet. Il faisait beau, aussi beau que le jour de juin où Kay avait épousé Harald, et le décor était le même : Stuyvesant Square. Mais le service funèbre était célébré dans l'église Saint-George, et non dans la chapelle, qui n'aurait pu contenir tant de monde. L'orgue jouait le *Requiem allemand* de Brahms. Le cercueil, très simple, recouvert de brouillards et de zinnias blancs, avait été placé dans le transept par les employés des pompes funèbres. Le recteur lui-même officiait.

C'était ce que Kay aurait souhaité ; ses amies en étaient sûres. Elles s'étaient dépensées sans compter pour que le service ait lieu selon le rite de l'Église épiscopalienne. Mrs Hartshorn était intervenue auprès du docteur Reiland, un ami de toujours. Elle avait argué du fait que le mariage ayant été célébré dans cette église, il était normal que le service funèbre y ait lieu également. Tante Julia avait parlé au recteur de Saint-Bartholomew. Pokey, qui était à la campagne, avait appelé au téléphone le recteur de Saint-James et Helena avait fait approcher par une amie commune le recteur de Saint-Thomas. On n'a pas idée de ce que le clergé met comme bâtons dans les roues lorsqu'il s'agit d'enterrer quelqu'un qui n'est pas de la paroisse.

Les parents de Kay arriveraient trop tard pour la cérémonie ; avec cette chaleur il fallait faire vite. Au bout du fil, ils avaient dit qu'ils désiraient que leur fille soit incinérée, avec retour des cendres au pays natal. Ils étaient très amers. Helena était sûre que Kay aurait détesté cela. Elle leur téléphona de nouveau pour dire que les amies de Kay aimeraient bien organiser une cérémonie religieuse, avec leur accord bien entendu. « Faites ce que Kay aurait voulu, répondit le docteur Strong. Vous le savez mieux que moi. » Il était toujours très amer. Pourtant, les jeunes femmes avaient le sentiment d'être dans le vrai. Avec les années, un fossé s'était creusé entre Kay et ses parents. Elle les avait blessés en insistant pour revenir à New York après son divorce au lieu de demeurer sous leur toit. Ils n'en avaient pas moins subvenu à ses besoins. C'était « gentil » de leur part. Et maintenant, ils donnaient carte blanche à Helena et en avertissaient les pompes funèbres. Le père de Kay regrettait que Kay n'ait pas trouvé le temps d'écrire la moindre lettre à ses parents dans le mois avant son « départ ». Naturellement, si elle avait su, elle l'aurait fait.

À l'université, les membres du groupe avaient souvent discuté de ce qu'elles voulaient qu'on fasse de leur corps après leur mort. Pokey était pour l'incinération sans cérémonie religieuse. De même Libby, qui voulait aussi que ses cendres soient dispersées dans la rade de New York. Les autres, y compris Kay, s'étaient déclarées en faveur d'un enterrement classique avec service religieux et hymnes. Elle aimait le verset qui ouvrait la cérémonie : « Je suis la Résurrection et la Vie », dont elle connaissait le texte par cœur, ayant joué à Vassar le rôle de Sydney Carton dans l'adaptation théâtrale du *Conte de deux villes* de Dickens. Elle aurait détesté être embaumée. L'idée que certains ingrédients puissent être injectés dans son corps lui faisait horreur. À Salt Lake City, elle était sortie en compagnie d'un garçon dont le père était embaumeur. Elle avait avoué en rougissant à Lakey que le jeune homme lui avait montré les accessoires de la macabre profession. Cela ressemblait bien à Kay d'avoir des idées aussi tranchées. Sept ans après leur sortie de l'université – comme le temps avait passé vite ! – la petite bande avait encore à l'esprit ce que Kay aimait ou n'aimait pas. Et elle était toujours restée une enfant…

Connaissant ses goûts, les jeunes femmes avaient trouvé – c'était triste à dire – leur tâche facilitée. Elles n'avaient jamais eu à s'occuper de ce genre de détails funéraires. Les morts qu'elles avaient vus dans leur entourage avaient toujours été des gens âgés et elles n'avaient aucune notion de la façon dont on les ensevelissait. En premier lieu, elles s'étaient opposées énergiquement à l'embaumement. Helena avait dû, en présence du corps – dès que la police l'avait remis à l'employé des pompes funèbres, celui-ci avait voulu procéder à l'embaumement –, consulter par téléphone un homme de loi pour savoir exactement ce qu'elles avaient le droit de faire. Se dresser contre les usages leur était apparu d'une telle complication qu'elles avaient été prêtes à abandonner la partie. Heureusement, Mrs Hartshorn était venue à leur secours. Et Ross. Et Mrs Davison, qui se trouvait dans le hall du Vassar Club quand Kay était tombée du vingtième étage. Par miracle, sa chute avait été interrompue par une corniche cinq étages plus bas. Elle avait atterri sur le grand store de l'entrée, si bien que son corps n'était pas en bouillie ; seul son pauvre cou était brisé. La mère d'Helena était arrivée la veille de Watch Hill pour assister à un conseil de l'English Speaking Union et était descendue comme d'habitude au Vassar Club. Aussitôt, elle avait pris les choses en main. Elle avait exigé que le corps lui fût remis et demandé à sa fille de prévenir la famille.

On avait déposé la dépouille dans le studio d'Helena. C'était ce qui avait paru le plus approprié, les deux jeunes femmes ayant à l'université partagé la même chambre ; en outre, Helena vivait seule. On avait dissimulé les ecchymoses de Kay, mais le petit groupe s'était opposé à ce que l'on donne au visage de la défunte « l'apparence de la vie ». Kay, de son vivant, ne mettait pas de rouge.

Pour pouvoir habiller la pauvre petite, elles avaient passé en revue les affaires que Kay avait laissées dans sa penderie du Vassar Club. Il n'avait pas été question un seul instant de lui mettre sa robe de mariée. Kay ne l'avait jamais aimée. Elles décrochèrent les robes, les examinèrent (certaines auraient eu bien besoin d'un « point » !) et n'arrivèrent pas à se décider. Lakey trancha la question : Kay aurait aimé être mise en bière dans une robe neuve. Comme les autres répugnaient à l'idée de faire un achat pour une morte, ce fut Lakey qui s'en chargea, en prenant comme modèle une vieille robe de Kay. Elle choisit chez Fortuny une robe d'intérieur en soie ivoire plissée, le genre de toilette que la duchesse de Guermantes aurait portée pour recevoir. Kay avait toujours eu follement envie d'une robe de Fortuny, qui était naturellement bien au-dessus de ses moyens. Oui, elle aurait aimé cette robe, et elle aurait aimé que Lakey la lui ait choisie. Les jeunes femmes lui mirent au bras son bracelet d'or. Kay ne possédait que ce bracelet et son alliance. Elle détestait les faux bijoux.

Helena essaya de trouver du muguet, de ce muguet qu'elles cueillaient ensemble dans les bois du côté de Pine Walk, mais sans succès, la saison étant trop avancée. Mrs Davison eut une pensée touchante. Elle déposa sur les paupières de Kay deux pièces de monnaie en argent datant du début de l'ère chrétienne qu'Helena, sur sa demande, s'était procurées chez un antiquaire.

Les derniers devoirs à rendre à un mort sont terriblement compliqués, surtout dans le cas d'une Kay qui avait toujours été une « passante » et une « étrangère », comme le dit la Bible. Il fallait avertir tous ceux qui l'avaient connue, faire insérer un avis nécrologique dans les journaux, choisir avec l'officiant les psaumes, l'épître et les prières. (Helena et Mrs Davison s'en étaient chargées.) Que de décisions à prendre ! Les fleurs par exemple ; seules seraient acceptées les fleurs de saison. Pas de fleurs de serre. Elles entrèrent en conflit avec les fleuristes qui tenaient à placer leurs couronnes mortuaires. Déjà les pompes funèbres leur avaient reproché l'achat d'un cercueil modeste et le refus d'embaumer le corps. Kay aurait souhaité une simple boîte de sapin, mais à en croire ces « fournisseurs », c'était impensable. Il fallait aussi décider si la bière resterait ouverte ou fermée. On opta pour un cercueil fermé. Les intimes désireux de lui faire un dernier adieu la verraient avant la mise en bière. Helena leur offrirait du sherry, du madère, des biscuits, des sandwiches. Encore une décision à prendre : sherry ou madère, biscuits ou sandwiches ? Les jeunes femmes s'en voulaient de penser à des choses aussi matérielles (les sandwiches devaient-ils être « ouverts » ou « fermés » ?), mais les personnes d'expérience avaient un point de vue très ferme ; Helena devait offrir ce que Mrs Davison appelait des « mets funéraires ».

Ces petits détails finissent par vous obséder. Ils sont supposés vous distraire de votre chagrin, et de fait ils vous en distraient. Ils faisaient oublier aux amies la véritable raison de tant d'agitation : la mort de Kay. Ainsi, l'achat de la robe les avait rendues presque gaies. Elles faisaient une découverte : chacun se comporte différemment en présence de la mort. On ne peut, à un pareil moment, s'empêcher d'observer son voisin. Mrs Hartshorn et Ross avaient été merveilleuses. Elles avaient habillé Kay. Le moment le plus horrible avait été celui où elles lui avaient passé ses dessous (la dépouille mortelle leur avait été livrée enveloppée dans un linceul et, en termes professionnels, « prête pour l'inhumation », ce qui semblait indiquer que les viscères avaient été prélevés). Polly, qui avait l'expérience de l'hôpital, s'était approchée pour les aider, mais les autres avaient dû se retirer. Ross était venue au salon quelques instants plus tard pour demander s'il fallait mettre le soutien-gorge de miss Kay. Cette idée les avait rendues malades. Il leur paraissait contre nature d'ensevelir une femme avec son soutien-gorge (encore heureux que Kay n'ait jamais porté de gaine !). Mais Ross avait fait remarquer que la robe de Fortuny était très ajustée et, après avoir réfléchi, elles lui avaient dit de lui mettre son soutien-gorge. Les amies avaient constaté avec intérêt que Mrs Davison, qui avait le génie de l'organisation et qui parlait des choses de la mort sans broncher, s'était comportée exactement comme elles. Elle s'était, elle aussi, réfugiée au salon et y avait dirigé la conversation pendant que Mrs Hartshorn, Ross et Polly « faisaient le nécessaire ». « Je ne comprends pas, Helena, pourquoi les employés des pompes funèbres ne l'ont pas habillée. Après tout, ils sont payés pour ça. À chacun son métier. »

Elles se posaient toutes la même question. Pourquoi ne pas s'en être entièrement remises à l'employé des pompes funèbres ? Était-ce à cause de sa voix désagréable et de ses pots de fard ? Pourtant, c'étaient des membres ô combien nécessaires de la société. Elles s'en apercevaient aujourd'hui.

Même avec Kay dans la chambre voisine elles ne pouvaient s'empêcher d'être distraites par le babillage de Mrs Davison. Habillée d'une ample robe noire, une broche d'onyx posée sur la poitrine, elle parlait avec détachement de suaires et de linceuls et émaillait sa conversation de citations macabres tirées de son répertoire. « Si Kay avait été vivante, ç'aurait été elle qui aurait fait la mise en scène, hein ? » déclara-t-elle en hochant la tête.

Libby n'était jamais là quand il y avait quelque chose d'utile à faire. Elle n'avait même pas offert comme tout le monde de participer aux frais. L'été précédent, elle s'était mariée avec un auteur de romans historiques à succès.

Polly, seule du groupe, avait assisté au lunch dans le jardin familial et elle avait fait son rapport. Le cortège était une reconstitution : des personnages du règne d'Élisabeth Ire d'Angleterre avaient défilé au son d'une musique de Purcell dispensée par un virginal caché dans la véranda.

Libby ne se montra que le matin de l'enterrement pour goûter au sherry et aux biscuits. Elle portait une toque noire et, en guise de ceinture, arborait une chaîne d'huissier. Elle déclara que la couleur de la robe de Fortuny ne seyait pas à Kay. « Combien a-t-elle coûté ? » demanda-t-elle. Plus ou moins consciente de la désapprobation de ses camarades, elle n'en poursuivit pas moins : « Dites-moi, les filles, entre nous, est-ce un suicide ou un accident ?… »

Elle avait proféré ces paroles d'un ton léger en grignotant un biscuit.

« C'est un accident, dit Mrs Davison en posant sa main potelée sur le bras de Libby. Vous pouvez le dire à tout le monde, Élisabeth.

— Oh ! Je sais, c'est la version de la police », dit Libby.

Helena voulut s'interposer.

« Je t'en prie, Helena, coupa Mrs Davison. C'est moi qui ai la parole… Je suis la dernière à l'avoir vue vivante. Nous avions pris le café ensemble dans le hall après le dîner. J'ai toujours eu un faible pour Kay. Comme je l'ai déclaré à la police, elle avait toute sa raison, elle était d'excellente humeur. Nous avons parlé de Churchill, des raids aériens et de la nécessité pour l'Amérique d'appeler des classes. Kay envisageait d'entrer chez Saks 5e Avenue. Elle n'avait aucunement l'intention de se tuer. Si elle n'avait pas fait un séjour dans une maison de santé, l'hypothèse du suicide ne serait venue à l'esprit de personne. »

Les jeunes femmes approuvèrent de la tête. C'était le côté terriblement injuste de l'affaire. Mais la police avait conclu à l'accident. Elle serait donc inhumée en terre chrétienne.

« Tu pourras ajouter, Élisabeth, continua Mrs Davison sur un ton empreint de gravité, que Kay a été la première victime américaine de cette guerre. »

Helena protesta : « Maman ! tu exagères ! »

Ce qu'avait dit Mrs Davison ne manquait pas de logique dans l'absurde. En se penchant à la fenêtre de sa chambre pour identifier des avions en vol, Kay avait perdu l'équilibre. Les deux cocktails qu'elle avait bus avant dîner y étaient sans doute pour quelque chose. Ceux qui l'avaient rencontrée depuis son retour à New York n'avaient été qu'à moitié surpris par la nouvelle de sa mort. Ils l'avaient trouvée très troublée par la tournure prise par les événements mondiaux. C'était le cas de beaucoup de femmes seules. Elle parlait à tout propos de raids aériens et de l'incurie du gouvernement. Depuis l'invasion des Pays-Bas, elle disait à qui voulait l'entendre que l'entrée en guerre des États-Unis n'était qu'une question de jours. L'Amérique serait attaquée par surprise. Il était insensé de croire qu'Hitler laisserait à Roosevelt le temps de préparer ses forces et l'initiative d'une déclaration de guerre. New York serait en une nuit effacée de la carte du monde… New York ou Washington. Si elle avait été à la place d'Hitler elle n'aurait pas agi autrement. Il appliquait le principe de la guerre éclair. Elle tenait d'un officier de l'armée de l'air que les Allemands avaient une arme secrète : des bombardiers capables de traverser l'Atlantique. Leur attaque serait vraisemblablement combinée avec une offensive sous-marine contre les installations côtières. Que l'Amérique soit restée en dehors du conflit ne prémunissait pas contre ce risque : la Norvège, le Danemark et la Hollande, pays neutres, avaient bien été envahis. La Guardia, maire de New York, devrait décréter le black-out et familiariser la population avec les mesures à prendre en cas d'alerte aérienne. Le Vassar Club aurait intérêt à se procurer des pelles et des sacs de sable et à constituer, comme le faisaient les Anglais, des sections de défense passive. Elle se proposait comme chef d'îlot. Elle avait acheté une petite radio personnelle et un carnet de silhouettes pour identifier les avions. Quand elle n'était pas à l'écoute ou occupée à convaincre des isolationnistes, elle scrutait le ciel.

La nouvelle manie de Kay amusait et en même temps attristait ses amies. Priss, militant au sein de nombreux comités favorables à l'entrée en guerre des États-Unis, ne croyait pas qu'Hitler attaquerait ce continent. Elle aurait presque désiré qu'il le fît, pour pousser le peuple américain à l'action. Elle craignait que la guerre ne se termine avant l'été avec la défaite de l'Angleterre. Celle-ci ne pourrait pas tenir longtemps seule. L'Europe donnerait alors à une Amérique imperturbable le spectacle de pays réduits en esclavage vivant dans l'espoir d'une intervention des Américains. Priss, suspendue à sa radio portative – un cadeau de Sloan –, avait été bouleversée par la chute de la France. Elle s'attendait à apprendre la capitulation de Churchill et le départ pour le Canada du gouvernement de Sa Majesté. Cette crainte habitait tous les esprits.

La radio fonctionnait en sourdine de façon continue dans la maison mortuaire. Les jeunes femmes ne voulaient à aucun prix manquer un communiqué. Pour elles, le souvenir de Kay ne se dissocierait jamais de celui de ces heures passées à écouter la liste des victimes de la nuit donnée par le speaker.

Mrs Davison était la seule optimiste du groupe. « Souvenez-vous de mes paroles, disait-elle, les Anglais ne capituleront jamais. Nous verrons une nouvelle Invincible Armada. Je ne cesse de le répéter à Davy Davison. »

Kay, toujours en avance sur l'actualité, ne s'occupait déjà plus de l'Angleterre. Elle tirait des plans pour la défense des États-Unis. Ce qui attristait ses amies, c'était que l'intérêt qu'elle portait au « programme minuté » d'Hitler était dirigé contre Harald d'une façon presque trop voyante. Harald était devenu un isolationniste fanatique. Il commençait à se faire un nom. Il eût été préférable que Kay l'oubliât au lieu de prendre le parti adverse. La fièvre interventionniste lui avait donné une raison de vivre et, ô ironie, elle avait causé sa mort. La femme de chambre du Vassar Club avait déclaré à la police avoir souvent surpris Kay penchée à la fenêtre. Elle l'avait chaque fois mise en garde. « C'est parfaitement exact, Élisabeth, dit Mrs Davison. J'ai moi-même parlé à cette fille et j'ai pris soin de mesurer la hauteur de la barre d'appui. Une personne de la taille de Kay peut très bien perdre l'équilibre et basculer dans le vide. J'ai aussi fait remarquer à la police que la radio était en marche et qu'une cigarette avait brûlé dans le cendrier de la table de nuit. Bien mauvaise habitude, mais cela apporte une preuve : on ne se suicide pas en laissant une cigarette allumée.

Kay a été probablement alertée par le bruit de moteurs d'avions pendant qu'elle fumait allongée sur son lit. Elle a dû poser sa cigarette et se lever pour aller à la fenêtre. J'ai aussi cru entendre le bruit de ces moteurs alors que je feuilletais des magazines dans le hall, mais je dois reconnaître que le fracas de la chute de Kay (je l'entends encore !) a presque complètement effacé ce souvenir. » Mrs Davison sortit son mouchoir et tamponna ses yeux.

Quand les jeunes femmes arrivèrent à l'église, l'assistance, à leur surprise, était déjà grande, et l'on continuait à arriver. L'ancien chef de service de Kay chez Macy avait déjà pris place avec une délégation du grand magasin. Mrs Renfrew était arrivée de Gloucester pour représenter Dottie. Il y avait aussi Mr Andrews, sa sœur, la fameuse tante Julia, Ross, Libby et son mari, Lakey et la noble compagne qu'elle avait ramenée d'Europe : la baronne d'Orbes. Pokey et son mari s'étaient assis un rang devant eux.

Polly et Helena furent étonnées de voir s'avancer vers elles Hatton, le maître d'hôtel des Prothero.

« Bonjour, Hatton, dit tout bas Polly.

— Bonjour, Madame. Bonjour, Mademoiselle. Je viens de la part de la famille. Madame me charge de vous transmettre ses condoléances et Forbes se rappelle à votre souvenir. »

Ces funérailles se révélaient très mondaines. Kay n'en aurait pas été fâchée. Connie Storey arpenta la travée et vint s'asseoir à côté de Putnam Blake et de sa troisième femme.

« Quelle cohue, maman, dit Mr Davison, c'est un vote de confiance. »

Polly remarqua Dick Brown, le vieil ami d'Harald ; il n'avait pas rajeuni. Jim Ridgeley se glissa entre les bancs pour rejoindre Polly.

« Connais-tu tous ces gens ? lui demanda-t-il.

— Non, répondit-elle à voix basse.

— Que le diable m'emporte », dit-il en faisant remarquer à sa femme la présence du médecin psychiatre qui avait soigné Kay à Payne Whitney. « Il me semble que voici quelques anciennes pensionnaires de la clinique », ajouta-t-il en désignant trois femmes assises un peu à l'écart.

Mrs Davison fit un petit signe de tête à l'adresse de la secrétaire du Vassar Club. Priss reconnut Mrs Sisson, qui avait été assise à côté d'elle au mariage de Kay. D'autres anciennes camarades de classe arrivaient peu à peu. Un officier portant des ailes en insigne sur sa poitrine prit place non loin d'elles.

« Je crois que Kay et ce jeune homme étaient très intimes », dit à voix basse Mrs Davison à son mari.

Polly poussa Helena du coude. Norine, tout de noir vêtue, la tête recouverte d'un voile, faisait son entrée. Sa silhouette donnait à penser qu'elle était de nouveau enceinte. Elle portait en bandoulière une espèce de sac en tissu formant poche dont les ouvertures laissaient passer les jambes nues d'un tout petit enfant.

« Où sont mes sels ! s'exclama Pokey de sa voix claironnante.

— Quel est cet animal ?… un kangourou ? demanda Mr Davison.

— Silence, papa, dit Mrs Davison.

— C'est Ich-Ichabod, bégaya Priss.

— Tu sais ce qu'elle porte là ? dit tout bas Polly.

— La dernière trouvaille. Une invention à l'usage des femmes qui travaillent et qui n'ont personne pour garder leur bébé. La chaleur du corps de la mère a, paraît-il, un effet salutaire sur l'enfant. J'ai lu ça dans ma bro-brochure. »

Norine fit glisser le fardeau sous son bras et plaça Ichabod sur ses genoux. Elle était assise à côté de Dick Brown.

« C'est la mode papoue ? demanda celui-ci. Toi femme indienne ? »

Norine répondit : « Je veux qu'il acquière l'expérience de la mort.

— Je vois, répondit l'autre avec gravité... Le plus jeune possible, comme pour les oreillons ! »

Le frisson de surprise qui avait parcouru l'assistance n'était pas apaisé que déjà d'autres personnes pénétraient dans l'église. Polly reconnut l'ancienne servante de Kay, la vieille Clara, qui tenait une maison d'articles funéraires à Harlem. Le professeur favori de Kay, Mrs Flanagan, qui avait dirigé le Federal Theater, apparut, flanquée de son ancien assistant.

« Je ne m'attendais pas à la voir ici ! » s'exclama Helena.

L'autel était couvert de fleurs. L'orgue cessa de jouer. Le recteur fit son apparition et prit place derrière le catafalque. L'assistance se leva. « Je suis la Résurrection et la Vie, a dit le Seigneur. Celui qui croit en moi ne mourra pas. »

Lakey sentit une larme couler sur sa joue. Son chagrin la surprenait. Elle aurait voulu ne pas éprouver autre chose que le sentiment exacerbé de la perfection de la cérémonie – reflet exact de ce que Kay aurait trouvé admirable. Elle espérait, quant à elle, que quelque étranger lui ferait après sa mort la charité de l'immerger en eau profonde, une pierre au cou.

Elle détestait les pleurs hypocrites et, plutôt que de verser ce genre de larmes, elle aurait préféré qu'on lui arrachât les yeux. Une autre larme glacée tomba. Elle sentit alors que l'assistance était distraite par une nouvelle arrivée. C'était Harald, en costume noir, au fond de l'église. La curiosité qu'il provoqua ne pouvait manquer, pensa Lakey, de lui procurer une certaine satisfaction. Polly et Helena le regardèrent furtivement. Ce qu'elles craignaient était arrivé : elles ne l'avaient pas invité et il était venu. C'était son droit, comme c'était son droit de s'agenouiller, tenant sa tête entre ses mains comme un crâne, au milieu de l'assistance debout. Oui, c'était son droit, mais sa place n'était pas là. Dans le silence qui précéda la lecture du premier psaume, la gêne causée par sa présence fut ressentie par tous, même ceux qui ne le connaissaient pas. On avait l'impression qu'un nuage avait passé, un nuage qui les avait recouverts de son ombre. Un mauvais génie allait présider à ces funérailles comme une fée Carabosse à un baptême, et ce mauvais génie avait nom Harald le Tripoteur.

Helena sentit sa petite mâchoire se crisper. Harald ici, sa sympathie à l'égard de son prochain s'évanouissait. Pourtant, il ne pouvait plus nuire à Kay. Une pensée étrange lui vint : il était le trouble-fête de ces funérailles.

Le recteur, voyant l'assistance distraite par Ichabod et par Harald, fit un geste de la main, puis attaqua le premier psaume :

« Éternel, dis-moi quel est le terme de ma vie ; quelle est la mesure de mes jours. »

L'assistance fut agitée de mouvements divers ; certains s'assirent, d'autres s'agenouillèrent, un petit nombre resta debout. Quelques-uns, indécis, s'inclinèrent en s'appuyant sur les prie-Dieu. Polly décida d'imiter Hatton, qui était resté assis ; Hatton était une des rares personnes présentes à savoir comment l'on se comportait à un enterrement. Le souvenir du mariage de Kay lui revint en mémoire. Elle retrouva l'impression de peur superstitieuse qui avait agité leurs jeunes esprits. Elle constata que le temps les avait peu changées. Elle craignait idiotement qu'un incident fâcheux ne vienne troubler la cérémonie et que le recteur décide finalement de ne pas enterrer Kay.

Elle se rassura en pensant que si pour le mariage il y avait eu de vrais motifs d'inquiétude, il n'en était pas de même aujourd'hui. Le seul élément insolite était la présence d'Harald. Il aurait dû s'abstenir. Sa venue rendait vaines ou enfantines toutes leurs intentions : la robe de Kay, les pièces de monnaie romaines, la musique, les fleurs, et jusqu'à la liturgie. Il était la Mort en personne.

Le deuxième psaume allait commencer. Polly courba la tête. Elle ne voulait penser qu'à Kay. Elle éprouva de nouveau ce sentiment de tendresse et de pitié qu'elle avait ressenti en faisant sa toilette funéraire. Elle se remémorait ce qu'avait été sa camarade : une apparition généreuse, une sorte de « Salut les camarades ! ». La morte était enfin une héroïne. Le reste n'avait été que vanité.

« Elle fleurit le matin, et elle passe.
On la coupe le soir, et elle sèche. »

Ce psaume était de circonstance, et pas seulement à cause de sa fin misérable. Polly était convaincue que Kay ne s'était pas tuée, bien qu'elle ait été très ébranlée par l'injonction du psychiatre de se séparer d'Harald. Elle avait manqué avoir une dépression nerveuse à la pensée de n'être plus rien après avoir partagé la vie d'un « génie ». Mais, au cas où elle se serait suicidée pour qu'on la pleure, elle pouvait être satisfaite dans l'au-delà. « Kay, je t'aime du fond du cœur », murmura Polly.

Quand le recteur attaqua le *De Profundis*, Priss se demanda si Helena et Mrs Davison n'avaient pas un peu forcé la dose. Trois psaumes, c'était beaucoup. En outre, elles avaient choisi l'Épître la plus longue : *saint Paul aux Corinthiens I : 15*. C'était très beau, mais Priss était tourmentée au sujet d'Ichabod. Connaissant les méthodes de Norine en matière d'hygiène, elle craignait une catastrophe. Avec toutes ces fleurs, l'atmosphère était confinée et entêtante. Parmi ces odeurs, Priss en discernait une suspecte venant d'Ichabod (à moins qu'elle n'émanât de Kay ?), mais inutile de demander à Pokey : elle n'avait aucun odorat. L'assistance devenait houleuse, les fidèles agitaient la tête et se parlaient à voix basse, comme s'ils soulignaient les passages qu'ils reconnaissaient.

« *Insensé, ce que tu sèmes prend vie, à moins qu'il ne pourrisse.* »

Priss entendit Lakey murmurer à sa compagne : « *Si le grain ne meurt*[*]. »

« *La trompette sonnera et les morts ressusciteront, incorruptibles, et nous seront transfigurés.* »

« *Le Messie* de Haendel », fit remarquer Mrs Davison à son mari.

Priss s'aperçut que Polly pleurait. Son mari lui tenait la main. Lakey était bouleversée, elle aussi. Priss crut voir sur son visage impassible des larmes de cristal. Elle aurait souhaité qu'on cessât d'évoquer la « corruption des corps ».

« *Ô mort, où est ta victoire ?*
Ô mort, où est ton aiguillon ? »

Pokey poussa son mari du coude. « J'ignorais d'où cela venait », dit-elle. Priss se prit soudain à songer avec horreur à la terre froide du cimetière et au lent travail des vers. Elle s'effondra, secouée de sanglots. Helena ressentit un profond embarras à l'attaque de l'hymne. Sa mère avait choisi le numéro 245 (*Il me conduit…*) Helena aurait préféré le choral de Bach : *Ô Sainte Face couronnée d'épines.* Mrs Davison avait insisté pour son hymne favorite, qui évoquait pour elle les grands meetings évangéliques sous la tente. Elle pouvait la réciter par cœur et n'avait pas besoin, comme Helena, de suivre sur le livre. Mrs Davison chantait faux et fort. Elle couvrait l'orgue de sa voix.

« *Je ne crains pas d'aborder au rivage des morts,*
Ta main, Seigneur, me fera franchir le Jourdain. »

Helena se représentait Dieu aidant sa mère à traverser le Jourdain et se demandait si chacun dans l'église n'imaginait pas le même spectacle. Mrs Davison était pourtant complètement agnostique, comme la plupart des présents. Elle ne croyait pas à l'au-delà et n'avait aucune raison de prendre l'air inspiré.

L'esprit réaliste d'Helena lui interdisait de pleurer. Sur quoi et sur qui aurait-elle pleuré. Sur Kay ? Il n'y avait plus de Kay.

Les jeunes femmes s'agenouillèrent pour prier, et tout à coup ce fut fini. On se retrouva sur le trottoir, tandis que les croque-morts entraient chercher le cercueil. On n'avait désigné personne pour tenir les cordons du poêle. Libby s'en étonna. Cela aurait fait beaucoup d'effet. Elle aurait aussi préféré qu'on laissât le cercueil ouvert. Apercevant Connie Storey, elle se précipita vers elle. Elle ne désirait pas aller au cimetière et pensait que Connie serait heureuse de partager un taxi pour retourner dans le centre. Cette cérémonie avait été extraordinairement émouvante, à la limite du supportable. Elle se promettait de coucher par écrit ses impressions le soir même avant d'aller dîner au restaurant avec son mari.

Des voitures de louage étaient rangées en file indienne derrière le corbillard pour ramener les personnes qui n'avaient pas de moyen de locomotion. Helena, une liste à la main, répartissait les places. Elle n'avait rien prévu pour Harald. Celui-ci aurait pu monter avec Norine, mais, Dieu soit loué, cette dernière n'allait pas au cimetière. C'était un miracle, reconnaissait le petit groupe, qu'Ichabod ne se soit pas manifesté pendant le service. Il avait fini par s'assoupir sur les genoux de sa mère. Harald était seul, debout au bord du trottoir, un sourire énigmatique aux lèvres.

« Il pourrait venir avec Jim et moi, hasarda Polly. Il faut quand même que quelqu'un lui dise quelque chose.

— Ma mère va se charger de cela. Elle a l'esprit large », dit Helena. Cependant, Harald s'était approché de Lakey.

« Pouvez-vous m'emmener dans votre voiture ? » l'entendirent-elles lui demander. Lakey avait un élégant coupé sport vert bouteille de fabrication européenne.

« Je suis désolée, répondit-elle, je n'ai pas de place. »

La baronne intervint : « Si tu n'y vois pas d'inconvénient, Elinor, je n'irai pas au cimetière.

— Aucun, répondit Lakey. Dans ce cas, dit-elle en s'adressant à Harald, vous pouvez monter. Voulez-vous tenir le volant ? »

Harald prit la place du conducteur. La petite voiture dépassa à vive allure le convoi qui venait de s'ébranler.

« Combien veux-tu parier qu'il va lui faire des avances ? » dit Polly avec des larmes dans la voix.

Elle était assise avec Helena et Mr Andrews dans l'auto de Jim ; son mari conduisait.

« Espérons-le, répondit tranquillement Mr Andrews. Je me suis laissé dire que la baronne possède une solide matraque. »

Le retour de Lakey sur le *Rex* avait été un grand événement pour les jeunes femmes du groupe. Elles s'étaient retrouvées toutes les sept sur le quai le jour d'avril où le bateau devait accoster. Kay vivait encore, bien entendu. Elle venait juste d'arriver de l'Utah.

Dottie avait combiné ses vacances aux Bermudes de façon à être de passage à New York au jour dit. L'idée d'accueillir Lakey en corps constitué venait de Pokey. Cette dernière, qui n'avait aucune notion du temps, n'avait pas tenu compte d'une évolution possible de leur amie.

Certaines éprouvaient une vague appréhension tandis qu'on mettait en place la passerelle de débarquement. Elles craignaient que Lakey les ait « dépassées ». Il était presque certain que la voyageuse les trouverait « province » à côté des professeurs, historiens et collectionneurs d'art qu'elle avait fréquentés en Europe. Les adresses qui figuraient au verso de ses enveloppes laissaient penser que Lakey avait, comme le disait Helena, ouvert ses ailes. Elle avait vécu de villas en *palazzi*, et de palais en châteaux avec des personnages de premier plan. La dernière lettre, qui annonçait son retour et qui prévoyait l'entrée en guerre probable de l'Italie, avait été rédigée chez le fameux critique d'art Bernard Berenson et mise à la poste à Settignano.

Elles étaient alignées sur le quai, les yeux à la recherche de sa silhouette, les mains prêtes à s'agiter. Les plus sensibles avaient l'impression d'être « stabilisées » pour toujours. Elles étaient maintenant, pour la plupart, installées dans la vie, avec mari et enfants. Pokey en avait trois, et Polly une petite fille.

Enfin Lakey parut à la coupée. Elle marchait d'un pas vif et assuré, la tête haute. Plus jeune que jamais dans son tailleur violet sombre, elle tenait d'une main un nécessaire de toilette en cuir vert et de l'autre un élégant parapluie roulé dans un étui de soie de même teinte. Lakey portait toujours ses cheveux noués en chignon sur la nuque.

C'était un peu vieux jeu à côté des cheveux courts et des permanentes du petit groupe, mais cela la rajeunissait.

En les apercevant, ses yeux émeraude scintillèrent de plaisir. Après les accolades d'usage (elle les embrassa toutes sur les deux joues et les tint à bout de bras pour les mieux contempler), elle leur présenta la femme petite et boulotte de nationalité étrangère qui l'accompagnait – une relation nouée pendant la traversée, pensa la petite bande. Il fallut d'abord attendre le débarquement des bagages. On vit arriver un nombre incroyable de valises, de malles-cabine (trente-deux en tout), de paquets enrubannés et d'innombrables caisses bourrées de livres, de tableaux et de vaisselle.

Ayant résidé à l'étranger un temps suffisant, Lakey n'avait pas à acquitter de droits sur son mobilier et ses affaires personnelles – le formulaire était explicite –, mais tel n'était pas le cas pour les nombreux cadeaux dont elle s'était crue tenue de rédiger la liste de sa belle écriture penchée… D'où nouvelle attente interminable à la douane.

Les amies ne pouvaient lui être d'aucune aide. Elles ne voulaient pas se montrer indiscrètes, mais Polly elle-même fut frappée par le déballage des malles dont le douanier demandait l'ouverture. Elles n'en revenaient pas d'une telle collection d'affaires : un nombre incalculable de dessous, de mouchoirs, de robes de chambre, de déshabillés, de souliers, de gants, sans parler des robes, des chapeaux, des foulards, des vestes de laine, des capes du soir, le tout soigneusement enveloppé dans du papier de soie. Un étalage aussi impressionnant – il n'y avait pas de manteaux de fourrure, remarqua

Libby – ramenait les jeunes femmes à leurs pâles préoccupations domestiques – linge, couches, dosage de biberons et horaires –, elles se disaient qu'elles perdaient leur temps à battre la semelle sur ce quai, sans avoir même la consolation d'allumer une cigarette.

La baronne avait déjà passé la douane et attendait. Elle paraissait au mieux avec Lakey mais restait distante avec ses amies, malgré les efforts polis de celles-ci pour engager la conversation sur la situation en Europe. Elles apprirent toutefois par bribes que, Allemande d'origine elle avait épousé un baron français et qu'elle avait dû le quitter en septembre passé, dès le début des hostilités. Elle était partie pour Florence, où elle avait fait la connaissance de Lakey. Non, elle n'avait jamais rencontré la tante de Libby qui demeurait à Fiesole.

De temps en temps, la baronne d'Orbes allait dire un mot à Lakey. Elle l'appelait « Chér-rie », en faisant curieusement rouler les « r ». Kay fut la première à avoir la révélation : Lakey était lesbienne, et cette femme était son « homme ». Peu à peu le petit groupe comprit que Lakey était restée loin de sa famille pour ne rien laisser transpirer de ses mœurs. Elle avait choisi l'Europe, où l'on avait l'esprit plus tolérant. Les vieilles camarades réalisèrent à cet instant qu'elles étaient *de trop**. Elles avaient fait une *gaffe** magistrale en accueillant leur amie à bras ouverts comme si Lakey était leur propriété : de toute évidence elle appartenait à la baronne.

Les membres du groupe ne pouvaient ignorer que les deux compagnes allaient descendre à l'Élysée-Hôtel. La baronne leur avait dit que Lakey devait se rendre à Chicago pour une courte visite à sa famille. À son retour, elles chercheraient hors de New York un « coin tr-ranquille » pour s'y installer. Cela voulait clairement dire : à l'écart d'un voisinage importun et loin des vieilles amies. Les jeunes femmes se regardèrent l'une l'autre, ne sachant si le programme de la journée allait pouvoir être maintenu. La voiture et le chauffeur de la famille Prothero attendaient pour emmener Lakey à son hôtel. Un déjeuner raffiné devait les réunir un peu plus tard. Chacune voulait ensuite montrer appartement, mari et progéniture. Kay, qui n'avait rien de tout cela, avait obtenu la faveur de ne pas la quitter d'une semelle. Qu'allait-il advenir de ces projets ? Fallait-il y inclure la baronne ? Fallait-il faire preuve de discrétion ou chercher à exécuter le programme à la lettre ? Que souhaitait Lakey ? Qu'on prît congé ? N'allait-elle pas leur en vouloir d'avoir été ainsi surprise au débotté ?

Elles se tournèrent instinctivement vers Kay pour recueillir l'avis d'une personne ayant l'expérience du théâtre. Kay était déroutée. Son visage ouvert reflétait le dépit et l'incertitude. Il leur vint à l'esprit à toutes que Lakey, qui les avait toujours effrayées par sa supériorité, les regardait maintenant de haut en bas parce qu'elles n'étaient pas lesbiennes. Pourtant, elle avait paru vraiment heureuse de les revoir.

En surveillant de loin Lakey, occupée à discuter avec le douanier, elles se demandaient depuis combien de temps leur amie était « pour femmes », si c'était la baronne qui l'avait convertie aux pratiques de Lesbos ou bien si cela était venu de sa propre initiative. Autre hypothèse : leur amie, à l'université, avait déjà ces goûts-là, refoulés bien entendu. Elles recherchaient l'expression vestimentaire des penchants qu'elles venaient de découvrir. Lakey était plus féminine que jamais avec son ensemble Schiaparelli – Kay l'avait tout de suite fait observer –, son chemisier de soie verte à jabot, ses bas de soie et ses souliers à talons hauts. « Elinor fait faire toutes ses robes chez Schiap », déclara la baronne. (Ce petit nom prononcé très simplement ôtait tout mérite à la remarque de Kay.) La baronne n'avait pas les cheveux coupés à la garçonne et ne portait pas une cravate d'homme, mais cela mis à part, on était tout de suite fixé par son tailleur en tweed, ses bas de laine et ses souliers bas à talons carrés. Pourtant la baronne avait été mariée, mais pas Lakey…

Les formalités de douane terminées, la situation fut dénouée par Lakey. Elle accepta de se faire conduire à l'hôtel avec la baronne par le chauffeur de Pokey. Quant au déjeuner, la baronne le prendrait à la cafétéria du Metropolitan Museum, qu'elle voulait visiter pour faire connaissance au plus tôt avec l'Amérique. « Maria est très sauvage, dit Lakey en riant, elle grogne comme un ours quand elle voit des visages nouveaux. » Le déjeuner fut animé et la journée se poursuivit normalement. L'heure du cocktail les trouva tous rassemblés, baronne et maris compris, au Monkey Bar de l'hôtel. Ce fut pour le groupe l'occasion d'apprendre la règle que les deux femmes avaient établie : la baronne n'apparaissait que quand la réunion était mixte ; dans les autres occasions, Lakey était seule présente. La connaissance de cette convention (la baronne était appelée par Lakey « mon amie », comme une chose allant de soi) contribua à détendre l'atmosphère. Dans les semaines qui suivirent, le comportement de la baronne s'assouplit, si bien qu'au lieu de « snober » celles qui n'étaient pas lesbiennes, elle eut l'air au contraire, et pour cette raison même, de souhaiter leur compagnie. Kay, divorcée et vivant seule, était la seule à l'égard de laquelle elle maintenait une attitude soupçonneuse. Découverte intéressante : Lakey et la baronne étaient résolument antifascistes. Les autres n'auraient pas cru que Lakey serait assez humaine pour avoir les mêmes opinions qu'elles. Mais sur beaucoup de points, Lakey était plus humaine qu'elles ne le pensaient. Autre surprise pour ses camarades : elle adorait les enfants. Quand elle vint voir le bébé de Polly, elle prit la petite sur ses genoux, lui mit une des bavettes brodées qu'elle lui avait rapportées d'Italie et lui donna son biberon. À Stephen, elle offrit un prisme et une boîte de soldats de plomb en tenue d'époque. Elle lui raconta des tas d'histoires et fit avec lui de l'aquarelle. Le jour où elle rendit visite à Pokey à Princeton, elle passa son après-midi dans les écuries à jouer à cache-cache avec les jumeaux. Le soir, elle les amusa en faisant des découpages et en transformant en marionnettes ses grands mouchoirs de lin blanc.

La baronne et Lakey étaient des ménagères accomplies. Elles s'y connaissaient à merveille en cuisine et en couture. Elles avaient établi pour Polly, qui attendait un second enfant, le patron d'une marinière d'un genre inédit. Maria avait fait des études d'infirmière, comme il est de règle dans l'aristocratie européenne où la châtelaine soigne ses sujets quand ils sont malades ou blessés dans les combats. Qu'aucune des jeunes femmes du groupe, Polly mise à part, ne fût en mesure de se couper une robe ou de faire un pansement les avait fait ranger par Maria parmi les barbares.

Un mois ne s'était pas écoulé que les amies se surprenaient à parler entre elles du jour où elles auraient « Lakey et Maria » à dîner, commc s'il s'agissait d'un ménage bourgeois classique. Polly et Jim, Kay et Helena trouvèrent naturel de passer le week-end avec elles dans la grande demeure qu'elles avaient finalement trouvée à Greenwich.

Derrière cette façade, les rapports que les deux compagnes entretenaient restaient cachés. Les membres du groupe estimaient que c'était pour Lakey une situation tragique. Elles se refusaient à imaginer les jeux auxquels se livraient au lit les deux femmes. Seule, Kay était capable de se représenter crûment leurs étreintes. Toutes aimaient Maria. Si seulement son corps s'était terminé par une queue comme une sirène… le corps de Lakey également, qui, elle, ressemblait à une sirène avec ses grands yeux verts et sa peau blanche !

Polly et Helena, qui étaient devenues inséparables depuis que cette dernière habitait New York, avaient essayé de discuter cette question d'une façon impartiale. Elles ne pouvaient s'empêcher de penser que les rapports entre deux femmes sont pervers. La jalousie exagérée de Maria en était une preuve. Maria soupçonnait tout le monde, homme ou femme, et surtout les nouveaux venus. Elle avait fait acheter à Lakey deux chiens de garde, cachait un revolver, cadeau de son mari, et une matraque, celle justement dont Mr Andrews avait entendu parler. Il était facile d'imaginer Maria la brandissant au-dessus de la tête de celui qui chercherait à délivrer Lakey. Le mot « délivrer » était significatif… mais s'agissait-il de délivrer Lakey ? Elles étaient, « Lakey-et-Maria », un couple heureux comme « Polly-et-Jim ». On pouvait imaginer que

Lakey-la-Ravissante était captive d'une ogresse, enfermée dans un château de légende et attendant le preux chevalier qui viendrait rompre le charme. On pouvait aussi retourner la proposition et imaginer, par exemple, que Lakey, l'énigmatique et rusée Lakey, avait fait de la toute simple Maria son esclave et sa prisonnière. Le fait que la situation pouvait être renversée comme un sablier était troublant, aussi troublant pour les jeunes femmes que de se demander laquelle était l'homme et laquelle était la femme. Apparemment, Maria, dans son pyjama, était l'homme. Lakey, dans son déshabillé de soie et de dentelle, la femme, mais ces habillements pouvaient n'être qu'un camouflage, une façon de tromper les autres. Polly et Helena se disaient qu'elles ne saisissaient des choses que leur apparence, et que derrière cet écran il se passait des choses qu'elles auraient réprouvées.

La voiture franchit à toute allure le Queensborough Bridge. Harald voulait s'arrêter dans un bar avant de faire une apparition au cimetière. Lakey donna son accord.

« Qui a monté cette comédie ? demanda-t-il en jetant un regard au profil de Lakey.

— Vous parlez des obsèques ? dit Lakey. Qu'auriez-vous fait d'autre ? » Harald ne répondit pas.

« Il fallait bien l'emmener au cimetière ou au four crématoire, poursuivit Lakey, on ne pouvait pas la jeter dans l'incinérateur ou la mettre à la poubelle. »

Harald restait songeur : « Si l'on a fait des difficultés pour vous remettre le corps, c'est qu'il y avait quelque chose de louche. À l'église, j'ai eu l'impression qu'on m'en voulait. C'est curieux. »

Lakey arrangeait son chignon.

« Elle s'est suicidée, naturellement, déclara Harald.

— Et pourquoi ? demanda calmement Lakey.

— Par esprit d'imitation, répondit-il. Cela fait des années que j'essaie de me suicider. Depuis que je la connais. » Lakey le contempla un moment sans bouger. Le visage d'Harald était hagard : « Elle a voulu me montrer comment opérer, comment réussir du premier coup. »

Il attendit un moment avant de poursuivre : « Vous ne me croyez pas, n'est-ce pas, vous, idole impénétrable. Vous avez raison. Je n'ai jamais vraiment essayé de me suicider. C'était du chiqué. Les suicides ratés sont une spécialité des Petersen. Pourtant, j'ai souhaité mourir. Je le jure… Si je me jetais contre un arbre ? » Il donna un brusque coup de volant vers la droite.

« Cessez, voulez-vous », dit Lakey.

Il redressa le volant. « Et elle, elle a eu le culot de truquer son suicide pour faire croire à un accident.

— Qu'est-ce à dire ?

— Le repérage des avions. Le carnet de silhouettes. Se faire voir de la femme de chambre. Se laisser mettre en garde. Quelle maladresse dans la mise en scène ! C'était cousu de fil blanc. Tout cela pour faire croire qu'elle avait perdu l'équilibre !

— De qui tenez-vous ces détails ?

— De la mère Davison. Je lui ai parlé au téléphone.

— Pourquoi Kay aurait-elle cherché à nous tromper ? »

Harald haussa les épaules. « Qui sait ? Ses parents. Ce vieux gâteux dont elle parlait tout le temps ! Peut-être avait-elle honte de reconnaître ouvertement la faillite de son existence ? Peut-être le “qu’en-dira-t-on” ! »

Lakey étudiait cet homme pour lequel elle n’avait jamais éprouvé de sympathie. Elle se taisait. Ce qui importait pour le moment était d’arriver sains et saufs au cimetière sans lui donner l’occasion de prouver de façon dramatique sa propension au suicide. Il conduisait bien. Elle lui avait confié le volant avec l’intention d’en savoir davantage. Elle voulait satisfaire sa curiosité. Elle sentait qu’Harald, de son côté, voulait mieux la connaître.

« La Mona Lisa du Petit Salon… dit-il. C’est drôle, mais je ne vous avais jamais prise pour une gousse. J’ai pourtant du flair. Quand avez-vous commencé ? Avez-vous toujours été comme ça ?

— Toujours », répondit Lakey.

Ces questions impudentes lui donnèrent une idée.

« Le groupe, poursuivit Harald, a dû être sens dessus dessous quand vous avez affiché la couleur. Bon Dieu ! Ce que je pouvais en avoir marre de ce groupe. J’en suis débarrassé maintenant !

— Ce sont des amours », déclara Lakey.

Harald tourna la tête vers elle, étonné : « Des amours, dites-vous ?

— Oui, toutes, sauf peut-être Libby, qui est une *mauvaise fille*[*].

— Opinion de femme ! » s’exclama Harald.

Lakey sourit. « Mon amie, la baronne d’Estienne, s’entend très bien avec elles. Les femmes américaines constituent un quatrième sexe, m’a-t-elle dit récemment. »

Harald la regarda de nouveau. « … Toujours, avez-vous dit. Est-ce à dire : dès l’université ? » Ses pupilles s’étaient contractées : « … Vous étiez amoureuse du groupe, de l'ensemble et de chacune en particulier. Cela explique tout. Je n'avais jamais compris ce qu'une fille intelligente comme vous pouvait bien faire dans cette *galère** … Ainsi donc vous étiez amoureuse d'elles ! J'imagine qu'elles étaient mignonnes, nubiles. C'était donc cela. Votre Tour était un harem… Kay prétendait que vous souffliez le froid et le chaud, que vous les preniez et les rejetiez à tour de rôle et sans raison. Elles en étaient *fascinées* », termina Harald en imitant leur intonation. Lakey sourit.

« C'est vrai, j'avais mes favorites », laissa-t-elle tomber.

Harald arrêta la voiture devant le premier bar qu'ils rencontrèrent. Ils entrèrent, commandèrent un double whisky pour Harald, un whisky simple pour Lakey et s'assirent dans un coin.

« Cinq minutes, pas plus, dit Lakey.

— Ne vous inquiétez pas. D'ici nous verrons passer le convoi. » Il avala la moitié de son whisky. « Quelles étaient vos favorites ? Non. Laissez-moi deviner. Dottie, Pokey, Kay, Helena ?

— Certainement pas Helena. Je l'aime bien maintenant, mais, adolescente, elle avait le physique d'un vilain petit garçon.

— Polly ?

— Sachez que j'avais mon snobisme. Polly bénéficiait d'une bourse et devait subvenir à ses besoins. Ce que l'on peut être bête et sans cœur à cet âge ! Je rougis d'y penser. »

Harald avait déjà vidé son verre.

« Et Kay ? Étiez-vous amoureuse de Kay ? »

Lakey prit son menton dans sa main. « Elle était devenue ravissante après un an d'université. Vous ne la connaissiez pas à l'époque. Elle faisait penser à une fleur des champs… La Daisy Chain. On la croyait sortie de la palette du Caravage ou d'un peintre de l'École espagnole, enfin, de tout artiste qui aurait su mettre en valeur son allure de Gitane, de fille des bois. Un cou admirable – on aurait dit la tige d'une plante –, une taille galbée, une belle chute de reins.

Harald commanda un autre whisky. Son visage s'assombrit.

« Elle n'avait pas l'épiderme sensible, dit-il. Voyez-vous, Lakey, j'aimais la faire souffrir, exciter ses réactions. Lui faire mal faisait naître dans mon cœur une certaine tendresse. Elle a tout gâché en me demandant des concessions impossibles. Elle prenait tout à la lettre, elle était terre à terre. Que voulez-vous, Lakey, je n'ai jamais été amoureux. J'ai aimé des hommes, oui, des hommes haut placés, des chefs politiques ; enfant, j'adorais mon père. Pour moi, vivre avec une femme, c'est vivre avec un écho, un écho assourdissant dans le cas de Kay. Sa voix me portait sur les nerfs. Elle n'avait aucune idée originale, celles des autres, oui… ou les miennes ! »

Il rit et poursuivit : « Le marin solitaire qui a rapporté de ses voyages un perroquet comme compagnon, voilà ce que j'étais… Kay était une fille "bien", je le concède. Je l'ai eue vierge, et elle ne s'est jamais permis aucune fantaisie sur le plan physique… ni sur le plan intellectuel, du reste. » Sa voix devint plus rauque. « Cela avait sa valeur pour moi. Un mari infidèle à l'état chronique doit avoir une femme fidèle. Kay a tout ignoré de mes frasques, je peux m'en vanter. Elle a eu des soupçons, mais je lui ai toujours menti… fidèlement. » Il rit encore. « Sa jalousie, à la fin, a tout flanqué par terre. C'était injuste.

— Que voulez-vous dire ? demanda Lakey.

— Elle n'avait aucune raison d'être jalouse. Je lui étais très attaché. Quand je couchais avec une femme, je m'arrangeais pour qu'elle n'en sache rien. L'ennui, c'est que je ne pouvais rompre une liaison, de peur d'un esclandre, même si j'en avais par-dessus la tête de la fille. Avec cette garce de Norine, par exemple. Vous l'avez vue à l'église, ce vautour ! Elle me tenait. Elle me faisait chanter. J'avais eu un moment d'inattention et j'étais devenu sa créature. Il a fallu, des années durant, que je lui laisse un espoir, sinon elle aurait tout dit. Un enfer. Pendant ce temps, Kay me récompensait par des jérémiades et des accusations hystériques. Quand je pense, Seigneur, que je ne voyais Norine que pour préserver le bonheur de ma femme ! »

Lakey lui jeta un regard dans lequel il y avait du doute et du mépris.

« Ma chère ! ne faites pas la mijaurée. Cela ne vous va pas. J'aurais pu être votre amant, si vous n'aviez pas aimé les femmes. Vous m'auriez sauvé, et moi je vous aurais révélée à vous-même. Nous sommes des êtres supérieurs égarés sur les tréteaux avec des jocrisses et des polichinelles. Nous sommes faits pour rompre des lances ensemble... Allons au tournoi sur sa tombe ! »

À cet instant, le convoi passa. Harald avala d'un trait un dernier verre au bar.

Ils remontèrent en voiture.

Cette fois, Lakey conduisait. Elle était écœurée par les rodomontades de ce tartuffe et elle avait honte de l'intérêt qu'elle lui avait porté. Mais elle avait un tour à lui jouer. Elle voulait venger les femmes, venger Kay. Elle voulait surtout punir cet insolent qui avait osé la traiter d'égal à égal. D'avance, elle n'éprouvait aucune pitié à son égard. Elle plaça sa voiture dans la file qui suivait le convoi.

« Être supérieur, reprit-il, ce n'est pas seulement un préalable nécessaire à la tragédie ; c'est *la* tragédie, c'est *Hamlet*. Nous sommes des êtres supérieurs en contact avec des sots qui nous donnent parfois le sentiment d'être vides, alors que ce sont eux qui le sont. Imaginez-vous Hamlet amoureux de la fille de Polonius ? Soyons réalistes : Kay ne méritait d'être aimée ni de vous ni de moi… la personne charnelle, son corps à la rigueur. » Il désignait de la tête le corbillard. « Dire que ce fut "ma chose" ! »

Il jeta un coup d'œil à Lakey. « Votre affection pour elle était purement platonique, n'est-ce pas ? » Lakey regardait droit devant elle.

Il poursuivit : « Pourtant, c'est difficile à croire, connaissant son peu de cervelle. Vous avez dû la désirer. Vous a-t-elle repoussée ? Est-ce pour cela que vous l'avez laissée tomber ?

— J'en avais assez d'elle, dit Lakey. Les gens me fatiguaient vite.

— Vous ne m'avez pas répondu, reprit Harald.

— Je n'en ai pas l'intention, rétorqua Lakey. Vous êtes trop mal élevé. »

Il éclata : « Avez-vous couché avec elle ? »

Lakey sourit d'un air énigmatique. « Vous auriez dû le lui demander. Elle vous l'aurait sûrement dit. Elle était devenue si sincère ces derniers temps, si américaine, comme dirait Maria.

— Vous êtes pourrie, vous êtes vicieuse et pourrie. Avez-vous corrompu le groupe tout entier ? Ah, c'est du joli ! »

Lakey était satisfaite. Elle l'avait forcé à jeter le masque. Cette haine de « l'anormalité » était tout ce que l'on pouvait attendre de lui.

Il dit : « C'est bien d'une sale lesbienne de ne pas combattre ouvertement, d'empoisonner les armes. »

Elle ne lui fit pas remarquer que c'était lui qui les avait empoisonnées. Sa conscience était en paix. Elle s'était juré de ne dire que la vérité, de ne rien insinuer. En outre, de son point de vue, qui ne comptait nullement pour lui, cela n'aurait pas été un mal si la pauvre et honnête Kay avait été sa proie, et non celle d'Harald. Elle l'aurait entourée de sollicitude, elle lui aurait certainement été plus salutaire que lui.

Il reprit : « Vous êtes d'une lâcheté sans nom. Répandre votre bave sur une morte ! Pas étonnant que vous vous soyez cachée ces dernières années. Il fallait y rester, dans votre Europe pourrie. C'est votre "monde" », vous êtes perdue pour nous. Votre intelligence ne vous a servi qu'à acquérir des connaissances stériles. Vous êtes une punaise de musée. Vous n'appartenez pas à l'Amérique. Laissez-moi m'en aller !

— Vous voulez descendre ?

— Oui, et tout de suite. Enterrez-la vous-même, avec votre groupe. »

Lakey arrêta la voiture. Il descendit sur la chaussée. Elle remit en marche pour rejoindre le convoi. Dans le rétroviseur, elle le vit traverser et se placer de l'autre côté de la route.

Il levait la main vers chaque automobile qui se dirigeait vers New York. Elles étaient occupées par des gens en deuil et filaient sans s'arrêter.

Composition et mise en pages
Nord Compo à Villeneuve-d'Ascq

MIXTE
Papier issu de sources responsables
FSC® C003309
FSC www.fsc.org

L'éditeur de cet ouvrage s'engage dans une démarche de certification FSC® qui contribue à la préservation des forêts pour les générations futures.

Pour en savoir plus :
www.editis.com/engagement-rse/

Cet ouvrage a été achevé d'imprimer en avril 2022
dans les ateliers de Normandie Roto Impression s.a.s.
61250 Lonrai (Orne)
N° d'impression : 2202045

Imprimé en France